rowohlt repertoire
macht Bücher wieder zugänglich,
die bislang vergriffen waren.

Freuen Sie sich auf besondere Entdeckungen
und das Wiedersehen mit Lieblingsbüchern.

Alle **rowohlt repertoire** Titel finden Sie auf
www.rowohlt.de/repertoire

Rechtschreibung und Redaktionsstand dieses Buches
entsprechen einer früher lieferbaren Ausgabe.

Veröffentlicht im Rowohlt Verlag, Reinbek bei Hamburg

Umschlaggestaltung Anzinger und Rasp, München
Druck und Bindung BoD - Books on Demand GmbH,
Bad Hersfeld
ISBN 978-3-688-11612-6

rowohlt repertoire

Zu diesem Buch

Im Auf und Ab der Schicksale von Kolonialgewaltigen unterm Tropenmond folgen wir den Abenteuern der leidenschaftlichen jungen Ärztin Jo van Swanenburgh. Allen bitteren Enttäuschungen zum Trotz treibt sie einem fremden Mann in die Arme. Die dramatische Geschichte dieser Frau ist verwoben in die bewegten Lebensläufe von Familien, die in dem chaotischen Wandel der Zeit vielfältigen Prüfungen ausgesetzt sind. Zuckerkönige auf Java, Reeder, Tabak- und Kautschukmagnaten verlieren im Zweiten Weltkrieg auf den fernöstlichen Besitzungen der Holländer Tradition und Besitz. In diesem fesselnden Roman der Erfolgsautorin erleben wir ein Stück Überseegeschichte und das Ende eines feudalen Lebensstils. «Auf jeder Seite knistert es förmlich von schwelendem Haß, von Intrigen und Erotik» (Südwestfunk).

Alice M. Ekert-Rotholz, die am 5. September 1900 in Hamburg als Tochter eines britischen Vaters und einer deutschen Mutter geboren wurde, lebte von 1939 bis 1952 in Bangkok, wo ihr Mann eine Zahnarztpraxis hatte. Sie wurde Mitarbeiterin der Catholic Action and Study Group des Ursulinen-Ordens und einer literarischen Gruppe der «Young Women Christian Association». Nach Hamburg zurückgekehrt, war sie journalistisch für Funk und Presse tätig. 1954 erschien ihr erster Roman «Reis aus Silberschalen» (rororo Nr. 894), der sie schnell bekannt machte. 1959 übersiedelte sie zu ihrem Sohn nach England. Alice M. Ekert-Rotholz ist Mitglied des Internationalen PEN-Clubs. Ihre in dreizehn Ländern erschienenen Romane erreichten inzwischen eine Gesamtauflage von weit über drei Millionen Exemplaren. Zu ihnen gehören ferner: «Wo Tränen verboten sind» (rororo Nr. 1138), «Mohn in den Bergen» (rororo Nr. 1228), «Die Pilger und die Reisenden» (rororo Nr. 1292), «Limbo» (rororo Nr. 1567), «Der Juwelenbaum» (rororo Nr. 1621), «Fünf Uhr Nachmittag» (rororo Nr. 1781), «Füchse in Kamakura» (rororo Nr. 4144), «Die fließende Welt» (rororo Nr. 4199) und «Gastspiel am Rialto» (rororo Nr. 4810).

Rowohlt Verlag GmbH, Kirchenallee 19, 20099 Hamburg

Kontaktadresse nach EU-Produktsicherheitsverordnung:
produktsicherheit@rowohlt.de

Alice M. Ekert-Rotholz

Strafende Sonne, lockender Mond

Roman

«Ein Dach aus Blättern
schützt den weisen Mann
vor den Feuern der Sonne;
aber gegen den lockenden
Mond gibt es keine Arznei.»
Altindische Weisheit

rororo

Rowohlt

132.–135. Tausend Februar 1983

Veröffentlicht im Rowohlt Taschenbuch Verlag GmbH,
Reinbek bei Hamburg, Mai 1969

Umschlagentwurf Elsbeth Schneidler-Schwarz
Gesetzt aus der Linotype-Aldus-Buchschrift
und der Palatino (D. Stempel AG)
Gesamtherstellung Clausen & Bosse, Leck
Printed in Germany
980-ISBN 3 499 11164 0

Für
Oberst Six und Dr. Willem van D . . .

Sie lebten in Java, litten in Thailand
und starben in Holland

Alle Gestalten dieses Romans sind frei erfunden und nicht das Abbild irgendwelcher heute oder früher lebenden Personen.

PROLOG

Cocktails in Singapore

«Sogar der gelbe Fluß hat seine
schönen Tage, und der Mond hat
seine dunkle Seite.»
Chinesisches Sprichwort

I

«Ich weiß nicht, warum Linda keinen Mann in Singapore findet», sagte Lady Derrington und setzte ihre Teetasse mit einem Ruck nieder. «Sollte ich etwas falsch gemacht haben?»

«Aus-geschlossen!» Sir Robert betrachtete seine Frau durch dichten Pfeifenrauch. «Du hast mir immer erzählt, daß du niemals etwas falsch machst, meine liebe Jane! Zerstöre mir meine Illusionen nicht.»

Lady Derrington quittierte die Bemerkung mit Schweigen. Robert sollte sich ruhig über sie lustig machen, wenn er seinen «albernen Dienstag» hatte. Die Hauptsache war, daß er tat, was sie wollte ... Sie blickte ihren Mann von der Seite an: Er saß seelenruhig da, als ob es ihm gleichgültig wäre, ob Linda eine alte Jungfer wurde oder nicht. Wenn es ihm Spaß machte zuzusehen, wie alle anderen Mädchen sich mit Hilfe ihrer Verwandten Ehemänner in Singapore angelten – Lady Derrington machte es keinen Spaß. Sie selber stammte aus einer Familie, die außer einem mittelgroßen Landhaus in Suffolk nur unverheiratete Töchter und Nichten besaß. Da Lady Derrington in jungen Jahren erkannte, daß sie zu Langerweile, guten Werken und Teenachmittagen ohne Abenteuer verurteilt sein würde, hatte sie sich in London von Verwandten einladen lassen und schon im ersten Winter Sir Robert – allerdings mit dessen begeisterter Zustimmung – geheiratet. Die schlanke, elegante Jane – die Eleganz lag in ihrer Haltung und in ihrem Profil – war begeistert in Singapore aufgenommen worden und teilte überdies Sir Roberts private Interessen: Orchideenzucht und chinesische Marionettenspiele. Wo immer man an Straßenecken in Singapore oder in Dörfern diese Spiele in Hokkien oder Hockchew-Dialekt vorführte, waren die Derringtons zu sehen. Sie standen quietschvergnügt mitten zwischen «ihren» Chinesen: rauchenden Müttern mit dem Säugling im Rückenbündel, Bettlern, Tanzmädchen, Kulis, Farmern und jenen urchinesischen Gestalten, die als «Zuschauer» auf die Welt kommen und sie in dieser Eigenschaft zufrieden wieder verlassen. Bei diesen Ausflügen in Stadt und Land waren die Derringtons meistens von einem Mitglied der Familie Tsui begleitet – jener legendären chinesischen Unternehmer- und Bankiersfamilie, welche die Wirtschaft und die Finanzen in Malaya, Holländisch-Ostindien und Siam mitbestimmte und Büros von Hongkong und Tokio bis London, New York und Amsterdam errichtet hatte. Der Urahn dieser Familie war Ende des neunzehnten Jahrhunderts während eines Bürgerkrieges als bettelarmer Flüchtling in Java eingewandert; seine Enkel und Urenkel betrachteten nun mit den Derringtons jene uralten Puppenspiele, die so sehr an ihre eigene *show* in Ostasien erinnerten: Man hatte bescheiden und zielsicher Drähte gezogen und ein Heer von Marionetten dirigiert, bis zu guter Letzt ein Weltkonzern und eine

Weltfamilie von Batavias Chinesenstadt aus die Wirtschaft in Ost und West unter malaiischer und javanischer Mißbilligung mitbestimmte. Die Tsui-Familie fehlte auf keiner wichtigen Cocktail-Party zwischen Singapore und Batavia; heute abend würden die Derringtons sie bei amerikanischen Freunden treffen. Auf diese Party setzte Lady Derrington ihre Hoffnungen für Linda...

Lady Derrington blickte von ihrer schattigen Veranda schweigend auf die Blumen und Sträucher ihres Tropengartens. Sie hatte die englische Liebe zur Gärtnerei und kümmerte sich täglich persönlich um ihre Pflanzen. Sie hatte sich längst mit der Tatsache abgefunden, daß es in Malaya keinen englischen Frühling gab mit zarten und zurückhaltenden Blumenwundern und einer milden, träumerisch-heiteren Luft. Sie hatte zielbewußt Ridleys Werk über die malaiische Flora studiert und sich ohne Wimperzucken auf die Zucht von Orchideen und leuchtenden Schlingpflanzen umgestellt. Sie konnte sich mit allem abfinden – nur nicht mit der Aussicht, daß Linda durch ihren Eigensinn eine alte Jungfer werden würde... Linda war eine gelangweilte Sekretärin in der Londoner City. Sie hatte durch Lady Derringtons amerikanische Freunde die besten Chancen, eine gute Heirat zu machen. In dieser amerikanisch-holländischen Familie wimmelte es von Junggesellen. Man brauchte solche jungen Leute nur ein wenig zu ermutigen und Anteilnahme an ihren Interessen zu heucheln – und alles war in Ordnung.

«Linda ist fünfundzwanzig», sagte Lady Derrington aus ihren Gedanken heraus und goß ihrem Mann die vierte Tasse Tee ein.

«Das kommt mir nicht besonders alt vor!»

«Davon verstehst du nichts, Robert! Ein Mädchen ist mit fünfundzwanzig nicht mehr jung; aber wenn Linda jetzt heiraten würde, wäre sie natürlich eine blutjunge Frau.»

Sir Robert blickte in seine Teetasse, als ob sich auf ihrem Grund eine Erklärung für die Arabesken weiblicher Rechenkunst finden ließe.

«Wollen wir nicht das Thema wechseln?» fragte er liebenswürdig.

«Ich fange gerade erst an. Ich habe Linda für heute abend ein neues Kleid machen lassen. Hoffentlich wird sie es anziehen.» Lady Derrington seufzte. «Ich weiß nicht, warum alles schiefgeht. Ich arbeite wie ein Pferd an Lindas Verlobung.»

«Und Linda sieht wie ein Pferd aus», sagte Sir Robert. «Ob es daran liegt?»

«Sie ist *deine* Nichte!» Lady Derringtons Ton hatte eine gewisse Schärfe.

«Leider», erwiderte Sir Robert mit Nachdruck, um zu verbergen, wie außerordentlich gern er Linda mochte. Er hatte nie eine Tochter gehabt. Seiner Meinung nach war es kein Nachteil, daß Linda ein wenig an ein Pferd – oder besser gesagt, an ein mürrisches Füllen – erinnerte. Und wie das Mädchen ritt! Eine prächtige Leistung für die Tochter eines erfolglosen Vaters, der ihr nie Reitstunden geben lassen konnte. Linda war erst seit einem halben Jahr in Singapore; zu kurze Zeit, um ihre

Tante Jane gern zu haben, und zu lange Zeit, um Sir Robert nicht zu fehlen, falls sie fortginge. Von ihm aus konnte Linda bis ans Ende ihrer Tage mit ihnen in Singapore leben, mit ihm reiten und Geschmack an Orchideenzucht und chinesischen Marionetten entwickeln. Eigentlich würde ein Ehemann nur stören. Sir Robert war gerade im Begriff, diese wahrhaft empörende Ansicht zu äußern, als seine Frau ihn aus seinen Gedanken aufschreckte.

«Weißt du, wer heute abend bei John van Veen eingeladen ist?»

«Keine Ahnung. Ich nehme an, die üblichen Marionetten ... Das heißt ... ein Neffe ist angekommen. Soll ein toller Kerl sein. Von Sumatra, glaube ich.»

Es war eine große Redeleistung, und Sir Robert hatte sie vollbracht, um endlich in Ruhe einen Bericht über englisches Kapital in Java studieren zu können. Als Manager der *Hongkong & Shanghai Banking Corporation* und Mitglied der Handelskammer und des *City Council* hegte er im Jahre 1927 lebhaftes Interesse für britische Geldanlagen in Holländisch Ost-Indien. Dies Insel-Paradies gehörte zu den wichtigsten Rohstoffkammern des Westens. Es wimmelte von Tropenprodukten für den Weltmarkt; die Erdölproduktion stellte zusammen mit Britisch-Borneo ein Zwanzigstel der gesamten Welterdölproduktion dar. Es war infolgedessen in erster Linie Erdöl und nicht ein Ehemann für die liebe Linda, weswegen Sir Robert freundschaftliche Beziehungen zu den amerikanisch-holländischen Van Veens in Singapore unterhielt. Senator John van Veen hielt sich als Wirtschaftsexperte und Berater der amerikanischen Regierung schon eine ganze Weile mit Frau und Tochter in Singapore auf. Sir Robert hätte manchmal gern gewußt, ob der in den Vereinigten Staaten geborene John van Veen so innige Beziehungen mit den holländischen «Vettern» in Java und Sumatra aus ererbter Lust an familiären Zusammenkünften oder aus Interesse an Erdöl und Kautschuk pflegte. John van Veen hielt eine riesige Korrespondenz zwischen Washington, Ostasien und dem «kleinen, alten Lande» aufrecht und besuchte alle fünf Jahre die Van Veens in Den Haag. Er sprach bei diesen Besuchen holländisch mit amerikanischem Akzent, trank todesmutig Genever und kehrte, angefüllt mit Familienglück und Informationen, samt seiner amerikanischen Frau und seiner kleinen Tochter Jacoba nach Washington zurück. Heute abend wollte Sir Robert mit John van Veen über Erdöl, Zinn, Kautschuk und industrielle Möglichkeiten im Kolonialparadies der Holländer plaudern. Sie würden Whisky trinken und sich den Kuckuck um die Damen kümmern.

Doch es war Sir Robert nicht vergönnt, sich seiner Lektüre über englische Kapital-Anlagen in dem poetischen «Insulinde» (Insel-Indien) zu widmen. Er hatte Dirk van Veen aus Sumatra erwähnt, und Lady Derrington wollte nun wissen, ob er verlobt oder verheiratet wäre.

«Ich glaube, er ist noch zu haben», sagte Sir Robert und verbarg geschickt seine Ungeduld hinter dem Rauch aus seiner Pfeife.

«Du *glaubst*, er ist noch zu haben?» fragte Lady Derrington entrüstet.

«So etwas *weiß* man! Es ist mir ein Rätsel, woran du den ganzen Tag denkst!»

Sir Robert hätte seine Frau zwar darüber aufklären können, aber er schwieg und blickte den Bericht aus Java so sehnsüchtig an wie ein Liebender eine unerreichbare Schönheit. Trotzdem wäre es ihm niemals in den Sinn gekommen, die Teestunde vorzeitig abzubrechen. Jane freute sich den ganzen Tag darauf, auch wenn sie sich bemühte, es ihn nicht merken zu lassen. Man durfte die Männer nicht verwöhnen. So begrüßte sie ihren vorbildlichen Ehemann jeden Tag zur Teestunde mit einem kühlen Lächeln, das ihm zeigen sollte, wie gut sie den ganzen Tag ohne ihn ausgekommen war. Natürlich hätte sie ihren Robert jederzeit eigenhändig aus einem brennenden Haus geschleppt. Dieses imaginäre «brennende Haus» war in Lady Derringtons Familie ein beliebter Gesprächsstoff und der Prüfstein der Zuneigung. Verwandte, Bekannte und Ehemänner wurden vornehmlich unter dem Gesichtspunkt betrachtet, ob sie es wert waren, aus einem brennenden Hause gerettet zu werden oder nicht. Was Linda betrifft, stand die Antwort im Augenblick nicht ganz fest...

«Dein armer Bruder wird enttäuscht sein, wenn wir Linda unverheiratet zurückschicken», bemerkte Lady Derrington hartnäckig.

«Dann werden wir sie eben hierbehalten, meine Liebe! Nichts einfacher als das.»

«Es ist durchaus nicht einfach. Ich bin die Sanftmut selbst, aber Linda kann einen Heiligen auf die Barrikaden bringen. Sie hätte sehr leicht den Professor de Witt heiraten können, der bei den Van Veens schon lange zu Besuch ist. Er sah sich zwar stundenlang Pflanzen im Botanischen Garten an, aber gelegentlich betrachtete er auch Linda. Jetzt fährt er nächste Woche in sein Laboratorium nach Buitenzorg zurück, und Linda hat die Chance ihres Lebens verpaßt.»

Sir Robert legte die Pfeife aus der Hand und betrachtete seine Frau. Sie war über irgend etwas sehr ärgerlich. Der holländische Gelehrte hatte sich in der Tat für Linda interessiert, und dann hatte er plötzlich jede Einladung von Lady Derrington höflich aber bestimmt abgelehnt. Wahrscheinlich war er mit seinen zweiundvierzig Jahren ein eingefleischter Junggeselle, und von Pferden verstand er auch nichts. Bei alledem waren Janes Pläne weitblickend gewesen. Professor de Witts Schwester Isabella war mit Cornelis van Veen in Batavia verheiratet – einem Vetter des jungen Mannes, der als «toller Bursche» galt und heute abend bei den John van Veens unter den Jungfrauen der Kronkolonie Umschau halten würde. Der stille, etwas trockene Professor de Witt gehörte durch die Heirat seiner Schwester zu den einflußreichsten holländischen Kolonialfamilien. Ein Ahnherr der Van Veens war Gouverneur von Java gewesen. John van Veen aus Washington hatte Sir Robert viele Anekdoten über den Gouverneur erzählt; er hatte sie offenbar bei seinen Familienbesuchen in Holland erfahren. Nun ja, wenn Paulus de Witt die liebe Linda nicht heiraten wollte, dann war Sir Robert der Gewinner bei der Partie...

Robert Derrington betrachtete seine Frau immer noch schweigend. Etwas wie Mitgefühl sprach aus seinen scharfen, hellen Augen. Er wußte, daß Jane an Linda herumnörgelte, weil sie sie tatsächlich sehr gern hatte. Sie hätte sie jederzeit aus dem berühmten brennenden Haus gerettet, auch wenn sie es nie zugegeben hätte. Nur hatte sie für das Mädchen nicht das geringste Verständnis. In ihrem Bestreben, für ihre Nichte das Beste zu tun, übersah Lady Derrington, daß Linda stolz und so empfindlich wie alle Töchter erfolgloser Väter war. Die Verhältnisse in einem Londoner Vorort und die Häuslichkeit, die ein kleiner Bankangestellter seiner Tochter bieten konnte, waren so verschieden von der Stellung und Lebensweise ihres Onkels in Singapore, daß Linda – ein Mädchen ohne Schönheit und Geld, nur mit Stolz und Pferdeverstand gesegnet – ihrer Tante gegenüber in eine Haltung erbitterten Protests geriet: Niemand sollte aus Mitleid einen Mann für sie suchen! Trotzdem zerbrach Lady Derrington sich den Kopf, warum ein Mädchen, das leise an ein Pferd erinnerte und seine goldbraune Mähne dementsprechend zurückwarf, so hartnäckig sein Glück in Singapore mit Füßen trat und keinen Wert auf hübsche Kleider und eine gute Versorgung legte. Lady Derrington hätte viel darum gegeben zu wissen, worauf Linda eigentlich Wert legte; aber es war ihr nicht gegeben, sich in andere Leute hineinzuversetzen. Die einzige Probe von Phantasie, die sie und ihre drei unverheirateten Schwestern je geliefert hatten, war die Erfindung jenes brennenden Hauses, aus dem sie gewisse Leute zu retten bereit waren …

Übrigens war Jane Derringtons Unfähigkeit, sich in andersgeartete Menschen hineinzuversetzen, der Grund ihrer großen Beliebtheit bei der malaiischen Bevölkerung der Kronkolonie. Ihr Mangel an Einbildungskraft hatte ihr zahlreiche ergebene Freunde vom Gärtner bis zu den Fürsten verschafft. Denn wenn die Malaien etwas aus tiefster Seele verabscheuen, dann ist es die Neigung, «ihre Gedanken essen zu wollen». Sie erwarten von ihrem Gesprächspartner, daß er sich mit verschleierten Andeutungen und mit durch Koransprüche gewürzten Unverbindlichkeiten begnügt. Genau das tat Lady Derrington während ihres jahrelangen Aufenthaltes in Singapore und Malaya. Es kam ihr nicht in den Sinn, daß ein vornehmer Malaie, der ihren Ansichten bei einem alkoholfreien Cocktail entzückt beistimmte, in Wahrheit anderer Ansicht über so erfreuliche Einrichtungen sein konnte wie das britische Kolonialreich und wirtschaftliche Privilegien der westlichen «Besucher» seines Landes, oder über weibliche Redefreiheit in Gegenwart von Männern. Für einen Muslim war eine Frau nur dann die «Frucht seines Herzens», wenn sie konsequent den Mund hielt.

Die Teestunde auf der Veranda war zu Ende. Sir Robert stand auf.

«Warum regt dich das auf, Jane?» fragte er liebevoll. «Wenn die arme Linda nicht heiraten will …»

«Du solltest lieber mich bedauern», sagte Lady Derrington kurz. Natürlich hätte sie weder Robert noch sonst irgend jemandem erlaubt, sie oder ihre drei Schwestern zu bedauern. Jane würde ihren Ärger herunterschlucken, da sich doch nichts an der Tatsache ändern ließ, daß Dirk van Veen nicht der einzige neue Cocktailgast in dem großen Tropenpalast sein würde, den die Van Veens aus Washington für die Zeit ihres Aufenthalts in Singapore von einem amerikanischen Freund übernommen hatten – mit der stereotypen Einrichtung, der Hausbar, den Dienern, dem Garten und den fremden Erinnerungen, die noch in der Luft hingen. Kurz und gut: Mildred van Veen hatte noch eine junge Nichte vor einer Woche vom Schiff geholt, die Tochter ihrer verstorbenen Schwester, ein blutjunges Ding von siebzehn Jahren aus Amsterdam. Sie hieß Jo van Swanenburgh – Lady Derrington fand den Namen exzentrisch – und wollte bestimmt den «tollen Kerl» aus Sumatra heiraten! Linda würde wieder das Nachsehen haben. Lady Derrington hatte das Foto des jungen Mädchens gesehen – Mildred schleppte die holländischen Verwandten ihres Mannes stets im Bilde in ihrer Handtasche mit – ein entzückendes Mädchen! Eleganter als die meisten Holländerinnen. Jo mußte ihren aparten Reiz von ihrer amerikanischen Mutter geerbt haben. Wenn Mildred van Veen, die ihre verstorbene Schwester offenbar abgöttisch geliebt hatte, auch nichts von Heiratsplänen für ihre Nichte Jo verlauten ließ – wozu lud man sonst ein Mädchen nach Singapore ein? Diese Jo war kaum der Schule entwachsen. Es kam Lady Derrington nicht in den Sinn, daß Mildred van Veen vielleicht Sehnsucht nach ihrer Nichte haben könnte. Lady Derrington hatte ihre drei Schwestern in Suffolk auch recht gern, konnte sich aber nicht erinnern, jemals Sehnsucht nach ihnen verspürt zu haben. Wenn man sich sah, war es furchtbar nett bei Tee und brennenden Häusern; aber wenn man sich nicht sehen konnte, dann ließ es sich ertragen ...

Lady Derrington überlegte gerade, ob Linda heute abend das neue weiße Kleid anziehen würde und wo sie überhaupt stecke, als der Nummer-Eins-Boy ihr einen dicken Brief brachte. Der junge Chinese duftete bereits nach Sir Roberts Haarpomade und Lady Derringtons Parfüm, da Master und Missie heute abend eingeladen waren und Meng daher mit seiner «Flirtdame» den Vergnügungspark «Große Welt» aufsuchen wollte. In einer Stunde würden Master und Missie verschwunden sein: Zeit genug um noch Masters beste Socken und eine von Missies Spitzentüchern für die «Flirtdame» mitzunehmen. Meng war äußerst großzügig mit Geschenken, die ihn nichts kosteten ... Er sparte sein großes Gehalt und das Teegeld, um später ein Restaurant in Singapores Chinesenstadt zu eröffnen. Selbstverständlich ohne die augenblickliche Flirtdame; Meng würde ein Mädchen heiraten, dessen Vater und Großvater bereits ein Speisehaus betrieben hatten. Man heiratete schließlich nicht zum Vergnügen.

Lady Derrington wollte gerade fragen, wo Miss Linda wäre, als sie den Brief näher betrachtete: Er war von Linda. Jane wurde sehr blaß. Sie bedeutete dem Boy mit dem energischen Kopfnicken, das Meng mehr fürchtete als sieben chinesische Höllen, daß seine geschätzte Gegenwart auf der Veranda nicht länger benötigt würde. Dann reichte sie den Brief ihrem Mann, da er an ihn adressiert war.

«Von Linda», sagte sie tonlos. «Sie ist uns davongelaufen.» Obwohl Lady Derrington keine Phantasie hatte und darauf sehr stolz war, schwebten ihr im Augenblick allerlei deprimierende Visionen vor: Linda als Wasserleiche im Singapore-Fluß, Linda allein in einem brennenden Haus, aus dem Lady Derrington sie nicht mehr retten konnte, Linda von einem indischen Geldverleiher geraubt (das arme Kind trieb sich so gern abseits der «Kolonie» in den Kampongs der tausendgesichtigen, völkergemischten Einwohnerschaft Singapores herum), Linda... Lady Derrington unterdrückte ein Stöhnen. Kein Zweifel, sie selbst hatte durch ihr Nörgeln und ihre wohlgemeinten Heiratspläne die unglückliche Nichte in einen unmanierlichen exotischen Tod getrieben.

Sir Robert blickte seine Frau scharf an, denn im Gegensatz zu vielen Europäern im Fernen Osten konnte er «Gedanken essen» wie ein oberschlaues Mitglied der Familie Tsui.

«Ruhig, Jane! Sie wird einen Ausflug gemacht haben, um der heutigen Cocktailparty zu entgehen.»

Er öffnete langsam den Brief, der von Bord eines Schiffes adressiert war. Linda hatte in der Tat einen Ausflug gemacht – und zwar war es ein unwiderruflicher Ausflug.

«Darling Onkel Bob» (schrieb Linda in ihrer steilen Schulmädchenschrift), *«Du wirst Dich sicher wundern, einen Brief von mir zu bekommen, wo wir doch alle das Briefeschreiben verabscheuen. Aber ich glaube, es muß sein, um Tante Jane zu versichern, daß sie mich nicht eine Stunde vor der gräßlichen Cocktailparty aus einem brennenden Haus retten muß.*

Ich bin hier auf einem reizenden Kahn der K. P. M. (Koninklijke Paketvaart Maatschappij, Königliche Paketfahrt-Gesellschaft) *und segle nach Java. Natürlich bin ich nicht allein; das hätte ich Tante Jane niemals angetan. Sie hat mir immer eingeprägt, daß ein junges (oder älteres) Mädchen im Fernen Osten nicht ohne Begleitung irgendwohin fahren sollte. Aus diesem Grund habe ich rechtzeitig für männliche Begleitung gesorgt. Es ist Professor Paulus de Witt – mein künftiger Ehemann. (Ich nenne ihn natürlich ‹Polly›.) Wir sind seit drei Wochen außerordentlich heimlich verlobt. Polly kam auf meinen Rat nicht mehr in Euer Haus, damit Tante Jane ihm nicht mehr oder weniger deutlich zu verstehen geben konnte, daß ich die passende Frau für ihn wäre. Ich war der Ansicht, daß Polly das besser selber herausfinden sollte. Womöglich hätte Tante Jane ihm gesagt, ich sei leidenschaftlich am Haushalt interessiert, weil Holländer doch so rührend häuslich sind. Ich sagte Polly sofort, daß ich weder kochen könne noch wolle und daß wir zu Haus seit dem Tod der armen Mama fast nur aus Konservenbüchsen leben, wenn wir nicht ‹Fisch und Chips›* (geröstete Kartoffelscheiben) *im nächsten Laden kaufen. Polly lachte schrecklich, obwohl es sicher für einen*

Holländer das Abscheulichste von der Welt ist; aber in Buitenzorg haben wir ja einen Koch. So hoffe ich, mir Pollys Zuneigung noch längere Zeit zu bewahren.

Eigentlich fing es so an, daß ich Sekretärin bei Polly werden wollte, weil ich ... nun ja, weil ich nun mal keine Zierde für Tante Janes Gartenfeste bin. Ihr müßt nicht glauben, daß ich Tante Janes Bemühungen, ein englisches Mädchen mit einem Rosenteint und einem Vergißmeinnicht-Gemüt aus mir zu machen, nicht zu würdigen wüßte; sie machten mich nur schrecklich mürrisch ... Als ich nun bei Polly herumstotterte, daß ich furchtbar gern die Tapeten wechseln und seine Sekretärin werden möchte, wurde dieser ausgewachsene Mann von zweiundvierzig Jahren so rot wie ein Mädchen, dem man nachts auf der Straße unsittliche Anträge macht. Er war beinahe so schüchtern wie unsere eigenen Männer, die ja alle dazu gezwungen werden müssen, einem Mädchen einen Heiratsantrag zu machen. Aber Polly ist offensichtlich doch anders, denn er sagte nicht mit abgewandtem Gesicht, er müsse sofort weg wegen Tennis oder den Rennen oder Wasserpolo (was er nicht leiden kann, er spielt nur mit Ideen oder Badminton *mit den Van Veens), nein, Polly rückte trotz seines Errötens sehr dicht an mich heran, legte den Arm um mich und sagte, er brauche keine Sekretärin in Buitenzorg, da er bereits drei sehr tüchtige Damen beschäftige. Mir kam gerade die grausige Idee, Polly sei ein Wüstling, der seine Neigungen hinter einer Gelehrtenmiene und einer Intelligenzbrille verberge – er ist natürlich wahnsinnig klug und ein Bücherwurm und weiß alles über Pflanzen, Tante Jane! – also, als ich diesen recht amüsanten Verdacht hegte, sagte Polly, der nun so nahe gerückt war, daß mir die Luft wegblieb, er brauche eine Ehefrau und seinetwegen dürfe sie auch Schreibmaschine schreiben, aber es wäre ihm egal. Der arme Polly trug sich bereits seit dem Tage, an dem ich in Tante Janes Empfangszimmer bei der großen Cocktail-Party drei Gläser fallen ließ und mich nicht frisiert hatte, mit dem Gedanken, mich zu heiraten. Könnt Ihr Euch so etwas Verrücktes vorstellen? Er dachte, er wäre mit zweiundvierzig Jahren ein alter Hagestolz und ich wäre viel zu jung für ihn. Wie findest Du das, Tante Jane? Er betrachtet mich als ein Frühlingsküken, und ich muß gestehen, daß es mir gefällt. Aber Frühlingsküken oder alte Jungfer – vor allem gefällt mir Polly selbst, denn er weiß trotz seiner Gelehrsamkeit, was ein Mädchen gern von einem Mann hören will, nämlich die entzückendsten Lügen, die mir jemals jemand aufgetischt hat. Er muß wirklich ein bißchen komisch sein, denn er findet mich hübsch und erfrischend und was sonst noch alles.*

Natürlich ist Polly sehr konventionell, was Heirat und so weiter betrifft, und war kaum zu bewegen, mit mir in der Schiffsbar einige Cocktails zu kippen. Er bringt mich nach Batavia zu seiner Schwester Isabella, die ganz jung und mit dem merkwürdigen Cornelis van Veen verheiratet ist; wißt Ihr, das ist der Vetter von Dirk van Veen, den Ihr heute abend bei Johnny und Mildred kennenlernen werdet! Sie nennen diesen Cornelis immer den ‹Heiligen der Niederlande›; ich habe keine Ahnung, war-

um. Also: Isabella wird meine Hochzeit arrangieren, und ich werde alle Kolonialgötter bei dieser Gelegenheit kennenlernen: Exzellenz Polder, den Residenten in Djokjakarta; Mijnheer Bloemendaal aus Sumatra und eine Menge andere Leute. Ihr seid natürlich auch eingeladen, darlings! Es ist mir sehr lieb, daß Pollys Schwester Isabella, die ihm den Haushalt in Buitenzorg führte, nach Batavia geheiratet hat; sonst hätte ich sie lebenslänglich auf dem Halse gehabt. Ich habe das Gefühl, daß Polly in dieser Beziehung genau so ein Familienfanatiker ist wie alle Leute vom Kontinent. Als ich ihm sagte, daß wir natürlich unsere Familien auch recht gern hätten, aber sehr ungern im ersten Stock des Hauses zwei Tanten, im zweiten eine taubstumme Kusine (die viel besser in einem Heim aufgehoben wäre) und im dritten Stock den Urgroßvater mit Katze und Haushälterin beherbergten, sagte Polly, man hätte in Holland gern die ganze Familie auf einem Fleck. Dieser Gefahr bin ich durch Isabellas Heirat mit Cornelis van Veen entronnen. Polly hat noch einen sehr jungen Bruder namens Lukas, der in Den Haag von seiner Tante de Witt erzogen wird. Er soll entsetzlich musikalisch sein – nicht etwa nette Tanzmusik und so was, sondern Beethoven und das ganze klassische Zeug. Aber auf dem Foto – Polly schleppt die ganze Familie in der Westentasche mit sich herum – ist Lukas ein süßer Bengel von zwölf Jahren, unfrisiert und so große Augen wie ein kleines Mädchen. Er soll später auch herauskommen nach Java; ich glaube als Pflanzer.

Liebe Tante Jane, ich glaube nicht, daß unser lieber Polly im entferntesten so ein Krösus ist wie Cornelis van Veen oder die sagenhaften Polders, die die neugierigste Familie in ganz Holland sein sollen und immer vergnügt. Exzellenz Polder soll zum Piepen sein und wikkelt die javanischen Fürsten um den kleinen Finger, sagt Polly – was wollte ich noch sagen, ich bin ganz durcheinander vor Zuneigung zu dem armen Polly, der die schlechteste Hausfrau von Java bekommt – ich glaube, Polly hat nur sein Regierungsgehalt, und ich will Mutters Schmuck verkaufen, damit Daddy zur Hochzeit nach Batavia kommen kann. Ich werde nicht erlauben, daß Du ihn einlädst, Onkel Bob! Ich weiß genau, daß Papa dann in London bleiben würde – mit seinen Konservenbüchsen, und so unglücklich, daß er schrecklich viel Scherze im Büro erzählt. Ich mag Polly natürlich nicht sagen, daß Daddy sehr störrisch in solchen Sachen ist – von mir hat er das bestimmt nicht! Im schlimmsten Fall müssen wir warten, bis Polly in einem Jahr seine kostbaren Tanten und den kleinen Lukas besucht; ich fahre dann zu Daddy, denn ich weiß aus trüber Erfahrung in Singapore, wie ungünstig ich mich in einem neuen Familienkreis ausnehme. Allerdings werde ich, wenn Daddy bei meiner Hochzeit fehlt, auch schrecklich viele Scherze machen müssen ...

Also auf Wiedersehen in drei Monaten und vielen Dank für alles.

Eure Linda

PS: Polly versteht nichts von Pferden; ich finde das süß.»

Lindas treusorgende Verwandten sahen sich benommen an. Wer hätte das von Linda gedacht?

«Das ist ja eine Überraschung», sagte Sir Robert schließlich und blickte angespannt in seine Teetasse.

Lady Derrington hüstelte – ein Zeichen ungewöhnlicher Gemütsbewegung – und bemerkte:

«Schade, daß Linda nicht wenigstens das neue weiße Kleid mitgenommen hat! Sie wird in ihren zerdrückten Sachen einen reizenden Eindruck in Batavia machen!» Da Sir Robert nicht antwortete, fügte sie hinzu: «Der arme Professor! Er wird sich wundern, wenn er das erste Mal einen Blick in Lindas Schränke tut.»

Lady Derrington hatte zwar selbst die englische Begabung, aus jedem Schrankinnern und jeder Schublade in kürzester Zeit einen Trödelladen zu machen – es wurde niemals etwas weggeworfen, und neue Erwerbungen wurden sorglos zu dem übrigen Inhalt gestopft –, aber im Vergleich zu Linda war Lady Derrington pedantisch.

«Die Holländer sind *sehr* ordentlich», sagte sie düster. «Aber es ist doch wirklich ein großes Glück für Linda, wenn der Professor auch auf mich wie ein ziemlich lebloser Fisch gewirkt hat.»

Lady Derrington war so beleidigt, daß Linda sich ohne ihre Assistenz einen Ehemann gesucht hatte, daß sie vergaß, wie wünschenswert ihr diese Heirat noch vor einer Stunde erschienen war. Sie redete jedoch vor allen Dingen weiter, weil Roberts Schweigsamkeit und Blässe ihr nicht gefielen. Sollte er wirklich so sehr an diesem schwierigen Mädchen hängen? Er hatte doch schließlich Lady Derrington und zwei sehr nette Söhne auf der Universität daheim ... Nach näherer Bekanntschaft mit Roberts Nichte hatte Lady Derrington sich beglückwünscht, keine Tochter erziehen zu müssen. Natürlich war sie nie blind gegen Lindas gute Eigenschaften gewesen. Im Grunde hatten ihr Lindas Stolz, ihre Abenteuerlust und ihre scheue, innige Liebe zu ihrem Vater sehr gefallen. Aber das änderte nichts an der Tatsache, daß Linda nach Lady Derringtons Ansicht ein ungewöhnliches Talent besaß, den Menschen auf die Nerven zu fallen. Doch das war nun Professor de Witts Angelegenheit.

Es dämmerte. Die Palmen im Garten warfen violette Schatten, und die flammenden Blüten wurden so grau wie Sir Roberts Zukunft ohne Lindas lebenslängliche Anwesenheit in Singapore.

Robert Derrington fühlte ich zum erstenmal mit seinen fünfzig Jahren alt und müde. Er hätte am liebsten die Cocktail-Party bei den John van Veens abgesagt und über Linda nachgedacht; aber er wollte sich lieber bei John über Professor de Witts Vermögensverhältnisse und über sonstige Einzelheiten erkundigen. Linda war ein Kind in Geldangelegenheiten. Es sah ihr ähnlich, Hals über Kopf zu heiraten, anstatt an ihren Vater zu denken, der dringend einen vermögenden Schwiegersohn gebraucht hätte. Sir Robert versuchte, auf Linda böse zu sein, doch es gelang ihm nicht. Er fand nach wie vor, daß dieser stille Professor aus Buitenzorg ein beneidenswerter Mann war. Gewiß war Linda nicht gerade eine Schönheit; aber sie konnte sehr attraktiv wirken mit ihrer schlanken Gestalt, den goldbraunen langen Haaren und ihrem seltenen Lächeln, das süß und offenherzig war. Man vergaß über diesem Lächeln, daß die starken Kiefer ihr das Aussehen eines ... eines Füllens gaben. Linda war immer voller Leben und Jugend – bis auf die Augenblicke, wo sie sich dank Janes wohlgemeinten Bemühungen hoffnungslos unbegehrt und ungeschickt vorgekommen war. Eine Frau sollte nicht allzu schön sein, dachte Sir Robert plötzlich. Seine Jane war auch nie eine Schönheit gewesen; aber sie hatte den berühmten Rosenteint gehabt und war von großer Eleganz in der Haltung. Sir Robert war immer noch stolz auf sie; man sah ihr ihre siebenundvierzig Jahre nicht im entferntesten an. Aber Linda – sie würde das merkwürdige Gesetz der Liebe erfüllen, das einem Mann sein Eheglück garantiert. Linda würde sich nicht lieben lassen; sie würde mit innerem Schwung und der rührenden Dankbarkeit der von Männern unverwöhnten Mädchen *selber* lieben ... Als Frau würde Linda von edler Bescheidenheit sein. Das wußte Robert Derrington, während er sinnend die violetten Schatten der Tropendämmerung betrachtete.

Er stand auf und strich Jane über das blonde Haar. «Wir wollen noch etwas ruhen, bevor wir uns anziehen müssen! Von heute an brauchst du dich nicht mehr über Linda zu ärgern.» Dann fügte er augenzwinkernd hinzu: «Ich fürchte, wir sind wirklich eine ziemlich unangenehme Familie, meine arme Jane!»

«Ist das alles, was du zu sagen hast?» fragte Lady Derrington trokken. «Ich habe heute schon beim Frühstück gewußt, daß du deinen albernen Dienstag hast!»

II

Mildred van Veens Gartenfest, dem Linda mit knapper Not entronnen war, begann für die Gastgeberin viele Stunden vor Anfang. Sie war vor Gesellschaften stets so fieberhaft erregt und von Visionen des Mißlingens geplagt, daß John und das Kind Jacoba ihr vorsichtig aus dem Wege gingen.

Wenn sie vor einer Party mit aufgerissenen Möwen-Augen durch die Räume und den Garten flatterte, zog John sich kopfschüttelnd in sein «Kabinett» zurück. Es erinnerte trotz der Tropenhelle irgendwie an den halbdunklen, getäfelten Raum in dem riesigen Stammhaus der Van Veens in Den Haag, wo viele Generationen ihre berühmten Kameen gesammelt und stumm die «Stationen des Kreuzes» betrachtet hatten: primitive und eindringliche Visionen des Marterweges Christi, die ein unbekannter Meister des vierzehnten Jahrhunderts in Holz geschnitten hatte. In jenem Kabinett hatten Cornelis und Dirk van Veen mit ihrem Großvater gesessen; dort hatte auch John mit dem alten *Mijnheern* leise Gespräche geführt und die Reize der Meditation schätzengelernt. Seitdem schuf er sich überall in der Welt einen Raum der Stille. Denn John van Veen brauchte diese Stille in der hektischen Welt des großen Geschäfts. Vor seiner Karriere in Washington war der amerikanische Vetter der Van Veens in der Industrie tätig gewesen. Erdöl zwischen den USA und Palembang in Sumatra lag ihm noch heute am Herzen. Während seiner Studienreise durch den Fernen Osten wollte er weitere Möglichkeiten der Erdöl-Produktion und Raffinerie erforschen und die politische Situation näher kennenlernen: Insel-Indien war wie Malaya ein Paradies mit einigen politischen sauren Äpfeln.

Aber John van Veen war trotz der holländischen Abstammung ein Amerikaner der zwanziger Jahre: rastlos, in kühne Wirtschaftsabenteuer verliebt, ein Mann der Tat, aber zugleich ein Intellektueller. Er teilte mit Tausenden seiner Landsleute die Überzeugung, daß selbst ein undankbares, schäbig gewordenes, hygienisch rückständiges und zum Teil anarchisches Paris, das durch den Ersten Weltkrieg seines Glanzes beraubt war, immer noch das kulturelle Mekka der westlichen Welt blieb ...

Mildreds gesellschaftlichem Versagen gegenüber blieb John van Veen so nachsichtig-freundlich, als ob Jupiter sich leutselig zu den Irdischen herabließe. Denn er liebte seine Frau aufrichtig. Und warum in aller Welt hätte er auch sonst eine kleine Sekretärin heiraten sollen? Warmherzig und großmütig wie er war, kämpfte er alle äußeren Schwierigkeiten und inneren Konflikte allein aus. Die kleine Möwe hätte ohnehin nichts davon verstanden, denn bei aller persönlichen Selbstverleugnung war sie davon überzeugt, daß Amerikaner auf der Seite der Engel geboren waren ... Diese Überzeugung führte häufig zu Schwierigkeiten mit den Malaien. Ob Fürst oder Gärtner, ein Malaie verlor das lebenswichtige Gefühl des *senang* (Glück, geistiges und seelisches Wohlbefinden) in Mildreds Gegenwart, obwohl diese farblose *nonja* (Dame) zu ihrem eigenen Glück die Gedanken der Malaien nicht essen konnte. Dafür scheuchte sie aber die malaiischen Diener mit irgendeinem Auftrag aus ihren geflüsterten Konferenzen; und wie kann ein Malaie ohne beständige *meshuarat* (Ratsversammlung, Konferenz) in den Dienerquartieren oder in seinem Kampong glücklich sein? Das Leben bei Lady van Veen war sehr gefahrvoll, aber andererseits sehr einträglich, und so sah man über manches hinweg: sie konnte ja nichts dafür, daß Allah sie so rücksichtslos geschaffen hatte. Einmal allerdings hatte sie einen Diener so beleidigt, daß nur John van Veens Dazwischentreten eine kleine Generalprobe mit dem *kris* (Dolch) verhindert hatte. Tuan van Veen hatte den Trick, jeden Malaien *senang* zu machen; genau wie sein Freund Tuan Derrington, der heute abend mit dem Gärtner in der Höflichkeitssprache scherzen und ihn wegen seiner Blumendekoration loben würde ... Auch der Gärtner Arifin ließ sich von niemandem kränken, weil dann seine Leber schwarz und bitter wurde ... Wenn Tuan van Veen Gäste hatte, wobei leider eine Reihe unheiliger Getränke serviert wurden, reichte Arifin in seiner Festkleidung Limonaden herum und bekam viel freundliche Worte zu hören; denn er war jung, anmutig und hatte sanfte Augen.

John van Veen hatte Mildred vergeblich zu erklären versucht, daß ihre malaiischen Diener sich nicht «mit Schande zudecken» ließen. Vor jeder Gesellschaft herrschte Krisenstimmung; Van Veen konnte nicht begreifen, warum seine sonst so schüchterne und selbstlose Frau mit diesen sanften höflichen Malaien einen überlegenen oder scharfen Ton anschlug, den sie sich doch abzwingen mußte. Mildred konnte keine Fliege beleidigen, vorausgesetzt, daß sie amerikanischen Ursprungs war ... Wenn John seine Frau mit ihren Dienern beobachtete, staunte er über die Kontraste in einer einzigen menschlichen Natur.

John van Veen, der in den USA geboren war, hatte als Student entscheidende Jahre in Holland auf der berühmten Universität von Leyden zugebracht. Der «alte Herr» im Haag hatte den Vorschlag gemacht, und Johns Eltern waren einverstanden. Es war von Nutzen, wenn ein junger Mann die Welt und seine Familie in Europa kennenlernte. Da Leyden nur fünfzehn Kilometer von Den Haag entfernt war, hatte der junge Amerikaner jedes Wochenende beim alten Herrn zugebracht. Er liebte heute noch Leydens enge Straßen und das Fluidum, das seine chinesischen Freunde, die Tsuis, als «den Duft der Gelehrsamkeit» bezeichneten. Doch hätte er diese Straßen in den Staaten nicht gern gesehen. Nur jenen Duft hätte er gern hinübergenommen und dazu sämtliche Bilder von Rembrandt, Jan Steen und Lucas van Leyden, die an diesen friedlichen Wassern, zwischen dem alten Viehmarkt und den Patrizierhäusern das Herz Hollands gemalt hatten.

Stärker als das Studium der Malerei und der Volkswirtschaft hatte aber etwas den jungen Amerikaner beeinflußt, was ihn in einen Kontrast zu den Frauen in seinem eigenen Lande brachte. In Europa bestimmten die Männer das Schicksal der Familie. Das moderne Matriarchat in den USA mit seiner aus Pionierzeiten entwickelten Glorifizierung der Frau, die von der Einrichtung der Zimmer bis zur Erziehung der Söhne alles im Hause bestimmte, erschien John van Veen nach seiner Heimkehr merkwürdig. – Der Einfluß der Frau und Mutter sollte leise sein, so wie er es in holländischen Familien beobachtet hatte. Aus der Zeit seines Studiums stammte seine Vorliebe für stille, anspruchslose Mädchen und Frauen. In stummem Protest gegen die entzückenden Mädchen seines Landes hatte John van Veen in einem plötzlichen, späten Impuls die junge Miss Jackson geheiratet: eine Kleinstädterin, deren Eltern mit ihr und ihrer Schwester Anne in New York vergeblich ein besseres Leben gesucht hatten. Mildred erfüllte ahnungslos ein Wunschbild, das er sich an einsamen Abenden aus Jugenderinnerungen und aus Abneigung gegen weibliche Herrschsucht gezimmert hatte. Ihre Schüchternheit und Bescheidenheit erweckten Liebesgefühle in ihm. So hatte der glänzende und verwöhnte John van Veen, für den das Beste gerade gut genug schien, eine Frau geheiratet, die Jane Derrington mit Erstaunen betrachtete. Wie war es nur möglich – ein Grandseigneur wie John und dieses dürftige, kopflose Hühnchen?

Mildred war Hotelsekretärin gewesen und hatte öfters für John van

Veen gearbeitet, wenn er riesig, von rastlosen Ideen berstend, im Waldorf-Hotel in New York auftauchte. Er brachte einen Hauch von rätselhafter Unruhe und eine Ahnung von finanziellen Abenteuern mit. Daneben viel warmherzige Fürsorge für das kleine, dünne Ding, das so korrekt und grenzenlos ergeben sein Diktat aufnahm. Auch bestellte er jedesmal ein Essen für Miss Jackson, denn für ihn sah sie verhungert aus, was sie durchaus nicht war. –

Mildred besaß entsetzlichen Ehrgeiz für alle anderen, eine Neigung zu stellvertretendem Glück und entfaltete oft eine absurde Aktivität für die geliebten Menschen. So hatte sie versucht, John van Veen mit ihrer Schwester Anne zu verheiraten. Die wunderschöne Anne mit der Haltung einer Fürstin führte stets die großen Abendkleider vor. Sie war ein frigides Mannequin, das nichts von Liebe wissen wollte. Als John van Veen wieder einmal nach Mildred telefonieren ließ, da hatte Millie einen wahrhaft idiotischen Plan gefaßt und Anne so lange in den Ohren gelegen, bis sie achselzuckend nachgegeben hatte. Mildred wollte krank spielen, und Anne sollte ihre Botschaft im Hotel ausrichten. Millie konnte sich einfach nicht vorstellen, daß Annes Schönheit den schwerfälligen Grandseigneur nicht umwerfen würde.

Als Anne mit der Überzeugung, dorthin zu gehören, im Waldorf auftauchte, blickte John sie stumm an. Dann fragte er mit seiner tonlosen Stimme – eine Familieneigentümlichkeit der Van Veens –, was Miss Mildred fehle und ob sie einen guten Arzt hätte.

«Ich fahre selber hin», rief er und sprang auf. Anne war ratlos. Außerdem war sie ärgerlich. Aber es gab keinen Widerstand gegen diesen ... diesen Holzklotz, der nicht einen einzigen Blick in ihr hochbezahltes Dekolleté geworfen hatte. Seine leicht verschleierten Augen blickten über Anne hinweg. Die Gedanken hinter seiner hohen, gewölbten Stirn konnte sie nicht lesen.

Kopfschüttelnd betrat John das schäbige Zimmer in einem bescheidenen Viertel von New York. Mildred trug eine alte Strickjacke – stets das verhängnisvollste Kleidungsstück für unansehnliche Frauen – Talmi-Ohrringe, und dazu hatte sie rote Augen. Obwohl sie fünfundzwanzig Jahre war und das Leben kannte, oder es sich einbildete, hatte sie geweint, weil sie Jupiter durch eigene Schuld entbehren mußte. Millie hatte nicht einmal das Talent, hübsch zu weinen; ihre Nase wurde glühendrot, und ihre runden, glänzenden Möwenaugen wurden klein und glanzlos. So saß sie da und sprang mit einem Schrei auf, als John van Veen – damals achtunddreißig Jahre und strahlend elegant in seinem pelzgefütterten Mantel – das Zimmer betrat und beinahe mit dem Kopf an die Decke stieß.

«Tut es so weh?» fragte Mr. van Veen mit seiner seltsam tonlosen Stimme.

«Soll ich Diktat aufnehmen?» brachte Milli hervor.

«Haben Sie Fieber, oder können wir irgendwo essen gehen?» Mr. van Veen ergriff ihre Hand, um den Puls zu zählen. «Ich möchte etwas mit

Ihnen besprechen.» Er sah sich suchend um – wahrscheinlich suchte er Anne, die aber beleidigt ins Kino gegangen war.

Millie war wie berauscht mit ihrem Chef «irgendwo essen» gefahren. Es war ein Restaurant, das die Schwestern noch niemals von innen gesehen hatten. Beim Mokka wartete Mildred mit glänzenden Augen auf Mr. van Veens Enthüllungen. Sie hatte es gewußt: Anne hatte ihn bezaubert! Er war ja auch der einzige Mann, der für ihre wunderschöne Schwester gut genug war: machtvoll, elegant und sehr vermögend. Millie brausten diese Gedanken und der ungewohnte Champagner im Kopf herum, als Mr. van Veen ihre zarten Finger in seine riesigen, warmen Hände nahm – er trug einen Siegelring holländischer Arbeit – und abrupt sagte:

«Ich habe mich entschlossen, doch noch zu heiraten!»

«Ich wußte es», murmelte Millie. «Ich ... ich bin so glücklich für Anne», stammelte sie und blickte John van Veen nicht an. Daher entging es ihr, daß er seine meerblauen Augen unter den schweren Lidern aufriß.

«Wer ist Anne?» fragte er zerstreut. «Warum zittern Sie? Wollen Sie eine Fiebertablette?»

Dann geschah etwas Unglaubliches. Mr. van Veen zog ein Etui aus der Tasche, öffnete es bedächtig und entnahm ihm ein Paar Ohrringe – kleine, platingefaßte Perlen mit einem rosa Schimmer und von enormem Wert. Mit einer Geschicklichkeit, die ihm niemand zugetraut hätte, löste er die entsetzlichen Imitationen aus Millies hübschen, kleinen Ohrläppchen und befestigte die Perlen. «Die Kette kommt zur Hochzeit; die Perlen waren nicht gleichmäßig genug; ich lasse sie zusammenstellen», murmelte er. «Was ist denn? Warum weinst du?» flüsterte er. Sie waren allein in dem Restaurant; es war sehr spät geworden. «Willst du mich nicht haben? Bin ich zu alt?»

Er blickte seine zukünftige Frau nicht an. Das war ja eine schöne Bescherung! Und die Perlen hatte sie schon in den Ohren. Aber die hatte er ihr in jedem Fall schenken wollen ...

«*Mich* wollen Sie ... *mich*?» stotterte Millie. «Nicht ... nicht Anne?»

«Wer ist Anne?» fragte Mr. van Veen, diesmal bereits ungeduldig, denn sein rastloser Geist beschäftigte sich mit tausend Sachen: Millies Trousseau für Holland, Millies Gesundheit – warum zum Kuckuck schluchzte sie, als ob er ihr den Kopf abreißen wollte anstatt sie endlich mit dem Glück bekanntzumachen? Er hatte sich seine Verlobung nicht so wäßrig vorgestellt. Denn nun schluchzte Mildred zum Steinerweichen, als ob sie auf einer Beerdigung wäre. Aber gleichzeitig legte sie den Kopf an seine Schulter ... hm, sie wollte ihn also offenbar doch haben?

«Natürlich will ich *dich* heiraten», sagte er und seufzte vor Ungeduld. «Hast du das nicht gemerkt? Eine New Yorkerin und so ahnungslos? Wo lebst du? Auf dem Mond?»

John van Veen hatte die Angewohnheit, in der Erregung seine Fragen wie Pistolenschüsse abzufeuern. Auf Antworten wartete er nicht. Er wußte fast alle Antworten.

«Aber Mildred –» er sagte damals und auch später niemals «Millie» – «beruhige dich doch! Es gibt doch Schlimmeres als heiraten. Hast du immer noch Kopfweh? Warum hast du kein Taschentuch? Hast du keinen dickeren Mantel? Du wirst dir den Tod holen in diesem ekelhaften New Yorker Regen!»

Er hatte in Windeseile bezahlt, Mildred in seinen Riesenpelz gehüllt und sie dann wie eine Mutter ihr Baby in seinen Wagen gepackt, der dieselben überlebensgroßen Maße hatte wie er. Ja, geküßt hatte er sie auch und die braune Strickjacke lachend zu Boden geworfen.

«Hast du keinen Farbensinn, Liebling? Wo gibt es solch entsetzliche Jacken? Zahlen die Leute noch etwas zu, damit man sie kauft?»

Da hatte Mildred plötzlich gelacht – sehr hell und jung. Und sie hatte im Dunkel des großen Wagens verstohlen die Tränen getrocknet.

«Oh ... John ... du weißt ja gar nicht ...» Sie stockte. Sie hatte sagen wollen: «Was Armut ist!» Aber ein neuer Stolz verschloß ihr den Mund.

«Was weiß ich nicht, kleines Mädchen?» John van Veen hatte sich tief zu seinem Pelz hinabgebückt, in dem Mildred warm geborgen und sehr müde saß. «Du mußt als meine Frau Nachhilfestunden im Glücklichsein nehmen», sagte er zärtlich und tonlos. Er hatte mit dem Tiefenblick der Van Veens, die niemals die Wasserfläche für den Meeresgrund hielten, Mildreds Schönheit erkannt: ihre Bescheidenheit und das Bedürfnis, alle Menschen, die sie liebte, auf ihre Kosten glücklich zu machen ... Aber er wußte auch in seinem unbestechlichen Wirklichkeitssinn, daß seine Frau Angst vor den Menschen seiner Kreise haben, daß sie das aufgeregte Herumflattern schwer ablegen würde und daß ihre Schwester Anne verheiratet werden mußte, wenn er etwas von seiner Frau haben wollte. Ein Plan schoß ihm bereits in dieser Stunde durch den Kopf: Er hatte bei seinem letzten Besuch in Holland seinen Freund, Professor van Swanenburgh, besucht: Witwer, eminenter Chirurg. Die Swanenburghs waren seit jeher Freunde der Van Veens gewesen. Vielleicht ...

«Warum bist du so dünn, Kleines? Ißt du nicht genug? Für wen knappst du dir das Essen ab? Was ist denn? Kannst du nicht ruhig sitzen, Liebling, und dir einen Verlobungskuß geben lassen? Hmm .. Halte mal still jetzt! Wir sind gleich bei dir angelangt. Still ... sage ich!»

So hatte Mildred van Veens Leben in der Welt der Wirtschaft und Politik begonnen; in einer Welt, die nicht ihre Maße hatte. Ihre Schwester Anne war von John verheiratet worden. Professor van Swanenburgh hatte sie sozusagen vom Fleck weg geheiratet. Und Annes einzige Tochter Jo war nun in Singapore angekommen. Mildred van Veen gab dieses Gartenfest für die siebzehnjährige Jo, die eigentlich nach Mildreds und Annes Mutter Joan hieß. Jo ähnelte Anne van Swanenburgh in einem einzigen Punkte: sie wollte sich von Mildred nicht lieben lassen.

III

Logiergäste waren für Mildred von jeher eine seelische Belastung gewesen; vor allem wenn sie sie nicht sehr nahe kannte. Ihre Schüchternheit, die mit den Jahren zu einer Kontaktschwäche geworden war – und das in der Welt des Fernen Ostens, welche die Schaffung von Kontakten mit unzähligen Menschen, Nationen und Rassen als Hauptaufgabe ansieht! –, war eine Prüfung für John van Veen. Er hatte zwar gewußt, daß Mildred unruhig umherflattern würde, hatte aber doch angenommen, daß seine beschützende Liebe und seine Stellung Mildred ein wenig Sicherheit geben würden. Mildreds Kontaktschwäche grenzte in den letzten Jahren an eine pathologische Furcht vor Menschen der internationalen Gesellschaft, die sie zu begrüßen und zu bewirten hatte. Sie war eine sehr liebevolle Frau und Mutter und dabei die unpassendste Gefährtin für John van Veen und die verhängnisvollste Erzieherin für die kleine Jacoba, die sie «Jackie» riefen. Mildred fühlte, daß ihre Gäste aus aller Welt als Frau eines prominenten Amerikaners etwas ganz anderes anzutreffen erwarteten, auch wenn sie zu wohlerzogen oder zu gleichgültig waren, Mildred ihre Überraschung fühlen zu lassen. Jane Derrington war ihre einzige Freundin. Sie ignorierte Mildreds Nervosität bei Parties und half ihr unauffällig, wo sie konnte. Sie hatte Mildred sehr gern und hätte sie wahrscheinlich auch aus einem brennenden Haus gerettet.

Dirk van Veen – fünfundzwanzig Jahre alt, Wirtschaftskorrespondent für bekannte holländische Zeitungen und Zeitschriften, groß, elegant und spöttisch – jagte Mildred schon am Hafen von Singapore einen mit Staunen gemischten Schrecken ein. Er war ihr so fremd wie Jo, ihre einzige Nichte. Jo schien kapriziös und egozentrisch zu sein. Aber das hätte Mildred, die bereits hochfliegende Pläne für Jos Zukunft schmiedete, nicht einmal sich selbst eingestanden. Sie war die ganzen Jahre nicht in Amsterdam gewesen, nachdem Anne eines Tages die Flucht ergriffen hatte. Hatte sie niemals an ihre beiden Kinder – ihre Tochter Jo und den kleinen Willem – gedacht?

Es war ungünstig, daß Mildred drei Stunden vor ihrer Cocktail-Party – zu der sie wieder viel zu viele Leute eingeladen hatte, mit denen sie nachher nichts anzufangen wußte – an die alten Geschichten in Amsterdam dachte. Jo war jahrelang in Pensionaten erzogen worden und gehörte daher zu jenen Familienmitgliedern, welche die Swanenburghs als «die Abwesenden» bezeichneten, wobei es Außenstehenden unklar blieb, ob die Abwesenden verreist oder tot waren oder in der Verbannung lebten. Der Professor und sein Sohn aus erster Ehe waren sowieso den ganzen Tag und die halbe Nacht als Chirurgen beruflich beschäftigt; sie merkten kaum, wer in dem riesigen, kalten Haus in Amsterdam an- oder abwesend war. Mildred hatte die Swanenburghs nur kennengelernt, als John van Veen dem zerstreuten Professor – mit der sirenenhaften Beredsamkeit amerikanischer Senatoren – seine Schwägerin Anne zwischen zwei Operationen als Ehefrau vorschlug. Er wußte, daß Swanenburgh ein Auge für Frauenschönheit hatte und wenig weibliche Leidenschaft brauchte – da erschien Anne gerade die Richtige. Daß dann alles anders gekommen war – wer konnte dafür?

Nun war Mildred entschlossen, Jo, die so lange als «Abwesende» in Mädchenpensionaten gelebt hatte, am Beispiel von Tante Mildred und Onkel John vorzuführen, was Familienliebe ist. Aber Mildred fühlte dunkel, daß das Mädchen Jo für ihre siebzehn Jahre viel zu selbstsicher und verschlossen war. Überdies hatte sie zu elegante Kleider – wenn man bei Swanenburghs Geld oder wieder eine Erbschaft in Aussicht hatte, wurde alles schnell ausgegeben. Offenbar hatte der Professor sich dunkel aus seiner Tropenpraxis in Batavia erinnert, daß die Damen sich beständig neue und elegante Kleider anzogen, und hatte seiner einzigen Tochter eine Garderobe für Singapore gekauft, die für eine Weltdame von fünfunddreißig Jahren richtig gewesen wäre. Es waren Kleider, die seine bildschöne Frau getragen haben würde, wenn sie sich nicht nach zwölf Ehejahren wortlos unter «die Abwesenden» begeben hätte ... Dazu hatte Jo eine tiefe Schiffsjungenstimme und keine Ahnung von Rücksicht oder Pünktlichkeit. Im Hause Swanenburgh wurde zu den verrücktesten Zeiten soupiert oder gefrühstückt; in ihren Kinderjahren hatte der Professor Jo manchmal spät abends aus dem Bett geholt und sie bei Kerzenlicht in dem großen unordentlichen Speisesaal mit unbekömmlichen Leckerbissen gefüttert. Anne hatte oft im großen Abendkleid reglos dabeigesessen, wenn sie aus einem Konzert gekommen war, wo sie ihren eigenen Gedanken nachgehangen hatte. –

Millie hatte nicht nur einen ängstlichen Ordnungssinn und eine korrekte Sekretärinnenseele, sie hatte auch noch niemals ein solches Milieu gesehen. In der Wohnung der Swanenburghs standen Schätze von einzigartigem Wert – Mingvasen oder eine T'ang-Gruppe von Pferden, die chinesische Patienten dem Professor noch in Batavia geschenkt hatten – unbeachtet und leicht angestaubt neben künstlichen Blumen, angestoßenen Delfter Kacheln und grauenhaften Schäferpaaren aus Steingut. Denen durfte kein Haar gekrümmt werden, da sie von blindergebenen Patienten stammten, die sie mit finanziellen Opfern gekauft hatten. Die Swanenburghs aßen genauso gern von Holztellern wie von Delfter Servicen. Millie sah staunend, daß die Swanenburghs ihrer Umgebung den Stempel des Unmöglichen und Phantastischen aufdrückten. Sie waren gleichzeitig so exakt und so hintergründig, daß man an Mathematikstunden im Irrenhaus denken mußte. Aber bei alledem waren der Professor und sein Sohn Vincent meisterhafte Chirurgen, würdig der Dynastie, die sie fortsetzten. Jo sollte auch Medizin studieren, nachdem sie Tante Mildred in Singapore zur Verzweiflung gebracht haben würde. Der Professor hatte allerdings John van Veen gewarnt; «Jo wird euch nur Kummer machen», hatte er geschrieben. Damit hatte Professor van Swanenburgh seiner Meinung nach seine Pflicht getan. Die arme Mildred, die bereit war, sich für dieses schwierige Mädchen in Stükke zerhacken zu lassen, hatte auch nach ihrem weit zurückliegenden Besuch in Holland keine Ahnung, wer die Swanenburghs eigentlich waren, die berühmten und exzentrischen Swanenburghs, die sich neben blind ergebenen Trabanten – wie der Professor alle Leute nannte, die ihm Unbequemlichkeiten abnahmen – eine große Anzahl von Feinden dadurch geschaffen hatten, daß sie allen Leuten genau sagten, was sie von ihnen dachten ... Einmal hatte Mildred während der zwei Monate vor Annes Hochzeit dem Professor einen guten Ratschlag gegeben, und er hatte sie mit unergründlichem Lächeln betrachtet und «Ah ... die Stimme der Vernunft!» gerufen. Millie hatte nicht gewußt, ob es eine Anerkennung oder eine Beleidigung war ... Aber selbst sie hatte sich dem Charme des Professors und seines Sohnes Vincent nicht ganz entziehen können, wenn sie es auch mißbilligte, daß die beiden Herren meistens vergaßen, Rechnungen nach Operationen zu schicken, und mit Frau und Kind, Mann und Maus in dürren Zeiten fröhlich dorthin reisten, wo es am schönsten, amüsantesten und teuersten war. Das Kind Jo hatte einen Teil seiner Schulzeit in Luxushotels in Europa verbracht, wo es wohl seine Selbstsicherheit und Verschwendungssucht erworben hatte. Außerdem hatte dieses siebzehnjährige Mädchen, dem die berechnende Kühle seiner verstorbenen Mutter Anne weltenfern war, eine glanzvolle und bezaubernde Sorglosigkeit, der Mildred hilflos gegenüberstand. Übrigens hatte sie von Jo erfahren, daß der «Zauberkünstler», wie diese ihren Vater nannte, eigentlich von ungeheuren Erbschaften lebte, die ihm in regelmäßigen Abständen von verwandten oder bekannten Trabanten und Randfiguren übermacht wurden. Der Professor erbte auf Grund seines persönlichen Charmes; weder er noch Vincent oder Jo hätten sich jemals um einen Millionär gekümmert, wenn er mit der Stimme der Vernunft zu ihnen gesprochen hätte. Er hätte sie zum Kofferpacken gelangweilt. Aus diesem Milieu stammte Mildreds einzige Nichte, die sie in der einen Woche, die ihr Singapore-Aufenthalt währte, zerstreut betrachtete, als frage sie sich verwundert, wer Mildred eigentlich wäre.

Zu dem Kind Jacoba war Jo freundlich: sie wollte ja Kinderärztin werden. Dieses spätgeborene Kind flatterte sorgenvoll herum; es spürte, daß seine Mutter sich ein fröhliches, allgemein beliebtes und bewundertes Bilderbuch-Kind wünschte, das vor niemand scheu in einen Winkel lief, vielmehr drollige, gescheite Antworten gab. Kein Abbild von Mildred selbst – um Himmels willen! Jacoba war aber schon als Baby höchst sorgenvoll gewesen; als ob das Würmchen ahnte, daß seine Mutter mit selbstlosem und gefährlichem Ehrgeiz ein amerikanisches Luftschloß baute, in dem Jackie später herrschen sollte – amüsant, elegant, schlagfertig und so strahlend gelaunt wie jene Illustrierten-Familien, die das Leben wegen eines neuen Eisschranks oder Autos im höchsten Maße lebenswert finden. Leider litt die stille, scheue Jacoba mit ihren neun Jahren an Schlaflosigkeit und einer Geisterfurcht, die ihr ihre malaiische Kinderfrau sorgfältig als erstes Bildungselement eingeflößt hatte. Jackie schrie öfters des Nachts spitz auf, weil der *pawang* (Beschwörer) seine Puppen an ihr Bett brachte und schaurige Schattenspiele aufführte.

Vor Mildreds Parties war Jacoba besonders aufgeregt, weil sie manchmal den Gästen guten Abend sagen mußte und einen Pawang unter ihnen vermutete. John van Veen blickte seine einzige Tochter manchmal erstaunt an: was für ein furchtsames Hühnchen! Doch Jacobas Ängstlichkeit und Zartheit – sie hatte den durchsichtigen Teint von Tropenkindern aus dem Westen, dazu goldblonde Locken und sehr helle, blaue Augen, die sie angstvoll aufriß –, Jacobas Winzigkeit und Schlaflosigkeit waren nur ein Grund mehr, ihr die Fürsorge und die seltsam barmherzige Liebe ihres riesigen, robusten Vaters zu sichern. Alle Van Veens hatten diesen Zug der mit-leidenden Liebe; bis auf Dirk, der übrigens die bevorstehende Cocktail-Party für die junge Jo als Vorwand benutzte, seit dem Frühstück durch Abwesenheit zu glänzen. Es war vier Uhr nachmittags. John van Veen verließ sein Kabinett, in dem allerhand holländische Schatten spukten. Er reckte sich und stieg langsam in den ersten Stock des großen Tropenhauses, um seiner Nichte Jo eine Gardinenpredigt zu halten. Er würde nicht gestatten, daß dieses naseweise und unwissende junge Geschöpf seine Frau ignorierte... Mildred war die Dame des Hauses, auch wenn sie sich hinter Johns mächtigen Rücken verkroch.

Vom Garten drang Mildreds erregte Stimme. Sie gab dem Gärtner Arifin Anweisungen, wie er die chinesischen Blumenvasen um das große Zelt im Garten arrangieren solle, obwohl Arifin das bedeutend besser wußte als «Lady» van Veen. Arifin erwiderte sanfte Förmlichkeiten, doch John hörte seiner Stimme an, daß er bereits *sakit hati* (verärgert) war... John seufzte. Er beschloß in diesem Augenblick, seine Frau und das übernervöse Kind in die Staaten zurückzuschicken.

IV

Jo van Swanenburgh lag seit zwei Stunden mit verschränkten Armen unter ihrem Moskitonetz. Das Buch über Chirurgie, das ihr Stiefbruder Vincent ihr als Abschiedsgeschenk verehrt hatte, lag auf der Bambusmatte. Vincent hatte gewußt, daß ein medizinisches Werk ein vernünftiges Mädchen mehr erfreut als Konfekt oder anderer Weiberkram. Jo hatte sich, seit sie zwei Jahre nach dem «Ereignis» den Platz ihrer Mutter am Familientisch übernahm – vierzehn Jahre alt und naseweis –, an Unterhaltungen über Knochenbrüche und entzündete Harnblasen beteiligt. Alle Swanenburghs hielten diese Themen für bezaubernden Gesprächsstoff. Und nun war Anne ja nicht mehr dabei, um sie zu stören, Anne mit ihrem kalten, gelangweilten Lächeln, ihrem albernen Dekolleté und ihren geheimen, niederträchtigen Fluchtplänen. Man sprach im Hause Swanenburgh fast nie von ihrem Verschwinden; notfalls nannte man es «das Ereignis»; Skandal klang melodramatisch, und Melodrama hatte keinen Raum in dem Amsterdamer Heim der Wissenschaft.

Jo dachte selten an ihre verstorbene Mutter. Anne hatte sie in die Verbannung geschickt, als sie elf und der kleine Willem fünf Jahre gewesen war. Sie hatte wohl gemeint, daß der Lebensstil ihres Mannes und Stiefsohnes die junge Tochter ungünstig beeinflussen würde; die Extravaganz der Reden und Taten, die Anne hassen gelernt hatte, das Medizingeschwätz – unappetitlich und zum Sterben langweilig – und alles andere ... Niemand bewunderte Annes Schönheit. Ein trostloses Leben! Und Jo war ein schwieriges, altkluges Kind mit langen Beinen, kurzen Haaren und einer rauhen Schiffsjungenstimme. Jo sollte in einem englischen Pensionat eine Dame werden, wie Anne sie oft in New York gesehen hatte, wenn sie große Abendkleider vorführte. Doch der Professor hatte die Erziehungspläne immer wieder durchkreuzt. Er fuhr nach England, lud seine Tochter nach London ein und nahm sie kurzerhand auf einen Bummel nach Paris mit – ein dreizehnjähriges Kind, das von Anatomie und Operationen schwatzte und abends mit dem Papa großäugig in der Oper saß. Eine feine Erziehung! Jo bedauerte, daß sie durch ihre Mutter dazu verurteilt war, unter den «Abwesenden» zu rangieren; denn manchmal schien Papa ihre Existenz auf Wochen hinaus zu vergessen. Nur Vincent – der beste Assistenzarzt, den sein Vater jemals gehabt hatte – schrieb dem Kind freundliche Stenogramme zwischen zwei Operationen, die er kurz, genau und liebevoll beschrieb. Vincent van Swanenburgh war zu jener Zeit dreiundzwanzig Jahre alt, sah seiner verstorbenen Mutter ähnlich – sie war Ärztin gewesen – und wollte nach den Erfahrungen, die sein Vater mit seiner zweiten Frau machte, nicht heiraten. Wer garantierte ihm, daß es noch eine Frau gab, die so vernünftig und nett wie seine tief betrauerte Mutter oder seine Stiefschwester Jo war? «Die Amerikanerin», wie Anne in Amsterdamer Freundeskreisen genannt wurde, hatte aus Vincent zu Beginn ihrer Ehe einen «Trabanten» machen wollen. Da war sie allerdings bei der zukünftigen Weltberühmtheit am Operationstisch schön angekommen. Doch der jungen Jo und dem kleinen Willem – der auch schon gern ein Skelett streichelte – war Dr. Vincent van Swanenburgh ein wahrer Bruder und Freund. Die Briefe an Jo schrieb er nachts; tagsüber war er mit konsequenter und mirakulöser Lebensrettung beschäftigt. –

Jo blickte vage in dem luftigen Tropenzimmer umher. Sie hatte das Buch beiseite geworfen, weil sie durch das ungewohnte Klima müde war und überhaupt lieber mit Papa und Vincent über chirurgische Abenteuer gesprochen hätte, als zu lesen. Es war eine Kateridee von Papa gewesen, sie zu ihrer Tante zu schicken. Jo hatte bei der Ankunft vor einer Woche mit einem halben Blick gesehen, daß Tante Mildred zu dem Menschenschlag der «Trabanten» gehörte; sie brachte sich täglich hundertmal um im Bestreben, Jo glücklich zu machen – wie langweilig! Trabanten mußten zum mindesten operationsreif sein, um zärtliche Gefühle in den Swanenburghs zu erregen ... Onkel John war allerdings sehr famos, aber er schien Jo nicht leiden zu können. Warum nur? Und Jacoba war auch schon ein winziger Trabant. Jo gähnte und schloß die Augen. Sie wollte verdammt sein, wenn sie nicht ihre Passage nächste Woche buchen und ihre Vorbereitung für das Universitätsstudium betreiben würde.

Warum hatte Papa sie schon wieder in die Verbannung geschickt, wo er selber sich in Biarritz vergnügte? Das exotische Völkergemisch von Singapore, die imposante Wasserfront, die träumerischen Gärten – alles, was Linda Derrington bei ihren Streifzügen entzückt hatte – sagten Jo nichts. Sie hatte nur festgestellt, daß die Malaien zu oft und zu hohl husteten, die Chinesen mit unhygienischer Sorglosigkeit überall hinspuckten und die Inder so wenig Sinn für Sauberkeit beim Essen zeigten, daß Jo sich nur darüber wundern konnte, daß so viele Inder springlebendig in Singapore ihr Dasein auf Märkten und in den Wechselstuben genossen. Dabei hatte Onkel John ihr bereits erzählt, wie sehr die Regierung sich um die Gesundheit in der Kolonie bemühte. Es gab das *Medical Department* und alle möglichen Hospitäler; aber die Einwohner der Kronkolonie – zum mindesten diejenigen der Kampongs – wollten lieber Geisterbehandlung als eine nette Operation. Jo hatte Vincent bereits darüber berichtet. – Sie dehnte sich mit geschlossenen Augen: der Ferne Osten konnte ihr gestohlen werden.

John van Veen war so leise eingetreten, daß Jo ihn erst bemerkte, als er riesig und nicht unfreundlich vor ihrem Bett stand. Sie trug einen weißen, mit Blumen bestickten, chinesischen Pyjama – ein Geschenk von Tante Mildred. Aber Jo trug genauso gern einen alten Sack. Das war die einzige Beziehung, in der sie Linda Derrington ähnelte. Linda hatte Jo gut gefallen. Nur war sie uralt: fünfundzwanzig Jahre!

John van Veen blickte auf seine Nichte hinunter, die es nicht für nötig hielt, sich aufzurichten oder gar aufzustehen. Sie sah beinahe kindlich mit dem langen, weizenblonden Zopf aus – und sehr reizvoll.

Ihre langen Beine in den weißen Seidenhosen lagen auf der vollgestopften Kissenrolle, die man im Osten *Dutch Wife* nennt: es war dann weniger heiß im Bett. Jos schlanker Hals ragte aus dem bestickten chinesischen Seidenkragen der Schlafjacke wie ein zarter Blumenstengel. Ihre Mundwinkel waren herabgezogen; sie war in «Wolkenstimmung», wie der Professor die Launen seines Fräulein Tochter nannte. Flüchtige Launen störten ihn nicht; aber wenn sie anhielten, schickte er die junge Dame eben in irgendeine Verbannung. Der Professor hielt sich für einen großartigen Erzieher. –

«Willst du nicht aufstehen, Jo?» fragte John van Veen freundlich.

«Nein», sagte Jo mit tiefer Schiffsjungenstimme. «Ich werde heute abend nicht herunterkommen.»

«Warum?»

«Ich habe keine Lust.» Jo schob die Kissenrolle in eine andere Richtung und schloß die Augen.

«Ich habe auch keine Lust», sagte John van Veen diplomatisch und noch freundlicher, während seine Augen sich im unterdrückten Ärger verschleierten. «Aber ich glaube, wir müssen deiner Tante Mildred schon den Gefallen tun! Sie gibt die Party für dich.»

«Es tut mir selbst sehr leid, Onkel John!» Jo warf dem Senator einen koketten Blick zu und schien bemüht, ihn zur Revision seines unvernünftigen Standpunkts zu veranlassen. «Tante Millie hat lächerliche Ideen», erklärte sie milde. «Wer wird schon mit einem Haufen von unbekannten Trabanten einen Abend verbringen?»

«*Du* wirst es!» John van Veen rührte sich nicht vom Fleck. Eine Ader auf seiner hohen Stirn schwoll an. «Ich werde mich jetzt umkleiden und hole dich in zwanzig Minuten.»

Seine unerschütterliche Autorität und etwas Unnennbares – war es beherrschter Jähzorn? – veranlaßten Jo, ihre strahlend blauen Augen weit aufzureißen. Onkel John sah aus, als würde er sie gern im nächsten Augenblick erwürgen.

«Bist du böse auf mich?» fragte sie kindlich.

«Nicht im geringsten.» John van Veen wußte, daß dieses verzogene Balg sich anziehen würde. Er war Herr im Hause, und je eher seine Nichte das merkte, desto besser für sie alle. «Ich wäre dir dankbar, Jo, wenn du auf deine Tante etwas mehr Rücksicht nehmen wolltest, auch wenn du keine Lust dazu hast.»

«Zu Hause tun wir nur das, wozu wir Lust haben», erwiderte die rauhe Knabenstimme, die so seltsam mit der delikaten Schönheit des Mädchens kontrastierte. «Der Zauberkünstler sagt, man bekomme Komplexe, wenn man sich von der Konvention zu irgendwelchen Handlungen zwingen läßt.»

«Wer ist der Zauberkünstler?»

«*Papa* natürlich», erklärte Jo ungeduldig. «Er hat meine Erziehung sehr sorgfältig überwacht. War das nicht großartig von ihm, wo er Tag und Nacht operiert?»

Aus Jos Stimme klang so viel Bewunderung und stürmische Liebe, daß John van Veen seiner Nichte den ersten freundlichen Blick schenkte. Du lieber Himmel, dieses baumlange, schöne Mädchen war im Grunde ein Kind, das an seinem Vater hing und von seiner Mutter verlassen worden war. Van Veen verbot sich, an Anne zu denken. Er hatte es sich niemals verziehen, Mildreds Schwester zu den Swanenburghs gebracht zu haben... Alle waren unglücklich geworden. Anne nicht am wenigsten. –

«Dein Vater ist ein wunderbarer Chirurg», sagte John diplomatisch. «Fein, daß du Medizin studieren und ihm später helfen willst!»

«Ich will auch Vincent helfen. Und vor allem den kranken Trabanten.»

Was hatte dieses Mädchen nur für eine Ausdrucksweise! John van Veen beschloß jedoch, sich nicht näher nach den Trabanten zu erkundigen. Denn Jos Stimmung hatte gewechselt. Tränen standen in ihren Augen. John hob das Moskitonetz mit geübter Bewegung und setzte sich auf Jos Bettrand.

«Hast du Kummer, Kleines?» fragte er so sanft und liebreich, daß Jo ihren Kopf an seine mächtige Schulter lehnte.

«Warum tut Tante Mildred lauter Dinge, die mir Spaß machen sollen und mich nur anöden?» stieß sie hervor. «Ich sei ein undankbares Biest, sagt Vincent immer. Aber ich habe mir mit Tante Mildred nichts zu sagen.»

«Du kennst sie kaum, Kind! Vielleicht habt ihr euch doch etwas zu sagen.»

«Dann soll sie nicht wie eine Katze um den heißen Brei schleichen.» Jo sprang heftig auf. «Meinst du denn, ich weiß nicht, warum Mama unter die Abwesenden gegangen ist? Die Spatzen haben es in Amsterdam von den Dächern gepfiffen. Darum hat Vincent mir alles gesagt, damit die Freunde und Randfiguren es mir nicht erzählen.» Jo warf sich aufs Bett und schluchzte wild auf. «Ich freute mich wie ein Schneekönig, als sie in der Verbannung war», schrie sie. «Es war ein wahres Glück, daß sie nicht wieder auftauchen durfte. Sie hat Papa das Herz gebrochen. Ich meine damals ...» setzte Jo mit ihrer erschreckenden Ehrlichkeit hinzu. «Er hatte nachher zu viel zu tun, um nach ihr zu wimmern.»

«Wann hat Vincent dir alles erzählt?»

«Zwei Jahre nach Mamas Verschwinden, als ich endlich nach Haus kommen durfte, um ihren Platz einzunehmen.»

John van Veen zuckte mit keiner Wimper. Wenn es nicht so tragisch gewesen wäre, hätte er lachen müssen. Ein vierzehnjähriger Fratz als Dame des Hauses! Aber in dieser Familie war alles möglich.

«Vincent meinte, Tatsachen würden mir besser bekommen als sentimentale Lügen», sagte Jo trotzig.

John van Veen schüttelte den Kopf über Vincents pädagogische Methoden. Es konnte eben einer ein glänzender Chirurg und ein Esel in Gefühlsdingen sein.

«Tante Mildred hat deine Mutter sehr geliebt», murmelte er und streichelte geistesabwesend Jos Schulmädchenzopf. «Wenn man liebt, teilt man keine Zeugnisse für gutes und schlechtes Betragen aus, mein Kleines! Wir dürfen nie den einen ausschließlich auf Kosten des anderen bedauern. Kannst du mich verstehen?»

«Vielleicht kapiere ich es mit der Zeit.» Jo stockte und blickte in den Garten, wo die Palmen sich im Nachmittagswind wiegten. «Ich werde das blaue Kleid anziehen und die Saphire tragen. Papa hat es mir in Amsterdam gekauft, damit ihr mich nicht für einen Schiffsjungen haltet. War das nicht wonnig von ihm?»

«Sehr wonnig», sagte John van Veen ohne Wimperzucken. «Höre, Jo ...»

Sie wurden unterbrochen. Mildred stürzte atemlos ins Zimmer. «John», jammerte sie, «ich suche dich im ganzen Haus. Der Gärtner ist fortgelaufen und hat zum Abschied deine chinesischen Vasen zerbrochen. Wer soll die mohammedanische Limonade servieren? Und ich bin noch nicht angezogen. Niemand ist angezogen. Dein Neffe Dirk ist nicht gekommen, und ich habe Jane Derrington schon von ihm erzählt! Diese Blamage! Und die Blumen. Jo steht hier im Pyjama. Jacoba weint, und wir haben nicht genug Gläser. Oh, John», Mildred schöpfte Atem, «ich sterbe lieber, als daß ich dich so vor deinen Freunden blamiere!»

«Beruhige dich, Mildred! Ich werde gleich mal nach dem Rechten sehen. Es ist alles nicht so wichtig. Und wenn Dirk einen Ausflug gemacht hat, dann müssen wir eben ohne ihn anfangen.»

«Er ist schon da!» rief ein junger Mann und erschien riesig und nachlässig lächelnd in der Tür. «Oh, Verzeihung!» sagte er in tadellosem Englisch, da Mildred kein Holländisch sprach. «Möchtest du mich vorstellen, Onkel John?»

Er hatte Jo bisher noch nicht gesehen, da sie schon schlief, als er gestern ankam, und zum Frühstück nicht erschienen war. Zu Hause brachte Willems Kinderfrau mit Willem an ihren Rockschößen ihr das Frühstück ans Bett, wenn sie klingelte. Es gab keine festen Mahlzeiten im Hause Swanenburgh.

«Das ist Jo ... Die Tochter von Anne van Swanenburgh aus Amsterdam», erklärte John van Veen. Jo stand still da und musterte den riesenhaften jungen Mann von der Seite. Kein Trabant ... das stand fest! Dirk van Veen war Onkel Johns Ebenbild – nur eben jung. Und er hatte ein leichtsinniges, etwas grausames Lächeln. Aber dieselbe Statur, dieselbe hohe, gewölbte Stirn, die solide Eleganz des Anzugs, dieselbe Haltung und die meerblauen Augen unter den schweren Lidern.

Dirk betrachtete das siebzehnjährige Mädchen genau und leise lächelnd. Dann machte er scherzhaft und doch galant eine Verbeugung vor dem süßen, langbeinigen Fratz mit dem Schulmädchenzopf und den strahlenden Augen und sagte mit der tonlosen Stimme der Van Veens:

«Ich freue mich, Sie kennenzulernen. Wir sind ja wohl irgendwie durch Onkel John verwandt? Bei Ihrem Anblick könnte ich direkt ein Familienmensch werden.» Er lachte leise und mit ironischer Zärtlichkeit. Dieses Meisje würde er sich aus der Nähe betrachten. Das gab's in ganz Sumatra und Ceylon nicht zum zweitenmal. Kaum der Schule entwachsen und kapriziös wie ein Zwerghirsch. Ein wahres Glück, daß er von seinem Ausflug in ein malaiisches Fischerdorf rechtzeitig zu dieser Cocktail-Party zurückgekehrt war!

Er trat etwas näher an das langbeinige Schulmädchen mit dem eigenwilligen Kinn und dem rührenden Schwanenhals heran und murmelte:

«Also *Sie* sind die Tochter von Anne van Swanenburgh aus Amsterdam!»

«Kannten Sie meine Mutter?» fragte das Mädchen mit einer tiefen Schiffsjungenstimme, die Dirk van Veen bis ins Nervenzentrum drang. Jo blickte ihn hochnäsig an und zog den schwarzen Mandarinmantel enger um den weißen Seidenpyjama. Sie warf ärgerlich den Schulmädchenzopf, den sie wegen der schwülen Hitze geflochten hatte, in den Nacken. Sie wollte duschen; sie fühlte sich klebrig vor Hitze.

Dirk van Veen lachte über Jos Frage. Dann bemerkte er ernsthaft:

«Ihre Mutter war Amsterdams Augenweide! Eine ... vorsichtige Schönheit, wahrhaftig! Ich verehrte sie aus der Ferne. Ich war ein grüner Junge ... damals.»

Mildred van Veen riß ihre runden, glänzenden Möwenaugen auf und wurde totenblaß. Ihre zierliche Gestalt schwankte. Sie blickte den «tollen Burschen aus Sumatra» wie einen Geist an.

«Arme, vorsichtige Schönheit», flüsterte Dirk van Veen. «Es tat mir so leid, daß sie sterben mußte!» Er zündete sich eine Zigarette an und wandte sich an John van Veen: «Hat mein Vater dir erzählt, daß die Dajaks auf Borneo eine pathologische Geisterfurcht vor den Toten haben? Selbst wenn ein Scheintoter sich plötzlich erdreistet, noch einmal zu leben – es gibt ja Vergnügungssüchtige! –, dann töten ihn die lieben Verwandten sofort, weil bereits ein gefährlicher Geist in der Hülle sitzt. Ich bewundere die Konsequenz der Naturvölker.»

«Laß den Unsinn, Dirk», sagte John van Veen. Jo stand erstarrt. Sie hatten doch soeben von ihrer Mutter gesprochen. Der breitschultrige «Indisch-Mann», wie man daheim die Kolonialherren nannte, hatte sie eine «vorsichtige Schönheit» genannt. Wußte er etwa, daß Anne nach ihrer Flucht niemals mehr nach Amsterdam kommen durfte? Und daß man sie zu Hause als «Scheintote» betrachtet hatte? Zum erstenmal stieg in dem Mädchen Jo Mitleid für ihre Mutter auf. In welche Gesellschaft hatte sie sich begeben? *Wo* war sie eigentlich später gewesen? Papa sprach nie darüber. Auch Vincent, der große Pädagoge, blieb unerbittlich in dieser Beziehung. Aber – hatte dieser Dirk van Veen kein Herz, daß er solche Reden über Jos Mutter führte?

Jo zitterte; das Klima erregte sie wahrscheinlich. Diese schwüle, von tausend Blumendüften erfüllte Luft in dem «Europäerviertel» Tanglin ... Dirk van Veen legte in diesem Augenblick den Arm um Tante Mildred und sagte freundlich:

«Bitte, rege dich über den Gärtner nicht auf, Tante Mildred! Ich verspreche dir eine Dekoration aus Mondblumen und Bougainvillas, daß die Sterne tanzen werden. Wollen Sie mir helfen, junge Dame?» fragte er nachlässig.

«Ich verstehe nichts von Blumen», sagte Jo mürrisch. Ein ekelhafter Kerl war dieser durch Heirat verwandte Zeitungsmann.

«Wovon verstehen Sie denn etwas? Etwa von Medizin?» Dirk van Veen hob das Buch über Chirurgie auf, das Jo auf den Boden geworfen hatte. Du lieber Himmel, war dieser süße, dreiste Fratz etwa eine Intelligenzbestie? Das wäre ein Reinfall ...

Jo riß ihm ungezogen das Buch aus der Hand. «Geben Sie mir sofort mein Buch zurück!»

«Immer mit der Ruhe, kleine Dame!» Dirk van Veen hob plötzlich die schweren Lider von den Augen und blickte Jo voll an. «Wer wird sich so kratzbürstig gegenüber dem neuen Vetter betragen? Haben Sie keinen Familiensinn?»

Er zog sie neckend an dem Schulmädchenzopf.

«Lassen Sie meinen Zopf in Ruhe, Sie Affe!» rief Jo höflich.

«Aber Jo», sagte Mildred schwach und flatterte umher, um Jos viel zu elegantes Abendkleid über den Sessel zu legen. Wahrhaftig, Annes Tochter hatte entsetzliche Manieren. Dabei war sie in feinen Pensionaten gewesen, um der Zigeunerwirtschaft im Amsterdamer Heim zu entgehen – so hatte Anne in Briefen ihre Häuslichkeit bezeichnet. Was würde Lady Derrington zu dieser Nichte sagen? Mildred mochte gar nicht daran denken. Jo war bis jetzt zwar gleichgültig aber höflich gewesen. Wenn es Mildred auch schon die ganze Woche schmerzte, daß das Kind kaum mit ihr sprach und auch die kleine Jacoba ungeduldig abwimmelte. Warum lief Jackie der großen Kusine nach? Bewunderte sie bereits Leute, die vor nichts und niemandem Angst hatten? –

«Aber Jo ...» wiederholte Dirk van Veen in Mildreds Ton. Er hatte das Talent, jede Stimme täuschend nachzuahmen. Daß er auch jeden Gesichtsausdruck nachahmen konnte, war nur John van Veen bekannt. Natürlich hatte Dirk bessere Manieren als dieser dreiste Fratz und hätte sich niemals erlaubt, Mildred van Veens verängstigten Gesichtsausdruck in dieser Minute zu kopieren. Das sparte er sich auf ... Doch Mildreds Ton war so glänzend imitiert, daß Jo wider Willen in ihr rauhes Knabenlachen ausbrach.

«So ist's besser», sagte Dirk van Veen befriedigt. Er konnte die Mädchen nach Belieben zum Lachen und Weinen bringen. Er blickte Jo plötzlich groß an und lächelte hintergründig. Jo hatte niemals solche Augen gesehen. Die Tropensonne hatte ein flackerndes, goldenes Feuer in das holländische Blau gebrannt – ein gefährliches Licht, das erlosch und sekundenlang wieder aufflammte. Dirks Blick flimmerte von Stolz, Sinnlichkeit und unterirdischer Schwermut. Wie seltsam war dieses gelbe Flimmerlicht in den blauen Augen! So blickten die unheimlichen *Folge-Tiger* in den Hochlanden von Padang, von denen die Völker Sumatras im Dämmerlicht wisperten. Diese riesigen geschmeidigen Tiere richteten ihren Phosphorblick in Mondnächten auf irgendeinen Menschen, dem sie aus dem Urwald in sein Dorf nachschlichen. Die *«Kampong-Tiger»* taten dem Menschen nichts, dem sie still und beharrlich folgten; aber sie entließen ihn auch nicht mehr aus ihrem Bannkreis. Auch glaubten die Völker von Sumatra, daß die Seelen ihrer Vorfahren manchmal Tigergestalt annahmen. Kein Mensch durfte dem Folge-Tiger etwas tun, wenn er sich noch auf längere Zeit seines Lebens oder seiner Gesundheit erfreuen wollte ...

Dirk van Veen hatte lange in den Hochlanden von Sumatra gelebt; ein Auslandskorrespondent kommt hierhin und dorthin, nicht wahr? – *«Aber Joo!»* – Wenn man die Augen schloß, glaubte man Mildreds ängstlichen, langgezogenen Ton zu hören. Nur noch mit einer neurotischen Nuance, die Dirk boshaft aber dezent hineingelegt hatte. So würde Mildred in einem Zustand sinnloser Angst gerufen haben ...

Jo wußte nichts von Folge-Tigern oder von Dirk van Veens Künsten. Er schien aber vieles über die Swanenburghs zu wissen. Vincent hatte niemals den Namen dieses jungen Mannes erwähnt. Dirk konnte in jenen Jahren nicht älter als zwanzig Jahre gewesen sein. Jo sah nur seinen flimmernden Blick und zuckte instinktiv zurück. Aber da hatte Dirk van Veen schon wieder die schweren Lider halb über die Augen gesenkt und stand nun riesig, selbstsicher und harmlos lächelnd vor ihr: «Also bis nachher, schöne Kratzbürste!» Er schritt langsam und geschmeidig zur Tür. Er schlich beinahe und hatte den Kopf mit dem blonden Haar und der hohen, gewölbten Stirn gesenkt. Seine für einen fünfundzwanzigjährigen Mann mächtigen Schultern bebten vor unterdrücktem Lachen. «Affe» hatte ihn die Tochter der vorsichtigen Schönheit genannt. Sie sollte ihn kennenlernen.

Mildred sagte erlöst in ihrem Ankleidezimmer: «Dein Neffe Dirk ist ein reizender, junger Mann, John! Was für ein Glück, daß er gestern abend hier angekommen ist! Er wird mir die Blumendekoration machen. Ist das nicht nett von ihm?»

«Sehr nett», sagte John van Veen und streichelte geistesabwesend Mildreds zarte Schulter.

V

Dirk stand bereits in einem seidenen Tropenanzug vor dem Spiegel seines Schlafzimmers, als John van Veen klopfte. Was wollte er schon wieder? Dirk hatte gar keine Zeit mehr, denn das Arrangieren der Blumen hatte ohne Hilfe des Gärtners ziemlich lange gedauert. Dirk suchte gerade ein Taschentuch, als er die schwere Hand John van Veens auf seiner Schulter spürte. Beinahe, als ob jemand ihn verhaften wollte. Aber für ein bißchen Spaßvergnügen wurde ja bis jetzt noch niemand verhaftet, nicht wahr?

«Einen Augenblick, Dirk! Laufe mir nicht davon.»

«Ich wollte Tante Mildred fragen, ob ich ihr sonst noch behilflich sein kann. Ich spiele mit Leidenschaft Gärtner.»

«Ich habe nicht viel zu sagen. Aber ich warne dich!»

«Ich verstehe dich nicht!»

«Du verstehst mich ganz genau.» John van Veen trat auf Dirk zu. Er war blaß und atmete heftig. «Ich habe dir abgeschrieben. Du bist trotzdem gekommen. Nicht, daß ich nicht jeden Verwandten bei mir aufnehmen würde. Aber ich bat dich, etwas später zu kommen.»

«Wenn du meinst, daß ich mich mit dem ungezogenen Schulmädchen beschäftigen werde, dann irrst du dich!»

John van Veen schwieg einen Augenblick. Seine Augen blickten in die Vergangenheit. In Amsterdam ... Anne van Swanenburgh in den Konzerten. Immer in Begleitung eines fremden Mannes, der das Haus des Professors mied, obwohl die Familien jahrelang befreundet gewesen waren. –

«Jo weiß *nichts*», sagte John van Veen.

«Wovon weiß sie nichts?» Dirk blickte seinen Onkel nicht an.

«Sie weiß nur, daß ihre Mutter in Davos an einem Lungenleiden starb. Daß Anne nach ihrer Flucht aus Amsterdam in Sumatra lebte, das wissen nur Jos Vater, ihr Stiefbruder und – wir beide.»

«Warum wird ein Geheimnis daraus gemacht? Java und Sumatra sind schließlich ‹das schönere Zuhause›, wie wir daheim sagen.»

«Du *willst* mich also mißverstehen.»

«Was geht mich die verstaubte Affäre an? Ich wußte nicht, daß es ein Kapitalverbrechen ist, eine einsame Dame, die sich nach Bewunderung sehnt, ein bißchen zu bewundern. Von weitem – versteht sich! Wenn du den Ankläger spielen willst, dann wende dich doch an ...»

«Kein Wort weiter!» John van Veen fuhr sich mit dem Taschentuch über die schweißbedeckte Stirn. «Ich habe dich gewarnt», sagte er mit gefährlicher Sanftheit. «Wo immer du auftauchst, da gibt es Skandale.»

Das stimmte. Wenn Dirk van Veen die Dschungel verließ, verfinsterte sich der Himmel. Vielleicht konnte er nichts dafür. Hatte er unter einem kalten Mond zwischen Kratern und Nashornvögeln mit zitternden Riesenflügeln alle sanfteren Gefühle verloren?

«Dirk», sagte John van Veen, «verlasse den Tigerpfad! Du bist zu lange unter Animisten gewesen. Du bist ein guter Journalist; warum willst du nicht einmal nach den USA kommen? In einem halben Jahr bin ich zurück. Meine Frau und Jackie will ich schon jetzt nach Washington schicken. Willst du sie begleiten?»

«Vielen Dank, Onkel John. Ich werde sicher einmal in den USA auftauchen. Aber ich kann mich noch nicht von Sumatra und Bali trennen. Ich möchte Vaters Werk beenden.»

«Du wirst mir stets willkommen sein. Glaube mir, mein Junge, ein wenig Liebe von Mensch zu Mensch ist wichtiger als deine ungesunde Bindung an die Naturvölker, die dich nicht verstehen und die du niemals ganz verstehen wirst. Du bist jung. Das Leben liegt vor dir! Du kannst das Werk deines Vaters auch im Westen beenden.»

«Ich glaube kaum! Man muß im Hochland von Padang einen Nashornvogel von links nach rechts fliegen sehen, um zu wissen, daß diese Flugrichtung *tjelaka* (Unheil) bedeutet.»

Dirk sprang auf und breitete seine Arme wie mächtige Schwingen aus. Er stand einen Augenblick mit geschlossenen Augen: kein Auslandskorrespondent und Wirtschaftskenner, sondern ein ... ein Gefangener im goldenen Netz der Tropen. Sein Gesichtsausdruck war wild und dabei versteint. «Man muß den Vogel versöhnen, damit er kein Unheil anrichtet», murmelte er. «*Versöhnen ...*»

Dirk ließ die Arme sinken und lachte. «Ich ahmte einen Batak nach, der bei dem Versöhnungsfest den Nashornvogel mimt. Mir fehlte nur das Tuch über dem Kopf und ein künstlicher Vogelschnabel. Soll ich es heute abend deinen Gästen einmal vorspielen? Ein Urwald-Varieté wäre doch einmal etwas Neues für ... für Fräulein Jo.»

«Laß deinen Unsinn, Dirk!» Senator van Veen stand auf. Einen Augenblick hatte er gedacht, Dirk sei vom Geisterzauber besessen. Aber er hatte ihn nur erschrecken wollen. Der alte Mijnheer hatte diesen Enkel den «Kobold» genannt. Jetzt hatten Dirks «Scherze» einen dämonischen Hauch. Man mußte die Augen offenhalten ...

«Hast du vergessen, weswegen du Hals über Kopf die Heimat verlassen mußtest?» fragte John van Veen streng.

«Das hat dir wohl mein lieber Vetter Cornelis verraten?»

«Dein Großvater sagte es mir im Haag. Sie liebten dich alle, Dirk! Cornelis ...»

«Ich weiß. Der heilige Cornelis liebte mich als Junge so innig, daß er mich einmal beinahe erwürgt hätte.» Dirk lachte tonlos. «Ist unsere reizende Unterhaltung jetzt beendet? Oder möchtest du noch etwas?»

«Ich möchte, daß du Anne van Swanenburgh vor meiner Frau und Jo nicht mehr erwähnst», sagte John van Veen trocken. «Ich habe mich soeben überzeugen können, daß du reichlich mit Gesprächsstoff versorgt bist. Meine Frau wußte nicht, daß du ihre Schwester in Amsterdam kennengelernt hast.»

Dirk reckte sich zu seiner riesigen Höhe. Er sah aus wie ein junger Mann, dem die magischen Geschenke des Glücks zufallen.

«Übrigens soll ich dir eine Einladung überbringen», sagte er nachlässig lächelnd. «Mevrouw van Doren – sie nennt sich die ‹Gräfin› – ist im *Raffles-Hotel* abgestiegen. Gute, alte Freundin ... Juwelenhändlerin aus Amsterdam. Sie kommt gerade aus Ceylon.»

«Ich kenne sie.»

«Sie würde euch gern bei ihrer Cocktail-Party haben, falls es ... euren naseweisen Backfisch interessiert.» Dirk blickte seinen Onkel unter halb geschlossenen Lidern seltsam gespannt an.

«Wir lehnen dankend ab. Meine Frau wird zu müde nach der heutigen Anstrengung sein.»

«Und das Kind mit dem Zopf?»

«Kommt nicht in Frage.»

«Ich nahm an, es würde amüsant für Fräulein Jo sein. Sie sieht mir gar nicht so aus, als ob sie gern Tag und Nacht bei der Familie hockt.»

«Sie ist zu jung für deine Vergnügungen.»

«Wie du meinst.» Dirk nickte seinem Onkel freundlich zu und verschwand. John van Veen stand reglos im Zimmer. Hatte Dirk sich mit der Witwe eines bekannten Amsterdamer Juweliers in Singapore verabredet? John van Veen wünschte diese Dame niemals mehr zu sehen. Sie hatte zu Beginn der Tragödie im Hause Swanenburgh Juwelen verkauft und eine undurchsichtige Rolle gespielt. Sie gedieh im Schatten – wie Dirk ...

Dirk war behütet aufgewachsen. Und doch hatte er bereits als Halbwüchsiger den Schatten gesucht ... Seinen Vetter Cornelis, den die Javaner *Tuan Bruderliebe* (Herr Bruderliebe) nannten und der Dirk äußerlich zum Verwechseln glich, hatte Dirk stets gehaßt. Beide Jungen waren bei dem «Alten Herrn» in Den Haag erzogen worden, da ihre Eltern in Java und Bali lebten. Unter den strengen Augen des alten Mijnheer hatten Dirk und Cornelis vor demselben Altar gekniet und ihre kindischen Verfehlungen demselben Priester gebeichtet. Dennoch hatte Dirk nur seine Vergnügungen geliebt. Sie bestanden hauptsächlich darin, seinen Verwandten und Freunden einen Schabernack zu spielen und sie in grotesken Verkleidungen zu erschrecken.

John van Veen seufzte. Dirk hatte gespürt, wie sehr ihn die Tragödie im Hause Swanenburgh noch heute erregte. John hatte sehr ruhig bleiben wollen; aber der Jähzorn war plötzlich erwacht.

Und doch hatte Dirks Blick sich verschleiert, als von seiner Jugend und seiner Verschickung nach Ost-Indien die Rede gewesen war. Dirk mochte vor Gottes Liebe bis in die tiefsten Dschungel geflohen sein, doch diese Liebe, dieser Arm der Vergebung, umschlang seine abgewandte Schulter. Wenn auch Dirk heute das Wissen um den Passionsweg verleugnete – dieses Wissen war ihm in der Kindheit in die Seele gesenkt worden und vergiftete seine Vergnügungen. –

John van Veen stieg ruhig zur Terrasse hinunter. Dort hatte Dirk ein Blumenwunder arrangiert. Er hatte die Gabe, seine Umgebung für einige Stunden magisch zu verwandeln.

Sir Robert und Lady Derrington waren gerade vorgefahren und begrüßten John und Mildred. Dirk stand neben der Dame des Hauses – riesig, elegant, nachlässig-liebenswürdig – ein Gentleman-Abenteurer! John van Veen sah es Lady Derrington an der Nasenspitze an, daß Dirk ihr gefiel. – Er gefiel ihr tatsächlich bedeutend besser als Lindas Zukünftiger. – Jo war nicht sichtbar. Ihre Unpünktlichkeit und Rücksichtslosigkeit waren einmalig, dachte John. Er machte Sir Robert und Dirk miteinander bekannt.

«Ich lese Ihre Artikel über Wirtschaft und Politik im Archipel stets mit lebhaftem Interesse, Mr. van Veen», sagte Sir Robert. «Ihr Scharfblick ist beachtlich.»

Dirk verbeugte sich erfreut. Sir Robert war eine Autorität in Fragen der kolonialen Finanzwirtschaft. Sein Lob bedeutete etwas östlich von Suez.

«Hat Ihr Herr Vater eigentlich sein Werk über den Geisterglauben der ostindischen Inselvölker beendet? Ich las seinerzeit die ersten Beiträge in internationalen Zeitschriften. Eine außerordentliche Arbeit!»

«Mein Vater starb ganz plötzlich in Bali, Sir Robert! Das Werk ist halb beendet. Aber ich habe seine Notizen über Borneo und Sumatra. Ich hoffe das Buch trotz meiner geringen Kenntnisse eines Tages herauszugeben.»

«Darauf freue ich mich schon heute», sagte Sir Robert verbindlich. «Tja, Wirtschaftsfragen und Geisterbeschwörung – das sind auch unsere Probleme in Malaya! Wir alle leben ja in diesem Teil der Welt zwischen mehreren Kulturen und Völkern ... In jedem Fall ist es mir eine besondere Freude, Sie heute abend hier zu treffen.»

Dirk verbeugte sich und ließ dabei die Treppe nicht aus den Augen. Wo blieb der süße, dreiste Fratz? Diese tiefe Stimme ... Anne van Swanenburgh hatte hell und hart gesprochen; ihre Stimme hatte die Träume zur Tür hinaus gejagt.

Indessen teilte Lady Derrington der nervösen Mildred die große Neuigkeit von Lindas Verlobung mit. «Ich gratuliere», murmelte sie hastig.

Mildred versuchte es ihren Gästen immer so gewaltsam gemütlich zu machen, daß sie sich vor Unbehagen wanden. Ihre Versicherung: «Ich mache niemals Umstände», klang hohl und angestrengt. – Jane fragte freundlich: «Wie gefällt es Ihrer Nichte in Singapore?» Mildred zappelte wahrhaftig wie ein kopfloses Huhn. Wer regte sich schon über Unpünktlichkeit auf? Diese Mädchen taten doch alle nur, was sie wollten. Linda war auch unpünktlich ... Lady Derrington regte sich selten auf.

«Jo muß gleich herunterkommen. Sie hatte Kopfschmerzen», erklärte Mildred. «Es ist mir so peinlich, Jane!»

«Warum denn? Hoffentlich kann das arme Kind überhaupt herunterkommen. Die Kleine muß sich ja erst akklimatisieren. Sagen Sie, Mildred, ist das nicht ein bißchen zuviel für Sie, gleich zwei junge Verwandte im Haus?»

Mildred wollte ihrer Freundin gerade erklären, daß sie nie die geringsten Umstände mit Hausgästen mache, als «das arme Kind» langsam die Treppe vom ersten Stock zur Veranda herunterkam. Die Derringtons blickten ungläubig auf die Erscheinung im nachtblauen, weit ausgeschnittenen Chiffonkleid, das für eine mondäne Frau von fünfunddreißig Jahren richtig gewesen wäre. Jo hatte ihr Haar von den Schläfen und vom Nacken hochgebürstet und zu einer kleinen Krone auf dem Kopf zusammengebunden. Eine Kette aus Saphiren umschloß die Krone. Jos zarter Hals und ihre kindlichen Schultern waren die einzigen Merkmale ihrer großen Jugend. Die Haltung hatte sie ihrer Mutter Anne abgesehen. Nur ihr Gesichtsausdruck war anders. Ihre Augen leuchteten in kindlicher Neugierde; ihre zarten Lippen bebten ganz leicht. Ob sie diesem unverschämten Dirk van Veen gefallen würde? Sie würde ihn nach allen Regeln der Kunst abblitzen lassen.

Dirk starrte die Erscheinung an. War so etwas möglich? Sie war schöner als Anne van Swanenburgh, weil sie belebter und sehnsüchtiger war. Dieses Mädchen mit der stolzen Haltung und dem empfindsamen Mund hatte keine Ähnlichkeit mehr mit dem süßen, naseweisen Fratz mit dem Zopf. Die Edelsteine um die weizenblonde Haarkrone ... wo hatte Dirk sie nur gesehen? In dem Amsterdamer Juwelierladen von Mevrouw van Doren, die auch Antiquitäten führte und den Van Veens seltene Gemmen für ihre berühmte Sammlung anbot. Diese Kette hatte Anne in einem Konzert im Haar gehabt, das sie wie stets mit jenem Fremden besuchte ... Damals war sie etwa sechsunddreißig Jahre gewesen, bildschön in einer halbtoten Art; gleichgültig und beleidigt wie alle Frauen, deren Rechnungen nicht aufgegangen sind. Ihre Tochter Jo war kein Rechengenie – das sah Dirk mit einem halben Blick. «Affe», hatte sie zu ihm gesagt. Sie würde es nicht noch einmal sagen. Sie sollte noch um einen Blick von ihm betteln. Es würde allerdings nicht leicht sein, der Schönheit eine Lektion zu erteilen. Dirk wurde schwach vor schönen Frauen.

«Gefalle ich Ihnen, Mijnheer?» fragte Jo kokett. Sie hatte gesehen, daß Dirks Augen bei ihrem Anblick aufleuchteten. Er sollte seine Strafe bekommen.

«Haben Sie Angst vor der Pest, weil sie Saphire tragen, Kleine?» fragte Dirk freundlich. Er sah tief in die erschreckten Mädchenaugen.

«Wie kommen Sie auf diese verrückte Idee?» fragte Jo. Ihre tiefe Stimme klang rauh vor Enttäuschung.

«Die Inder schützen sich mit blauen Saphiren vor der Pest», erklärte Dirk nachlässig. «Wer hat Ihnen denn so unheimliche Steine geschenkt?»

«Das geht Sie einen Dreck an», sagte die «Erscheinung» im großen Abendkleid und wandte sich brüsk ab. Onkel John zog sie fort, um sie den immer zahlreicher eintreffenden Gästen vorzustellen. Dirks leises Lachen klang noch in ihren Ohren, während sie zwei chinesischen Gästen vorgestellt wurde – den Herren Tsui aus Singapore und Batavia. Mr. Tsui aus Batavia besuchte seine Verwandten. Er war ein guter Freund von Cornelis van Veen, den die Javaner den «Tuan Bruderliebe» nannten. Sein Sohn und seine Tochter studierten in Holland. Er war ein zarter, schmächtiger Chinese mit einer hohen Schulter und einer großen Hornbrille, hinter der lebhafte, teilnehmende Augen blitzten.

«Falls Sie jemals nach Batavia kommen, Miss van Swanenburgh, wäre es mir eine Ehre, Sie in meinem Heim begrüßen zu dürfen. Meine Kinder studieren in Ihrer Heimat.»

«Vielen Dank, aber ich habe nicht die Absicht, nach Batavia zu reisen.»

Herr Tsui aus Batavia war nicht gewöhnt, daß man seine raren Einladungen – diese war nur John van Veen zu Liebe erfolgt – grob ablehnte. Einem Mann hätte er die geschäftliche Karriere zerstört, schon weil er sich nicht näher nach seinen Kindern in Leyden erkundigt hatte. Doch dieses Mädchen war *ch'ung-t'u* (Streit) nicht wert. Das Schicksal war die beste Medizin gegen Stolz und Arroganz; auch dieses elegante blonde Mädchen würde eines Tages *ch'ien-pei* (demütig, bescheiden) werden. Die Nichte seines geehrten Freundes John van Veen sollte lieber ihre Schuhe nicht abnehmen, bevor sie den Fluß erreicht hatte ...

«Falls das Geschick Sie dennoch nach Batavia versetzen sollte, Miss van Swanenburgh, bleibt meine bescheidene Einladung bestehen», sagte Herr Tsui starrsinnig und freundlich. Mit Starrsinn und Freundlichkeit hatte er im «Garten des Ostens» unter javanischer und malaiischer Mißbilligung seinen Teil des Weltkonzerns aufgebaut.

Er wandte sich mit einer Verbeugung ab. Sein Bruder in Singapore wollte ihn mit Sir Robert und Lady Derrington bekannt machen. Sir Robert hatte diesem Gartenfest mit der Hoffnung entgegengesehen, endlich einmal mit dem berühmten Herrn Tsui aus Batavia ins Gespräch zu kommen. Im Gegensatz zu dem Backfisch im großen Abendkleid wußte Sir Robert genau, wen er vor sich hatte.

VI

Dieses Mal war Mildred van Veens Cocktail-Party ein Erfolg. Sie hatte sich umsonst aufgeregt. Sie blickte matt umher, denn sie litt seit Monaten an bohrenden Kopfschmerzen, von denen sie John nichts sagte. Sie hatte eigentlich Jo fragen wollen, was wohl mit ihr nicht in Ordnung wäre. Sie ging nie zu einem Arzt. In ihrer Familie hatte immer die Ansicht geherrscht, daß Ärzte einen nur kränker machen. So kam es, daß Mildred mit der Gleichgültigkeit, die so viele Menschen des Westens in den Tropen überfällt, ihre Krankheitssymptome ignorierte. Sie war abwechselnd erregt und apathisch. Wenn sie sich doch nur an dem zauberhaften Anblick des mit Ampeln erleuchteten Gartenzelts in der rosa Dämmerung hätte erfreuen können! Mildred konnte sich über nichts mehr recht freuen. Jetzt grübelte sie darüber nach, warum John ihr verschwiegen hatte, daß Dirk van Veen ihre Schwester in Amsterdam öfters gesehen hatte. Wie merkwürdig war seine Bemerkung über ihre unglückliche Anne gewesen: «Vorsichtige Schönheit...» Mildred führte die zarte Hand an ihre Schläfe. Wie hätte Anne so ein Fest genossen! Wie wundervoll hätte sie in Jos nachtblauem Kleid ausgesehen. Jo sah auch wundervoll aus; aber sie war Mildred fremd. Sie hatte in ihrer naiven, liebenden Seele erwartet, daß Jo ihr so vertraut sein würde, wie Anne es gewesen war – mit all ihren Fehlern und Unfreundlichkeiten. Millie hatte stets gewußt, daß niemand Interesse an ihr nehmen konnte. John war das große Wunder ihres Lebens: Ein Adler, der sich einen Sperling zur Gefährtin genommen hatte. Mildred sah in dem von John ausgesuchten Abendkleid aus geblümter Chiffonseide dürftig und unglücklich aus. Wenn Jo sich nur einen kleinen Augenblick zu ihr setzen und ein freundliches Wort für sie übrig haben würde! Keine Zärtlichkeit; die konnte Mildred nicht verlangen. Aber manchmal hatte selbst Anne sie plötzlich freundlich angesehen, obwohl sie ihr doch so auf die Nerven fiel, und gemurmelt: «Du bist doch meine Beste, Millie! Du mußt mich oft in Amsterdam besuchen.» Das war vor der Hochzeit gewesen. Es war nie etwas aus den Besuchen geworden. Anne mußte es vergessen haben... Sie hatte ja auch Interessanteres: ein großes Haus, und berühmte Wissenschaftler, die zu Besuch kamen und sicherlich alle von Annes Schönheit bezaubert waren. Anne schrieb ihr immer, wie glücklich sie sei und wie ungewöhnlich die Swanenburghs seien. Bis sie dann plötzlich von «Zigeunerwirtschaft» schrieb, und daß Jo in einem englischen Pensionat erzogen werden solle. Jo müsse doch ihre Muttersprache lernen – hatte Anne gemeint. Mit ihr selber spräche sie so gut wie gar nicht, sondern hocke im Zimmer ihres Vaters mit alten Skeletten und staubigen Büchern herum...

Dann – in Davos, wo Mildred ihre Schwester sterbend fand, hatte Anne noch einmal gemurmelt, daß die alte Millie immer «ihre Beste» gewesen wäre. Sie hatte Mildred etwas sagen wollen, aber in der Agonie war nur ein Stammeln vernehmbar gewesen. «Das Kind», hatte Anne fast unhörbar gekeucht, «das Kind... kümmere... dich... um...»

Mildred hatte ihr Ohr dicht an Annes Mund gelegt; aber es war umsonst. Dann war Anne zurückgesunken, und Mildred hatte tränenlos an ihrem Bett gestanden. Warum hatte sie nicht «die Kinder» gesagt? Der kleine Willem war doch auch noch da. Sie meinte wohl Jo. Sie mußte Jo gemeint haben. Mildred hatte nach Amsterdam fahren wollen; aber Jacoba war krank geworden, und Mildred war auch zu scheu, das Haus des Professors, in dem Anne die letzten Jahre ihres Lebens nicht mehr geweilt hatte, zu betreten. Professor van Swanenburgh schrieb niemals an Mildred. Nicht aus Schmerz oder aus Abneigung gegen alles, was zu Anne gehört hatte, die ihm davongelaufen war; er vergaß Annes Schwester einfach, weil sie eine permanent Abwesende war. Mildred wurde immer scheuer. Bis sie jetzt ihre Sehnsucht nach Annes Tochter nicht mehr hatte beherrschen können und ihren Schwager so inständig um Jos Besuch gebeten hatte, daß Jo nun in ihrem nachtblauen Kleid mit Annes Edelsteinen im Haar inmitten einer Schar von jungen und älteren Herren stand und ihre Tante vergessen hatte. Es fiel Mildred trotz ihrer leichten Benommenheit auf, daß Dirk nicht unter Jos Verehrern unter dem Tropenhimmel war. Er saß mit seinem Onkel und Sir Robert in einer Ecke des Gartens unter einer chinesischen Ampel und unterhielt sich mit ihnen, als ob es keine jungen Mädchen gäbe.

Mildred stand so einsam unter der Menge ihrer lachenden, trinkenden Gäste, daß Herr Tsui aus Batavia, der im Schatten bescheiden neben Sir Robert gesessen hatte, sich mit einem Wort der Entschuldigung erhob und zu der Dame des Hauses trat. Madame van Veen war *ch'ien-pei* (bescheiden), eine leuchtende Ausnahme unter den Frauen des Westens. Und sie war sehr bekümmert; auch das hatte Mr. Tsui mit seinem scharfen, mitfühlenden Blick erkannt.

«Ein wunderschönes Fest, Madame», sagte er sanft. «Darf ich Ihnen dafür danken, daß ich Singapore an meinem ersten Abend in so poetischer Form kennenlerne. Sie haben eine glückliche Hand mit Blumen, Madame!»

«Der Neffe meines Mannes hat sie arrangiert, Mr. Tsui.» Mildred blickte den freundlichen, zarten Herrn mit der hohen Schulter und den tiefen, leuchtenden Augen dankbar an.

«Ein kluger, junger Mann», sagte Herr Tsui. Er war sehr erstaunt, daß der junge Holländer mit den gefährlichen Augen soviel Schönheitssinn besaß. Aber in einem Menschen fanden sich viele gute und böse Dinge beieinander; man sollte seinen Vorurteilen «nicht entgegenlaufen». Mr. Tsui war so grundsolide, daß er für junge Abenteurer aus dem Westen wenig übrig hatte. Sein Blick fiel auf Jo: sie lachte mit ihrer tiefen Schiffsjungenstimme und blickte nicht ein einziges Mal in die Richtung von Dirk van Veen. Sie schien sich wundervoll zu amüsieren.

«Eine sehr lebendige junge Dame», lächelte Mr. Tsui.

«Sie scheint allen zu gefallen.» Mildred sah plötzlich glücklich und um zehn Jahre jünger aus. Wenn es Jo nur bei ihr gefiel, dann war alles in Ordnung. Das Kind war ein bißchen rücksichtslos und dachte meistens an sich – wie die arme, geliebte Anne. Wie schön Jo war! Ihre Augen glänzten, ihre zarten Lippen waren halb geöffnet, wie bei einem Kind, das weitere Süßigkeiten vom Leben erwartet.

«Ist sie nicht reizend», sagte Mildred van Veen und lächelte den freundlichen chinesischen Gast an. Man konnte sich kaum vorstellen, daß er ein so wichtiger und mit allen Wassern gewaschener Geschäftsmann war. Er wirkte so einfach und bescheiden.

«Miss van Swanenburgh könnte nicht reizender sein, Madame», bestätigte Herr Tsui, der blonde Haare und blaue Augen abstoßend fand.

«Sie sticht alle andern jungen Mädchen aus», sagte Mildred stolz.

«Wo immer die Früchte reifen, sind die Diebe in der Nähe», bemerkte Herr Tsui.

VII

Unter der chinesischen Ampel sprachen die drei Männer aus dem Westen immer noch über Wirtschaft und Politik in Malaya und Holländisch Ost-Indien. Unter dem leuchtenden Tropenhimmel, inmitten eines Kreises junger Frauen in Blumenkleidern, vor einer Wand aus Bambus und Mondblüten flogen wie auf einer Bühne Stichworte hin und her, die aus einer anderen Welt stammten: Erdöl, Zucker, Tabak, Gummi, Tee, Nutzung, Kapitalanlagen, Rationalisierung, Mechanisierung, Macht – *Macht* über Millionen von sanften, geduldigen Plantagen- und Fabrikarbeitern, die den Kolonialherren die Erschließung der Bodenschätze und Nutzung der fruchtbaren Erde in ihrem Paradies überlassen mußten. Die Erträge daraus flossen in die Heimatländer... Dafür arbeiteten die Männer in den weißen Anzügen in einer Welt voll Regenhimmeln, Fieberkurven, Urwäldern, Plantagen und Städten. Eine Welt voller winziger Bakterien und riesiger Seuchen; Dörfer mit poetischen Fruchtbäumen, Kuli-Kampongs, Chinesenbuden. Mythische Tanzfeste und Tempel aus den Urzeiten der Menschheit mit feierlichen Dächern aus Gold und blitzenden Steinen, welche die Anfänge der Kolonien und den Aufbau der Planwirtschaft des Westens mitangesehen hatten. Die klassischen Tänze dieser Inselwelten, die grollenden Vulkane, die uralten Legenden aus der Kindheit der asiatischen Völkerfamilie – diese Kulturerzeugnisse aus Hinduzeiten, die Moscheen der mohammedanischen Eroberer, die Beruhigungspolitik der Naturkinder gegenüber den Geistern des Windes, des Flusses und der Felder – all das gehörte zu einer Welt, die den Fremden in stummer und unüberbrückbarer Feindschaft gegenüberstand. Und es gehörte in den zwanziger Jahren zu den Eigenheiten der Fremden, daß sie die Feindschaft ignorierten, wenn der uralte Boden so geduldig war wie die blutjungen javanischen Plantagen-Kulis, die massenweise vom überfüllten Java in das halbleere Sumatra zur Urwald-

Bezähmung geschickt wurden. Die beiden Herren van Veen und Sir Robert Derrington waren keine Neulinge in Asien, und sie ahnten Komplikationen, von denen die Kontorkönige im Jahr 1927 noch nicht einmal träumten. Dirk schien über die Wirtschaft Insel-Indiens hervorragend orientiert zu sein; er wartete mit Zahlen und Tatsachen auf, nicht mit Geistergeschichten ...

«Was halten Sie von den Parteien der Eingeborenen?» fragte Sir Robert plötzlich, nachdem die Interessen der amerikanischen «Standard Oil» in Sumatra besprochen worden waren. «Stellen sie eine Gefahr für die holländische Kolonialmacht dar?»

Dirk lachte leise. «Ich bin Wirtschaftskorrespondent, Sir Robert! Ich möchte mich nicht als Prophet betätigen. Damit macht man sich unbeliebt.»

«Ihre Meinung würde mich aber interessieren!» Sir Robert meinte natürlich eine Gefahr für die englischen Bank- und Wirtschaftsinteressen in Java und hatte nur aus Höflichkeit von der holländischen Kolonialmacht gesprochen. Die berühmte «B.A.T.» (Britisch-Amerikanische Tabakgesellschaft) dachte an weitere Ausdehnung. Die englischen Banken unterstützten die Industrie mit Kapital und hatten «Tabakblatt-Stationen» mit riesigen Schuppen, westlichen Managern, chinesischen Assistenten und einigen hundert Javanern in der «Musterkolonie» der Holländer errichtet. Diese *leaf-stations* lieferten Samen, trockneten die Blätter, hatten Verpackungsschuppen und streckten den eingeborenen Pflanzern gelegentlich Geld vor. Die Lieferungen erfolgten durch die Zigaretten-Gesellschaften. Hier hatten westliche Unternehmungen direkt in den Produktionsprozeß eingegriffen. Man mußte überlegen, ob man in dieser Richtung weitergehen solle auf einem so fremden Boden. Das Mammutunternehmen der holländischen *Deli-Company* in Sumatra trieb den Unternehmungsgeist so weit, daß es Gummi- und Ölpalmen-Plantagen anlegte und sich an Teegesellschaften und Kaffee-Pflanzungen beteiligte. Ein großartiges Schauspiel boten die Unternehmungen dieser Jahre – aber was hatte es mit den neuen Parteien der Javaner auf sich?

«Wer ist dieser ... wie heißt er noch ... *Soekarno*?» fragte Sir Robert. «Ist er wichtig?»

«Ein kleiner Ingenieur, der zuviel gelernt hat», sagte Dirk hochmütig. «Der Vater ist Javaner, die Mutter stammt aus Bali. Mein Vater kannte die Leute in Bali.»

«Wie heißt die neue Partei, die Soekarno jetzt gegründet hat?»

«National-Indonesische Partei. Klingt großartig!»

«Es klingt entschlossen», sagte John van Veen nachdenklich.

«Laß sie nur ihren Spaß haben, Onkel John! Wenn dieser kleine Ingenieur zuviel redet, wird er verbannt werden müssen. Aber der Tabak wird weiter gedeihen, meine Herren!»

«Und der *Islam* auch, Mr. van Veen!»

Dirk wurde ernst. «Da haben Sie in der Tat einen wunden Punkt berührt, Sir Robert! Die Politiker des Allah *sind* ein Problem. Intellektuelle, die fast alle bei uns in Holland studiert haben! Ihre Bewegung ‹*Sarikat Islam*› ist ein Klub von Fanatikern, welche die Erde, und zunächst einmal unsern Kolonialbesitz, dem Islam sichern wollen. Sie sind extrem fremdenfeindlich und vergessen, daß die Eingeborenen es unter ihren eigenen Fürsten bedeutend schlechter und unhygienischer hatten als heutzutage. Ein kurzes Gedächtnis ist ein altes Geschenk der Götter an die Javaner und Malaien!»

Dirk lachte tonlos und trank seinen Whisky in einem Zug aus: «Bessere Wirtschaftsbedingungen für die Eingeborenen, mehr Javaner im *Volksraad* – wir haben ja vor zwei Jahren ihre Zahl schon auf sechzig Mitglieder erhöht – und ich garantiere Ihnen, daß alles mit Musikbegleitung ‹*saja Tuan Besar!*› (jawohl, mächtiger Herr) rufen wird.»

«Ob national-islamischer Sprengstoff durch Banknoten und ein paar politische Zugeständnisse unschädlich gemacht werden kann?» fragte Sir Robert. «Werden wir bei einer Revolte unsere Fabriken und Geldeinlagen verlieren, Mr. van Veen?»

«Nicht, wenn wir junge größenwahnsinnige Herren wie Dr. Ahmed Sukarno von unserem Militär etwas kitzeln lassen», sagte Dirk. Im Licht der chinesischen Ampel sah er selbstsicher und grausam aus. Er hatte die langen Beine von sich gestreckt und blickte ins Leere. «Man wird die Anführer einer Rebellion füsilieren und einige hundert Mitschreier nach Neu-Guinea in Konzentrationslager verfrachten.» Dirk sprach mit sanftem Zynismus. Seine Augen waren beinahe geschlossen. «Es würde zwar meinem Vetter Cornelis das Herz brechen.»

«Ich kenne Ihren Vetter», sagte Sir Robert. «Eine hervorragende Persönlichkeit trotz seiner Jugend!»

«Gewiß», meinte Dirk freundlich. «Cornelis wird bestimmt sein kleines Teil dazu beitragen, daß die Nachwuchs-Helden der Islam-Bewegung uns eines Tages einen frommen Fußtritt geben.» Sein Gesicht war verzerrt. «Cornelis hat gerade jetzt so eine Nummer nach Holland verfrachtet; einen Bauern mit Machtkomplexen. Studiert natürlich auf Kosten der Van Veens und wird angefüllt mit Sprengstoff nach Java zurückkommen.»

John van Veen lenkte hastig vom Thema ab.

«Meinst du, daß die *British-American Tabacco* mit der *Deli* in Sumatra eine Fusion eingehen könnte – ich meine für gewisse gemeinsame Interessengebiete?»

«Das kann dir nur *einer* in Sumatra sagen, Onkel John! Familie Bloemendaal ist von Urzeiten an, also seit 1869, im Tabak tätig; finanzierte mit anderen Herren die *Deli Maatschappij* und... Der jetzige Mijnheer ist so weise wie ein Hadji nach der Fahrt nach Mekka. Ich meine, was Tabak anbetrifft. Sein Privatleben...»

In Dirks Augen flimmerte eine abgründige Lust an bösen Späßen.

John van Veen war blaß geworden und stand auf. «Bitte entschuldigen Sie mich einen Augenblick, Robert. Ich möchte mich nach meiner Frau umsehen. Sie fühlte sich nicht wohl heute nachmittag.»

«Das tut mir leid! Jane kümmert sich sicherlich um Mildred, nun ... wo Linda fort ist! Einen Augenblick, John! Ich muß Sie etwas fragen, bevor wir gehen.»

«Davon ist keine Rede, lieber Freund», sagte John van Veen herzlich. Er hatte sich gefaßt, schenkte aber Dirk keinen Blick mehr. «Für unsere Intimen steht noch ein kaltes Büfett im Speisezimmer bereit, und das junge Volk wird auf der Terrasse tanzen.»

«Wir bleiben mit Vergnügen! So jung werden wir nicht mehr zusammenkommen! Ich plane Heimaturlaub. Übrigens ... Landa heiratet nun diesen Professor de Witt.»

«Paulus ist ein großartiger Bursche.»

Sir Robert sah im Geiste den langen Gelehrten mit dem weltfremden Gesichtsausdruck. Es war das Gegenteil eines vollblütigen Holländers: schmaler Friesenschädel und dünne Lippen. Am Wirbel seines Kopfes stand sein blondes Haar ein wenig hoch. Linda schien ihn zu lieben. Er hatte Sir Robert gefallen. Allerdings war er nicht so attraktiv wie Dirk van Veen! Man konnte über Paulus de Witt hinwegsehen. Über Dirk konnte niemand hinwegsehen – schon gar nicht die Mädchen!

«Tja – mein lieber John», sagte er langsam, «das ist nun alles schön und gut. Aber kann Professor de Witt unsere kleine Linda ernähren? Sie schrieb von einem begrenzten Gehalt im Laboratorium in Buitenzorg. Natürlich werde ich helfen ... Aber die Leute in meiner Familie lassen sich schrecklich ungern helfen.»

John van Veen starrte Sir Robert an: «Reden Sie im Ernst, Robert?»

«Ich hatte keine Zeit, mich um diese Fragen auch nur oberflächlich zu kümmern. Linda schrieb uns heute vom Schiff aus. Das ist alles.»

«Darf ich Fräulein Linda und Ihnen gratulieren? Ihre Nichte heiratet in eine der bedeutendsten Kolonialfamilien. Die De Witts sind seit dem Gründerjahr 1888 eng mit der K.P.M. (*Koninklijke Paketvaart Maatschappij*) verbunden. Ein Vorfahre war Mitbegründer. Die heutigen Erben haben Aktienpakete, mit denen sie dieses Haus und einen Teil des Gartens pflastern können.»

‹Die Königliche Paketfahrtgesellschaft – du meine Güte›, dachte Sir Robert. ‹Was wird Jane dazu sagen?› Die K.P.M. war in der Schiffahrt neben den britischen Unternehmungen im Fernen Osten tonangebend. Die Van Veens von der Java-Bank saßen im Aufsichtsrat der Handelsgesellschaft. Sir Robert wußte, daß die K.P.M. schon lange nicht nur Schiffahrtslinie war, sondern sich im Rahmen holländischer Kolonialplanung in allgemeinen Transportunternehmungen, im Handel, im Bauwesen und im Ausbau der Hafenanlagen betätigte. In der Schiffahrt war sie beinahe Alleinherrscherin zwischen den träumerischen und ertragreichen Inseln von Niederländisch-Indien, die wie einzelne Smaragde verstreut im Archipel lagen. In Gemeinschaft mit der *Rotterdam Lloyd* baute die K.P.M. Modell-Kampongs (Siedlungen) für die javanischen und chinesischen Hafenarbeiter; sie betrieb eine Werft für den Inselverkehr in Tanjong Priok, dem Hafen von Batavia, und sie plante seit einigen Jahren in Gemeinschaft mit der Deli Tabak-Kompanie und der Niederländischen Handelsgesellschaft die Gründung einer Luftfahrtlinie. Die neue K.L.M. (*Koninklijke Luchtvaart Maatschappij*) sollte im Jahr 1928 – also im nächsten Jahr – die ersten Flüge unternehmen. Sir Robert hatte nur eines nicht gewußt: daß Lindas Verlobter zu den berühmten de Witts von der K.P.M. gehörte. Der Name war häufig in Holland; und der vierzigjährige Gelehrte aus Buitenzorg war von einer Anspruchslosigkeit und Zurückhaltung, die einen nicht gerade an die K.P.M. denken ließen. Wenn dies die Situation seines neuen Neffen war, der hervorragende wissenschaftliche Pionierarbeit in Buitenzorg leistete, dann – tja, dann konnte Lindas Vater wohl auf einem K.P.M.-Schiff eine Freifahrt nach Batavia annehmen, ohne daß ihm ein Stein aus der Krone fiel...

«Schönen Dank für die Auskünfte», sagte Sir Robert. «Wenn die Hongkong & Shanghai Bank in Verlegenheit geraten sollte, kann ich mich ja jetzt an Linda wenden.»

Wieder sah er den stillen Gelehrten aus Buitenzorg vor sich – sehr groß und überschlank.

«Es ist doch komisch», sagte Sir Robert zu John van Veen, «die Leute mit den größten Aktienpaketen sehen meistens so aus, als ob sie sich keine anständige Mahlzeit leisten könnten.»

Dirk schlenderte auf die Terrasse, über die man zu dem kalten Büfett-Souper im Speisesaal gelangte. Man hatte gerade zu tanzen begonnen. Er ging mit Riesenschritten auf das Mädchen im nachtblauen Chiffonkleid mit den Edelsteinen um die Haarkrone zu.

«Darf ich bitten, Fräulein Jo? Wir beide haben uns heute abend lange genug gelangweilt.»

«Ich habe mich großartig amüsiert», sagte Jo schnippisch. Obwohl sie den Kerl nicht leiden konnte, hatte sie sich geärgert, daß er geschlagene zwei Stunden keinen Blick für sie gehabt hatte.

«Da will ich nicht stören!... Bitte vielmals um Verzeihung!» Dirk van Veen drehte sich auf dem Absatz um und schritt nachlässig-lächelnd auf eine junge Engländerin zu, die genau so aussah, wie Linda hätte aussehen müssen, um ein «Erfolg» bei Lady Derringtons Gartenfesten zu sein.

Jo blickte ihm sprachlos nach. Dann tanzte sie lustlos mit einem ihrer Bewunderer.

Eine Viertelstunde später war der Mond aufgegangen. Jo stand am Büfett und trank durstig ein Glas Ananas-Saft. Sie lachte mit ihrer tiefen Stimme über den Witz eines Engländers. Plötzlich fühlte sie im Rükken einen kalten Hauch. Sie fröstelte in dem tief ausgeschnittenen Kleid.

«Der Mond», flüsterte Dirk van Veen dicht hinter ihr, «vielmehr die Mondjungfrau ‹*Queen and Huntress, chaste and fair...*›» Er war so leise herangekommen, daß Jo ihn nicht gehört hatte. Nur ein riesiger und geschmeidiger Schatten hatte einen Vers aus dem sechzehnten Jahrhundert gemurmelt. Jo blickte Dirk von der Seite an. Neben ihm wurden ihre Verehrer zu gleichgültigen Trabanten und Randfiguren. Die Swanenburghsche Abneigung gegen das Mittelmaß regte sich in ihr. *Queen and Huntress* ... Hatte er sie damit gemeint?

Dirk van Veen blickte auf Jo nieder. Eine kalte Besessenheit leuchtete aus seinen Augen, die von den schweren, gewölbten Lidern halb bedeckt waren. Wenn Fräulein Jo sich so glänzend amüsiert hatte, dann war es Zeit, daß jemand sie zum Weinen brachte ... Aber sie war schön; die Enttäuschung des Abends hatte sie noch schöner gemacht. Ihre Lippen hatten den Schwung unbewußter Sehnsucht. Die gelben Ampeln gaben ihrem weizenblonden Haar einen magischen Glanz. Anne van Swanenburghs Saphire leuchteten. Das Mädchen Jo müßte auf einem silbernen Sessel sitzen ...

«Wollen Sie nichts trinken?» Mit ihren siebzehn Jahren hatte Jo noch keinen Mann kennengelernt, der so ... so merkwürdig war. Warum beachtete er sie stundenlang nicht, wenn sie ihm gefiel? Oder – machte er sich lustig über sie? Wie er sie anstarrte ... Selbstsicher und doch wie jemand, dem seine Bitten entweder zu schnell oder niemals erfüllt werden.

«Wollen Sie jetzt mit mir tanzen, Jo?»

«Ich tanze sehr schlecht.»

Er legte den Arm um ihre Taille, preßte sie sekundenlang an sich und zog sie auf die Terrasse. Während des Tanzes sprach er kein Wort. Er führte, und das Mädchen in dem Nachtfalter-Kleid folgte. Er hielt Jo so fest und dabei so zart, daß sie zu schweben glaubte. Sie waren allein auf der Welt – in einem gläsernen Raum, matt vom Monde beschienen. Leuchtende Insekten schwirrten an Jo vorüber, die Palmen wiegten sich im Nachtwind ...

«Ein reizendes, junges Paar», sagte Lady Derrington. «Ob sie sich heiraten werden? Der junge Mann hat große Distinktion.»

«Jo ist erst siebzehn Jahre», erwiderte Mildred erschrocken. «Außerdem will sie Medizin studieren. Sie ist richtig darauf versessen.»

«Tatsächlich?» Lady Derrington lächelte ironisch.

«Wollen Sie etwas trinken?» – Jo war atemlos trotz des langsamen Tanzes. Sie standen wieder am Büfett. Dirk van Veen lächelte auf sie hinunter. Als Jo ihm ein Glas reichte, umschloß er ihre langen, schönen Finger mit seiner großen Hand.

«Hauche einen Kuß ins Kristall, Meisje», flüsterte er tonlos, «dann brauche ich keinen Wein ...»

«Wenn das ein Scherz sein soll, Mijnheer, dann finde ich ihn geschmacklos.»

«Ihre Ansicht ist von keiner Sachkenntnis getrübt, Fräulein Doktor», sagte Dirk van Veen. «... Im übrigen war es kein Scherz.»

VIII

Danach war Dirk van Veen im Ford seines Onkels fortgefahren. – Jo fühlte zum erstenmal in ihrem Leben eine seelische Erschöpfung. Etwas, was sie wunderbar belebt hatte, war ihr entglitten. Dirks geflüsterte Botschaft war zu ihrem unerfahrenen Herzen gedrungen. Sie ahnte noch nichts von der Verführungs-Macht des Wortes. Dirk sprach mit der Sanftheit der Taube und der Schlauheit der Schlange. Er bekränzte seine Grausamkeit und Wortgirlanden – vielleicht wußte er selbst nicht immer, ob er im Ernst oder im Scherz sprach. Mit seinen fünfundzwanzig Jahren war er schon verwöhnt und gelangweilt; etwas in ihm dürstete nach unerhörten Erlebnissen der Phantasie, die sein Verstand belächelte. Das verlieh ihm nicht nur den Charme der Leichtsinnigen, sondern auch eine Neigung zur destruktiven Selbstbespiegelung. Und jetzt hatte er in wenigen Stunden fertiggebracht, einer angehenden Medizinerin, die das Mittelmaß haßte, eine Ahnung von den privaten Höllen der Leidenschaft zu geben. Er hatte Jo van Swanenburghs unordentliches aber freundliches Weltbild verändert. – Sie stand hochaufgerichtet und blickte in eine brennende Dunkelheit. Sie wußte nicht, wie lange sie sich schon mit den Randfiguren am kalten Büfett unterhielt ... zehn Minuten ... zehn Jahre? Als sie ein Auto anfahren hörte, seufzte sie und ging in den Garten. Dann stand sie auf dem schwarzen Gras und sah Dirk auf sich zukommen. In ihren Ohren war das Geräusch von Wellen, die heftig gegen kalte, graue Steine schlugen.

«Was machen wir mit dem angebrochenen Abend, Fräulein Jo?»

«Wo sind Sie gewesen?» fragte sie rauh.

«Haben Sie mich vermißt?»

«Tante Mildred fragte nach ihnen. Mir war es egal.»

«Wer nicht gut lügen kann, der sollte lieber bei der Wahrheit bleiben, kleine Dame!»

«Nennen Sie mich nicht ‹Kleine Dame›!»

«Ich wollte Ihnen zur Abwechslung etwas Nettes sagen! Denn daß Sie weder klein noch eine Dame sind, das sieht ein Blinder mit Sonnenbrille», sagte Dirk freundlich. «Also wie ist es? Fahren Sie mit Onkel Dirk in die ‹Glückliche Welt›?»

«Was ist die ‹Glückliche Welt›? Eine Erfindung von Ihnen?»

«Ein chinesischer Vergnügungspark, kleine Dame! Leben Sie auf dem Mond? Sie sind über eine Woche in Singapore und wissen nichts von der Großen oder der Glücklichen Welt? Was machen Sie an Ihren angeknabberten Abenden? Schularbeiten über Knochenbrüche?»

Jo mußte lachen. Dann sagte sie hastig: «Ich will Onkel John Bescheid sagen!»

Dirk van Veen betrachtete das schöne Mädchen mit dem zarten Hals und dem eigensinnigen Kinn wie ein Meerwunder.

«Sind Sie siebzehn oder sieben Jahre alt? Fragen Sie Onkel John auch um Erlaubnis, wenn Sie Luft holen wollen?»

Er blickte sich vorsichtig um. Sein Onkel war tief in der Unterhaltung mit Sir Robert und drei chinesischen Gästen. Mildred saß ermüdet mit einigen Damen auf der Veranda. Dirk zog Jo durch einen Seitenausgang zum Auto.

«Das wäre geschafft», sagte er vergnügt. «Auf in die ‹Glückliche Welt›.»

IX

Wer zum erstenmal einen der großen chinesischen Vergnügungsparks von Singapore betritt, der wünscht sich tausend Augen und kein Gehör. Jo blickte sich betäubt um; die erleuchteten Buden, Tanzparketts, Restaurants und Theater wirkten unter dem tropischen Nachthimmel wie Bauten einer Geisterwelt; nur die Musik und das vorwiegend chinesische Geschnatter der Nachtschwärmer waren real und ohrenbetäubend. Dirk steuerte auf das Gebäude der Peking-Oper zu. Die Vorstellung hatte schon begonnen. Zum erstenmal sah die junge Jo, die in einem Niemandsland zwischen Holland und Amerika zu Hause war, eine Kunstdarbietung, wie sie geschlossener, farbenprächtiger und zeitloser von keinem anderen Volk geschaffen worden ist. Man spielte eines jener uralten Heldendramen, in denen Generale, Hofleute, die jugendliche Heldin, «Blume» genannt, ihr Liebhaber und alte Diener und Dienerinnen mit guten oder bitterbösen Absichten unter greller Musikbegleitung etwas mimen, was jeder chinesische Zuschauer genau kennt und aus diesem Grund immer wieder sehen will. –

Dirk hatte seinen Arm um Jo gelegt und gab ihr Auskunft über die Handlung und die Personen, bei denen die Farbe der Schminke anzeigt, ob sie gut, böse, edelmütig, intrigant, heldenhaft oder feige sind.

«Schscht», machte Jo.

«Im chinesischen Theater unterhält man sich auf jede Weise», belehrte Dirk den *Sinkeh* (malaiisch: Neuling) aus Amsterdam. In der Tat schwatzten ringsherum die chinesischen Kunstfreunde ungeniert miteinander. Tee und kleine Schüsseln mit scharf gewürzten Speisen wurden serviert, Säuglinge brüllten im Rückenbündel der Frau Mama, und chinesische Ladenbesitzer machten rasch ein paar Geschäfte, während der General auf der Bühne sein imaginäres Schlachtroß bestieg und vom Publikum mit rauhen Zurufen angefeuert wurde. Das Spiel war eine *Wu-Oper* – ein militärisches Spiel. Es war farbenprächtiger und formeller als die *Wen-Dramen,* die sich mit weniger erregenden Dingen wie treuen Ehefrauen, edelmütigen Söhnen und dem Treiben der Geister und Konkubinen im chinesischen Privatleben befassen. Dirk hatte den Zeitpunkt für das *Wu-Drama* abgepaßt; denn nach dem endlosen chinesischen Spielplan gab man öfters noch ein *Wen-Drama* und eine derbe Farce dazu. Selbstverständlich wurde die Glorie des Kaisers gerettet; grausame Scherze und feingesponnene Intrigen brachten im Verlauf mehrerer Stunden dieses moralische Resultat zustande. Dirk wollte es nicht abwarten; er wollte Jo eigentlich nur zeigen, daß die Chinesen, entgegen der Ansicht des Fräulein Doktor, noch etwas anderes können als «spucken und auf jede Weise Geld verdienen». Als sie ihm diese Ansicht anvertraute, hatte sie einen mitleidigen Blick geerntet. Du lieber Himmel, in was für einer Scheuklappenwelt wuchs so ein Mädchen heran!

«Wollen Sie wirklich Medizin studieren?» fragte er plötzlich.

«Natürlich! Ich will Kinderärztin werden.»

«Warum nicht Tropenmedizin? Dann könnten Sie mich einmal in Sumatra besuchen!»

«Ich glaube kaum, daß dies der Zweck meines Studiums ist.»

«Und ich glaube kaum, daß Sie studieren werden.»

«Idiot!» sagte Jo liebenswürdig. «Bei uns zu Haus sind alle Mediziner. Und warum werde ich nicht studieren?»

«Weil Sie zu schön sind, geehrte Kratzbürste! Sie werden vorher heiraten.»

Jo lachte. Ihr war jetzt leicht ums Herz. «Ich werde noch lange nicht heiraten, Mijnheer! Ich wüßte auch nicht wen.»

«Wie wäre es mit mir?» Dirk van Veen blickte Jo nicht an. «Ich meine – falls sich kein Besserer findet.»

Jo wurde rot. Schon wieder machte sich dieser Kerl, der so sanfte und ungewöhnliche Dinge flüstern konnte, über sie lustig.

«Über solche Dinge scherzt man nicht, Mijnheer!»

«Ich bitte um Verzeihung! Um so mehr, als ich ... sozusagen verlobt bin.»

Jo starrte ihn an. Sie schwankte ein wenig. Es mußte die schwüle Nachtluft sein und die Cocktail-Party. Oder war es die Unverschämtheit dieses Mannes, von dem sie sich nur mit Willenskraft losreißen konnte? Sie schüttelte heftig seinen Arm von ihrer Schulter.

«Was ist nun wieder los?»

«Ich will nach Haus! Sofort!»

«Jetzt kommt aber die große Arie der unglücklich Liebenden», flüsterte Dirk van Veen. «Der berühmte Mei Lan Fang könnte sie nicht besser singen. Ist Ihnen eigentlich aufgefallen, daß die ‹Blume› – die Heldin des Dramas – ein Mann ist? Die Welt ist lustig! Er singt mit falscher Mädchenstimme, und Fräulein Jo spricht mit falscher Jungenstimme. Nicht doch ... Mädchen! Bleiben Sie doch!»

Es war Jo nicht möglich, aus der Menge zu entkommen. Und Dirks Arm lag wie eine Eisenkette um ihre Schulter. Plötzlich war es totenstill. Die Zuschauer, die bis dahin laut geschwatzt hatten, hielten den Atem an. Der junge Schauspieler, der die «Blume» mimte, begann seine große Arie über die Freuden und Leiden der Liebe. Er war in leuchtende Brokate gehüllt und schwenkte mit melancholischer Wollust eine goldenen, mit weißen Blüten bestickten Schal. Auf seinem schmalen Kopf saß ein Kopfputz aus Juwelen und Blumen. Sein Gesicht war schneeweiß; zwei rote «Schminkrosen» bedeckten einen Teil der Wangen. Die Augenlider hatten die gleiche Farbe. Der Mund war der winzige «Kirschenmund» der chinesischen Liebhaberin. Zu beiden Seiten der «unglücklichen Konkubine», die nicht mit koketten Blicken ins Publikum sparte, knieten Dienerinnen in den «Roben der Resignation», darunter die *ching yi*, die treue Amme, Dienerin oder Verwandte, die später eine Arie singen würde. Der als «Blume» verkleidete Schauspieler sang mit einer Stimme, die hell und klar und unbeschreiblich traurig klang. Er teilte dem Publikum etwas von den uralten Schmerzen der Liebe mit – viele Ausländer lauschten gebannt, obwohl sie kein Wort verstanden. Und was hätte die konventionelle chinesische Poesie ihnen noch sagen können? Sie hörten die Urlaute des Schmerzes und der lieblichen Resignation. Die «Glückliche Welt» stand wie eine Insel der glänzenden und unzerstörbaren Illusion mitten in Singapore – einer Stadt, die vom Gummi und vom Geld lebte und von malaiischen Geheimnissen unterhöhlt war.

Jo starrte die Erscheinung auf der beleuchteten Bühne an. Die Handbewegungen suggerierten, daß die Blitzschläge der Liebe die gleichen in der ganzen Welt sind – nur deutete es niemand sonst so endgültig und diszipliniert an. Die klaren Töne, die die Skala der Gefühle mühelos durchliefen, beruhigten Jo in seltsamer Weise. Sie blickte Dirk van Veen von der Seite an – er schien versunken. Aus seinen merkwürdigen Augen sprachen Trauer und die Lust an tödlichen Scherzen. Jo senkte den Blick, weil sie Dirks Augen auf sich ruhen fühlte. Er beugte den Kopf mit dem hellen Haar zu ihr – ein Geruch von feinem Tabak, Lavendelwasser und etwas Undefinierbarem streifte sie. Sie rührte sich nicht; sie war diesem jungen Mann nicht einmal böse, daß er mit ihrem scheuen Gefühl gespielt hatte. Er war ihr so nahe, daß ihr Stolz und ihre Hoffnungen keine Rolle mehr spielten. Seine Augen blickten direkt in ihre blauen, unschuldigen Augen, die von dunklen Schatten umrahmt waren. Wieder waren sie allein in einer gläsernen Welt, die jeden Augenblick zerbrechen konnte.

Die Arie war beendet; die Schauspieler tranken Tee auf der Bühne, während das Drama von Nebenfiguren weitergeführt wurde. Man lachte und spuckte ... Dirk van Veen streifte mit seinen Lippen Jos Haar und ihre Schläfe. Diese zarte Berührung gab ihr eine erste Ahnung von der Ekstase, die sie nicht mit ihm erleben durfte. Tränen rannen über ihr Gesicht. Dirk trocknete sie mit seinem Taschentuch, das nach Lavendel roch. In diesem Augenblick verband sich für Jo van Swanenburgh der Geruch von Lavendelwasser ein für allemal mit den Verzichten der Liebe. Ihre Tränen stockten, nur ihre Lippen zitterten. Sie schämte sich nicht einmal, daß sie vor Dirk van Veen geweint hatte. Sie fühlte, daß er alles wußte, was in ihr vorging, und daß die Zeit der koketten Spiele vorbei war. Ohne Warnung war sie – eine Siebzehnjährige, welche die Stimme der Vernunft von Haus aus verachtete – in den Bann einer Leidenschaft geraten. – Licht und Schatten huschten durch den Vergnügungspark, während Dirk sie hinausführte. Sie schwankte, und er stützte sie.

«Bist du müde?» fragte Dirk im Auto. Er saß hochaufgerichtet am Steuer, während sie durch das nächtliche Singapore rasten. «Wollen wir irgendwo *saté* essen? Das gehört zu einer Nacht in dieser malaiischen Chinesenstadt.»

«Ich liebe dich», flüsterte das Mädchen mit gebrochener Schiffsjungenstimme. «Ich liebe dich wahnsinnig. Mir ist alles einerlei.»

«Aber ... aber», sagte Mijnheer van Veen, «was sind das für Reden? Lernt ihr das jetzt in der Schule?»

Keine Antwort.

«Jetzt wird erstmal *saté* gegessen. Du bist halb verhungert, Mädchen! Da ist einem stets so zumute. Schlaf dich tüchtig aus, und morgen hast du alles vergessen!»

«Ich will nichts vergessen.»

«Darauf kommt es nicht an», sagte Dirk van Veen hart. «Du weißt noch gar nicht, was Liebe ist. Du hast soviel Ahnung von Männern wie ein Lamm von Dschungeltigern. Es ist alles Eigensinn; man braucht nur dein Kinn anzusehen! In sechs Jahren können wir mal darüber reden.»

«Du bist gemein! O Gott, wie gemein du bist!»

«Siehst du es endlich ein, Mädchen? Sei froh, daß ich dir erspart bleibe! Heut nachmittag hieltest du mich für einen Affen! Vorhin war ich ein Idiot! Wieso bin ich plötzlich der Mann deiner Träume?»

Er blickte sie von der Seite an. Sie ließ den Kopf hängen wie ein trauriges Kind. Aber ihr Kinn war immer noch eigenwillig, und ihre Stirn verriet Talent zum Denken. Sie würde eine bezaubernde, launenhafte Frau werden, die immer den Mann haben wollte, den sie nicht bekommen konnte.

«Mit wem bist du verlobt, Dirk?»

Sie hatte ihn das erste Mal bei seinem Namen genannt und errötete. Sie war ein stolzes, eigenwilliges Geschöpf, aber in der Liebe würde sie so lange demütig sein, bis sie die Oberhand hatte. Sie sah aus, als würde sie viele Niederlagen erleben. Sie würde sie sogar suchen ... Sie war schon mitten in der ersten, da sie neben ihm saß und scheu und glühend auf seinen Kuß wartete. Es war genau so gekommen, wie er es sich bei der ersten Begegnung gedacht hatte. Aber sein Triumph freute ihn nicht ... Sie war zu jung und hilflos und hinreißend.

«Dirk ... war das ein Scherz mit deiner Verlobung?»

«Sei nicht so eigensinnig!»

«Ich *will* es aber wissen! Du bist einfach unfair! Ich hasse dich!»

«Na also! Dann ist alles in Ordnung!» Mijnheer van Veen hielt mit einem Ruck an der Beach Road. «Steig aus, Meisje!»

Jo blieb regungslos sitzen. Sie starrte auf den Weg und beachtete ihn nicht. Er sollte eine Randfigur werden ... Doch da hatte sie nicht mit Dirk van Veen gerechnet. Er packte ihren Arm so hart, daß sie aufschrie.

«Hast du nicht gehört, daß du aussteigen sollst? Ich will kein Schauspiel vor meinen Bekannten. Benimm dich endlich, wenn es auch schwerfällt!»

Er hatte tatsächlich jemanden entdeckt, den er in Jos Gesellschaft nicht treffen wollte. Aber es war zu spät. Er sah ein Auto auf die Beach Road zukommen; eine Frau mit brandrotem Haar und drei Begleitern saß darin. Prost Mahlzeit!

Jo stieg wortlos aus. Sie blickte Dirk von der Seite an. Er stand da – riesig, lächelnd, verschwiegen. In seinen Augen war wieder das irisierende Licht. Er verteilte die Geschenke des Glücks, wie es ihm in den Sinn kam.

Vor den kleinen, von Öllampen erhellten Buden saßen um Mitternacht Malaien, Chinesen und die Männer des Westens mit ihren Begleiterinnen und aßen die weltberühmte Spezialität: *saté*. Von Singapore bis San Francisco, von Batavia bis Shanghai und Amsterdam aßen Feinschmecker aus aller Welt im flackernden Schein der Öllichter diese Köstlichkeit – scharfgewürzte Fleischstücke, die auf Stäbchen über den Öfen der Saté-Verkäufer gegrillt und mit Zwiebeln und Gurke serviert werden. Dazu gab es die scharfe Chili-Sauce und eine mildere Kokosnuß-Creme. Die Hungrigen kauften sich dazu noch *ketupat*: gekochten Reis appetitlich in einem Blatt der Kokospalme verpackt.

Diese Menschen in westlichen Tropenanzügen, Abendkleidern, chinesischen Brokaten, indischen Seiden und malaiischen Sarongs – den Malaiinnen schwebten Slendangs wie leuchtende Schmetterlinge über Haar und Schultern – boten vor den primitiven, fahrbaren Kochwagen und den Öllampen ein phantastisches Bild. Hier gab es keine Trennungsstriche und Unterschiede der Kasten. Die Malaien lebten jedoch in ihrer eigenen Stadt, die von Engländern regiert und von Chinesen wirtschaftlich beherrscht wurde, wie Fremde ohne Privilegien. Sie waren Diener und Gärtner in den Häusern der Ausländer, sie fischten und pflanzten Fruchtbäume in ihren Kampongs in und bei Singapore; sie verkauften *saté* und befragten ihre Pawangs und Medizinmänner in allen wichtigen Fragen. Sie sangen, tanzten, spannen Intrigen, hielten Ratsversammlungen mit Tanten und Onkeln ab, webten, schmiedeten Silberarbeiten und liefen gelegentlich *amok*, wenn die Kränkungen, die zum Teil in ihrer Einbildung bestanden, und der Anblick der reichen Chinesen sie außer sich geraten ließen. – So war es in Singapore, und so war es in Batavia. –

Die auffallende Frau war vorgefahren und setzte sich mit ihren Begleitern in Dirks und Jos Nähe. Sie hatte brandrote Haare, ein schönes, verlebtes, sehr lebendiges Gesicht und melancholische Augen. In ihrer Begleitung befand sich eine junge Malaiin in Sarong und gestickter *kebaya*, ein dicker Ceylonese, der an jedem Finger einen Ring trug, und ein jüngerer Holländer, der apathisch dasaß und mit unheimlicher Geschwindigkeit ein leeres Satéstäbchen neben das andere legte, damit der Verkäufer danach seine Rechnung aufstellen konnte. Die Dame winkte Dirk zu und stand auf, als er ihren Gruß nicht erwiderte.

«Das ist aber eine Überraschung», sagte sie in hartem Holländisch. «Seit wann sind Sie in Singapore, Mijnheer?»

«Seit gestern», sagte Dirk. «Darf ich bekannt machen: Mevrouw van Doren, Fräulein van Swanenburgh aus Amsterdam.»

«Ich freue mich, Sie kennenzulernen, Fräulein van Swanenburgh», sagte die Ungarin, die mit einem Holländer verheiratet gewesen war. «Ich kenne Ihre Familie in Amsterdam.»

Jo erwiderte nichts. Sie war zu müde. Auch Jo kannte die Fremde dem Namen nach. Sie besaß einen bekannten Juwelier- und Antiquitätenladen in Amsterdam. Jos Vater hatte dort allen Schmuck für ihre verstorbene Mutter gekauft. Auch die Saphire, die Jo im Haar trug.

Mevrouw van Doren hatte die Steine sofort wiedererkannt. Sie hatten Anne van Swanenburgh kein Glück gebracht. Sie betrachtete das Mädchen mit scharfem Blick und beschloß, die Rolle der «freundlichen älteren Dame» zu spielen. Mevrouw van Doren war Schauspielerin gewesen und hatte in Wien wenig Erfolg gehabt, weil sie im Leben zuviel schauspielerte. Eigentlich war sie Garderobiere gewesen; aber das wußte nur sie allein... Als sie den Amsterdamer Juwelier van Doren vor zehn Jahren geheiratet hatte, nannte sie sich «Gräfin». Das war ein Wortspiel: sie war die junge reizvolle Witwe des Wiener Juweliers Graf. Die scherzhafte Bezeichnung «Gräfin» war in Paris, wohin sie nach dem Tod ihres Herrn Graf mit dem Erlös der Juwelen gegangen war, zu einem Adelstitel geworden. Mijnheer van Doren hatte bis zu seinem Tod nicht geahnt, daß seine schöne, vom Geheimnis der osteuropäischen Frauen umwitterte Gemahlin weder Schauspielerin in Wien noch Gräfin «irgendwo in Ungarn» gewesen war. In Paris mied sie die Ungarn und entbehrte die Wiener... Nachdem sie ihre eigene Vergangenheit erfolgreich umgearbeitet hatte, betätigte sie sich neben dem Juwelenhandel im Erfinden und Verschönern von Vergangenheiten – sie verschaffte falsche Pässe, erfand passendere Namen für Menschen, deren Eltern keinen Geschmack gehabt hatten, und gab ihrer Umgebung den Schein der Illusion, den sie als blutjunges Ding von der Künstlergarderobe eines Wiener Theaters aus für das wirkliche Leben gehalten hatte.

Das Merkwürdigste an ihrer auffallenden Erscheinung waren die weißen Handschuhe, die sie niemals ablegte. Es hieß, sie habe sich im Fernen Osten eine Hautkrankheit zugezogen; in Wirklichkeit waren die Hände selbst ihre Krankheit. Sie waren groß, breit und von schwerer Arbeit in der Kindheit deformiert; es waren die Hände einer Fabrikarbeiterin, wie es ihre Mutter gewesen war. Alles bis auf ihre Hände konnte Mevrouw van Doren verschönern: ihre Herkunft, ihre Manieren, ihre Stellung in Amsterdam und in den glanzvollen Städten des Fernen Ostens, wo sie Juwelen in Burma und Ceylon und antiken Schmuck javanischer und malaiischer Silberschmiede kaufte. Sie reiste alle zwei bis drei Jahre in den Fernen Osten und umgab sich mit Menschen, die sie «Begleiter» oder «Waisenkinder» nannte. Sie hatte sogar bei ihrem letzten Aufenthalt in Insel-Indien ein Kind adoptiert. Wenn sie lachte, hatte sie strahlenden Charme; in ihre herrlichen dunklen Augen trat dann der magische Glanz der Jugend, der durch das Wissen um die Finsternisse des Lebens noch intensiver wurde. In ernsten Augenblicken, zum Beispiel wenn sie Geschäftsbücher kontrollierte oder Vergangenheiten für Träumer oder Ehrgeizige erfand, sah die Frau mit den vielen Gesichtern wie eine Greisin aus, die zufällig wenig Falten und volle, genußfreudige Lippen hat.

«Wie gefällt Ihnen Singapore, Fräulein van Swanenburgh?» fragte sie nun.

«Ich habe noch nicht viel davon gesehen», erwiderte Jo schüchtern.

Mevrouw machte eine wegwerfende Bewegung; ihre weiß behandschuhten Hände flatterten wie Vögel in der Nachtluft.

«Es ist eine Welt voll Honig und Essig», sagte sie hart. «Kein Ort für so junge Damen.»

Sie blickte Jo einen Augenblick voll an; das Mädchen hatte Haltung, aber war völlig verstört. Daran konnte nur Mijnheer van Veen schuld sein. Natürlich – sie hätte es sich denken können! Dieses Mädchen Jo, dessen Mutter sie sehr genau gekannt hatte, war viel intelligenter als Anne, aber auch viel verwundbarer. Ihr fehlte nämlich noch das Wissen, daß Liebe bitter ist und Gefühle sich ändern... Bei Dirk van Veen würde sie es allerdings schnell lernen. Anne van Swanenburgh hatte nichts gelernt; sie hatte den unverzeihlichen Fehler begangen, Berechnungen anzustellen, die am Ende nicht gestimmt hatten. Das konnte Mevrouw van Doren nicht einmal im Schlaf passieren. Und das Kind hier trug die Saphire...

«Ich würde mich freuen, wenn Sie morgen zu meiner Cocktail-Party kämen, Fräulein van Swanenburgh», sagte die Gräfin so gemessen wie die Holländerinnen der ersten Garnitur, die in Batavia in ihren Wohnpalästen saßen und Frau van Doren nicht empfingen... Man empfing in Weltevreden (vornehmes Europäerviertel in Batavia) genau wie in Den Haag nur Leute, deren Herkunft allgemein bekannt war und die nichts daran zu verschönern brauchten. Leute wie die Van Veens und die Familie De Witt; wie die Bloemendaals in Sumatra; wie Exzellenz Polder und seine Kinder in Djokjakarta, wo es nach Dirk van Veens Schilderungen «nur Fürsten, Zuckerrohr und Exzellenz Polder mit seiner Neugierde» gab. Die Polders waren die neugierigste Familie der Niederlande... Mevrouw van Doren kannte sie alle, wenn sie sie auch nicht kennen wollten. Nur Cornelis van Veen in Batavia empfing sie; und seine junge Frau Isabella war ihr immer schläfrig-freundschaftlich entgegengekommen. Mit der glühenden Dankbarkeit des Emporkömmlings hätte Frau van Doren alles für diese beiden Menschen getan – nur war nichts für sie zu tun! «Die Holländer» – wie Anna van Doren ihre durch Heirat erworbenen Landsleute immer noch in Gedanken nannte – die Holländer in Java und Sumatra, in Borneo und in Celebes saßen selbstzufrieden in ihren Gärten und kamen nicht auf die Idee, daß die Sonne einmal erkalten könnte. Das ahnten nur die Outsider im Schatten...

Jo wollte gerade die Einladung annehmen, als Dirk van Veen für sie ablehnte.

«Vielen Dank, Mevrouw», sagte er höflich und warf Anna einen merkwürdigen Blick zu. «Fräulein van Swanenburgh ist morgen abend mit ihren Verwandten eingeladen.»

«Kann ich dann wenigstens auf Ihre Anwesenheit rechnen, Mijnheer?»

«Ich werde da sein, ob es Sterne oder Regenwürmer regnet.»

«*Kata itu biar-lah kota!* (Dein Wort soll eine Festung sein)» – murmelte Mevrouw auf malaiisch. Dann wandte sie sich lächelnd Jo zu:

«Ich wünsche Ihnen weiter viel Vergnügen. Es ist schade, daß Sie kein Waisenkind sind, Juffrouw! Ich hätte Sie mit Freuden adoptiert.»

Sie blickte Dirk van Veen starr an.

«Sie sind immer so witzig, Mevrouw», sagte Dirk heiser.

«Es war mein Ernst, Mijnheer.» Frau van Doren winkte dem eleganten jungen Paar nach, während Dirk und Jo zu ihrem Wagen eilten. Sie lächelte, obwohl in ihren Augen ein Schatten von Trauer war. Die Ungarn waren eine Mischung aus Orient und Okzident, und das änderte sich nicht, auch wenn ein Mädchen aus den Kellern und Fabriken von Budapest nach Wien ausriß und schließlich einen Holländer heiratete, der zufällig einem Juwelendieb bis Paris nachgereist war. Herr van Doren hatte den Dieb nicht entdeckt; wohl aber die «Gräfin» des verstorbenen Herrn Graf, die im Ritz auf einen Dummen gewartet hatte, der wegen seiner eigenen erstklassigen Herkunft alles glaubte, was eine bezaubernde Dame ihm erzählte... Der Mijnheer hatte in Holland niemals eine Dame getroffen, die nicht genau das war, was sie behauptete. Er brauchte eine Frau mit Geschäftssinn, und er brauchte für sein Alter den Anblick der Schönheit. Beides hatte Anna geliefert. Sie hatte Frans van Doren sehr gern gehabt und ehrliche Tränen an seinem Totenbett geweint. Er war ein Herr gewesen. Er hatte kein Haus in Amsterdam oder im Haag betreten, wo seine Frau entweder übersehen wurde oder nicht eingeladen worden war. Anna hätte aus lauter Dankbarbeit für ihn gestohlen oder gemordet; aber es war nicht in Frage gekommen. Niemand auf der Welt – außer Anne van Swanenburgh – hatte jemals ihrer Dienste bedurft.

Und Jos Mutter hatte die Ungarin verachtet, obwohl sie sich an sie geklammert hatte, als sie in der Klemme saß. Das war das Übliche.

Es war Jo nicht aufgefallen, daß Frau van Doren ihre Begleiter nicht vorgestellt hatte – weder den fetten Herrn aus Ceylon, dessen Ringe und Zähne im Halbdunkel leuchteten, noch die junge Malaiin und schon gar nicht den apathischen Holländer. Wenn man mit Frau van Doren reiste, dann war man ein Scheintoter für die Leute im Archipel, die alles von jedem wußten, als ob man noch im kleinen Holland hockte. Exzellenz Polder fand alles heraus; er hatte größere Erfolge als ein Privatdetektiv. Sein soziales Prestige zwischen Holland und Insel-Indien gab ihm Macht, und so wurde seine Neugierde stets befriedigt. Er saß in den «Fürstenlanden» unter seinem ehrenvollen Sonnenschirm, der bei Gala-Empfängen neben dem Sonnenschirm des Sultans stand. Er wußte alles über

Jos Mutter, über die «Gräfin» und die übrigen Cocktail-Trinker des Fernen Ostens. Ein Vorfahr der Polders war Admiral gewesen; in Holland sangen die Kinder in der Schule Lieder über diesen Seehelden. Er hatte zur See Insel-Indien für die Niederlande sichern helfen; nicht nur aus nationalem Unternehmungsgeist, sondern aus purer Neugierde. Jedenfalls behauptete das Dirk van Veen...

Exzellenz Polder wußte auch alles über Dirk van Veen.

Und das war eine ganze Menge.

X

Dirk und Jo fuhren schweigend durch die Nacht. Die Riesenstadt ging schlafen. Jo sah mit ihren vor Müdigkeit glänzenden Augen nur Fragmente: stolze, weiße Kolonialbauten, Hütten, aus denen malaiischer Gesang kam; chinesische Restaurants, arabische Bauten, Europäer in riesigen Wagen, Enten in einem kleinen Teich und die großen Sterne an einem Himmel, der hinter ziehenden Wolken noch graurosa und smaragdgrün schimmerte. Oder war es schon die Morgendämmerung? Jo hatte jeden Sinn für die Zeit verloren. Sie hätte ewig an Dirks Seite durch die exotische Nacht sausen mögen: die Magie des Ostens hatte sie gepackt... Sie blickte Dirk von der Seite an: er sah frisch und kühl aus wie zu Beginn der Cocktail-Party. Ja... da waren ja noch Onkel John, Tante Mildred und der winzige Trabant Jacoba. Aber Jo dachte an sie wie an Verstorbene; die süße und schreckliche Isolierung, in die Dirk sie gerissen hatte, ließ sie nur Schemen erblicken. Sie ahnte dumpf, daß die Liebe sie gleichgültig gegen die milderen Tröstungen des Lebens machte: die Familie in Amsterdam, Freundschaften, den lieben, wundervollen Onkel John. Und gegen das Band gemeinsamer Interessen und Traditionen. Der Abenteurer neben ihr hatte sie aus alledem herausgerissen; vielleicht ahnte er es nicht einmal, wie isoliert sie war. Sie schloß die Augen, um ihn nicht mehr zu sehen; doch an die Stelle seiner großen, eleganten Gestalt trat das Nichts. Sie war bereit, den Schatten dieses Mannes, von dem sie nichts wußte, zu lieben und seinen wirklichen Charakter zu ignorieren. Aber er fuhr wie ein Rasender durch diese seltsame Stadt zwischen Nacht und Morgen, zwischen Vergangenheit und Zukunft und schien Jo vergessen zu haben. Hatte er nicht gesagt, daß sie schön wäre?... *Queen and Huntress, chaste and fair...* Warum hatte sie ihn nicht sofort begriffen? Plötzlich stoppte Dirk den Wagen so unvermittelt, daß Jo gegen seine Schulter geschleudert wurde. Sie blieb mit dem Kopf an dieser Schulter liegen; wieder wehte sie der Geruch von Tabak, Lavendel und etwas Undefinierbarem an.

Dirk van Veen setzte sie sanft in ihren Sitz zurück. Er strich ihr das Haar aus der Stirn.

«Du zitterst, Mädchen! Es wird immer plötzlich kühl in den Tropen.» Er zog sein seidenes Jackett aus und hing es ihr um die Schultern.

«Ist es so besser? Wir sind in zehn Minuten in Tanglin. Ich habe noch einen Umweg gemacht, um dir etwas von dieser Stadt bei Nacht zu zeigen.»

«Vielen Dank», sagte Jo still und verzweifelt.

«Warum bist du traurig, mein Engel? Ich versuche dir eine nette Unterhaltung zu bieten und du ...»

Er blickte sie scharf an. Der Kuckuck sollte siebzehnjährige Mädchen holen, die jedes Wort ernst nahmen! Sie hatte sich prompt in ihn verliebt. Um ihren Mund zuckte etwas wie unterdrückte Leidenschaft und schmerzlicher Stolz. Sie sah im Halbdunkel so schön und unschuldig und zart vor Kummer aus, daß Dirk van Veen seinen Arm um ihre Schulter legte. Die Jacke glitt herunter. Er hob sie auf und zog sie wieder an.

«Gib mir die Jacke zurück», sagte die gebrochene Schiffsjungenstimme. Es war doch etwas von ihm gewesen ...

«Sei doch nicht kindisch, Mädchen!»

«Dirk ... oh, Dirk!» Jo streichelte scheu den Ärmel. «Laß uns fortfahren ... weit fort! Du brauchst mich nicht zu heiraten ... ich will auch gar nicht launisch sein ... nicht ein bißchen.» Sie schluchzte hart auf. Sie hatte immer alles bekommen, was sie wollte.

«Hast du den Verstand verloren, Kleines? Onkel John würde schöne Augen machen, wenn ich dich im Abendkleid entführte!»

«Kannst du mich nicht doch heiraten? Ich meine später?»

«Dies ist der erste Heiratsantrag, den ich von einer entzückenden jungen Dame bekommen habe. Paß auf, *Sinkeh* (Neuling)! Das Klima hat dich etwas durcheinander gebracht. Das geht vielen Mädchen hier draußen so. Nun trockne deine Tränen und sei ein braves Meisje!»

«Bist du verlobt? Sage es mir! Ich werde sonst keine Ruhe finden!»

«Dann eben nicht! Laß diesen Unsinn, mein Engel, sonst werde ich ungemütlich. Wenn man eine Auskunft haben will, dann darf man nie danach fragen. So machen's die Chinesen.»

Hatte Dirk kein Herz? Merkte er nicht, daß sie in einem goldenen Netz gefangen war? Er mußte ihr doch helfen! Sie war leichenblaß und atmete mühsam. Dirk entnahm einer Seitentasche des Wagens eine Flasche Gin, goß etwas in den silbernen Becher und hielt ihn ihr hin.

«Trink das! Du hast einen Nachtfrost bekommen.»

Sie antwortete nicht. Er hielt ihr den Becher an die Lippen. Was sollte das Theater? Er würde mit der kleinen Romantikerin schon fertig werden. Jo stieß den Becher mit dem Gin von sich, so daß die Flüssigkeit auf Dirks Anzug spritzte. Eine leise Röte stieg in sein Gesicht. Verzogenes Balg! Er schüttelte sie brutal an den Schultern.

«Benimm dich gefälligst, sonst kannst du zu Fuß nach Hause gehen.»

Jo erhob sich wie eine Nachtwandlerin und wollte die Wagentür öffnen. Er riß sie zurück. Ihr Kopf fiel hintenüber auf die Lehne des Sitzes. Sie lag mit weit offenen Augen neben ihm und starrte in die Sterne. Die Saphire ihrer Mutter hatten sich gelöst und hingen in den Locken. Sie verfingen sich in dem Chiffon ihres Kleides, als Dirk versuchte, den

Schmuck zu lösen. Seine schlanken, kräftigen Hände mit den musikalischen Fingerspitzen wurden plötzlich eigene Lebewesen, die den zarten Hals und die Schultern des Mädchens streichelten. Sein Kopf mit dem blonden Haar über der hohen, gewölbten Stirn lag einen Augenblick an Jos Brust. Dann richtete Dirk van Veen sich auf und heftete seinen Blick grüblerisch auf das Mädchen mit den weit offenen Augen. Seine Lippen berührten ihre zitternden Lippen. Dunkelheit... Kaskaden von Gold...

«*Sinkeh*», flüsterte er.

XI

Senator van Veen stand auf der Veranda, als er den Wagen kommen hörte. Eine steile Falte zwischen seinen Brauen gab ihm einen gefährlichen Ausdruck. Das hatte noch gefehlt, dachte Dirk und bremste mit einem Ruck. Es war zwei Uhr nachts.

«Wo bist du mit ihr gewesen?» fragte John drohend. Seine Stimme war tonlos wie immer, aber das verstärkte den Eindruck schlummernder Gewalttätigkeit. Dirk antwortete nicht, sondern half dem zitternden Mädchen aus dem Wagen. Jos Augen glänzten unnatürlich; ihr Gesicht war rot und erhitzt, als erwache sie aus einem wilden Traum.

«Antworte mir!» John van Veen hob seinen mächtigen Arm, als wolle er Dirk zerschmettern. Jo sprang mit einem Schrei dazwischen.

«Rühre ihn nicht an! Es ist alles meine Schuld.» Sie schwankte vor Erregung und blickte den lieben, wundervollen Onkel John wie einen Todfeind an.

«Geh schlafen, Kind!» John van Veen beugte sich zu Jo hinunter. Sein graues Haar wehte wie eine Löwenmähne im Nachtwind. Er atmete schwer. Dieses Kind aus Amsterdam war ihm anvertraut. Wie hätte Jo wissen sollen, mit wem sie sich eingelassen hatte? John vergab ihr alles. –

Das zwischen wilden Träumen und Wirklichkeit schwankende Mädchen gehorchte ohne Widerstand. Johns Autorität war für Jo so unantastbar, daß sie sich stumm ins Haus verzog. Eine chinesische Ampel brannte noch in der Halle. Jo stieg nachtwandlerisch die Treppe zu ihrem Zimmer hinauf. Ihr Herz schlug heftig und unregelmäßig.

«Gute Nacht», murmelte Dirk van Veen und wollte ins Haus gehen.

«Wir haben noch zu reden!» Senator van Veen packte den riesigen jungen Mann mit einem eisernen Griff am Arm. Er stieß ihn beinahe ins «Kabinett». Dirk sank in einen Sessel. Sein Onkel trat vor ihn hin. Massiv, drohend, und einen Augenblick stumm vor Empörung, stand John van Veen mit geballten Fäusten unter dem italienischen Kruzifix, das der alte Mijnheer aus Den Haag ihm vererbt hatte. In diesem Raum hatte John schon oft mit seinem Jähzorn gerungen, und für gewöhnlich gelang es ihm, ihn zu unterdrücken. Als ob ein Strom mystischer Beruhigung vom Bilde des leidenden HERRN ausging, entspannten sich auch diesmal die geballten Fäuste des aufgebrachten und besorgten Mannes. Der rote Zorn machte einem weißen, kalten Zorn Platz. John van

Veen wurde buchstäblich weiß bis in die Lippen; seine erweiterten Pupillen verengten sich, und sein Herz zog sich einen Moment vor Anstrengung zusammen.

«Was hast du mit dem Mädchen gemacht?» fragte er dumpf. «Heraus mit der Sprache!»

«Ich habe dem Schulmädchen etwas vom nächtlichen Singapore gezeigt.» Dirk van Veen warf seinem Onkel einen versteckten Blick zu. John war «abgeschwollen» und würde ihm wohl nicht mehr die Knochen zerbrechen. «Ich ahnte nicht, daß dieses Kapitalverbrechen den Tod des Fremdenführers fordert.»

Er erhob sich und gähnte.

«Was hast du mit ihr gemacht?»

«Ich verbitte mir diesen Ton! *Ich* bin kein Schuljunge mehr! ...»

John van Veen wischte sich den kalten Schweiß von der Stirn. «Du verläßt mein Haus morgen früh. Ich will dich nie mehr sehen.»

«Wenigstens ein Punkt, in dem wir gleicher Meinung sind.»

«Hast du dem Kind gesagt, warum du nicht heiraten kannst?»

«Jo will mich gar nicht heiraten.»

«Du lügst.»

«Frag sie doch selbst!»

Dirk van Veen wischte sich mit dem großen Batisttuch, das Jos Tränen getrocknet hatte, die hohe, gewölbte Stirn.

«Wir sind hier nicht in den Staaten, Sir! Eine Autotour mit einem zärtlichen kleinen Mädchen ist nicht gleichbedeutend mit einem Eheversprechen.»

«Du bleibst in diesem Raum, bis ich die Wahrheit weiß.»

«Ich kann den Schlaf eher entbehren als du!»

«Bist du irgendwo mit Jo abgestiegen? Wie sie aussah – verlottert! Wenn sie nicht ein Kind wäre ...»

«Sie ist kein Kind. Sie hat ihr Möglichstes versucht, mich zu verführen, aber ...»

«Nimm dich in acht, Bursche!»

«Ich habe mich die ganze Nacht in acht genommen. Jetzt wird es mir zu dumm! Ich habe dir deine kostbare Nichte intakt wieder abgeliefert. Du kannst sie unbesorgt zum Traualtar schleifen – nur nicht mit mir!»

John van Veen fühlte, daß Dirk die Wahrheit sagte. Der junge Mann hatte die Augen fast geschlossen. Die Qual auf seinem Gesicht strafte seine zynischen Worte Lügen. Seine Mundwinkel waren schmerzlich herabgezogen, als ob er nach etwas dürstete, was es für ihn nicht geben konnte.

«Warum hast du ihr nicht gesagt, daß du sie nicht heiraten kannst?» fragte John van Veen ruhig. «Wäre es nicht leichter ... für dich?»

«Ich bespreche meine Privatangelegenheiten selten mit Schulmädchen», sagte Dirk schroff. Er starrte sekundenlang das italienische Kruzifix an. Er sah im Geiste das Kabinett des alten Mijnheern, hörte noch einmal die Standpauken, die sein Großvater ihm dort gehalten hatte. Der alte Herr war grau im Gesicht gewesen. Der «Leidende Christus» hatte durch das Halbdunkel geleuchtet, während Großvater van Veen den jungen Missetäter trotz allem zum Abschied gesegnet hatte. – Vorbei! – Lieblich kam der Wind vom Osten...

«Ich mache mir Sorgen um dich, Dirk!»

«Keine Veranlassung! Ich trete morgen meine Informationsreise durch die malaiischen Staaten an.»

«Es ist besser so. – Hast du gebucht?»

«Es gibt immer einen Kahn in malaiischen Gewässern.Gute Nacht.»

Dirk ging zur Treppe. Er wandte sich um und sah seinen Onkel reglos mitten in der Halle stehen. Jo weinte wohl in ihrem Zimmer die ungestümen Tränen junger Leidenschaft. Vielleicht liebte sie ihn mit scheuer, glühender Unschuld... Er hatte sie ihr gelassen. Narr, der er war! Ein anderer würde sich nehmen, was ihm gehörte...

«Noch etwas, Onkel John. Ich wünsche nicht, daß Jo von dir etwas Näheres erfährt.»

«Es ist deine Sache, es ihr zu sagen!»

«Es ist meine Sache, es ihr zu verschweigen. – Übrigens – wenn du an die Herren Swanenburgh nach Amsterdam schreibst, kannst du ihnen mit einem Gruß von mir bestellen, daß sie sich von dem englischen Hühnerhof das teure Geld für Jos Erziehung wiedergeben lassen sollen. Das Mädchen hat entsetzliche Manieren. *So long, Sir!*»

Jo schlief immer noch, als die Wasch-Babu ihr um elf Uhr morgens das Frühstück und einen Brief ans Bett brachte. Die Babu hatte rotgeweinte Augen, weil der Gärtner Arifin gestern nacht das Haus verlassen hatte: die Lady hatte ihn zu tief gekränkt. – Die Babu blickte mit sanften, trüben Rehaugen auf die schlafende Ausländerin. Sie sah in ihrem rosa Batisthemd mit den Spitzen am Kragen und den Ärmeln wie ein Zuckerkuchen aus. Die Babu berührte vorsichtig mit dem Zeigefinger die steifen Spitzen, um zu erkunden, ob sie aus Zucker waren. Doch so leise die Berührung war, sie weckte Jo. Sie fuhr auf und starrte mit wilden Augen auf die Babu, die zitternd in die Ecke floh. Die Ausländerin war kein Zuckerkuchen, sondern ein böser Geist, der die Babu fressen wollte.

«*Makan* (Essen)», flüsterte die Babu. Sie stellte das Tablett mit dem Brief vor Jos Bett und floh aus dem Zimmer. Auch sie würde heute in ihren Kampong zurückgehen. Sie ließ sich nicht «mit den Augen fressen». Der Gärtner Arifin hatte recht. Die Fremden waren bis an den Rand mit *kjahatan* (Schlechtigkeit) angefüllt. Die Babu würde den Pawang fragen, welchen Zauber sie anwenden sollte, um den bösen Blick der Zuckerkuchen-Dame unschädlich zu machen. Nur das Kind Jacoba war nicht mit Schlechtigkeit angefüllt. Die Babu überlegte, ob sie «kleine Lady Coo-ba» in ihren Kampong nehmen sollte, um sie vor Jos bösem Blick zu retten. Kleine Lady sprach malaiisch wie ein Wasserfall. Die Babu würde über den Fall nachdenken, bevor sie heute das Haus verließ.

Jo riß mit zitternden Fingern Dirks Brief auf.

Sinkeh,

wenn Du diesen Brief liest, segelt Onkel Dirk längst auf einem Schiff quer durch Malaya. Es würde Dir ähnlich sehen, auf einen zweiten Kahn zu stürzen, um mir durch die malaiischen Staaten nachzufahren. Gib es auf, meine Kleine, Du wirst mich nicht finden! Ich habe mir aus Borneo eine Medizin mitgenommen, die mich unsichtbar macht, sobald eine junge Dame sich mit der Verfolgung meiner Person beschäftigt.

Du bist ein sehr süßer Sinkeh und sollst nicht weinen! Das hat gar keinen Sinn und verdirbt Dir nur den Teint. Sieh mal ... Du bist ein kluges und liebes Meisje – nur ein bißchen eigensinnig! Aber das wirst Du noch auswachsen. Wenn Du später als Tropen-Ärztin auf den Inseln sein wirst – wir können hier draußen gute Ärztinnen für die Frauen und Kinder brauchen –, dann wirst Du vieles verstehen, was Dich jetzt erschrekken würde. Ich meine: mein Leben in Sumatra und überhaupt das Leben in den Kolonien. Denn dann wirst Du Deine kleine Welt für eine größere verlassen haben.

Denke freundlich an mich, kleine Jo! Noch besser wäre es allerdings, Du würdest mich vergessen, bis wir uns in etwa sechs Jahren auf den Inseln treffen. Verzeihe mir, daß ich Dich gestern nacht verschiedentlich rauh angefahren habe, und verzeihe mir auch, daß ich Dich küßte! Aber Du machst es einem Burschen verdammt schwer, denn Du bist der süßeste und schönste Sinkeh zwischen den Inseln und Amsterdam! –

Und wenn Du nun traurig bist und Dich nach etwas sehnst, was Du nicht haben kannst, so wirst Du wenigstens nicht traumlos hungern! Und darum auch nicht allzu unfreundlich von mir denken, wenn ich aus Deinem Leben wieder verschwinde. *Dein ganz ergebener*

Dirk van Veen

Zwei Wochen später saß Jo auf der Veranda und blickte lustlos in den Garten. Plötzlich sprang sie auf und stieß einen leisen Schrei aus. Ein riesiger junger Mann mit breiten Schultern und hellem Haar über der hohen, gewölbten Stirn stieg aus einer Taxe und kam den Blumenweg zur Terrasse herauf. Jo flog die Treppe hinunter und warf sich dem jungen Mann in die Arme.

«Dirk», schluchzte sie, «ich wußte es ... Du vergißt mich nicht!»

Sie klammerte sich an ihn. Ihr tränennasses, schönes Gesichtchen lag an der Brust des jungen Mannes, der sich zu ihr niederbeugte und sich sanft von ihr löste. Jo blickte auf. Es war Dirk; aber ein gänzlich veränderter Dirk! Sie sah in zwei stille blaue Augen. Der Himmel Hollands und das Wissen um menschliches Leid spiegelten sich darin. Diese Augen blickten Jo bis auf den Grund ihres Herzens und doch über sie hinaus in eine weite Ferne. Als ob sie eine Landschaft betrachteten, die leuchtender und realer war als die sonnenglühende Schönheit dieses Tropenparadieses ...

«Es tut mir leid, gnädiges Fräulein», sagte der Fremde mit der tonlosen Stimme aller Van Veens. «Sie müssen mich mit meinem Vetter Dirk verwechseln! Ich bin Cornelis van Veen aus Batavia.»

ERSTES BUCH

Das goldene Netz

«The sunlight on the garden
hardens and grows cold.
You cannot catch the minute
within its net of gold.»
Louis Mc. Neice

ERSTES KAPITEL

Koloniales Familienalbum

I

Linda Derringtons Hochzeit mit Paulus de Witt in Batavia war aus drei Gründen ein bedeutendes Ereignis: die Festlichkeiten dauerten beinahe so lange wie eine chinesische Beerdigungsfeier; Exzellenz Polder – voller Anekdoten und kühn und entschlossen am kalten Büfett – stellte der Kolonie seine Tochter Antje vor, und schließlich endete das Fest mit einem Skandal im berühmten *Hôtel des Indes.*

Jo van Swanenburgh nahm an Linda Derringtons Hochzeit teil, weil sie hoffte, bei dieser Versammlung aller Kolonialgrößen aus Niederländisch-Indien Dirk van Veen wiederzutreffen. Unmittelbar nach der Hochzeit sollte Jo mit einem K.P.M.-Schiff nach Holland zurückfahren. Sie war so liebeskrank, wie man es nur mit siebzehn Jahren sein kann. Sie war eine Mondsüchtige, vor welcher der Mond sich listig versteckt... Nur ihre Unpünktlichkeit und Grobheit erinnerten an den süßen Fratz mit dem Zopf, den Dirk abwechselnd erschreckt und bezaubert hatte.

Senator van Veen hatte Jo nach Java begleitet. Mildred und der Trabant Jacoba blieben in Singapore. Der Gedanke, sich in einer Gesellschaft von unbekannten und grauenhaft gutgelaunten Holländern zu amüsieren, hatte Mildred einen panischen Schrecken eingejagt. Dagegen fühlte sich Lady Derrington sehr wohl bei Lindas Hochzeit und spielte Brautmutter für ihre strahlende Nichte. – Natürlich war Lindas Kleid zu kurz und ihr Haar zu lang. – Jane war bei vielen Reistafeln Exzellenz Polders Tischnachbarin. Antjes Vater war so liebenswürdig, daß niemand eine strenge Natur in ihm vermutet hätte. Übrigens verzieh Lady Derrington ihrem Mann viele Monate nicht, daß sie nach Singapore abreisten, ohne den Skandal im *Hôtel des Indes* zu erleben. Sir Robert schenkte sich sogar den grandiosen Polterabend, den Exzellenz Polder in seinem Palast in Djokjakarta gab. Es gab ein klassisches Ballett und die Vertreter der javanischen Aristokratie zu bestaunen. Antje Polder – rund, rosig und achtzehn Jahre – lief den ganzen Abend einem jungen Mann nach, der nur Augen für Jo van Swanenburgh hatte. Antje hatte es sich bereits in Holland in den Kopf gesetzt, Dr. Quentin Bloemendaal zum Traualtar zu schleppen. Er war der Sohn des Tabakkönigs in Sumatra, eines skandalumwitterten Herrn mit brandrotem Haar. Quentin Bloemendaal – sehr groß, schlank und von Beruf Geologe für die Kolonialregierung – hatte die Einladung erst akzeptiert, nachdem er sich vergewissert hatte, daß sein Vater nicht erscheinen würde. Der junge Mann mit den schmalen Lippen, dem scharfen Blick und dem nüchternen Verstand haßte die Skandale, mit denen sein Vater den «Club der Pflanzer» in Medan Jahr für Jahr versorgte. Wo immer Jan David Bloemendaal zwischen Sumatra, Paris und Leyden auftauchte – sein flammendes Haar halb unter einer grünkarierten Reisemütze verborgen und die Augen auf den neuesten Gegenstand seines Entzückens gerichtet –, da fielen den Leuten Dinge über den «Reisenden» ein, die man besser vergaß: das Ansehen der Kolonie mußte unantastbar bleiben. –

Mevrouw Bloemendaal – in ihrer Jugend eine gefeierte Schönheit aus Delft – saß zur Zeit von Lindas Hochzeit gelähmt in ihrem Rollstuhl in dem alten Patrizierhaus in Leyden. Ihre dunklen Augen starr auf ihre unvergleichlichen Delfter Fayencen gerichtet, hing sie ihren düsteren Gedanken nach. Wenn die Dämmerung hereinbrach und die Fayencen grau schimmerten, rollte Judith Bloemendaal ihren Stuhl ins Schlafzimmer. Dort starrte sie ihr eigenes Porträt an – die junge, blendend schöne Judith van Doorn in dem historischen Kostüm der «Dame» von Joos van Cleeve. In diesem Kostüm traf Judith auf einem Fest bei Exzellenz Polders Mutter Mijnheer Bloemendaal zum erstenmal. Damals hatte die leise Schwermut in ihren Augen ihr einen Hauch von Sanftmut gegeben, den der romantische Jan David Bloemendaal für den echten Artikel hielt. Er verliebte sich stets in ein Gemälde und nicht in das wirkliche Mädchen. Judith war schroff und herrschsüchtig. Vor einigen Jahren hatte sie dieses Porträt aus Sumatra nach Leyden kommen lassen: sie wollte sich ihrem Mann sogar im Bilde entziehen. Ihr ganzer Lebensinhalt war ihr Sohn Quentin gewesen. Aber er tanzte nun mit Jo van Swanenburgh in Djokjakarta.

Der junge Dr. Bloemendaal war für seine sechsundzwanzig Jahre sehr ernst und so wachsam, als ob er damit rechnete, in der nächsten Sekunde eine Schlange im Gras zu entdecken. – Er hatte sogar in dem alten Patrizierhaus in Leyden Schlangen im Wohnzimmer seiner Mutter entdeckt ... In Java war Cornelis van Veen sein einziger Freund; Quentin Bloemendaal mit der scharfen Zunge und den strengen, grauen Augen war menschenscheu wie viele Söhne, deren Väter empörende Abenteuer haben und die durch enttäuschte und besitzhungrige Mütter in den Entwicklungsjahren beunruhigt und belästigt werden. So war er Antje Polder möglichst aus dem Weg gegangen; er hatte stets beim Anblick des dicken Schulmädchens geargwöhnt, daß es ihn später verfolgen würde. Jonkvrouw Antje war so rundlich und eßlustig wie ihr Bruder Jan, der von den Polderschen Zuckerplantagen zu den Festlichkeiten in Batavia und Djokjakarta geeilt war.

Jan Polder ließ keine gesellige Veranstaltung der Kolonie aus. Seine Neugierde verbarg er hinter der Maske des teilnehmenden Zuhörers. Jan hatte als Schuljunge ohne Nachhilfe herausgefunden, daß man sich zum Zuhörer erziehen muß, wenn man etwas von Leuten erfahren will ... Der Jonkheer war bedeutend subtiler als Antje, die sich gern reden hörte.

Der Skandal im *Hôtel des Indes* lieferte den Polders neuen Stoff für ihre Unterhaltungen:

«Da kreuzte zu Lindas Hochzeit Frau van Doren auf – Sie wissen doch, die Juwelenhändlerin! Frühere Gräfin, angeblich berühmte Schauspielerin, von der aber nie was in den Zeitungen stand. Sie erschien mit ihren Begleitern, ihren weißen Handschuhen, ihren Intrigen und frisch gefärbten roten Locken. Und Cornelis van Veen – wir nennen ihn den «Heiligen» – lud diese Abenteurerin zur Reistafel ein! Wie gefällt Ihnen das? Ein hoher Kolonialbeamter und diese Dame! Nichts gegen den guten Cornelis; tadelloser Mann und *die* Familie! Urahn war Gouverneur von Java. Er gründete mit einigen anderen die Java-Bank, zog sich aber aus Gewissensgründen zurück; war auch schon ein sonderbarer Heiliger, der olle Gouverneur! Wie kann Cornelis van Veen diese Person mit den Handschuhen und einer absolut undurchsichtigen Vergangenheit in sein Haus laden? Zugegeben, er ist ein frommer Mann; aber in der Kolonie kann er bei offiziellen Anlässen doch nicht den heiligen Franziskus spielen! *Natürlich* war die Hochzeit ein offizielles Ereignis! Sir Robert Derrington aus Singapore war anwesend! Hongkong & Shanghai Bank und in allen Aufsichtsräten zwischen Ostasien und dem Westen! Sir Robert machte übrigens gute Miene zum bösen Spiel und plauderte angeregt mit Mevrouw van Doren. Was er sich dabei dachte, weiß man nicht. Wo Frau van Doren auftaucht, da ist der Skandal fertig. Fehlte nur noch Bloemendaal senior! Sie wissen doch, wen der auf dem Gewissen hat! *Das* wissen Sie nicht? Vor fünf Jahren ...» Und dann neigten die Polders ihre rosigen Gesichter mit den genußfreudigen Lippen näher zu dem Neuling und packten aus. Man brauchte kein Nachrichtenblatt in Niederländisch-Indien.

Was die Polders in Java erzählten, das verbreiteten die Pflanzer im Club in Medan. Das Thema «Bloemendaal senior» schien unerschöpflich.

Mijnheer Janssen von den «Kaffee-Janssens», war ein lebendes Nachrichtenblatt: ... «Merkwürdige Familie – diese Bloemendaals! Meine Großkusine war mit Judith Bloemendaal in Leyden befreundet. Judith ist die Schwester von Martina van Gelderen – die Ölmagnaten in Palembang! *Das* wußten Sie nicht? Die Schwestern hängen wie die siamesischen Zwillinge zusammen. Alles verwandt und verschwägert in den Kolonien! Keine Hoffnung für Outsider! Weder in der Verwaltung, noch in der Plantagenwirtschaft und schon gar nicht in der Industrie. Das reinste Familienalbum, mein Bester! – Protektion, Thronerben, Einheiraten in die Betriebe und Gesellschaften. Geld wie Heu und Skandale so hoch wie der Kirchturm von Utrecht und so süßduftend wie die Kampongs um Batavia! – Zum Beispiel die Sache mit Jo van Swanenburgh! Bildschöner Blaustrumpf übrigens! – Die hatte etwas mit Dirk van Veen in Singapore. Unglaublich, was? Er soll ja ihrer Mutter in Amsterdam mal Saphire gestohlen haben. – Ist ja lächerlich! Ein van Veen und Saphire klauen! – Nee, der «Heilige» ist jetzt in der Verwaltung! Wird ein großes Tier. Kein Wunder bei *den* Beziehungen zu Exzellenz Polder. Also das mit den Saphiren ist *nicht* verbürgt. Auf jeden Fall – mit Dirk van Veen stimmte was nicht. Man verfrachtete ihn nach Sumatra, weil ... Schscht! Den Mann da kenn ich nicht! Wie kommt der hier in den Club? Wo waren wir stehengeblieben? Richtig, bei der Hochzeit von Paulus de Witt und der Engländerin. Steinreiches Mädchen, Nichte von Sir Robert Derrington. Dabei hat der Paulus de Witt doch Geld wie Heu; aber 'ne reiche Engländerin mußte es sein! Unsere Meisjes sind ihm nicht gut genug ... Hochmütige Bande – die De Witts! Und nun noch mit den Van Veens verschwägert! Da kommt niemand ran. Da waren sie alle zusammen bei Lindas Hochzeit. Der junge Bloemendaal – steif wie ein Stock – kümmerte sich nicht um seine Verlobte, Antje Polder. Nein, offiziell ist es nicht, aber sie sollen heiraten ... Antje ist süß wie Zucker und schwer wie Zucker. – Aber Quentin B. geruhte zum erstenmal im Leben eine junge Dame zu verfolgen, und wissen Sie *wen*? Jo van Swanenburgh! Dabei sauste sie doch *nächtelang* mit Herrn Dirk in Singapore herum! Onkel John wollte sie rausschmeißen. Verkommenes junges Geschöpf! Von den verrückten Swanenburghs aus Amsterdam. Cornelis van Veen, dieser Erzheuchler – einerseits hält er es mit Polder und andrerseits steckt er mit den Eingeborenen zusammen, sie nennen ihn «Tuan Bruderliebe», so was Verrücktes! – Herr Cornelis kreuzte übrigens drei Monate vor Lindas Hochzeit in Singapore auf; nee, *nicht* mit seiner Isabella! Er hatte Besprechungen mit Sir Robert Derrington über geplante Öl-Bohrungen in Neu-Guinea, und Onkel John sollte wohl mit amerikanischem Kapital rausrücken. Versteht bei all seiner Heiligkeit eine Menge von Kolonialpolitik – der gute Cornelis! Ich muß gleich nach Haus fahren, sonst schimpft meine Njai – es ist enorm, was diese sanftäugigen kleinen Biester schimpfen und einem ehrlichen Holländer das Leben ungemütlich machen! ... *Ich* soll meine *Njai* heiraten? Von wem haben Sie das? Ich habe mir doch nicht die Nase so mit Pflanzer-Punsch begossen, daß ich im Delirium meiner Njai einen Heiratsantrag mache! So was tut nur der gute Meesters, der als fliegender Holländer – wo ist er *nicht* rausgeflogen? Hahaha! – Ja, unser Landsmann Meesters ist auch ein Kapitel für sich. Die Malaiin ist jetzt seine Frau. Sie kannte aber Dirk van Veen auch ganz gut ... Ich muß gehen, lieber Freund! Ich höre meine Njai draußen schimpfen. Wenn sie wütend ist, verbrennt sie mir den Reis und gibt miserable Beilagen zum Curry. Ich berichte Ihnen das nächste Mal über den Skandal im *Hôtel des Indes*! Sie waren eben alle zusammen – wie im Theater! Unsere ‹Gräfin› mit den weißen Handschuhen – rassige Person übrigens, der alte Van Doren wußte immer, was gut war – und ihr ‹Begleiter›, Jo van Swanenburgh und der junge Bloemendaal. Tja, und den nächsten Abend im *Hôtel des Indes* in Batavia, *wer* erscheint da? Was glauben Sie wohl? *Dirk van Veen?* Wie kommen Sie denn *darauf*? – Nun sehen Sie sich bloß diese Dreistigkeit an! Meine Njai kommt mir bis hierher nachgerannt! Und übermorgen kommt meine Braut in Medan an! Da soll ja wohl alles aufhören. Guten Abend, lieber Freund! Ich muß da draußen nach dem Rechten sehen! Die Njai wird noch bei meiner Braut was anrichten. Ja... aus Haarlem! Meine Beatrice ist ein nettes Mädchen, aber bis jetzt nie aus Holland rausgekommen! Es ist tatsächlich spät! Wenn man erstmal das koloniale Familienalbum aufklappt... Scheherezade, oder wie die Person hieß, war ein Waisenkind gegen Exzellenz Polder. *Tot ziens spoedig!* (Auf baldiges Wiedersehen!)»

II

Jo van Swanenburgh verlebte die große Hochzeit in Batavia in dem benommenen Zustand, der Cornelis van Veen Sorge machte. Es tat einem Mädchen nicht gut, sich mit seinem Vetter Dirk einzulassen. Dirks Affären verlangten mehr Nachsicht und Tropenkenntnis, als dieses Kind, das zum erstenmal liebte, hätte aufbringen können. Während der vielen Festlichkeiten hatte Jo immer wieder Dirk gesucht; denn die Gäste kamen von den verschiedensten Inseln des Archipels.

Zwei Tage vor dem Polterabend gab der Sultan ein Fest für Exzellenz Polder, seinen kolonialen «Vater». Jo saß zwischen Dr. Quentin Bloemendaal und Jonkheer Polder – hochaufgerichtet, erregt, überschlank in einem silbergrauen Abendkleid, das ihr Vater ihr in der irrigen Annahme ausgesucht hatte, Schiffsjungen in Silbergrau wirkten wie erwachsene junge Damen. Das Kleid war mit glänzenden Perlen bestickt und hatte einen raffinierten Schnitt. Jo sah aus wie ein schönes, in Gedanken verlorenes Kind im Nebel. Quentin Bloemendaal betrachtete erstaunt und beinahe gerührt dieses seltsame junge Geschöpf. Antje Polders rosige Fleischfülle erregte plötzlich einen matten Widerwillen in ihm. Bis jetzt hatte er Antje freundschaftlich belächelt. Er wußte, daß sie ihn heiraten wollte. Dr. Quentin Bloemendaal wußte aber auch mit seinen sechsundzwanzig Jahren, was ihm zusagte und ob er es haben konnte. Das Mädchen Jo mit der zarten Eleganz, der tiefen Stimme und dem abwesenden Blick konnte er nicht haben. Sie zeigte übrigens nicht das geringste Interesse für die Palasttänzerinnen und den *kraton* (Palast) des Sultans von Djokjakarta, obwohl es eine Auszeichnung war, den Tänzerinnen des Fürsten zuzuschauen. Diese kindlichen Schönheiten, die in einer Art von Trance javanische Mythen tanzten, gehörten zu den Dingen, die die Javaner besser verstanden als ihre kolonialen Gebieter und «Väter»...

Jo dachte die ganze Zeit an Singapore. *«Queen and Huntress...»* Sie schloß die Augen.

«Ist Ihnen nicht gut?» Der junge Dr. Bloemendaal betrachtete sie besorgt. «Wollen wir in den Park gehen?»

Er mußte seine Frage wiederholen, ehe Jo verneinte. Sie ging nur mit Dirk spazieren. Sie starrte verzweifelt die Tänzerinnen des Fürsten an. Die *bedajas* tanzten langsam und feierlich zur Musik des Gamelan-Orchesters ein trauriges Liebesspiel. Ihre gelb geschminkten Gesichter und Arme, die Melatiblüten in ihrem Haar, die zitternden Goldsterne der kleinen Kronen, die grünen Samtjacken und Diamanten-Gürtel über den purpurnen Sarongs, die hauchzarten Slendangs – Jo dachte: «Wozu schmücken sie sich? Sie bleiben zum Schluß doch auf der Strecke.»

«Das also ist Anne van Swanenburghs Tochter», dachte Quentin Bloemendaal. «Man müßte sie vor sich selbst beschützen.»

Jos Blicke wanderten weiter durch die «goldene Pandapa», die offene Säulenhalle der javanischen Fürsten, die Exzellenz Polder angeblich um den Finger wickelte. Am Ende der Halle thronte der Sultan. Die Mitglieder seiner weiblichen Leibgarde standen hinter ihm und hielten die traditionellen Gebrauchsgegenstände: Gefäße in Tiergestalt und einen pyramidenförmigen Behälter für das fürstliche Schnupftuch. Hinter dem «Nabel der Welt», dem «Diener des Barmherzigen», dem «Statthalter Allahs», wie der Sultan sich auf seinen Einladungen nannte, hielten seine Untertanen den goldenen Staats-Schirm, der die gleiche Größe wie der seines «Vaters», Exzellenz Polder, hatte. Exzellenz thronte neben dem Sultan; das rosige Genießergesicht stand in so groteskem Gegensatz zu der dunklen, nachdenklichen javanischen Hoheit, daß Jo plötzlich hemmungslos zu lachen begann. Sofort zog Quentin Bloemendaal das Mädchen in den Garten. Seine scharfen grauen Augen durchforschten Jos Gesicht. Sie lachte immer noch; Tränen traten ihr in die Augen. Er sah einen javanischen Prinzen in den Park tänzeln. Der Prinz durfte Jos Gelächter nicht hören. Man würde ihm niemals erklären können, daß keine tödliche Beleidigung beabsichtigt war. Der Prinz blickte suchend umher; er hatte das Paar hinter einer großen Fächerpalme noch nicht entdeckt.

Quentin Bloemendaal gab Jo kurz entschlossen eine Ohrfeige.

«Entschuldigen Sie», sagte er kühl und blickte das vor Schreck verstummte Mädchen nicht an. «Ich wollte Ihnen nicht weh tun. Aber der Prinz ...»

«Sie können mir gar nicht weh tun!» Jo blickte den Geologen zum erstenmal genau an. Er war sehr ernst, robust und ohne Dirks Eleganz. Er trug die Nase in der Luft – er war arrogant und unzugänglich. Jo konnte den Ausdruck seiner Augen nicht sehen. Dr. Bloemendaal würde kein Mädchen außer dem rosigen Dickerchen beunruhigen – dazu war er zu sachlich. Gleich würde er mit der Stimme der Vernunft zu ihr sprechen!

Aber er murmelte:

«Ich möchte Ihnen auf irgendeine Weise weh tun. Dann würden Sie mich nicht sofort vergessen!»

Er wandte sich schroff zum Gehen und ließ Jo stehen. Er hätte sich prügeln können. Bestimmt würde sie ihn jetzt auslachen. Sie liebte irgendeinen erbärmlichen Kerl, der ihr Komplimente machte und sie zu verführen suchte – das hatte Quentin Bloemendaal diesem Schulmädchen im Silberkleid sofort angesehen ...

Nun gut – da wollte er nicht weiter stören!

Antje Polder kam ihm entgegengelaufen. Ihr süßes, rundes Gesicht war rot vor Eifersucht. Sie trug einen zu knappen Büstenhalter und schnappte in der tropischen Schwüle nach Luft. Sie trug ein hellblaues Kleidchen, das sie sehr stark machte; aber sie sah enorm appetitlich aus. Ihr Vater nannte sie *Broodje* (kleines, knuspriges Brötchen), weil sie so rund und knusprig war. Er liebte sein *Broodje* über alles. Er konnte Antje keinen Wunsch abschlagen. Er war gegen die Heirat, die Broodje sich in den Kopf gesetzt hatte.

«Warum bist du im Garten?» fragte Antje scharf. Sie kannten sich, seit sie in Leyden zusammen in der Sandkiste gespielt hatten. Das heißt, Broodje hatte Kuchen gebacken, und der lange Lümmel Quentin hatte dabei gestanden, weil er nicht nach Haus zu seiner Mutter wollte. –

«Wo bist du gewesen?» Antjes Stimme schlug vor Erregung um. –

«Du darfst dreimal raten», erwiderte Dr. Quentin Bloemendaal.

III

Als sie in die Halle zurückgingen, kam der junge javanische Prinz auf sie zu. Jo saß regungslos in einem Korbsessel und betrachtete den Mond über dem Palast. Quentin Bloemendaal ließ Antje stehen und stellte sich wie eine Schildwache neben das Mädchen im Silberkleid. Antje holte mühsam Luft... Der junge Prinz war an ihrer Seite und betrachtete sie mit großen Augen. Er fand Antje sonderbar, aber sehr wohltuend für die Augen. Sie war wie eine junge fette Taube; nur daß sie nicht gurrte. Außerdem flog sie nicht auf den Pisangbaum, sondern stand ganz still im Mondlicht. Ihr Kleid war so blau wie ein Königsfischer auf einem Reisfeld. Obwohl Prinz Tukimin von seiner Amme erfahren hatte, daß alle Holländer verkleidete *antus* (Geister) seien, die nichts Gutes mit den Anhängern Mohammeds im Sinn hatten, gefiel Antje Polder ihm außerordentlich. Ob Exzellenz wohl erlauben würde, daß er die Taubentochter später zu seiner Nebenfrau machte? Der Prinz war noch nie aus Java herausgekommen. Doch er sprach schon leidlich Holländisch. Eine prosaische Sprache; gut für Händler! Prinz Tukimin litt «große Traurigkeiten», weil das Holländische – die «Herrensprache» in seinem schönen Lande – sozusagen nur eine einzige Sprache war. Wie armselig und unpassend! Es gab im Holländischen weder eine «Ehrfurchtssprache», die man im Gespräch mit Hochgestellten anwendete, noch gab es feste Formeln für «Gleichgestellte»; ganz zu schweigen von der «Sprache mit Dienern». So überlegte sich Prinz Tukimin ernsthaft, wie er sich der schönen fetten Taubendame nähern könnte, ohne sich oder sie zu beleidigen. Sie war heute nacht zum erstenmal im Kraton des Sultans. Er entschied sich für den Mond als Konversationsthema. Natürlich fiel der Prinz als vornehmer Javaner nicht mit dem Mond ins Haus, sondern erklärte der Jonkvrouw in dem Königsfischerkleid, daß die Java-See noch unberührt von den tanzenden Strahlen der Sonne wäre und das Morgenrot die Berge noch nicht berührt hätte. Das hieß nach bester Koran-Poesie, daß man im Augenblick das Mondlicht genösse.

Antje riß ihre runden blauen Augen auf und gähnte ungeniert.

Der Prinz wurde blaßgrau. Vielleicht gab es doch im Holländischen eine Ehrfurchtssprache, die er später auf der Universität Leyden erlernen würde? Die Taubendame hatte ihn nicht verstanden und war offensichtlich von seiner Konversation ermüdet. Dabei hatte er sein Mondgespräch mit Hilfe des Wörterbuches zwei Wochen vor dem Fest für alle Fälle vorbereitet. Aber wenn die Jonkvrouw auch die Tochter von Exzellenz Polder war, so hatte sie keine «Besucher-Manieren». Man gähnte allein in seiner Lernhalle. Der Prinz vergewisserte sich, daß sein *kris* (Dolch) noch da war ... Er war beleidigt worden, aber die fette Taubendame war wunderhübsch anzusehen. Warum starrte sie das Mädchen im Silberkleid neben Dr. Bloemendaal an? Prinz Tukimin haßte den jungen Geologen. Er untersuchte das Inselreich auf Bodenschätze hin und schickte sie nach Holland. Das Mädchen im Silberkleid war auch angenehm für Prinz Tukimins Augen; aber zu dünn. Doch da *er* wenigstens wußte, was Besucher-Manieren sind, schoß er den zweiten Konversationspfeil ab. Er bemerkte höflich:

«Jene Dame ist eine liebliche Augentröstung. Ich liebe sie mit Glut und Respekt.»

Merkwürdigerweise verstand Antje dieses Mal ganz genau. Sie zuckte die Achseln über die Übertreibungen der javanischen Aristokratie, die sich – wie sie bereits erfahren hatte – selten oder niemals mit einer einzigen Favoritin zufrieden gaben. Dann sagte sie:

«Fräulein van Swanenburgh ist sehr dünn.»

Leider hatte Prinz Tukimin keine Antwort für diese weibliche Bosheit parat. Er nickte ernsthaft und bemerkte, die Dame sei ein «süßes Korn» und er wäre gern der Vogel, der es picken durfte ... Das war ein nettes Kompliment – Liebespoesie aus dem Koran! Leider war es an die Taubendame verschwendet. Antje murmelte:

«Diese Dame hat einen schadhaften Ruf, wie ich hörte.»

Was war ein schadhafter Ruf? Die Dame im Silberkleid sah doch sehr prächtig aus! Ihr Kleid war nirgends gestopft. Aber es mußte wohl ein Kompliment sein, denn die Taubendame lächelte sehr freundlich.

«Haben Sie auch einen schadhaften Ruf, Freule? (Anrede für adelige Mädchen)?» fragte Prinz Tukimin ernsthaft. Bis an sein Lebensende würde er nicht begreifen, warum Antje ihm den Rücken drehte und wortlos verschwand.

Prinz Tukimin blickte ihr erstaunt nach. War sie so beeindruckt von seinen Komplimenten, daß sie sich schamhaft entfernte? Es mußte wohl so sein. Sie hatte doch bessere Besucher-Manieren, als Prinz Tukimin angenommen hatte.

Er freute sich schon auf das Wiedersehen in Leyden. Dort sollte er studieren und weitere Konversation in der «Herrensprache» erwerben. Er verbeugte sich höflich vor der entweichenden Taubendame, die seine Verbeugung nicht mehr sehen konnte, und murmelte den vorgeschriebenen Abschiedswunsch: «Allah soll dir Friede geben!»

IV

Jan Polder fand Antje nach dem Fest im Palast in Tränen aufgelöst. Der Resident hatte sich zurückgezogen; die Tänzerinnen des Sultans hatten ihn zu Tode gelangweilt. Aber was sein mußte, das mußte eben sein. Jan traf seine Schwester mit einer Hühnerkeule in der Hand an. Die Erfrischungen im Sultanspalast hatten ihr nicht zugesagt. Alles Verzierungen und nichts Solides! Auch Jan war mit einer Hühnerkeule und einer Dose Gebäck bewaffnet. Alle Polders aßen des Nachts noch «eine Kleinigkeit». Oben in seinem riesigen Schlafzimmer gedachte Exzellenz Polder seiner Angehörigen in Leyden vor einer kalten Platte mit ausgesuchten und zum Teil aus Holland importierten Delikatessen. Er hatte seine Frau und seine Mutter lange nicht gesehen. Exzellenz nahm einen großen Schluck Genever ...

«Warum hast du die Wasserleitung angestellt, Broodje?» fragte Jan. Er liebte Antje sehr: sie war so jung und dämlich. Sie gehörte zu den raren Mädchen, die zu gleicher Zeit essen und weinen können. Nichts auf der Welt – schon gar nicht ihre unglückliche Liebe zu Quentin Bloemendaal – konnte ihr den Appetit rauben. Neben ihr stand eine insektensichere Dose mit Pasteten und Biskuits.

«Quentin», schluchzte Antje und gab dem Huhn den Rest. «Hast du gesehen, wie er sich mit dieser Jo herumgetrieben hat?»

«Sind da noch Pasteten?» Der Jonkheer öffnete die Dose und bediente sich. Er sah behaglich, maliziös und mitfühlend aus.

«Laß den Burschen sausen», riet er und wischte Antje die Tränen ab. «Wenn er sich mit *dem* Mädchen abgibt ... Die soll eine ganz Ausgekochte sein. An der wird Quentin B. sein Wunder erleben!»

«Er *soll* aber an ihr kein Wunder erleben!» Antje nahm zitternd vor Wut eine Pastete. «Wir sind doch sozusagen verlobt.»

«Seid ihr oder seid ihr nicht? Mir kommt es so vor, als habe Bloemendaal junior allerhand von seinem Alten. Unter anderem: eine Abneigung gegen die festen Arbeitszeiten in der Liebe.»

«Sei nicht so albern!»

«Hat Bloemendaal dir ernstlich einen Heiratsantrag gemacht?»

«Natürlich», behauptete Antje kühn. Hatte er nicht gesagt, sie müsse sich als künftige Ehefrau die Eifersucht abgewöhnen? Antje war überzeugt, Quentin Bloemendaal hatte auf ihre und seine Ehe angespielt. Er wußte doch, daß sie ihn liebte ...

Jan Polders lustige blaue Augen hatten einen seltsamen Ausdruck. War es Freude darüber, daß der freiheitsliebende Bloemendaal in die Heiratsfalle gelockt worden war? Jan Polder war trotz der Stellung seines Vaters, der fabulösen Zuckerplantagen und des Admirals, der in

Öl im Residenten-Palais vor seiner Nase hing, nun einmal der knapp mittelgroße korpulente junge Mann, den die Mädchen nicht recht ernst nahmen. «Dickerchen» hatte eine hübsche Studentin ihn in Leyden genannt und war dann mit dem langbeinigen, sehr männlichen Quentin Bloemendaal tanzen gegangen. – «Das ist ein starkes Stück», sagte Jan Polder. «Wann wollt ihr heiraten?»

«Ich weiß nicht.»

«Ich werde mit Papa sprechen.»

«Noch nicht, Jan! Vielleicht...» Antje war plötzlich sehr unsicher.

«Überlaß es mir, Broodje.» Der Jonkheer strich ihr über das schöne blonde Haar und nahm ihr die letzte Pastete aus der Hand.

«Iß nicht soviel», sagte er streng. «Ein Ehemann weiß gern, wo die Taille seiner Frau sitzt.»

«Benimm dich! Ihr verwildert hier draußen. Vor Großmama hättest du so was nie gesagt!»

Jan und Antje sprachen von Papa und von Großmama. Niemand erwähnte Truitje Polder, die wie ein überzähliger Gast in dem großen Hause in Leyden lebte. Sie war niemals gegen Mann und Schwiegermutter angekommen. Sie blieb ein schattenhaftes Wesen mit der Manie, ein sauberes Haus noch sauberer zu machen... «Mama leidet unter Beschäftigungs-Delirium», hatte Jan einem Freunde anvertraut.

Die Frau des Residenten von Djokjakarta war niemals in den Kolonien gewesen. Sie hätte Antje gern begleitet, aber ihre Schwiegermutter war zu «leidend». Dabei saß die alte Dame frisch, rosig und eßlustig auf ihrem Erkerplatz und blickte mitleidig auf ihre Schwiegertochter hinab. Sie nannte sie in Gedanken «die Kellnerin». Außerdem hatte Exzellenz Polder nicht vorgeschlagen, daß seine Frau die junge Tochter begleiten möchte.

Aber Antje würde ihr alles genau erzählen, wenn sie in einigen Monaten nach Leyden zurückkehrte. Vielmehr würde Antje der alten Cornelia Polder alles erzählen, und ihre Mutter würde zuhören und das Staubtuch in den Händen drehen... Oder backen und kochen und am liebsten das Essen servieren, so wie sie es einem jungen, jovialen «Indisch-Mann» serviert hatte, der seinen ersten Holland-Urlaub im kleinen Strand-Hotel von Truitjes Eltern in Zandvoort verlebte. «Hotel» war eigentlich zuviel gesagt. Es war ein sauberes kleines Gasthaus gewesen. Truitje hatte nicht geahnt, daß der fröhliche und eßlustige junge Herr aus Niederländisch-Indien einmal der Resident von Djokjakarta werden würde. Sie hatte auch in Zandvoort nichts von den Polders geahnt – von ihrem sagenhaften Reichtum, von der alten Dame, von dem Admiral, der die Inseln aus purer Neugierde mit entdeckt hatte. Sie war in ein goldenes Netz geraten und nie mehr herausgekommen. Exzellenz Polder, der mit dem Sultan in den «Fürstenlanden» unter ehrenvollen Sonnenschirmen thronte, hatte keine Ähnlichkeit mehr mit dem freundlichen und liebevollen jungen «Indisch-Mann», dem Truitje im blitzsauberen Kleidchen seine Mahlzeiten serviert hatte...

Exzellenz Polder trank den letzten Schluck Genever aus. Warum hatte sein Broodje verweinte Augen gehabt? Sie müßte heiraten. Exzellenz wußte bereits einen jungen Mann. Er hatte allerdings keine Ähnlichkeit mit Dr. Quentin Bloemendaal.

V

«Well», sagte Mr. Alan Derrington und betrachtete seine Tochter. «Nun geht es auf die Hochzeitsreise. Alles Gute!»

Linda stand in Isabella van Veens Schlafzimmer im Reisekostüm – ein Geschenk von Lady Derrington. Sie hatte noch niemals ein so gut sitzendes Leinenkostüm gehabt. Sie schwieg und sah ihren Vater scheu von der Seite an.

«Mach's gut, Ducky», murmelte Alan Derrington. Er erinnerte zwar entfernt an seinen Bruder Robert, hatte aber nicht dessen sicheres Auftreten. Dafür hatte er viele Enttäuschungsfalten. Er war der ältere Bruder und hatte immer im Schatten gelebt – mit seinem kleinen Job in der City, mit den Konservenbüchsen und mit der stimmgewaltigen Mrs. Harding, die die kleine Wohnung in einem bescheidenen Londoner Vorort aufräumte. Mrs. Harding hatte stets aus den Karten prophezeit, daß Miss Linda «groß» heiraten würde.

«Schreib mir mal eine Ansichtskarte aus Bali», sagte Mr. Derrington. Er blickte in den großen Tropengarten. Sein Herz zog sich zusammen, weil er nun nur noch die Konservenbüchsen und Mrs. Harding haben würde. –

«Wer wird für dich kochen?» fragte die junge Ehefrau.

«Sei doch nicht albern», sagte Mr. Derrington liebevoll. «Mrs. Harding macht Montag Würste und Speck, weil doch Wäsche ist. Mittwoch Fisch mit Kartoffeln, und den Rest mache ich. Seit du in Singapore warst, hat sie einen neuen Federhut: knallrot mit einer verbogenen Feder. Ulkig, was?»

Beide versuchten zu lachen. Mrs. Harding konnte sich so schwer von ihrem Federhut trennen, daß sie ihn beim Aufräumen öfters aufbehielt.

«Du kommst ja nun in eine ganz andere Welt, Ducky», murmelte Lindas Vater. «Die kleben hier einfach zusammen. – Schließe dich an deine Schwägerin an! Diese Isabella ist *all right.*» Das hieß, daß Mr. Derrington Isabella van Veen bezaubernd fand.

«Also – dann mußt du wohl runtergehen», sagte er sachte. «Dein Polly wartet unten in der Halle.» Er wandte sich zum Gehen.

«Daddy!» Linda stürzte auf den schmächtigen, grauen Herrn zu. «Warum bist du so eigensinnig?» Sie versteckte ihr Gesicht an der Schulter ihres Vaters. «*Bitte,* Daddy, ich wäre so glücklich!»

Sie schluckte an ihren Tränen. Paulus de Witt hatte seinem Schwiegervater sein Haus in Buitenzorg als lebenslänglichen Aufenthalt angeboten. Er würde sich später auch nach einer Beschäftigung für Lindas Vater umsehen, hatte er gestammelt und war vor Zartgefühl brennend rot geworden.

«Ich glaube, das haben wir zur Genüge besprochen, Liebling», sagte Alan Derrington heiser. Es kam nicht in Frage. Nicht jetzt und später nicht. Er hatte Linda ernährt, so gut er es vermochte; sie hatte keinen Mangel gelitten, und sie waren glücklich miteinander gewesen. Alan Derrington ließ sich nicht von seinem Schwiegersohn ernähren. Er ging dorthin zurück, wo er hingehörte – in die kleine dunkle Vorortsvilla, zu Mrs. Harding mit dem Federhut, zu seinen Katzen und den Konservendosen, zu den Briefen und Postkarten, die Linda ihm hoffentlich von Zeit zu Zeit schreiben würde...

«Wir könnten dann immer zusammensein, Daddy!»

Mr. Derrington schwieg einen Augenblick. War er stolz oder albern? War er wie alle Erfolglosen überempfindlich? Nein! Das kleine Haus, das aussah wie Millionen anderer kleiner Häuser in Londons Vororten, gehörte ihm. Er verdiente, was er brauchte. Er brauchte wenig und würde jetzt noch weniger brauchen. An der Ecke hatte er sein *pub*, wo er sein Bier trank, wo jeder ihn kannte und er jeden kannte... Was sollte er im niederländischen «Garten des Ostens»? Er hatte sein Gärtchen hinter dem Haus; dort hatte seine Mutter noch die Sträucher und Blumen gepflanzt... Sein und Lindas Gärtchen. Hier war ihm alles fremd und viel zu großartig. Aber für Ducky war es wohl richtig, weil sie diesen langen, schweigsamen Professor de Witt liebte. Die Schweigsamkeit hatte seinem Schwiegervater gefallen. Sie hatten dadurch sofort eine Basis für die Unterhaltung gehabt: alle halbe Stunde einen Satz und dann einen Drink... Und hier war Linda und wollte ihn in Versuchung führen! Der «Zuschuß», den Linda puterrot ihrem Vater anzubieten versucht hatte, war liebevoll abgelehnt worden: «Ich habe alles, was ich brauche... sei nicht absurd, Ducky!» – Auch Linda hatte Lady Derrington stets versichert, sie habe alles, was sie brauche. –

«Linda!» Isabella kam die Treppe herauf. «Es wird Zeit, wenn ihr euer Schiff erreichen wollt!» Isabella van Veen war groß, üppig und lieblich schläfrig. Ihre kornblumenblauen Augen und ein schüchternes Doppelkinn gaben ihr etwas sehr Weibliches und Gemessenes. Sie war nicht viel älter als Linda, hatte aber die Würde und Fülle einer viel älteren Frau. Alan Derrington hatte bei Isabellas Anblick an Tulpenfelder und an Ruisdaels stille Landschaften gedacht; oder an Hügel in der Abenddämmerung, auf denen Lämmer in biblischer Stille weiden. – Isabella wirkte ruhig, wunderbar zuverlässig und schwerfällig. Sie paßte in geheimnisvoller Weise zu ihrem Mann, den die Kolonie spöttisch den «Heiligen» nannte. Isabella de Witt war vielleicht das einzige Mädchen auf der Welt gewesen, das zu Cornelis van Veen paßte... Sie hatte Dirk van Veen nie kennengelernt.

Isabella kam langsam die Treppe herauf. Sie beeilte sich niemals und wurde daher in Java sehr geschätzt. Ihre Diener nannten sie «Großes Bild» und waren ihr ergeben. Sie hatte äußerlich keine Ähnlichkeit mit ihrem Bruder Paulus. Isabella hatte übrigens keine Spur von Phantasie. Sie stand auf der Erde und kniete vor dem Altar... Sie hatte das starke Bedürfnis, den Willen Gottes zu erfüllen und Ihn zu lieben. Sie hatte Mitleid mit allen, denen dies schwerfiel... Mevrouw van Doren mit ihren Handschuhen und ihren Begleitern war Isabellas spezielles Sorgenkind, obwohl sie doppelt so alt war.

Die «Gräfin» hatte die seltene Dreistigkeit besessen, einen ihrer Begleiter zu dem Hochzeitsempfang bei Cornelis van Veen mitzubringen. Es war Mijnheer Meesters – jener farblose, mürrische Holländer, dem Jo und Dirk beim nächtlichen Saté-Essen in Singapore begegnet waren und den Anna van Doren nicht vorgestellt hatte. Cornelis van Veen war im ersten Augenblick starr, daß Anna van Doren Herrn Meesters mitbrachte. Zum erstenmal fragte er sich, ob die Kolonie ihm mit Recht zu große Nachsicht mit den «unerwünschten Elementen» auf den Inseln vorwerfe. Doch er hatte Pieter Meesters höflich willkommen geheißen. Exzellenz Polder hatte sich allerdings abgewandt, und zwar mit einer Schnelligkeit, die ihm bei seiner Korpulenz niemand zugetraut hätte. Auch Jan Polder war sprachlos. Er musterte Mevrouw van Doren verstohlen. Nach Jo van Swanenburgh war sie die am besten angezogene Frau in dieser Gesellschaft: dezenter Pariser Chic; teuer, raffiniert und unauffällig. Und sparsam mit Juwelen! Ihren großen Smaragd trug die Gräfin über dem dünnen weißen Handschuh. Jan Polder hätte gern mit der Gräfin so unbefangen gescherzt wie Sir Robert Derrington; aber der Jonkheer war niemals unbefangen mit Frauen. Seine «Unpäßlichkeit» konnte ihn mitten im Amüsement wie ein Tiger anspringen. Vor ein und einem halben Jahr war es so gewesen. Er war jetzt fünfundzwanzig Jahre und hatte noch niemals eine Frau gehabt – nur aus Angst vor dem Tiger! Jan Polder hatte seine berühmte Familie, seine fabulösen Zuckerplantagen, seine Neugierde, seinen Witz und seine Großmutter, die ihn verstand. Es war lächerlich; aber diese unmögliche Person mit den weißen Handschuhen und dem schönen, verlebten Gesicht sah aus, als seien ihr geheime Leiden nicht unbekannt. Etwas in ihren dunklen, feurigen Augen erinnerte Jan Polder an den Ausdruck, mit dem seine Großmutter ihn beim letzten Heimaturlaub betrachtet hatte – mitleidend aber nicht mitleidig... Der Jonkheer hätte sich gern mit der Abenteurerin der Inseln unterhalten, doch sein Vater beobachtete ihn scharf. Die Chinesen behaupteten, in jedem Mann stecke ein Tiger, ein Esel und eine Nachtigall. In Jan Polder klagte bei der Hochzeit seines Freundes Paulus de Witt die Nachtigall. Selbst dieser alte Hagestolz hatte nun eine junge Frau! Jan blickte sich nach seinem Vater um. Er diskutierte bestimmt den Plan, in Neu Guinea – *Irian*, wie die Inselvölker sagten – nach Öl zu bohren. Ob die Gräfin wohl in der Tropenhitze ein Korsett trug, überlegte Jan Polder. Ihre Figur war unwahrscheinlich! Da konnten die guten Meisjes nicht mit... Bis auf Jo van Swanenburgh! Aber sie war zu dünn! Bei der Gräfin schien alles vorhanden zu sein. Jan Polder wurde dunkelrot bei dem Gedanken. Er blickte ihr verstohlen nach, als sie Isabella van Veen ins Haus folgte. Aufdringliche Person mit undurchsichtigem Hintergrund. Wollte sie durchaus die Familie Derrington beim Abschied stören?

Alan Derrington drückte seine Tochter eilig ans Herz, da Isabella und Anna van Doren jede Minute das Schlafzimmer betreten mußten.

«Ich habe im Garten Azaleen angepflanzt», sagte er mühsam. «Es wäre nett, wenn du sie dir gelegentlich ansehen würdest!» –

Frau van Doren betrachtete sich in Isabellas großem Spiegel. Sie war sich darüber klar, daß sie ihre beste Zeit – wenn auch nicht die schönste – hinter sich hatte. Unter den Augen zeigte sich die erste Andeutung von Tränensäcken. Um ihr Dekolleté hatte sie trotz der tropischen Temperatur einen hauchdünnen Gazeschal drapiert. Er verdeckte schmeichlerisch ihre Halsfalten. Sie war einundvierzig Jahre.

«Ihr Gesicht ist ein Garten im Frühling, Mevrouw», sagte sie zu Isabella. Durch ihren jahrelangen Umgang mit Malaien und Javanern hatte sie sich eine blumenreiche Sprache angewöhnt.

Isabella antwortete nichts. Komplimente machten sie hilflos. «Ist es nicht eine nette Hochzeit?» fragte sie. «Ich hoffe, Sie haben sich bei uns wohlgefühlt, Mevrouw!»

Was sollte das heißen? Wollte Isabella andeuten, daß Anna van Doren nicht hierher gehörte? Aber ein Blick in Isabellas schläfrige Kornblumen-Augen überzeugte sie, daß man es in diesem Haus ausnahmsweise gut mit ihr meinte. Obwohl sie Herrn Meesters mitgebracht hatte. Aber schließlich stammte er aus einer angesehenen holländischen Familie. Annas dunkle Augen glänzten melancholisch. Man war sehr hart in Holländisch-Ostindien. Man hatte Grundsätze. Man war mit den eigenen Landsleuten noch härter als mit widerspenstigen javanischen Parteiführern. Und man schalt und ignorierte die Outsider, um sie nicht zu bedauern ... Ein Paradies mit Rangunterschieden ...

Anna van Doren gab sich einen Ruck.

«Es handelt sich um Meesters», sagte sie rauh. «Ich bitte um Verzeihung, daß ich ihn mitgebracht habe. Aber ...»

«Das macht nichts, Mevrouw.» Isabella war rot geworden.

«Es ist empörend», sagte Anna heftig. «Er säuft. Er wird Ihren Mann anpumpen. Ich kenne doch Meesters! Wenn er ins Hotel zurückkommt, wird er weinen.»

«Er hat gar nicht soviel getrunken», meinte die junge Isabella voller Erbarmen. Es mußte schrecklich sein, wenn die eigene Familie nichts von einem wissen wollte! Wenn Meesters nur auf den rechten Weg zurückfinden würde! Aber wo war der rechte Weg für einen Mann, den die Tropen und die Malaiinnen ruiniert hatten? Nun regnete es Verachtung, und er hatte kein Dach gegen den Regen gezimmert. Wäre Meesters doch in Utrecht geblieben! –

«Ich brachte ihn mit, weil ...» Anna van Doren stockte. Wie konnte sie Isabella erklären, daß sie Meesters etwas hatte bieten wollen? Einen einzigen Abend bei freundlichen, feinen Menschen! Er hatte sie wie ein geprügelter Hund angesehen, als sie im *Hôtel des Indes* ihr Pariser Abendkleid anzog und den Schmuck anlegte. Vor sieben Jahren war Meesters ein glänzender Gesellschafter gewesen. Die Meesters waren im Gummi-Geschäft in Java und Sumatra. Sie waren Pflanzer und Exporteure. Pieter Meesters hatte von Batavia exportiert, was seine Onkels auf den Plantagen gepflanzt hatten. Seine Affären mit Javanerinnen waren bis Sumatra gedrungen; Strafversetzung auf die Plantagen! Kautschuk. Drinks. *Die* Malaiin! Rausschmiß! In Medan war Mevrouw van Doren. Sie kaufte Meesters von einem indischen Wucherer los. Seitdem war Meesters ihr Begleiter – die Malaiin immer dabei! Beim Klang des Batak-Orchesters in Brastagni, wo die Kolonie Ferien machte, gab es einen Zwischenfall. Dirk van Veen tanzte mit Meesters Malaiin; er kannte sie. Meesters verlor die Fassung und wurde von Dirk van Veen so geohrfeigt, daß sein linkes Trommelfell platzte. Der Bursche hatte Bärenkräfte. Anna van Doren hatte Meesters getröstet. Er könne sich freuen, daß er jetzt nur die Hälfte von dem, was die Kolonie über ihn redete, verstehe … Meesters freute sich. Er lief wie ein Hündchen hinter Anna her. Sie wollte nach Lindas Hochzeit nach Amsterdam fahren und konnte Meesters nicht mitnehmen. Er mußte in den Kampong seiner maliischen Frau gehen. Meesters, ein Nachkomme der alten Kautschuk-Dynastie! Darum hatte er im *Hôtel des Indes* geweint. Er wußte schließlich noch, wer er gewesen war. Anna konnte ihm nicht helfen. Sie war nicht mehr so jung wie einst. Meesters machte sie fertig mit seinem Saufen, mit seiner Malaiin, die kicherte, wenn er weinte, mit seinem Winseln nach den Verwandten. Er schrieb noch immer Briefe an seine Mutter, die der Phantasie eines Javaners Ehre gemacht hätten … Er verfolgte mit krankhaftem Liebeshaß das Leben und Treiben der Kolonialgesellschaft, die ihn aus ihren Reihen gestoßen hatte. Und als er heute abend im Hotel so wimmerte, weil nicht einmal «der Heilige» ihn eingeladen hatte – das konnte selbst Cornelis sich vor Exzellenz Polder nicht leisten! – da hatte Anna ihn an den Schultern geschüttelt, ihm kaltes Wasser über den benommenen Schädel gegossen, seinen weißen Seidenanzug zum Bügeln gegeben und barsch gesagt: «Zieh dich an! Mach dich fein. Du kommst mit!» Sie hatte ihm etwas bieten wollen. Sie wußte, wie den Leuten zumute ist, die das Treiben der feinen Leute durchs Schlüsselloch beobachten. Und Meesters war doch einmal ein Herr gewesen! Aber nun war er betrunken und hatte Cornelis van Veen prompt angepumpt. Annas Ermahnungen mußten an sein taubes Ohr gedrungen sein …

Nein – sie konnte der jungen Isabella van Veen nicht erklären, warum sie Meesters in sein verlorenes Paradies mitgeschleppt hatte. Die Dankbarkeit dieses Wracks hatte ihre Vitalität gesteigert … «Du bist ein feiner Kerl, Anna», hatte Meesters ruhig zu der Abenteurerin des Archipels gesagt. Dann hatte er geduscht, sich feingemacht und beinah wieder wie einer von den Kautschuk-Königen ausgesehen. Ein ehemaliger feiner Mann konnte sich wohl für eine Nacht benehmen? Anna hatte sich getäuscht. Wer sich so tief verachtete wie Meesters – dem jetzt nur noch die Verachtung der Malaien blieb –, der mußte sich auf Lindas Hochzeit wohl sinnlos betrinken!

Frau van Doren zuckte die Achseln. Verschüttetes Wasser kann man nicht wieder einsammeln. «Ich nehme ihn ins Hotel», sagte sie ruhig. «Es tut mir leid, Mevrouw!»

Auf dem Weg zum Garten fügte Anna hinzu:

«Der Jonkheer starrt einen so an, daß mir der Puder vor Schreck vom Gesicht fällt! Er sollte heiraten.»

Isabella hatte Jan Polder niemals mit irgendeinem Mädchen in Verbindung bringen hören. Eigentlich merkwürdig...

«Sein Vater wünscht es auch», erwiderte sie.

«Das glaube ich gern. Wer soll denn die Zucker-Dynastie und die Residentschaft übernehmen? Das alles ist bei den Polders doch schon seit Adams Zeiten in der Familie.»

Isabella verstand nicht, warum Frau van Doren so sarkastisch war. Die Polders waren doch nun einmal eine berühmte Kolonialfamilie. Und der Jonkheer war hochintelligent und immer lustig. –

«Ich danke Ihnen, Mevrouw», flüsterte Anna. «Möge Gott es Ihnen lohnen, daß Sie mich einluden und Meesters hier duldeten!»

Es klang so feierlich, daß Isabella vor Verlegenheit errötete. Wie konnte jemand sich soviel aus ermüdender Geselligkeit machen? Isabella kannte eben das Seelenleben der Zaunkönige nicht. Sie ahnte nichts von dem brennenden und rätselhaften Wunsch, von einer konventionellen Gesellschaft anerkannt zu werden. Anna mit ihrem scharfen Verstand und ihren begrabenen Illusionen wußte natürlich seit Jahren, daß die «Kolonie» nur Leute anerkannte, deren Vergangenheit so wolkenlos wie das Antlitz von Meesters malaiischer Frau war. Sie wußte, daß eine Ungarin mit undurchsichtiger Vergangenheit niemals eine Holländerin mit einem riesigen Familienalbum werden konnte. Manchmal mußte Anna an jenen Fikusbaum denken, der im Park des Residenten stand. Der legendäre Baum hatte seine Wurzeln in zahlreichen Stämmen; Luftwurzeln, die sich über ganz Java und die anderen Inseln der Niederlande ausbreiteten – zäh, urwaldhaft üppig und verschlungen. Anna hatte nirgends Wurzeln geschlagen – sie lebte in einer dunklen Abenteurerwelt außerhalb des Fikusbaumes. Sie wußte allerdings, daß der Legendenbaum javanisches Eigentum war. Die Zahl der Gäste, die bei Exzellenz Polder speisten, war gering, wenn man sie mit den Millionen von Javanern, Malaien, Chinesen und Indern des Archipels verglich... Leider sind vernunftdiktierte Vergleiche kein Trost für Zaunkönige; sie können niemals ihren Durst nach Anerkennung stillen. Anna konnte nicht wie Meesters ins Gras des Vergessens beißen oder ihr Boot auf einem widerspenstigen Fluß weitertreiben. Mr. Tsui aus Batavia hatte ihr einmal geraten, «nicht mit einem Reiskorn zu angeln». Er kaufte Juwelen von ihr und empfing sie auch in seinem Haus in Batavia. Im Gegensatz zu Anna wollte Mr. Tsui genau das sein, was er war – ein Chinese in Batavia. Mit seiner

Angel fing er die fettesten Fische. Er machte keine Unterschiede zwischen Exzellenz Polder und Mevrouw van Doren. Sie waren für ihn alle zusammen «fremde Teufel», mit denen er aus reinen Zweckgründen befreundet war. Da Mr. Tsui ein Chinese war, hatten vernunftdiktierte Überlegungen einen bezaubernden Reiz für ihn... Sie erfrischten ihn wie eine reife Wassermelone in der Hitze von Batavia. –

Isabella wußte nicht, was sie auf Frau van Dorens Dankesworte erwidern sollte. «Das ist doch selbstverständlich! Sie sind uns stets willkommen, Mevrouw!» sagte sie scheu.

«Sie liebes Kind!» Anna blickte die junge, treuherzige Holländerin, die einer berühmten Familie entstammte, mit verzehrender Schwermut an. Isabella war so ... maßvoll. Eine holde Bescheidenheit strahlte von ihr aus.

Anna van Doren murmelte:

«Wenn Sie mich jemals brauchen sollten – ich werde für Sie da sein.»

Meesters war nicht zu entdecken. Anna mußte allein ins *Hôtel des Indes* fahren. Wo konnte er sein? Schlief er irgendwo seinen Rausch aus? War er in der Chinesenstadt? Oder schon im *Hôtel des Indes*? – Es war zehn Uhr abends und für Meesters Gewohnheiten zu früh zum Schlafengehen. Glücklicherweise hatte er seinen leisen Tag gehabt. Manchmal war er in betrunkenem Zustand von methodischer Bosheit. Er suchte immer die Schuld für sein Schicksal bei «den anderen». In seinen Träumen übte er Vergeltung. Er war General-Gouverneur und demütigte Mann und Maus. Nach solchen Träumen war Meesters den ganzen Tag ungenießbar.

Das *Hôtel des Indes* stand gigantisch im Mondlicht. – Morgen würde es wieder eine große Reistafel geben, bei der zwanzig Boys in einer Reihe feierlich die Schüsseln servierten. Gäste aus Sumatra wurden erwartet.

Meesters war nicht in der Halle. Sein Zimmer war dunkel. Etwas stimmte nicht. Meesters war noch niemals im Leben um zehn Uhr abends schlafengegangen. Auf der Terrasse und auf Veranden saßen Gäste. Eine *betjak* (Rikscha) kam angefahren. Jo van Swanenburgh stürzte auf Frau van Doren zu:

«War meine Mutter in Sumatra, oder lügt Herr Meesters?»

«Er war betrunken. Dann schwindelt er wie zwanzig Malaien.»

«Das kann er sich nicht ausdenken!» Jo war weiß im Gesicht.

«Wir treffen uns immer des Nachts», meinte die Gräfin nachdenklich. Ihre weißbehandschuhten Hände flatterten durch die Luft. «Was wollen Sie zu dieser Zeit im Hotel?»

«Die Wahrheit erfahren», sagte Jo schroff. «*Sie* wissen Bescheid!»

‹Meesters und seine methodische Bosheit ...› dachte Anna. «Kommen Sie in den Salon», sagte sie. «Hier können wir nicht reden.»

In diesem Augenblick fuhr ein Auto vor dem Hotel vor. Ein hochgewachsener Gast mit intensiv blauen Augen und flammend rotem Haar kam in die Halle. Frau van Doren wurde blaß.

«Hallo, Anna», sagte der schlanke Holländer mit der jugendlichen Figur und dem faltigen, von der Tropensonne gegerbten Gesicht. «Welche Überraschung!» Seine Augen schweiften rastlos umher und blieben an dem schönen Mädchen in dem silbergrauen Abendkleid hängen. Es waren harte, glänzende Augen. Doch beim Anblick der Schönheit trat ein weicher Schimmer in den kalten Glanz der Iris. Der Fremde war ein unverbesserlicher Romantiker, der sich in Bildnisse statt in lebendige Frauen verliebte. Sein Blick schien sich gleichzeitig einem Menschen zuzuwenden und ihn zurückzustoßen. Es war ein unzuverlässiger Blick: ruhelos, brennend und dabei abwehrend. Jo van Swanenburgh hatte niemals solche Augen gesehen.

«Welche Überraschung», wiederholte der Fremde und wandte den saugenden und doch abwehrenden Blick Frau van Doren zu. «Ich hatte keine Ahnung, daß du in Batavia bist. Was machen die Begleiter?»

«Was willst du hier?»

«Ich bin zu einer Reistafel eingeladen. Die Clique von Piet van Gelderen! Ich ergriff die Gelegenheit, meinem Sohn guten Tag zu sagen. Wenn Mohammed nicht zum Berge kommt...» Er lachte leise. Sein Blick glitt wieder zu dem schönen Mädchen. «Möchtest du mich nicht vorstellen, Anna?» fragte er.

«Mijnheer Bloemendaal aus Sumatra – Fräulein van Swanenburgh», sagte Mevrouw van Doren mit unbeweglichem Gesicht.

«Aus Amsterdam?» fragte der Fremde und blickte Jo nicht mehr an.

Anna nickte. Der Skandal war da. Nichts und niemand konnte ihn abwenden. Denn in diesem Augenblick kamen zwei junge Männer angefahren: der Jonkheer, der mit Frau van Doren noch etwas trinken wollte, und Quentin Bloemendaal. Der Geologe starrte seinen Vater sprachlos an. Der Jonkheer blickte aufmerksam umher. Kein Theaterstück konnte amüsanter sein.

Da alle sich schweigend anstarrten, sagte Jan David Bloemendaal: «Das ist ja das reinste Trappisten-Meeting! Wollen wir etwas trinken?»

«Kommen Sie, Jo.» Quentin Bloemendaal packte das Mädchen beim Arm. «Was fällt Ihnen ein, mit dem betrunkenen Meesters auf und davon zu fahren?»

«Lassen Sie mich in Frieden», erwiderte die junge Dame liebenswürdig.

«Was willst du hier?» fragte Quentin B. seinen Vater. Jan David Bloemendaal brummte: «Dasselbe könnte ich dich fragen! Im übrigen wollte ich dich besuchen.»

«Kommen Sie endlich!» Quentin Bloemendaal blickte bittend in Jos weit aufgerissene Augen. Das Mädchen zitterte am ganzen Körper.

«Gehen Sie!», murmelte sie. «Ich hasse Ihren Anblick!»

Dr. Quentin Bloemendaal preßte die schmalen Lippen zusammen. Ein furchtbarer Schmerz fiel ihn an. Er wußte in diesem Augenblick, daß er das Mädchen liebte. Aber Jo haßte seinen Anblick. Sie mußte alles hassen, was Bloemendaal hieß... Meesters in seiner methodischen Bosheit hatte ganze Arbeit geleistet. Jo wußte nun, daß Bloemendaal senior ihre Mutter nach Sumatra gelockt hatte – – –

In der nächsten Minute hatte Anna van Doren das Mädchen in einen Seitenraum gezogen. «Ich muß mit Ihnen reden», sagte sie in ihrem harten Holländisch. «Ich wollte Ihnen die Wahrheit ersparen. Sie sind noch zu jung!»

Jan David Bloemendaal zuckte die Achseln. Sein Sohn war genauso unerträglich und feindselig wie immer: das Werk seiner Frau in Leyden. – «Also bis morgen», murmelte er und verließ das Hotel. «Hier ist es zum Ersticken!»

In der Halle blieben nur Dr. Quentin Bloemendaal und der Jonkheer.

«Das gefällt mir», sagte der Jonkheer trocken. «Du bist mit meiner Schwester verlobt und fährst dieser kleinen Hure nach.»

«Ich verbiete dir, über Fräulein van Swanenburgh ...»

Jan Polder lachte. Sein rosiges behagliches Gesicht war verzerrt. «Du Schwein», sagte er leise. «Was kannst *du* mir verbieten? Du wirst unsere Antje nicht bekommen, und wenn du auf den Knien rutschst! Dein Vater ist so verkommen wie Meesters. Nur reicher.»

Bloemendaal trat auf den Jonkheern zu. Er sah ruhig und trotzdem furchterregend aus.

«Entschuldige dich augenblicklich!»

«Wir werden euch aus der Kolonie jagen», sagte der Jonkheer freundlich. Er hatte nicht einmal die Stimme erhoben. «Ihr Wüstlinge und Ehebrecher! Du bist ein billiger Heiratsschwindler! – Kein Wunder bei *dem* Vater ...»

So begann der große Skandal, über den man lange Zeit tuschelte. Die Pflanzer hatten wenig Abwechslung. Ein wahres Glück, daß es die Bloemendaals gab! –

Im Club von Medan erzählte Mijnheer Janssen seinem Freunde Geertgen, was in Batavia passiert war.

«Wo waren wir damals noch stehengeblieben? Habe ich Ihnen die Skandalgeschichte nicht erzählt? Meine Braut bringt mich ganz durcheinander. Übermorgen ist endlich Hochzeit. Das heißt – wenn meine Njai nicht noch Tamtam macht! Sie redet auf meine Braut ein, aber ich habe alle malaiischen Wörterbücher versteckt. Beatrice versteht kein Wort. Tja, man hat's nicht leicht mit einer Njai ... Ich wollte sie in ihren Kampong zurückschicken. Meinen Sie, sie ist verduftet? Warum schreiben die Romanfabrikanten immer von den sanften, fügsamen Kindern der Tropen? Idioten – ich meine die Herren Romanverfasser! Gibt doch keine größeren Intriganten und Starrköpfe als unsere Njais ... Boy, noch zweimal Pflanzer-Punsch! Muß mir Mut antrinken für die Hochzeit. Meine Braut findet hier alles schmutzig, primitiv und ungesund ... Schwamm drüber. Auf Ihr Spezielles, mein Bester! –

Also der Skandal! Ich erzählte Ihnen schon, daß sie alle zusammen im *Hôtel des Indes* waren. Kaum war Frau van Doren vorgefahren, kam

Fräulein Jo ohne Meesters angesaust und wurde unangenehm. Meesters mußte ihr erzählt haben, daß Bloemendaal senior mit ihrer Mutter... *Wie* bitte? Sie wußten nicht, daß Jos Mutter eines Tages von Amsterdam abschwamm und Papa Bloemendaal in Sumatra besuchte? *Das* wußten Sie nicht? Sagen Sie mal, mein lieber Geertgen, haben Sie die letzten Jahre geschlafen? Ich meine – sooo interessant kann Ihr Privatleben doch nicht sein, daß Sie nicht mitkriegten, daß die Amerikanerin... War ja kühl wie Vanilleeis; Johan van Vreede – auf Plantage 89 – nannte sie immer das ‹Bild ohne Gnade›. Bißchen überspannt, der gute Johan; aber sehr gute Familie aus Rotterdam! – Kurz und klein: Bloemendaal senior, der ja auf Heimaturlaub immer sofort von Leyden nach Amsterdam eilt, mußte sich bei Swanenburgh operieren lassen. Nee, einfacher Blinddarm, kein Tumor im Grips!... Familien seit ewig und drei Tagen befreundet; verlebte seine Genesung im Hause Swanenburgh. Tochter Jo war in der ‹Verbannung›, wie sie immer sagen. Sie lernte Bloemendaal senior weder krank noch gesund kennen. War ja auch noch ein Kind damals vor sieben Jahren... Jos Mutter und Bloemendaal senior besuchten zusammen Konzerte – nach seiner Genesung, meine ich! War ja urkomisch: Bloemendaal ist so musikalisch wie eine Kokusnuß. Die Musik war schon der Zankapfel zwischen ihm und seiner Frau; Judith Bloemendaal ist gräßlich musikalisch. Ungefähr wie der kleine Lukas de Witt, der später mal den Kulis auf den Teeplantagen Beethoven vorspielen soll... Das mit der Musik is 'ne Krankheit – genau wie Malaria; nur daß die Anfälle kontinuierlich sind! – Boy, zweimal ‹Pflanzers Himmelreich ohne Soda›. Aber 'n bißchen Tempo!

Ich kann mich gar nicht beruhigen, Geertgen, daß Sie die Sache mit der Amerikanerin nicht wußten! Man sprach damals von *nichts* anderem in der Kolonie! Ach sooo – Sie waren damals mit der Vulkanforschungs-Gruppe in Nordsumatra! Das ist aber auch Ihre einzige Entschuldigung! Is ja auch recht, wenn wir uns mit den Vulkanen beschäftigen, hundertfünfundzwanzig in Aktion, is reichlich!... Bloemendaal junior ist Geologe; ganz großer Fachmann für Zinn- und Erdölfahndung. Besucht seinen Alten nicht einmal, wenn er in Sumatra fahndet. Unangenehmer, hochnäsiger Stock, der junge Bloemendaal! Aber unentbehrlich. Wenn Exzellenz Polder ihn auch so liebt wie der Pflanzer den Kaffeekirschenkäfer. *Op uw gezondheid,* Geertgen!

War ja wohl kein Spaß für die Swanenburgh-Tochter im *Hôtel des Indes*! Frau van Doren wollte Jo gerade erzählen, daß Meesters ein Pestfloh ist, wenn er gesoffen hat, als ob er sonst ein Paradiesvogel wäre!... Aber da erschien plötzlich *Papa Bloemendaal* im Hotel! – Wollte nach Jahren seinen Sohn besuchen und die Abschieds-Reistafel seines Schwagers Van Gelderen mitmachen. Wo es was mitzumachen gibt, da ist Jan David B. zur Stelle! – Boy, zweimal ‹Pflanzers Feuerwasser›, ohne Soda, du Waldaffe! Die Boys werden immer idiotischer; degeneriert wie zahme Nashörner...

Van Gelderen hält übrigens treu und fest zu seinem Schwager Bloemendaal – über Geschmack läßt sich nicht streiten; aber vielleicht tut Jan David ihm leid mit dieser Furie im Rollstuhl! – Also: Jo van Swanenburgh sagte Papa Bloemendaal vor allen Hotelgästen ihre Meinung.

Diese Jo – soll bildschön ausgesehen haben, nur *viel* zu elegant für so einen Teenager – muß entsetzliche Manieren haben. Man erzählt, daß sie brüllte wie ein verwundeter Elefant im *rimbu* (Dschungel). Anna van Doren wollte sie mit Quentin Bloemendaal zu Onkel John zurückschicken – sie waren Logiergäste bei Isabella van Veen –, aber Fräulein Jo wartete, bis Papa Bloemendaal wieder im Hotel auftauchte. Er kam übrigens gerade zurecht, um seinen Sohn von Jan Polder wegzureißen. Die beiden zankten sich schon als Primaner in Leyden; keine Ahnung, warum und wieso. Also, dieser Doppelskandal endete trotz Papa Bloemendaals eisernem Griff – sein Sohn muß denselben Griff haben – damit, daß der Jonkheer wie tot hinfiel. Weiß leider nicht, ob er mit dem Leben davongekommen ist. Er nannte Quentin Bloemendaal einen Heiratsschwindler – dabei läuft Antje Polder ihm seit Jahren nach, und er will sie nicht – und stieß Drohungen aus. Soviel ich hörte, ist Jan Polder tot, *erwürgt* von Dr. Quentin Bloemendaal. Was aus ihm wird? Keinen Schimmer. *So* schnell reisen die Nachrichten nicht von Batavia nach Medan! Tja – das ist ein dunkler Fleck im Familienalbum. Jan Polder war ja schließlich der Sohn vom Residenten.

Boy, zweimal *Colonial Delight* – ohne Soda, du Rindvieh! – Er lernt es nicht, Geertgen! Hat eben als guter Moslim was gegen den Alkohol! Meine Braut ist leider genauso abgeneigt... Trinkt nur Fruchtsaft und ihr *kopje koffie* (Täßchen Kaffee). Wie gern der arme Polder aß und trank! Diese Reistafeln beim Residenten! Jan war der einzige Sohn. Tja... Sie hätten sich wohl nicht alle im *Hôtel des Indes* treffen sollen! Aber das ist eben so bei uns: man kann sich in den Kolonien nicht aus dem Weg gehen. Dabei sitzt man daheim dreißig Jahre im alten Utrecht und braucht keinen zu treffen. Können Sie mir das Phänomen erklären, Geertgen?

Du meine Güte, es ist schon wieder nach Mitternacht! Kommen Sie bitte pünktlich zu meiner Hochzeit, Geertgen! Sie oller Vulkanforscher sollten mir eigentlich längst erklärt haben, warum und wieso meine Njai so vulkanisch ist. Heute – nee, morgen früh transportiere ich sie eigenhändig ab. Sonst springt meine Njai noch meiner Braut an die Kehle – wie Bloemendaal junior dem armen Jan Polder! Komme gar nicht los davon. Schreckliche Sache und *die* Blamage vor den Eingeborenen! Wir sollen ja schließlich ein Beispiel geben. – Wenn das nur mit meiner Njai klappt! Wissen Sie, Geertgen, mir ist ganz elend im Bauch! Ob die Njai mir Bambusfasern in den Reis getan hat? Lachen Sie nicht, Geertgen, sonst werde ich ungemütlich! Daß die Njai mich vergiftet *hat*, ist kein Grund zum Lachen! Halten Sie das Maul, Sie Rhinozeros! Sie dreckiger kleiner Vulkanforscher! Sind auf Regierungsgehalt hier und möchten mir Moral predigen? Mir, Andreas Janssen von den Kaffee-Janssens! Ich werde Sie aus dem Club jagen lassen, Sie Blattlaus! Zertreten werde ich Sie! Loslassen, Mann! Lassen Sie mich augenblicklich los!... Sie sind tobsüchtig! Sie wollen mich wohl erwürgen wie Bloemendaal den armen --- Hilfe! Boy! Hilfe!...

Was willst du denn, blöder Muslim?... Hatte nur eine kleine Auseinandersetzung mit meinem Freunde Geertgen! Berühmter Vulkanologe. Ganz erste Familie aus... na, egal! Scher dich in den *rimbu,* Junge! Was fällt dir ein, mich mit Wasser zu begießen? Dann schon mit Bier! Wo ist denn mein Freund Geertgen? Mein lieber, guter Freund Geertgen! Läßt mich hier allein im Club. Nicht nett von ihm... Boy! Zweimal ‹Pflanzers Feuerwasser›! Jawohl, du geröstete Heuschrecke! Der eine Drink ist für den Junggesellen Janssen und der zweite für den Ehekrüppel Janssen!... Hätte nie gedacht, daß Geertgen so gewalttätig werden kann. Wir sind im Archipel eine große Familie... in Liebe vereint. – Boy, gib mir ein Taschentuch! Aus meiner Jacke, du Pfeffervogel! Glaubst du, ich werde mir mit deinem dreckigen Kopfputz meine Tränen trocknen? Muß eben weinen, Boy, weil mein Freund Geertgen mich verlassen hat! Wollte mich erwürgen... wie... Bloemendaal junior den armen Polder. Die Polders mit dem Admiral! Der olle Admiral hat *dich* entdeckt und in den Club von Medan gebracht, du Alang-Alang-Grashüpfer! – Hier hast du zehn Gulden von Onkel Janssen! Bist ja mein einziger Freund! Außer Geertgen natürlich! Du warst Zeuge – er wollte mich erwürgen! Was sagst du da? *Ich* wollte Geertgen...? Du hast wohl zuviel Limonade getrunken? Los, marsch-marsch... rufe meinen Chauffeur! Und quatsche nicht, mein Sohn, sonst dreht dir Onkel Janssen den Hals um! Nee, nee – nichts für ungut! War alles Spaß! Janssen will niemandem den Hals umdrehen... er liebt euch alle. Er ist doch kein Mörder... wie Bloemendaal junior! –

So... stütze mich... mein Sohn! Morgen soll die Hochzeit sein. Nee, übermorgen! Ich... kann nicht... laufen. Geertgen, der Hund, hat mich mit Bambusfasern vergiftet. Setzen wir uns! Trink einen ehrlichen Pflanzer-Punsch mit dem armen, einsamen Janssen! Du willst nicht! Au... au... das wird der Geertgen mir büßen! Jagt mir einen Kris (Dolch) in den Leib – Scher dich in den Urwald, Junge! Janssen trinkt allein Doppel-Moppel-Pflanzer-Punsch. – Blöder Muslim... Man ladet ihn ein... So eine Ehre! Und er *dankt. Yang bedoh ta'mahu belajar*... Dumm geboren und nichts dazugelernt! Verdammter Kampong-Idiot! – Läßt mich hier mutterseelenallein. Und Geertgen! Herzlos wie alle Geertgens. Dabei 'ne hochfeine Familie aus... richtig, aus Groningen! Scheußlicher Kerl! Ein Raufbold und Säufer ist dieser Geertgen mit seinen Vulkanen! Genauso gefährlich wie... Bloemen... daal... junior...»

ZWEITES KAPITEL

Totenvogel und Tränenkorb

I

Selbstverständlich hatte Dr. Quentin Bloemendaal den Sohn des Residenten weder erwürgt noch sonstwie aus dem Leben befördert. Der Jonkheer erzählte noch Jahre später quicklebendig von dem großen Skandal im *Hôtel des Indes*. Und was er verschwieg, das sprach deutlicher als das, was er erzählte. Wann immer man ihn später fragte, ob Quentin Bloemendaal ihn wirklich und wahrhaftig «beinahe ermordet» hätte, zuckte er die Achseln und sagte nachsichtig: «Aber ich bitte Sie! Sie sehen ja, daß ich lebe! Natürlich ist unser Geologe ein *sehr* gefährlicher Bursche...»

Und jeder ging mit der Überzeugung von dannen, der junge Bloemendaal hätte eben doch versucht, Polder umzubringen, und der Jonkheer zeige wahrhaft christliche Milde. Man fand es vorbildlich, daß er den Mordversuch bagatellisierte. Dafür schilderte er die Szene zwischen Jo van Swanenburgh und Vater Bloemendaal in aller Ausführlichkeit. Gewiß, dieses junge Mädchen habe entsetzliche Manieren. Fuhr nachts mit Meesters – ausgerechnet mit Meesters! – durch Batavia. Tja, Meesters sei allerdings nicht mit ins *Hôtel des Indes* zurückgekommen. Schlimme Sache mit Meesters. Die arme Familie! Der Jonkheer sah sehr bekümmert aus, wenn er auf jenen Teil des Melodramas zu sprechen kam. Meesters blieb verschwunden. Mußte ermordet worden sein oder war im Suff in einem Kanal ertrunken. Doch man hatte nicht einmal Meesters' Wasserleiche gefunden. Es war, als habe der Totenvogel der Dajakvölker in jener Nacht über Meesters gekreist.

Die Inselvölker glauben, daß ein Opfer des Totenvogels für die Mitwelt unsichtbar wird. Die Lebenden können ihm nur einen mit ihren Seufzern und Tränen angefüllten Korb in die Region der Abgeschiedenen nachsenden. In dieser Region leben – außer Meesters – die Witwen und Jungfrauen. Sie leeren in bestimmten Abständen den Tränenkorb des Totenvogels, und die Seufzer und Tränen verwandeln sich danach in Edelsteine und Goldketten. Dieser Umstand veranlaßte Pieter Meesters' malaiische Frau, viele pflichtschuldige Tränen über das Verschwinden ihres Herrn und Gebieters zu weinen. Der Tuan hatte nun Gold und Edelsteine in der Region der Abgeschiedenen und brauchte sie Mevrouw van Doren nicht mehr zu entwenden... Im übrigen war ein unsichtbarer Meesters der sanften und abergläubischen Ratna bedeutend lieber als der sichtbare Tuan, den ihre Verwandten höchst ungern im Kampong bei sich gesehen hätten... Der sichtbare Tuan pflegte handgreiflich zu werden. Sein Alkoholkonsum wäre Ratnas Familie ein frommer Abscheu gewesen... Dies alles teilte Ratna unter höflichen Verbeugungen Mevrouw van Doren mit, als sie sich am Morgen nach dem Skandal im *Hôtel des Indes* von ihr trennte. Ratna hatte die Ausländerin in den weißen Handschuhen von Anfang an für eine Art Totenvogel der *orang belandas* (weißhäutige Fremde) gehalten. Die Mevrouw wurde von ihren eigenen Leuten gemieden. Ihre Handschuhe flatterten gespenstisch in der Abendluft. Ratna hatte stets Angst vor ihr gehabt. Das Reisegeld nach Sumatra hatte Anna van Doren ihr gegeben. Ratna lächelte und freute sich, daß Meesters nicht auffindbar war. Sie wollte Mevrouw van Doren und das *Hôtel des Indes* niemals wiedersehen. Die weiße Frau hatte viele Gulden bezahlt, damit Ratna dort mit ihnen wohnen konnte. Sie war Meesters Ehefrau, und er hatte nicht geduldet, daß sie bei den Dienern wohnte. Nun war sie endlich wieder frei. Sie hatte sogar einen kleinen Edelstein von Frau van Doren bekommen. Anna wußte, daß Ratna sonst in ihrer *dessa* (malaiisches Dorf) schwer einen Ehemann bekommen würde. Ein Edelstein – und zwar keiner aus Tränen, der sich erst im Reich der Abgeschiedenen in ein Wertobjekt verwandelte – war eine verlockende Mitgift für einen javanischen Farmer.

Zum erstenmal seit vielen Jahren war Anna van Doren ohne Begleiter. Ihr Adoptivkind war in Europa. Sie hatte es vor einigen Jahren im Fernen Osten adoptiert. Die Kleine war nun fünf Jahre alt und sollte ihr später eine ergebene Tochter ersetzen. Aber zunächst wartete Anna auf den Termin ihrer Abreise nach Amsterdam. Sie war die einzige Frau im Archipel, die tatsächlich wußte, was sich im *Hôtel des Indes* zwischen Quentin Bloemendaal und Jan Polder abgespielt hatte. Ihr war aufgefallen, wie der Jonkheer sich verändert hatte, ohne daß die Bloemendaals es bemerkten. Er wäre hingefallen, auch wenn der Geologe seine Hand nicht gegen ihn erhoben hätte.

Anna van Doren kannte nun Jan Polders Geheimnis. Und sie schwieg. Dadurch blieb an Quentin Bloemendaal der Ruf der Gewalttätigkeit hängen.

Aber *warum* schwieg Anna van Doren, die den Polders gewiß nicht zu Dank verpflichtet war? Der Resident und sein Sohn hatten ihr das Leben schwer genug gemacht. Sie hätte es selber nicht sagen können. Es mußte wohl so sein, daß Jan Polder, obwohl er über alles verfügte, was die Abenteurerin des Archipels nicht hatte, ihr leid tat. Er war geschlagen, auch wenn es nur seine Familie und die Zaunkönigin Anna van Doren wußten. Seine «Unpäßlichkeit» war der mystische Querstrich, der aus dem geraden Holz des Glücks ein Kreuz macht... Der Jonkheer litt an etwas, über das er keine Gewalt hatte. Es packte ihn, erzeugte eine Halluzination des Entzückens oder des Schreckens, verzerrte ihm sekundenlang das Bild der Welt, daß er sich tastend in einem Albtraum bewegte, und warf ihn hilflos zu Boden. Die «Unpäßlichkeit» hatte ihn überfallen, gerade als Quentin Bloemendaal seinen Arm erhob, um ihn zu ohrfeigen. Nur er selber wußte, daß der junge ärgerliche Geologe ihm nichts angetan hatte. Nur er selber und die Zaunkönigin, die in diesem Augenblick mit Jo van Swanenburgh in die Halle zurückgekommen war. Da standen sie noch einmal und starrten sich an: Jan David Bloemendaal und die Tochter von Anne van Swanenburgh. In der nächsten Sekunde hatte Jo den «Reisenden» wüst beschimpft. Er war der Liebhaber ihrer Mutter gewesen! Jo hatte es von Meesters erfahren. Dann war alles blitzschnell passiert. Quentin Bloemendaal war mit dem totenblassen Mädchen Jo zu Isabella van Veen zurückgefahren. Jan David Bloemendaal hatte Anna geholfen, den bewußtlosen Jan Polder in ihre Räume zu bringen. Die Gäste des Hotels hatten nur noch die leblose Form des Jonkheern gesehen, und so war prompt das Gerücht von seinem Tod entstanden.

«Ist er tot? Hat mein Sohn ihn erwürgt?» hatte Bloemendaal senior gefragt.

«Blödsinn», hatte Anna in ihrem harten Holländisch geantwortet, «er wird bald wieder zu sich kommen. *Le petit mal!* So, lege ihn auf mein Bett! Vorsichtig!»

Dann war sie allein mit Jan Polder geblieben.

Der Jonkheer lag in dem feinen Leinenhemd, das Anna ihm am Hals geöffnet hatte, erstarrt auf ihrem Bett im *Hôtel des Indes.* Anna hatte ihm den Schweiß von der Stirn gewischt. Seine Augenlider zuckten. Gleich würde er erwachen und von nichts mehr wissen. Er würde außer sich sein, weil er bei dieser Frau erwachte. Eine peinliche Situation! Aber Anna hatte das Richtige getan. Das würde selbst Exzellenz Polder einsehen müssen. Vor zweieinhalb Jahren war der Jonkheer das letzte Mal von der Unpäßlichkeit befallen worden. Gerade, als er sich zum erstenmal in seinem Leben einer Frau, seiner malaiischen Njai, hatte nähern wollen. Er war damals allein in seinem Zimmer auf dem Holzboden erwacht. Benommenheit und Scham – er hatte während der Anfälle keine Macht über die Funktionen seines Körpers – hatten ihn gehindert, die Njai zu rufen. Er hatte sich und sein Zimmer hinter verschlossener Tür gesäubert und sich den Tod gewünscht. – Am nächsten Abend war er lächelnd bei einer großen Abendgesellschaft erschienen und hatte allen jungen Mädchen den Hof gemacht. Er wußte, daß er der begehrteste Heiratskandidat des holländischen Inselreiches war. Aber er konnte nicht wagen zu heiraten. Nicht einmal mit einer kleinen Malaiin konnte er seine natürlichen Triebe befriedigen. Er wurde im entscheidenden Augenblick von einer solchen Erregung ergriffen, daß er den Anfall – seinen Ausflug in das Zwischenreich der Halbtoten – geradezu herbeirief. Auch über Jan Polder schwebte der Totenvogel der Dajaks – aber er holte ihn nur über das Wochenende ins Geisterreich ...

Anna hatte den jungen Mann stumm betrachtet. Jan sah wie ein rosiger, argloser Knabe aus, wie er so dalag. Seine Augenlider zitterten. Seine feingeformten Hände – glatt und weiß trotz der Tropensonne – lagen still zu beiden Seiten seines Körpers; er trug sein eigenes Hemd mit dem eingestickten Familienwappen und eine Pyjamahose des verschwundenen Meesters. Seine vollen, genußfreudigen Lippen waren geschlossen; tiefe Schatten lagen unter seinen Augen. Er sah hilflos und traurig aus und atmete mühsam.

Sobald er erwachte, zog Anna sich ins Badezimmer zurück. Er war keine zehn Minuten besinnungslos gewesen.

Der Jonkheer strich sich das blonde Haar aus der Stirn und blickte sich erstaunt und vollkommen ruhig um. Wo war er? Was war geschehen? Er erinnerte sich an nichts mehr, was mit dem minutenlangen Scheintod zusammenhing. Nur daß er seinen Jugendfeind Quentin Bloemendaal einen Heiratsschwindler genannt hatte, weil er heimlich mit Broodje verlobt war und dem Swanenburgh-Mädchen nachlief. Er wußte nicht, daß seine Augen starr geworden waren, als Bloemendaal den Arm gegen ihn erhoben hatte, um ihn zu ohrfeigen. Es war ihm, als habe der junge Bloemendaal eine Ewigkeit gebraucht, um den Arm zu heben. Wie bei den Lederpuppen des javanischen Schattenspiels war der Arm marionettenhaft und steif in die Höhe gegangen, während Bloemendaal selbst, sein Vater in der grünkarierten Reisemütze und das Mädchen Jo flache Lederpuppen wurden – genau wie im *wajang kulit*... Sie wichen zurück und schillerten in Regenbogenfarben... Jans Daumen begann zu zukken – ein kleiner zappelnder Karpfen. Dann stürzten die Lederarme – oder waren es Bloemendaals Arme? – schräg auf ihn zu. Jan mußte laut geschrien haben. In seinem Kopf kreiste ein Vogel mit riesigen weißen Flügeln. Oder waren es die Handschuhe von Mevrouw van Doren? – Dann hatte er das Bewußtsein verloren.

Und nun war er wach. Er lag auf einem fremden Bett. Also mußte die Unpäßlichkeit ihn im *Hôtel des Indes* überfallen haben! Er sah die fremde Pyjamahose und wurde glühend rot.

«Fühlen Sie sich besser, Mijnheer?»

Anna van Doren beugte sich über ihn.

«Sie sind ohnmächtig geworden», erklärte sie ruhig. «Ich werde Ihren Chauffeur rufen, während Sie sich anziehen. Oder wollen Sie noch ein wenig ruhen?»

Jan Polder schluckte. Die glühende Röte war ihm bis in die Stirn gestiegen. Er blickte die Ungarin an, die sein Vater und er immer geschnitten hatten und die seine Schande mit selbstverständlicher Güte in ihren Hotelräumen vor der Kolonie verbarg. Anna war noch in ihrem schwarzen Abendkleid mit dem Schmuck. Als sie sich zu ihm niederbeugte, sah er den Ansatz ihrer Brüste – jung und makellos. In ihren Augen schimmerte etwas, was Jan Polder bei keiner anderen Frau gesehen hatte: Verständnis für unverständliche Leiden eines jungen, verwöhnten Mannes. Ihr schönes, verlebtes Gesicht war zu grell geschminkt, und ihr Hals war nicht mehr ganz jung. Aber sie war wunderbar tröstlich. Er hätte am liebsten seinen Kopf an ihre Brust gelegt. Er konnte seine Augen nicht von ihrem Dekolleté lösen.

«Ich danke Ihnen, Mevrouw», sagte er stockend. «Sie sind sehr gütig. Ja... ich muß in Ohnmacht gefallen sein. Danke sehr – ich kann allein aufstehen! Ich fühle mich völlig wohl.»

Er schwankte, und Anna stützte ihn. Er setzte sich vorsichtig auf einen Rohrsessel. Draußen tanzten die Feuerfliegen in der tropischen Nacht. «Zu dumm, daß mir so etwas passieren mußte», bemerkte der Jonkheer leichthin. «Ich war eigentlich ins Hotel gekommen, um Sie zu einem Drink einzuladen, Mevrouw!» Er sprach wie im Palais des Residenten – liebenswürdig, ein klein wenig arrogant und gänzlich unbefangen, obwohl Meesters' Pyjamahose ihm um die Beine schlotterte. Es mußte seine Herkunft sein, die ihm eine Sicherheit gab, die Anna nie besessen hatte.

«Ich wäre Ihnen dankbar, wenn Sie den kleinen Zwischenfall nicht weiter erwähnen wollten, Mevrouw», sagte der Jonkheer. «Und wenn Sie Ihrer Güte die Krone aufsetzen wollen, dann geben Sie mir bitte Ihre Dose mit den Biskuits! Ich habe Hunger.»

«Ich auch!» Anna lächelte zum erstenmal. Sie bewunderte und beneidete den Jonkheern um seine Sicherheit. Sie aßen alle Biskuits auf.

«Wie oft haben Sie solche Attacken?» fragte Anna plötzlich und blickte weg. Sie war keine Dame der Gesellschaft und spielte sein Spiel nicht mit. Plötzlich hatte sie die Empörung über Jan Polders tadellose Manieren gepackt. Da war ihr Meesters in seiner ungeschminkten Erniedrigung beinahe lieber gewesen ...

«Das letzte Mal vor zweieinhalb Jahren», erwiderte der Jonkheer still. Er war viel zu klug, um nicht zu wissen, daß diese Frau sich über die Art seiner Krankheit klar war. Er blickte zu Boden. Wieder war ihm die Schamröte bis in die Stirn gestiegen. Seine feinen Hände zitterten ganz leicht, seine Lippen zuckten. Er war so jung – erst fünfundzwanzig Jahre! Er hatte alles und trotzdem nichts. Anna blickte ihn stumm an ... Dann stand sie auf und schüttelte im Badezimmer ein Brompräparat in ein Glas Wasser.

«Trinken Sie das», sagte sie sanft. «Mein erster Mann litt unter ähnlichen Anfällen.»

«Der Graf?» fragte der Jonkheer und ließ keinen Blick von ihr.

«Es war kein Graf», sagte Anna trotzig. «Er hieß nur so.»

«Ich weiß», sagte Jan Polder und lächelte. «Ich weiß viel über Sie! Aber ich wüßte gern noch mehr.»

«Wie meinen Sie das?»

Jan Polder stand auf. Er wirkte trotz der zu langen Hose in keiner Weise lächerlich. Seine klugen Augen blickten Anna sinnend an.

«Ich wüßte gern, warum Sie sich so viel schlechter machen, als Sie sind!» sagte er langsam. «Sie sind eine wunderbare Frau! Aber Sie glauben es nicht. Schade!»

Zum Abschied beugte er sich tief über Annas Hand in den dünnen, weißen Handschuhen. Er war wieder elegant gekleidet und von der beweglichen Anmut korpulenter junger Herren.

«Wann darf ich mich für das Biskuit-Souper bei Ihnen revanchieren?» fragte er lächelnd.

«Gar nicht», sagte Anna hart. «Wir leben in getrennten Welten. Was würde ihr Vater sagen, wenn Sie mit *mir* soupierten?»

«Ich weiß es nicht», erwiderte der Jonkheer. «Und es ist mir vollkommen gleichgültig.»

II

Während Jan Polder betäubt im *Hôtel des Indes* lag, fuhren Dr. Quentin Bloemendaal und Jo zu Isabella van Veen zurück. Der Geologe blickte das Mädchen nicht an. Er war zu empört. Endlich sagte er:

«Was haben Sie sich dabei gedacht, mit dem Saufbold Meesters in Batavia herumzufahren? Sind Sie vollkommen verrückt geworden?»

Jo antwortete nicht. Meesters hatte ihr in seiner methodischen Bosheit weisgemacht, Dirk van Veen sei im *Hôtel des Indes* abgestiegen. Dann war er mit ihr kichernd kreuz und quer durch die laternengeschmückte Chinesenstadt kutschiert, bis Jo mit einer anderen Rikscha ins *Hôtel des Indes* gefahren war.

«Ich kann in Batavia umherfahren, mit wem ich will», sagte sie schließlich und schob ihr Kinn vor.

«Ich werde dafür sorgen, daß das nicht mehr geschieht.»

«Ich verbitte mir diesen Ton!»

«Nehmen Sie doch Vernunft an, Jo!»

«Aha», sagte Jo im Ton ihres Vaters, «da haben wir es! Die Stimme der Vernunft.» – Plötzlich brach sie zusammen und schluchzte. «Ich bin unglücklich. Lassen Sie mich endlich in Frieden!»

Quentin Bloemendaals scharfe graue Augen verschleierten sich. Er hielt den Wagen an und fragte heiser: «Ist es wegen Ihrer Mutter?»

«Das ist mir schnuppe. Mama zählte jahrelang zu den Abwesenden. Wenn sie Ihren ekelhaften Vater so nett fand – bitte sehr!»

«Sie sind ein Kind und wissen nicht, was Sie reden», sagte Dr. Bloemendaal. «Ich weiß... es ist furchtbar. Können Sie... mir verzeihen, was... geschehen ist?»

«*Sie* haben doch keine Schuld.» Jo riß ihre Augen erstaunt auf. «Sie sind ein sehr anständiger Oberlehrer und werden niemals eine Frau entführen.»

«Vielen Dank», sagte Dr. Quentin Bloemendaal. «Ihre Meinung ehrt mich.» Er wandte sich schroff dem Steuer zu, raste durch die Nacht und schenkte dem Mädchen keinen Blick mehr. Ein anständiger Oberlehrer... Einfach großartig, wieviel Eindruck er auf dieses Mädchen machte! Er liebte dieses unglückliche und launenhafte Geschöpf und dachte mit Schrecken an Jos Abreise in drei Tagen. Natürlich war eine Ehe ausgeschlossen nach allem, was zwischen den Familien vorgefallen war. «Romeo und eine gleichgültige Julia», dachte er verbittert. Das mußte ihm passieren, wo er Antje Polder – mit allem, was an Plantagen und Ehren dranhing – jede Stunde heiraten konnte! Exzellenz Polder konnte seiner Tochter keinen Wunsch abschlagen – nicht einmal den Mörder Bloemendaal als Ehemann. –

«Sind Sie mir böse?» fragte Jo kindlich. Der Oberlehrer war so gut zu ihr, und sie war so unbeherrscht.

«Ich kann Ihnen nicht böse sein!»

Jo hatte nicht zugehört ...

«Ein Glück, daß ich in drei Tagen abreise.» Sie begann zu zittern. «Ein wahres Glück ...»

«Wer hat Sie unglücklich gemacht? Wollen Sie es mir nicht sagen?»

Jo schwieg. Sie hörte Dirks Stimme und fühlte seine Nähe. Er saß irgendwo und lachte, weil sie ihn nicht erreichen konnte ... «Nein», sagte die tiefe Stimme neben Bloemendaal. «Es ist niemand. Ich würde mir wegen eines blöden Kerls keine grauen Haare wachsen lassen.»

«Warum sagen Sie, daß Sie unglücklich sind?»

«Weil ich müde und gelangweilt bin.»

Aus einem Garten drang wehmütiger Flötenklang. Ein riesiger Nachtvogel kreiste mit ausgebreiteten Schwingen über Bloemendaals Auto. Es war hoffnungslos. Dieses blutjunge, schöne Mädchen weinte Edelsteine für einen Unbekannten, der ihren Tränenkorb wahrscheinlich seiner Njai oder einer anderen Dame geschenkt hatte ... In drei Tagen würde alles vorbei sein. –

Aus den Gärten von Weltevreden leuchteten Ampeln und Lichter. Einige Leute saßen auf ihren Veranden und genossen die Nachtluft. Stille lag über dem geschäftstüchtigen Inselparadies der Holländer. Die Sterne woben ein leuchtendes Netz zwischen Java und Holland ... Aber für Quentin Bloemendaal barg das Netz keine Schätze. Er liebte ein Mädchen, das sich mit ihm langweilte. Sein zarter Anspruch auf ihre Aufmerksamkeit war zu Staub zerfallen. In das Abendkonzert der Zikaden klang eine malaiische Flöte. *«Apa pun dia t'ada kata»*, (er hat nichts gesagt) sang eine Stimme.

Er machte einen letzten Versuch, weil das Mädchen ihm übermorgen entschwand. Wahrscheinlich war es ein vergeblicher Versuch.

«Könnten Sie mich nicht ein wenig gern haben, Jo?» Er fühlte mit Schrecken, daß seine Stimme einen bettelnden Unterton hatte.

«Ich habe Sie gern», sagte Jo erstaunt. «Die Sache mit Ihrem Vater ist erledigt. Von jetzt ab ist er eine Randfigur.»

«Ich sprach ausnahmsweise von mir selbst. Ist Ihnen das nicht aufgefallen?»

«Doch ... natürlich», sagte Jo gedehnt. Was wollte er nur? Er war wirklich anständig gewesen, und Jo hatte den Schock überwunden. Mit siebzehn Jahren grübelt man nicht über die ältere Generation nach. «Kennen Sie eigentlich Dirk van Veen?» fragte sie plötzlich. Ihr Herz klopfte wie ein Hammer.

«Ja ... natürlich.»

«Ich lernte ihn in Singapore kennen.» Jo zwang sich zu einem gleichgültigen Ton. Ihre Leidenschaft ließ sie zum erstenmal in ihrem Leben raffiniert vorgehen. Sie war wie eine reife Frau, die um ihr Glück kämpft. «Er ist ein Neffe von Onkel John. Ziemlich unsympathisch, nicht?»

«Das will ich nicht sagen. Er ist merkwürdig, aber hochbegabt. Sein Vater war ein bedeutender Gelehrter. Er beschäftigte sich mit Geisterglauben.»

Jo versuchte zu gähnen. «Onkel John mochte Dirk gar nicht. Er ist verlobt und treibt sich mit anderen Mädchen herum.»

Hörte Bloemendaal, wie ihr Herz schlug?

«Wer hat Ihnen so einen Unsinn erzählt? Dirk van Veen kann sich gar nicht verloben.»

«Warum nicht?»

«Er ist seit zwei Jahren verheiratet. Was ist Ihnen? Um Himmels willen, sind Sie krank?»

Quentin Bloemendaal wußte plötzlich alles. Jo sah mit ihren aufgerissenen Augen wie eine Irrsinnige aus. Du lieber Himmel, was hatte sie durchgemacht! Und was würde Jo erst sagen, wenn sie erfuhr, was für eine Frau Dirk van Veen geheiratet hatte?

«Kind», murmelte Bloemendaal, «ich konnte nicht ahnen, daß ...»

«Nein», sagte Jo mit erschreckender Sanftheit, «Sie konnten es nicht ahnen!»

III

Vor ihrer Abfahrt von Batavia hatte Jo ihrem Onkel John van Veen von ihrer Entdeckung Mitteilung gemacht. Der Senator war außer sich. Jo hatte nicht erfahren sollen, daß ihre Mutter die Familie wegen Jan David Bloemendaal verlassen hatte. Der Professor hatte seine Tochter mit den Tatsachen bekannt machen wollen, wenn sie reif genug dafür sein würde; auf keinen Fall vor ihrem einundzwanzigsten Lebensjahr. Natürlich konnte der zerstreute Meisterchirurg in Amsterdam nicht ahnen, daß seine Tochter an einer Hochzeit in Batavia teilnehmen würde. John van Veen machte sich bittere Vorwürfe. Hätte er doch dem Drängen des Mädchens in Singapore nicht nachgegeben! Jo hatte ihn so flehentlich angeblickt, daß er nachgegeben hatte, anstatt das liebeskranke Schulmädchen Hals über Kopf nach Amsterdam zurückzuschicken. Der Senator hatte Jos «Schwärmerei» trotz aller Anzeichen der Leidenschaft nicht ganz ernst genommen. Er war an amerikanische Sitten gewöhnt. Leidenschaft wurde durch Baldrianprodukte wie «Flirt» oder «verliebten Spaß» ersetzt. Für Siebzehnjährige gab es an Stelle der Liebesbegegnung das sozial erlaubte und spielerisch-frivole *date* (Rendezvous). Schließlich zeigte Jos Eskapade mit Dirk van Veen alle Anzeichen eines Rendezvous nach amerikanischem Muster; der Flirt hatte John vor allem deshalb empört, weil Dirk nicht frei war. Aber Jo van Swanenburgh war kein amerikanisches Mädchen mit festen Begriffen, wieweit man beim *date* gehen darf und wie ein Mädchen dabei die Heiratschance nützen kann ...

Wie konnte John van Veen seine Nichte verstehen? Er hatte als reifer Mann geheiratet und niemals romantisch-eigensinnige Mädchen kennengelernt. Er hatte sich Mildred aus dem Schatten geholt. Sie war viel zu bescheiden für eine wilde «Schwärmerei» gewesen, wie sie alle Swanenburghs von einem Tag zum anderen in egozentrische aber tiefe Leiden verstrickte. In einem solchen Zustand hatte Jos Vater die schöne Anne Jackson geheiratet und sie später unter die Abwesenden eingereiht. Schon lange vor ihrer «hinterlistigen Flucht» nach Sumatra... Danach war der Professor seiner wahren Berufung in voller Seelenruhe wieder nachgegangen und hatte sich ohne Wimperzucken der mirakulösen Lebensrettung seiner unzähligen Trabanten im In- und Ausland gewidmet.

John van Veen hoffte, daß das Studium der Medizin und vielleicht auch seine Gebete dieses seltsame Mädchen von ihrer wilden Schwärmerei für den merkwürdigsten jungen Mann der Kolonie heilen würden. Nicht als ob Jo den Abenteurer jemals erwähnte! Der Senator wußte nicht, daß Quentin Bloemendaal nichtsahnend den Schleier von Dirks Privatleben gehoben hatte. Jo fragte keine Seele, mit wem der ruhelose Geliebte verheiratet wäre; er gehörte nun ins Schattenreich. Sie weinte keine Träne. Sie zerriß den einzigen Liebesbrief, den Dirk van Veen jemals geschrieben hatte.

Am Abreisetag war Jo so blaß und so erschreckend wohlerzogen, als wandere ihre Seele dem Abwesenden in die Dschungel nach. Sie träumte jede Nacht von Dirk und tötete die Erinnerung im Tageslicht ab. Sie besaß einen starken Willen, aber keine Disziplin. Außerdem hatte sie keinen Zugang zu den Tröstungen des Glaubens. Sie war ohne Waffen gegen das Leid.

«Habe Geduld, Liebling», hatte John van Veen tonlos gemurmelt. «Versuche mit Liebe an deine Mutter zu denken! Sie war eine sehr unglückliche Frau.»

Das stimmte. Anne war von niemandem in Amsterdam verstanden worden.

«Ich habe nichts gegen Mama», antwortete Jo. «Sie hat nun ihre Ruhe. Wer ist denn schon glücklich, Onkel John?»

Darauf hatte der Senator keine Antwort gewußt. Zum mindesten keine Antwort, die er dieser Siebzehnjährigen geben konnte. Es gab für John van Veen ein Glück, das fern von den Befriedigungen der natürlichen Wünsche im Schein der ewigen Lampe erblühte – in Amerika, in Malaya und in Holland. In dieser Welt und in der nächsten...

«Schreibe mir, wenn du mich brauchst», hatte er gemurmelt.

«Du bist süß, Onkel John! Aber wir schreiben niemals Briefe.»

Jo betrachtete das farbenprächtige Schauspiel im Hafen von Batavia mit gleichgültigen Blicken. Alle waren gekommen, um ihr und den Van Gelderens Lebewohl zu sagen. Wenn jemand nach Hause fuhr, gab es immer Blumengirlanden, Konfekt, gute Wünsche, Tränen und nachdenkliche Mienen. Da fuhren die Freunde dahin – dem Netz der Tropen entschlüpft! –

«Grüße mir alle in Amsterdam!» John van Veens hohe Gestalt überragte alle anderen. «Ja ... Tante Mildred und Jacoba sind schon in Washington. Ihr kleinen Dinger seid besser in einem vernünftigen Klima aufgehoben!»

«Lieber Onkel John», flüsterte Jo.

«Hast du warmes Zeug mit? Es wird kalt hinter Genua. Warum bist du so blaß, Kleines? Es geht alles vorbei. Man ist nie so unglücklich, wie man sich einbildet. Wenn ich euch in Amsterdam besuche, bist du vielleicht schon eine junge Ehefrau.»

«Ich werde niemals heiraten!» Jo schob das Kinn vor und sah ungewöhnlich eigensinnig aus.

«Das hat auch Zeit, Küken!» sagte John van Veen hastig und gab ihr einen Kuß auf die Stirn. «Erst einmal wirst du studieren, nicht wahr!»

«Und wie», sagte Jo matt.

«So ist es recht!» John blickte das Kind grüblerisch an. Jo war ihm trotz ihrer Launen und Eskapaden in der kurzen Zeit ans Herz gewachsen. Man mußte sie beschützen, obwohl sie groß und anmutig und schlagfertig war. Der Senator ahnte, daß Jo sich verändert hatte. Er hatte Dirk van Veens Brief nicht beantwortet. Der Bursche hatte nach Jo gefragt. Aber sie würde darüber hinwegkommen, dachte John plötzlich. Sie war vital, auch wenn sie im Augenblick kreuzunglücklich war. Er strich ihr sanft übers Haar. Wenn er sie wiedersah – in drei oder sechs Jahren, wer konnte das wissen –, würde sie niemals mehr dies Mädchen sein, das so still «lieber Onkel John» geflüstert hatte. Es würde ein anderes Mädchen mit anderen Freuden und Schmerzen sein. Medizinerin, vielleicht bitter, vielleicht in einer neuen und glücklichen Neigung aufgeblüht. –

«Dort kommt noch jemand für dich, Liebling», sagte er. «Vergiß uns nicht! Zieh dir abends an Bord eine warme Jacke an! Vergiß das Essen nicht! Gott segne dich, Kleines!»

Er war in der Menge verschwunden. Cornelis und Isabella standen mit den Polders zusammen. *Broodje* blickte sich nach Quentin Bloemendaal um. Ihr war es gleich, ob er ihren Bruder Jan hatte ermorden wollen, wie die Leute behaupteten. Wenn er sie nur heiratete! Aber was war das? Er verschwand mit dem Swanenburgh-Mädchen in der Schiffsbar. Es waren noch zwanzig Minuten bis zur Abfahrt. Viele Freunde und Angehörige waren schon gegangen. Sie konnten es nicht ertragen, das Schiff abfahren zu sehen, während die Nationalhymne gespielt wurde. Sie dachten dann plötzlich an stille Grachten, an den klaren Himmel Hollands, an die grünsten Wiesen der Welt, an Tulpenmeere – sanft und frisch und von phantastischer Farbenpracht. Sie brannte und erregte nicht wie die Tropensonne und die hektischen Blumenwunder der Inseln. –

Jo und der junge Dr. Bloemendaal standen einen Augenblick allein im schmalen Gang, der zu der Schiffsbar führte. Sie hatten einen Abschiedsdrink zusammen genommen. Quentin hatte wie ein stummes Krokodil in sein Glas geblickt.

Jetzt sagte er hastig: «Es tut mir so leid! Ich ahnte nicht, daß Dirk van Veen in Singapore gewesen war.»

«Es ist ganz gleichgültig!»

«Jo ...!»

«Was ist denn?»

«Bin ich Ihnen sehr widerwärtig?»

«Sie sind doch nicht Ihr Vater.»

«Werden wir uns wiedersehen?»

«Ich weiß es nicht. Kommen Sie nicht einmal nach Holland?»

«Ich verlebe meinen Urlaub meistens in Bali oder in Paris. Darf ich Ihnen schreiben?»

«Natürlich. Seien Sie doch nicht so feierlich! Mir werden eine Menge Leute von den Inseln schreiben.»

«Ja – natürlich. Würden Sie einmal von Amsterdam aus meine Mutter in Leyden besuchen? Sie kommt wenig heraus. Sie ist gelähmt.»

«Wie kam denn das?» fragte Jo mit einer gewissen Wärme. Sie hörte sich aufmerksam die Krankengeschichte an.

«Bitte sagen Sie meiner Mutter, daß ich sie gern besuchen würde», bat er. «Sie ist zu erschöpft, um meine Briefe zu beantworten.»

«Wird gemacht. Ich danke Ihnen, daß Sie so freundlich zu mir waren!»

Freundlich! – Quentin Bloemendaal fühlte, wie sein Herz sich zusammenkrampfte. Merkten siebzehnjährige Mädchen wirklich nichts? Außerdem liebte Jo wahrscheinlich immer noch Dirk van Veen und versuchte, ihn zu vergessen. Es hatte keinen Sinn, das Mädchen zwischen Tür und Angel weiter anzustarren. Jo war seine Liebe, und sie begriff es nicht.

«Leben Sie wohl», sagte Dr. Quentin Bloemendaal. «Alles Gute!»

Jo blickte ihn zerstreut an. Und doch fiel ihr auf, wie einsam er aussah, obwohl er seine Nase hochmütig in die Luft streckte. Warum war er so muffig? Dr. Quentin Bloemendaal war zwar steif wie ein Stock und konnte sich sicherlich niemals verlieben, aber vielleicht würde er sich über einen Abschiedskuß freuen? Er hatte Jo Blumen und eine überdimensionale Konfektschachtel mitgebracht.

«Wollen Sie einen Abschiedskuß haben? Ich tue es wirklich gern!»

Quentin Bloemendaal wurde blutrot vor diesem albernen Schulmädchen.

«Vielen Dank», sagte er schließlich. «Ich hole mir den Kuß schon bei irgendeiner Gelegenheit!»

Dann war er blitzschnell verschwunden. Jo sah ihn davoneilen. Er schien die Leute nicht zu sehen, die hinter ihm hertuschelten.

«War das nicht Bloemendaal?» fragte jemand Jan Polder. «Wen brachte der denn zum Schiff?»

«Ich habe keine Ahnung.» Der Jonkheer lächelte wohlwollend und maliziös. «Der Mijnheer und ich haben unsere kleinen Geheimnisse voreinander.»

Jan Polder blickte sich dabei verstohlen um. Wieso war Anna van Doren nicht am Kai? Sie fuhr doch mit diesem Schiff. Jan Polder hatte durch den Steward Blumen, Konfekt und einen Brief in ihre Kabine bringen lassen.

«Entschuldige mich einen Augenblick», sagte er zu Antje.

«Wohin willst du?»

«Zu Martina van Gelderen», erwiderte Jan kühl. «Sie ist schon in ihrer Kabine. Ich habe ihr noch nicht Lebewohl sagen können.»

IV

Mevrouw van Doren saß schon eine Stunde allein in ihrer Kabine. Niemals fühlte sie sich so sehr von der Kolonialfamilie ausgeschlossen, als wenn ein Schiff nach Holland im Hafen lag. Dann kamen sie – die Polders, die Van Veens, De Witts und alle ihre Freunde. Die pompösen Reistafeln waren ohne Anna van Doren gegessen worden – in den Hotels, in den Bungalows und Wohnpalästen von Batavia und Umgebung. Es hatte Geschenke und Blumen gegeben. Man brachte Briefe und kleine Gaben für die Familien daheim. Die chinesischen *klontongs* (Händler) verkauften noch im Hafen ihre Raritäten und alten Elfenbeinfiguren für die «Kolonialwitwen» in Amsterdam, Leyden, Utrecht, Rotterdam oder Groningen, die in ihren Wohnstuben nichts mit diesen Dekorationen anzufangen wußten. – Anna hatte niemals an dem Treiben am Hafen teilgehabt. Die Blumen dufteten nicht für sie; die Kapelle spielte ihre holländischen Weisen nicht für sie. Aber zum erstenmal seit Jahren waren in ihrer Kabine ein Blumenbukett, eine riesige Konfektschachtel und ein Brief abgegeben worden. Anna hatte dem Kabinenboy diese Geschenke schon zurückgeben wollen – es mußte ein Irrtum sein. Aber dann hatte sie ihren Namen gelesen und sich schwach vor Erstaunen auf den kleinen Sessel in ihrer Kabine gesetzt. Wie ein Kind hatte sie an den Blumen gerochen, obwohl die meisten Tropenblumen keinen Duft haben, und die große Konfektschachtel scheu gestreichelt. Der Jonkheer! Nicht in ihren kühnsten Träumen hätte sie das für möglich gehalten! Seine letzten Worte im Hotel klangen Anna immer noch in den Ohren: es sei ihm egal, was sein Vater sagen würde. Sie sah ihn vor sich liegen – im Dämmerzustand – jung, gepflegt, mit den feinen Händen und dem traurigen Knabengesicht. Bis er erwacht und sofort sein sicheres Selbst gewesen war... Die Ärzte hatten ihm stets Hoffnung gemacht, daß die Anfälle sich mit der Zeit geben würden. Niemand in der Familie Polder hatte jemals daran gelitten. Auch wenn diese Anfälle nur wenige Minuten dauerten und selten auftraten – sie drohten sein Leben zu vergiften. Anna hatte gesehen, wie er sie angestarrt hatte: sein Blick verriet scheuen und beschämenden Hunger der Sinne. Sie hatte im gleichen Augenblick gewußt, was den jungen Mann quälte. Seine große Sicherheit, sein angeborener Witz und selbst seine Neugierde verließen ihn, sobald er mit einer schönen Frau allein war.

Während Anna van Doren die Blumen in der Vase ordnete und den Brief sorgfältig in ihre Tasche legte, ging die Kabinentür auf. *Meesters?* durchfuhr es sie.

«Ich suchte Sie, Mevrouw», sagte Jan Polder liebenswürdig. «Warum sitzen Sie allein in Ihrer Kabine?»

«Ich danke Ihnen für die Blumen und das Konfekt! Furchtbar nett von Ihnen», murmelte Anna. Ihre Kehle war vor Erregung ausgetrocknet. Die Leute in der Sonne konnten sich nicht in die Zaunkönige hineindenken und nicht verstehen, warum sie sich besiegt in die Kabine flüchteten. Wie hätten sie es auch verstehen sollen? Wo sie sich zeigten, wurden sie mit Freude und Hochachtung begrüßt. Annas Hände in den weißen Handschuhen zitterten.

«*Ich* möchte Ihnen danken», flüsterte der junge Mann. «Ich ... wäre glücklich, wenn Sie mich als Ihren Freund betrachten würden.»

«Sie sind doch Tag und Nacht von Freunden umgeben!»

«Vielleicht kann ich das etwas besser beurteilen. ‹Der Himmel bewahre mich vor meinen Freunden; mit meinen Feinden werde ich schon allein fertig›, sagt ein weiser Franzose.»

Anna hatte niemals Gelegenheit gehabt, französische Moralisten zu lesen.

«Es ist unmöglich», sagte sie rauh. «Sie überschätzen den kleinen Dienst, den ich Ihnen leisten durfte.» Die Schiffsglocke ertönte zum erstenmal, ein Zeichen, daß die Gäste von Bord gehen sollten. Die Kapelle intonierte die holländische Nationalhymne.

Der Jonkheer blickte Anna voll an. «Sie erwiesen mir einen Liebesdienst, den ich nicht vergessen werde! Warum haben Sie gestern nicht mit mir soupiert?»

«Gehen Sie», sagte Anna laut und unhöflich. «Ich weiß, daß Sie sich mit Ihren Freunden über mich den Mund zerreißen.» Sie atmete schwer. «Ich mache meine Geschäfte und wähle mir meine Begleiter, wie es mir paßt. Meine Geschäfte ernähren mich glänzend», schrie sie. Ihre behandschuhten Hände flatterten wie gefangene Vögel. «Ich brauche Ihr Mitleid nicht!»

Sie sank auf den Sessel und holte mühsam Luft.

«Aber vielleicht brauche ich *Ihr* Mitleid», sagte der Jonkheer still. Er trat zu Anna heran und blickte sie an. Nicht hungrig und beschämt; aber seine gefolterte Seele sprach sekundenlang aus seinen blauen, intelligenten Augen.

Annas Zorn war verraucht. Sie murmelte: «Verzeihen Sie mir! Ich habe keine Manieren.» Tränen verdunkelten ihren Blick. Es waren die reinen Tränen, die in den Körben der Dajaks zu Edelsteinen werden. Ein unerhörtes Glücksgefühl kam über die Zaunkönigin der Kolonie. Jan Polder brauchte sie! Der einzige Mensch auf der Welt, der Anna

Szabo brauchte, war der Thronerbe einer kolonialen Dynastie. Nicht ein verkommenes Subjekt wie Meesters oder die anderen Begleiter, die von Annas Fleiß und Schlauheit gelebt und ihre Einsamkeit ausgenutzt hatten. Jan Polder wußte um die primitiven Lügen, mit denen sie ihre Herkunft verschleierte; um ihre hochbezahlten Versuche, die Vergangenheit ihrer Kunden zu verschönern –, und doch brauchte er *ihr* Mitleid! *‹Trage den Korb voll von Tränen zu ihnen; trage das klagende Schluchzen zu ihnen, die hinsinken in das Land der leeren Limonen . . .›*, sangen die Dajaks in ihrem endlosen Flehen um das Mitleid der Lebenden.

«Besuchen Sie mich in Amsterdam», sagte Anna sanft.

Unter den Klängen der Nationalhymne glitt das Schiff aus dem Hafen der «Mata Hari-Insel» (Sonneninsel). Anna stand an Deck des KPM-Schiffes und winkte wie alle anderen einem Freunde einen Abschiedsgruß zu. Vor ihren Augen verschwamm die paradiesische Insel samt ihren Geistergeschenken – den Totenvögeln und Tränenkörben. Jan Polder wurde ein winziger Punkt unter anderen Punkten. Anna stand stumm an Deck. Es war ihre letzte Fahrt. Sie wollte nicht mehr zurückkehren. Sie blickte verstohlen die Mitreisenden an: versteckte Meesters sich unter ihnen? Sein Schatten verfolgte Anna bis in ihre Kabine, wo sie schweißüberströmt auf ihr Bett sank. Die Luftfächer surrten wie Moskitos mit Lautverstärkung; die Hitze und der Geruch von Maschinenöl machten sie schwindlig. Der Boy brachte ihr eine eisgekühlte Limonade und sah sie aus runden, sanften Augen mitleidig an. Die Nonja war *sakid* (krank) – krank im Herzen. Man sah es ihr an. *Rokok* (Zigarette)? fragte er. *Rokok* heilte alle Leiden. Die Nonja schüttelte ungeduldig den Kopf, und der Boy floh bestürzt. Gleich würde sie wie ein Elefant brüllen. –

Anna las zum sechstenmal den Brief des Jonkheern. Er bat sie, seine Großmutter in Leyden zu besuchen und ihr seine Grüße auszurichten. Anna sollte die alte Baronin Polder besuchen? Sie war die mächtigste Kolonialwitwe zwischen Holland und Java! Was hatte der Jonkheer sich dabei gedacht? Anna würde nicht nach Leyden fahren. Sie hatte genug Demütigungen erlebt. Jan Polder hatte ihre geringen Dienste überschätzt. «Trage den Korb voll von Tränen . . .»

Aber es war die erste Bitte, die Jan Polder an Anna gerichtet hatte. –

Sie stand allein an Deck und blickte in den grünen Mond. In Holland war der Mond goldgelb wie ein saftiger Käse. Alles war anders in Holland. Ob man schnell läuft oder langsam dahinschlendert, jeder Weg hört einmal auf. Anna wußte es. Aber wenn Jan Polder auch vieles wußte, wovon Anna keine Ahnung hatte – er wußte noch nichts vom Ende eines Weges. Er war zu jung. –

Anna erwachte kurz nach Mitternacht mit einem Schrei. Sie hatte geträumt, Meesters sei ihr nachgefahren und bereite in der Schiffsküche ihre letzte Reistafel. Er trug seinen feinen Anzug, sah beinahe wieder wie einer von den Kautschuk-Meesters aus und schabte den unsichtbaren Flaum vom Ansatz einiger Bambusblätter in Annas Abendreis. Wenn Meesters diese Prozedur einige Abende wiederholte, würde er sie langsam aber sicher töten.

Als Anna in ihrer Kabine aus diesem Traum erwachte, liefen ihr Tränen übers Gesicht.

Wo versteckte sich Meesters?

DRITTES KAPITEL

Drei Kolonialwitwen

I

Die alte Baronin saß rosig, vergnügt und sehr hungrig in ihrem großen Wohnzimmer in Leyden und erwartete den Besuch von Mevrouw van Doren, den ihr Enkel Jan Polder ihr angekündigt hatte. Sie saß seit Jahrzehnten in diesem behaglichen Raum in dem alten Patrizierhaus und betrachtete abwechselnd ihr Glas mit tropischen Fischen und das Bildnis des Admirals, das überall zu finden war, wo die Polders sich aufhielten. Die alte Dame war eine geborene Baronin Valk und wurde allgemein «die alte Baronin» genannt. Niemand konnte sich im Jahr 1927 vorstellen, daß sie einmal eine junge Frau und Mutter gewesen war. Sie war erst im Alter zur vollen Entfaltung ihrer Persönlichkeit gelangt. Wie eine alte Chinesin war sie ehrwürdig, eßlustig, neugierig und eine fanatische Schildwache für Sohn und Enkelsohn. Und auf ihrem vollen, rosigen Gesicht mit den blauen, intelligenten Augen und dem leicht maliziösen Lächeln lag derselbe Ausdruck behaglicher Selbstzufriedenheit und diskreter Tyrannei, den eine alte Chinesin für Schwiegertochter und Enkelin reserviert. Die Baronin hielt nicht viel von ihrer Schwiegertochter Truitje und noch weniger von *Broodje,* die ihr auf die Nerven fiel. Weder Truitje noch Antje merkten etwas von der wohlwollenden Geringschätzung, mit der die wahre Dame des Hauses sie betrachtete; dazu war die Baronin zu überlegen und nachsichtig. Was konnte man von einer Schwiegertochter erwarten, die aus einem kleinen Gasthaus in Zandvoort stammte, wo man bestimmt nicht geahnt hatte, wer die Valks und die Polders waren? Die Valks hatten eine ruhmreiche Rolle in der kriegerischen Geschichte der Stadt Leyden gespielt. In der Familienchronik war von einem Vorfahren die Rede, der an der Rettung der Stadt vor den Spaniern beteiligt gewesen war. Das war im sechzehnten Jahrhundert gewesen. Spätere Geschlechter hatten zwischen Renaissancebauten, Kornbörse, Viehmarkt und der uralten Pieterskerk die Universität von Leyden zum «Hirn von Holland» gemacht. Die Valks waren genauso eßlustig wie die Polders; doch war bei ihnen die Neugierde zur

Wißbegierde sublimiert. In ihrem Bücherbord bewahrte die alte Baronin eine Reihe von gelehrten Schriften, die sie in ihrem Testament zusammen mit ihrem Landhaus im Blumenparadies Alsmeer ihrem Enkel Jan zugesprochen hatte. Sie war überzeugt, daß Jan dereinst in dem einsamen Haus von Alsmeer Erfrischung und Genugtuung aus den Orientstudien seiner Vorfahren schöpfen würde. Der liebe Junge brauchte mehr als andere Männer die Tröstungen der Familienschätze... Vielleicht waren die Familien Valk und Polder zum Aussterben verurteilt; wahrscheinlich sogar. Jans Angst vor jungen Holländerinnen, die seiner Großmutter zusagten – und die außerdem zu den Polderschen Zuckerplantagen Kaffee oder Tabak geliefert hätten –, diese Angst konnte Jans Existenz unterhöhlen. Und nun hatte er seiner Großmutter in einem langen Brief anvertraut, wer Anna van Doren war. Als ob die alte Baronin es nicht gewußt hätte! Ihr Informationsdienst reichte weit über Leyden hinaus.

Sie sah Annas Besuch mit Spannung entgegen. Wenn sie nicht gerade in ihren ruhmreichen Familienerinnerungen lebte, dann empfing die alte Dame Besuche. Besucher waren angenehm: sie hörten respektvoll zu, was die ehrwürdige, amüsante Patriarchin im lila Seidenkleid erzählte. Allerdings bevorzugte die Baronin eine bestimmte Sorte von Gästen und lud sie immer wieder ins Stadthaus nach Leyden oder nach Alsmeer ein. Ihre Gäste mußten begeistert *und* intelligent zuhören, an den passenden Stellen lachen oder bedauernd blicken. Der wahre Grund, weswegen die alte Dame ihre Schwiegertochter und Enkelin mit milder Abneigung betrachtete, war ihr mangelndes Talent zum Zuhören. Truitje lebte in einem Beschäftigungs-Delirium, das ihr keine Ruhe zum Zuhören ließ, und Antje interessierte sich nur für Quentin Bloemendaal. Sobald man von anderen Wunderwerken Leydens zu sprechen begann, nahm Antjes rundes, süßes Gesicht einen gequälten oder leeren Ausdruck an. Ein einfältiges Meisje und so alltäglich, daß es schon beinahe phantastisch wirkte... Seit Jahren fragte sich Cornelia Polder, was ihr Sohn in Djokjakarta an dieser Tochter fand...

Die Baronin war in jüngeren Jahren in Java gewesen und hatte eine unüberwindliche Abneigung gegen das Tropenleben gefaßt, das den Männern ihrer Familie so zusagte. Das Klima hatte ihr zugesetzt. Sie hatte sich täglich nach ihrer Vaterstadt Leyden zurückgesehnt. Am meisten hatten ihr die gewohnten Spaziergänge gefehlt. Und der Anblick der stillen Grachten; die zitternden Spiegelungen der Häuser und Bäume im Wasser, die engen traulichen Straßen, das alte Zentrum der Wissenschaft. Aber auch die frischen Pfannkuchen im *Pannenkoekhuisje* hatte sie vermißt. Der Genuß des Schauens und des Schlenderns unter dem milden Himmel Hollands war für die Valks und Polders nun einmal untrennbar mit dem Verzehren frischer Pfannkuchen verbunden.

So war die alte Baronin schon Jahre vor dem Tod ihres Mannes in Java eine der mächtigsten Strohwitwen des Landes geworden. Man nannte solche Frauen «Kolonialwitwen». Entfernte Bekannte wußten nie genau, ob der Mann noch «im Archipel» lebte oder sein ehrenvolles Begräbnis schon hinter sich hatte... Das lebendige Band zwischen Holland und dem riesigen Kolonialreich waren die Besucher von den Inseln: Holländer und Javaner, Malaien und Chinesen, die allesamt, wie sie gebacken und gebraten waren, im Haus der Baronin liebenswürdige und üppige Gastfreundschaft genossen. Ihre asiatischen Gäste waren wundervolle Zuhörer. Aber in ihrer Gesellschaft schwieg die alte Baronin mit Vorsatz: sie erfuhr sonst nichts. Ein Redeschwall versetzte die asiatischen Gäste in einen sanften Betäubungszustand, aus dem sie nur ein Reisgericht erwecken konnte.

Es kamen in diesen Tagen immer mehr javanische und malaiische Frauen mit ihren holländischen Männern nach Leyden – und Antje Polder und Julia van Gelderen hatten immer noch keine Ehemänner. Julia war vierundzwanzig Jahre, Antje allerdings erst achtzehn. Aber Antje wurde immer runder, während die javanischen Damen auch nach drei Kindern wie Tänzerinnen aussahen. Die liebe Antje, die alle drei Monate eine neue Diät *nicht* durchführte, würde mit der Zeit so dick wie eine malaiische Mischlingsfrau werden.

Während Cornelia Polder auf Anna van Doren aus Amsterdam wartete, erschien ihre Schwiegertochter in der Tür.

«Wo werden wir essen, Mama?»

«Mein Besuch und ich werden im Kachelzimmer essen.» Mevrouw Truitje Polder nickte ergeben. Sie würde also nicht dabeisein. Sie saß Jahr für Jahr als verlassene Kolonialwitwe in diesem großen Haus mit den vielen Erinnerungsstücken und Bildern, die sie nichts angingen.

«Das Kachelzimmer ist zugig, Mama! Das Fenster ist noch nicht repariert worden.» Truitje Polder vernachlässigte mit großem Talent die dringendsten Geschäfte des Haushalts.

Die alte Baronin sagte trocken: «Bringe mir das Telefon. Mein Gast kommt erst in drei Stunden. Wir essen im Kachelzimmer.»

«Der Waschmann ist krank», bemerkte Mevrouw Polder, die beständig das Gesprächsthema wechselte. Sie erhielt keine Antwort. Ihre Schwiegermutter betrachtete sie von der Seite und schien in Gedanken versunken. Was war im Laufe ihrer Ehe aus dem frischen, blühenden Mädchen aus Zandvoort geworden? Eine vorzeitig verblühte, hausbackene und verbitterte Frau. Wie glücklich hätte sie mit einem Gastwirt oder Fischhändler werden können, dachte die Baronin mitleidig. Aber Truitje Pott war nun einmal die Frau des Residenten von Djokjakarta... Sie stand jetzt wie ein ungebetener Gast scheu und unsicher vor der großen Dame, die ihre Schwiegermutter war. Und wie ein ungeladener Gast hatte sie auch die trübselige Macht der Schwachen über die Starken. Alle Polders machten sich im stillen Vorwürfe in Gegenwart dieser vernachlässigten Frau.

«Ich habe mit dieser Dame etwas Wichtiges zu besprechen, Truitje», sagte die Baronin freundlich. «Es tut mir leid, daß du alleine essen mußt.»

«Das bin ich gewohnt», sagte Truitje mürrisch. Sie hatte ausnahmsweise zugehört.

«Warum kleidet sie sich so trübselig?» dachte ihre Schwiegermutter. Truitje sah in dem dunkelbraunen Kleid und mit dem enttäuschten graublonden Haar wie eine Trauerweide aus. Ihr Mund war schmal und verkniffen; ihre hellen blauen Augen hatten einen abwehrenden Ausdruck, als ob sie sich vor neuen Eindrücken verschließen wollten; ihre dünnen Augenlider flatterten angespannt. Diese flatternden Lider erhöhten den Eindruck der Gezwungenheit und des Mißmuts und gaben der großen, kräftigen Frau in mittleren Jahren etwas Hilfloses. Doch diese Hilflosigkeit wirkte nicht rührend oder tragisch wie bei Mildred van Veen, sondern machte Mevrouw Polders Umgebung nur nervös.

«Wir können morgen zusammen Pfannkuchen essen», schlug die Baronin vor, die mit jeden Augenblick nervöser wurde. Eine Kellnerin mit Ansprüchen! Bei diesem lieblosen Gedanken wurde die Baronin noch freundlicher. «Also dann bleibt es dabei», sagte sie milde.

«Ich traf vorhin Martina van Gelderen.» Truitje wischte schnell etwas imaginären Staub von der Vitrine mit antikem Silberzeug. Sie war schon wieder mit den Gedanken bei etwas anderem. Ihre Manieren erstaunten die alte Baronin schon lange nicht mehr. Man könne von einem Wasserbüffel kein Hühnerfleisch verlangen, hatte ihr einmal ein chinesischer Freund gesagt. Allerdings hatte er nicht die Gemahlin des Residenten dabei im Auge gehabt...

«Was erzählt sie von Lindas Hochzeit?» fragte die alte Dame neugierig. Jan hatte ihr diesmal die Einzelheiten vorenthalten.

«Ich habe nicht zugehört. Martina spricht so schnell. Sie trug ein so helles Kleid wie ein junges Mädchen.»

«Sie ist ja schließlich keine Witwe.»

Mevrouw Polder zuckte zusammen. Ihre dünnen Augenlider flatterten. «Ihre Tochter ist vierundzwanzig Jahre, ein Jahr jünger als Jan.» Sie preßte die Lippen zusammen. «Martina van Gelderen denkt immer noch, sie wäre achtzehn. Es gehört sich nicht, die Blicke der Männer auf sich zu lenken.»

«Dazu gehören immer zwei, mein Kind! Mit der Absicht ist es nicht getan.» Die alte Dame lächelte maliziös. Sie selbst bot mit ihren zweiundsiebzig Jahren einen erfreulichen Anblick in ihrem fliederfarbenen Seidenkleid, den zarten Spitzenrüschen und dem alten Familienschmuck. Ihre Korpulenz erhöhte noch den Eindruck vollendeter Wohlgefälligkeit. Sie dachte an Frau van Gelderen, die aus einem bildschönen Kind zu einer nur mäßig hübschen Frau herangewachsen war. Obendrein waren die Jahre in Palembang ihr schlecht bekommen. Natürlich war sie gleich nach ihrer Ankunft in Holland zu ihrer Schwester Judith Bloemendaal gestürzt. Die Baronin beschloß, Martina van Gelderen in den nächsten Tagen zur *Koffietafel* (Kaffee mit Brot, Käse und Aufschnitt um die Mittagszeit) einzuladen.

«In drei Wochen fahre ich nach Alsmeer», sagte sie.

«Kann ich dich begleiten, Mama?»

«Natürlich», erwiderte die alte Baronin entsetzt. «Es soll mich freuen.»

«Ich bin hier so allein ohne Antje.» Ihren Mann erwähnte Truitje Polder schon seit Jahren nicht mehr.

«In Alsmeer wirst du Gesellschaft haben; vielleicht mehr als dir lieb ist! Beatrice Janssen aus Medan wird mich dort besuchen. Ihr junger Ehemann trinkt leider soviel, daß sie heimgefahren ist.» Die Ehe von Andreas Janssen, der im «Club der Pflanzer» den Klatsch des Archipels verbreitete, war vom Start an schiefgegangen. «Seine Njai wird ihn nicht losgelassen haben», meinte die Baronin behaglich. «Du weißt doch: Andreas Janssen von den Kaffee-Janssens.»

«Hoffentlich verbrennt die Köchin deine Seezungen nicht zum Abendessen; ich werde ihr noch einmal Bescheid sagen!»

Mevrouw Polder blickte ihre Schwiegermutter sinnend an. Was hatte sie ihr noch sagen wollen? Richtig:

«Ich will nicht, daß Antje diesen Quentin Bloemendaal heiratet. Man sieht ja an Beatrice Janssen, was aus solchen Ehen wird.»

Die alte Baronin schwenkte Antjes letzten Brief. «Bis jetzt hat er ihr noch keinen Heiratsantrag gemacht, meine Liebe», sagte sie mit unverhüllter Malice und lächelte rosig und zufrieden. «Es ist komisch, aber auch zum Heiraten gehören zwei!»

Truitje Polder lief bereits in die Kellerküche, um der Köchin unnötige Ratschläge zu geben ... Sie war eine Würdenträgerin ohne Würde. Truitjes Lieblingsbeschäftigungen waren: Konfusion stiften, nicht zuhören und Beerdigungen mitmachen. Die Frau des Residenten von Djokjakarta ging zu jeder Beerdigung. Sie war ein- oder zweimal sogar bei Trauerfeiern anwesend gewesen, die sie nichts angingen. Hatte sie sich in der Zeit geirrt?

Die Baronin erhob sich leichtfüßig von ihrem Fenstersitz und holte sich ihre Tasse Kaffee und eine Dose mit *Koeken* und *Koekjes*. Sie konnte zu jeder Tages- und Nachtzeit essen und trinken. Sie dachte flüchtig an die Monologe ihrer Schwiegertochter. Truitje wollte nicht, daß ihre Tochter den Geologen in Java heiratete! Dr. Quentin Bloemendaal, der Sohn des «Reisenden» und der «Furie im Rollstuhl», war zu schade für Antje Polder.

II

Anna van Doren hatte niemals ein Patrizierhaus in Den Haag oder in Leyden betreten.

Obwohl sie nun schon Jahre zwischen Amsterdam und den Inseln verbracht hatte, war der gebürtigen Osteuropäerin der holländische Charakter fremd geblieben. Daher hatte Anna Szabó das höfliche Mißtrauen und die mangelnde Bereitschaft, sie in den geschlossenen Kreis der Freunde und Verwandten aufzunehmen, erbittert auf ihre eigene

Person bezogen. Natürlich war ihre undurchsichtige Vergangenheit in einer Gesellschaft, die mit Familienalben lebte, ein Grund ihrer Isolierung; doch keineswegs der einzige. Die Holländer waren im allgemeinen zurückhaltend gegen Fremde, ob sie nun großen Kreisen oder den finsteren Vierteln von Budapest entstammten. Sie waren streng konservativ und hatten im Durchschnitt die Phantasie-Armut von Menschen, denen Sicherheit in jeder Form über die Abenteuer des Geistes geht. In dieser Hinsicht unterschieden sie sich grundlegend von den Engländern, mit denen sie sonst in ihrem eigensinnigen Individualismus vieles gemein hatten. Sir Robert Derrington hatte sich bei der Hochzeit seiner Nichte Linda mit englischer Lust am Exzentrischen großartig mit Anna Szabó aus Budapest unterhalten. Vom komplexen holländischen Volkscharakter zeugte die Tatsache, daß sie ein mächtiges Kolonialreich in einer der ausgefallensten Gegenden der Erde erobert und geschaffen hatten und dieses Imperium der kühnen Unternehmung und des nüchternen Handelsgeistes nun vorsichtig und musterhaft verwalteten und zu zivilisieren suchten. Zu diesen Leistungen als Kolonialmacht gehörte ihre instinktive Abneigung, die Völker des malaiischen Kulturkreises in ihre eigenen geistigen und soziologischen Bereiche einzuschalten. Nirgendwo gab es mehr Analphabeten als in Niederländisch-Indien. Die Zahl der asiatischen Studenten an holländischen Universitäten war gering; die Gastfreundschaft, die diese Auserwählten – Insel-Inder und chinesische Intellektuelle – in den Heimen der großen Kolonialfamilien genossen, war großzügig, taktvoll und unbarmherzig distanziert. Diese jungen Menschen vermißten im sauberen und gastfreundlichen Holland die spielerische Heiterkeit und die Höflichkeit, die den Menschen Asiens Lebensbedürfnis ist. In einigen wenigen Fällen entstand vorsichtige Freundschaft; fast niemals begegnete man sich auf einer Ebene des Vertrauens. Und nur auf dieser Ebene hätten die Holländer nach dem Zweiten Weltkrieg ihre Musterkolonien zurückgewinnen können. Wie dem auch war, asiatische Gäste in Holland genossen ehrliche Achtung und Gastfreundschaft, während Anna Szabó die ganzen Jahre in einem soziologischen Zwischenreich gelebt hatte. Um Teilnahme und distanzierte Kontakte erringen zu können, hätte sie zum mindesten ein politischer Flüchtling sein müssen und nicht eine Abenteurerin mit einem gutgehenden Juweliergeschäft in Amsterdam ... In Holland war eine ehrenvolle Tradition der Flüchtlingshilfe lebendig; in demokratischem Freiheitsgefühl hatte man sich jahrhundertelang der Verfolgten angenommen und würde es auch in der Zukunft tun. Aber solche Flüchtlinge erwarteten auch nicht in ihren kühnsten Träumen, bei der «Alten Baronin» in Leyden zum Essen geladen zu werden. Da Anna Szabó dies alles wußte, wurde sie zum erstenmal in ihrem Abenteurerleben von Schüchternheit befallen. Sie war niemals in der berühmten alten Universitätsstadt gewesen; was hätte sie dort auch anderes tun sollen als in die hohen Fenster der Häuser hineinstarren?

Sie war in ihrer inneren Unruhe schon am Vormittag aus Amsterdam abgefahren – direkt hinein in den holländischen Frühling. Vorbei an den grünsten Weiden der Welt mit den zufriedenen, glänzenden Kühen; vorbei an Idyllen von Windmühlen, Sonnenwinkeln, Deichen, gemütlichen Häusern und glitzernden Kanälen. Sie liebte dieses saubere, weite, fruchtbare Land, das sie nicht wiederliebte... Sie liebte den hohen bewölkten Himmel, die feuchte, staubfreie Luft und die flimmernden Spiegelbilder der alten Kirchen in den verschwiegenen Grachten. Diese undramatische, flache und weite Landschaft, die in totalem Gegensatz zu Annas abenteuerlichem Niemandsland zwischen Amsterdam und dem Archipel stand, beruhigte und beglückte sie immer wieder. Sie verschloß diese Liebe so fest in ihrem Herzen wie ihre beschämenden und absurden Erinnerungen, und wie die Varianten ihres Gefühls, die sie ihre seltsamen Begleiter wählen ließ und ein Waisenkind hatten adoptieren lassen. Sie konnte es nicht ertragen, in einer festgefügten Gesellschaft allein zu sein. Ihr tiefstes Geheimnis war die Herkunft ihrer Adoptivtochter Adrienne; die Kleine trug den geachteten Familiennamen «van Doren» und wurde fern von den allwissenden Holländern in der Schweiz erzogen. Das Kind war in einem vornehmen Kinderheim in der Nähe von Thun; später sollte es in Zürich in die Schule gehen. Anna wollte die kleine Adrienne im Sommer am Thuner See besuchen. Um dieses Kind rankten sich Annas Zukunftsträume. Nie würde Adrienne erfahren, wer ihre wirklichen Eltern waren... Sie war dem Klatsch entrückt und würde später Anna van Doren, ihre tüchtige und vermögende Mutter, bewundern und lieben... Diese Adoption war in Übereinstimmung mit dem Gesetz vollzogen worden. Anna würde dafür sorgen, daß Adrienne lernte, sich unauffällig und diskret zu benehmen. Sie hatte nur zu sehr am eigenen Leibe erfahren, daß die schillernden Farben nicht nur im Tierreich den Jäger reizen.

Die Ausmalung ihres künftigen Mutterglücks hatte Anna beruhigt. Da sie unter ihrer Kriegsbemalung eine einfache Natur war, kam sie nicht auf den Gedanken, daß ihre herrlichen Pläne durch unvorhergesehene Zwischenfälle scheitern könnten.

Wie alt und ehrwürdig war Leyden! Trotz der langen Aufenthalte in den Tropen war Anna eine gute Fußgängerin. Sie wanderte erst kreuz und quer durch die erinnerungsreiche Stadt, ehe sie sich auf den Weg nach dem vornehmen ‹Rapenburg› machte. Das Poldersche Heim lag in der Nähe der Universität.

Anna trug ein korrektes graues Frühjahrskostüm und einen amüsanten grünen Filzhut. Das Kostüm brachte ihre reizvolle üppige Figur mit der schmalen Taille diskret zur Geltung. Trotzdem wirkte sie nicht wie eine Holländerin, sondern strahlte Pariser Chic aus. Sie hatte das unbestimmte Gefühl, daß die alte Baronin wenig Verständnis für ihre Aufmachung und ihre Person haben würde. Wahrscheinlich schätzte sie wie die meisten Holländer solide Kleidung, die hundertundzwanzig Jahre hielt, schläfrige Freundlichkeit und unerschütterlichen Gleichmut. Zum mindesten waren das die Eigenschaften, die sogar der unmögliche Meesters geschätzt hatte, bevor er sich mit Anna kompromittierte. Meesters war mit Julia van Gelderen verlobt gewesen, als er die schöne Anna Szabó bei einem Wochenende in Medan kennenlernte ... Nun war Julia vierundzwanzig Jahre alt und hatte keinen Ersatz für Meesters; und Meesters selbst war und blieb verschwunden. Die Periode der Torheit, die fast jeder «Indisch-Mann» in unbewußtem Protest gegen die solide Heimat durchlebt, hatte Meesters in einen Abgrund geführt. Anna mußte wieder an ihn denken, als sie vor dem Heim der Polders haltmachte. Seine Erniedrigung hatte ihr jahrelang wohlgetan ... Kein edles Motiv hatte Anna dazu getrieben, Meesters nicht zu verlassen; das Leben hatte ihr keine Gelegenheit gegeben, einen Lehrkurs der Tugend zu absolvieren. Und sie litt an diversen Krankheiten, wie sie die soziale Isolierung mit sich bringt. Keiner der vielen holländischen Gelehrten daheim und in den Kolonien studierte in den Jahren des Glanzes das Wesen dieser Krankheiten. Eine davon war die Pest der Isolierung. Auch ehrgeizige, begabte Javaner und Malaien zeigten Symptome der psychischen Pest. Man war in Java nur der physischen Pest tatkräftig zu Leibe gerückt. Eine Großtat der Kolonialmacht! Der staatliche «Pestbekämpfungsdienst» organisierte seit 1911 den Umbau von Tausenden von Häusern und die Beseitigung der Nistplätze für die Ratten. Trotz aller Schwierigkeiten war das leichter, als die Ratten aus den Seelen der Javaner und Malaien zu holen.

Auch Anna Szabó hatte eine Pestratte in ihrer Seele. Immer, wenn sie an Meesters dachte, begann die Ratte zu nagen. Der Gedanke, daß Pieter Meesters irgendwo herumschlich, machte sie krank. Er war kein einfacher Trunkenbold, und die Gründe, die ihn jahrelang an Anna gefesselt hatten, waren auch keine einfachen Gründe. Er hätte sich seinen Alkohol und seine Malaiin auch ohne Anna beschaffen können. Anna durfte nicht an den Grund von Meesters dämonischer Anhänglichkeit denken, nicht an sein Schwanken zwischen Weinerlichkeit und Mordgelüsten. Das kam davon, wenn man Schicksal spielen wollte ... *Wo* verbarg sich Meesters?

Anna verweilte geschlagene zwanzig Minuten vor Jan Polders Heim und fröstelte vor Lampenfieber. Sie wußte, daß sie diesen jungen Mann nicht so leicht vergessen konnte. Er brauchte sie. Er war trotz der Gegensätze ihrer Naturen und Lebensbedingungen für sie ein heller Morgen, vor dem die Schattenspiele der Vergangenheit ihre Macht verlieren. Anna betrachtete mutlos die schmucklose Backsteinfassade mit den hohen Fenstern, deren Umrahmungen in blendendem Weiß leuchteten. Die über der Haustür eingelassene Laterne war ein Zeugnis edelster Handwerkskunst. Das einzige Ornament des hohen, schmalen Hauses war das Wappen der Polders, das man in den spitzen Dachgiebel eingelassen hatte. Das Haus strömte kühle Noblesse aus. Es war ein Bollwerk gegen den Einbruch des Abenteuers.

Ein Dienstmädchen in gestärktem Waschkleid und weißer Schürze geleitete Anna durch die Halle in einen Saal, dessen Wände mit Ölgemälden – Herren in dunklen Gewändern und kostbaren Spitzenkrausen – geschmückt waren. Diese ruhmreichen Vorfahren der Valks und Polders schüchterten Anna außerordentlich ein. Sie hatte noch nie eine Gemäldegalerie in einem Privathaus gesehen. Der Gedanke, daß Jan Polder mit sämtlichen Halskrausen eng verwandt war, jagte ihr einen Schrecken ein.

Dann öffnete das Mädchen mit einem Knicks die Tür. Anna sah eine weißhaarige, rosige Dame in einem lila Seidenkleid in einem Erker sitzen, von dem aus sie durch einen «Spion» die Fußgänger auf der Straße beobachten konnte. Anna wurde dunkelrot: die Baronin wußte also, daß sie draußen wie ein Schulmädchen vor dem Haus der strengen Lehrerin auf und ab gewandert war. Außer einem Aquarium mit tropischen Fischen und dem riesigen Ölporträt eines Unbekannten in Admiralsuniform konnte Anna wenig in dem hohen Raum entdecken, da er sich in angenehmes Halbdunkel verlor. Bei genauerem Zusehen erkannte Anna in diesem Halbdunkel einen Wandschrank mit antiken Silberarbeiten, die sie aus Berufsinteresse brennend gern betrachtet hätte, und einen soliden Tisch, auf dem schon der Genever zum *Borreluurtje* (abendliche Plauderstunde vor der Mahlzeit, um etwa halb sechs) bereit stand. Daneben wartete der berühmte *Advocaat* für nichtholländische Besucher, die sich an den scharfen hellen Nationalschnaps noch nicht gewöhnt hatten. Zwei geräumige Sessel, die für die Proportionen der Polders konstruiert waren, luden zum Genuß des Genevers ein.

«Willkommen, Mevrouw.» Cornelia Polder bat Anna liebenswürdig an den Tisch. In ihrer morbiden Empfindlichkeit fühlte Anna sich schon wegen des Eiercognacs als Ausländerin behandelt, doch die Baronin sagte lächelnd: «Sie nehmen *natürlich* Genever?» und goß ein. Es war eine kleine, genau berechnete Geste, um Jans merkwürdige Freundin heimisch zu machen. Der Jonkheer hatte das feinfühlige Geschick im Umgang mit Menschen von seiner Großmutter geerbt. Sie meinten es nicht immer ganz so herzlich und ungezwungen, wie es aussah...

Die Unterhaltung zwischen Cornelia Polder und Anna kam sofort in Gang: die alte Dame erkundigte sich nach Meesters.

«Hat er sich angefunden?» fragte sie neugierig. Es klang, als handele es sich um einen Gegenstand.

«Bis jetzt noch nicht. Die Kolonie ist sehr erregt darüber.»

«Aber... meine Liebe! Der gute Pieter Meesters war doch nicht ein solches Wertobjekt, soviel ich weiß», sagte die alte Baronin mit freundlicher Bosheit.

Anna mußte lachen. Man konnte Jans Großmutter nicht böse sein. Sie hatte Jans kluge blaue Augen und seinen spottlustigen Mund. Auch eins wußte Anna Szabó nun: von wem der Jonkheer die fabulöse Sicherheit des Auftretens hatte – von dieser alten Frau, die dem Genever unbefangen zusprach, und von den «Halskrausen» in der privaten Gemäldegalerie.

Cornelia Polder war glänzender Laune. Sie hatte sofort bemerkt, daß

Mevrouw van Doren eine gute Zuhörerin war. So erzählte sie ihr eine Menge Anekdoten aus ihrer Zeit in Java. Der Name ihres Enkels war noch nicht gefallen. Zweimal lachte Anna zu laut; Cornelia Polder zuckte unmerklich zusammen. «Armes Ding», dachte sie nachsichtig.

Was wollte die Baronin von ihr? fragte sich Anna. Hatte sie wirklich nur Jans Grüße entgegennehmen wollen? Die hätten ihr ja die Gelderens oder Jo van Swanenburgh ausrichten können. Außerdem bestand eine regelmäßige Korrespondenz zwischen Jan und seiner Großmutter. Das hatte er Anna erzählt.

Auch während des Abendessens im Kachelzimmer bewahrte die Baronin die gleiche distanzierte Freundlichkeit: Es gab Seezunge, *Hutspot* und Pfannkuchen – die delikatesten, die Anna je gegessen hatte. Die Baronin erklärte Anna, da sie ja zum erstenmal in Leyden war, den historischen Hintergrund des *Hutspot* (Mischmasch). Als die Belagerung der alten Stadt am 3. Oktober 1574 aufgegeben wurde, hatten die abziehenden Spanier einen Kessel mit Kartoffeln, Mohrrüben und Fleisch über dem Lagerfeuer zurückgelassen.

«Wir essen es eigentlich am dritten Oktober», erklärte die alte Dame, «aber ich wollte einer Amsterdamerin einmal etwas Besonderes bieten.»

Cornelia Polder bewies erstaunlichen Appetit. Zierlich und mit Hingabe verzehrte sie den Löwenanteil des schmackhaften historischen Ragouts. Anna wurde das Schlucken schwer, und außerdem war sie durch ihre Handschuhe behindert. Cornelia Polder hatte die Erklärung über das Hautleiden ohne Kommentar entgegengenommen. Sie hatte noch nie ein tropisches Hautleiden gesehen, das genau mit dem Handschuh aufhörte.

Nach dem Essen zeigte die Baronin ihrem Gast die Silberarbeiten in dem Schrank: wundervolle antike Halsketten, Ringe, Löffel, sogar einen Miniatur-Kochkessel und erlesenes Filigran aus den Inselreichen. Jetzt fand Anna den Mut, ihr Mitbringsel auszupacken: eine zarte javanische Filigranschale.

«Wie wunderschön!» Cornelia Polder blickte ihre Besucherin so ehrlich erfreut an, daß Anna errötete. «Ich reise überall auf den Inseln herum», erklärte sie mit bescheidenem Stolz. «Ich wäre glücklich, wenn Sie sich einmal meine Edelsteine aus Burma und Ceylon ansehen wollten!»

«Mit Vergnügen, Mevrouw! Doch vorher müssen Sie mich in Alsmeer besuchen! Eigentlich gehört jetzt das Haus und Grundstück meinem Enkel Jan. Vielleicht wissen Sie, daß ich gegen Ende des Sommers dort stets mein Gartenfest gebe? Dieses Mal müssen Sie dabei sein! Jan wird Ihnen Gesellschaft leisten!»

Anna wurde blaß vor Erregung. Die «Gesellschaftsnachrichten» brachten alljährlich die Liste der Gäste von Alsmeer: Spitzen der holländischen Gesellschaft, javanische Aristokratie und chinesische Finanzgrößen des Niederländischen Imperiums. Das war doch nicht möglich! Was in Batavia bei Isabella van Veen in einer exotischen Atmosphäre noch gerade durchgehen konnte, das war in Leyden unmöglich.

«Ich danke Ihnen, Mevrouw», stammelte sie, «aber das ist ganz unmöglich. Sie ... Sie wissen nicht, wer ich bin.»

«Doch», erwiderte Cornelia Polder und drückte Anna in einen bequemen Sessel. «Ich weiß es zufällig genau. Einmal lade ich keine Unbekannten nach Alsmeer ein, und dann war mein verstorbener Mann ein guter Freund von Ihrem Schwiegervater, dem alten Herrn van Doren. Er erzählte mir seinerzeit von Ihrer Verlobung mit seinem Sohn in Paris.»

Anna wurde glühendrot.

«Leider starb Ihr Schwiegervater ja kurz vor Ihrer Hochzeit. Er war aber sehr beruhigt, weil Sie die junge Witwe des Juweliers Graf aus Wien waren. Ein solides Haus. Die Van Dorens kannten die Juweliere Graf seit Jahren.»

So hatte also Annas Ehemann die ganze Zeit gewußt, daß sie keine «Gräfin» war! (Sie hatte eben damals keine Holländer gekannt. Sonst hätte sie gewußt, daß niemand auf der Welt soviel Erkundigungen einzieht und erhält wie die vorsichtigen Niederländer.) Wie lächerlich hatte sie sich gemacht! Und was für ein vornehmer Mann war Frans van Doren gewesen!

Anna wußte später nicht mehr, wie die geschickte Cornelia Polder auf ihren Enkel zu sprechen gekommen war. Aber sie hatte schließlich von Jan zu sprechen begonnen, und jedes Lächeln war aus ihrem feinen, rosigen Gesicht geschwunden.

«Sie haben Jan einen wahren Liebesdienst erwiesen, mein Kind! Er hat mir alles darüber geschrieben.»

Anna schwieg. Vor ihr saß plötzlich eine leidende Greisin.

«Ich überlege mir die ganze Zeit, wie wir uns bei Ihnen bedanken können», sagte Cornelia Polder behutsam.

«Ich will keinen Dank. Und wenn Sie etwa Geld meinen ...», Anna war aufgefahren. Ihre Stimme klang schrill.

«Aber, aber ...» sagte die alte Baronin milde. «Wo denken Sie hin, mein Kind? Ich wollte Ihnen nur sagen, daß Ihr Liebesdienst unbezahlbar ist! Entschuldigen Sie die Ungeschicklichkeit einer sehr alten und bekümmerten Frau!»

«Ich habe keine feinen Manieren», sagte Anna. «Aber ...» Sie stockte. Sie wollte sagen, daß man als Fabrikkind und Garderobenfrau nicht die Selbstbeherrschung lernte, welche die Polders von zu Hause mitbekommen hatten. Aber sie brachte keinen Ton über ihre Lippen.

Cornelia Polder hatte genau verstanden. Sie wußte alles über Anna. Nur das Geheimnis, das Anna mit Meesters verband, blieb auch ihr verborgen.

«Mein Enkel hat mir mehrere Male geschrieben», sagte sie sanft. «Er will Sie heiraten.»

Anna sprang auf und riß dabei eine Schale mit *Haagse hopjes* (Haager Karamellen) um. «Das ist ganz unmöglich», sagte sie zitternd.

«Nicht wahr», erwiderte Cornelia Polder milde, «das finde ich auch.»

Anna atmete mühsam. Es *war* unmöglich; aber es schmerzte sie, daß die Baronin derselben Meinung war...

«Ich bin vierzig Jahre», sagte Anna abrupt. «Und ich gehöre nicht in Ihre Kreise. Ich würde Jan lächerlich machen.»

«In *diesem* Punkt muß ich Ihnen widersprechen, meine Liebe! Sie überschätzen Ihre negativen Wirkungen, wenn ich so sagen darf. Wen *mein* Enkel heiratet, der ist überall in Holland und im Archipel willkommen.»

Sie schwieg einen Augenblick und sagte dann milde: «Entschuldigen Sie, wenn es anmaßend klingt, aber es ist nun einmal so.» Es klang so einfach und endgültig, als habe Anna bestritten, daß ein Edamer Käse ein Käse sei. Trotz ihrer Erregung begriff Anna Szabó in dieser Stunde ein wenig von der Struktur der Gesellschaft in Europa vor dem Zweiten Weltkrieg. Bisher hatte sie dieses Phänomen nur unter dem Gesichtspunkt betrachtet, ob sie eingeladen oder übersehen wurde. Sie hatte niemals die Macht, die Anmut und vor allem die Freiheit einer Gesellschaft erkannt, die im bürgerlichen Holland demokratisch und dennoch konservativ herrschte. Wo die Polders am Tisch saßen, da war eben «oben»; und wer mit ihnen Fisch und Hutspot teilte, der «gehörte dazu».

«Meine Mutter war Fabrikarbeiterin!» Anna stürzte sich in eine osteuropäische Orgie der Selbstzerfleischung. Sie zog mit einem Ruck die schützenden Handschuhe aus und zeigte ihre derben, breiten und geröteten Hände. «Hier!» rief sie außer sich, «sehen Sie sich meine Hände an! Ich habe als Kind in einem Budapester Keller Wäsche gewaschen und bin später aus der Fabrik mit einem Burschen nach Wien ausgerissen.»

Cornelia Polder hatte Drama nicht einmal auf der Bühne gern...

«Beruhigen Sie sich doch», murmelte sie. «Es sind sehr tatkräftige und hilfreiche Hände. Sie haben keinen Grund, sie zu verstecken. Nehmen Sie noch einen Hopjes? Ich esse sie für mein Leben gern.»

Sie tat, als bemerke sie Annas Erregung nicht. «Meine Schwiegertochter kommt aus einem sehr bescheidenen Haus», sagte sie mit dem Freimut der großen Dame. «Leider ist sie nicht halb so schön oder tüchtig wie Sie!»

Anna Szabó blickte Cornelia Polder in stummer Dankbarkeit an. Mochten auch alle anderen über sie herfallen, Jans Großmutter hatte sie schön und tüchtig gefunden...

«Verlassen Sie sich auf mich», sagte sie ruhig. «Ich werde glücklich sein, wenn Ihr Enkel mich einmal in Amsterdam besucht! Ich möchte Ihnen nur sagen, daß ich ein Kind adoptiert habe.»

«Ein malaiisches Kind?» Die Frage klang sehr sacht.

«Nein – ein holländisches Kind. Aber ich halte es geheim.»

«Ist es ein Junge?» fragte Cornelia Polder schnell.

«Ein kleines Mädchen. Blond und süß. Es könnte nicht holländischer aussehen», sagte Anna stolz. In diesem Augenblick eroberte sie Cornelia Polders Herz. Die alte Frau verstand plötzlich, was Jan an dieser vulgären, verbitterten und sehnsüchtigen Zaunkönigin fand. Anna hatte menschliche Wärme und Demut. Anna besaß die unverbrauchten Kräfte und Tugenden Osteuropas – eine scheue Großmut, die schenkte, ohne auf eine Gegengabe zu rechnen; eine melancholische Resignation und die Weisheit der Enterbten. Dies alles ahnte Cornelia Polder. Diese schöne, verlebte Frau war glückselig, daß ihre Adoptivtochter, eine «echte» Holländerin, es einmal besser haben würde als Anna Szabó aus einem Budapester Armenkeller ...

«Jan hat großes Vertrauen zu Ihnen, mein Kind», sagte die alte Frau sanft. Sie dachte: «Wenn Anna jung und unverbraucht gewesen wäre, ich hätte sie als Schwiegertochter willkommen geheißen!» Anna mit ihrer Schönheit, Intelligenz und Lebenserfahrung wäre niemals eine Würdenträgerin ohne Würde geworden. Sie hätte ihre Schwierigkeiten mit Grazie überwunden und Jans Großmutter Sicherheit und Politur abgesehen. Sie war aus einem Holz geschnitzt, das nach sorgsamer Bearbeitung wie Edelholz geglänzt hätte. Aber sie war zu alt und zu belastet, um Jan Polder eine Gefährtin zu werden und ihm den Erben zu schenken ...

«Es tut mir so leid», sagte Cornelia Polder aus ihren Gedanken heraus.

«Ich werde Ihrem Enkel niemals im Weg stehen», versicherte Anna. Jan Polder hatte Vertrauen zu ihr! Es war der Morgen nach einer langen Nacht. In diesem Augenblick dachte sie nicht einmal an das, worauf sie freiwillig verzichtete. Ein Sohn aus dieser berühmten Familie hatte sie heiraten wollen! Tränen traten in ihre schönen dunklen Augen.

«Ich muß jetzt zurückfahren», sagte sie abrupt. Jedes Wort kostete sie eine Anstrengung. Niemals war sie so schön, so voller Leben gewesen! Der Wunsch nach Anerkennung hatte immer in ihr gebrannt; vielmehr der tiefe Wunsch *erkannt* zu werden. Die Sehnsucht, daß jemand sich nicht von ihren bestürzenden Maskeraden beirren ließ, sondern den Kern ihres Wesens schaute und liebte. Man muß einen Baum ausgraben, um an seine Wurzel zu gelangen. Wer würde sich soviel Mühe um Anna Szabó machen? Jan Polder war ein junger Mann, der das Leben noch nicht kannte. Zu behütet, zu verwöhnt, zu leidend, um Wurzeln auszugraben! Die alte Frau hatte wohl recht.

«Natürlich übernachten Sie bei uns», sagte Cornelia Polder. «Ich möchte Sie morgen früh mit meiner Schwiegertochter bekannt machen. Jans Mutter fühlt sich recht einsam bei mir in Leyden.»

«Ich danke Ihnen.»

«*Ich* habe zu danken, mein Kind.»

Cornelia Polder sah plötzlich verfallen aus. Die Erwartung und die unterdrückte Erregung mußten sie erschöpft haben. Sie erhob sich und stützte sich schwer auf ihren Stock. Einen Augenblick stand sie reglos und ehrwürdig unter dem Ölgemälde, das den Admiral zeigte. Es war still in dem hohen Raum; so still wie nach einem Sturm. Aber in Cornelia Polders Gegenwart konnten Stürme nicht ausbrechen. Die alte Frau schaffte jenes undramatische Klima, das die Holländer selbst angesichts hochdramatischer Geschehnisse schaffen. Niemals hatte Anna Szabó sich so besänftigt gefühlt, obwohl ihr niemals das Ende ihres Weges so deutlich vor Augen geführt worden war. Aber mit welchem Takt, mit welcher Ruhe und sanften Autorität! Das Haar der alten Frau glänzte matt und kostbar wie ihr ererbtes Silber in den Wandschränken mit den spiegelblank geputzten Scheiben.

«Ich habe Hunger», sagte Cornelia Polder und sah wieder rosig und sachte maliziös aus. «Wir alle essen spät abends noch eine Kleinigkeit! – Kommen Sie, meine Liebe! Ich sage immer mit meinen chinesischen Freunden: Wo es für vier Esser langt, werden wir zwei auch satt werden.»

Erst am nächsten Tag in Amsterdam konnte Anna van Doren über sich selber den Kopf schütteln. Das Milieu hatte sie besiegt. Sie hatte unter dem Einfluß einer alten Patrizierin, die sie nichts anging, freiwillig auf eine einmalige Chance verzichtet. Sie hatte selbst eine Heirat mit Jan Polder für unmöglich erklärt. Die Baronin hatte nur zugestimmt... Niemand würde Cornelia Polder jemals den Vorwurf machen können, daß sie Jans Glück aus Gründen der Familienpolitik zerstört und sein Vertrauen in sie getäuscht hätte.

Anna blickte in ihrer komfortablen Amsterdamer Wohnung in den Spiegel. Sie war schön. Wie bei vielen vitalen Frauen wurde ihre Wirkung mit zunehmenden Jahren stärker. Es war wie bei Cornelia Polder – nur in ganz anderer Hinsicht... Zum erstenmal dämmerte es der einfachen und bauernschlauen Anna, wie die großen Familien der Niederlande Politik machten. Genauso zartfühlend, raffiniert und unwiderstehlich mußte Exzellenz Polder, der Sohn dieser machtvollen alten Frau, die sich bekämpfenden, intriganten Fürsten in Java um den kleinen Finger wickeln. Die Kolonialherren schalten nicht, befahlen nicht, sie baten nicht einmal, man möge ihre Ansicht in einer Angelegenheit berücksichtigen. Sie suggerierten lächelnd und hintergründig ihre Wünsche. Es genügte, daß sie ihren Standpunkt klarmachten, und er wurde geteilt. So regierten diese Männer privat und in ihrem gigantischen Kolonialreich.

In der Tat hing in Exzellenz Polders Palais in den «Fürstenlanden» eine chinesische Bildrolle, die ein Stück Regierungsweisheit des alten, ehrwürdigen Schlaubergers Laotse verriet: «Regiere ein großes Land, wie du einen kleinen Fisch braten würdest!» Nämlich: vorsichtig, sachkundig, delikat und – selbstverständlich ohne den Fisch zu fragen, ob er gebraten werden wollte.

III

Judith Bloemendaal saß in ihrem Rollstuhl in ihrem düsteren Haus in Leyden und erwartete ihre Schwester Martina van Gelderen.

Martina, die Frau des Ölmagnaten van Gelderen aus Palembang, hatte den Skandal im *Hôtel des Indes* teilweise miterlebt. Sie würde es der

«Furie im Rollstuhl» schonend beibringen. Was Martina unter «schonend» verstand, das konnte drei Elefanten zur Raserei bringen. Ferner hatte Martina mitangehört, wie Jo van Swanenburgh den Ehemann ihrer Schwester Judith so wüst beschimpfte, daß Jan David B. vor Erstaunen seine grünkarierte Reisemütze in die Luft warf und wie ein Akrobat wieder auffing. In Wirklichkeit hatte er niemals mit Anne van Swanenburgh intime Beziehungen gehabt, aber leider waren er und die verstorbene Anne die einzigen, die es genau wußten... Dieses Wissen nützte weder Jan David B. etwas, noch drang es bis zu seiner Ehefrau. Da viele Menschen dazu neigen, immer das Schlechtere von ihren Nebenmenschen anzunehmen, hatten sie Anne van Swanenburghs Flucht nach Sumatra sofort als Ehebruch interpretiert. Sie war doch mit Bloemendaal wochenlang zu Amsterdamer Konzerten gegangen. Na also! – Die Wahrheit lag, wie so oft, ganz woanders. Jos Mutter hatte einfach ihre Familie verlassen. Was dann in Sumatra geschah und welche Rolle Anna Szabó in diesem Drama gespielt hatte, war der Kolonie bis zum heutigen Tag verborgen geblieben.

Judith Bloemendaal saß unbeweglich in ihrem Rollstuhl und zog die Schultern fröstelnd zusammen. Sie ließ nicht mehr heizen, da Feuerung Geld kostete. Judith Bloemendaal vertrieb sich die Zeit damit, ihrer Wirtschafterin jeden Pfennig nachzurechnen und ihre seltenen Besucher zu ärgern. Nur ihre Schwester Martina ließ sich nicht ärgern. Als es klingelte, zuckte Judith zusammen. Was würde Martina ihr wieder schonend beibringen? Sie brannte darauf, Nachrichten über ihren Sohn Quentin zu bekommen, dessen Briefe sie nie beantwortete.

Die Schwestern Judith und Martina van Doorn waren genau wie die Fayencen, das Glockenspiel der «Neuen Kirche» am Großen Markt und die Kacheln Sehenswürdigkeiten der bezaubernden Grachtenstadt Delft gewesen. Judith war als Kind häßlich und als junges Mädchen sehr schön; Martina war das schönste Delfter Kind gewesen und wurde als Erwachsene ziemlich häßlich. Ihre Nase stand zu groß zwischen zu kleinen blauen Augen; die Taille war zu stark – und ihr Geist war unbeweglich. Trotz alledem hatte Piet van Gelderen die fünfundzwanzigjährige Martina vom Fleck weg geheiratet, als er während eines Urlaubs in Delft war. Ihr ging der Ruf großer Schönheit voraus, und Gelderen hatte – wenn man Exzellenz Polder glauben wollte – entweder die Schwestern verwechselt oder «nicht richtig hingesehen». Ein «Indisch-Mann» mit Eheabsichten fiel beinahe auf jedes Mädchen herein, wenn die Familien zusammenpaßten und seine Sehnsucht nach einer eigenen Häuslichkeit im Inselreich während der Regenzeit mächtig genug geworden war. Ebenso prompt und auf die gleiche benommene Art und Weise hatte der Tabakkönig Jan David Bloemendaal die schöne Judith van Doorn geheiratet oder vielmehr ein Bild der Haarlemer Schule. Erst in der Ehe hatte Jan David B. entdeckt, daß er eine schroffe, herrschsüchtige und ungeheuer eifersüchtige Frau hatte. So war sie ziemlich schnell in Leyden auf der Strecke geblieben, während ihr romantischer und rastloser

Ehemann andere «Bilder» besichtigte, ohne die Frauen hinter ihren Verkleidungen zu entdecken. Er war vor Erstaunen beinahe über ein Krokodil gestolpert, als Anne van Swanenburgh ihm nach Sumatra nachgereist kam. Er hatte schließlich mit der kühlen blonden Schönheit aus den USA nur Konzerte in Amsterdam besucht und abwesend geflirtet.

Judiths Wirtschafterin, eine verarmte Kusine aus Delft, zitterte vor ihr. Wenn sie etwas zerbrach, ersetzte sie den Schaden von ihrem eigenen Gehalt. Nur nicht Kusine Judiths Zorn erregen! Saartje van Doorn hatte niemals geheiratet und gratulierte sich, wenn sie ihre Kusine Judith betrachtete. Sie lebten einsam wie Maulwürfe, die Tag und Nacht das Erdreich schlimmer Erinnerungen umwühlen. Saartje – halb Dienerin, halb Vertraute – war der einzige Mensch, der es bei der «Furie im Rollstuhl» aushielt. Judith hatte sie reichlich im Testament bedacht, gab ihr aber zu ihren Lebzeiten wenig zu essen, um etwas von den Gulden zu sparen, die Saartje leider erben würde ... Hätte Cornelia Polder nicht aus Erbarmen und Neugierde Saartje zweimal in der Woche zum Pfannkuchenessen ohne Grenzen eingeladen, so würde es schlimm um die Wirtschafterin und Gesellschafterin der steinreichen Mevrouw Bloemendaal bestellt gewesen sein. Cornelia Polder war der einzige Gast, den Judith außer ihrer Schwester Martina empfing. Es war nicht ausdenkbar, Cornelia Polder *nicht* zu empfangen. Es gab sogar reichlich zu essen bei diesen Gelegenheiten! Doch sobald die Baronin den Rücken gekehrt und der verschüchterten Saartje ein Geschenk zugesteckt hatte, zählte Mevrouw Bloemendaal vom Rollstuhl aus sämtliche Kuchen, Kekse und Brötchen und teilte sie für die nächsten Tage ein ... Martina van Gelderen, die großen Appetit hatte und dabei immer dicker wurde, während Judith ätherisch, schön und bösartig im Rollstuhl saß, brachte stets zwei Pakete mit Gebäck und Süßigkeiten mit: eins heimlich für Saartje und eins für Judith und sie selbst.

Judith empfing ihre Schwester im «Delfter Zimmer». Es wurde wegen der wundervollen Delfter Kachelwände zu beiden Seiten des kalten Kamins so genannt. Der Raum war eine Sehenswürdigkeit, die niemand außer den paar Frauen zu sehen bekam. Judith war nach der «Affäre Anne van Swanenburgh» eine Menschenfeindin geworden.

«Wo verbringt Jan David diesmal seinen Europa-Urlaub?» fragte sie ihre Schwester, die aufgeschwemmt von der Tropenhitze und vom Nichtstun ihr gegenübersaß.

«Ich nehme an, mit irgendeinem Weib in Paris», erwiderte Martina taktvoll. «Übrigens will dein Sohn heiraten.»

Wenn sie gekonnt hätte, wäre Judith Bloemendaal aufgesprungen. Ihre schönen, abgezehrten Hände zitterten. In ihren dunkelblauen Augen brannte ein wildes Feuer. Ihr geliebter Sohn, den sie nicht mehr empfing, wollte heiraten! «Wen?» fragte sie mit spröder Stimme. «Du hast schon drei Stücke Fruchtkuchen gegessen, Saartje! Erstaunlich, was dies Mädchen essen kann! – Wen will Quentin heiraten? Bleibt er unter den Wilden? Oder ...»

Martina van Gelderen war schuldbewußt errötet. Sie hatte ihrem Mann fest versprochen, nichts über Dr. Quentin Bloemendaals Interesse für Jo van Swanenburgh zu erzählen. Daher blickte sie ihre Schwester nur stumm an. Auch sie hatte Angst vor Judith. Eine gläserne Wand war um die Kolonialwitwe im Rollstuhl. Es war furchtbar mitanzusehen, wie sie die arme Saartje schikanierte und aushungerte. Aber Judith war gelähmt und verlassen. Die gutmütige Martina, die sehr glücklich mit Piet van Gelderen lebte, besuchte Judith pflichtschuldig bei jedem Heimaturlaub und verbrachte eine Woche in dem düsteren Haus. Sie kaufte in dieser Zeit sämtliche Lebensmittel und versuchte Judith aufzuheitern. Es war eine Aufgabe, der niemand als Quentin Bloemendaal gewachsen gewesen war. – Judiths schön geschwungene Augenbrauen zogen sich eng zusammen. «Wer ist das Mädchen?» fragte sie Martina, die vor Verlegenheit ans Fenster getreten war.

«Ich weiß es nicht, Judith! Wir waren nur drei Tage in Batavia und ständig eingeladen.»

«Du lügst! *Wen* will er heiraten?»

«Da kommt sie gerade», rief Frau van Gelderen erlöst. «Das junge Mädchen kann nichts für die Sache!»

«Für welche Sache?»

«Du weißt doch – mit Anne van Swanenburgh!»

«Rede endlich.» Judith Bloemendaal sah ihre Schwester so dringend an, daß Martina sich in den Urwald wünschte. Heute war der erste Tag ihrer Pflichtwoche in Leyden. Piet war in Amsterdam, um sich von Vincent van Swanenburgh untersuchen zu lassen. Er hatte Gallenschmerzen und konnte Martina nicht helfen.

«Ich versuchte, es dir schonend beizubringen! Schließlich wirst du es ja erfahren, wenn Quentin heiratet», stammelte Frau van Gelderen. «Es ist Jo van Swanenburgh.»

Judith Bloemendaal begann hohl, grell und unheimlich zu lachen. Sie setzte ihren Rollstuhl in Bewegung und fuhr im Zimmer herum.

«Um Himmels willen, Judith! Hör auf!» – Martina sah Saartje an; die vierzigjährige Frau zitterte wie Espenlaub. Keine Geisterbeschwörung, kein Schattenspiel auf den Inseln war so unheimlich wie die lachende Frau im Rollstuhl.

«Geh hinunter zu der jungen Dame!» flüsterte Martina van Gelderen. «Sage, wie leid es meiner Schwester tut... Sie ist krank. Beeile dich, Saartje!»

«Sie ist gesund», sagte Judith Bloemendaal sehr laut. «Kommen Sie nur, Juffrouw!» schrie sie. Ihre Hände griffen nach dem herrlichen blauen Delfter Kuchenteller. Sie öffnete ganz weit ihre Augen – und dann warf sie den Teller in tausend Stücke. Die geizige Judith Bloemendaal, die wegen jeder zerbrochenen Küchentasse zeterte!

Die Klingel schrillte immer noch.

«Es ist niemand zu Hause», sagte Jo van Swanenburgh zu der alten Baronin. «Was machen wir jetzt, Tante Cornelia?» Sie war seit einigen

Tagen bei ihr zu Besuch; die Familien kannten und schätzten einander seit Jahrzehnten.

«Wir frischen deine Kindheitserinnerungen an Leyden auf, Kleines!» Die alte Frau fühlte, daß etwas in diesem verschlossenen düsteren Haus nicht stimmte. «Komm, Kind! Ich werde deine Grüße ausrichten, wenn ich Quentins Mutter einmal wieder besuche.»

«Vielleicht ist sie altmodisch und will mich nicht sehen ... wegen Mama!» Jo war kindlich errötet.

Die alte Baronin versuchte Jo in ihr Auto zu drängen. «Lacht nicht jemand drinnen?» fragte Jo. «Dies Haus kommt mir gespenstisch vor. Soll ich nicht noch einmal klingeln? Quentin bat mich so dringend, seine Mutter zu besuchen. Vielleicht kann sie operiert werden? Ich glaube, es ist doch jemand zu Haus», fügte sie mit gewohnter Hartnäckigkeit hinzu. «Noch einmal komme ich nicht her.»

«Das ist vielleicht auch richtiger. Quentins Mutter ist sehr leidend und etwas sonderbar.»

«Ihr Sohn ist auch etwas sonderbar. Er lacht fast nie. – Wo fahren wir jetzt hin, Tante Cornelia?»

«Willst du ins Städtische Museum und hinterher Pfannkuchen?»

«Lieber in eine Klinik und hinterher Pfannkuchen», antwortete das angehende Fräulein Doktor prompt.

«Wir fahren am besten gleich zu den Pfannkuchen!» Cornelia Polder gab das Zeichen zur Abfahrt. «Morgen kannst du Krankenhäuser und die Universität ansehen.»

«Du bist ganz blaß! Ist dir eine Laus über die Leber gelaufen?»

«Ich habe Hunger. Das ist alles, Kind.»

Aber die alte Baronin aß nicht mit gewohntem Appetit. Sie hatte Martina van Gelderen am Fenster gesehen. Martina hatte abgewinkt und verstört ausgesehen.

Jo hatte das stumme Zwiegespräch durchs Fenster nicht bemerkt, da sie noch mit dem alten Fahrer sprach. Seine Frau hatte Magenkrämpfe, und er wollte wissen, ob man ihr den Magen auspumpen oder «wegschneiden» sollte.

«Im Herbst rechne ich auf dich – bei meinem Fest in Alsmeer», sagte die alte Dame. «Du wirst viele Bekannte aus Insel-Indien treffen.»

«Wen denn?» fragte Jo. Sie würde Dr. Bloemendaal schreiben, daß die Visite mißglückt war.

«Es ist die Zeit für den Heimaturlaub. Quentin Bloemendaal wird da sein. Der liebe Cornelis van Veen, Paulus de Witt mit seiner Linda. Und endlich einmal Dirk van Veen! Er hat es mir fest versprochen. Er wird von Paris herüberkommen.»

«Mit seiner Frau?» fragte Jo.

«Aber wo denkst du hin? *Natürlich* allein! Dirks Frau kommt niemals nach Holland. Und nun eine Überraschung: Jan wird ein halbes Jahr Heimaturlaub nehmen. Du wirst alle wiedersehen!»

«Papa wollte im Herbst mit mir nach Paris fahren.»

«*Nach* meinem Fest! Dein Vater und Vincent haben längst für euch alle zugesagt. Oder ist dir eine alte Frau zu langweilig?»

«Ich liebe dich, Tante Cornelia», sagte Jo leidenschaftlich. «Dich und Onkel John aus Washington. Und den Zauberer und Vincent.»

Die Baronin tat, als sähe sie die Tränen in den strahlenden blauen Augen des Kindes nicht. Jo war bisher so vergnügt gewesen, daß sie jede Stunde Cornelias altes Herz erfreute. Hatte das Kind sich in Batavia in jemanden verliebt?

«Ich kann nicht mehr essen», sagte Jo mit vollem Mund. ‹Das Kind hat schreckliche Manieren›, dachte Cornelia Polder nachsichtig. ‹Kein Wunder bei der Männerwirtschaft! Eine Frau gehörte in das Haus in Amsterdam.›

«Will euer Vincent denn nicht bald heiraten?» fragte Cornelia Polder neugierig. Sie wußte ein Mädchen für ihn. Julia van Gelderen – ausgebildete Krankenschwester und ein Jahr jünger als der Chirurg. Julia hatte die Intelligenz ihres Vaters und den schönen Teint ihrer Mutter Martina. Sie mußte doch nachgerade die dumme Geschichte mit ihrer Entlobung vergessen haben. Meesters war stets ein unsicherer Kandidat gewesen. Er hatte natürlich zu jener Zeit glänzend ausgesehen. Seine Mutter saß in Utrecht und machte sich Sorgen, weil er in den letzten Monaten gar nicht geschrieben hatte. Seine Onkels in Sumatra, «die Kautschuk-Meesters», schwiegen sich aus.

Jo lachte herzlich über die Frage der alten Baronin und sah so süß und keck aus wie vor Monaten in Singapore. «Vincent und heiraten! Wo denkst du hin? Erstens hat er keine Sekunde Zeit. Und dann halten wir alle nichts vom Heiraten.»

«Wenn du weiter mit vollem Mund redest, dann werden deine Verehrer auch nichts davon halten», erwiderte die Baronin trocken.

«Entschuldige! Ich werde dir im Herbst nur Schande in Alsmeer machen.»

«Das überlasse mir, mein Kind! Mir hat noch niemand Schande gemacht.»

Jo blickte starr vor sich hin. Sie schob ihren Teller heftig zurück. Ihre Laune hatte völlig unvermittelt gewechselt. Ein englisches Stück Poesie verdarb ihr den Appetit auf die Pfannkuchen ... *Queen and Huntress* ... Warum konnte man das Gedächtnis nicht auch chirurgisch entfernen? Warum war es nicht flüchtig wie schmelzender Schnee auf der Kalverstraat? Sie sah Dirks seltsame Augen und hörte seine Stimme. Dieser Schuft mit seinem Tigerblick und seiner Arroganz! Wie sie ihn haßte ... Und doch war sein Schweigen, seine lächelnde Gewissenlosigkeit, sein Landstreicher-Kuß süßes Leben gewesen ... «Idiot», sagte Jo wütend zu sich selbst. Jetzt hatte sie Gelegenheit, die eine Frage zu stellen, die ihr am Herzen lag: Mit wem war Dirk van Veen verheiratet? Und warum kam seine Frau niemals nach Holland?

Aber Jo schwieg. Sie wußte, wie scharfsinnig und neugierig die alte

Baronin war. Die Erinnerung an Singapore kam wie ein Stoß aus der Tiefe der Seele und hatte nichts mit Jos bewußtem, keckem Ich zu tun. Das einzige Heilmittel gegen Stöße aus dem Seelendunkel war die konsequente «Steuerung der Phantasie», wie Jos Vater behauptete.

«Ich glaube, er weiß genau, wieviel Socken er hat», sagte Jo nach einer Pause.

«Darf man fragen, von wem du sprichst?» fragte Cornelia Polder milde und aß zierlich den letzten Pfannkuchen.

«Von Quentin Bloemendaal natürlich! Ist es nicht lächerlich?»

«Ich finde nichts Lächerliches daran, wenn jemand seine Socken zählt.»

«Wozu denn? Wenn man etwas braucht, kauft man es eben.»

Die Baronin schüttelte den Kopf, aber enthielt sich jeder Antwort. Wäre es nicht das Beste, wenn dieses liebe verschwenderische Kind einen Mann heiratete, der seine Socken zählte? Dr. Quentin Bloemendaal zum Beispiel?

Das Gartenfest in Alsmeer war eine gute Gelegenheit, die beiden zusammenzubringen. Die halbe Kolonie hatte sich im Lauf der Jahrzehnte in Alsmeer verlobt.

«Warum ist Dr. Bloemendaal so ernst?» fragte Jo unvermittelt.

«Ich glaube, er mißtraut der Freude», erwiderte Cornelia Polder nachdenklich.

VIERTES KAPITEL

Die Kristallbrücke

I

Je älter Cornelia Polder wurde, desto tiefer genoß sie ihren Sommer in Alsmeer. Dort lebte sie mit wenigen Gästen aus den Kolonien oder aus Holland in einem Gartenparadies voller Stille. Sie schlief in Alsmeer so ruhig wie in ihren besten Jahren; ihre Probleme und Sorgen blieben in Leyden zurück. Die Gleichförmigkeit des Tageslaufs erfüllte die alte Frau mit Befriedigung. Das Grünen und Blühen in diesem großen Garten Hollands entzückte ihre Augen; wie viele Holländer hatte sie ein persönliches Verhältnis zu ihren Blumen und Blattpflanzen. Hier hörte sie auch viel Musik, ihre Schallplattensammlung brachte sie stets mit. In Alsmeer erlebte Cornelia Polder manchmal Überraschungen an sich selbst: sie brauchte dort weder andere Leute noch eine Befriedigung ihrer Neugierde. Sie saß nachdenklich-glücklich unter ihrem orange gestreiften Sonnendach.

Auf ihrem Gartenfest, das immer den Abschluß des stillen Lebens bedeutete, gab es von Jahr zu Jahr mehr Gäste aus dem Fernen Osten. Alsmeer, das größte Blumendorf Europas, war ein Anziehungspunkt für

Tropenbewohner. Das Poldersche Landhaus lag auf einer kleinen Insel in einem weiten, von Gärten und Gewächshäusern umgebenen Gelände, abseits des berühmten Blumen-Auktionshauses. Ringsherum gab es in der milden, flachen Landschaft ähnliche Gärten mit Blumen, Gemüse und Obst; und sonst nur Kanäle, Wiesen, saubere Straßen, die fruchtbare Erde und die sanfte, feuchte Luft. Eine stille, reiche und friedliche Welt – eine Oase nach den Feuern der Tropensonne. Nur der alte Deich gemahnte an die Zeit, als das ganze Gebiet ein See gewesen war. Holländischer Fleiß, Geschäftssinn und die Liebe zu allem Blühenden hatten in Alsmeer und in der Haarlemer Gegend einen Garten geschaffen, der die asiatischen Gäste der Polders bezauberte.

Wenn es bei einem Gartenfest in Alsmeer nicht so lebhaft zugegangen wäre, dann hätten der Student Amir und Prinz Tukimin ehrfürchtig ans Paradies gedacht, so lieblich stieg der Duft der Blumenseelen in ihre Nasen. Diese geordnete Schönheit von Alsmeer mußte aber von den jungen mohammedanischen Javanern mit Vorsicht und Mißtrauen genossen werden; denn es wurden leider alkoholische Getränke serviert. Die Damen sprachen und lachten, anstatt schweigend zu tanzen und zu dienen. Aus diesem Grund konnten der Student Amir und Prinz Tukimin sich nicht richtig freuen. Der Prinz bestritt seine Unterhaltung nun gänzlich in Holländisch. Aber er mischte Denksprüche aus dem Koran auch an Stellen hinein, wo sie bei allem Respekt nichts zu suchen hatten. In jedem Falle bewahrten die javanischen Gäste mißtrauische Vorsicht und übten die vom Gesetz anempfohlene Mäßigkeit in bezug auf Getränke. Ihre verehrte Gastgeberin Cornelia Polder trug zu ihrem weißen Haar ein weißes Gewand; aber ach, die Baronin würde niemals Prinz Tukimins Mutter gleichen, die auch ein weißes Gewand tragen durfte! Die Mutter des Prinzen war eine leuchtende Ausnahme unter den Frauen: ein weiblicher *hadji*. Sie hatte die Pilgerfahrt der Frommen nach *Mekka* gemacht. Die furchtbaren Strapazen hatten sie mitgenommen. Ihr Gesicht sah bei ihrer Rückkehr nach Java so mumienhaft aus, daß Prinz Tukimin sich erschrocken hatte. Das war sehr sündig von ihm gewesen, denn seine Mutter in dem weißen Ehrenkleid der Hadjis glänzte vor innerer Schönheit. Prinz Tukimin war dann kreuzunglücklich gewesen, weil er bei Exzellenz Polders Fest in Djokjakarta die fette Tochter des Residenten mit lebhafterem Wohlgefallen betrachtet hatte als alle weiblichen Hadjis. Wie sollte er jemals über die Kristallbrücke kommen, wenn Antje Polder seine Sinne arglistig benebelte? Und nun war Prinz Tukimin in der sündigen Hoffnung nach Alsmeer gekommen, Fräulein Antje bei ihrer Großmutter wiederzusehen. Sie war aber zur Strafe nicht anwesend. Sie war noch bei ihrem Vater in Djokjakarta. Es war Prinz Tukimin nicht in den Sinn gekommen, daß eine Favoritin nicht sofort zur Stelle sein würde, wenn man ihre Gegenwart wünschte. Die Europäerinnen gaben ihm mehr Rätsel auf als «Allahs Lesebuch». So stand Prinz Tukimin einsam in dem herrlichen Garten in Alsmeer und wußte nicht, mit wem er sprechen sollte. Da war zwar sein Landsmann, der Student Amir, den Cornelis van Veen in Leyden studieren ließ. Aber der Student Amir war leider keine Gesellschaft für seine Hoheit den Prinzen Tukimin. Der Student war der Sohn und Enkelsohn eines javanischen *kromo* (Reisfarmer) und hätte schon aus diesem Grund eigentlich nicht zusammen mit dem Prinzen Tukimin im selben Universitätsgebäude studieren dürfen. Warum gab es in Holland keine Studierschuppen für einfache «Reiskornschüler»? – Obwohl Amir als Knabe körperliche Arbeit geleistet und schwere Ährenbündel auf Bambusstangen ins Dorf geschleppt hatte, besaß er in Leyden die unsagbare Dreistigkeit, den Prinzen Tukimin in der Universität anzureden und noch dazu in der «Sprache der Gleichgestellten». Prinz Tukimin hatte selbstverständlich die Ansprache überhört und das Ereignis nach Java berichtet. Aber selbst seine hochgeehrte Mutter – der weibliche Hadji – hatte für diese niemals dagewesene Situation keinen Rat gewußt und nur der Zuversicht Ausdruck gegeben, daß der Student Amir am «Holland-Fieber» leiden müsse und bestimmt bald sterben würde. Prinz Tukimin verließ sich blindlings auf diese Prophezeiung und lächelte daher recht freundlich, als er den Kromo-Studenten auf dem Gartenfest der Baronin Polder im Gespräch mit Mijnheer Dirk van Veen erblickte. Amir würde seine Strafe bekommen, weil er in *ropa* – wie seine Mutter, der Hadji, den Erdteil Europa nannte – die Ehrfurchtssprache seines Landes vergessen hatte... Es war wirklich eine an Komplikationen reiche Party für Prinz Tukimin, der in seiner seidenen Jacke mit den Knöpfen aus echten Edelsteinen und mit dem brokatenen Kopftuch bildschön aussah. Der Kromo trug einen westlichen Anzug, der weder zu seiner Figur noch zu seinem Gesicht paßte – wo hätte er wohl auch Edelsteine für seine seidene Jacke hernehmen sollen? – Der Reisfink sah so scheußlich aus wie die Schreckgebilde, die sein Vater und Großvater in Java zum Schutz gegen räuberische Hirsche, Schweine und Ratten an Fäden und Rotangstreifen über die Reisfelder spannten. Sie waren Waldbauern und abhängig von den Geistern der Erde und der Bäume, die keineswegs jedes Gelände zum Reispflanzen freigaben. Prinz Tukimin wandte sich ab, um das Gesicht des Studenten Amir nicht mehr zu sehen. Zwar hatte der Prinz von seinem Lehrer für Weisheit erfahren, daß «weder Armut noch Verlassenheit einen Mann erniedrigen, wenn Frömmigkeit und Kenntnisse ihn erhöhen»; aber das galt doch wohl nur für Männer von hoher Geburt? Prinz Tukimin beschloß, sich nach Beendigung seiner Lehrjahre in Leyden bei seinem Weisheitslehrer Abu danach zu erkundigen. Bis dahin würde er den Studenten Amir weiter ignorieren.

Bedauerlicherweise konnte Prinz Tukimin auch mit zwei anderen Landsleuten auf dem Fest in Alsmeer nicht verkehren. Sie waren noch unmöglicher als der Student Amir, der immerhin ein gebürtiger Javaner war. Er blickte verstohlen durch einen Schleier von Mißtrauen und Verachtung auf zwei elegant gekleidete und lebhafte junge Gäste aus Java. Es waren der junge Herr Tsui und seine Schwester. Es war einfach unfaßbar, daß die alte ehrwürdige Mutter des Residenten von Djokjakarta diese beiden eingeladen hatte. Sie waren *Chinesen*! Es gab nichts Schlimmes auf der Welt, was Prinz Tukimin den Chinesen nicht stumm und höflich an den Hals wünschte – die Pest, die Malaria, finanziellen Zusammenbruch und eine Ehefrau aus *ropa*! Das waren ungefähr die schlimmsten Leiden, die einen Mann anfallen konnten; abgesehen von einem Eintrittsverbot fürs Paradies! Ein Vetter von Prinz Tukimin hatte eine Europäerin geheiratet, war anschließend erkrankt und später enterbt worden. So einfältig würde sich Prinz Tukimin trotz seines Wohlgefallens an Jonkvrouw Antje Polder nicht benehmen!

Da! Die beiden Chinesen aus Batavia überschritten die Kluft, die sie vom Prinzen Tukimin aus Java trennte, und kamen zu ihm herüber. «Gefällt es Ihnen in Holland?» fragte der junge Herr Tsui ohne Zeremonie und machte eine leichte Verbeugung, anstatt vor einem reinblütigen javanischen Prinzen, der im Kraton des Sultans von Djokjakarta lebte, vor Respekt und Demut ins nächste Blumenbeet zu versinken. Fräulein Tsui in einem bezaubernden Brokatkleid lächelte Prinz Tukimin so vertraulich an, als ob sie zusammen die Reissäcke ihres Vaters gezählt hätten. Sie studierte ebenfalls und litt offenbar hochgradig am Europa-Fieber. Chinesen waren besonders anfällig für den Bazillus der Respektlosigkeit... Der Prinz war durch die chinesischen Gäste in eine peinliche Lage geraten. Er konnte den verhaßten *orang tjina* (Chinamann; geringschätziger Ausdruck für die Chinesen des Archipels) nicht einfach ignorieren wie den Studenten Amir; dazu war der Vater des jungen Herrn Tsui zu einflußreich in Java. Andrerseits hatte Prinz Tukimin, der die Zwangsjacke des javanischen Zeremoniells mit Anmut trug, nicht die Absicht, mit diesem Nachkommen von bettelarmen chinesischen Eindringlingen – die allerdings im Augenblick Javas Wirtschaft kontrollierten – in Holland oder sonstwo in der Welt zu konversieren. Der junge Herr Tsui roch nach Geld und Erfolg. Er war in den Augen des javanischen Aristokraten unaussprechlich vulgär. Nicht zum mindesten deswegen, weil die Tsuis für ihren Reichtum buchstäblich arbeiteten. Prinz Tukimin stammte von einer langen Reihe javanischer Fürsten, die sich niemals so weit erniedrigt hätten, für etwas, was sie haben wollten, zu arbeiten. Sie bekamen es oder bekamen es nicht – ganz wie es Allah oder der Familie gefiel! Der Prinz vergaß beim Anblick der chinesischen Gäste in Alsmeer keinen Augenblick, daß diese jungen, wohlerzogenen Geschwister der *bangsa tengah* (Zwischenrasse, Vermittler zwischen den Europäern und Javanern des Archipels) angehörten. Die Tsuis waren entweder Buddhisten, oder Taoisten oder «Gesellschafts-Christen»; auf keinen Fall waren sie Mohammedaner, wie die in Java eingewanderten Araber. Prinz Tukimin überlegte... Ein javanischer Edelmann mußte jeder Situation gewachsen sein; er durfte niemals «der Pfeil, dem der Bogen fehlt», sein.

Der Prinz fühlte, daß seine Meditation in eine Handlung münden mußte. Der junge Herr Tsui hatte gegen die javanische Weltordnung der Götter und Fürsten verstoßen, indem er sich mir nichts dir nichts erkundigte, wie es dem Prinzen in Holland gefiele. Prinz Tukimin goß entschlossen sein Glas Limonade über den eleganten westlichen Anzug des *orang tjina,* der gedacht hatte, in Holland fielen sämtliche Schranken der javanischen Sitte.

Der junge Herr Tsui lächelte undurchsichtig und verzog sich eilends. Der weise Mann räumt das Feld, wenn man ihn beleidigt... Die liebenswürdigen Entschuldigungen und das erschrockene Gesicht des Prinzen hatten ihn keine Sekunde getäuscht. Der junge Herr Tsui konnte das aristokratische Vergnügen, seiner Umgebung zu mißfallen, nicht nachfühlen. Er wollte beliebt und beachtet sein und wegen seiner Tüchtigkeit und seines Reichtums bewundert werden. So dachten auch sein Vater und die ehrenwerten Vorfahren. Achtung und Bewunderung waren für sie wie der Duft der Pfefferkräuter, die zartem Vogelfleisch die richtige Würze geben.

Auch Fräulein Tsui, die «Schale der Tugend» hieß, verließ die Gesellschaft. Ihr «Bruder hatte Gesicht» verloren, und «Schale der Tugend» durfte sich daher nicht amüsieren.

Nun endlich konnte Prinz Tukimin das Gartenfest der Polders in Würde und Frohsinn genießen.

II

Der Student Amir hatte die Szene beobachtet. Seine Seele brannte noch immer vor Empörung über Prinz Tukimins Abweisung. Nie wieder würde er ihm die Wohltat seiner Ansprache zuteil werden lassen. Er studierte schon zwei Jahre in Leyden und war betrübt, daß Cornelis van Veen, sein väterlicher Wohltäter «Tuan Bruderliebe», der sein Studium der Ingenieurkunst bezahlte, krank in Amsterdam lag. So unterhielt sich Amir aus Dankbarkeit mit Mijnheer Dirk van Veen, der seinem Vetter Cornelis so ähnlich sah, aber ein anderes Herz und eine andere Zunge hatte. Tuan Dirk war wie ein *antu* (Geist), der sich den Körper von «Tuan Bruderliebe» ausgeliehen hatte. Die Leber des Herrn Dirk mußte schwärzlich sein, so bitter klangen seine Reden, dachte der Student Amir, der neuerdings aus drei Personen bestand. Da war der wissenschaftliche Amir, der alles vom Westen lernen wollte, um seinem Land zu nützen. Zweitens gab es den frommen mohammedanischen Pilger, der dereinst über die mythische Kristallbrücke in die Halle des Morgenrots schreiten würde... Daß der Muslim Amir außerdem an javanische Naturgeister glaubte, komplizierte seine Pilgerschaft. Und die dritte Person war der Politiker Amir, der mit anderen jungen Javanern einer Organisation angehörte, die eines Tages alle Holländer – mit Ausnahme von «Tuan Bruderliebe» – aus Java vertreiben und einen selbständigen Staat errichten wollte. Diese drei Personen in Amir waren wie drei Figurinen des *wayang kulit* (javanisches Schattenspiel), die sich gegenseitig die Vorherrschaft um Amirs Geist und Seele streitig machten. Seit er sein friedliches Dorf verlassen und Holland «gerochen» hatte, war Amir in sich gespalten und zerrissen. Sein dunkles Gesicht mit den feurigen Augen, die manchmal sehr sanft blicken konnten, war vor Mißtrauen, Ehrgeiz und Unsicherheit verzerrt; außerdem hatte Amir Schmerzen im Kopf und in den Ohren. Tuan Dirk sagte spitze seltsame Dinge, die wie kleine Dolche in Amirs verwundbare Seele drangen. Dabei mußte Tuan Dirk doch eigentlich tanzen und singen vor Glück; er hatte die schönste Ehefrau in Insel-Indien. Wenigstens gefiel sie dem Studenten Amir über alle Maßen. Aber Tuan Dirk hatte seinen Augentrost in Java gelassen.

Tuan Dirk langweilte sich außerordentlich in Gesellschaft des Studenten Amir, der in Amsterdam und Leyden Lern- und Zündstoff einsammelte und offenbar «später» gern in ein Straflager nach Neu-Guinea verfrachtet werden wollte. Es sah Cornelis ähnlich, so einen Burschen mit dem Geld der Van Veens aufzuplustern! Dirk brauchte schrecklich viel Geld, und Cornelis besaß es; da lag der Hase im Pfeffer. Hätte Dirks Vater sich weniger um Geistergeschichten und mehr um die Geschichte der Java-Bank gekümmert, dann wäre Dirk heute fein heraus. Glücklicherweise brauchte seine Frau im Insel-Paradies wenig Garderobe – keine Pelze, keine Strümpfe und Hüte wie in Amsterdam oder Paris. Ein wahres Glück, daß Dirks Ehefrau nie nach Amsterdam oder Paris kommen wollte! Sie hatte Kisten voll Garderobe zur Hochzeit mitgebracht, und natürlich ihre Daturablumen – jene weißen stark duftenden «Zauberblumen», denen man in Java und Sumatra dämonische Kräfte zuschreibt. Wenn eine Frau den Blütenstaub der Daturas durch eine kleine Röhre über einen schlafenden Mann blies, erwachte er betäubt und willenlos aus dem Schlummer.

Wo blieb die Studentin Jo? Dirk haßte Unpünktlichkeit. Das würde er dem Sinkeh noch abgewöhnen, wenn ... Bei diesem Gedanken schloß er seine seltsamen Augen und sah aus, als lausche er berauscht den Erzählungen des Studenten Amir.

«Das ist eine wahre Geschichte, Tuan», sagte der junge Javaner. Amir hatte gegen seine Absicht die Anrede «Tuan» gebraucht, wo er doch einfach «Mijnheer» sagen wollte. *Tuan besar!* – allmächtiger Herr! – Kein unabhängig denkender Javaner durfte diese für die Holländer übliche Anrede auch nur in Gedanken gebrauchen. Das hatte Amir bei der letzten Versammlung seines «Indonesischen Studienklubs» erfahren. Der Klub hatte eine kleine Zweiggruppe in Amsterdam. Dr. Raden Soetomo hatte diesen Klub vor drei Jahren – im Jahre 1924 – gegründet. Er sollte einmal ein mächtiges Instrument für den Freiheitskampf der Inselvölker werden. Dieser Kampf war im Augenblick ein Schattenspiel wie das *wayang kulit*, das allabendlich im Archipel die uralten Heldenlegenden der indisch-malaiischen Völker vor Fürsten und Kromos spielte. Aber diese Schattenspiele auf der erleuchteten Leinwand besaßen für den Studenten Amir und seine Landsleute echteres Leben als das Kolonialparadies und das Gartenfest der Tuan Besars ... Amirs «Indonesischer Studienklub» war nicht nur eine Wiege der Freiheit, sondern auch ein Zentrum für praktische Maßnahmen. Der Klub hatte in Java bereits Schulen, Konsumvereine und Banken gegründet. Dr. Raden Soetomo war ein Vulkan und dabei eine Taube an diplomatischer Sanftheit. Er hatte dem Tuan Bruderliebe den Studenten Amir über den Weg geführt. Er war einer der großen, heimlichen *dalangs*; ein Regisseur des politischen Schattenspiels, das Amir mit fanatischer Aufmerksamkeit studierte.

Amir betrachtete verschüchtert den riesigen Tuan Dirk. Er schien zu schlafen. Dabei hatte Amir ihm eine großartige Geschichte über einen javanischen Studenten in Amsterdam erzählt.

«Eine wahre Geschichte», wiederholte er mit eigensinnigem Sanftmut und wich einen Schritt zurück, als der Tuan plötzlich die schweren Augenlider hob und ihn fixierte. «Es ist vor einer Woche in Amsterdam passiert», sagte der Student Amir flehend. Was hatte der Tuan? Er blickte beinahe wild um sich. Ein gelbes Licht flimmerte in seiner Iris.

«Eine Geschichte wird nicht glaubwürdiger, weil sie passiert ist, werter Herr», erwiderte Dirk nachlässig und senkte die schweren Lider wie Vorhänge über seine Augen.

«Das verstehe ich nicht», erwiderte der Student Amir verwirrt.

«So gibt es tatsächlich noch etwas, was ihr *nicht* versteht?» Dirk lächelte niederträchtig. «Wieviel Stunden lernt ihr täglich euer Holland, he?»

«Viele, viele Stunden», erwiderte Amir ernsthaft. Warum lächelte Tuan Dirk so ... so wild? War er mit Amir böse?

«Höre zu, mein Sohn», sagte Dirk van Veen und lächelte nicht länger. «Ich hab neulich in eurem Käseblatt ...» – Was in aller Welt war ein ‹Käseblatt›, fragte sich der Student Amir, wagte aber nicht, den wilden, ärgerlichen *Tuan* zu unterbrechen. Doch Dirk hatte sofort das Unverständnis in den runden, schwarzen Augen des jungen Javaners entdeckt und erklärte:

«Ich hab neulich in eurem *Bataviaasch Nieuwsblad* eine tolle Frechheit gelesen. Wer hat das geschrieben? Du etwa?»

Amir wurde grau vor Angst. Das *Bataviaasch Nieuwsblad* war eine Zeitung für junge javanische Intellektuelle, die ein anderer unermüdlicher Schattenspieler – Hadji Agoes Salim – im Jahr 1918 gegründet hatte. Diese in holländischer Sprache erscheinende Zeitung war von den Hochlanden in Sumatra in alle Kreise des holländischen Insel-Imperiums gedrungen. Hadji Agoes Salim, eine Hauptfigur des politischen Mohammedanismus und ein prominentes Mitglied der Bewegung *Serakat ISLAM*, zählte sowohl den Prinzen Tukimin wie den Reisbauernsohn Amir zu seinen Jüngern. Das *Bataviaasch Nieuwsblad* (Batavische Nachrichtenblatt) wurde eifrig von den heimwehkranken Studenten in Holland gelesen. Und nun hatte Tuan Dirk dort etwas entdeckt! Der Student Amir versicherte sich verstohlen, daß sein Kris (Dolch) in seiner Hosentasche griffbereit war. Dirk van Veen war für seine Gewalttätigkeit bekannt. Amir wünschte sich zurück auf sein Reisfeld.

Dirk van Veen hatte in der Tat ein starkes Stück in dem Nachrichtenblatt entdeckt, wenn es sich auch als «Legende» präsentierte. Es handelte sich um die berühmten Vulkane Merapi und Singalang in Sumatra, welche die Minangkabau-Stämme als «Braut und Bräutigam» bezeichnen. Vor Jahrhunderten kämpfte der Riese Merapi gegen seinen Widersacher Ophir um die Gunst der schönen, glühenden Singalang. Der Riese Merapi vernichtete den Nebenbuhler, und danach erstarrte er zum Berg; genau wie die feurige Schönheit Singalang. Aber wenn er sich manchmal vulkanisch glühend der schönen Singalang zuneigen will, hüllt sie sich in Nebelschleier, wie jeder Tourist noch heute von Fort de Kock aus beobachten kann. Dieses Brautpaar aus Gestein und kochender Lava glüht und erstarrt nun schon Jahrhunderte lang. Aber wenn es sich einst in feuriger Umarmung begegnen wird – so will es der Glaube der Bergvölker – dann wird die holländische Herrschaft in «Indonesien» zu Ende gehen.

Diese Legende war in der letzten Nummer des Nachrichtenblattes von Hadji Agoes Salim, der angeblich gut Freund mit den Holländern war, erschienen. Der Hadji leitete allerdings das Blatt schon lange nicht mehr; er hatte andere Fische zu braten. Obwohl er im Umgang mit Holländern stets maßvoll und liebenswürdig war, organisierte er zur Zeit des Gartenfestes in Alsmeer die Vorarbeiten zu einer Demonstration der Inselvölker gegen den «Herrendienst», den abzuschaffen Hadji Salim sich als Jüngling geschworen hatte. Eine freie Bauernschaft war seiner Meinung nach die Grundlage für ein freies Land.

«Hast du diesen Blödsinn geschrieben?» fragte Tuan Dirk den Studenten Amir. Dirk kannte die beiden Vulkane, die Minangkabau-Stämme und die ganze Gegend wie seine Tasche. Er hatte seine Frau in Fort de Kock zum erstenmal gesehen.

«Nein... Tuan», sagte der Student zitternd. «Es ist doch nur eine Legende», fügte er flehend hinzu.

«Es ist eine Unverschämtheit, und du weißt es», sagte Dirk nachlässig. «Du kannst dem Verfasser mit meinen besten Grüßen bestellen, daß er...»

Dirk van Veen hielt im Satz inne. Seine Augen weiteten sich.

«Entschuldigen Sie», sagte er förmlich und blickte den Verfasser der Legende nicht mehr an. Er hatte ihn bereits vergessen. Jo van Swanenburgh war zwei Stunden zu spät am Arm von Dr. Quentin Bloemendaal auf dem Gartenfest in Alsmeer erschienen.

III

Sie war viel schöner, als Dirk sie in der Erinnerung hatte. Sie gehörte zu den Mädchen, die durch Enttäuschungen an Reiz gewinnen. Jo trug ein Sportkleid aus weißer Seide; es war einfach aber sehr elegant. Sie war ganz anders als der Teenager im großen Abendkleid mit den Saphiren im Haar. Auch das Kind mit dem Zopf im chinesischen Pyjama hatte keine Ähnlichkeit mit dieser kühlen jungen Dame. Zum Kuckuck, was war mit dem Sinkeh los? Hatte Jo sich etwa mit Quentin Bloemendaal verlobt?

Sie schritt auf die alte Baronin zu und ließ sich küssen. Sie begrüßte nacheinander alle ihre Bekannten aus Singapore und Java: Paulus de Witt mit Linda, Jan Polder, der merkwürdig still neben Anna van Doren saß – wie in aller Welt kam diese Abenteurerin auf Cornelias Gartenfest? – ihren Bruder Vincent mit Julia van Gelderen am Arm und die ältere Generation. In ihrem Bestreben, ihn nicht zu begrüßen, stolperte sie beinahe über Dirk van Veen.

«Hallo, gnädiges Fräulein!» Dirk blickte die Medizinstudentin Swanenburgh starr an. «Kennen wir uns nicht von Singapore her?»

«Ich kann mich nicht entsinnen!»

Dirk van Veen lachte leise. Er beugte den Kopf mit der gewölbten Stirn ein wenig vor, so daß ein schwacher Duft von Lavendel, Tabak und etwas Undefinierbarem das Mädchen streifte.

«Dann muß ich mich geirrt haben», sagte er nachlässig. «Bitte tausendmal um Verzeihung!»

Er schritt auf Linda de Witt zu. Jo hörte sie miteinander sprechen und lachen.

«Er *hat* sich geirrt», sagte Jo zu Quentin Bloemendaal. «Wollen wir etwas trinken? Finden Sie Gartenfeste auch so blödsinnig?»

«Nicht immer», sagte Dr. Quentin Bloemendaal. Das Mädchen hatte keinen Funken Farbe mehr im Gesicht. Er bemühte sich es zu übersehen.

Dirk van Veen kam sich vor wie der Vulkan Merapi, vor dem sich die schöne Singalang in Nebelschleier hüllt. Dieses Mal gab es keinen Tanz in einer gläsernen Welt. In Alsmeer wurde niemals getanzt.

Der Abend war gekommen, und die chinesischen Ampeln wurden entzündet. Dennoch blieb es ein holländischer Park, in dem Dirk ein Fremdling geworden war. Sekundenlang dachte er an seine «Kolonial-Ehe» und an alles, was damit zusammenhing. Er mußte es dem Sinkeh erklären. Deshalb war er nach Alsmeer gekommen, obwohl er sich in Paris zur Zeit nicht übel unterhielt. Er hatte diesem eigensinnigen Geschöpf den einzigen Liebesbrief seines Lebens geschrieben. Dieses süße Geschöpf mit der neuen Kühle versprach trotz seiner Jugend eine Erfüllung der Liebe – Jo würde einem Mann niemals uninteressant werden. Eine Bindung mit ihr würde Genuß, Erinnerung und Sehnsucht in einem bedeuten. Er war ein Esel gewesen, daß er sie in Singapore hatte laufen lassen! Er war zu anständig – das war sein Fehler!

Jo wußte nicht, worüber sie mit Cornelias Gästen sprach. Quentin Bloemendaal unterhielt sich mit anderen Mädchen. Er hatte sich nicht einmal den Kuß abgeholt, den Jo ihm bei ihrer Abreise von Batavia angeboten hatte.

In der Halle des Hauses war ein kaltes Büfett aufgestellt, dem eifrig zugesprochen wurde. Jo würgte sich irgend etwas herunter. Ihr war schwindlig vor Hunger, und sie konnte trotzdem nichts essen. Ihr Teller fiel klirrend zu Boden.

«Immer sachte!» Dirk van Veen bückte sich geschmeidig nach dem Teller. «Warum bist du so aufgeregt?» flüsterte er. «Komm ... in den Garten!»

«Nein!» wollte Jo sagen, brachte aber keinen Ton über die Lippen. Sie starrte Dirk an. Wilde Schwärmerei verdunkelte ihren Blick. Dirks Anblick versetzte sie in einen Zustand des entzückten Grauens; ihr Wille war völlig gelähmt.

Sie schritt wortlos in den von Ampeln matt erhellten holländischen Park, der ihr fremd geworden war. Sie ging hochaufgerichtet und schlafwandlerisch über eine Kristallbrücke, die sich leuchtend über Abgründe spannte. Die Brücke konnte nur ins Chaos führen.

Jo ging weiter.

Sie saß betäubt neben Dirk van Veen in einer kleinen Laube. In dieser Laube hatte sich die halbe Kolonie verlobt. Dirk betrachtete Jo aus halbgeschlossenen Augen. Dieses Mal schlief er nicht wie in Gesellschaft des Studenten Amir, obwohl es beinahe so aussah. Seine Mundwinkel zuckten; war es Spott oder Leidenschaft? Jo konnte nichts aus seinem Gesicht lesen und konnte dennoch ihren Blick nicht abwenden. Was ging dem ruhelosen Geliebten durch den Kopf?

«Wo hast du diese ganzen Monate gesteckt?» fragte sie rauh.

«Warum willst du das wissen, Meisje? Wir sind doch nicht verheiratet.»

Er machte sich wieder über sie lustig. Hatte Dirk van Veen kein Herz? Jo blickte ihn an. Er sah hart und kalt aus – wie ein Fremder aus einem bezaubernden und lebensgefährlichen Traum. Sie konnte noch fliehen – er rührte sich nicht und wartete wie ein Raubtier. So kam es ihr jedenfalls vor, obwohl der Mijnheer aus dem Schattenreich sie nicht anrührte. Er mußte irgendwo in seiner Seele Tränen aufbewahren, die er niemals um Jo oder um eine andere Frau weinen würde.

Die Minuten verrannen. Jo konnte nicht ewig neben einem Mann sitzen, der für sie nicht existieren durfte.

Jeder ihrer Seufzer gab ein leises, bitteres Echo.

«Dirk ... ich will ... dich ... nie wiedersehen.»

«Dann geh doch!»

«Ich kann nicht.»

«Du willst nicht.»

Er lächelte hart und gefährlich vor sich hin. Dieses eigensinnige, dreiste Schulmädchen, dem er einen Liebesbrief geschrieben hatte, kannte ihn immer noch nicht.

«Ob du willst oder nicht – wir werden uns immer wieder in einer Laube treffen», murmelte er.

«Es ist alles zwischen uns zu Ende.»

«Sprich nicht wie ein Filmstar, Sinkeh! Das paßt nicht zu dir.»

Jo hörte die Ungeduld in seiner Stimme. Gleich würde er sich in sein Schattenauto setzen und für immer davonfahren! Sie würden sich nicht wiedersehen. Er hatte wieder einen seiner grausamen Scherze gemacht.

Dirk starrte sie an. Wie wunderschön und jung und verzweifelt sie war! Siebzehn Jahre ... Ihr zarter Hals wuchs wie ein Bambusstengel aus dem Ausschnitt ihres weißen Kleides. Sie hatte es bestimmt großartig gefunden, so zu tun, als könne sie sich nicht an ihn erinnern.

«Was ist ‹zu Ende› zwischen uns, oder ist es ein Geheimnis?» fragte Mijnheer van Veen gefährlich sanft.

«Alles», erwiderte Jo düster und eigensinnig.

Der Mijnheer begann tonlos zu lachen. Seine mächtigen Schultern zuckten.

«Du bist gut, du kannst so bleiben», sagte er freundlich. «Soviel ich weiß, hat es noch gar nicht zwischen uns angefangen.» Er gab Jo einen Kuß auf die kecke Nasenspitze. «Ich schrieb dir, wir wollten uns in sechs Jahren einmal über den Fall unterhalten. Oder hast du den Brief nicht bekommen?» fragte er lauernd.

«Ich habe ihn zerrissen», Jo begann zu zittern.

«Soviel Verstand hätte ich dir gar nicht zugetraut! Welche Energie steckt doch in unserem Sinkeh!»

«Laß mich los ... sofort!»

«*Ich* habe die Programmgestaltung des Abends, Fräulein», belehrte sie Mijnheer van Veen und riß sie in seine Arme.

«Ich will nicht!»

«Weh dem, der lügt», sagte Dirk van Veen und ließ Jo so plötzlich los, daß sie beinahe von der Bank gefallen wäre. Er hatte Schritte gehört. Eine Stimme sagte irgend etwas. Dirk van Veen wischte sich die hohe Stirn mit einem seidenen Tuch, das eine malaiische Inschrift trug. Jo saß steif da. Sein Kuß hatte wieder die Welt verändert. Sie war beinahe am Ende der Kristallbrücke – dort, wo sie sich schwankend in den Abgrund senkte ...

Jo strich sich das glänzende blonde Haar aus der Kinderstirn. «Bist du wirklich verheiratet?» Sie unterdrückte ein Schluchzen.

«Wer hat dir das erzählt?» fragte der Mijnheer schnell. Sein Blick glitt kalt über das Mädchen hin.

«Ich weiß es nicht mehr.» Ein Instinkt warnte Jo davor, den strengen, hilfreichen Dr. Quentin Bloemendaal in diese Sache hineinzuziehen. Wie in einem Albtraum hatte der friedliche holländische Park seinen Charakter gewechselt. Der Mond war ohne Schleier und blickte kalt und höhnisch auf die beiden jungen Menschen in der falschen Liebeslaube herab. Es war plötzlich Herbst in Alsmeer. –

Der Mijnheer zog eine Fotografie aus seinem Rock. «Meine Frau», erklärte er tonlos.

Jo starrte das Bild an. *Das* sollte Dirk van Veens Frau sein?

«Ist das ein Scherz?» fragte sie mühsam.

«Nein.»

«Das ist doch nicht möglich!»

«Du hast keine Ahnung, was alles auf dieser Welt möglich ist», erwiderte der Mijnheer sinnend und steckte die Fotografie in die Tasche. «Ich fahre morgen nacht nach Paris zurück. Kommst du mit? Neun Uhr abends! Schlafwagen von Amsterdam! Blumen und Konfekt verbeten!»

In diesem Augenblick hustete jemand auffällig. Dr. Quentin Bloemendaal, der vorhin schon an der Laube vorbeigegangen war, stand vor Jo und Dirk. Seine scharfen grauen Augen blickten an Jo vorbei. Sein strenges Gesicht schien trotz seiner Jugend zerfurcht.

«Entschuldigen Sie! Sie werden vermißt, Fräulein Jo!»

Keine Antwort.

«Bist du taub?» Mijnheer van Veen rüttelte Jo brutal am Arm.

«Tante Cornelia schickt mich», sagte Quentin Bloemendaal. Auch er nannte die alte Baronin noch so wie in den Kindertagen. Heute verband sie eine feste und zartfühlende Freundschaft.

«Ihr Bruder Vincent hat sich mit Julia van Gelderen verlobt», erklärte er. «Tante Cornelia möchte es jetzt bekanntgeben.»

«Was?» Jo erwachte aus einem süßen und schrecklichen Traum. «Unser Vincent... verlobt? Mit Julia? Er hat doch gar keine Zeit zum Heiraten. So ein Quatsch!»

«Darf ich als Erster gratulieren?» sagte Mijnheer van Veen. «Gestatten Sie, daß ich mich verziehe! Verlobungen rühren mich zu Tränen.»

Jo ging benommen mit Quentin Bloemendaal ins Haus zurück. War Julia van Gelderen nicht einmal die Braut von Pieter Meesters gewesen?

Dr. Quentin Bloemendaal sagte kein Wort. Einige Sätze gingen wie ein Mühlrad in seinem Kopf herum. Er hatte sie nicht überhören können, obwohl er laut gehustet hatte.

«Neun Uhr abends... Schlafwagen von Amsterdam!» Nach Paris sollte es gehen.

Es traf sich ausgezeichnet, daß er mit demselben Zug nach Paris zuzurückfuhr. Was er damals bei Lindas Hochzeit geahnt hatte, war jetzt Gebot der Stunde: man mußte Jo van Swanenburgh vor sich selbst schützen.

IV

Anna van Doren fuhr in tiefem Sinnen von Alsmeer nach Amsterdam zurück. Jan wollte sie heiraten – mit oder gegen ihren Willen. Mit oder gegen den Willen der Baronin und der ganzen Kolonie. Er hatte es ihr beim Gartenfest erklärt. Entweder Anna oder niemanden!

Anna wußte nicht, was sie tun sollte. Konnte das Unmögliche durch Liebe möglich werden? Jan wußte nun auch von ihrem Adoptivkind Adrienne und wer die wirklichen Eltern des Kindes waren. Er wollte Adrienne nach der Hochzeit nach Holland nehmen. Anna und er würden still und glücklich auf den Polderschen Zuckerplantagen leben und nur ihre wirklichen Freunde sehen. Die Vergangenheit könne ihnen nichts anhaben, hatte Jan Polder erklärt und Annas Arm gestreichelt. Jan kannte jetzt auch den Notar, der eine bestimmte Persönlichkeit benachrichtigen sollte, falls Anna ganz plötzlich sterben würde.

«Anneke», hatte Jan geflüstert. Sie hatten in derselben Laube gesessen, in der Quentin Bloemendaal zwei Stunden früher Jo mit Dirk van Veen aufgestöbert hatte.

«Anneke...»

Niemals im Leben hatte Anna Szabó einen so zärtlichen Ton gehört. Tränen hatten ihren Blick verdunkelt. Jans blonder Kopf hatte einen Augenblick an ihrer Brust gelegen. Vielleicht gab es doch ein zweites reineres Leben, wenn man seine Sünden bereute und aufrichtig liebte?

«Mein goldenes Lamm», hatte Anna auf ungarisch geflüstert...

Jetzt fuhr sie in ihre elegante Amsterdamer Wohnung zurück. Sie mußte über alles erst nachdenken. Es war schon kühl in der großen Stadt. Die Grachten mit den lieblich geschwungenen Brückenbögen, die soliden Bürgerhäuser, der Riesenverkehr der Weltstadt – alles lag im kalten Dämmerlicht. Anna fröstelte plötzlich. Ihr tiefes Glücksgefühl war einer Depression gewichen. Nur solange der Jonkheer bestimmt und sicher über ihre gemeinsame Zukunft sprach, war diese Zukunft eine Realität... Ein früher Nebel hing über der Stadt und hüllte die Amstel in fließende, fliehende Schleier ein. Die Ulmen an der Herengracht blickten grau und streng: Herbst in Amsterdam.

Niemals hatte Anna sich so einsam gefühlt. Der Jonkheer war in Alsmeer bei seiner Großmutter geblieben. Das Blumenparadies würde Jan und Anna später gehören.

Ein feiner Regen fiel auf die Kalverstraat. Touristen und Einheimische betrachteten die eleganten Geschäfte. Sie lachten und schwatzten und strebten den Restaurants zu. Anna schloß die Augen. Sie war todmüde. Die Müdigkeit war ein Geier, der ihre Vitalität fraß.

Dann hielt die Taxe vor ihrem Haus in einem modernen Wohnviertel in Amsterdam-Süd. Der Chauffeur hatte Anna – wie üblich – für eine Ausländerin gehalten und war entgegenkommend durch die halbe Stadt gesaust, um ihr die Sehenswürdigkeiten zu zeigen.

Anna stieg aus und ging langsam wie eine alte Frau die Treppe des Etagenhauses hinauf. Einmal blickte sie sich um, ob ihr jemand folgte. Sie mußte stark überreizt sein. Sie blickte sonst niemals zurück... Das hatte sie immer wieder gerettet.

In ihrem Wohnzimmer brannte ein mattes Licht. Anna schüttelte den Kopf. Hatte sie vor ihrer Fahrt nach Alsmeer vergessen, die Leselampe auszuknipsen? Immer noch lag ihr das seltsame Angstgefühl auf der Brust. Es war ihr in der großen Stadt mit der Dämmerung angeflogen. –

Sie öffnete die Tür zu ihrem behaglichen Wohnzimmer. Die Leselampe brannte tatsächlich. Ihr Schreibtisch lag im Schatten.

Irgendeine Strömung in der Luft machte Anna unruhig. Halt – hörte sie ein Geräusch? Oder war es der Herbstwind?

«Ist da jemand?» fragte sie in ihrem harten Holländisch.

Keine Antwort.

Anna stellte ihr elegantes Köfferchen auf den Boden und zog sich vor dem schönen, alten Barockspiegel ihre Kostümjacke aus. Dabei sah sie im Spiegel, wie jemand aus dem Eßzimmer trat. Es war ein hochgewachsener Mann. Er schwankte leicht, während er langsam aus dem dunklen Eßzimmer in den Lichtkegel um den Barockspiegel kam. In der Hand hielt er einen Revolver. Er hielt ihn lässig, beinahe uninteressiert. Hinter ihm türmten sich die Schatten aus Anna Szabós Vergangenheit, die Jan Polder im Morgenlicht vertrieben hatte.

Anna wollte um Hilfe rufen. Sie sah im Spiegel, wie der Mann immer näher kam. Ihre Kehle war ausgedörrt. Ihr Herz schlug wie ein Hammer. Es mußte ein gräßlicher Traum sein, aus dem sie sofort erwachen würde, wenn sie sich einen kräftigen Ruck gab. Der Mann schwankte, als er auf Anna zustürzte.

«*Meesters!*» schrie sie mit einer Stimme, die ihr nicht gehörte. Es war nur ein Winseln, ein heiseres Röcheln... «Es kann... nicht sein.»

«Doch», sagte Meesters und klopfte Anna mit dem Revolver hart auf die Schulter. «Guten Abend, Mevrouw! Ich melde mich wieder zur Stelle! Als Sekretär und Begleiter auf Lebenszeit.»

«Wieviel?» fragte Anna.

«Nichts», sagte Pieter Meesters nüchtern. Er war entsetzlich, wenn er nüchtern war. So hatte er ausgesehen, als er in Annas Traum tödliche Bambusfasern in ihren Abendreis gemischt hatte. Er schwankte nicht, nur sein Spiegelbild hatte geschwankt...

«Nichts, schöne Braut.» Meesters lachte entsetzlich. «Das würde dir passen, die Polders *ohne mich* auszuräubern! Aber darum handelt es sich im Augenblick nicht. Weißt du wirklich nicht, warum ich hier bin?»

Anna rang krampfhaft nach Luft. Sie tastete wie eine Blinde nach dem Telefon auf ihrem Schreibtisch. Polizei! Ein Überfall in Amsterdam-Süd! Meesters riß das Telefon mit dem Stecker aus der Wand.

«Ich will nur eine Adresse!» Er spielte mit dem Revolver. «Wo versteckst du meine Tochter Adrienne?»

«Sie ist *meine* Tochter. Ich habe sie adoptiert.»

«Ich habe ganz Holland abgesucht. Heraus mit der Adresse! Dann siehst du mich nie wieder.»

«Das hast du mir schon zu oft versprochen.»

«Ich hätte Jan Polder für schlauer gehalten», sagte Meesters nachdenklich. «Auf *dich* hereinzufallen! Ich dachte immer, das könnte nur mir passieren.»

Meesters war zweiundzwanzig Jahre alt gewesen, als er Anna van Doren in Sumatra kennengelernt hatte.

«Ich werde dafür sorgen, daß das Gericht die Adoption meiner Tochter rückgängig macht. Du bist eine kriminelle Person und nicht fähig, die Kinder anständiger Familien zu erziehen.»

«Du hast von meinem Geld gelebt... du...» Sie brauchte ein ungarisches Schimpfwort. Sie hatte ihre Sprache wiedergefunden. Nie würde sie das Kind an Meesters ausliefern! Adriennes Mutter war tot. Nur Jan Polder wußte ihren Namen... Meesters konnte drohen, soviel er wollte. Jan wußte über Annas Vergangenheit Bescheid und hatte einen Strich darunter gezogen. Er liebte sie. Er brauchte sie. Sie wußte, daß sie ihn auch brauchte. Zwei Einsamkeiten hatten eine starke Gemeinsamkeit ergeben. Es war alles einfach, wenn die Hoffnung zwischen zwei Menschen aufblühte...

Meesters in nüchternem Zustand schien Gedanken lesen zu können.

«Es handelt sich nicht um Jan Polder! Der findet schon selbst mit der Zeit alles heraus. Neugierigste Familie von Holland.»

Meesters zündete sich eine Zigarette an und legte den Revolver behutsam neben sich auf ein Tischchen. «Ich werde ein Verfahren wegen wiederholter Urkundenfälschung gegen dich einleiten. Ich nehme an, daß du danach nicht mehr in Alsmeer eingeladen wirst.»

Meesters wußte alles. Er mußte ihr nachgeschlichen sein. Immer noch verfolgte er das Leben der Kolonialfamilien mit krankhaftem Liebeshaß. Alsmeer mußte ihm den Rest gegeben haben.

«Her mit der Adresse!... Frauenzimmer!»

Er trat auf sie zu. Sie sah den Mordwunsch in seinen trüben Augen. Sie hatte ihn zweimal in Batavia und einmal im Traum gesehen. Und plötzlich – in der letzten Minute ihres wilden Abenteurerdaseins – wußte Anna Szabó aus einem Budapester Armenkeller, wozu sie über die leuchtende Kristallbrücke Insel-Indiens geschritten war. Sie war auf dieser Welt gewesen, um ihr Teilchen Unglück und ihr Teilchen Glück zu spenden – wie jeder Lebende es tat. Anna war unwissentlich nach Sumatra gepilgert, um das Kind Adrienne vor Meesters zu schützen. Niemals im Leben oder Sterben würde sie diesem Vater die Adresse des Kindes verraten! Er konnte Holland von einer Ecke bis zur anderen durchreisen. Kein Brief, keine Abrechnung des Schweizer Kinderheims war in Annas Wohnung; alles ging über ihren Anwalt und Notar, welcher der Vormund des Kindes war. Er war zum Schweigen verpflichtet. Anna wollte «Niemals» sagen, aber sie konnte es nicht mehr. –

Meesters war immer dichter an sie herangekommen. Sie blickte sekundenlang in seine aufgerissenen Augen – die Augen eines Mörders oder eines Wahnsinnigen. Eine Art Nebel – undurchdringlicher und kälter als der Amsterdamer Herbstnebel – kroch in Annas Augen, bis sie nichts mehr sehen konnte; er drang in ihre Kehle, die nicht mehr schreien konnte, und in ihr tapferes, müdes Herz. In rasender Eile zogen Visionen an ihrem inneren Auge vorüber: das Kind Adrienne, eine echte kleine Holländerin... die verstorbene Mutter des Kindes: groß, kühl, vorsichtig, schön und von Asien verwirrt und vernichtet... Und Jan, Jeannot, ihr junger Mann, ihr Kind...

«Anneke...» Süßer Liebeslaut über friedlichen Wassern; fromme Melodie im holländischen Wind... Meesters war fort. Aber jemand war noch in Annas Zimmer. War es der Tod? Hielt jemand ihr das alte

Kruzifix aus Budapest vor die Lippen, vor die brechenden Augen, vor das müde Herz? Sie versuchte, es fromm zu küssen, wie sie es als Kind in Osteuropa gelernt hatte. Dann wirbelte Dunkelheit um Anna Szabó herum. Träumte sie oder war sie schon tot? Ihr kleines Teil Glück ... sie hatte es noch geben dürfen.

«Es geht zu Ende», sagte der Arzt zu Jonkheer Jan Polder. Anna lag in ihrer Wohnung in ihrem eigenen Bett. Das Zimmer war voll von Menschen: Polizisten, ein Arzt, der Priester und Jan Polder, der vor Annas Bett kniete.

«Nicht weinen ... mein Lamm», flüsterte Anna mit ungeheurer Anstrengung. «Es ... ist ... besser so.»

Erblickte sie in der Hellsicht der letzten Minuten hinter ihren geschlossenen Augen die Zukunft der kleinen Adrienne? In Holland, im Landhaus von Alsmeer, auf den fabulösen Zuckerplantagen der Polders, im Palast des Residenten von Djokjakarta? Dort gehörte Adrienne ihrer Herkunft nach hin. Anna hätte nur gestört ...

Dann verschwammen die Dinge der Welt. Anna hörte nur Murmeln, ein Gebet, eine gültige Formel der Vergebung. Anna Szabó hatte ihr Schlimmstes und ihr Bestes auf dieser Welt getan. –

Nun gab es für sie das große Erbarmen, die Freude und den Frieden.

V

Sechs Monate nach Annas Tod fuhr Jan Polder nach Java zurück. Er konnte es in Holland mit den Erinnerungen an Anna nicht aushalten. Übrigens hatte Jan seine künftige Frau nur noch durch einen Zufall lebend angetroffen. Er war ihr nach Amsterdam gefolgt. Er hatte sie überraschen und abends mit ihr essen wollen. Er mußte sie beständig sehen, mit ihr sprechen, sie küssen. Zum erstenmal hatte er ruhig und zuversichtlich geliebt.

Niemand kannte Annas Mörder. Jan mußte einige Minuten nach Meesters' Verschwinden Annas Wohnung betreten haben. Sie hatte ihn wenigstens noch erkannt. So blieben Jan Polder und das Kind Adrienne einer einsamen Zukunft überlassen.

Mit Anna Szabós Leben und gewaltsamem Tod ging im Kolonialreich der Niederlande die goldene Epoche zu Ende. Niemand – nicht einmal Jan Polder – hätte später diesen geheimnisvollen Zusammenhang zwischen den Ereignissen entdecken können. Anna Szabó hatte nur am Rande der Kolonialgesellschaft gelebt, aber sie hatte zu dem glänzenden Bild gehört wie der Schatten zum Menschen. Sie war eine der letzten großen Abenteurerinnen zwischen Holland und den Inseln gewesen. Nach ihrem Tod begann die unterirdische Wandlung der Atmosphäre. Die Welt der rücksichtslosen und bezaubernden Abenteuer, der grandiosen Feste und der unerschütterlichen Macht der Gouverneure und Residenten zerbröckelte im folgenden Jahrzehnt. Die Tropensonne brannte genauso glühend, aber man fühlte zum erstenmal, daß sie erkalten könne. Das goldene Netz bekam feine Risse, obwohl es sich noch fest von Kontinent zu Kontinent spannte. Die Zeit stand nicht mehr still, sondern schien zu jagen.

John van Veens Cocktail-Party in Singapore, Linda Derringtons Hochzeit in Batavia und Anna Szabós Glück und Ende waren die letzten Ereignisse einer glanzvollen Epoche. Einige Jahre später begann das Jahrzehnt der Krisen, der Zweifel, der Lockerung einer Gesellschaft, die nur noch äußerlich an goldene Zeiten gemahnte. Man gab weiter Cocktail-Parties, man heiratete in Batavia oder in Medan und machte die vorgeschriebenen Hochzeitsreisen nach Bali oder an den Toba-See in Sumatra. Man liebte, litt und starb auch manchmal so plötzlich und tragisch wie Anna Szabó; man übte weiter die Macht aus und schüchterte Studenten wie den Kromo Amir ein. Exzellenz Polder wickelte immer noch die Fürsten in seinem Regierungsbezirk um den fetten, kleinen Finger und unterschätzte junge hochgeborene Javaner wie den Prinzen Tukimin, nur weil sie sanft lächelten und phantastische Gewänder und Kopfbedeckungen trugen ... Hinter ihnen stand aber die Macht des Islam, an die Exzellenz Polder nicht glaubte. –

Sechs Wochen nach Annas Tod saß die alte Baronin still, rosig und unbesiegt in ihrem Wohnzimmer im Stadthaus in Leyden. Um sie waren das Bild des Admirals, das Glas mit den tropischen Goldfischen, ihr Enkelsohn Jan und Anna Szabós Vermächtnis: das Kind Adrienne. Jan hatte es aus der Schweiz nach Holland gebracht. Nur er und Cornelia Polder kannten im Augenblick die Mutter des Kindes. Aber sie wußten auch, daß sie nicht ewig darüber schweigen konnten. –

Die alte Baronin betrachtete schweigend ihren Enkelsohn und das schöne siebenjährige Kind. Wie weit lag das Gartenfest von Alsmeer zurück! Der Herbstwind blies Rauch herüber, der die Gärten und Kanäle einhüllte. Vincent van Swanenburgh hatte sich damals programmgemäß mit Julia van Gelderen verlobt. Sie paßte ausgezeichnet in eine Chirurgenfamilie, denn sie war gelernte Krankenschwester und konnte immer im Hospital einspringen ... Sie hatte ihren ersten Verlobten – Pieter Meesters – längst aus ihrem Gedächtnis gestrichen. Julia wollte mit Vincent van Swanenburgh glücklich werden. – Cornelia Polder trank stumm ihren Genever. Welch seltsame Dinge waren nach dem Gartenfest in Alsmeer geschehen! Jo van Swanenburgh war Hals über Kopf nach Paris abgereist. Anna van Doren war in der Nacht nach dem Fest ermordet worden. Es fiel Cornelia Polder schwer, an so melodramatische Ereignisse in ihrer nächsten Umgebung zu glauben. Sie war immer der Ansicht gewesen, daß sich so etwas nur bei unordentlichen Leuten im Ausland abspielen könnte ... Aber sie ahnte, daß Annas Leben und Tod eine echte Tragödie gewesen waren. Es gab keine große Szene an Annas Sterbebett; Jan zeigte ein gleichmütiges Gesicht und aß mit dem gewohnten Appetit. Nicht einmal die in Melodramen übliche poetische Gerechtigkeit, nach der die Bösen bestraft und die Guten am Ende belohnt werden, hatte sich hier eingestellt. Die Polizei hatte Annas Mörder nicht gefunden; sie hatte nur zwei harmlose Leute verhaftet, die einwandfreie Alibis und gerechte Entrüstung vorgewiesen hatten. Der Mörder war entkommen... Vielleicht führte er in diesem Augenblick einen stummen Krieg gegen sich selbst? –

Um Anna Szabó trauerte die alte Baronin wie um einen seltsamen Gast, der ihr unversehens ans Herz gewachsen war. Und dennoch... «Es ist besser so», dachte Cornelia Polder nüchtern. Annas Welt des strömenden Gefühls, der dehnbaren Moral und der Exhibitionen osteuropäischer Schwermut wäre früher oder später mit der klaren, auf das praktische Handeln ausgerichteten Welt der Niederländer zusammengeprallt, was immer Jan sagen oder denken mochte. Jan Polder war im Begriff gewesen, ins Meer zu gehen, um den Schaum zu fangen... Er würde nicht fünfundzwanzig Jahre bleiben, und er hatte Aufgaben in den Kolonien vor sich. Natürlich bedauerte Cornelia Polder, daß der liebe Jan allzu plötzlich die romantische Leidenschaft entdeckt hatte – aber diese Entdeckung blieb eben selbst Holländern nicht immer erspart... Sie betrachtete Jan mit verstohlener Sorge: sein volles Genießergesicht wirkte sehr still; nur seine Augenlider flatterten.

Im Augenblick saß das Kind Adrienne auf Jans Schoß und sprach ihm langsam die ersten holländischen Worte nach. Adrienne hatte in der Schweiz nur Französisch und «Schwyzer Dütsch» gehört.

«*Goeden avend – mijn naam is Adrienne*», sagte das Kind mit einer zarten, singenden Stimme. Jan setzte die Kleine vorsichtig auf einen Sessel, der für die Proportionen der Polders erdacht worden war. «Jetzt gibt es Musik für dich.» Er strich dem Kind zärtlich über die blonden Locken. Cornelia Polder spielte eine holländische Volksweise. Das Klavier war so alt wie das Lied und wie Cornelia. Es stand so unauffällig im Hintergrund des Raumes, daß Anna Szabó es bei ihrem ersten und letzten Besuch in Leyden nicht bemerkt hatte. Auch Cornelia Polders Spiel war unauffällig und bescheiden; aber es gab keinen falschen Ton bei ihr.

Adrienne hatte ihre großen Augen aufgeschlagen und lauschte hingerissen. Sie hatte merkwürdig wissende Augen für ein siebenjähriges Kind. Sie waren von einem sehr hellen Blau, beinah durchsichtig und von kühlem Glanz. Nur im Zorn verdunkelte sich die Iris. Adrienne konnte unvermittelt einen Wutanfall bekommen, der aber nur wenige Minuten dauerte. Danach blickten die großen Augen wieder kühl und hell. Nur wenn Adrienne Musik hörte, kam Wärme in ihren Blick. Sie war so musikalisch wie ihre verstorbene Mutter.

Adrienne ließ sich vorsichtig vom Sessel herunter und begann zu tanzen – genau im Takt und mit glänzenden Augen. Cornelia Polder ließ die Hände auf den Tasten ruhen und betrachtete die Kleine. Die Augen leuchteten jetzt wie glühende Eiskristalle...

«Ich glaube, Adrienne hat Fieber», sagte die alte Baronin ruhig. «Wo ist die Kinderschwester eigentlich?»

In diesem Augenblick betrat ein kräftiges junges Mädchen mit dunklen Augen, roten Backen und schwarzem Haar den Raum.

«Liseli!» rief Adrienne.

«Grüezi, Madame! Grüezi, Monsieur!» sagte Fräulein Elisabeth Wehrli aus Thun nach bester Landessitte und begann in schnellem Schweizerisch auf das Kind einzureden. «Sie hat kein Fieber, Madame», sagte das Liseli dann in tadellosem Französisch. «Adrienne regt sich bei Musik auf – der *Lappi* (Trottel)!»

Der Lappi Adrienne hatte die Schweiz nicht ohne das Liseli verlassen wollen. Das Liseli war ein Turm an jugendlicher Kraft und Fröhlichkeit. Fräulein Wehrli – einundzwanzig Jahre alt und niemals aus der Schweiz herausgekommen – war äußerst verwundert gewesen, in Holland keine Berge vorzufinden. Der Jonkheer hatte ihren Aufzug bestürzend solide gefunden. Das Liseli war in einem Reisekostüm, das die nächsten fünfzig Jahre überleben würde, und mit Wanderschuhen nach Leyden gereist. Doch die dunklen Augen der jungen vergnügten Kinderschwester blickten mit Liebe und Besorgnis auf den *Lappi*, der ihr anvertraut war. Adrienne regte sich doch wahrhaftig über ein bißchen Musik auf! Das Liseli regte sich über nichts und niemanden auf. Fräulein Wehrli würde auf ihren festen Wanderschuhen auch gleichmütig über eine Kristallbrücke marschieren; als Schweizerin war sie an schwebende Brücken über Abgründen gewöhnt. –

«Grüezi, Madame! Grüezi, Monsieur», sagte Fräulein Wehrli und hob Adrienne wie ein Postpaket auf ihre solide Schulter. Es entspann sich eine lebhafte Unterhaltung, die nur Fräulein Wehrli und der Lappi verstanden.

«Grüezi, Madame! Grüezi, Monsieur», zirpte Adrienne und verschwand mit ihrem angebeteten Liseli.

Die Baronin klappte den Klavierdeckel zu. Es würde nicht leicht sein, aus Adrienne eine kleine Holländerin zu machen – trotz Leyden und der unbesieglichen Cornelia Polder. – Und da war der Vater des Kindes! «Ich habe Post von den Kautschuk-Meesters aus Sumatra», sagte sie vorsichtig und blickte Jan Polder nicht an. «Pieter Meesters ist nicht aufzufinden.»

«Er hat sich nie um Adrienne gekümmert; sie gehörte Anna», sagte Jan schroff. Er wurde blaß. Er hatte Annas Namen zum erstenmal seit ihrem Tod ausgesprochen.

«Trotzdem müßten wir wissen, wo er ist, Jan! Auch wenn er alle legalen Rechte an Anna abgetreten hatte. Aber ... wenn er eines Tages auftauchen sollte ...»

Der gefährliche Schatten von Pieter Meesters verdunkelte sekundenlang das freundliche Zimmer in Leyden, in dem man Tragödien ablehnte.

«Er *wird* nicht auftauchen. Er ist bestimmt in irgendeinem Kanal in

Batavia ersoffen», sagte Jan. «Was geht er uns an? Ich werde ihn nicht suchen.»

Cornelia Polder wußte, wen Jan suchen wollte... Er würde Annas Mörder zwischen Holland und dem Inselreich suchen; auf den alten Grachtenbrücken und auf den Kristallbrücken des Ostens; Woche für Woche und Jahr für Jahr... Alle Wege der Menschen kreuzten sich irgendwann. Und den Bösen sprangen ihre Geheimnisse unversehens aus dem Herzen. –

Jan Polder dachte trotzdem an Meesters. Wenn seine Großmutter nun recht hätte und Meesters eines Tages hinter Adrienne auftauchen würde? Ein höhnischer Schatten; gefährlich, wenn er betrunken, und noch gefährlicher, wenn er nüchtern war...

«Ist Adrienne hier sicher?» fragte er aus seinen Gedanken heraus.

«Das nehme ich an», sagte Cornelia Polder fest. «Dafür werde ich sorgen.» Auch sie sah in diesem Moment Meesters vor sich – die lange, dürre Gestalt, die leblosen Augen, in denen nur manchmal das Licht der Bosheit blitzte, die prominente Nase aller Meesters zwischen Utrecht und Sumatra. Sie hatte ihn nur in seinen Glanzzeiten gekannt, aber erinnerte sich mit Unbehagen an seinen Blick, an seine verkniffenen und doch sinnlichen Lippen, an seinen lautlosen Schritt. Er war immer unzufrieden gewesen; einer, der im Winter der Hitze nachschlich...

Cornelia Polder gab sich einen Ruck.

«Was möchtest du heute abend essen?» fragte sie.

«Dasselbe wie du, Großmama!» Jan Polder lächelte. *Hutspot!* Es war der dritte Oktober. So gab es das traditionelle Gericht aus Kartoffeln, Mohrrüben und Fleisch, das Cornelia Polder der armen Anna außerhalb der Saison vorgesetzt hatte...

«Wir müssen Fräulein Wehrli erklären, warum wir heute Hutspot essen», sagte die Baronin gelassen. «Ist sie nicht ein reizendes Mädchen?»

«Sehr nett», erwiderte Jan Polder gleichgültig. Alles war ihm gleichgültig; nur nicht der Mörder von Anna Szabó! Er trat an das hohe Fenster und blickte auf die Straße. Ein Mann im Regenmantel sah zu ihm empor. Er war hager, hatte eine vorspringende Nase und einen leblosen Blick. Es durchzuckte Jan Polder. Sah er Gespenster? Unter den erstaunten Blicken seiner Großmutter stürzte er aus dem Zimmer die Treppen hinunter. Aber er war korpulent und konnte nicht schnell laufen. Doch der Mann stand immer noch da. Er verbeugte sich, als Jan Polder näher trat. Es war wie ein Schattenspiel im fliehenden Licht.

Dann sah Jan Polder, daß der Fremde viel älter als Pieter Meesters war. Es war sein Bruder aus Utrecht, der die Polders in der Hoffnung aufsuchte, etwas über Pieters letztes Auftreten in Batavia zu erfahren. Die Polders in Java wußten doch alles, und was sie nicht wußten, das fanden sie heraus...

Aber dieses Mal konnte der Jonkheer nicht dienen. Er hatte keine Ahnung, wo und warum Pieter Meesters sich versteckte. Meesters war in

Batavia bejammernswert und verächtlich gewesen, ein Abfallprodukt des niederländischen Kolonialsystems. Der junge Bürgersohn aus Utrecht war damals ohne Warnung auf die Inseln der Seligen verfrachtet worden. – Aber jetzt segelte Meesters unverfolgt und unerkannt mit einer Todsünde im Seesack quer durch die sieben Weltmeere. Ein neuer Fliegender Holländer! Er konnte jeden Tag seine Tochter Adrienne aus dem alten Haus in Leyden zur Fahrt ins Ungewisse abholen.

ZWEITES BUCH

Reistafel zwischen Vulkanen

«Fische und Gäste werden nach
drei Tagen ungenießbar . . .»
Chinesische Weisheit

ERSTES KAPITEL

Einsamkeit am Wasser

I

Ein Jahr nach Anna Szabós Tod saß Cornelia Polder in ihrem Eckzimmer in Leyden und nahm Abschied. Sie hatte in ihrem Leben so häufig Abschied nehmen müssen, daß sie sich daran gewöhnt hatte. Trennung war eben der dunkle Hintergrund einer besonnten Ebene. – Cornelia Polders geistige Beweglichkeit und ihre milde Resignation bewahrten sie beim Abschiednehmen vor Gefühlsausbrüchen, die ihr zuwider waren. Sie brachte nicht einmal das kleine Opfer der Nerven: Tränen. Ihr volles rosiges Gesicht zeigte höchstens gelassenes Bedauern. –

Ihr Enkelsohn Jan war längst wieder in Java, wo er große Pläne für die Zuckerindustrie bearbeitete. Die Unternehmungen des Westens waren gegen Ende der zwanziger Jahre ein Ruhmesblatt des Kolonialsystems. Besonders in Niederländisch-Indien und Malaya feierten westlicher Unternehmungsgeist und inspirierte Finanzpolitik Triumphe, die wie ein Nordlicht in die kommende Nacht hineinleuchten sollten. Die dörflichen Gemeinschaften des Archipels allerdings hatten unter der Kolonialherrschaft ihre friedliche Genügsamkeit und ihren Frohsinn verloren. Ob sie wollten oder nicht, wurden sie in Systeme westlicher Planung und Wirtschaft einbezogen. Sie mußten große Strecken Reislandes dem Anbau von Zuckerrohr, Tee, Kaffee, Tabak und Gummibäumen opfern. Die javanische Zuckerindustrie, die vor dem Zweiten Weltkrieg ein bedeutender Faktor der Weltwirtschaft war, schien Jan Polders Denken und Trachten zu beherrschen. Cornelia las seine Briefe aufmerksam und legte sie still beiseite – Jan berichtete über Privatinitiative im Widerspiel zu staatlicher Kontrolle; über Fusionen beider Elemene und über die wissenschaftlichen Ergebnisse der Zuckerforschung in Pasuruan, die neue Düngemittel erprobte, immer wieder das Zuckerrohr untersuchte und so die Produktion steigern half. Jan war trotz seiner Jugend schon im Vorstand der einflußreichen V. J. S. P. (Vereenigde Java Suiker Producenten). Seine Kollegen nannten ihn den «Kleinen Napoleon der Zuckerwirtschaft». Er war so beliebt und so großzügig in seinen Plänen wie der Korse, nur neugieriger. Eine Joséphine von den Inseln gab es anscheinend nicht... Die alte Frau in Leyden, die Jan liebte, fragte sich oft, ob er ganz auf ein Privatleben verzichtete. Er erwähnte Anna van Doren niemals in seinen Briefen. Hatte er eine Wolke umarmt? Stürzte er sich deswegen kopfüber in die Realität?... Cornelia Polder machte sich unnötig Sorgen. Jan hatte sich verändert: er war nicht mehr der gehemmte junge Mann, den hatte Anna erlöst. Seine Leidenschaft für die ältere, verständnisvolle Frau hatte seine Fähigkeiten gesteigert – wie echte Leidenschaft stets den Verstand zur Entfaltung bringt. Aber Jan Polder hatte allem Anschein nach einen Strich unter das Erlebnis und unter alles, was damit zusammenhing, gezogen. Er suchte jetzt, nach einem Jahr, weder Anna Szabós Mörder noch fragte er jemals nach Adrienne. Es schmerzte die alte Baronin, da Adrienne, die ein schwieriges Mädchen war, nur «Onkel Jan» liebte. Adrienne schrieb ihm kleine, seltsame Briefe, die Cornelia Polder von Zeit zu Zeit beantwortete, da das Kind sonst allzu enttäuscht gewesen wäre.

Nun verließ das Liseli – wie Adrienne sie immer noch nannte – die ehrwürdige Stadt, um einen Schweizer Hotelier im Fernen Osten zu heiraten. Es war eine gute Zukunft für Elisabeth Wehrli – ihre Landsleute waren in Asien berühmt wegen ihrer vorzüglichen Reistafeln und ihrer vorbildlichen Sauberkeit.

Adrienne saß regungslos in einer Ecke und dachte nach: das Liseli war ihr untreu geworden. Wenn man es doch dem unbekannten Mann fortnehmen könnte! – Adrienne nahm gern Menschen etwas fort, was ihnen lieb und wertvoll war, aber sie war acht Jahre alt und wehrlos. – Wenigstens hatte sie vor einigen Tagen mit Großtante Cornelias goldener Schere eine handgestickte Schweizer Bluse zerschnitten – ein Hochzeitsgeschenk für das Liseli! Es war ein großer Spaß gewesen. Adrienne hatte das treulose Fräulein Wehrli aus Thun regungslos angesehen; in ihren hellen Augen flimmerte das unkindliche Licht der Bosheit.

«Warum hast du das getan?» fragte Elisabeth Wehrli entsetzt und starrte das schöne, reglose Kind an.

«Ich weiß es nicht.» Dabei hatte Adrienne ihre Augen groß aufgeschlagen, und Fräulein Wehrli war beinahe zurückgewichen. Was war mit dem Lappi los? So blickte kein Kind – so kühl, so ... böse! Das Kind schien dabei seltsam abwesend, als ob seine überhellen Augen in eine dunkle Triebwelt hinter der freundlichen Holländerwelt blickten und sich nicht losreißen konnten ...

«Wach auf, Adrienne!» Elisabeth Wehrli hatte das Kind sanft geschüttelt. Armes Spätzli! Es hatte keine Eltern (und der wirkliche Vater, wenn er noch am Leben war, blickte wahrscheinlich in diesem Augenblick tief in die Whiskyflasche). Das Kind war so seltsam. Es liebte den Schatten, die dunklen Ecken, die Nacht – alles, wovor andere Kinder sich fürchten.

Es wurde nicht mehr über den Streich gesprochen. Niemand hatte Adrienne bestraft. Sie hatte sich höflich beim Liseli entschuldigt und dann bis zur Stunde der Abreise kein Wort mehr gesprochen. Aber des Abends – nachdem Adrienne vom Liseli zu Bett gebracht worden war und Großtante Cornelia und das junge Mädchen noch einen kleinen Imbiß von gewaltigen Ausmaßen zu sich nahmen – da hatte sich Adrienne an die Tür des Eßzimmers geschlichen und gelauscht. Sie hatte jedoch nur Gesprächsfetzen aufgeschnappt. Zum Beispiel: «Der Vater des Kindes ...» und dann Flüstern. Adrienne hatte mit dem Finger im Mund nachgedacht. Sie hatte ihren Vater, den Juwelier van Doren, niemals kennengelernt. Und ihre Mama Anna war bei den Engeln. Liseli hatte es gesagt. Adrienne hatte eine schwache Erinnerung an brandrotes Haar, ein starkes Parfüm und an eine unangenehme Zärtlichkeit. Anna Szabó hatte das Kind bei ihren seltenen Besuchen im Schweizer Kinderheim beinahe vor Liebe erdrückt. Adrienne hatte stets versucht, sich so schnell wie möglich vor der fremden Frau mit der harten Stimme zu verstecken. Sie hatte Liseli und brauchte keine Mutter. Vor allem keine Mutter, die einen immerfort küssen wollte und Tränen in die Augen bekam. Es war gut, daß Mama bei den Engeln war! Adrienne lauschte und bekam eiskalte Füße; aber sie hatte nichts weiter verstehen können. Sie haßte Großtante Cornelia. Mit ihren tausend Augen sah sie alles, was Adrienne aus Lust am Zerstören anrichtete. Sie hatte aber nicht herausbekommen, daß Adrienne eine Elfenbeinminiatur, die Großtante Cornelia liebte, heimlich in eine Gracht (Kanal) geworfen hatte. Adrienne hatte sich fortgeschlichen und lange in das dunkle Wasser geblickt, worin alte feierliche Häuser und Bäume sich zitternd spiegelten. Sie liebte das Wasser über alles – aber niemand durfte dabei sein und ihr die Spiegelbilder entreißen ... Sie haßte Großtante Cornelia, weil sie fast immer verhinderte, daß Adrienne allein am Wasser war. Ein junges Dienstmädchen war entlassen worden, weil man sie verdächtigte, die Elfenbeinminiatur entwendet zu haben. Adrienne hatte dem weinenden Mädchen eine Tafel Schokolade geschenkt, so leid hatte es ihr getan. Aber es war nun einmal geschehen. Und das Wasser in der Gracht floß ruhig dahin und sagte kein Sterbenswörtchen. Das war eigentlich doch wieder ziemlich lustig.

Im Augenblick lag Adrienne in ihrem Bett und dachte darüber nach, was sie dem Liseli später einmal antun könnte.

«Adrienne muß fort von hier», sagte Cornelia Polder. Fräulein Wehrli war schon in Hut und Mantel. Das altmodische Auto wartete unten. «Ich bin zu alt.» Cornelia stützte sich schwer auf ihren Stock.

«Aber – wohin mit ihr?» fragte Fräulein Wehrli bekümmert. «Sie hat doch niemanden außer Ihnen, Madame!»

Cornelia Polder schwieg. Adrienne hatte Verwandte, und an diese Verwandten wollte sie heute nacht noch schreiben. Meesters war wohl tot. Ein Mann aus einer so bekannten Familie wie die Kautschuk-Meesters konnte nicht einfach vom Erdboden verschwinden! –

«Ich wünsche Ihnen alles Glück im Fernen Osten, liebe Elisabeth.»

«Ich mache mir Sorgen um Adrienne, Madame! Sie hat seit Tagen nicht mehr mit mir gesprochen. Ist es nicht schrecklich?» Fräulein Wehrlis muntere Augen blickten fast schwermütig.

«Vielleicht ist es ganz gut, daß Adrienne ausnahmsweise den Mund hält», sagte Cornelia Polder. Das Kind mußte zu seinen wirklichen Verwandten gebracht werden. Adrienne van Doren – *wer* war das?

In dieser Nacht schrieb Cornelia Polder an John van Veen in Washington.

II

Senator John van Veen war kurz vor der Abreise nach den Philippinen, als Cornelia Polders Brief eintraf. Er wollte dort Pflanzungen von Tabak und Zucker besuchen und sich erkundigen, warum die Exportziffern für Manila-Hanf zurückgegangen waren. Nach Berichten waren Sorglosigkeit und Wetterbedingungen daran schuld. Die Bevölkerung auf den Philippinen liebte Produkte, die durch die Gunst der Wettergeister gediehen und nicht schwere Arbeit wie die Bearbeitung der Manila-Fasern mit den Schabeisen erforderten. Um eine Produktion auf großer Basis zu erzielen, müßte man japanische Arbeiter importieren, dachte John van Veen. Sie hatten die eigensinnige Geduld und den ameisenhaften Fleiß, der den charmanten, vergnügungssüchtigen Filipinos abging. Natürlich gab es auch die Chinesen; aber es war die unerwünschte Sorte, die sich trotz des amerikanischen Gesetzes zur Beschränkung chinesischer Einwanderer mit Mann, Maus und Urgroßmutter in die Kolonie hineinschlängelte. Teils ungelernte Kulis, teils große Geschäftsleute, die wie in Niederländisch-Indien den Handel kontrollierten. Sie wanderten seit 1925 in größeren Scharen ein, als die Quote ihnen erlaubte; aber diese Beherrscher des Reishandels und Inhaber der Sägemühlen, Salzwerke und Fabriken würden sich nicht dazu herablassen, zur größeren Glorie der Vereinigten Staaten mit der Hand den Manila-Hanf zu bearbeiten ... Das wußten alle Chinesen, und John van Veen wußte es auch. Die Japaner wären schon das Richtige für den Anbau von Manila-Hanf, wenn sie auch sonst vielleicht in diesen Jahren das Verkehrte waren ... Sie teilten in keiner Weise das Leben der Kolonie und haßten den westlichen Einfluß, der nirgends so stark wie in den Philippinen war. Der spanische Einfluß war übrigens stärker als der amerikanische; denn in den Spaniern glühte immer noch das Feuer der christlichen Mission. Spanische Kapitalisten allerdings teilten sich mit Amerikanern und Chinesen in die Entwicklung der Industrien. John van Veen wollte mit einer bedeutenden spanischen Tabakgesellschaft verhandeln. Ob sie amerikanisches Kapital herzlicher begrüßen würden als Hollywood-Filme?

John arbeitete seine Notizen durch, als der Brief aus Holland bei ihm eintraf. Er legte ihn erst einmal beiseite. Er wollte Cornelia Polders Brief in Ruhe lesen.

In diesem Augenblick betrat Mildred den Raum. John van Veen blickte flüchtig auf. Seine Frau sah wieder einmal aus, als ob sie um Entschuldigung bäte, daß sie auf der Welt war.

«Störe ich, John?»

«Was ist denn, Kind?»

«Jacoba weint, weil du morgen abreist. Sie hat Fieber und will nicht einschlafen.»

John van Veen seufzte, stand aber sofort auf. Das Hühnchen Jacoba weinte; es mußte getröstet werden. Seine tiefliegenden Augen blickten besorgt.

«Werdet ihr hier ohne mich fertig werden?»

Dann war er riesig und gemessen verschwunden. Mildred faßte sich an die schmerzende Stirn. Dabei fiel ihr Blick auf Cornelia Polders Brief. Sie schrieb so heitere Briefe. Mildred konnte Aufheiterung gebrauchen, weil ihr Kopf schmerzte, weil die Menschen in Washington sich nichts aus ihr machten und weil ihre Tochter Jacoba sich nicht anschickte, ein lustig schwatzendes, allgemein beliebtes Kind zu werden. Mildred öffnete den Brief ohne Gewissensbisse. Sie hatte die leidige Gewohnheit, auch Johns Privatbriefe zu öffnen. Sie hoffte auf diese Weise, Anteil an Johns Leben zu gewinnen. Es war ihr so unverständlich; immer neue Projekte und Konferenzen und Reisen! Und Jacoba machte ihr soviel Kummer. Dem Kind graute vor der Schule; alle waren dort lustig und lebhaft. Jacoba hatte keine Freundin. Sie litt trotz ihrer zehn Jahre noch an der von den malaiischen Dienern übernommenen Geisterfurcht und schrie nachts. Und sie war kein bißchen hübsch. Ein ernstes kleines Mädchen mit farblosem Haar und einem ängstlichen Mund. Mildred, die soviel Hoffnung auf ihre Tochter gesetzt hatte, sprach jetzt manchmal scharf und ungeduldig mit ihr und blickte sie oft mißtrauisch wie ein Polizist an. War es möglich, daß die einzige Tochter des bedeutenden und glänzenden Senators van Veen nach ihrer Mutter schlug? Dieser Gedanke versetzte Mildred in solche Panik, daß sie den Brief aus Holland minutenlang sinken ließ. Nicht einmal Locken hatte Jackie! Es war nicht fair vom Schicksal! –

Als Mildred schließlich den Brief von Cornelia Polder las, weiteten sich ihre runden Möwenaugen vor Schreck. Herr im Himmel, das konnte ihre Schwester Anne – die schöne, geliebte Anne – doch nicht getan haben? Und ohne es Millie anzuvertrauen, die doch nur für ihre Schwester gelebt hatte – allerdings bis sie John van Veen zum Anbeten und Jacoba zum Ummodeln bekam. Anne hatte Mildred kein Sterbenswort über ihr Leben in Sumatra erzählt. Oder doch? Jahrelang hatte Mildred darüber nachgegrübelt, was die sterbende Schwester ihr in Davos hatte sagen wollen. «Das Kind ...» hatte Anne in der Agonie gemurmelt, «kümmere dich ... um ...» Mildred hatte tränenlos am Bett der Toten gestanden und nicht gewußt, um wen sie sich kümmern sollte. Anne hatte doch *zwei* Kinder – die dreiste Tochter Jo und den kleinen Willem in Amsterdam!

Mildred van Veen wäre gern in Ohnmacht gefallen, aber das ist im Leben nicht so einfach wie im Roman. Sie hatte keine Möglichkeit, vor der Wirklichkeit, die sie mit jedem Jahr mehr erschreckte, davonzulaufen. «John», rief sie matt.

Mitten in der Nacht erwachte Mildred und griff nach Johns riesiger, warmer Hand. «Die arme, kleine Adrienne», murmelte sie. «Immer in der Fremde herumgestoßen!»

«Bei Cornelia Polder wird niemand herumgestoßen», sagte John van Veen, der schlaflos über die Vergangenheit nachdachte. «Es ist eine besonders reizende Häuslichkeit. Herrliche Ruhe und jedes Ding an seinem Platz.»

«Ich weiß», sagte Mildred, «ich bin dein Unglück. Hier geht alles drunter und drüber.»

«Das stimmt! Aber es stört mich nicht. Warum hustest du wieder, Spatz? Hast du kein wärmeres Nachthemd? Laß mich deinen Puls fühlen! Doch... es *ist* wichtig! Es gibt nichts Wichtigeres auf der Welt.»

John van Veen fuhr nicht nach den Philippinen, sondern nach Leyden, um seine Nichte Adrienne van Doren zu holen: eine neue Bürde der Liebe! Adrienne, die Tochter von Pieter Meesters und Johns unglücklicher Schwägerin Anne van Swanenburgh! – Anna van Doren hatte die freundlose Amerikanerin von Sumatra nach Ceylon mitgenommen. Dort war Adrienne geboren und sofort von Anna van Doren adoptiert worden. Meesters hatte damals keine Notiz von der Lage genommen. Er war mit der Adoption einverstanden gewesen. Was sollte er mit einem brüllenden Balg? Anne van Swanenburgh hatte er nie wieder gesehen und dankte seinen Sternen dafür. Auf die Dauer hatten ihm die Malaiinnen besser gefallen. Amerikanerinnen waren zu anspruchsvoll; Temperament hatte die schöne Anne auch nicht gehabt...

John van Veen wunderte sich niemals darüber, daß die aus Amsterdam geflohene Anne van Swanenburgh sich in ihrer Not nicht an ihre Schwester Mildred, sondern an eine Vagabundin wie Anna Szabó gewandt hatte. Mildred war zur Zeit von Adriennes Geburt von ihrem jungen Eheglück überwältigt gewesen. Und glücklichen Leuen kann man schwer ein Unglück erklären. Sie sind blind, taub und glücklich...

III

Der Manager der spanischen Tabakgesellschaft las Senator van Veens Absagebrief und zuckte die Achseln. Van Veen wollte einen Vertreter der Gesellschaft in Singapore treffen. Wen sollte man schicken? Halt – sie hatten einen Amerikaner in der Compagnie! Der war der richtige Verhandlungspartner für den Wirtschaftsexperten aus Washington. Señor Diaz de Escovar klingelte.

«Bitte Mr. Myers herüberzukommen», befahl er dem Filipino-Büroschreiber, den er hartherzig aus seiner Eiskaffee-Siesta aufgescheucht hatte. Der junge Schreiber, der auf den klangvollen Namen Juan Alvaro de Jesus hörte, schlenderte mit aufreizender Langsamkeit davon, um den Amerikaner zu suchen. Mr. Myers war meistens so unauffindbar wie eine Stecknadel in einem Watteberg. Juan haßte ihn, denn er hatte ihm sein Mädchen weggenommen und als Haushälterin engagiert. Es gab in den Philippinen keine besseren und bescheideneren Haushälterinnen als die Töchter armer japanischer Einwanderer. Sie waren fleißig, gehorsam und anspruchslos.

Mr. Myers – groß, hager und mit einer Sonnenbrille vor den Augen – war erfreut, eine Reise zu machen.

«Wer ist der Wirtschaftsberater aus Washington?» fragte er und zündete sich eine Zigarette aus feinstem einheimischem Tabak an. Dabei verschüttete er etwas Tabak aus der lose gerollten Zigarette. Er sprang auf und klopfte mit krankhafter Heftigkeit an seinem weißen Anzug herum. Immer noch ein Fleck! Am liebsten hätte Mr. Myers um heißes Wasser gebeten. Seine Hände zitterten.

Señor Diaz betrachtete Mr. Myers mit unbewegtem Gesicht. Ein sonderbarer Mensch! War dieses krankhafte Reinlichkeitsbedürfnis, das in den Tropen niemals Befriedigung fand, amerikanisch? Señor Diaz verfolgte den Gedankengang nicht weiter – es war zu heiß. Myers war tüchtig; und jeder hat eine kleine Schwäche. Señor Diaz' kleine Schwäche ... genug davon!

«Ein Senator van Veen wird mit Ihnen verhandeln! Wann können Sie hier abreisen?»

Mr. Myers schien zur Salzsäule erstarrt. Was war mit dem Mann los? Tropenerscheinungen? Señor Diaz wartete höflich. Er betrachtete Mr. Myers, der die Brille abgenommen hatte, um eine Lesebrille aufzusetzen. War auch nicht mehr der Jüngste – dieser Myers. Dafür hatte er lange Erfahrungen in Niederländisch-Indien. Sehr sprachkundig außerdem. Sprach Chinesisch, Holländisch, Englisch – natürlich Englisch! Und Japanisch lernte er jetzt von seiner Haushälterin. Señor Diaz lächelte nachsichtig. Ein Junggeselle sammelte in den Tropen doppelt soviel Erfahrungen wie ein glücklicher Ehemann. Señor Diaz fand, daß die Augen von Mr. Myers zu nahe zusammenstanden; ein Symptom für Schlauheit und Rastlosigkeit. Aber er hatte diesen dürren, schweigsamen Amerikaner ja schließlich nicht wegen seiner schönen Augen engagiert. –

«In drei Tagen wäre ich soweit», sagte Mr. Myers und rieb immer noch an einem imaginären Tabakfleck herum. Wenn Señor Diaz dazu geneigt hätte, nervös zu werden ...

«Also gut! Ist Van Veen nicht ein holländischer Name? Sind viele Holländer in den USA?»

«Viel zu viele, wenn Sie mich fragen! Langsame, pedantische Burschen. Und selbstgerecht wie ...» Mr. Myers dachte nach, fand aber keinen Vergleich. «Dieser Senator van Veen ist wahrscheinlich holländischen Ursprungs.»

Mr. Myers' Hände zitterten immer noch.

«Sind Sie auch ganz wohl?» fragte Señor Diaz freundlich. «Zufrieden mit der neuen Haushälterin?»

Mr. Myers wachte auf. «Sehr zufrieden, Señor! Nette Puppe, muß man sagen! Tja – ich bin vorsichtig. Ich bereite mir der Sicherheit halber das Paradies schon auf Erden.»

Er lachte. Señor Diaz lachte nicht mit. Ein Christ machte keine Späße über das Paradies.

Mr. Myers aus Connecticut konnte an diesem Abend keine Ruhe finden. Es ging immer so, wenn die Regenzeit bevorstand. Die kleine Kazuko war traurig, daß der Herr das Essen in den Lackschälchen nicht angerührt hatte – den Reis, den rohen Fisch, die braune Sauce. Kazuko kochte gut. Sie hatte es von ihrer Großmutter gelernt, die ein kleines Speisehaus in der Hafenstadt Osaka gehabt hatte, bevor sie alle auf diese Insel gekommen waren. Kazuko war auf den Philippinen geboren. –

Nach dem Essen verschwand Mr. Myers ohne Gruß. Die junge Japanerin blickte ihm mit offenem Mund nach. Er fuhr in seinem schäbigen Wagen zum Hafen und schenkte der Stadt keinen Blick. Er hatte den Zirkus längst in anderen Kolonialstädten des Ostens gesehen: die Läden am Fluß, den Ameisenschwarm in den lärmenden Chinesenstraßen und die Druckereien, die Zeitungen in verschiedenen westlichen und asiatischen Sprachen produzierten – amerikanische, chinesische, spanische in Manila oder holländische, chinesische, javanische, indische in Java ... Ja, in Java! Die Chinesenstadt Golok dort glich dieser aufs Haar. Mr. Myers war einmal nachts durch Batavias Chinesenstadt gerast. Und die Kanäle und die Eingeborenenviertel waren hier wie dort – schmutzig, träumerisch, unhygienisch und erfüllt von Gesang und Frohsinn ... Es gab für Mr. Myers nichts Neues unter dem Tropenhimmel.

Der Hafen lag in der Abendsonne: ein moderner, von den Amerikanern um die Jahrhundertwende erbauter Hafen mit geräumigen Docks. Mr. Myers hatte keine Zeit, auf die Leistungen seiner Landsleute stolz zu sein. Er ging eilig mit gesenktem Kopf zu einem isolierten Platz, wo ein schäbiger japanischer Frachter vor sich hin schaukelte, der nach Formosa sollte. Mr. Myers kannte den Kapitän. Er hatte Platz für einen Amerikaner mit Diamanten in einem Lederbeutel, den er unter dem Hemd um den Hals trug, und mit einem tadellos gefälschten Paß in der Tasche. –

Mr. Myers hatte Glück. Der Frachter sollte Manila in einer Stunde verlassen. Die Formalitäten waren im Nu erledigt. Der Kapitän nickte. Die Kabine des Ersten Offiziers wurde hergerichtet. Bitte sehr, mein Herr! Mr. Myers machte es sich in dem dunklen Loch bequem. Er atmete schwer. Er hatte Durst, trank aber wie viele seiner Landsleute keinen Alkohol, sondern ließ sich einen Fruchtsaft bringen.

Als das Schiff den Hafen verließ, ging gerade die Sonne unter. Mr. Myers stand allein auf dem Achterdeck. Er liebte die Einsamkeit am Wasser! Die Sonne schien ihm in die hellen Augen mit dem versteinten Blick. Er nahm seine dunkle Brille heraus – er liebte auch die Finsternis, die fliehenden Schatten. Aber die untergehende Tropensonne schien immer heller; jetzt war sie glutrot. Mr. Myers starrte und unterdrückte ein Stöhnen. Ein Schiffsjunge ging mit einem Topf an ihm vorüber; eine rote Brühe schwamm darin, die Mr. Myers' Hosen bespritzte. Er sprang mit einem Fluch beiseite. Kein amerikanischer, sondern ein holländischer Fluch war Mr. Myers entschlüpft; komischerweise flucht, träumt und rechnet man in der Muttersprache ... Mr. Myers rieb mit pathologischem Eifer an dem Blutfleck, pardon, Chilifleck herum. Lady Macbeth hätte es nicht besser machen können. Dann blickte er auf. Die Abendsonne schien ihm indiskret ins Gesicht. Aber – was war das? Nicht die Sonne, sondern ein von brandroten Locken umrahmtes Gesicht starrte ihn an – es war bläulich-weiß mit gräßlich aufgerissenen Augen und gerecktem Hals. Dieses Gesicht verfolgte Mr. Myers überall – es tauchte in jedem Büro an der weißgetünchten Wand auf, in jedem Bett kroch es hinter das Moskitonetz, und nun verfolgte es ihn auf diesem dreckigen Opiumkahn, der ihn von den elektrisch gekühlten Büros des Señor Diaz nach dem sicheren Formosa bringen sollte. In der Entfernung schien jede Insel sicher – auch die Philippinen hatten wie ein sicheres Versteck gewirkt, bis der Name Van Veen auftauchte. Ein niederträchtiger Zufall! Oder... Van Veen wußte etwas und wollte ihn in Singapore verhaften lassen. Irgend jemand mußte Mr. Myers in einer herbstlichen Nacht in Amsterdam-Süd nachgespürt haben, als er eine hübsche Neubauwohnung, die allerdings durch die Leiche einer Frau verunziert wurde, in panischer Eile verließ. Wahrscheinlich Jan Polder, der Verlobte einer rothaarigen Vagabundin. Mr. Myers, der vorher Meesters geheißen hatte, unterdrückte ein Stöhnen. Er suchte mit zitternder Hand seine dunkle Brille, um das Gesicht am Himmel nicht mehr zu sehen; das Gesicht von Anna Szabó, die er umsonst umgebracht hatte. Denn jetzt wagte er nicht, nach seiner Tochter Adrienne zu suchen. Die Liebe zu dem brüllenden Balg war plötzlich über ihn gekommen – irgendwo auf einer verdammten, idyllischen Insel im Archipel, wo er zuviel Einsamkeit am Wasser gehabt hatte. Wenn Anna Szabó ihm nur gesagt hätte, wo seine Tochter sich aufhielt – er hätte ihr kein rotgefärbtes Haar gekrümmt! Meesters hatte seine Tochter nur von weitem sehen wollen; deswegen hatte er das Saufen aufgegeben. Er war nüchtern damals bei Anna Szabó in Amsterdam erschienen – er erinnerte sich genau.

Aber der plötzliche Verzicht auf Alkohol mußte einen nüchternen Wahnsinn in ihm erzeugt haben – denn er hatte die alte Hure ja stumm gemacht. *Das* hätte er doch nicht gemacht, wenn er bei Verstand gewesen wäre! War auch nicht zu fassen, wenn man nachts auf einem Dreckskahn darüber nachdachte! Es hatte nie einen Mörder bei den Kautschuk-Meesters gegeben. Wenn er nur damals gewußt hätte, was er heute wußte! Aber woher sollte ein Bursche aus anständigem Haus wissen, wie einem Mörder zu Mute ist? Woher? Tja – der Meesters von damals hatte nicht im Traum geahnt, daß so ein Idiot lebenslänglich an sein Opfer gekettet ist – kein Entrinnen! Langsam wurde nun Anna Szabó seine Mörderin. Wie lange konnte selbst ein zähes Luder diese Qualen aushalten? Und Meesters hatte noch viel vor! Er wollte geduldig warten, bis Gras über die Sache gewachsen war: vier Jahre, sechs Jahre, weiß der Kuckuck, wann das verdammte Gras über Anna Szabós Leiche gewachsen war! Aber eines Tages würde es so weit sein. Und dann wollte Meesters heimlich, still und leise seine Tochter Adrienne besuchen – ganz von weitem natürlich! Denn er hatte nun einmal Flecke auf der Weste, da konnte er putzen und reiben, so lange er wollte ... Man mußte erst einmal herausfinden, wo das kleine Balg sich aufhielt. Bei den Polders natürlich ... Wurde genau wie Frau Adoptivmama zum Gartenfest der Kolonie in Alsmeer eingeladen. Klar doch! Meesters wäre dann ein Zaunkönig, wie Anna Szabó – aber *never mind!* Die junge Adrienne würde nicht wissen, was er wußte – er und das Gesicht in der Abendsonne! Das Wasser floß von Insel zu Insel, und die Zeit verging, und das Gras *mußte* wachsen, wenn es einen Gott gab, der mit Meesters Mitleid hatte! Von den Menschen konnte man das nicht verlangen – da machte Meesters aus der Kautschuk-Dynastie sich nichts vor ... Also dann einen wunderschönen guten Abend, Herr Kapitän!

In dieser Nacht schlief Mr. Myers sehr schlecht. Ihm war der Gedanke gekommen, daß sein Fräulein Tochter vielleicht an Masern gestorben wäre. Sie mußte doch in dem Alter sein und Masern – *sehr* gefährlich! Oder womöglich Scharlach! Und kein Vater zur Stelle, um das arme Kind zum Lachen zu bringen. Gemein war das Leben – hundsgemein! Das Ganze war eine Falle – in der Jugend mit Tulpen bekränzt und später – egal! Vielleicht glückte es ihm, seine Tochter ... was denn? Was sollte 'ne feine junge Dame auf einem Opiumkahn? Gute Nacht, du mein herziges Kind!

Am nächsten Morgen erschien Mr. Myers wohlgelaunt an Deck. Das einzige Gute an diesem gemeinen Leben war, daß es immer wieder Morgen wurde, ob es der Polizei gefiel oder nicht. Mr. Myers trug seine schwarze Sonnenbrille, die alles hübsch in Schatten hüllte, und erkundigte sich beim Kapitän nach Verdienstmöglichkeiten auf der Insel Formosa. Er war Diamantenhändler. Kannte sich aus mit dem Zeug: Jade in Burma, Zirkone in Siam, Rubinen und waswillstdunoch in Ceylon und so weiter. War überall herumgegondelt – natürlich auch auf Java und Sumatra! Mr. Myers hatte überall verdient. –

Er verstummte mitten im Satz. Er redete zuviel vor diesem Japs, der die Schnauze nicht aufmachte. Wer vor einem Schweigenden redet, ist bald nackt ...

Mr. Myers hielt bis Formosa die geehrte Schnauze. Er sah der Insel ohne Neugierde entgegen. Es würde dort wie überall viel Schmutz, Palmen, Chinesen und Sonnenuntergänge geben. Irgendwo mußte ein Mensch die Zeit totschlagen – pardon, betrügen! Wer redet gleich von Totschlagen? –

Die Sonne ging auf und unter, die Tage schleppten sich dahin, das Gras wuchs so langsam, wie ein Filipino ein Glas Limonade bringt, und Mr. Myers stand allein an Deck und unterhielt sich mit dem Wasser. –

An dem Tag, an dem er auf Formosa an Land ging, kam Adrienne van Doren mit ihrem Onkel John van Veen in ein freundliches Kinderzimmer in Washington, wo ein kleines, ängstliches Mädchen wartete. Ein häßliches kleines Mädchen, dachte Adrienne.

«Dies ist deine Kusine Jacoba», sagte Onkel John. «Was ist denn, Jackie? Willst du Adrienne nicht guten Tag sagen?»

«Sie soll wieder weggehen», sagte Jacoba.

Adrienne blickte das kleine Mädchen mit den ängstlichen Augen genau an und erwiderte kein Wort. –

ZWEITES KAPITEL

Die Abfallprodukte der Liebe

I

John van Veen (Washington) an Cornelia Polder (Leyden, Holland)

Washington, 1929

Verehrte Freundin,

Leider kann ich erst nach Monaten Ihren freundlichen Brief beantworten, denn ich war die ganze Zeit auf Reisen. Unser Sorgenkind Adrienne ist nun ein Jahr bei uns, und sie verträgt sich weder mit meiner Frau noch mit unserer kleinen Jacoba. Adrienne ist ein merkwürdiges Kind; ihre Charaktereigenschaften geben mir sehr zu denken. Doch damit sage ich Ihnen wohl nichts Neues. Das neunjährige Kind zeigt nur etwas Wärme und Anteilnahme, wenn Musik gemacht wird. Sie tanzt aber so seltsam und ungehemmt, daß unsere Jacoba aus dem Zimmer läuft. Gewiß, Jackie ist ein Angsthase. Leider hat Pieter Meesters – der ja immer noch verschollen ist – der kleinen Adrienne gewisse bedauerliche Charakterzüge vererbt: Bosheit, Lust am Zerstören und Unzufriedenheit mit allem, was Gott ihr gegeben hat. Ich sende Ihnen das letzte Bild des Kindes mit – es ist ein verwischter Schnappschuß, den Mildred heimlich machte. Adrienne will sich nicht knipsen lassen. Sie hat die Platte später zerbrochen. – Sie sehen, wie schön sie einmal werden wird! Ähnlich wie meine verstorbene Schwägerin Anne …

Es hat neulich einen so ernsten Zwischenfall zwischen unseren kleinen Mädchen gegeben, daß wir ernsthaft überlegen, ob wir Adrienne nicht doch in ein Pensionat geben sollten. Sie hat die Lieblingspuppe von Jacoba und sämtliche Kleider, die Jackie für die Puppe genäht hatte, im Garten vergraben und lachte, als unsere Kleine verstört und schluchzend nach der Puppe suchte.

Zuweilen kann Adrienne so reizend sein, daß unsere Besucher entzückt von ihr sind. Doch ich fürchte, daß Adrienne sich darüber freut, daß Jacoba linkisch in der Ecke steht und an ihren Tränen schluckt. Vielleicht ist ein bejahrter Vater zu mitfühlend mit einem traurigen Töchterchen; aber ich bemühe mich gerecht zu sein. Für ein kleines elfjäh-

riges Etwas ist es eben hart, stets die jüngere Kusine als strahlenden Mittelpunkt zu sehen.

Zu meinem Bedauern habe ich gehört, daß Professor van Swanenburgh unerwartet in Amsterdam gestorben ist. Dennoch möchte ich die göttliche Vorsehung preisen, die ihm viel Kummer erspart hat. Die unerwartete Flucht seiner Frau traf ihn damals schwer. Um so mehr, als Jo und der kleine Willem der mütterlichen Aufsicht bedurften. Nun hat mein Freund Swanenburgh nicht mehr erfahren, daß Adrienne die Halbschwester von Jo und Willem ist. Vincent schrieb, daß Jo die Nachricht mit Gleichgültigkeit aufgenommen hätte. Sie wissen, wie sehr Jo mir ans Herz gewachsen ist; ich hoffe, daß ihre und Dirk van Veens Wege sich niemals mehr kreuzen werden. Dirk ist augenblicklich in Peking; ich las einen brillanten Aufsatz in einem Wirtschaftsblatt. Er geht bald nach den Philippinen; ich bat ihn um einen Bericht über die Hanf- und Zuckersituation. Mein Neffe Cornelis in Java hat Dirks Frau und seinen Sohn Hendrik besucht; er schrieb es mir. Wenn wir auch in alle Teile der Erde verstreut sind, so nehme ich doch an allen Mitgliedern meiner Familie ehrlichen Anteil und mache mir Sorgen um meinen Neffen Dirk. Es wäre Zeit, daß er seine ehelichen Pflichten ernster nimmt! Dirk hatte immer einen verfließenden Kern. Es fehlt ihm an Substanz. Selbst unter anderen Bedingungen wäre er kein Partner für die liebe Jo, obwohl diese eigensinnige junge Dame es nicht einsehen wird ... Ich danke Ihnen herzlich für Ihre Berichte über Jo und den kleinen Willem! Jo schreibt niemals an uns.

Mit den besten Wünschen für Sie, Fräulein Antje, und Jan in Java bin ich Ihr ganz ergebener

John van Veen.

Dirk van Veen (Peking) an Jo van Swanenburgh (Amsterdam)

Peking, 1929

Liebe Dame,

Vielleicht wunderst Du Dich, nach zwei Jahren einen Brief von Deinem ganz Ergebenen zu bekommen! Aber vielleicht liest Du ihn nicht, sondern schleuderst ihn – ich meine den Brief! – wütend in die Ecke? Keine Widerrede! Du gehörst zu den Mädchen, die schleudern. Aber da Du keinen Brief von mir erwartest, wirst Du wahrscheinlich dran schnuppern. Im Gegensatz zu den meisten Damen zwischen Holland und den Inseln liebst Du das Unerwartete! Oder hast Du Dich inzwischen so dumm studiert, daß Du jetzt vorbereitete Überraschungen vorziehst? Du brauchst mir nicht darauf zu antworten; Antworten haben etwas Tödliches.

Leider konnte ich damals nach dem Festvergnügen in Alsmeer nicht mit Dir nach Paris fahren; etwas kam dazwischen. Es müssen meine Bedenken gewesen sein, daß Du nur im Ritz wohnen würdest, Schmuck kaufen und mir auf jede Weise den Kopf verdrehen. Letzteres wäre zwar entzückend für mich armen, alten Herrn, aber ich glaube, Dein Bruder Vincent, der ja stets Deine Kinderfrau war, wäre dagegen gewesen.

Sinkeh – versprich mir, daß Du niemals wieder etwas ernst nehmen wirst, was ein Bursche Dir unter dem Einfluß Deiner Schönheit und vieler Gläser Genever zuflüstert! Ich nehme an, daß Du damals nach Paris gefahren bist! Mit achtzehn ist es rührend, einem Windhund wie mir nachzufahren; mit achtundzwanzig Jahren wäre es peinlich, mit achtunddreißig lächerlich und danach tragisch langweilig...

Und nun möchte ich Dir sagen, was ich Dir in Alsmeer nicht sagen konnte, als ich Dir das Bild meiner Frau zeigte. Du warst entsetzt, daß gerade sie meine Frau ist. Aber du mußt zugeben, daß sie einen ungewöhnlich angenehmen Anblick bietet! Du wirst mich dafür hassen, daß ich dies zu äußern wage; aber sie ist nun einmal eine Augenweide! Wenn auch nicht gerade eine Ehefrau, wie ich sie mir in meinen verstaubten Träumen vorstellte. Sie ist so verschieden von Dir wie – lassen wir die Vergleiche! Sie hinken in jedem Fall, weil Du unvergleichlich bist.

Im Augenblick bin ich in Peking, wo ich einen Bericht über die ‹Verbotene Stadt› schreibe. In diesem Zusammenhang muß ich an Dich denken...

Du bist die ganze Zeit mit mir in dieser Stadt mit den goldenen geschwungenen Dächern und den Tempeln und Brücken! Wir gehen zusammen in die Halle der freudigen Herzen – nein, da werde ich nicht mehr hineingelassen! Aber wir haben den Pavillon des heiteren Gastgedankens betreten, und dann sind wir beide zum Turm der fremden Seelen gegangen. Und da habe ich Dir alles über meine Ehe erklärt, was ich Dir in Alsmeer nicht sagen konnte, weil ich Dich immer küssen will, wenn es etwas zu erklären gibt. Du bist so wunderschön, Sinkeh, daß es einem Burschen wehtut, Dich anzusehen! Wenn Du nun auch noch ein nettes, manierliches Meisje wärst anstatt ein naseweiser Frechdachs mit einem langen Zopf – dann wäre ich damals vielleicht nach Paris gekommen! Aber das hätte wenig Sinn gehabt, denn nette kleine Mädchen fahren nicht allein nach Paris. Keine Widerrede – sie tun es nicht!

Ich wollte Dir eigentlich etwas über meine Ehe erklären. Aber es hat keinen Sinn. Ich habe es aufgegeben, aus meiner Frau eine Holländerin zu machen. Ich mache überhaupt aus niemandem etwas, nicht einmal aus mir selbst. – Natürlich ist es komisch für einen Ehemann, niemals zu wissen, was seine Gemahlin und ihre unzähligen Verwandten denken, tun oder lassen. Ich hätte Dich vielleicht geheiratet, süße Jo, wenn ich nicht versorgt wäre! Es ist ausnahmsweise die Wahrheit. Wir hätten uns wahrscheinlich beständig in den Haaren gelegen, und ich hätte Dich gelegentlich verprügelt und verlassen. Aber ich hätte Dich immer geliebt, wenn ich Dir das auch nicht sagen sollte. – Je länger dieser Brief wird und je rascher mir der Schweiß von der Denkerstirn tropft, desto klarer wird mir, daß das Leben eine blödsinnige Erfindung ist. Alles *kommt zu früh oder zu spät. Ehe der Mensch bis drei zählen kann, sitzt er mit Frau und Kind in der Falle und muß sich mit Abfallprodukten begnügen …*

Sei mir nicht böse, daß ich Dich in Paris versetzte! Es war ein Liebesbeweis, der Dir wahrscheinlich sehr mißfallen hat. Wenn wir uns auf den Inseln wiedersehen, dann bist Du sicher eine lichtechte junge Dame ohne Tintenfinger – die paßten in Alsmeer gar nicht zu Deinem schönen weißen Kleid. Und ich bin ein Tattergreis von mindestens zweiunddreißig Jahren …

Du darfst mir ruhig einmal antworten; es wäre ein Akt der Höflichkeit. Da Du auf die Inseln kommen willst, kannst Du Dich nicht früh genug in der Kunst der Höflichkeit üben! Sonst wirst Du keine Patienten haben …

Und nun geh an Deine Schularbeiten und vergiß den bösen Onkel Dirk! Du brauchst mich nicht wegen meiner Einsamkeit zu bemitleiden; ich vertreibe sie mir, so gut ich kann.

Vergiß mich, bis wir uns wiedersehen, und dann erst recht!

Dein Dir ergebener
Dirk van Veen.

Dr. Quentin Bloemendaal (Sumatra) an Jo van Swanenburgh (Leyden)

Fort-de-Kock, 1930

Liebes Fräulein Jo,

Von einer Forschungsreise durch Sumatra sende ich Ihnen herzliche Grüße! Ich bin im Auftrag der Regierung mit einem anderen Geologen und einer Karawane durch die Hochlande gereist, um die Zinnvorkommen zu studieren und Vorschläge für ihre industrielle Verwertung zu machen. Ich war monatelang auf unserer Insel Banka – östlich von Sumatra – und konnte mich wieder überzeugen, um wieviel tüchtiger die Chinesen im Zinnbergbau sind als die Malaien und die Bergbewohner von Sumatra. Auf Banka kann man feststellen, mit welcher Unternehmungslust wir Holländer schon im vorigen Jahrhundert die Verwertung der Bodenschätze in diesem Teil der Welt begannen. Da Sie in einigen Jahren auf die Inseln kommen werden, sende ich Ihnen eine von mir verfaßte Broschüre, die Ihnen einen kleinen Einblick in koloniale Aktivitäten geben soll. Hoffentlich langweilt sie Sie nicht zu sehr! Es sind mehr Zahlen als Mondnächte!

Erhielten Sie den Brief, den ich Ihnen anläßlich des Todes Ihres verehrten Vaters schrieb? Ich habe leider nie eine Antwort bekommen.

Ich erinnere mich noch mit Vergnügen an unser kurzes Zusammentreffen in Paris, wohin Sie gleich nach dem Gartenfest in Alsmeer fuhren. Ich hatte den Eindruck, daß Sie sich meiner Führung gern anvertrauten, und biete mich hiermit als Reiseführer für Java und Sumatra an! Sie werden sicherlich die Sitten und Gebräuche Ihrer künftigen Pa-

tienten kennenlernen wollen? Der Islam treibt in diesem Teil der Welt sonderbare Blüten und ist mit uraltem Geisterglauben durchsetzt. Ich habe gerade in Padang das mohammedanische Hassan-Hussein-Fest mitgemacht, das vierzehn Tage dauerte. Es wird Ihnen seltsam vorkommen, daß es hier im Gegensatz zu Holland mehr Feste als Arbeitstage gibt. Wir könnten hier niemals unsere kolonialen Planungen und Industrien ohne Chinesen durchführen. Doch genug davon – ich sehe, Sie gähnen! Ich habe niemals eine junge Dame getroffen, die so ausführlich gähnen kann wie Sie! –

Zum Schluß möchte ich Ihnen kurz das Hassan-Hussein-Fest in Padang schildern, damit sie sehen, daß unsere ‹größere Heimat› nicht nur Statistiken und Geologen zu bieten hat. – Dieses Fest der Erinnerung an einen Neffen Mohammeds wird nur im indischen Archipel so pompös gefeiert. Maskierte Gestalten ziehen mit Musik durch die Straßen und tragen beleuchtete bunte Tempeltürme aus Holz oder Papier und kleine Kästen mit Gazevorhängen, hinter denen aus Holz oder Muscheln geschnitzte Hände hervorsehen. Es heißt nämlich, daß die Hand des ermordeten Neffen Mohammeds aus seinem Grab herauswuchs. Ist es nicht seltsam, daß ein Fest mit so düsterem Hintergrund Anlaß zu ausgelassenen Maskeraden ist? Ich mußte lachen, als ich unter den Masken Burschen mit alten holländischen Dreimastern und Admiralshüten sah; ferner Tropenhüte mit langen Schleiern, chinesische Mandarins, Hadjis und Riesengestalten halbnackter klings *(Hindus). Zur Schlußfeier in Benkulen hatten alle Tempeltürme ungeheure Dimensionen angenommen, und die Eingeborenen führten vor dem Haus des Residenten urkomische Tänze auf.*

Herr de Voss, der Resident, hatte gerade einen Brief Ihres Onkels John van Veen aus Washington bekommen. Die kleine Adrienne hat ja nun bei Ihrem Bruder Vincent unter Julias Aufsicht ein vorläufiges Zuhause gefunden. Ich fürchte, daß Außenstehende sich so verwickelte Familienverhältnisse, wie sie im indischen Archipel entstehen, nicht vorstellen können. Aber hier draußen ist eben das Ausgefallene das Alltägliche. –

Fort-de-Kock ist eine idyllische Gesundheitsstation für unsere Beamten und Militärs; deswegen sollte man sich hier keine Ehefrau aussuchen. Da bringt man seine Zeit nutzbringender auf dem ‹Großen Markt› zu. Schon bei Sonnenaufgang ziehen an meinem Hotel Scharen von Farmern und ihren Frauen vorbei; sie tragen auf den Köpfen Bündel von Sirihblättern, Zuckerrohr und Rotan und schleppen Körbe mit notorisch fleischlosen Enten und Hühnern. Die Frauen sehen sehr nett und sauber aus; sie tragen über den leuchtenden Sarongs eine enge Jacke mit Silberstreifen. Würde Ihnen das gefallen? Ich habe auf dem Markt eine Armspange für Sie gefunden und eine italienische Korallenkette bei einem Hinduhändler. Ich gebe die Sachen einem Freund mit, der Sie und Cornelia Polder in Leyden besuchen wird. Es freut mich, daß Sie bei ihr wohnen! Am liebsten hätte ich Ihnen auch eine Taube im geflochtenen

Bauer mitgeschickt, wie die Malaien sie hier mit sich herumtragen. Sie werden ‹Glücksvögel› genannt; vielleicht bringen sie auch dem Absender Glück ...

Ich würde mich freuen, von Ihnen zu hören! Mit den besten Wünschen für Sie und alle Polders in Leyden

Ihr
Quentin Bloemendaal.

Darf ich Sie nochmals bitten, meine kranke Mutter gelegentlich zu besuchen? Wo Sie nun in Leyden studieren, ist es vielleicht doch möglich? Aber wenn es Ihnen lästig ist, lassen Sie es bitte!

Da Sie leider etwas vergeßlich sind, möchte ich Sie daran erinnern, daß ich Ihnen in jeder Beziehung zur Verfügung stehe, wenn Sie später wirklich hier herauskommen sollten. Muß ich dann ‹Fräulein Doktor› sagen?

Q. B.

Jo van Swanenburgh (Leyden) an Dr. Quentin Bloemendaal
(Topographischer Dienst, Batavia)

Leyden, 1930

Lieber Dr. Bloemendaal,

Vielen Dank für die Geschenke! Der Armreifen ist sehr hübsch, leider kann ich Korallen nicht ausstehen. Ich habe sie Julia geschenkt, weil sie soviel Ärger mit Adrienne hat. Adrienne kann einen Heiligen auf die Palme bringen. Glücklicherweise bezieht sie gelegentlich Prügel von unserem Willem. Sie versucht dauernd, ihn mit seinem Freund Lukas de Witt aus Den Haag auseinanderzubringen. Blödes Balg! Willem und Lukas kleben doch sozusagen seit ihrer Geburt zusammen. Nun wohnt Lukas bei uns in Amsterdam, weil Willem ihn in der Schule beaufsichtigen muß. Lukas ist so verträumt, ganz anders als Isabella und der alte gelehrte Paulus mit seiner Engländerin in Java! Eine komische Familie sind die De Witts! Aber sicher nicht komischer als wir.

Ihre Mutter läßt sich nicht sprechen. Ich habe es zweimal versucht. Die verhungerte Kusine ist so verstört, wenn man klingelt, daß man sich entschuldigen möchte, auf der Welt zu sein. Aber wenn Ihre Mutter nicht will, dann will sie eben nicht. Papa sagte immer, man kann einen störrischen Gaul zwar zum Brunnen schleppen, aber man kann ihn nicht zum Trinken zwingen. –

Herzliche Grüße an Sie und alle meine Freunde in Java!

Jo.

Sechs Jahre später landete Dr. Jo van Swanenburgh in Java. Das goldene Netz, das Insel-Indien bis nach den Niederlanden auswarf, hatte sie eingefangen. Sie gab eine gute Zukunft in Amsterdam auf, um sich als Distriktärztin in glühender Tropensonne um sanftstörrische Mütter und Kinder zu kümmern, die ihre Zauberdoktoren und deren geheime Heilmittel vorzogen.

Dr. Jo van Swanenburgh hatte sich in den sechs Jahren auffallend verändert. Aus dem süßen, von romantischer Leidenschaft verwirrten *Sinkeh* war eine scharfzüngige, elegante junge Dame geworden. Sie verbarg ihre Schönheit hinter einer Hornbrille und einer Schicht weißen Gesichtspuders, was ihr zuweilen das Aussehen einer animierten Mondsüchtigen gab. Mit sechsundzwanzig Jahren konnte Jo keinen Augenblick ihre Abstammung von den glanzvollen und exzentrischen Swanenburghs aus Amsterdam verleugnen. Sie hatte ihre kritische und rastlose Intelligenz, die langen, edlen Chirurgenhände, die sorglose Verschwendungssucht und ihren undefinierbaren Zauber. Vor allem hatte sie das ererbte Interesse für alle Kranken und Leidenden neben ihrer beleidigenden Gleichgültigkeit gegen vernünftige Leute mit robuster Gesundheit. Patienten, die es knapp hatten, durften nicht mit Rechnungen belästigt werden – diesen Grundsatz hatte sich Jo im Amsterdamer Heim zusammen mit der Vorliebe für Skelette als Zimmerschmuck zu eigen gemacht. So war es eine gute Sache, daß Dr. Jo von der Kolonialregierung mit festem Gehalt angestellt werden sollte und außerdem ihre einflußreichen Freunde in Java anpumpen konnte. Vor allem Dr. Quentin Bloemendaal, den Regierungs-Geologen mit der robusten Gesundheit, der zwar meistens auf Reisen war, aber die Verbindung zu Jo ziemlich einseitig aufrechterhalten hatte. Er war der einzige Junggeselle in diesem Kreis. Er hatte die appetitliche, heiratswütige Antje Polder schließlich doch nicht geheiratet. –

Jo wurde von Cornelis und Isabella van Veen am Hafen empfangen und sollte bis auf weiteres bei ihnen wohnen. Als sie den «Heiligen» vom Schiff aus erblickte, gab es ihr trotz der dazwischen liegenden Jahre einen Stich in der Herzgegend. Cornelis sah seinem Vetter Dirk immer noch zum Verwechseln ähnlich: die hühnenhafte Gestalt, die tiefliegenden blauen Augen, die gewölbte Stirn, von der das feine blonde Haar zurückwich – es war lächerlich! Jo zuckte die Achseln: Sie war kein Sinkeh mehr. Die selbstbewußte junge Dame mit der Figur der Anne van Swanenburgh hatte sich längst an die Abfallprodukte der Liebe gewöhnt: Küsse ohne Zärtlichkeit, Pantomimen der Leidenschaft, Zerstreuung statt Sammlung. – Jo betrachtete das Gefühlstheater mit milder Ironie. Sie war damals in Singapore in eine so verfrühte und fruchtlose Leidenschaft gerissen worden, daß sich aus der Enttäuschung und der Leere ein wilder Durst nach Unabhängigkeit entwickelt hatte.

Wenn gute Freunde sie fragten, ob sie nicht doch heiraten wolle, lachte sie mit ihrer tiefen Schiffsjungenstimme.

II

Im Jahre 1936 war Niederländisch-Indien eines der bedeutendsten Rohstoffreservoire des Weltmarktes. Am besten ging es den Kautschuk-Meesters in Sumatra. Sie hatten keine Ahnung, daß es einen Mörder in der Familie gab, und freuten sich in maßvoller Weise über ihre Bilanzen. Sie lebten ahnungslos in einem Paradies, in dem der unterirdische Unabhängigkeitskampf der Eingeborenen vorläufig nicht störte. Es gab noch keinen Zweifel an der Sicherheit von Besitz und Leben; es gab keine Banditen und keine nationalistische Administration von Indonesien – wie etwa im Jahr 1949. Die Kautschuk-Meesters hatten ein riesiges europäisches Personal, das auf Arbeitsdisziplin hielt und nach festen, durch keine humanitären Ideen vernebelten Produktionsprogrammen arbeitete. Genauso ging es in der Tabakwirtschaft, die es dem älteren Mijnheer Bloemendaal ermöglichte, auf den Inseln das Leben eines reisenden Grandseigneurs zu führen. Der Tabak von Sumatra – das Deli-Deckblatt – hatte sich zu dieser Zeit Platz und Rang in der Weltwirtschaft gesichert. –

Die Familie De Witt besaß immer noch ihre Aktien der K.P.M. (Königliche Paketfahrtgesellschaft). Auch ihre Teeplantagen in Java warteten nur auf den kleinen Lukas de Witt, um ertragsärmer zu werden. Denn Lukas, der mit Willem van Swanenburgh und Adrienne van Doren in Amsterdam erzogen wurde, würde später den Kulis Beethoven vorspielen, anstatt sich um die Produktion zu kümmern. Darüber war sich selbst der weltfremde Paulus de Witt klar, der mit seiner Frau Linda und seinen Zwillingen mit englischen Vornamen in vorbildlicher Bescheidenheit in Buitenzorg lebte. Die De Witts waren so anspruchslos wie Julia van Gelderen von der Erdöl-Dynastie in Palembang, die sich als Ehefrau von Dr. Vincent van Swanenburgh mit dem Kind Adrienne abzuquälen hatte. Um alle diese Familien, die miteinander befreundet waren und untereinander heirateten, spannte sich das goldene Netz von Insel-Indien so eng, daß sie ihre Lebensweise und ihre Reistafeln zwischen Vulkanen für eine Einrichtung der Ewigkeit hielten. Jo konnte von ihnen allen pumpen. Nur von Jan Polder, dem kleinen Napoleon der Zuckerwirtschaft, konnte sie keinen Gulden bekommen. Bei den Polders hatte sich einiges geändert, ohne daß der Resident in Djokjakarta oder Jan und Antje ihre fabulöse Sicherheit, ihren enormen Appetit oder ihre Neugierde eingebüßt hätten. Zwischen Anna van Dorens Tod und Jo van Swanenburghs Ankunft in Java lagen die Jahre des Zusammenbruchs der Zuckerindustrie nach Zeiten phantastischer Prosperität. Die Welt-Depression war ein Wendepunkt für die Polderschen Unternehmen geworden. Die Chinesen, Inder und Japaner verringerten ihre Importe aus Java bis auf ein Minimum. Der 375 Millionen schwere Export von 1928 war im Jahre 1936 auf vierunddreißig Millionen Gulden zusammengeschmolzen. Die Japaner hatten sich eine eigene Zuckerversorgung auf Formosa geschaffen, wo übrigens Mr. Myers aus Connecticut, alias

Meesters, Beschäftigung als Aufseher gefunden hatte. Seine Diamanten waren längst verkauft. Er war gut Freund mit den Japanern und freute sich über die Kalamitäten der Polders. – Aber der kleine Napoleon hatte sich nicht geschlagen gegeben. Wenn im Jahr 1935 von hundertachtzig Fabriken hundertvierzig lahmgelegt worden waren, so bauten die Zukkerkönige bald darauf, trotz der kubanischen und japanischen Konkurrenz, ihre Unternehmungen und Fabriken wieder so weit auf, daß schon in den Jahren 1937/38 mehr als achtzig Unternehmen in Betrieb waren. Ein internationales Abkommen wies den «Zuckerländern» der Welt bestimmte Exportquoten zu, und die niederländischen Kolonien erhielten die höchste Quote. Nur Japan und Mr. Myers beteiligten sich nicht an internationalen Schutzmaßnahmen für Exportkulturen. Sie betrachteten den Glanz und die Krisen der niederländischen Inselwirtschaft als Zuschauer. Gewiß, die Japaner waren Ameisen verglichen mit den Wirtschaftsführern der Kolonien im Archipel, aber sie trösteten sich mit der alten Spruchweisheit: «Auch das Anliegen der Ameise reicht bis zum Himmel.»

Und Meesters? Er hoffte, mit Hilfe der Japaner genug Geld zu verdienen, um seiner Tochter Adrienne später eine glanzvolle Existenz zu sichern, wobei er sich aus dem Hintergrund an ihren Erfolgen erfreuen wollte... Er hatte auf Umwegen herausgefunden, daß Adrienne in Amsterdam bei den Swanenburghs erzogen wurde. Sie war nun sechzehn Jahre alt und wollte Tänzerin werden. Doch das wußte Meesters in seiner Verbannung nicht. Er lebte mit einer lieblichen Schattentochter und ahnte nichts von der wirklichen Adrienne.

III

Dr. Jo van Swanenburgh an Dr. Vincent van Swanenburgh in Amsterdam

Batavia, 1937

Lieber Vincent,

Da ich an unsere Unterhaltungen gewöhnt bin, überwinde ich unsere Abneigung gegen das Briefeschreiben.

Ich habe wahnsinnig in der Poliklinik zu tun. Unser Dr. Dekker – mein Chef und ein famoses altes Haus, gar nicht so alt, wie er tut, übrigens – wollte mich mal wieder heiraten! Aber da ist der gute Quentin Bloemendaal, der es nicht erlauben würde. Quentin ist furchtbar treu und streng wie immer – so ein richtiger Regenschirm für schlechtes Wetter und dazu noch mit einem vergoldeten Griff. Ich meine, ich wäre aus allen meinen Schulden heraus, die Quentin so bedrücken; ich selbst pfeife drauf.

Ich bin jetzt mit den Tsuis in Batavia befreundet. Es geht nichts über chinesische Freunde! Der Alte hat mir längst verziehen, daß ich in Singapore seine Einladung nicht genügend schätzte. Er hat eben eingese-

hen, daß er in jenen grauen Vorzeiten kein «Gesicht» verlor, weil ich in meiner Albernheit nichts von «Gesicht» wußte …

Du fragst, wie sich die Mütter und Kinder hier draußen gegenüber westlicher Medizin verhalten? Nicht zu schildern! Die verdreckten Kanäle dienen den Javanern und Malaien zu sämtlichen Verrichtungen – Wäschewaschen, Kochtöpfe spülen, die Notdurft verrichten und Trinkwasser schöpfen … Ich muß mich nur wundern, wieviele Javaner am Leben bleiben und wie oft wir hier draußen krank sind. Dabei gibt der Staat Millionen von Gulden für die geehrte Volksgesundheit aus – aber niemand ist zufrieden. Wir – ich meine die Holländer – leben ganz isoliert; trotzdem wir in der Klinik mit unzähligen Asiaten zusammenkommen. Du glaubst nicht, was der staatliche Gesundheitsdienst in Batavia leistet – vor allem in der Aufklärungsarbeit zur Verhütung von Malaria und Pest. An der Pest sterben immer noch jährlich zwischen viertausend und zwanzigtausend Menschen und meinen, es sei der Wille Allahs … Dabei hat unser Pestbekämpfungsdienst von 1911 bis heute eine Million Häuser umgebaut, die von Ratten infiziert waren. Ich bin im Malaria-Dienst tätig – meine eigene liebe kleine Malaria hat sich noch nicht wieder gezeigt. Sei doch nicht so eine Gluckhenne, Vincent! Unkraut vergeht nicht! Quentin Bloemendaal will mich zur Erholung an das Tobameer in Sumatra schleppen; aber ich fürchte, er wird mir dort wieder einen Heiratsantrag machen, und ich bin durch die Malaria ungewöhnlich sanft … Ich bin imstande und heirate unsern Geologen! Aber ich fühle mich sauwohl als Junggesellin und Assistentin von Dr. Dekker! Großartiger Mann in der Praxis! Er arbeitet sich halbtot mit Flugblättern, Radiodienst und Rundreisen in die Provinzen zwecks Malaria-Aufklärung, wobei ich ihn oft begleite. Papa sagte zwar, ein steter Tropfen höhle jeden Stein, aber ich finde, daß die Bevölkerung der Trauminseln uns *aushöhlt … Wenn es nur eine Medizin gegen den sanften Widerstand und die Zauberdoktoren gäbe! –*

Ich schreibe Dir um fünf Uhr morgens; da bin ich noch denkfähig! Nachher versuche ich, den Müttern dieses Paradieses beizubringen, daß ihre Sprößlinge nur einwandfreies Trinkwasser genießen sollten. Die Großanlage von Batavia am Hang des Salak-Vulkans ist ziemlich berühmt. Wenn man bedenkt, daß diese Anlage schon in den zwanziger Jahren geschaffen wurde und wieviele Familien in Java und Madura weiter das Wasser aus dem Kanal vorziehen! Die Inselbewohner sind enorm konservativ. –

Du fragst, welchen Eindruck unsere Landsleute in den Kolonien auf mich machen. Das ist nun ein Feld für den Psychologen! Aber immerhin – es hat sich herumgesprochen, daß Körper und Seele in einem gewissen Zusammenhang stehen … Tja, die Gesellschaft erscheint mir reichlich sonderbar! Es sollte einmal jemand, der wirklich was von Psychologie versteht, über westliche Tropenbewohner schreiben. Der Einfluß des Klimas auf uns ist eine erstaunliche Angelegenheit – ganz unabhängig von Zeit und Temperament. Oder beinahe unabhängig.

Vor allem blüht in Batavia und Umgebung der Klatsch. Gerüchte brodeln und verbreiten solche Hitze wie die Tropensonne. Sie peitschen so heftig wie die Regengüsse und zeigen die Fieberfarben der Sumpfblumen. Aus dunklen Ahnungen wachsen grelle Schreckgebilde. In der ersten Regenzeit, die ich mitmachte, wurde die phlegmatische Martina van Gelderen in Palembang schwermütig und mußte nach Haus geschickt werden. Und ich habe hier einmal Exzellenz Polder losbrechen sehen wie einen javanischen Vulkan! Wegen einer Lappalie, über die er zwischen Windmühlen und Tulpenfeldern gelächelt hätte …

Merkwürdig ist auch, wie Landsleute, die zu Haus die Diskretion selber waren, hier draußen drauflosreden und -fragen. Mir werden hier wöchentlich neue Liebhaber angedichtet – keine Heiratskandidaten! Ich war bekanntlich schon vor Jahren ein korruptes Geschöpf, das Dirk van Veen seiner Ehefrau entfremdete. – Bräute und junge Frauen, die solide und fröhlich aus Holland kommen, sind hier in kurzer Zeit verblüht, gelangweilt und manchmal ungeschickt lasterhaft. Natürlich nicht alle; aber zu viele. Besonders die ganz jungen Gänse, die hier plötzlich Schwan spielen! – Manchmal denke ich, daß die unvergleichlich schöne Insel Java ein Ort ist, wo das Leben unmerklich zum Stillstand kommt. Wo etwas, das nötiger zur erfüllten Existenz ist als Reis und Frucht, uns langsam entgleitet … Vielleicht ist es die moralische Kraft, die sich daheim in der häuslichen Enge entfalten konnte; vielleicht verlieren wir hier draußen die Fähigkeit, mit anderen zu leiden, oder das Talent zur Empörung über das Unrecht an Wehrlosen. Vielleicht sehen wir gar nicht mehr, wie die Malaien und Javaner leiden, weil sie taktvoll und ergeben lächeln. Ich weiß es nicht! Aber manchmal habe ich Angst um unsern kleinen Willem und Lukas de Witt, die bald herauskommen werden. Vielleicht hattest Du recht, daß Du immer in Amsterdam leben wolltest! –

Es ist absurd, wie wir in dieser exotischen Welt das Leben holländischer Bürger im Großformat weiterführen. Besonders wir Frauen leben hier in einem ungesunden Tagtraum, der durch den Geruch des Dschungels, zischende Vulkane, phantastische Menschen aller Nationen und Hautfarben und durch die Abfallprodukte der Emotion dramatisiert wird. Selbst das solide Heimweh wird durch sentimentalen Gesang und alkoholische Tränen verbilligt. Wir werden gleichgültig gegen die Bedürfnisse der Seele, und wir leiden nach den kühlen Morgenstunden allesamt an Ideenflucht. – Vielleicht müßte man wie Cornelis van Veen in der Gemeinschaft der Heiligen leben; oder Musik machen, oder wie Quentin Bloemendaal mit Überzeugung Kolonist sein. Rührend, wie er sich persönlich über unsere Leistungen im Archipel freut! Auch eine Methode, die Einsamkeit auf der Tropenveranda zu überlisten …

Natürlich gibt es die positiven Leistungen. Jan Polder beispielsweise ist eine Art Genie in der Zuckerwirtschaft. Seine Sicherheit steckt die andern an, und seine Pläne haben Hand und Fuß. Er lebt jetzt so zurückgezogen wie Cornelis van Veen und Quentin Bloemendaal. Was ist nur mit diesen Männern los? Viele können niemals allein sein – wie Deine Schwiegereltern in Palembang; der ganze Archipel donnert von den Parties, die Piet van Gelderen gibt! – Oder die Leute werden kontaktarm, oder fliegende Holländer wie Dirk van Veen und der selige Pieter Meesters. Ja – Du kannst ruhig fragen: ich habe Dirk van Veen niemals wiedergetroffen! Morgen fahre ich auf drei Wochen ins Pasteur-Institut nach Bandung; will alles beschnuppern. Wir können gar nicht genug von Tropenmedizin sehen.

Noch eine Neuigkeit: ich habe eine neue Dolmetscherin, Miss Rosie Wu aus Hongkong, die ‹Tochter aus Zuneigung› vom alten Herrn Tsui. Er hat sie adoptiert. Sie erzählte mir, sie sei die Tochter eines ‹rühmlichst bekannten Hotelbesitzers› aus Hongkong; ihr ehrenwerter Erzeuger war aber ein fahrender Koch ... Die chinesische Phantasie schmückt und flickt die Wirklichkeit sehr lustig! Miss Rosie ist ein Juwel. Immer vergnügt und findet sich selbst äußerst zufriedenstellend. Der alte Herr Tsui liebt sie mehr als seine Tochter und seinen Sohn, die nicht gerade in erfreulicher Verfassung vom Studium aus Leyden nach Batavia zurückkamen. Fräulein Tsui will nur mit Ausländern verkehren. Und der junge Herr hat offenbar politische Masern. Sein Vater ist ziemlich ungehalten. Natürlich ahne ich das alles nur – vor Gästen hält die Familie wie Klebstoff zusammen. Aber der alte Herr ist immer mit Miss Rosie allein zu Haus; die Kinder mit der westlichen Erziehung lassen sich kaum mehr blicken ... Die Tsuis haben es wie alle einflußreichen Chinesen schwer im Archipel. Die Malaien und Javaner hassen sie wegen ihrer wirtschaftlichen Erfolge und ihrer Kontrolle des Reishandels. Das geht mich nichts an. Ich fühle mich bei ihnen wohl. Rosie begleitet mich nach Bandung. Obwohl sie erst achtzehn Jahre ist und ich siebenundzwanzig, bemuttert sie mich in der verstohlenen, argusäugigen chinesischen Art. Süße Person! Sie findet sich sehr ‹intellektuell›. Sie erzählt jedem, sie hätte den ganzen Shakespeare gelesen. Mir soll's recht sein ...

Dieser Brief muß für die nächsten Jahre reichen! Soeben sehe ich Miss Rosies vergnügtes Gesicht mit Intelligenzbrille auf der Veranda. Heute ist in der Poliklinik der Tag des ‹Nadelessens›, wie die Inselbewohner Malaria- und Pestimpfungen nennen. Dann rücken sie geschlossen an; bis auf die Großmütter, die alles ohne Injektion überleben. Niemand ist so zäh, vergnügungssüchtig und anmutig-intrigant wie alte Malaiinnen oder Javanerinnen. Sie regieren mit seidenen Besen ... Es wird immer viel gelacht, wenn so eine alte Dame die Tochter und die Enkel zum ‹Nadelessen› in die Poliklinik begleitet. Ich lache über Miss Rosie, die übersetzt, was ihr in den Sinn kommt, um niemals ‹Gesicht› zu verlieren; Rosie lacht über die schlaue alte Frau, und die alte Dame lacht über mich. –

Gib Julia meine schönsten Grüße und auch den Jungens und Adrienne! Will sie immer noch alles haben, was anderen Freude macht?

Alles Liebe von Deiner

Jo.

IV

Dr. Jo van Swanenburgh hatte an diesem Morgen fast alle Patienten geimpft, als Miss Rosie eine bildschöne Javanerin mit einem merkwürdig aussehenden Knaben hereinbrachte. Der etwa zehnjährige Junge hatte rote Haare, dunkle, schräge Augen und einen athletischen Körperbau. Seine Haut war von mildem Goldgelb, sein Lächeln javanisch. Jo betrachtete Mutter und Kind und die alte Javanerin, die mit ihnen gekommen war, um aufzupassen, daß die fremde Doktorin ihre Familie nicht umbrachte. Der Junge schauerte wie im Fieber.

«Fragen Sie bitte, ob er schon mal Malaria hatte, Rosie!»

Miss Rosie, deren Übersetzungskünste aus Rätselraten bestanden, begann ein langes Palaver, in dessen Verlauf die schöne Javanerin mehrmals heftig mit dem Kopf schüttelte, während die alte Frau die ganze Zeit unentwegt Betel kaute.

«Hat glaube ich Pest oder Malaria», verkündete Miss Rosie. «Kann auch Typhus sein.»

Jo schrieb einen Zettel aus, um den Jungen zur Beobachtung zu überweisen. Er blickte sie nicht an, sondern sah mürrisch zu Boden. Mischlinge waren schwierige Patienten. Sie waren abwechselnd übersprudelnd vor Heiterkeit oder beleidigend abweisend. Jo blickte die schöne Javanerin sekundenlang sinnend an: wo hatte sie nur dieses kindliche Oval, die herrlichen tiefen Augen und das stereotype Lächeln gesehen?

«War die Frau schon einmal bei mir?» fragte sie Miss Rosie. Niemals! Die schöne Frau gehörte zu einer Familie, die vor einigen Jahren als Kontraktkulis zwangsweise nach Sumatra in die Pflanzungen geschickt wurde und nun nach Ablauf des Kontrakts in ihren Kampong nach Batavia zurückgekehrt war. Die Kolonialregierung hatte diesen produktionsfördernden Ausweg gefunden: Sumatra war menschenleer, Java übervölkert. Die javanischen Familien, die sich durch Geld und Versprechungen verlocken ließen, waren unglücklich in Sumatra; die harte Arbeit, die fremden Sitten und Gesänge und die Sehnsucht nach dem eigenen Dorf, wo sie geachtete Mitglieder der Gemeinschaft statt namenlose Kulis waren, stachen ihre sanften Herzen wie Malariamücken und machten sie zuweilen buchstäblich krank. Jo kannte die ganze Saga des Elends und freute sich immer, wenn eine Familie durch Fleiß und Nüchternheit das Geld zusammengehalten hatte und heimgekehrt war. Wie viele waren in Sumatra in ihrem Elend dem Opium und dem Glücksspiel verfallen! Hier hatte sie es mit einer ordentlichen Familie zu tun.

«Wie heißt du?» fragte Jo die junge Javanerin freundlich.

Ihr Javanisch bestand zwar aus Brocken, wurde aber verstanden.

«*Aminah.*» Die junge Frau lächelte sanft und stolz. «Sohn hat holländischen Vater.»

«Wo ist der Vater, Aminah? Wir werden ihm einen Bericht schicken.»

Aminah schien dies furchtbar komisch zu finden. Sie lachte und gurrte wie eine malaiische Taube im Bambuskäfig. «Wo ist der Vater?» wiederholte sie, und die alte Frau lachte ebenfalls.

«Wie heißt dein Sohn, Aminah?» fragte Dr. van Swanenburgh geduldig. Auch an die Lachausbrüche war sie bereits gewöhnt. Vorerst erhielt sie keine Antwort, denn die Familie beriet. Endlich sagte Aminah, daß ihr Sohn Hendrik ungefähr zwischen neun und dreizehn Jahre alt wäre. Miss Rosie rückte an ihrer Hornbrille und übersetzte verachtungsvoll. Jo hatte immer noch das leere Formular vor sich. Es war heiß im Office; ihr Kopf schmerzte.

«Nun?» fragte sie mit einem Schatten von Ungeduld, der den Patienten nicht entging. Natürlich – die *orang blanda* (Fremden) konnten es wieder nicht abwarten! Der Vater des Sohnes? Aminah war verstummt. Trauer war in ihren herrlichen Augen ... Sie hatte den Tuan Vater seit Jahren nicht gesehen. Schließlich erhob sie sich mit Würde und wiederholte die einzigen holländischen Worte, die sie gelernt hatte:

«Aminahs Sohn hat holländischen Vater.» Der Sohn blickte mürrisch zu Boden. Die Großmutter sah interessiert umher; sie fühlte etwas in der Luft ...

«Sohn Hendrik ist Sohn von *Tuan van Veen*.» Aminah sah wieder stolz und vergnügt aus.

Jo glaubte nicht recht zu hören. Hatte der Heilige, der mit Isabella in einer vorbildlichen Ehe lebte, etwa einen «Kampong-Sohn»? Doch bevor sie fragen konnte, hatte Aminah ein Bild aus einem Seidenbündel gezogen und reichte es Jo mit einer tiefen Verbeugung. *«Tuan van Veen»*, flüsterte sie.

Jo betrachtete das verblaßte Bild. Dirk van Veen blickte sie spöttisch an. Er trug ein Tropenhemd und einen Sarong; sein feines, helles Haar wich von der gewölbten Stirn zurück. Und dies war sein Sohn – ein Kampong-Javaner! Jo betrachtete stumm die Großmutter, die Mutter und das Abfallprodukt der Kolonialliebe. Sie trank hastig ein Glas Eiswasser und fragte, wo der Vater des Jungen wäre. Aber Aminah wußte es nicht. Wollte sie es nicht wissen?

«Tuan mal hier, mal dort», übersetzte Miss Rosie und betrachtete mit heimlicher Besorgnis «ihren Doktor Jo». Die Ärztin war noch blasser als sonst. Sie mußte bald verreisen. Dr. Jo hatte einen Augenblick sogar die Augen geschlossen. Das durfte nicht sein, denn der Schläfer ist die Beute der Wachenden! Rosie Wu betrachtete die kleine javanische Gruppe mit einer Abneigung, die aufs herzlichste und höflichste erwidert wurde.

Dann waren die Javanerinnen mit tiefen Verbeugungen verschwunden. Jo und Rosie brachten Dirk van Veens Sohn zur Untersuchung in die überfüllte Klinik. Rosie erzählte, daß diese Kampong-Javaner den Sohn des Tuan zum Javaner erzögen. Es blieb ihnen kaum etwas anderes übrig; der Vater des Jungen war jahrelang nicht in Java gewesen. Er war einmal hier und einmal dort, wie Aminah ergeben gesagt hatte. Wenn er nicht Berufsreisen im Archipel und im größeren Asien unternahm, lebte er entweder in Sumatra oder auf Bali. Natürlich hatte Jo niemals mehr von ihm gehört, nachdem sie den Brief aus Peking nicht beantwortet hatte.

Gegen Abend saß Jo van Swanenburgh allein auf ihrer Veranda in Weltevreden und vertrieb die Vergangenheit mit einigen Gläsern Whisky. Die Kolonie war zu Besuchen unterwegs oder im Club. Jo hatte alles abgesagt, da sie am nächsten Morgen nach Bandung fahren wollte. Eine solche Rastlosigkeit hatte sie gepackt, daß sie sich schließlich entschloß, ins Kino zu fahren. Sie schenkte den Kampongs auf dem Weg keinen Blick. Die Malaien und Javaner hockten vor ihren Hütten und den kleinen Läden. Männer auf Bambusmatten beteten zu Allah. Mütter schwangen Rasseln, um ihre Kinder vor den *antus*, den bösen Geistern, zu schützen. Ob Aminah auch so eine Rassel aus Amuletten vor ihrem Babysohn geschwenkt hatte? Jo atmete tief. Gegen Abend erwachte Batavia. Bei einer Verkehrsstockung, wie sie in den engen Straßen der Innenstadt beständig vorkamen, hielt eine Rikscha neben Jos Auto. Darin saß ein großer junger Mann mit rotem Haar, einem arroganten Gesichtsausdruck und tiefliegenden malaiischen Augen. Er trug einen zu grellen Schlips und konnte keinen Augenblick stillsitzen, als zerrisse eine unerträgliche Spannung sein Inneres. Er war wahrscheinlich der Sohn einer Javanerin und eines holländischen Vaters. Kein Javaner hatte so breite Schultern und goldrotes Haar. Und kein Holländer trug solche Krawatten.

Jo van Swanenburgh betrachtete den Unbekannten mit verzehrender Anteilnahme. Er hatte den Arm um eine junge Chinesin gelegt und lachte schrill. Seine nervösen, feingliedrigen Hände, die nicht zu seiner riesigen Gestalt paßten, suchten nach Zigaretten in seinem westlichen Tropenanzug. Der Schlips leuchtete wie tausend Glühwürmer – nur in heftigeren Farben. –

Wo war der Vater dieses Unbekannten, der ihm eine holländische Gestalt und sonst nichts gegeben hatte? Jo wandte den Blick von dem jungen Herrn ab, dessen Stimme dünn und hoch und absurd aus einem breiten Brustkasten kam.

Der Vater spaziert wohl irgendwo zwischen Holland und den Inseln herum, dachte Jo müde. *Makan angin!* Er «aß den Wind», wie die Malaien sagen. Er ging im Weltall spazieren – wie Tuan Dirk van Veen.

Der Pfeil aus Pfirsichholz

I

Jo verbrachte ihren Urlaub mit Quentin Bloemendaal am Toba-Meer in Sumatra. Er hatte sie dorthin «verschleppt». Sie sollte einmal andere Vulkane und andere Veranden sehen. – Jo war zum erstenmal in einem so großartigen und uralten Gebiet der niederländischen Inselwelt. Sie kam sich wie verzaubert vor. Sumatra war im Gegensatz zu Batavia immer noch «der Wohnsitz der Riesen und Götter» und lebte noch von den Legenden der Batak-Völker. Jo bestaunte diese Welt mit den grünen Hügeln im verschwimmenden Licht, den Reis-Terrassen, den basaltnen Bergen und dem lieblichen Toba-Meer. Die abgespannte Ärztin fühlte hier jene tiefe Zufriedenheit, die der Mensch der Städte zusammen mit dem Talent zur schöpferischen Faulheit verloren hat. – Sie wohnten in Prapat in einem kleinen Hotel; Dr. Bloemendaal wollte nicht die halbe Kolonie in der Hügelstation von Berastagi treffen. Sie aßen einfache Reistafeln, sprachen über angenehme Dinge und fuhren oft mit einem Motorboot auf dem Toba-Meer herum. Batak-Fischer in schlanken, mit geschnitzten Fischen und Drachen verzierten Booten begleiteten sie. Einmal steckte Jo die Hand in das blaue Wasser und leckte wie als Kind in Scheveningen die Tropfen ab.

«Es ist nicht salzig», sagte sie erstaunt.

«Die Malaien nennen das Toba-Meer das ‹süße Meer›», sagte Quentin Bloemendaal und blickte sie an, «*la-ut tawar*, Meer ohne Salz.»

«Meer ohne Tränen!» Jos tiefe Stimme, ihr fröhliches Gesicht, ihre Mädchengestalt in dem weißen Kleid bezauberten ihn. Aber er sagte nichts vom Heiraten. Er wollte sich diese seltenen Stunden nicht trüben. Manchmal blickte er sie verstohlen an; dann trat ein Ausdruck von unwirschem Erbarmen in seine Augen. Vor der Reise war Jo nach Bandung gefahren, um Dirk van Veens kranken Sohn gesund zu pflegen, während Aminah sich Blumen ins Haar steckte und sein Vater den Wind aß... Jo hatte dabei einen harten Kampf mit der Großmutter Bèot ausfechten müssen, die täglich in die Klinik kam, um dem Enkelsohn eine Zaubermedizin zuzustecken, oder ein Pisangblatt mit Beschwörungen gegen die *antus*, wobei die alte Dame offensichtlich die holländische Ärztin als «Nummer Eins» unter den Dämonen betrachtete. Jo hatte einmal einen Zettel bei dem Jungen gefunden, der um einen winzigen holzgeschnitzten Fisch gewickelt war. Die Fische waren die Lebensgefahren, die Aminahs Sohn bedrängten. Die alte Bèot hatte Jo ausdrücklich ermahnt, darauf zu achten, ob der Mond «von Wolken umwickelt» wäre: in einer solchen Nacht würde der Geist der Malaria kommen und den Tochtersohn ins Totenland schleppen. Aber siehe da: Hendrik van Veen war trotz des getrübten Mondes gesund geworden! Vor Jos Abreise war er öfters bei ihr in Weltevreden erschienen, begleitet von der alten Bèot und seinen javanischen Verwandten. Hendrik hatte «Doktor Gesundmacherin» ein Geschenk gebracht; einen geschnitzten Pfeil aus Pfirsichholz. Er schützte den Besitzer vor bösen Einflüssen. Hendrik hatte den Pfeil in Golok, Batavias Chinesenstadt, gefunden und mit einem Amulett seiner Großmutter bezahlt. Bèot ließ sich von einer Fremden nicht die Gesundheit ihres Enkels schenken; sie war eine stolze Javanerin und hatte das Amulett nach langen, von allen Mitgliedern der Familie mit Begeisterung geführten Verhandlungen herausgerückt.

Jo zeigte Quentin den Pfeil aus Pfirsichholz, als sie eines Abends auf ihrer Hotelveranda saßen. Sie blickten aufs Toba-Meer; ein Papagei kreischte im Garten; von fern klangen die Töne des Gamelan-Orchesters zu ihnen herauf, eintönig und dunkel leidenschaftlich, als mache jemand kurz vor dem Amoklaufen noch etwas Abendmusik.

«Mußten Sie Hendrik unbedingt pflegen, Jo?» fragte Dr. Bloemendaal ruhig. «Sie wollten doch im Pasteur-Institut arbeiten!»

«Das läuft mir nicht weg.» Jo hatte immer eine richtige Antwort auf eine falsche Frage; eine irritierende Angewohnheit seiner künftigen Frau. Denn daß er dieses Mädchen heiraten und in ruhiger Weise glücklich machen würde, daran zweifelte der lange Geologe mit den scharfen grauen Augen keinen Augenblick. Jo hatte ihm übrigens nicht erzählt, daß Hendrik sie «Große Tante« nannte, ihr mit scheuer aber zäher Anhänglichkeit Blumen brachte und auf ihrer Veranda still zu ihren Füßen saß, solange keine Besucher kamen. Einmal hatte Jan Polder sie besucht, und Hendrik war sofort aufgestanden, als der Wagen des *orang blanda* vor dem Haus hielt, und war gebückt ins Küchenhaus geschlichen – wie ein javanischer Hausboy! Es hatte Jo einen Stich mitten ins Herz gegeben. Sie hatte den erstaunten Jan Polder, der neugierig umhersah, sitzen lassen und war ins Küchenhaus gestürmt, um Hendrik zu holen. «Fortgegangen», hatte ihr Koch gesagt.

Später hatte Jo gesehen, wie ein athletischer Junge im Sarong aus dem Küchengarten verstohlen in eine Betjak (Rikscha in Java) sprang. Natürlich hatte Jan Polder sich erkundigt, wer der Zirkusclown mit dem roten Haar wäre. Jo hatte ihr Geheimnis nicht verraten. «Grotesk – diese Mischlinge», hatte Jan gemurmelt. «Die armen Dinger gehören nirgendwo hin. Skandal, so was in die Welt zu setzen!»

‹Was soll aus Hendrik werden?› fragte Jo sich oft. Sie liebte den Jungen scheu und melancholisch, wie er sie liebte ... Warum ließ Dirk ihn nicht in Holland erziehen, wenn er schon seinetwegen mit Aminah verheiratet geblieben war?

Jo hatte heute abend eine Orchidee vom Toba-Ufer angesteckt; sie sah schön, nachdenklich und einsam aus. Bloemendaal zündete sich schweigend eine neue Zigarette an. Er war jetzt fünfunddreißig Jahre alt und sehnte sich nach einem Heim. Er hatte in Leyden nur das Zerrbild eines Heims kennengelernt. Er liebte Jo mit einem starken Verantwortungsgefühl; er ahnte die seelische Zerbrechlichkeit dieses selbstsicheren Mädchens. Bloemendaal war ein so seltenes Exemplar wie der weiße Elefant. Jo schien es langsam zu begreifen.

«Exzellenz Polder ist Gouverneur in Buitenzorg geworden», sagte Quentin schließlich.

«Wenn Sie nun Antje heiraten, haben Sie den einflußreichsten Schwiegervater im Archipel.»

«Ist das Ihr Ernst?»

«Unsinn. Ich habe keine Absicht, meinen besten Freund an Antje Polder zu verlieren.»

«Sie werden mich immer haben. Wie einen alten Regenschirm!»

«Ich weiß nicht so recht! Die Polders halten fest, was ihnen gehört.»

«Aber ich gehöre ihnen nicht.»

Quentin Bloemendaal war aufgestanden. Er warf die Zigarette fort und zündete sich mit ungewohnter Nervosität eine neue an. So ging es nicht weiter. Er hatte lange genug auf Jo gewartet. Eine Orgie der Geduld! Er stand neben Jo – sehr groß, angespannt und mit einem wild klopfenden Herzen.

«Morgen muß ich nach Medan», sagte er heiser. «Werden Sie es eine Woche ohne mich hier aushalten?»

«Es ist wunderbar hier mit Ihnen.»

«Sind Sie glücklich?»

«So glücklich, wie ein Arbeitstier auf Urlaub nur sein kann! Ich werde fischen gehen, während Sie fort sind.»

«Sonst nichts?»

«An Sie denken, wenn Sie es wünschen!» Jo lachte.

«Sie lachen immer noch wie ein Schiffsjunge, Jo!» Er hustete. «Werden Sie mich vermissen?»

Jo blickte ihn an. Sein feines Gesicht mit der geraden langen Nase, den Falten in den mageren Wangen und dem schmalen strengen Mund sah plötzlich verzerrt aus.

«Sie sind der beste Freund, den ich jemals hatte», sagte sie herzlich.

«Der beste Freund ...» sagte er bitter. «Meine liebe Jo, hören Sie endlich damit auf!»

«Was ist mit Ihnen los?»

Er stand dicht neben ihrem Schaukelstuhl und blickte auf sie hinab.

«Also – für den Fall, daß Sie's vergessen haben – ich bin ein Mann! Ich habe mir zwar große Mühe gegeben, es Sie nicht merken zu lassen, aber ...»

«Nicht zynisch werden!»

Bloemendaal lachte leise und hart. Er stand immer noch über Jos Schaukelstuhl gebeugt. In seinem Gesicht waren alle Muskeln angespannt. Er murmelte:

«Sie kennen mich immer noch nicht! Ich bin sentimental wie ein Tourist auf Bali! Ganz Java und Sumatra wissen das.»

Jo war aufgesprungen. Der Papagei im Garten schrie, und es tat ihr weh. Bloemendaal trat hinter sie.

«Jo», sagte er schwer atmend. Dann faßte er sie mit einem harten Griff um die Schultern und drehte sie zu sich herum. Seine Augen suchten angstvoll ihren Blick.

«Jo», sagte er gequält. «Ich muß endlich Gewißheit haben!»

Sie antwortete nicht.

Er hielt ihr schönes, blasses Gesicht in seinen großen Händen. «Ich weiß, daß Sie mich nicht lieben», sagte er tonlos. «Aber – meinen Sie... glauben Sie, daß...» Er stockte.

«Aber ich will weiter praktizieren», sagte sie lächelnd.

Er hatte sie losgelassen und starrte sie an. Dann war sie in seinen Armen, und er vergrub sein Gesicht in ihrem Haar.

«Bekomme ich keinen Kuß?» fragte Jo.

Später tranken sie «Knallwein», wie die Malaien den Champagner nennen, und Jo erkundigte sich, ob Quentin ihre Schulden bezahlen könnte. Als der Mond über den alten Mabarbäumen am Meer leuchtete und die vulkanischen Inseln in unwirklichem Licht standen, sagte sie: «Du... ist es nicht einfach der Sumatra-Zauber?... Du hättest etwas Besseres verdient, armer Kerl!»

«Zum Beispiel?» – Wie jung er aussah! Wie glücklich!

«Zum Beispiel eine gute Hausfrau», sagte Jo. «Die niemals Schulden macht und immer pünktlich ist. Würde dir das nicht gefallen, alter Hauskater?»

«Nein», sagte der alte Hauskater, «es würde mir nicht gefallen.»

«Du bist hier sanft verrückt geworden! Ich weiß genau, was du brauchst.»

«Wenn du das wüßtest, hättest du mich längst geheiratet.»

«Ich liebte meine Freiheit.»

Und einen anderen hatte sie geliebt...

«Ich will mein Möglichstes tun», sagte Jo in einem Ton, als ob sie am Bett eines hoffnungslosen Patienten stände. «Vielleicht werde ich dir zuliebe noch ein richtiger Staubwedel!»

Er nahm sie in die Arme und küßte sie auf die Augen. Sie war die große Kostbarkeit seines Lebens. Er wollte sie vor den Attacken ihrer Phantasie und ihrer Erinnerungen beschützen. Er hatte die Bitterkeit der Liebe zuerst gekostet, und nun war er am Toba-Meer – an den süßen Wassern der Erfüllung. Sie war alles in einem: sein Kind, seine Frau, sein Lebenselixier. –

Während sie Arm in Arm an den dunklen Wassern standen, fiel ein kleiner Gegenstand aus Jos Tasche zu Boden. Der Pfeil aus Pfirsichholz. – – –

Am nächsten Morgen fuhr Bloemendaal nach Medan. Jo hatte mit ihm frühstücken wollen, kam aber wie stets zu spät. Sie fand einen Zettel in ihrer Serviette.

«Es macht nichts, daß Du verschlafen hast», stand da in Bloemendaals großzügiger Schrift. *«Morgens beim Frühstück bin ich sowieso unausstehlich, lese Zeitung oder brumme. Ich hoffe, Du tust dasselbe?*

Küsse mich in Gedanken!

Quentin.»

II

Am dritten Abend nach Bloemendaals Abreise war die Luft schwül, und die Vulkane lauerten in Wolkentücher gehüllt am Horizont. Die Regenzeit war im Anzug. Es gibt in den Tropen zwei beklemmende Phänomene: die Vorahnung der Regenzeit an einem stillen Abend und die Geräusche, welche die Stille gespenstisch unterbrechen. Der Papagei kreischte, daß Jo zusammenzuckte, die große Eidechse stieß ihren Warnungsschrei aus, und die Moskitos surrten um das Öllicht auf der Veranda des Hotels. Ein Duft von Weihrauch erfüllte die Luft; die mohammedanische Bevölkerung bereitete sich auf den Freitag, den heiligen Tag der Woche, vor. Jo dachte an die Zukunft: eines Tages würden Quentin und sie das goldene Netz der Inselwelt zerreißen und heimgehen. Irgendwo sang jemand ein Bataklied – wehmütig und naiv. So mußte Aminah singen, wenn sie in der Dämmerung im Kampong über Dirk van Veen nachdachte. Die Javaner sangen ihre Gedanken – das war tröstlicher als die westliche Art zu denken. Jo betrachtete den Himmel aus verfärbtem Milchglas ... Der Pfeil aus Pfirsichholz lag vor ihr auf dem Rohrtisch: sie hatte sich eine Frucht damit geöffnet. Chinesische Kunstgegenstände waren praktisch – genau wie die chinesische Philosophie. Jo hatte die alte Bèot gefragt, ob Aminah unglücklich darüber wäre, daß Tuan Dirk nicht bei ihr lebte. «Kümmere dich drei Jahre nicht um ein Unglück, und es wird entweder zum Glück, oder du hast es vergessen», hatte die alte Javanerin geantwortet. Diese Weisheit war ein tausendfädiger Brokatsarong mit hinduistischen, animistischen, buddhistischen und mohammedanischen Fäden. Alles in Java wurde durch *adat* (Brauch, Sitte) zusammengehalten. Aminah van Veen war nicht die einzige verlassene Javanerin und ihr Sohn nicht der einzige Kampong-Holländer. Es schickte sich nicht, zu klagen und zu weinen. Man dachte drei Jahre nicht daran ... «Wer das könnte», dachte Jo van Swanenburgh. Wie wenig konnten die Inselbewohner von den Holländern lernen! Und wieviel konnten sie alle von dem bunten Völkergemisch Insel-Indiens lernen, wenn sie nur wollten! Waren die uralten javanisch-malaiischen Heilmittel gegen das Leid des Lebens, die einem naiven Naturwesen wie Aminah van Veen Würde und Anmut gaben, nicht wichtiger als die Wissenschaft des Westens? –

Jo dachte an die zerrütteten Verhältnisse im Hause Bloemendaal. Wie schemenhaft die Landsleute am Toba-Meer wurden! Jo erinnerte sich nur schwach an Quentins Eltern! Oder Linda Derrington und Paulus de Witt, die vor einigen Jahren durch ihre Hochzeit im Brennpunkt des Interesses gestanden hatten – wer kümmerte sich heute um sie? Sie konnten ein vorbildliches Familienleben in Buitenzorg führen oder gestorben sein. Anna van Doren – ein machtloser Schatten mit brandrotem Haar! Die Kolonie spielte ebenfalls Schattenspiele hier draußen: man war kurze Zeit auf der beleuchteten Leinwand und verschwand dann aus den Augen und dem Gedächtnis der Leute. Das war bei Niederländern besonders erschreckend, weil ihr Familienleben unter engen freundlichen Wohnhimmeln eine nationale Einrichtung war. Die holländischen Stilleben verloren im Archipel ihre Substanz. Die Wohnpaläste, die Gärten mit den flammenden Blüten, die vielen Diener und die Menschen einer fremden Sonne und Zivilisation ringsum brachten Elemente der Zersplitterung und nervösen Lebenshast in eine der stabilsten Gesellschaften des westlichen Europa. Quentin Bloemendaal und Cornelis van Veen waren vielleicht die einzigen, die sich selbst treu geblieben waren. Jo war sich ihres Glücks bewußt. Sie war siebenundzwanzig Jahre und wußte endlich, daß Freundschaft ein wichtiger Baustein der Ehe ist. Sie atmete tief.

Ein malaiischer Diener verbeugte sich: «Nonja bekommt Besuch. Großer *orang blanda.*»

Jo sprang erfreut auf. So war Quentin früher zurückgekommen! Sie sah in dem dämmrigen Garten eine große Gestalt im weißen Tropenanzug – wie wunderbar! Dann war der Orang Blanda mit drei Sätzen auf der Veranda. Jo starrte ihn wie einen Geist an. Ein riesiger, eleganter Holländer verbeugte sich mit ironischer Ehrfurcht vor ihr. Sie sah die hohe gewölbte Stirn, die meerblauen Augen unter den schweren Lidern und das Lächeln, das grausam und doch melancholisch war. In den Augen des Besuchers flimmerte ein gefährliches Licht, das sekundenlang erlosch und dann wieder aufflammte. So blickten die unheimlichen «Folge-Tiger» in den Hochlanden von Padang, die ihrem auserwählten Menschen nachschlichen ...

«Die sieben Jahre sind um, schönste Jo! Ich melde mich zur Stelle», sagte Dirk van Veen und nahm unaufgefordert auf Bloemendaals Schaukelstuhl Platz.

III

«Es kann nicht sein», dachte Jo. Aber da saß der Mijnheer und lächelte hintergründig. Jo riß sich zusammen.

«Was willst du hier?» fragte sie rauh.

«Ich hatte auf einen freundlicheren Empfang gehofft», meinte der Mijnheer bedauernd. «Die sieben mageren Jahre sind um.»

«Soll das ein Witz sein?»

«Selbstverständlich! – Ich wußte nicht, daß du hier bist! Ich nahm an, du impfst unverbesserliche Rangen in Batavia.» Er blickte Jo unschuldig an. Seine seltsamen Augen flimmerten.

«Ich glaube dir kein Wort.»

«Dann hast du etwas dazugelernt!» Dirk van Veen stand auf. «Gibt's hier nichts zu trinken?» Er blickte den ehemaligen Sinkeh so unverwandt an, daß Jo einen leichten Schwindel verspürte. ‹Es muß das Regengefühl sein›, dachte sie und rief nach dem Kellner.

«Knallwein», bestellte der Mijnheer. Der junge Diener verbeugte sich und verschwand. Diese *nonjas*! Sie hatten an *einem* Tuan nicht genug.

Dirk van Veen goß den Champagner in die Wassergläser, die der Boy gebracht hatte. «Unschuldsengel», bemerkte er. «Ich meine den Boy.»

Jo erhob sich abrupt. «Gute Nacht», sagte sie heiser. «Ich bin müde. Morgen früh will ich einen Ausflug machen.»

«Prost!» Dirk van Veen trank beide Gläser aus. «Ich wünsche viel Vergnügen für die Expedition!» Er stand hoch aufgerichtet und blickte Jo nach. Seine mächtigen Schultern zuckten vor verhaltenem Lachen. Er trank die ganze Flasche aus, erkundigte sich dann nach der Zimmernummer der Noja und nahm das Nebenzimmer. Dirk van Veen war viel öfter als Jo in diesem Gasthaus am Toba-Meer gewesen ...

«*Saja tuan* (Ja, Herr)», murmelte der Diener. Dirk verbrachte den Abend allein und blickte auf das Toba-Meer. Um elf Uhr abends ging er in sein Zimmer. Es war so erstickend schwül, daß er beschloß, auf der Veranda zu schlafen. Der Boy hatte ihm schon ein Feldbett mit Moskitonetz hingestellt. Auf der Nebenveranda saß Jo van Swanenburgh. Sie wandte Dirk den Rücken zu und hatte ihr Gesicht in den Händen vergraben. Sie rührte sich nicht. Alles war anders, als es vor zwei Stunden gewesen war. Quentin Bloemendaal entschwand ihr wie ein Schatten, und sie sah ohnmächtig zu. Dirk van Veen, professioneller Glücksvernichter, hatte die Welt verändert.

«Warum schlafen Sie nicht, Fräulein Doktor», erkundigte sich der Mijnheer. «Erwarten Sie noch Patienten? Ich stehe zur Verfügung.»

Der Mond schien ihm ins Gesicht. Wenn er die Augen schloß, glich er seinem Vetter Cornelis immer noch aufs Haar. Jo war herumgefahren.

«Da hört doch alles auf! Was willst du hier? – Mich verführen?»

«Da hätte ich früher aufstehen müssen», meinte der Mijnheer. Er schwang sich mit einem Satz über die halbhohe Brüstung zu Jo hinüber. «Ihr Frauen könnt wohl an nichts anderes denken?»

«Sei nicht lächerlich! – Gute Nacht!»

«Wenn man Durst hat, ist ein Becher Wasser wie süßer Tau.» Der Mijnheer hielt sie fest. «Bleib doch! Du kannst noch jahrelang ohne mich den Mond bewundern!»

Jo zündete sich eine Zigarette an. Sie war plötzlich in einer schwebenden Stimmung. Die Nacht leuchtete, als ob Goldstaub vom Mond rieselte. Jo flog in rasender Schnelle in einer Luftschaukel durch den Opalhimmel.

«Bekomme ich keine Zigarette?» sagte der Mijnheer. «Höflicher bist du seit unserer kleinen Auseinandersetzung in Alsmeer auch nicht geworden. Warum hast du meinen Brief aus Peking nicht beantwortet?»

«Ich hatte anderes zu tun.»

«Pardon, das hatte ich vergessen! – Mädchen, du wirst immer schöner! Wie machst du das? Andere Berufshyänen werden jede Woche etwas häßlicher.»

Jo lachte. Dirk blickte sie verstohlen an. Sie war alles, was ein Mann sich wünschen konnte: tagsüber eine geldverdienende und züchtige Venus, ein beschwingter Intellekt – und zur Stunde der *antus* schenkte sie den Männern die Essenz des Granatapfels. Jo war eine echte Frau – tiefe Lust und zarte Last... Ihr Hals wuchs immer noch wie ein Blumenstengel aus ihrem chinesischen Seidenpyjama. Aber jetzt hatte sie Stil und Charakter. Ihre Lippen hatten ihr eigenes melancholisches Leben; sie waren nicht mehr erwartungsvoll geöffnet.

Dirk van Veen rauchte in hastigen Zügen. Warum schwieg sie so beharrlich? «Wie gefällt dir Batavia?»

Jo erzählte von Rosie Wu, ihrer Dolmetscherin und Freundin. Rosie trug eine Brille aus Fensterglas; sie fand es «intellektuell»; sie konnte wie ein Luchs sehen. – Dirk hörte lächelnd zu. Kein Zweifel, Jo hatte allerhand dazugelernt, seit er ihr in Alsmeer das Bild seiner Frau gezeigt hatte...

Jo verstummte. Sie und Dirk bewegten sich auf zwei Ebenen. Es war eine Unterhaltung zwischen Freunden, die sich lange nicht gesehen haben, und zugleich ein magischer Dialog ohne Worte. Die unterirdische Spannung ließ sich nicht totreden. Dirk van Veen hatte die langen Beine ausgestreckt und saß unbeweglich in dem zu zierlichen Korbsessel. Er hatte die schweren gewölbten Lider gesenkt und sah aus, als ob er lauernd schliefe... Jo war in einer schwebenden und bedrohten Traumwelt. Der Mond und die tropischen Sterne konnten jeden Augenblick heruntersausen und sie begraben. Das Leben war wieder ein Abenteuer. Eine Begegnung mit dem Unbekannten. – Ein Schwindel hatte Jo erfaßt. Flimmernde Nebel wirbelten um das Windlicht auf dem Korbtisch. Jos lange feine Hand griff an ihre Schläfe. Dirk nahm ihre Hand und küßte sie.

«Du bist wunderschön! Aber etwas fehlt dir, süße Jo!»

«Was...?»

«Ein Mann», sagte Dirk van Veen. «Ein gemeiner Kerl wie ich, der weiß, was du brauchst! Nicht so ein... feiner Stockfisch wie Bloemendaal! Wo ist er eigentlich?»

Jo starrte ihn an. Dirk mußte in Batavia gewesen sein und dort von Rosie Wu erfahren haben, daß sie und Mijnheer Bloemendaal Ferien am Toba-Meer machten. Sicher hatte er auch erfahren, daß Bloemendaal zu einer Zusammenkunft der Geologen und Vulkanforscher nach Medan fahren mußte... Man hatte in Batavia längst von einer Verlobung zwischen Jo und dem Sohn des Tabakkönigs in Sumatra gemunkelt. Dann fiel Jo ein, daß Jonkheer Jan Polder – auch eine Schattenfigur aus der entglittenen Existenz – sie am Vorabend ihrer Abreise in Batavia besucht hatte, um sie einzuladen. Er erwartete auf seinen Plantagen den Besuch ihres Onkels, des Senators John van Veen aus Washington. Jan hatte dem Senator sein Haus zur Verfügung gestellt, da Johns Neffe Cornelis und seine Frau Isabella ihren Urlaub in dem alten Haus in Den Haag verbrachten. Jan Polder hatte in Jos unordentlichem Empfangszimmer Aufbruch gewittert und prompt von ihrer Reise ans Toba-Meer erfahren. Wenn die Polders es wußten, gab es niemanden, der *nicht* von dieser Reise wußte...

«Warum warst du in Batavia?» fragte Jo aufs Geratewohl.

«Es ist immer noch verdreckt und idyllisch», erklärte Mijnheer van Veen munter. «Warum hast du nicht mit einem hygienischen Besen dort aufgeräumt? Ich bin enttäuscht.»

«Dirk», sagte Jo beinahe flehend. «Fahre ab!»

«Warum? Es gefällt mir hier.»

«Laß mich in Frieden!»

Der Mijnheer zog die Augenbrauen hoch. Man konnte nicht erstaunter aussehen. Er lehnte riesig und nachlässig an Jos Schlafzimmertür.

«Was bildest du dir eigentlich ein, Mädchen?» fragte er freundlich. «Ich habe nicht die Absicht, mit dir zu schlafen. Bin bestens versorgt.»

Sein leises Lachen versetzte Jo in Raserei.

«Mach, daß du rauskommst», schrie sie. «Du unverschämter gemeiner...»

Dirk van Veen verschloß ihr den Mund mit seiner Hand.

«Psssst! Was sollen die Gäste hier denken? Was werden sie deinem Geologen erzählen? Schämst du dich nicht?»

«*Du* solltest dich schämen!» Jo hatte seine Hand abgeschüttelt und stand schwer atmend da.

«Du solltest mir dankbar sein, Kratzbürste! Ich bringe Leben in die Bude! Sonst hättest du nur deine Medizin und deinen...»

«Wenn du *ein* Wort gegen Bloemendaal sagst, dann...»

«Ohne mich hättest du nur deinen Stolz! Ein kühler Bettgenosse, meine Süße!»

Er lachte tonlos und starrte Jo aus weit geöffneten Augen an. Der flimmernde Schein um seine Pupillen löschte beinahe das Meerblau der Iris aus. Jo senkte instinktiv den Blick; doch dann starrte sie wie in Trance in diese unheimlichen Augen.

«Sieh mich nicht so an!» Ihre Stimme klang gebrochen. Der Mijnheer stand reglos im Mondlicht. Plötzlich bekam sein Blick etwas Wildes und dabei Versteintes.

«Ich sehe mir an, was mir gehört.»

Er riß sie in seine Arme. «Nein...» wollte sie schreien, aber der Mond sauste vom Opalhimmel. Dirks Küsse trieben sie in eine grauenhafte Verzückung. Ihr Ich war ausgelöscht. Tränen stürzten über ihr schönes, von magischem Leben erleuchtetes Gesicht. Es gab keine Erinnerung, keine Hoffnung, kein Gestern und kein Morgen mehr. Jo drängte sich so dicht an den Geliebten, daß nicht einmal der Schatten des Mondes zwischen sie treten konnte. Es gab nur noch Dirks Lippen, seine Liebkosungen. Es gab nur noch diesen einzigen Mann, der sie wieder verlassen würde und dem sie, von der dunklen Macht des Eros getrieben, bis ans andere Ende der Welt nachgefahren war...

Dirk van Veen hob den Kopf und blickte sie an: «Soll ich gehen?» flüsterte er.

IV

In den Romanen, die Jo van Swanenburgh als Sinkeh verschlungen hatte, schrieben die Damen dem verlassenen Partner einen Brief und verschwanden möglichst schnell auf Nimmerwiedersehen. Wie einfach, wie niederträchtig, wie bequem! Jo konnte Bloemendaal eine solche Beleidigung nicht zufügen. Er sprach kein Wort, nachdem Jo ihm alles gesagt hatte. Sie sah, wie das Leben aus seinen hellen scharfen Augen ging. Er nickte dreimal wie ein alter chinesischer Mandarin. Wie recht hatte er gehabt, der Freude sein Leben lang zu mißtrauen!

«Das kann doch nicht dein Ernst sein», sagte Bloemendaal endlich. Jos Augen glänzten unnatürlich. Sie wollte nicht nach Batavia zurückfahren. Sie ging also zu diesem Eulenspiegel in sein Haus in den Bergen. Sie war besessen; dann wieder wie ein verirrtes Kind.

«Du mußt mir glauben, daß ich keine Hure bin», sagte sie mit einer klagenden Stimme, die Bloemendaal niemals gehört hatte.

«Kind», murmelte er, «wach auf!»

«Du mußt mich hassen! Oh, ich wünschte...»

Er stand vor ihr – ein Fels der Zuverlässigkeit! Jo sah durch einen Schleier sein unverändertes Wohlwollen – das kostbarste Geschenk der Liebe...

«Wenn du mich brauchen solltest... Du weißt, wo du mich finden kannst!» Er ging rasch hinaus. Sie hörte ihn unten seinem Chauffeur eine Anweisung geben. Dann hörte Jo ihn noch einmal zurückkommen. Ihr Herz klopfte; ihre Augen brannten von ungeweinten Tränen.

Jo mußte Dirk van Veen als Schattenbild stets in ihrer Seele getragen haben. Es war nicht das Klima; es war nicht einmal ein Aufruhr der Sinne, der sich wieder legt und das Opfer trauriger und weiser zurückläßt. Es war auch nicht die Angst, umsonst eine Frau gewesen zu sein. Eine gute und erfüllte Ehegemeinschaft hatte vor ihr gelegen. Jo hatte wohl so wenig Talent für intelligentes Glück wie ihre Mutter Anne.

Da war Bloemendaal noch einmal auf der Veranda und redete Jo zu. Sie brauchte ihn nicht zu heiraten, aber sie sollte mit ihm nach Java zurückkehren – noch heute abend! Jo schüttelte den Kopf. Sie war von rasender Angst gequält, daß Dirk van Veen, der sie heute abend abholen wollte, sich anders besonnen hätte. Sie lauerte auf sein Auto... Es war hoffnungslos, und Bloemendaal spürte es. – Eine zerbrochene Reisschüssel kann man nicht füllen...

Jo legte die Arme um ihn.

«Du warst das Beste in meinem Leben», sagte sie mühsam und legte den schmerzenden Kopf an seine Brust. «Du hättest mich glücklich gemacht! Aber ich hab mir den Gefallen nicht getan.»

Ein halbes Jahr nach seinem Ausflug ans Toba-Meer heiratete Dr. Quentin Bloemendaal seine Kindheitsgespielin Antje Polder, die Tochter des Gouverneurs. Bloemendaals großes Haus in Batavia würde nun ein Heim werden. Er bekam eine Frau, die ihn seit Jahren liebte. Die dicke, immer noch enorm appetitliche Antje mit dem süßen rosigen Gesicht dachte mit der Polderschen Selbstgefälligkeit, Quentin Bloemendaal könne eben doch nicht ohne sie auskommen. Und Bloemendaal fand es angenehmer, sich lieben zu lassen, als selber zu lieben...

Dr. Jo van Swanenburgh, die mit einem Monat Verspätung ihren Dienst in der Poliklinik wieder aufgenommen hatte, wohnte der glanzvollen Hochzeitsfeier im Palast des Gouverneurs nicht bei. Sie trat an Quentin Bloemendaals Hochzeitstag ihren Heimaturlaub an, da sie dringend eine Luftveränderung brauchte. Sie hatte ein so nervöses Herz, daß es ihrem Chefarzt, Dr. Toon Dekker in Batavia, Sorge machte. Dr. Dekker, der sie ernsthaft umworben hatte, war nach seinem Heimaturlaub in Rotterdam mit einer jungen Ehefrau in Batavia erschienen. Sophie Dekker war frisch, tatkräftig und angenehm mit der berühmten Schiffahrtslinie *Rotterdam Lloyd* liiert – ihr Vater war einer der führenden Leute im Direktorium. Sie paßte ausgezeichnet in die «Große Familie» im Archipel. Undenkbar, daß die reizende junge Frau Dekker einen Urlaub mit einem Abenteurer am Toba-Meer verbringen und ihm dann noch in sein Landhaus in den Bergen nachlaufen würde!... Es gingen wilde Gerüchte über Dr. Jo van Swanenburgh in der Kolonie um. Chefarzt Dr. Dekker empfahl einen langen Urlaub. Er war bei dieser Gelegenheit sehr taktvoll und Dr. van Swanenburgh sehr taktlos. Jo hatte ihren jugendlichen Chef spöttisch angeschaut und «Ah – die Stimme der Vernunft!» gerufen. Dieser Schlachtruf der Swanenburghs hatte schon die arme Mildred van Veen bei ihrem einzigen Besuch in Amsterdam völlig verwirrt. Dr. Dekker hatte sich heimlich gratuliert, daß er dieses arrogante und unberechenbare Mädchen nicht geheiratet hatte. Er war eigentlich niemals in Jo van Swanenburgh verliebt gewesen...

Jo trat den langen Heimaturlaub in Begleitung eines elfjährigen Jungen an. Er hatte rotes Haar, einen athletischen Körperbau und sanfte javanische Augen. Es war Dirks Sohn, der Jo in seiner Herzenseinfalt den Pfeil aus Pfirsichholz geschenkt hatte. Wahrscheinlich beschützte der Pfeil nur diejenigen Leute, die sich selbst zu schützen verstanden... Jo war sehr allein. Dirk van Veen hatte unerwartet seinen Frieden mit seiner Frau Aminah gemacht und sie in sein Landhaus nach Sumatra geholt. Er hatte endlich Aminahs und Bèots Widerstand gegen eine Trennung von Hendrik gebrochen. Hendrik kam zur Erziehung nach Holland. Dies war der wahre Grund der jahrelangen Entfremdung gewesen. Aminah hatte den Sohn das eine Mal vor Dirk versteckt, ein anderes Mal war er todkrank, und so war es gegangen, bis Dirk sich völlig abgewandt hatte. Dies war die Kehrseite einer Kolonialehe, die Jo nicht gekannt hatte. Niemand in dieser javanischen Familiengemeinschaft hatte Dirk van Veen gebraucht; sie hielten alle gegen ihn zusammen. Sie hatten Angst vor seiner Größe, seiner Gewalttätigkeit und seiner «unbegreiflichen Leber», die ihn so bittre Dinge zu Aminah sagen ließ. Aber Hendrik, der den Geist seines Vaters und die Augen seiner Mutter geerbt hatte, war todunglücklich gewesen. Er erlebte, wie andere «Indo-Holländer-Jungen» zur Erziehung nach Europa gesandt wurden und später dadurch wenigstens eine kleine Beamtenstelle in Java erhalten konnten. Diese Stellen waren der Wunschtraum der Mischlinge, sie bedeuteten den Weg aus dem Kampong. «Er hat in Holland studiert», war die magische Formel für eine Karriere. Die jungen Menschen waren Holländer nach dem Gesetz. Und viele waren es auch mit dem Geist und dem Herzen.

Hendrik van Veen strahlte, als er Jo aufs Schiff folgte. Aminah und Dirk waren bereits in Bali, wo der Tuan Studien für ein Buch über Sitten und Gebräuche des Hindu-Paradieses machte. Er war mehr als ein Wirtschaftskorrespondent; er interessierte sich für die uralten Kulturen der Inselvölker. Jo hatte wenig Interesse dafür. Sie paßte in keiner Weise zu Dirk. Aber sie liebte ihn eben. Sie stand mit leeren Händen da. – Dr. Dekker und Bloemendaal waren verheiratet; Dirk van Veen wieder mit Aminah vereint. Jo wurde den Argwohn nicht los, daß Dirk seine Frau zurückgeholt hatte, um sie selber loszuwerden. Sie hatte ihm wohl zu oft widersprochen und war trotz ihrer Leidenschaft in keiner Weise so fügsam und ergeben wie eine Javanerin. Und sie war viel zu geradeaus, um ihre Ziele wie Aminah auf indirekte Weise durchzusetzen. –

Jo van Swanenburgh fuhr über salzige Wasser der Heimat entgegen. Ob Bloemendaal und Antje Polder ihre Hochzeitsreise ans Toba-Meer machen würden? Das Toba-Meer war als Aufenthalt für junge Brautpaare dasselbe, was Venedig für die Generation von Jos Eltern gewesen war. Die Moden in Asien änderten sich langsamer. Was ging es sie an?

Sie mußte lernen, ihre Einsamkeit zu aktivieren. Tausende von Frauen lernten es. Jo van Swanenburgh kam sich mit ihren achtundzwanzig Jahren uralt vor – ausgebrannt und ohne ihre ehemalige Freude am Unerwarteten. Sie hatte Bloemendaal nach dem Abschied am Toba-Meer nicht mehr gesehen. Und Antje würde dafür sorgen, daß Jo nicht Hausärztin bei ihnen wurde. Aber die Polders waren augenblicklich Jos einzige Freunde. Jan und sein Vater hatten sie in Java beständig eingeladen und getan, als ob sie die entrüsteten Blicke der Kolonie nicht sahen ... Und nun brachte Jo den kleinen Hendrik van Veen zu Cornelia Polder nach Leyden. Sie war und blieb der Liebling der alten Frau; ganz gleich, was sie in Java angestellt hatte. Die Baronin war zu weise, um ihre Freunde nach moralischen Glanzleistungen auszusuchen. Sie ruhte in sich selbst und war unwandelbar. Es war herrlich, daß es Cornelia Polder gab, dachte Jo. Sie wollte zwei Monate bei ihr bleiben, bis der junge Hendrik sich eingewöhnt hatte. Er würde in dem alten Patrizierhaus eine liebevolle aber strikte Erziehung erhalten. –

In diesem Augenblick kam der Junge an Deck. Er ging geschmeidig wie sein Vater, den er *Tuan Vater* nannte. Hendrik trat so unhörbar hinter Jo, daß sie zusammenfuhr. Der Junge wich zurück; sofort war Angst in seinen Augen. Er hatte sich noch nicht an die heftigen Bewegungen und die Stimmen seiner westlichen Beschützer gewöhnt. Seine Angst vor Dirk van Veen war fast pathologisch. Aber *Tuan Dirk* war für Hendrik trotzdem das «große Krokodil» und seiner künftigen Söhne Stammvater, und man mußte ihn ehren. Hendrik streckte Jo seine holländische Grammatik entgegen. Er lernte brillant, vergaß aber das Gelernte leicht. Er hatte für Vokabeln und Sätze bestimmte Melodien und lernte mit Freude und Eifer, was man im Archipel «Singsang-Holländisch» nennt. Hendrik hielt nach alter Höflichkeitssitte sein linkes Handgelenk mit der rechten Hand umspannt. So hatte man in vorkolonialen Zeiten seinen Fürsten gezeigt, daß man in der anderen Hand keinen *kris* (Javanisch für Dolch) trug. Die alte Bèot hatte es Hendrik beigebracht. Sie hielt in ihrer Weise so streng auf gute Manieren wie Cornelia Polder.

«Meine Gesprächs-Übung, Tante Doktor», sagte der riesige Junge scheu. «Vertrieb Hendrik deine Gedanken?» Seine Stimme war weich wie die Stimme der indischen Nachtigall. Er stand halb gebückt vor seiner Beschützerin. Sie bildeten ein seltsames, aber auf Niederländisch-indischen Schiffen keineswegs unübliches Paar.

Jo entfernte sanft Hendriks rechte Hand: «Gerade stehen, Liebling! Und gib mir die Grammatik wie ein richtiger Holländer.»

Hendrik gehorchte mit rührender Demut. Er wollte schrecklich gern ein «richtiger» Holländer werden, so wie das alte Krokodil Dirk. Nur viel höflicher, mit «Sitte im Bauch»!

«Lernt Hendrik van Veen» – er sprach den neuen Namen zögernd aus, denn daheim hatte man ihn *chuchu* (Enkelkind) gerufen – «lernt Hendrik van Veen die Herrensprache zur Zufriedenheit?» fragte er feierlich.

«Es ist deine eigene Sprache, Junge», verbesserte Jo.

«Hat Tante Doktor noch den Pfeil – armseliges Geschenk von Hendrik?»

«Natürlich! Er ist wunderschön.»

Hendrik nickte strahlend. Er fühlte sich hochgeehrt, weil Tante Doktor sein Geschenk nicht mißachtete. Er hatte daheim gelernt, daß der Geber einer Gabe mehr Ehre und Glück empfing als der Beschenkte.

«Du bist alt und weise!» Hendrik hatte erwartet, daß dieses feine Kompliment Tante Doktor in Entzücken versetzen würde, und wunderte sich, als sie die Augenbrauen hochzog. Jo betrachtete schweigend dieses Kind mit dem Körper eines Sechzehnjährigen. Was würde aus *chuchu* werden? Manchmal suchte sie verstohlen nach den Zügen seines Vaters; er hatte aber nur Dirks Gestalt und seinen Gang. Bis auf die goldroten

Haare war er ein schöner und offenbar sanfter Javaner. Jo hatte Hendrik niemals heftig werden sehen. Er war aber jähzornig wie alle Van Veens und hatte dazu den plötzlichen mörderischen Zorn der Inselvölker.

«Freust du dich auf Holland, Hendrik?»

«Leider nicht», erwiderte er höflich und machte eine demütige Verbeugung. Als er Jos verblüfftes Gesicht sah, murmelte er: «Weiß nicht, was unter meinen Füßen wächst.»

Einige Monate später erhielt Cornelia Polder ein Telegramm von Dirk van Veen. Seine Frau Aminah war an ihrem schleichenden Lungenleiden gestorben. Tuberkulose war eine der Geißeln des paradiesischen Inselreiches. Dirk bat, seinen Sohn vom Tode seiner Mutter zu benachrichtigen. «Brief folgt», schloß das Telegramm. Der Brief kam niemals in Leyden an. Auch das «Alte Krokodil» selbst kam nicht nach Holland. Dirk schrieb jedes Vierteljahr an die alte Baronin, um ihr für ihren großen Freundschaftsdienst zu danken. Jo van Swanenburgh war zu dieser Zeit wieder in Batavia in der Poliklinik.

Abends saß sie meistens allein auf ihrer Veranda in Weltevreden, falls Rosie Wu ihr nicht Gesellschaft leistete. Jan Polder war auf Heimaturlaub. In Amsterdam traf er die achtzehnjährige Adrienne van Doren. Die Adoptivtochter seiner verstorbenen Anna hatte als Kind auf seinen Knien gesessen.

«Willst du den alten Onkel in Java besuchen?» hatte der kleine Napoleon der Zuckerwirtschaft scherzhaft gefragt.

Adrienne nickte.

Jan Polder hatte keine Ahnung, daß Adrienne van Doren keinen Spaß verstand.

VIERTES KAPITEL

Chronique scandaleuse

«Sie essen wie ein Spatz», sagte Antje Bloemendaal geborene Polder und bediente sich zum viertenmal. Bananentorte war ihr Leibgericht. Antje war ein knappes Jahr verheiratet und hatte erschreckend zugenommen. Sie kniff die Augenlider behaglich zusammen und nötigte die junge Sophie Dekker zum Essen.

«Kümmern Sie sich nicht um die schlanke Linie», sagte sie mit der leisen Herablassung, die sie – die Tochter des Gouverneurs – den Sinkehs der Kolonie zeigte. «Es hat keinen Zweck! Ich werde immer dicker und halte mich beim Essen sooo zurück! Bitte sagen Sie Ihrem Mann, daß ich auf alles verzichte – bis auf Bananenkuchen, Pfannkuchen und Bier! Und gerade jetzt passe ich auf...» Antje blickte bedeutungsvoll an sich herunter.

«Freuen Sie sich auf das Baby?» fragte die reizende Sophie Dekker.

«Es wäre doch schade, wenn wir ausstürben! Der Junge wird natürlich Bloemendaal-Polder heißen – darauf besteht Papa. Liebe Sophie, warum besuchen Sie mich nicht öfter? Sie dürfen auf keinen Fall ein Außenseiter werden!»

Antje Polder konnte es sich in ihren kühnsten Träumen nicht vorstellen, daß jemand von der Rotterdam-Lloyd sich von der Kolonialfamilie freiwillig fernhalten könnte. «Fragen Sie mich alles, was Sie über die Leute hier wissen wollen! Ich sage Ihnen nur die Wahrheit; ich hasse den Klatsch! Ich weiß: darum mögen Sie Martina van Gelderen nicht! Unter uns gesagt: Quentins Tante ist eine gräßliche Klatschbase; aber einflußreich in Medan! Von ihr hab ich die ganze Geschichte mit Jo Swanenburgh und Dirk van Veen! *Waaas?* Sie finden diese Jo interessant und nett? Das kann *nur* ein Sinkeh finden!»

«Wie bitte?»

«Ich meine ein Neuling wie Sie! Wir brauchen hier alle malaiische Ausdrücke. Blöde Sprache. Und die Eingeborenen sprechen alles durcheinander. Papa sagt, die Leute hier würden sich niemals ohne Holländisch verständigen können, falls sie uns einmal verabschieden würden. – Wird niemals passieren! Den Rechtsanwalt Amir, der auf Van Veens Kosten studierte – *Cornelis* van Veen, meine Liebe, der Heilige – Papa hat diesen Amir deportieren lassen. Ich glaube nach Neu-Guinea! Machte hier Propaganda gegen die Regierung, und dabei hat er auf unsere Kosten in Leyden studiert! Er war sogar bei Großmama in Alsmeer eingeladen! Stellen Sie sich das vor! Aber Großmama ist komisch. Jetzt hat sie den Sohn von unserem schwarzen Schaf, Dirk van Veen, bei sich. Papa schüttelt auch manchmal den Kopf...

Sie können sich nicht vorstellen, wie Jo Swanenburgh dem Don Juan der Kolonie nachgelaufen ist! Dirk van Veen war sehr glücklich mit seiner Eingeborenen – sie ist ja nun tot, arme Person! –, bis Jo hier in Java aufkreuzte. Hören Sie, Kleine, Sie brauchen diese verkommene Person nicht in Schutz zu nehmen! Sie kennen sie noch nicht! Sie sind ja glücklich verheiratet! Toon Dekker ist nach meinem Quentin der verliebteste Ehemann im Archipel. Aber *ihm* ist Jo – übrigens ist sie hager jetzt; das nenne ich nicht mehr schlank! – auf Ehrenwort mit Genever, Sophie, Jo ist *Ihrem* Mann in der Poliklinik Jahre nachgelaufen! Er wollte sie nicht. Sie kennen unsere alten Skandale hier draußen nicht! Es ist traurig, was so vorkommt. Aber in Dr. Jos Fall ist das nicht verwunderlich; bei *der* Mutter! Die kühle Anne Swanenburgh – wir nennen sie immer noch «die Amerikanerin» – lief *meinem* Schwiegervater nach Sumatra nach. Was sagen Sie nun? Hatte außerdem was mit Pieter Meesters. Aber Sophie! Von den *Kautschuk-Meesters* in Sumatra! Pieter ist längst tot. Furchtbares Subjekt – ewig betrunken! Also: bei *der* Mutter kann man von Jo nichts anderes erwarten. Sie soll ja eine gute Ärztin sein. Möglich, ich bin nicht neugierig. Mir genügt Ihr Mann! Ihr Vater hat übrigens Jan und mir in die Welt verholfen.

Ein Stück Kuchen müssen Sie noch essen! Sonst futtere ich wieder ganz allein. Nein, ich habe das Buch von Jo Swanenburgh nicht gelesen! So ein Unsinn! ‹Der Einfluß des Tropenklimas auf…› ich weiß nicht mehr, Seele oder Körper der Europäer. Quentin hat das Buch im Büro. Ich sagte zu Quentin, wenn man sich benimmt, wie sich's gehört, und Rücksicht auf den Namen der Familie nimmt, dann tut einem das Klima auch nichts. Ich bin *Jahre* hier draußen – und Papa und Jan auch! Jan hat die ganze Zuckerwirtschaft wieder auf den Trab gebracht *trotz* des Klimas! Ich nehme an, das Buch ist autobiographisch! Auf die liebe Jo hat das Klima unleugbar gewirkt… Ach so – die Sache in Singapore hab ich Ihnen das letzte Mal erzählt! Ich kam nur drauf, weil John van Veen aus Washington mit Frau und Jacoba gerade bei unserm Jan sind. Psssst! Ja – da spinnt sich was an! Kaum zu glauben, wie? Ganz unter uns! Ich habe schon schönere Mädchen als Jacoba van Veen gesehen. Und reichlich jung ist sie auch für unsern Jan, aber sie ist sehr distinguiert! Ja, ziemlich ernst ist sie, dafür ist Jan lustig. Der wird Jacoba schon aufmuntern. Nein, die Verlobung ist ganz geheim! Schwören Sie mir, daß Sie kein Wort sagen! Jan würde mich umbringen. Aber er strahlt. – Er hatte als junger Dachs eine Sache mit einer älteren Frau… Ich war ein Kind damals – ich bin *viel* jünger als Jo Swanenburgh! Die ist mindestens zwei Jahre älter… Wie bitte? Einsam ist sie? Nun ja, wenn man mit beinahe dreißig noch zu haben ist! Natürlich hatte sie Heiratsaussichten; aber sie rannte aus Prinzip Männern nach, die nichts von ihr wissen wollten. Ich sag's Ihnen lieber selber, Sophie, bevor Martina van Gelderen Ihnen ein falsches Bild gibt: Die Jo Swanenburgh war wild auf *meinen Quentin*! Vielleicht auch aufs Geld von meinem Schwiegervater in Sumatra. Er ist der ‹Tabakkönig›! Komischer Kauz, aber viel netter, als ich früher dachte. Jo hat Berge von Schulden! Stellen Sie sich vor: sie fuhr tatsächlich *meinem* Quentin ans Toba-Meer nach! Aber sie wäre *nie* für ihn in Frage gekommen. Er ist sooo korrekt! Und wir waren Jahre heimlich verlobt. Er zögerte immer, weil er wußte, daß Papa mich nicht hergeben wollte. Quentin ist so rücksichtsvoll! Ich *muß* abnehmen, wenn der Junge erst da ist. Quentin mochte immer ganz gern was Schlankes; ich meine, als Junggeselle! In der Ehe kommt's doch nicht auf die Figur der Frau an; so albern ist Quentin nicht. Neulich sagte ich ihm, wie froh er sein könne, daß ich vollschlank bin. Da kann ich nicht so schnell mit einem Anbeter davonrennen. Hahaha!

Wie Dirk van Veen aussieht? Tadellos, aber nicht mein Fall. Unheimliche Augen und immer so ironisch. Ich sagte ihm einmal die Wahrheit, als Papa noch Resident in Djokjakarta war. Das hat ihm nicht gepaßt. Schrecklich arrogant ist er, obwohl er nur Schulden hat. In *der* Beziehung passen er und die Swanenburgh blendend zusammen! Dirk war schon drauf und dran, sein Haus in Sumatra zu verkaufen – Martina van Gelderen sagte es neulich –, aber nun braucht er's nicht mehr.

Wieso und warum? Sagen Sie, meine Liebe, leben Sie auf dem Mond? Dirk van Veen hat sich ganz groß ins warme Nest gesetzt. Aber, Sophie, das ist doch die tollste Sensationsnachricht auf den Inseln! – Dirk ist mit Lady Frances Burnett in Singapore verlobt! *Das* wußten Sie nicht? Dirks Schwiegervater ist *der* Zinnmagnat in Malaya. Der wird nun wohl eine Mine rausrücken müssen, um die Schulden seines eleganten Schwiegersohns zu bezahlen! Wahrscheinlich hat Dirk deswegen seine kostbare Freiheit aufgegeben. Die Eingeborene zählte ja nicht. – *Ich* hätte ihn nicht geheiratet – und wenn man mir noch den ‹Heiligen› dazugeschenkt hätte! Papa würde es niemals erlaubt haben. Gewiß, Dirk kommt aus einer unserer bedeutendsten Kolonialfamilien. Aber er ist ein unsicherer Kantonist. Liebt die Abwechslung...

Jo van Swanenburgh tut Ihnen leid? *Liebe* Sophie, sie erntet, was sie gesät hat. Vielleicht bin ich unmodern, aber wir Polders haben nun einmal Grundsätze. Die Dame Swanenburgh hat sich mit Dirk schon als Siebzehnjährige in Singapore rumgetrieben. Seine Ehe hat sie zerstört. *Jedem* ist sie nachgelaufen! Die Dünnen sind immer mannstoll. Oh, entschuldigen Sie vielmals! Sie sind eben die große Ausnahme, Sophie! Aber ernstlich: essen müssen Sie tüchtig hier draußen – das Klima zehrt...

Müssen Sie schon gehen? Wie schade! Besuchen Sie mich bald wieder! Jans Verlobung wird beim Laternenfest gefeiert werden. Ach, das *muß* ich Ihnen noch erzählen! Wir bekommen Zuwachs in der Kolonie! Jaja, die Küken daheim wachsen heran. Also: Lukas de Witt, der junge Bruder von Isabella van Veen, kommt heraus. Er soll die Teeplantagen der Familie beschnuppern. Süßer Bengel, aber gräßlich musikalisch. – Dann kommt der junge Willem van Swanenburgh. Frisch gebackener Doktor! Und – ein ziemlich überflüssiger Import: Adrienne van Doren, die mit Lukas und Willem bei Swanenburghs in Amsterdam erzogen wurde. Diese komplizierten Familienverhältnisse halte selbst ich nicht auseinander! Adrienne ist irgendwie mit den Swanenburghs verwandt. Sie ist eine sogenannte Kolonialwaise. War als Kind eine Weile bei Großmama in Leyden. Großmama ist immer vergnügungssüchtig gewesen. Adrienne besuchte die Tanzschule in Amsterdam und soll später in London Ballett studieren. – Verrückter Beruf, nicht? Ich denke es mir sehr anstrengend, sich beständig zu drehen. Diese Adrienne – achtzehn ist sie wohl jetzt, Jan sah sie beim letzten Heimaturlaub, schweigt sich aber über sie aus – soll ein *sehr* seltsames Mädchen sein. Kennt auch die Van Veens in Washington. Aber Großmama mochte Adrienne kein bißchen. Das will etwas heißen. Wo war ich noch stehen geblieben? Dieses Wetter augenblicklich macht mich ganz schwindlig. Die gelehrte Jo hat mit dem Klima wohl doch nicht ganz unrecht; aber deswegen lege ich mich nicht zu Dirk van Veen ins Bett. Richtig! Adrienne hat sich kürzlich den Arm gebrochen und soll nun ein paar Monate in Java pausieren. Einladen werde ich sie wohl müssen; aber *ohne* Jo! Die kommt nicht in Frage. Da kann Quentin sich auf den Kopf stellen. Ich kann die Person nicht riechen und habe es meinem Mann ohne Umschweife gesagt. Irgendwie regt sie mich auf, und ich darf mich jetzt nicht aufregen! Ja –

im fünften Monat! Hoffentlich kriege ich meine schlanke Figur wieder! Was hat Ihnen das letzte Stück Bananenkuchen angetan, Sophie? Schrecklich – ich muß alles aufessen; Quentin ist nicht fürs Süße. Er ist verreist. In Sumatra! Ich kann Sumatra nicht leiden. Das Toba-Meer ist nichts Besonderes. Wir machten deshalb unsere Hochzeitsreise nach Bali. Viel interessanter! Die Hindutempel, und die Grabmäler balinesischer Könige, und die Spanferkel! Schmecken zauberhaft. Papa und Jan wollen deswegen auch mal wieder nach Bali fahren. Ich habe so etwas von saftigen Spanferkeln nirgendwo gegessen. Verdarb mir leider den Magen auf der Hochzeitsreise! Quentin hatte mich allerdings gewarnt! Er ist enorm rücksichtsvoll. Ließ mich völlig in Ruhe, weil mir sterbenselend war. – Die Tänzerinnen sind ganz nett; aber so was Ähnliches hab ich tausendmal bei Papa in Djokjakarta gesehen. Natürlich sahen wir uns die Tänze an. Ich schleppte mich Quentin zuliebe sogar ein zweites Mal hin. Es macht ihm eben keine Freude, wenn ich nicht dabei bin. – Außerdem meine ich: Männer bleiben Männer. Die kleinen mageren Biester in der Brokatverpackung haben es faustdick hinter den Ohren. In Bali wird Adrienne van Doren noch was zulernen können. – Wie kann Vincent van Swanenburgh nur erlauben, daß sie eine Ballettratte wird? Das ist doch nichts Solides. Ich hätte Papas Gesicht sehen mögen, wenn ich ihm mit so etwas gekommen wäre! – Ich lasse Sie mit dem Wagen heimbringen! Natürlich, liebe Sophie! Diese javanischen Chauffeure sind sowieso faul wie die Sünde! Unserer verspielt seinen Monatslohn in drei Tagen ... Nichts Solides in diesen Leuten hier! Großmama schreibt, der junge Hendrik van Veen mache sich brillant in der Schule, aber er ist zur Hälfte ein Holländer! Also: zum Laternenfest nehmen wir Sie mit! Natürlich ist Quentin dann zurück. Wir sind alle beim alten Herrn Tsui. Das sind unsere chinesischen Freunde – grundsolide! Weltbekannte Firma. Hoffentlich feiern wir dann die Verlobung von unserm Jan! Und vielleicht Dirk van Veens Hochzeit mit seinem englischen Goldfisch! – *Eines* möchte ich sehen: Jo van Swanenburghs Gesicht, wenn sie von Dirks Verlobung hört!»

Das Laternenfest

I

Am Morgen des chinesischen Laternenfestes erhielt Jo van Swanenburgh zwei Pakete. Sie war so sehr in der Poliklinik beschäftigt, daß sie die Päckchen achtlos auf dem Schreibtisch in ihrem Büro liegen ließ. Erst als sie zwischendurch Zeit zu einer Tasse Kaffee mit Miss Rosie fand, öffnete sie ein Päckchen. «Wie schön!» rief sie. Aus der seidenen Hülle kam eine chinesische «Gästelaterne» zum Vorschein. Sie war aus weißer Seide. Ein großer Halbmond, der mit glückbringenden Fledermäusen geschmückt war. Er trug das rotgestickte Schriftzeichen: *Fu* (Glück). In die rechte Ecke hatte der Geber in zierlichen Buchstaben «*Jo*» sticken lassen und die Jahreszahl 1938.

«Hier ist Karte vom Geber, Doktor!» Miss Rosies Luchsaugen hinter der Intelligenzbrille aus Fensterglas hatten ein Kuvert entdeckt. Nur ein Name stand auf der Karte: Quentin Bloemendaal.

«Von einem Freund, Rosie», sagte Jo freundlich aber unmißverständlich. Rosie hätte zu gern gewußt, wer ihrem Doktor dieses Geschenk gemacht hatte. Sie selbst hatte für Jo eine Papierlaterne erstanden, die das Schriftzeichen «Wohlstand» zeigte. «Doktor» sollte im Neuen Jahr ohne Schulden sein...

«Miss Rosie geht!» Die kleine zierliche Chinesin sprach gern von sich in der dritten Person. «Laterne sehr kostbar; kostet sicher...» Sie rechnete mit den Fingern den Preis aus und lächelte geehrt. «Doktor hat viele reiche Freunde», meinte sie tröstend, weil ihr geliebter Doktor kaum Freunde in Batavia besaß und seit dem Urlaub am Toba-Meer viel «Gesicht» verloren hatte. «Alle wollen Doktor beschenken.»

«Du bist eine süße Person, Kleines», sagte Jo. «Die Gäste-Laterne ist von Dr. Bloemendaal.» Sie hatte in Rosies lebhaften mitfühlenden Augen die unstillbare chinesische Neugierde gesehen.

«Miss Rosie hat auch elendes Geschenk! Aber Doktor wird es sicher fortwerfen und ‹schlechtes, schlechtes Geschenk› sagen. Doktor bekommt es heute abend bei altem Herrn Tsui.» Sie nannte ihren einflußreichen Adoptivvater vor anderen sehr formell «Alter Herr Tsui».

«Ich werde mich über alle Maßen über dein Geschenk freuen», erwiderte Jo geduldig. Miss Rosie verschwand befriedigt.

Jo öffnete gähnend die zweite Sendung. Ein dicker Brief aus Batavia und ohne Absender! Ein Zeitungsartikel der «Singapore Times» mit Fotos. Dr. Jo van Swanenburgh nahm ihre Lesebrille heraus und überflog den langen Artikel. Der Mond aus weißer Seide mit dem Zeichen *Fu* war zu Boden geglitten. Der Artikel war mehr als einen Monat alt. –

SENSATIONELLE VERLOBUNG ZWISCHEN SINGAPORE UND SUMATRA

Die sensationellste Verlobung dieser Saison, die in Singapore mit besonderem Glanz gefeiert wurde, ist die Verlobung von Lady Frances Burnett, der einzigen Tochter des «Zinnkönigs» von Malaya, mit Mr. Dirk van Veen, dem international bekannten Wirtschaftsjournalisten und Soziologen. Seine Beiträge über die Völkerstämme von Niederländisch-Indien haben Aufsehen in der westlichen Welt erregt. Mr. van Veen setzt das berühmte Forschungswerk seines Vaters fort, der seine Ergebnisse über den Geisterglauben in Bali und Sumatra in einem dreibändigen Buch zusammenfassen wollte.

Mr. Dirk van Veen, fünfunddreißig Jahre alt und im Nebenberuf Globetrotter und Ladykiller par excellence, ist mit den bedeutendsten Kolonialfamilien Niederländisch-Indiens verwandt. Ein Vorfahre – Martinus van Veen – war Gouverneur von Java und Mitbegründer der Java-Bank im Jahr 1828. Mijnheer Cornelis van Veen, ein Vetter des Bräutigams, mit dem ihn seit seinen Kinderjahren in Den Haag enge Freundschaft verbindet, ist zur Zeit hoher Verwaltungsbeamter in Batavia, Bankfachmann und international bekannter Kunstsammler. Die von den Vorfahren begonnene Sammlung seltener Kameen im Stammhaus in Den Haag ist ein Gegenstand des Neids für alle Experten und wird dem Publikum gelegentlich zur Besichtigung freigegeben. Senator John van Veen, ein Onkel des Bräutigams, ist fernöstlicher Wirtschaftsberater in Washington und kein Unbekannter in Singapore. –

«Unsere größere Heimat», nannte Mr. Dirk van Veen die Kolonien bei der heutigen Pressekonferenz im Raffles. *Auch in dieser Beziehung ist Mr. Dirk ein idealer Ehepartner für seine in Malaya geborene Verlobte. Lady Frances, passionierte Reiterin und Golfspielerin, wird nicht die einzige Engländerin in der großen niederländischen Kolonialfamilie sein. Mrs. Linda de Witt, die Gattin des bekannten Gelehrten in Buitenzorg, dessen Familie die weltberühmte Schiffahrtslinie K. P. M. mitbegründete, verlobte sich vor zehn Jahren in unserem Singapore. Mrs. de Witt ist die Nichte von Sir Robert und Lady Derrington, die nun schon einige Jahre auf ihrem Landsitz in England leben, aber hier unvergessen sind. Lady Frances Burnett ist entfernt mit Lady Derrington verwandt. –*

Als wir bei der heutigen Pressekonferenz den distinguierten Bräutigam der entzückenden «Frankie» fragten, wie ihm die Ehe nach seiner Karriere als Ladykiller gefallen werde, erwiderte Mr. van Veen: «Ich bin ein häuslicher Holländer, meine Herren! Aber es muß sich erst herumsprechen.» Während wir alle herzlich lachten, erschien Lady Frances im Reitkostüm und sagte vertraulich: «Ich wollte nur nachsehen, ob mein Zukünftiger nicht nach Sumatra ausgerissen ist!» – Die zierliche, schwarzhaarige Lady Frances stellte sich neben ihren Verlobten, der rie-

senhaft neben ihr wirkt. Mr. van Veen ist in der Tat eine imponierende Erscheinung; aber Lady Frances scheint den gutmütigen Riesen mit den meerblauen Holländer-Augen um den kleinen Finger zu wickeln. «Von nun ab gibt's keine Weltreisen ohne mich», sagte sie lachend. Sie wurde in Singapore scherzhaft «Eisbombe» genannt; aber wie Mr. van Veen uns versichert, ist sie jetzt aufgetaut. Sie lächelte sogar uns Journalisten an.

Der Hochzeitstermin ist noch nicht festgesetzt, aber es soll bald geheiratet werden. «Ich habe mir stets einen viel älteren Ehemann gewünscht. Ich habe wohl einen Vaterkomplex», meinte Lady Frances kokett. Mr. van Veen ist in der Tat vierzehn Jahre älter – eine ausgesprochene Beschützergestalt! Lord Burnett äußert sich sehr befriedigt über die Wahl seiner Tochter, mit der ihn innige Zuneigung verbindet. Er war ihr Vater und Mutter, da Lady Burnett bei der Geburt ihrer Tochter starb.

Wir fragten Mr. van Veen scherzhaft, ob nicht der holländische Geschmack mehr nach hochgewachsenen und sogar etwas korpulenten blonden Damen tendiere. Aber er versicherte uns, daß er von jeher schwarzhaarige kleine Mädchen bewundert hätte ...

Im Wirtschaftsteil dieses Blattes veröffentlichen wir Mr. Dirk van Veens neuesten Prognosen und Kommentare. Er ist kein Optimist. Wir empfehlen unseren Lesern hier in Singapore und Malaya, die Ausführungen Mr. van Veens sorgfältig zu studieren. Es ist kein Geheimnis, daß Lord Burnett den Ansichten seines künftigen Schwiegersohns besondere Beachtung schenkt. Mr. van Veen meint, daß die Privatunternehmungen mit der Zeit, falls es politisch ruhig im Archipel bleibe, mehr und mehr den staatlichen Unternehmungen weichen würden; und daß der gesunde Wettbewerb zwischen holländischen, britischen und amerikanischen Konzernen eine gewisse Zusammenarbeit bei großen Projekten nicht ausschließe. Er betonte in diesem Zusammenhang die Fusionen von Ölgesellschaften wie Royal Dutch *und* Shell*; und erinnerte an den Zusammenschluß der* Standard Oil *von Kalifornien mit der* Niederländischen Kolonialen Petroleum-Gesellschaft*, die gemeinsam neue Quellen in Sumatra entdeckten und die moderne Raffinerie in der Nähe von Palembang bauten. Über die im Jahr 1930 von den Japanern gegründete* Borneo Ölgesellschaft *zuckte Mr. van Veen die Achseln. «Kleine Fische», kommentierte er. «Aber wir sollten den Japsen mehr auf die Finger sehen.» In diesem Jahr – so erfuhren wir – ist die Ölproduktion enorm gestiegen. Sieben Raffinerien arbeiten in Niederländisch-Indien; davon drei in Sumatra, eine in Ost-Borneo und drei in Java, wohin Mr. van Veen in Kürze zu Wirtschaftsbesprechungen mit seinem Onkel, Senator John van Veen, fliegen wird. Er ist sehr stolz auf die vor zehn Jahren in Betrieb genommene K. L. M. (Königliche Luftfahrtgesellschaft der Niederlande) und meinte, daß «Fliegende Holländer» ein* Agreement *zwischen holländischem Unternehmungsgeist und der Legendenwelt seiner Heimat darstellten ... Mit dieser Bemerkung schloß Mr. Dirk van Veen die interessante Pressekonferenz im Hotel Raffles.*

Jo van Swanenburgh las den Bericht zweimal. Sie hatte sich nicht geirrt. Bei der Aufzählung der einzelnen Mitglieder der Familie van Veen war Hendrik van Veen, der Sohn von Aminah und Tochtersohn von Bèot, vergessen worden. Eine andere Tatsache war ebenfalls unerwähnt geblieben: Lady Frances war ... Aber so etwas erwähnt man nicht in Gesellschaftsnachrichten ...

Dr. Jo van Swanenburgh betrachtete die beiden Zeitungsfotos von Dirks Braut. Das erste war von der Cocktail-Party, die Dirk im *Raffles* gegeben hatte. Die kindliche, überschlanke Gestalt von Lady Frances wirkte neben Dirk van Veen rührend winzig. Dann studierte Jo die Porträtstudie. Es mußte ein gutes Foto sein: selbst die Reproduktion war ziemlich scharf. Lady Frances sah aus, als brauche sie keinen liebevollen Beschützer – ganz im Gegenteil! Jo hatte niemals ein frostigeres Gesicht gesehen. Die schwarzen Locken, die das feine, längliche Antlitz umrahmten, schienen am lebendigsten zu sein. Die Augen blickten kalt und sehr gescheit; aber eine dünne Haut schien über den Pupillen zu liegen. Die hervorspringende Nase gab dem Gesicht etwas Selbstbewußtes, beinahe Machtgieriges, das auch in den dünnen festgeschlossenen Lippen zum Ausdruck kam. Auf der noch kindlichen Stirn zeigten sich zwei Falten. Es war ein bei aller Reserve nervöses Gesicht – «Eisbombe» war keine schlechte Bezeichnung; jedenfalls zutreffender als «entzückend». Lady Frances würde wahrscheinlich niemals entzückend aber stets bemerkenswert sein ... Beim Anblick dieser Einundzwanzigjährigen wußte man bereits, wie hart sie zehn oder fünfzehn Jahre später aussehen würde ... Der Journalist hatte eine völlig andere Dame geschildert. Etwas stimmte nicht. Entweder war der Journalist besonders naiv oder Lady Frances besonders raffiniert. Hatte sie das verliebte kleine Ding nur gespielt? Jo legte das Foto beiseite. Sie mußte in ihre Mütterabteilung. Offenbar hatten sich alle chinesischen Babies verabredet, zum Laternenfest das Licht der Welt zu erblicken. In Batavia wurde das uralte Fest zwar nicht mit der historischen Pracht gefeiert, aber es gab viel Spaß, gutes Essen und Tausende von brennenden Laternen.

In diesem Augenblick läutete ihr Diensttelefon.

«Nein», sagte sie schroff, «ich habe keine Zeit.»

Sie warf den Hörer auf die Gabel zurück. Für Dirk van Veen hatte sie in der Tat keine Zeit. Ihre Vitalität hatte sie gerettet. Sie hatte eine interessante Arbeit, die sie bisweilen sogar glücklich machte. Besonders dann, wenn sie unerwartete Heilungen erlebte oder den ersten Schrei eines Kindes hörte. Jo hatte jene «Mütterlichkeit für das ganze Dorf» in sich entdeckt, die den Chinesen als höchste Frauentugend gilt.

Sie verschloß das Journalistenmärchen aus der «*Singapore Times*» in ihrem Schreibtisch. «Geh zum Kuckuck», murmelte sie. – Aber gewisse Männer lassen sich nicht zum Kuckuck schicken. In der Tür stand riesig, nonchalant und munter lächelnd der häusliche Holländer, der schon in der Wiege für dunkelhaarige Millionenerbinnen geschwärmt hatte ...

«Ich gehe gleich wieder», sagte Dirk van Veen tonlos. «Ich muß mit dir sprechen! ... Bitte, Jo!»

«Was kann ich für dich tun?» fragte Jo nüchtern. «Setz dich bitte!»

Er betrachtete sie aus halb geschlossenen Augen.

«Du bist ja so höflich, Doktorin! Bist du krank?»

Jo schwieg.

«*Saya tembak, ta' kena juga* (Ich feuerte, aber verfehlte mein Ziel)», murmelte der Mijnheer. Er sprach feines Malaiisch. Er ließ sich in dem Korbsessel neben Jos Schreibtisch nieder und verbreitete geheime Unruhe.

Jo saß in ihrem breiten Sessel, in dem sie sehr groß und schmal wirkte. Sie wurde ihrem verstorbenen Vater immer ähnlicher. Sie betrachtete den treulosen Geliebten sehr aufmerksam. Dirk hatte etwas Gehetztes; in seinen seltsamen Augen war ein Schatten von Schwermut. Jo bot ihrem Besucher höflich Zigaretten an und entzündete ihre eigene, bevor der Mijnheer ihr Feuer geben konnte. Ihre Handlung war bei aller Ruhe affektbetont. Es war Dirk nicht entgangen. Er lächelte vor sich hin. Vielleicht hatte er sein Ziel doch nicht verfehlt? Er fand Jo begehrenswerter als je zuvor; jetzt war sie Herrin ihrer Emotionen. Dirk spürte es, und die Schwermut in seinem Blick vertiefte sich. Er spürte die kostbare Vitalität dieser jungen Frau, die aus einer tödlichen Enttäuschung Kraft gewonnen hatte. Oder war ihre Ruhe die Ruhe des Grabes? Ihre Intensität von einst war überzeugender gewesen als ihre perfekte Haltung. Aber Dirk konnte sich täuschen. Wer wurde jemals aus den Frauenzimmern schlau? Er dachte an Frances Burnett und schloß die Augen.

Das Schweigen wurde so lastend, daß Jo sich wie zu einer Konsultation räusperte.

«Was ist los?» fragte sie kühl und etwas ungeduldig. Sie hatte in wenigen Minuten einen solchen Abstand geschaffen, als ob das ganze Toba-Meer zwischen Dirk und ihr läge. Sie schien neuerdings die Spielregeln des kalten Krieges zu beherrschen. Dirk war erstaunt ...

«Ich bin nur ein paar Stunden in Batavia», sagte er hastig. «Ich habe Besprechungen mit Exzellenz Polder in Buitenzorg.»

«Bist du gekommen, um mir das mitzuteilen?»

«Immer mit der Ruhe, mein Fräulein! Du siehst süß im weißen Kittel aus!»

«Danke sehr! – Willst du nicht wenigstens deinen Vetter Cornelis besuchen? Ihr wart doch schon in der Wiege innig befreundet!»

Dirk war errötet. Jo wußte also Bescheid! Irgendeine verdammte Klatschtante mußte ihr die *Singapore Times* zugesteckt haben.

«Ich bin pleite», sagte er mürrisch. «Ich mußte mich arrangieren. Schließlich bin ich kein Jüngling mehr! Ich mußte endlich solide werden.»

«Deine Bekenntnisse machen mich durstig», Dr. van Swanenburgh goß sich einen Whisky ohne Soda ein. «Auch einen?» fragte sie. «Er wird dich aufmuntern. Bediene dich bitte!»

«Wie mußt du mich hassen, da du so höflich bist, Liebling!»

Jo zog die Augenbrauen hoch. «Warum so dramatisch? Schreibst du jetzt Filmmanuskripte anstelle von Wirtschaftsberichten?»

«Jo, du mußt mir glauben, daß ich ...» Der Mijnheer hatte sich zu seiner riesigen Höhe erhoben. «Ich habe ein verdammt schlechtes Gewissen deinetwegen», stieß er hervor.

«Da kann ich dir eine malaiische Medizin verschreiben: drei Jahre nicht daran denken!»

Er starrte sie an. Gab es keine Brücke mehr zu dieser bildschönen jungen Frau im Ärztekittel, die ihn leidenschaftlich geliebt hatte? Sie konnte doch nicht alles vergessen haben. Selbst er, der die Kunst des Vergessens wie ein Malaie beherrschte, dachte noch ans Toba-Meer. Jo war jetzt achtundzwanzig und viel jünger als Frances ...

«Entschuldige mich!» sagte Jo. «Ich muß in die Geburten-Station.»

«Immer mehr Bewohner für diese elende Welt», bemerkte der Mijnheer.

«Warum so düster? *Du* kannst dich doch nicht beklagen!»

«*Jauhari juga yang mengenal manikam* (Nur ein Juwelier erkennt einen kostbaren Stein).»

«Was murmelst du da?»

«Daß ein Rhinozeros stets ein Rhinozeros bleibt.» Dirk packte sie am Handgelenk. «Du wirst es mir nicht glauben, aber ich bete dich an!»

Sie machte sich los. «Nein, Dirk», sagte sie ganz freundlich, «das geht nun wirklich nicht! Du bist ein häuslicher Holländer und ich ...»

«Du bist jetzt über die gewöhnlichen Sterblichen erhaben! Macht nichts – ich finde dich trotzdem hinreißend!»

«Warum wolltest du mich dann in Sumatra um jeden Preis loswerden?»

«Du hast immer noch deine unglückliche Liebe zur Wahrheit», sagte Dirk van Veen mit sanfter Bosheit.

Jo errötete. Unverschämter Patron! Sie hätte ihn hinauswerfen sollen.

«Nachdem wir nun das Notwendigste besprochen haben, darf ich wohl an die Arbeit gehen?» sagte sie schroff. «Ich werde hier nicht bezahlt, um süße Erinnerungen mit dir aufzufrischen.» Sie ging mit dem federnden Schritt, den Dirk immer bewundert hatte, zur Tür. Er hielt sie sanft fest.

«Ich kann dich verstehen», sagte er tonlos. «Ich finde mich selber ekelhaft. Kann ich etwas für dich tun?»

«Du kannst verschwinden!» Wollte er ihr eine Abfindungssumme anbieten? In diesem Moment wurde ihr schonungslos klar, wie fest sie nach Aminahs Tod damit gerechnet hatte, daß Dirk sie heiraten würde. Sie hatte sich selbst belogen – die alte schlechte Gewohnheit aller Liebenden! ... Sie mußte mit den Tatsachen rechnen. Der Mann, den sie jahrelang geliebt hatte, machte eine Geldheirat. Er hatte ihren normalen Wunsch nach Eheglück, Kindern und einem eigenen Heim ignoriert. Das Schweigen wurde so intensiv, daß Dirk heftig rauchte.

«Du lieber Himmel», sagte er ungeduldig, «steig runter von deinem hohen Roß! Oder soll ich nachhelfen? – Du bist eine extravagante Person, für die immer nur das Beste gut genug ist. Ich will dir aus deinen Schulden heraushelfen, Mädchen! Deswegen brauchst du mich nicht mit deinen Blicken zu erdolchen! Sieh die Dinge, wie sie sind!»

«Die Stimme der Vernunft! Ich lach mich tot», sagte Jo wütend. «Wirklich rührend, daß du meine Schulden mit dem Geld deiner Zukünftigen bezahlen willst! Aber ich muß mit Dank ablehnen.» Sie zündete sich eine Zigarette an, die der Mijnheer ihr mit erlesener Höflichkeit aus der Hand riß und selber rauchte.

«*Dein* Begräbnis», sagte er. «Du wirst vor lauter gekränkter Tugend noch im Pfandhaus von Batavia enden! Du warst ja immer pathologisch eigensinnig.»

Jo zuckte die Achseln und sagte in verändertem Ton: «Ich hatte einen Brief von Cornelia Polder aus Leyden. Dein Sohn macht sich famos in der Schule. Weiß deine Verlobte über Hendrik Bescheid? Wirst du ihn jetzt zu dir nehmen?»

«Ich werde es Frances sagen, wenn die Gelegenheit günstig ist», sagte Dirk van Veen kalt. «Es besteht keine Veranlassung, sie von heute auf morgen aus ihrem Liebestraum zu reißen.» Er lachte unangenehm. «Frances wird es in ihre Pfeife stecken und rauchen müssen. Sie kann es sich nicht leisten, mir Szenen zu machen.»

«Was willst du damit sagen?»

«Nichts. Sag mal: meinst du, daß Frances ein gesunder Typ ist?»

Er holte ein Foto aus der Brieftasche; das Original des Zeitungsbildes. Jo van Swanenburgh fand, daß kein Bühnenstück es an Situationskomik mit der Wirklichkeit aufnehmen könne. Sie betrachtete nochmals das Bild sehr aufmerksam. Die dünne Haut lag tatsächlich wie ein feiner Schleier über den Pupillen. War Frances Burnett blind? Wirkte sie deswegen so ... so abgekapselt?

Jo sagte ruhig. «Ich müßte sie untersuchen, um ein Urteil abzugeben. Ist sie eigentlich augenleidend?»

«Sie sieht wie ein Luchs.»

«Die Pupille kommt mir merkwürdig vor. Woran kann das nur liegen?»

«Es wird schon einen Grund haben», sagte Dirk van Veen mit unverständlichem Hohn. «Wozu bist du Ärztin, schöne Jo? Finde es doch heraus!»

Jo schwieg.

«Bevor ich es vergesse: kannst du mir eine Gesellschafterin für Frances verschaffen?»

Jo war verblüfft. Eine Gesellschafterin für ein Mädchen von einundzwanzig Jahren? Frances würde doch Dirk als Gesellschaft haben.

«Sie soll Holländisch lernen», erklärte der Mijnheer und biß sich auf die Lippen, als hätte er zuviel gesagt. «Die Gesellschafterin soll auch bei ihr sein, wenn ich verreist bin.»

«Was fehlt ihr?»

«Sie leidet an einem Mangel an Innenleben. Vielleicht braucht sie gar keine Gesellschafterin, sondern eine Tracht Prügel von ihrem liebenden Ehemann.»

«Worauf hast du dich wieder eingelassen, Dirk?»

Er pfiff ein Motiv aus der Oper «Die verkaufte Braut». Wie alle Van Veens pfiff er tonlos, begeistert und falsch.

«Kann ich dir helfen, Dirk?»

«Dir fehlt zum Engel nur noch die Harfe!»

Er beugte sich nieder, berührte ihr Haar mit den Lippen und ging grußlos hinaus.

Jo war noch immer verstört, als das Telefon klingelte. Niemals war Dirk ihr unverständlicher gewesen.

«Hier ist das topographische Institut, Batavia. Ist Dr. van Swanenburgh zu sprechen?»

«Am Telefon.»

«Einen Moment bitte! Herr Dr. Bloemendaal möchte Sie sprechen!»

«Vielen Dank für die Gäste-Laterne», sagte Jo. «Ich wollte dich schon anrufen. Reizend von dir!»

«Hauptsache, du hast dich gefreut!» Dr. Bloemendaal räusperte sich. «Jo, hm, ich wollte mich für Antje entschuldigen! Es ist unverzeihlich, aber sie ist so ein Kind!» ...

«Mach dir keine Gedanken!»

«Sie schickte dir eine Zeitung aus Singapore. Es tut ihr jetzt leid.»

«Keine Ursache! – Antje hat mir sogar einen Dienst erwiesen, wenn auch aus Versehen!»

«Jo ... ich bitte dich.»

«Ich meine es! – Dirk van Veen war bei mir. So war ich wenigstens vorbereitet.»

«Wie bitte?»

«Er hat Besprechungen in Java.»

«Dieser Lump! Ich könnte ihm alle Knochen zerbrechen.»

«Meine Besucher gehen dich nichts an, mein Lieber!»

«Natürlich nicht. – Sehe ich dich heute abend beim Laternenfest?»

«Ich hoffe. Schrecklich viel Arbeit. Dr. Dekker ist auf Urlaub.»

«Sehe ich dich?»

«Natürlich», sagte Jo sanft. «Ich möchte mich richtig für deine Laterne bedanken! Und – Quentin! Friß Antje nicht auf! Sie ist jetzt überreizt.»

«Sie ißt zuviel. Kann sich einfach nicht beherrschen. Kann ihr das in ihrem Zustand schaden?»

«Sie darf nicht *zu* schwer werden! Sie ist immerhin siebenundzwanzig; und es ist das erste Kind.»

«Kannst du sie nicht beeinflussen?»

«Ich dränge meinen Rat nicht auf. Wenn Antje mich konsultieren will – sie weiß, wo ich praktiziere.»

«Darf ich dich konsultieren?»

Jo lachte. «Auf Wiedersehen! Und schönsten Dank.»

«*Ich* habe zu danken», sagte Dr. Quentin Bloemendaal. Ein Geräusch ließ ihn auffahren. In der Tür zu seinem Arbeitszimmer stand Antje. Sie war erhitzt und hatte tiefe Schatten unter den Augen.

«Mit wem hast du telefoniert?»

«Mit Jo», erwiderte er ruhig. «Ich erkundigte mich nach einem Mittel gegen deinen Appetit. Du *mußt* aufpassen, Kind!»

Antje war dunkelrot geworden.

«Dr. Dekker ist mein Arzt», sagte sie abweisend. «Du hast dich wohl wegen der blöden Zeitung entschuldigt?»

«Das ebenfalls. Wie konntest du nur? Antje, Antje – wirst du niemals erwachsen werden?»

Sie lehnte sich schwer an ihn. Ihr süßes Gesichtchen war unverändert. Es war vielleicht ein wenig aufgeschwollen, aber sonst rosig und kindlich wie immer. Antje forderte Bloemendaals Beschützerinstinkte heraus.

«Bald hast du zwei unartige Schrei-Babies», flüsterte sie. Plötzlich füllten sich ihre Augen mit Tränen.

«Was hast du, Kleines?» fragte Bloemendaal erschreckt.

«Ich freue mich so, daß du endlich daheim bist.» –

Antje hatte ziemlich viel von dem Telefongespräch gehört. Sie hatte es sich niemals abgewöhnt, an den Türen zu horchen. Ihre Zuneigung zu Dr. Jo van Swanenburgh war nicht gestiegen. Antje Polder war nicht das arglose Kind, für das ihr überbeschäftiger Ehemann sie hielt. Sie wußte, daß ihr Mann öfters mit «seiner alten Flamme» telefonierte, wie sie Jo boshaft nannte. «Er gehört mir», dachte sie in primitivem Triumph. Sie hatte damals Weinkrämpfe gehabt, als Bloemendaal seinen Urlaub mit Jo am Toba-Meer verbrachte, und vor Kummer so viel gegessen, daß sie erschreckend zunahm ... Sie war glücklich mit Bloemendaal; er war ein «anständiger Mann». So bezeichnete Antje alle Männer, die ihren Ehefrauen körperlich treu sind. Sie ahnte nichts von Bloemendaals eingewurzelter Abneigung gegen dicke Frauen. Er bekämpfte diese Abneigung mit äußerster Willenskraft, weil Antjes Liebe zu ihm ihn rührte. «Armes Dickerchen», murmelte er manchmal und streichelte ihr schönes blondes Haar. Antje hielt es für Mitgefühl mit ihrem Zustand. Das Kind würde eine weitere Bindung sein; Quentin freute sich mächtig darauf. Sie liebte diesen ernsten wortkargen Mann auf ihre begrenzte und selbstgefällige Art.

«Hast du dich ausgeruht?» fragte der besorgte Dr. Bloemendaal mit einem schlechten Gewissen. Ob Jo damals auch ein schlechtes Gewissen gehabt hatte, weil sie sich von ihm hatte lieben lassen, anstatt selber zu lieben? Unter seinem Wohlwollen für Jo schmerzte immer noch die Wunde, die ihre Treulosigkeit ihm zugefügt hatte. Obwohl er nicht allzu viel von Frauen verstand – er hatte niemals Zeit gehabt, diese unbegreiflichen Geschöpfe zu studieren –, hatte Bloemendaal erfaßt, daß Jo diesem Abenteurer aus Sumatra schon als Siebzehnjährige verfallen war und daß sich wenig daran geändert hatte. Andernfalls hätte er Jo trotz allem geheiratet ... Bloemendaal war keineswegs unglücklich mit Antje Polder; dazu war er zu nüchtern. Und er hatte seinen Beruf. Geologie gehörte zu den Lieblingswissenschaften der Kolonial-Holländer. –

Als Bloemendaal und Antje durch die laternengeschmückte Chinesenstadt nach Haus fuhren, rief sie aufgeregt: «Ich habe dir das Allerneueste noch nicht erzählt! Dirk van Veen soll in Batavia sein! Ob seine Verlobung in die Brüche gegangen ist?»

Ihre Augen glitzerten vor Neugierde und Schadenfreude.

«Ich habe keine Ahnung», sagte Dr. Quentin Bloemendaal.

«Du», sagte Antje, die von einem Gegenstand zum anderen hüpfte, «ich habe heut früh so gut wie nichts gegessen. Nur Reis mit Beilagen, Rührei und Mangokuchen. Ja – und gebratene Bananen.»

«Das nennst du deine Diät halten?»

«Da solltest du sehen, was Papa und Jan essen! Mindestens dreimal soviel.»

«Sie erwarten auch kein Baby», sagte Dr. Bloemendaal trocken.

«Oh, diese süße Laterne! Ein Fisch und eine rote Kerze drin! Bitte, Quentin, steig aus! Kauf sie für unsern Jungen.»

«Gibt es etwas, was du nicht für den Jungen kaufen willst?» fragte Bloemendaal. Ein Lächeln verjüngte sein ernstes, mageres Gesicht.

«Freust du dich auch ein bißchen, du Ekel?» fragte Antje beinahe schüchtern.

«Wenn der Bengel den Polderschen Appetit entwickeln wird, bekommt er es mit seinem Vater zu tun!»

«Laß meinen Sohn in Frieden», sagte Antje würdevoll. –

II

Der alte Herr Tsui hatte sich in den letzten zehn Jahren kaum verändert. Vielleicht war seine Schulter etwas höher und sein Geist etwas klarer geworden. Aber das fiel niemandem auf. Der alte Herr Tsui versteckte nach chinesischer Sitte seinen Geist, der sein Juwel war, und zeigte unbekümmert seine körperlichen Mängel, damit die Leute nicht neidisch auf seinen ungeheuren Reichtum und Einfluß wurden. Er hatte seine Häßlichkeit stets für einen Vorteil gehalten. Die Konkubinen hatten sich kaum nach ihm umgesehen; so hatte er viel Geld gespart. Seine längst verstorbene Ehefrau hatte ihm nach der heute belächelten konfuzianischen Sitte gehorcht. Und sie hatte ihm einen Sohn geboren, ohne sich «an der Schulter zu stoßen» – mit diesem Ausdruck charakterisierte Herr Tsui sein Eheglück. – Seine Frau war so entgegenkommend gewesen, zur rechten Zeit zu sterben, nachdem sie ihm keine Söhne mehr gebären und keine Schönheit mehr bieten konnte. Sie war sehr schön gewesen, wie seine Tochter «Mei» (Jüngere Schwester), die eigentlich «Schale der Tugend» hieß und den Holländern in Batavia nachlief. Es fehlte Jüngerer Schwester an *kuei* (Manieren und Sitte), seitdem sie in Leyden «Europa gelernt» und Sprachen studiert hatte. Herr Tsui erwartete seine Tochter heute zum Laternenfest, wo sie seine holländischen Gäste begrüßen sollte. Auch sein Sohn machte ihm Sorgen: er interessierte sich nicht für die Weltfirma Tsui, sondern für Politik, was schlechte Nahrung für den Geist und die Leber ist. Der junge Herr Tsui lebte mit einem an Politik erkrankten Freunde in einem anderen Hause und erschien selten in den Büros in der Chinesenstadt. Die einzige Gesellschaft des alten Herrn war Rosie Wu, die «Tochter aus Zuneigung», die er in Hongkong aufgelesen und adoptiert hatte. Rosie Wu war auch seine einzige Freude, obwohl er es ihr niemals sagte. Aber sie bewies ihm die Fürsorglichkeit und die heitere Anhänglichkeit, die er bei seinen vom Westen infizierten Sprößlingen mit einer Laterne suchen konnte. Nach altem Brauch hatte der alte Herr Tsui gestern persönlich zwei Laternen für seine Kinder ausgesucht, um sie ihnen «zwecks Erlangung einer glücklichen und wohlhabenden Zukunft» am Abend des Festes zu schenken. Von allen Seiten ehrfürchtig begrüßt, war er die breite Molenvliet entlanggeschlendert, um dann in einer bestimmten Gasse in Golok zu verschwinden. Er betrat einen sehr anspruchslosen *toko* (Laden) – so anspruchslos und wertvoll wie er selbst. – Der Laden war in der Nähe des berühmten und äußerlich wenig gepflegten Kam Leng-Restaurants, in dem es das beste chinesische Essen in Batavia gab. Dorthin hatte Herr Tsui heute abend seine holländischen Freunde geladen. Er lud Ausländer niemals in sein Haus, das weder groß noch besonders kostbar eingerichtet war. Es enthielt nur zwei Wertgegenstände: eine Truhe mit Seidenmalereien, die niemand als Herr Tsui selbst von Zeit zu Zeit besichtigte, und die kleine Rosie Wu. Dennoch wäre Herr Tsui nicht auf den Gedanken gekommen, auch für seine Adoptivtochter eine Laterne zu kaufen. Rosie hätte es auch nicht erwartet.

«Ist alles fertig?» fragte Herr Tsui den Laternenverfertiger Ho.

Herr Ho verbeugte sich dreimal, wobei er die dritte Verbeugung bereits in einem Hinterzimmer machte, wo er seine kleinen Kunstwerke anfertigte. Er nahm vorsichtig zwei Laternen aus ihren Hüllen und brachte sie seinem berühmten Kunden.

«Ich konnte sie nicht besser machen», sagte er entschuldigend. Das hieß, daß er zwei erlesene Kunstwerke hergestellt hatte, und wurde auch so verstanden. –

«Jeder tut, was er tun kann», lobte Herr Tsui. Der alte Laternenmacher wurde blaß vor Freude. Nur seine großen Ohren röteten sich. Soviel Ehre hatte er nicht verdient. Die kleinere Laterne für Herrn Tsuis Tochter «Schale der Tugend» war aus bemaltem Lackholz und zeigte die Schriftzeichen für die «Fünf glücklichen Glückseligkeiten, die an die Tür klopfen»: Familienglück, eine ehrenwerte Heirat, langes Leben, Reichtum und Söhne. Es war eine echt chinesische Mahnung für die auslandskranke Tochter. Doch dieses Kunstwerk verblaßte neben der Laterne, die der Chef des Tsui-Konzerns – mit fünfzehn ausländischen Zweigunternehmungen! – für seinen einzigen Sohn bestimmt hatte. Es war eine große mit Edelsteinen besetzte Holzlaterne, die auf der Rückwand eine Perlmutteinlage zeigte. Der Stammbaum der Tsuis, dessen Zweige mit goldenen Früchten behängt waren, leuchtete in der Farbe der Morgenröte, wenn man die rote Freudenkerze entzündete. Am Fuß des Stammbaums tummelten sich winzige Enkel und Urenkel des Herrn Tsui: Wunschträume aus Perlmutt. Die Knaben saßen nicht etwa müßig und blickten zu den goldenen Früchten empor; da sie chinesische Traumkinder waren, kehrten sie emsig mit winzigen goldschimmernden Besen die Früchte zusammen, die vom Stammbaum zu Boden gefallen waren.

Der alte Herr Tsui betrachtete stumm diese Quintessenz seiner Träume. Es war widersinnig, daß ein Mensch faserige Bohnen ernten sollte, wenn er sein Leben lang goldene Melonen gepflanzt hatte. Die Laterne *mußte* den Sinn seines Sohnes aufrütteln. Seine Kinder hatten versprochen, sich ihre Geschenke zu Hause abzuholen und dann mit Herrn Tsui ins Restaurant zu fahren.

Herr Tsui überreichte dem alten Laternenmacher eine in rotes Seidenpapier gehüllte enorme Summe und ließ sich weitere zehntausend glückliche Jahre wünschen. Es war alles, wie es sein sollte; selbst hier in der Fremde, wo niemand etwas für die Familie Tsui übrig hatte ... Der alte Mann schritt langsam durch Golok zu seinem amerikanischen Wagen zurück; immer wieder spürte er tiefe Befriedigung darüber, daß sein Volk in dieser Malaienwelt eine Stadt für sich hatte. Batavia war eine Mischung holländischer Bauten und malaiischer Kampongs; Golok dagegen war ein echtes Miniaturchina mit allen Kennzeichen, Tugenden und Lastern. – Herr Tsui wohnte dicht hinter Molenvliet, so daß er die Chinesenstadt – diese enge, schmutzige, herrliche Ersatzheimat – ganz in der Nähe hatte. Sein Haus gehörte einem alten Holländer. Herr Tsui bezahlte das Zehnfache seines Wertes; aber damit mußte man in der Fremde rechnen ...

Er hatte seine Gäste für acht Uhr ins Kam Leng geladen. Es war bereits halb neun Uhr abends, und seine Kinder hatten die Laternen noch nicht in Empfang genommen. Der alte Herr Tsui saß zusammengeduckt in seinem geschnitzten Sessel mit der harten hohen Lehne, die seiner Schulter wohltat. Seine «Tochter aus Zuneigung» blickte zum Fenster hinaus. Wo blieben ältester Sohn und «Schale der Tugend»? Rosie hatte niemals etwas Schöneres gesehen als die beiden Laternen. Wie gut war der alte Herr Tsui! Er hatte sie gleich aufhängen lassen, damit auch Rosie sich daran freuen konnte! Sie sah reisend aus in ihrem einfachen aber schön bestickten Neujahrskleid. Der hohe chinesische Kragen gab ihr etwas zugleich Gemessenes und Anmutiges, was ihre schlecht sitzenden europäischen Fähnchen nicht fertigbrachten. In einem seidenen Tuch war ihre bescheidene Gäste-Laterne für Dr. Jo.

«Es wird Zeit, geehrter Herr Vater», sagte sie zeremoniell und blickte den alten Mann nicht an. «Die Kinder werden im Restaurant sein. Es ist wohl ein Mißverständnis.»

Der alte Herr Tsui erhob sich stumm, und beide verließen den dunklen Raum mit den Geschenk-Laternen. Sie waren noch nicht entzündet; das tut derjenige, dem man sie schenkt. –

Der alte Herr Tsui hatte das ganze erste Stockwerk des Restaurants fegen und dekorieren lassen. – Die Holländer hielten nun einmal auf eine Sauberkeit, die zum Genuß der Speisen völlig überflüssig war. Er sah mit einem Blick, daß seine Kinder ihn mit Unehre bedeckt hatten. Er entschuldigte sie höflich bei seinen Gästen, die taten, als ob sie an die plötzliche Krankheit der beiden pflichtvergessenen Sprößlinge glaubten. Alle kannten den Sohn und die Tochter des alten Mannes. Auch Bloemendaals, Cornelis van Veen und Jo van Swanenburgh hatten die beiden irgendwann in Alsmeer bei Cornelia Polders Gartenfesten getroffen. Die holländischen Gäste schienen viel bekümmerter über das Benehmen der jungen Leute zu sein als Herr Tsui. Er lachte und scherzte und traktierte Antje Polder mit den erlesenen Leckerbissen der chinesischen Küche. Es war ein reichhaltiges Mahl und schien kein Ende zu nehmen.

«Iß nicht soviel, Antje», warnte Bloemendaal und warf Jo verzweifelte Blicke zu.

«Er gönnt mir nichts», sagte Antje schmollend zum alten Herrn Tsui, der ihr lächelnd geröstete Entenhaut – ihr Leibgericht – mit seinen Elfenbein-Stäbchen auf den Teller legte. Es war eine sympathische alte Sitte, für den Gast das Beste aus der Schüssel herauszufischen. Er fand die junge Frau ganz reizend; selbst ohne ihren Zustand zeigte Antjes Leibesfülle Wohlstand und Wohlbehagen an, wie es sich für die Tochter des Gouverneurs gehörte.

Rosie Wu lächelte strahlend. Ihr brach das Herz, wenn sie die Hohe Person anblickte. Sie wollte niemals mehr ein Wort mit diesen schlechten Kindern sprechen, auch wenn ihr Weg mit Gold gepflastert sein würde ...

Dann war das Festessen so plötzlich wie alle chinesischen Festessen zu Ende. Man hatte zum Abschluß Reis und Tee serviert. In diesem Augenblick stieß Antje Polder einen schwachen Schrei aus und fiel ihrem Mann ohnmächtig in die Arme. Ohne Jo wäre eine unbeschreibliche Panik entstanden. Quentin Bloemendaal war weiß geworden. Lebte Antje überhaupt?

«Sie darf nicht bewegt werden», sagte Jo ruhig. «Unsinn, Quentin! Rosie und ich legen sie auf die Opiumcouch. Bitte geh mit den andern ins Nebenzimmer!»

Rosie Wu blieb bei Jo und der leblosen Antje und leistete erste Hilfe. «Fehlgeburt?» fragte sie sachkundig.

«Ich hoffe nicht.»

Es schien eine endlose Zeit zu vergehen, bis Antje sich rührte und die Farbe in ihr Gesicht zurückkehrte. Sie griff wie ein Kind zitternd nach Jos Hand. «Das Baby ...» schluchzte sie.

Jo hatte den Arm um die verstörte junge Frau gelegt. «Sei ruhig, Antje», sagte sie beschwörend. «Es ist alles in Ordnung. Du hast zuviel gegessen! Dir ist schlecht geworden.»

Antje sagte mit geschlossenen Augen: «Wenn ich mein Baby verliere... dann...»

«Unsinn», sagte Jo energisch. Nichts war im Augenblick wichtiger als ihre Patientin und das Baby, das in fünf Monaten geboren werden sollte.

Sie brachten Antje ins Hospital. Jo und Rosie wachten die halbe Nacht bei ihr. Jo gab ihr Injektionen, sorgte für leichtere Atmung und suggerierte Ruhe und Vertrauen.

Um fünf Uhr früh war alles entschieden. Antje schlummerte ruhig und rosig wie ein unartiges Kind, das sich ausgetobt hat. Die Polders ahnten niemals, wieviel Sorgen sie ihrer Umgebung bereiten konnten. Dr. Jo van Swanenburgh ging wankend vor Müdigkeit in den Korridor, wo Bloemendaal wartete. Er brachte keinen Ton heraus. Jo hatte selten so viel stumme Qual gesehen wie im Gesicht dieses beherrschten Mannes.

«Es ist alles in Ordnung», sagte sie rauh. «Du kannst ein anderes Gesicht machen!»

Als die junge Rosie Wu gegen sechs Uhr früh nach Hause kam, wartete ihr Adoptivvater immer noch in seinem feinen, westlichen Anzug. Seine Schulter erschien noch höher und er selbst noch zerbrechlicher auf seinem harten Stuhl. Die Glückslaternen, die er Monate vorher bestellt hatte, verbreiteten immer noch Schönheit und Hoffnungslosigkeit.

«Packe sie sorgfältig fort, kleine Tochter», sagte der alte Mann. «Ich werde sie den Kindern zum nächsten Laternenfest schenken.»

SECHSTES KAPITEL

Tropische Arabeske

I

Gouverneur Polders Enkelsohn Jan David wurde im Herbst 1938 geboren. Die Geburt fiel mit zwei anderen Ereignissen zusammen, die der Kolonie viel Gesprächsstoff lieferten: Dirk van Veens Hochzeit in Singapore und die Ankunft des Nachwuchses in Java: Adrienne van Doren, Dr. Willem van Swanenburgh und Lukas de Witt, Pianist und Teepflanzer.

Antje hatte ihren Sohn mit schweren Mühen zur Welt gebracht, und die Ärzte waren danach beinahe so erschöpft wie sie selbst. Als Dr. Jo, ganz im chinesischen Geist, dem wartenden Gouverneur ein krähendes Bündel mit den Worten «Ein prächtiger Enkelsohn, Exzellenz!» überreichte, erhielt sie den ersten und einzigen Kuß, den Laurens David Polder einem weiblichen Wesen gab, das nicht zu seiner Familie gehörte. – Während Quentin Bloemendaal zu Antje stürzte, betrachtete Exzellenz das brüllende Baby, das eine lächerliche Ähnlichkeit mit den Polders hatte, und machte die klassische Bemerkung: «Wollt ihr ihm nicht endlich etwas zu essen geben?» – Exzellenz hatte enormen Hunger nach der seelischen Anspannung. Des Abends gab es eine Reistafel im *Hôtel des Indes*, die wegen ihrer Üppigkeit, Fröhlichkeit und Unverdaulichkeit allen Teilnehmern jahrelang im Gedächtnis blieb...

Bei dieser Gelegenheit begrüßte Exzellenz Polder den Nachwuchs der Kolonie: Dr. Willem van Swanenburgh, Lukas de Witt und das seltsame Mädchen Adrienne. Die junge Tänzerin wollte nur einige Monate die Inseln beschnuppern und dann in London Ballett studieren. Sie hatte niemals den Arm gebrochen, wie Antje Polder behauptet hatte. Als Exzellenz Polder sie deswegen befragte, sagte die achtzehnjährige Adrienne: «Julia hatte sich den Arm gebrochen; für sie war es schließlich ohne Bedeutung.» Als sie ein leises Erstaunen im Gesicht des Gouverneurs bemerkte, fügte sie hinzu: «Als Tänzerin würde ich ein gebrochenes Herz vorziehen.»

Der Gouverneur lachte laut. Adrienne stimmte nicht ein: sie machte niemals Witze. –

Spät in der Nacht erschien sie im Schlafzimmer ihrer Halbschwester Jo, bei der sie fürs erste wohnen sollte, und sagte: «Morgen früh fahre ich zu Onkel Jan!»

«Bist du verrückt? Jan Polder kann dich nicht brauchen!» Jo fühlte wieder die rätselhafte Abneigung gegen das schöne, kalte Geschöpf, das als Kind nur Unfrieden gestiftet hatte. Sie fügte freundlicher hinzu: «Jans Gästepavillon ist besetzt.»

«Er hat mich in Amsterdam eingeladen.»

«Das war doch Spaß! Er hat mir niemals etwas davon gesagt.»

«Es geht dich auch nichts an.» Adrienne holte tief Luft. «Du bist viel zu alt, um junge Mädchen zu verstehen.»

«Gute Nacht», sagte Dr. Jo van Swanenburgh erfreut.

«Wer ist bei Onkel Jan zu Gast?»

«Mildred und Jacoba van Veen aus Washington.»

«Ist das ein Scherz?»

«Jan hat sich mit Jacoba verlobt.»

«Das ist nicht wahr.» Zwei rote Flecken zeigten sich auf Adriennes blassen Wangen. Eine hektische Flamme glühte in ihren Augen.

Jo betrachtete das Mädchen erstaunt. «Hast du Fieber? Miß dich lieber!» Sie reichte Adrienne ein Fieberthermometer, das sie achtlos beiseite legte. «Du bist eine ekelhafte Lügnerin, liebe Jo», sagte Adrienne sanft.

«Verschwinde bitte!»

«Ist er wirklich verlobt?»

«Aber ja! Du bist dort überflüssig!»

«Ich werde drei Wochen bei Onkel Jan bleiben.»

«Was willst du dort?»

«Jacoba Glück wünschen.» Dann sagte Adrienne nachdenklich: «Sie war das häßlichste Kind von Washington.»

Sie ging mit schwebenden Schritten ins Gastzimmer und legte sich unter ihr Moskitonetz. Sie lag stundenlang wach und betrachtete die Zimmerdecke.

Am nächsten Tag fuhr sie mit Exzellenz Polder auf Jans Besitzung nach Mittel-Java.

II

Jan Polder war wenig beglückt, das seltsame Mädchen auf der Plantage zu haben. Er wollte ungestört seine Zukunftspläne mit Jacoba machen. Mildred van Veen sah immer noch wie eine verschüchterte Maus aus, war aber durch Jackies Glück aufgeblüht. Ihre Tochter, die niemals ein Erfolg gewesen war, wurde die Schwiegertochter von Gouverneur Polder! Es war nicht zu fassen! Mildred hatte schon gefürchtet, daß ihre Jakkie, die sie heiß und unverständig liebte und bemitleidete, als Krankenschwester ein düsteres Ende nehmen würde. Jacoba war mit ihren einundzwanzig Jahren ganz auf Krankenpflege versessen, und Diätkochen hatte sie auch gelernt. Letzteres war bei den Polders die entbehrlichste Wissenschaft. Jan fand es höchst amüsant, und Jacoba lächelte überlegen: der geliebte Jan ernährte sich völlig verkehrt! Sie hatte das Thema kurz nach der Verlobung bei einer grandiosen Feier in Buitenzorg mit ihrem Schwiegervater diskutiert und Lachsalven geerntet. Exzellenz Polder hatte nie etwas Absurderes gehört: sie aßen alle noch um Mitternacht eine Kleinigkeit ...

Adrienne hatte die Überraschung ihres Lebens erlebt, als sie Jacoba gegenüberstand. Nicht nur war sie keineswegs häßlich: sie war zwar keine Schönheit wie Adrienne, sah aber vornehm und überaus anziehend aus. Und – sie war nicht mehr ängstlich. Jacoba van Veen beschützte jetzt ihre lebensängstliche Mutter. Sie war einen halben Kopf größer als Adrienne, und ihre Augen verrieten ihr mitfühlendes Herz.

Jan Polder würde seine Geheimnisse mit diesem klugen und liebevollen Mädchen teilen können. Übrigens hatte er sich in Amsterdam im letzten Jahr gründlich untersuchen lassen. Jan Polder konnte unbesorgt heiraten. Jacoba wußte um die Leiden seiner Jugend! Sie wußte vieles von Jan, was er nicht einmal Anna Szabó hatte sagen können. Sie war ein blühender Trost für einen einsamen Mann in mittleren Jahren.

«Wir haben uns als Kinder nicht besonders vertragen», sagte Jacoba lächelnd. «Ich muß schrecklich albern und empfindlich gewesen sein!»

«Das stimmt», hatte Adrienne ohne Lächeln geantwortet und einen empörten Blick von Mildred geerntet. Mildred erlaubte niemandem, Kritik an dem wunderbaren John und an ihrer wunderbaren Tochter zu üben. Sie hätte dieser unangenehmen Nichte am liebsten gesagt, daß sie ein gräßliches Kind gewesen war. Aber sie schwieg und verzog sich scheu in den Garten.

Mildred und Jackie liebten die Plantage und alles, was dazu gehörte: die endlosen Zuckerrohr-Felder, den Vulkan in der bläulichen Luft, Jans großes, säulengeschmücktes Haus mit den gewachsten Marmorböden, den weiten schattigen Veranden und dem Garten, den eine Mauer von den Fabriken und Feldern trennte. Mildred und Jackie hatten vor Jahren in Singapore gelebt; aber es war trotz des tropischen Gartens ein Stadtleben gewesen. Es würde Jackie niemals eintönig hier vorkommen! Sie war von Batavia entsetzt. Auch die Menschen erschienen ihr in Mittel-Java sanfter und schöner als in der chaotischen verwestlichten Stadt; ihre Lieder, ihre Gamelan-Musik, ihre einfachen und tiefsinnigen Schattenspiele an Festtagen waren voll Ursprünglichkeit und Poesie. Jacoba hatte großes Interesse für die alten Hindutempel und Fresken, die noch überall in Mittel-Java zu finden waren. In Jans Park gab es eine Steinplatte mit dem tanzenden Gott Shiva, der vernichtete, tanzte, vernichtete und wieder tanzte. Auch er tanzte Arabesken wie Adrienne. Da sie zu Stein geworden waren, erzeugten sie den Eindruck eines unheimlich drohenden Schwebens. Immer wenn Jacoba van Veen den tanzenden Gott der Hindus betrachtete, erinnerte sie sich auch an die Geisterfurcht, die ihre malaiische Kinderfrau ihr beigebracht hatte. Sie betrachtete den tanzenden Gott mit Widerwillen. Das graue Steinbild war uralt, verwittert und von unheimlicher Lebendigkeit. Jan hatte es auf seinen Reisen in Mittel-Java gefunden und eine Hecke von schwerduftenden Melattiblumen herumgepflanzt. So stand dieser frühe asiatische Narcissus isoliert in dem riesigen Tropengarten und sann versunken auf Vernichtung und streng stilisierte, monotone Bewegung. –

In diesem abgeschiedenen Teil des Gartens übte Adrienne van Doren ihre eigenen Arabesken.

III

Es war sehr heiß im Garten. Adrienne hatte sich vor dem Steinbild des tanzenden Gottes ausgestreckt. Sie hatte ihre Augen beinahe geschlossen und sah Jacoba erst, als sie vor ihr stand.

«Mutter und ich machen Einkäufe auf dem Markt; willst du mitkommen?» fragte Jacoba freundlich.

«Vielen Dank, ich bin zu müde.»

Als Adrienne das Auto fortfahren hörte, stand sie langsam und anmutig auf. Ein leichter Wind hatte sich erhoben. Sie blickte die Palmen an und ahmte ihre Bewegung im Winde nach. Sie würde eine große Tänzerin werden. Sie hatte die Prüfung für die Juniorengruppe des *Sadler's Wells Theatre Ballett* in London mit Glanz bestanden. Sie wollte nur noch einige Arabesken zwischen Vulkanen tanzen und dann ihre Karriere beginnen. Das hatte sie Onkel Jan sofort gesagt.

Jan Polder lag in seinem Schaukelstuhl auf der hinteren Veranda, als Adrienne sich anmutig zu ihm heranschlängelte.

«Störe ich dich, Onkel Jan?»

«Nicht im geringsten. Nimm Platz!»

Jan Polder war gerade dabei, über Jacoba nachzudenken, und Adrienne störte ihn. Aber er war zu höflich, es zu zeigen. ‹Noch ein paar Wochen, dann fährt sie ab, und wir haben endlich Ruhe›, dachte er. Er konnte selbst nicht sagen, warum Adrienne ihn störte. Er hatte nichts gegen sie. Für Ballett allerdings interessierte sich der kleine Napoleon der Zuckerwirtschaft nicht im geringsten.

Sie sprachen träge über alles mögliche, wobei Adrienne viel Interesse für die Zuckerwirtschaft heuchelte. Jan Polder merkte es sofort und lächelte nachsichtig. Adrienne war fast noch ein Kind. Merkwürdige Augen hatte sie! Seltsam leblos, und dabei konnten sie glühen, wenn Musik ertönte. – Armes Wurm – gehörte eigentlich nirgendwohin! «Wir müssen uns später mehr um Adrienne kümmern», hatte Jackie neulich gesagt. «Um Himmels willen», hatte Jan gerufen. «Dann werden wir keine Ruhe und keinen Frieden hier haben.»

«Warum hast du meine Briefe niemals beantwortet, Onkel Jan?» fragte Adrienne.

«Welche Briefe, kleines Mädchen?»

«Die Briefe, die ich dir als Kind in Leyden schrieb.»

«Das ist schon ziemlich lange her, nicht wahr?»

«Onkel Jan.» Adrienne kniete in einer reizenden Stellung vor ihm nieder, «ich muß dir etwas sagen! Aber du darfst nicht böse sein.»

«Ich bin niemals böse, Küken!»

«Jacoba tut mir schrecklich leid», Adrienne starrte Jan Polder aus ihren Kristall-Augen an.

«Warum? Weil sie mich heiraten wird?»

Jan Poder sagte es scherzhaft; aber irgendwie war ihm nicht wohl.

«Jacoba möchte ... nein, ich kann es dir nicht sagen!»

Jan Polder war aufgestanden. Sein freundlicher Gesichtsausdruck war einer Strenge gewichen, die ihn seinem Vater ähnlich machte.

«Dann laß es bleiben. Ich möchte mich nicht in deine Geheimnisse drängen.» Er wollte die Veranda verlassen, aber Adrienne hielt ihn am Hemdärmel fest. Sie sah überzart, hilflos und so traurig aus, daß Jan freundlicher sagte: «Was quält dich?»

«Ich liebe Jackie», sagte Adrienne mit niedergeschlagenen Augen, «darum weiß ich, daß sie hier unglücklich ist.»

«Hat sie dir das gesagt?»

«Nicht mit Worten.»

«Weswegen ist sie unglücklich?»

«Hier ist alles so fremd für sie.»

Adrienne machte eine weite Bewegung von großer Anmut. Der Arm sank wie ein müder Vogel herunter. Er drückte Resignation und zarten Widerwillen aus. Aber Jan Polder interessierte sich nicht für tänzerische

Monologe. Er heftete seine scharfen blauen Augen auf Adriennes schönes unbewegtes Gesicht. Dann trat er dicht neben sie. Trotzdem er klein und für seine sechsunddreißig Jahre korpulent war, ging von ihm der Eindruck von Kraft und Beharrlichkeit aus. Seine Stirn sprach von Denkgewandtheit und großzügigem praktischem Verstand. Sein wuchtiges Kinn war von Energie geprägt. Adrienne war Jan Polder nicht gewachsen.

«Was willst du eigentlich?» fragte er ruhig.

«Ich will dich glücklich wissen, Onkel Jan.»

«Das ist sehr nett von dir, mein Kind! Aber mache dir keine Sorgen. Ich *bin* glücklich.»

Adrienne starrte ihn an, wie sie vor Jahren das Liseli angestarrt hatte, das sie verlassen und verraten hatte. In ihrer verarmten Seele regte sich Haß. Immer stand sie beiseite; immer bekamen andere das, was sie haben wollte. Sie hatte Jan Polder schon als Kind geliebt, als sie auf seinem Schoß gesessen hatte. Er war der einzige Mensch gewesen, der immer freundlich zu ihr war. Adrienne wußte noch nicht, daß die Zeit ein Radiergummi ist, der die Bilder der Vergangenheit auslöscht. Jan war mit dem Kind Adrienne durch seine Liebe zu Anna Szabó verbunden gewesen. Diese Liebe war ausradiert. Jacoba van Veen mit ihrer keuschen Wärme und ihrer lieblichen Vernunft füllte Jans Herz mit neuer Neigung. Adrienne stand als Tänzerin nur mit einem Bein auf dem Boden der Wirklichkeit, es war die vorgeschriebene Pose der Arabeske ... Das Ballett war Bewegung und Erstarrung zugleich; die Kunst der zeitlosen Wiederholung einiger stilisierter Gesten. Adrienne war in dieser mythischen Atmosphäre schon zu Hause gewesen, bevor sie den ersten Tanzschritt getan hatte.

«Wie kannst du glücklich sein, wenn Jacoba so unglücklich ist?» fragte sie sanft. «Sie weint jeden Abend im Gästepavillon.»

Jan Polder wurde dunkelrot. War wirklich etwas daran? War er zu unbeweglich für diese junge Amerikanerin, die durch ihren Vater in der Welt der großen Politik und der internationalen Gesellschaft gelebt hatte und nun auf eine Zuckerklitsche zwischen Vulkanen versetzt war? War er, Jan, zu alt, zu dick, zu nüchtern für sie?

«Ich werde mit Jacoba sprechen», sagte er ruhig. Adrienne durchforschte sein Gesicht mit ihren kalten und doch glühenden Blicken. Er war erregt – wenn er es auch nicht zeigte.

«Nein, nein», sagte Adrienne hastig, «Jacoba würde mir nie verzeihen, daß ich mit dir gesprochen habe.» Sie legte die Arme kindlich um seinen Hals – so schmiegt sich eine Schneeflocke schmelzend an einen Felsen – und barg ihren Kopf mit dem glänzenden rotgoldenen Haar an seiner breiten Brust.

«Onkel Jan», flüsterte sie, «sei nicht böse! Ich will dein Bestes!» Sie blickte ihn an, eingehüllt in ihre bösen Träume. Eine entsetzliche, tragische Sehnsucht nach dem wirklichen Leben brannte in ihrem Blick.

In diesem Moment wurde es Jan Polder klar, was Adrienne bezweckte.

Sie wollte sich durch ihn aus ihrer Erstarrung in die warme Wirklichkeit retten. –

«Küsse mich», flüsterte sie und klammerte sich an ihn.

«Schämst du dich nicht?» sagte Jan Polder beinahe mitleidig und schob sie fort.

«Warum?» fragte Adrienne van Doren.

IV

Eine Stunde später übte Adrienne vor dem Steinbild des Gottes Shiva ihre großen Sprünge. Wer den «Ballon» beherrscht, entfernt sich von der Erde. Eines Tages würden alle Adrienne bewundern. «Ihr werdet lahme Parkettvögel sein, und ich werde schweben . . .» dachte sie. –

Sie verschmolz mit den Palmen, dem Tropenwind und den fließenden Wassern der Lotosteiche. Ein malaiischer *slendang* (Schultertuch) wehte um ihren knabenhaften Körper; sie ahmte präzise und versunken die Tanzpose des Gottes Shiva nach. So fand sie Mildred van Veen und riß ihre runden Möwenaugen erschreckt auf. Dieses Mädchen mit seinem heidnischen Gehabe jagte ihr stets eine Gänsehaut über den Rücken. Und dieser *slendang*! Adrienne war doch keine Eingeborene!

Adrienne hielt mitten im Sprung inne.

«Entschuldige bitte», murmelte Mildred. «Ich muß mit dir sprechen.» Sie hockte wie ein grauer, geduckter Vogel vor der zukünftigen Ballerina. «Du hast dich vorhin Jan Polder an den Hals geworfen», sagte Mildred unverblümt.

«Hat er dir das erzählt?»

«Natürlich nicht. Ich sah euch zufällig.»

Mildred fühlte sich ganz elend wegen dieser Lüge. Sie war vorsätzlich zu Hause geblieben, weil Adrienne ihrem künftigen Schwiegersohn nachstellte. Mildred hätte sich selber niemals soviel Hinterlist zugetraut. Aber Jackie kannte die Welt noch nicht genug, wenn sie auch in zwölfter Stunde ihrem Vater nachgeschlagen war, wofür Mildred dem lieben Gott treuherzig jeden Abend dankte. –

Adrienne betrachtete ihre Tante. Verklemmt in jeder Bewegung und angezogen wie eine Garderobenfrau. «Ich kann nichts dafür, daß Onkel Jan sich in mich verliebt hat!» Sie lachte musikalisch. «Arme Jackie! Sie ist zwar die Tugend selbst, aber ziemlich eintönig! Nichts für die Polders, Tante Mildred!»

Mildred hätte sich vor diesem bösartigen Geschöpf am liebsten verkrochen, aber ihre edle Sucht, sich für ihre Familie in die Brennesseln zu setzen und dort jahrelang sitzen zu bleiben, lieh ihr ein einziges Mal im Leben unerwartete Kräfte. Es war ihr großer Augenblick. Sie stieß eine Tür zu ihrer Seele auf und holte zitternd Mut und Entschlossenheit aus einem Winkel heraus.

«Mich kannst du nicht täuschen, Adrienne», sagte Mildred mit einer neuen, klingenden Stimme. «Du hast schon als Kind bei uns Unfug gestiftet.»

Adrienne zog die Augenbrauen hoch.

«War es meine Schuld, daß Jacoba so steif und weinerlich war?»

«Du nahmst ihr alles weg, was ihr Freude machte.»

«Wovon redest du eigentlich?»

«Von Jackies Lieblingspuppe, die du damals im Garten vergraben hast», sagte Mildred laut. Es klang ziemlich lächerlich und war es wohl auch. Aber Mildred, die ihre kleine Tochter zu jener Zeit oft scharf angefahren hatte, hatte heimlich jede Träne ihrer Tochter mitgeweint. Jede Kränkung, die Adrienne ihrer Kusine zufügte, war Mildred bis ins Herz gedrungen. Sie zitterte noch in diesem Augenblick vor nachträglicher Empörung ...

Mildred hatte niemals überlegt, warum Adrienne unter ihrer sanften Maske so aggressiv war. Sie besaß die Angriffslust der Kinder, die niemals Nestwärme gekannt haben ... Mildred hatte nur gesehen, daß Jacoba nachts weinte. Sie hatte stets ein so stilles Leben geführt, daß die Krisen im Leben ihrer kleinen Tochter ihr unvergessen geblieben waren.

«Wir spielen beide nicht mehr mit Puppen», sagte Adrienne hochmütig und wollte an Mildred vorbei. «Laß mich gehen. Du langweilst mich.»

Aber Mildred van Veen, die keiner Fliege etwas zuleide tun konnte und alle Leute stumm um Vergebung bat, daß sie überhaupt auf der Welt war – Mildred hielt ihre Nichte mit ihrer zarten Hand fest.

«Du wirst mich anhören», sagte sie mit einer Festigkeit, wie sie Exzellenz Polder gegen widerspenstige Beamte anwandte. Und dann sagte sie der Tochter ihrer Schwester Anne all das, was jemand diesem Mädchen wohl einmal sagen mußte. Und am Ende schlug sie vor, Adrienne solle nach Batavia fahren. Am besten übermorgen, wenn Jan und Jacoba dort Einkäufe machen würden. Adrienne konnte bei Isabella und Cornelis van Veen bleiben, bis ein Flugzeug nach London ging.

Adrienne sagte kein Wort. Sie blickte die neue Mildred van Veen starr an und wußte, daß sie dieses Mal ihrer langweiligen Kusine nichts wegnehmen konnte. Denn Mildred, dieser graue Vogel, würde sie umkreisen und aufpassen ...

«Ich bin froh, von hier wegzukommen», sagte sie, als Mildred schwer atmend innehielt. «Ihr könnt euren dicken Zuckerkönig behalten! Es war nur ein Spaß.»

Mildred fuhr sich mit der zitternden Hand über die Stirn. Ihr Herz pochte, und alles drehte sich vor ihren Augen. Aber bevor sie ihrer Tochter Jacoba, die sie überall gesucht hatte, halb ohnmächtig in die Arme fiel, sagte Mildred etwas zu ihrer Nichte, das sie nicht als brave kleine Stenotypistin gelernt hatte. Sie holte diesen seltsamen Satz aus den Tiefen ihrer scheuen nüchternen Seele, und sie vergaß auch sofort, daß sie jemals etwas so Merkwürdiges ausgesprochen hatte.

«Weißt du, was dir fehlt?» sagte Mildred. «Du lebst gar nicht richtig, arme Kleine! Du siehst nur zu, wie andere leben.»

«Hat sie dich geärgert, Mammi», fragte die junge Jacoba besorgt und hüllte ihre zarte kleine Mutter fester in eine Wolldecke. Mildred zitterte im Schüttelfrost. Jackie hatte ihr Herztropfen gegeben und massierte nun ihren Hinterkopf. Das dünne graue Haar stand entmutigt um Mildreds kleines blasses Gesicht. «Hat Adrienne dich geärgert?» fragte Jacoba noch einmal. Ihre Mutter schien zu träumen.

«Nein», sagte Mildred van Veen mit scheuem Stolz. «*Ich* habe *sie* geärgert.»

Adrienne stand im Mondschein auf ihrer Veranda im chinesischen Teehaus, das häufig den Gästen zum Übernachten diente, und blickte in den dunklen Tropengarten. Von ferne ertönte Gamelanmusik. Adrienne ahmte die Bewegungen der Fledermäuse nach, und die Frösche und Moskitos summten die Ballettmusik dazu. Auf Jan Polders Veranda flackerte ein Windlicht. Adrienne sah, daß er und Jacoba Hand in Hand saßen – in hassenswertem Einklang mit sich und der tropischen Nacht.

In Tante Mildreds Pavillon war alles dunkel. Adrienne haßte Mildred, wie sie nicht einmal Großtante Cornelia gehaßt hatte. Sie hatte ihr alles verdorben; mit der Zeit hätte Jan Polder sich ihrem Zauber nicht entziehen können. Adrienne trug einen silbergrünen Sarong, eine weiße *kebaja* (Jacke), die mit Sternen bestickt war, und um ihre linke Fessel einen silbernen javanischen Reifen. Das Abschiedsgeschenk von Onkel Jan ... Adrienne hatte ihn gebeten, sie nach Batavia mitzunehmen. Dort sei es amüsanter für sie. Jan Polder war derselben Ansicht. Er hatte wieder gelächelt – freundlich und distanziert.

Jetzt übte Adrienne ihre großen und kleinen Sprünge. Eine Nymphe im Mondschein, angetan mit javanischen Attrappen und einer Silberkette am Fuß. Sie klirrte leise, während Adrienne im Halbdunkel ihre Arabesken ausführte.

«Eines Tages werden sie alle zusehen, wie *ich* lebe», dachte sie.

Zwei Tage später fuhr sie nach Batavia, wo ein Unbekannter schon auf sie wartete.

Ein landesüblicher Mord

I

Wenn Adrienne später über ihren kurzen Aufenthalt in Batavia nachdachte, fiel ihr auf, wie wenig sie auf ihre Umgebung geachtet hatte. Sie lebte in sich versunken von einem Tag zum andern in dem großen weißen Haus von Cornelis van Veen und machte ihre Tanzübungen im Garten oder auf dem glänzenden Marmorfußboden der Halle. Es war sehr still in dem Haus mit den weißen Säulen und den dämmrigen Räumen; die Sonne drang nur durch die Spalten der grünen Jalousien in die hohen Räume, in denen alte holländische Möbel und Bilder mit extravaganten Tropenpflanzen und schwingenden chinesischen Türen einen Waffenstillstand geschlossen hatten. Adrienne fühlte sich zum erstenmal wirklich zu Hause. Lag es daran, daß niemand sich der unweltlichen Güte des Hausherrn entziehen konnte? Adrienne sah Cornelis van Veen ziemlich selten. Entweder war er in Geschäften unterwegs, oder er saß allein in seinem «Kabinett», wie es der alte Mijnheer in Den Haag getan hatte.

Da Isabella Freunde in Bali besuchte, war Adrienne sich selbst überlassen. Sie fühlte Scheu vor Cornelis van Veen, obwohl er sehr freundlich zu ihr war. Aber es schien, als lebe er meilenweit von ihr getrennt, wenn sie abends zusammen auf der riesigen hinteren Veranda saßen und die chinesische Ampel den Garten matt erhellte. Das staubige lärmende Batavia war versunken; Cornelis van Veen lebte überall in einer von seinem milden Geist geschaffenen Welt.

«Ich bin sehr glücklich hier, Mijnheer», sagte Adrienne eines Abends in einem Anfall von Dankbarkeit.

«Dann bleiben Sie doch bei uns», erwiderte Cornelis einfach.

Wie friedlich war diese Welt! Adrienne fühlte sich nicht im geringsten bedroht, obwohl sie niemals im Leben gefährdeter gewesen war. Sie merkte nicht, daß jemand ihr auf Schritt und Tritt nachschlich – bei ihren Einkäufen in der Stadt oder bei ihren einsamen Spaziergängen am dämmrigen Kanal. Sie liebte immer noch das fließende Dunkel und das Geheimnis des Wassers – jemand belauerte sie sogar bei ihren Tanzübungen auf der leeren Hinterveranda. Die Diener lebten in ihren Behausungen; Adrienne war ganz allein, wenn Cornelis van Veen abwesend war. Sie hatte sich anfangs darüber lustig gemacht, daß die Javaner und Malaien Cornelis van Veen «Tuan Bruderliebe» nannten; doch nun ahnte sie den Grund. Es gab nichts, womit man nicht zu ihm kommen konnte. Jeder durfte den «Heiligen» in eigener Sache sprechen und belästigen. Seine meerblauen Augen betrachteten die Störenfriede erbarmend und doch scharf. Adrienne hatte in Holland viel über Cornelis und Dirk van Veen gehört. Dirk hatte Isabella van Veen nie kennengelernt; er haßte Cornelis so sehr, daß er ihn niemals besuchte. Dennoch hatte Cornelis sich jahrelang um Dirks Frau, die schöne Aminah, gekümmert und besuchte die alte Bèot regelmäßig. Er kannte keine Unterschiede zwischen Westen und Osten. Er kannte auch keine Klatschgeschichten, obwohl er mit den Polders Jahrzehnte lang befreundet war. –

Wer hatte Adrienne in Batavia erwartet? Ein großer hagerer Mann mit wirrem weißem Haar und einem ausgefransten, sauberen Tropenanzug. Sie merkte nicht, daß er sie verfolgte, da sie in vollkommener Isolierung lebte und tanzte. Nichts warnte sie; nicht einmal die Palmen im Garten flüsterten ihr eine Botschaft zu. Die Palmen lebten nicht für Adrienne, sie waren Dekorationsstücke ihrer Tanzbühne ...

Als Adrienne eines Abends allein auf der hinteren Veranda auf Cornelis wartete, betrat ein Unbekannter das Grundstück der Van Veens. Er hatte seine Augen hinter einer dunklen Brille verborgen. Sein Anzug schlotterte um seinen abgezehrten Körper. Er rieb sich nervös die Hände.

«Verzeihung, kleines Fräulein, ich wollte den Mijnheer sprechen.»

«Er ist noch nicht zu Hause. Wollen Sie warten?» fragte Adrienne gleichgültig. Es kamen so viele Leute zu Cornelis van Veen. Adrienne läutete eine indische Glocke und bestellte Getränke.

«Whisky oder Limonade?» fragte sie und schloß gelangweilt die Augen. Der Fremde gefiel ihr nicht.

«Bitte *nur* Limonade für mich, Fräulein!» Der Unbekannte kicherte, als ob alkoholfreie Getränke ein Witz der Weltgeschichte wären. Adrienne betrachtete ihn angewidert. Etwas Speichel war ihm am Anzug heruntergelaufen. Er nahm ein Taschentuch aus dem spiegelblank geplätteten Jackett, das bessere Zeiten gesehen hatte, und reinigte sich heftig. Er hatte die dunkle Sonnenbrille abgenommen, und Adrienne sah sekundenlang seine glanzlosen, starren, rotumränderten Augen – Augen ohne Tiefe. Oder schien es nur so im Licht der chinesischen Ampel?

«Wollen Sie mich bitte entschuldigen?» murmelte sie. «Mijnheer van Veen muß bald heimkommen.»

Der Fremde sprang auf und streckte eine dürre Krallenhand nach dem Mädchen aus.

«Bitte, kleines Fräulein», flehte er, «leisten Sie mir Gesellschaft! Ich bin so ungern allein. Das heißt – ich bin immer allein – hahaha!»

Adrienne fand den großen dürren Mann immer merkwürdiger. Er hielt sie am Kleid fest. In seinen trüben blauen Augen glomm etwas Unheimliches. War es Hinterlist, Unsicherheit oder die wahnsinnige Angst, allein zu sein?

Adrienne setzte sich, da der Fremde sie immer noch am Kleid festhielt. «Bitte, lassen Sie mein Kleid los», sagte sie ärgerlich.

Der Fremde zuckte beschämt zusammen und verbeugte sich. Seine Bewegungen waren elegant und schlafwandlerisch zugleich. «Ich bitte tausendmal um Verzeihung, gnädiges Fräulein! Habe ich Ihr Kleid etwa befleckt? Das werden wir gleich haben.»

Er zog ein Fläschchen aus der Tasche und träufelte etwas amerikanisches

Fleckwasser auf sein Taschentuch. Als er Adriennes Kleid damit bearbeiten wollte, zuckte sie zurück. Was für ein ekelerregender Idiot! Warum kam Cornelis nicht? Kein Diener zeigte sich. Es war die Stunde der einfallenden Dämmerung, und die Diener aßen ihren Reis.

«Bitte, setzen Sie sich doch!» Adrienne bemühte sich, ruhig zu scheinen. «Das Kleid ist ganz in Ordnung.»

«Hm ...» Der weißhaarige Mann nahm einen Schluck Limonade und murmelte: «Ganz in Ordnung. Das ist schön. Das ist köstlich. Alles ist ganz in Ordnung.»

War er verrückt oder betrunken? Er sah bleich aus. Bläuliche Schatten lagen unter seinen Augen. Seine Lider zuckten beständig; sie flatterten wie aufgescheuchte Vögel. Er zog schließlich eine beschmutzte Visitenkarte aus der Jacke und pustete darauf. «Alles klebt in den Tropen – widerlich!» – Er legte die Karte auf den Bambustisch, examinierte sie mit einem krankhaften Eifer, pustete nochmals und gab sie Adrienne mit einer schwungvollen Verbeugung.

«Jonathan M. Myers. Connecticut, USA», stand auf der Karte.

«Es tut mir leid, daß Sie so lange warten müssen, Mr. Myers», sagte Adrienne. Der Fremde starrte sie an. Seine krallenartigen Hände zitterten so, daß er sie in den Taschen seines Jacketts verbarg. Dann setzte er sich in seinen Sessel und blickte ins Leere.

«Wie gefällt Ihnen Batavia?» fragte Adrienne, um das Schweigen zu brechen. Sie stand verstohlen auf, setzte sich aber wieder, weil der Fremde sich sofort erhoben hatte. Er war wie ihr Schatten. Ein Schatten, der sich unheimlich selbständig gemacht hatte, aber dennoch abhängig blieb ...

«Batavia? Oh ... das ist eine lange Geschichte! Es gefällt mir und gefällt mir nicht. Zuviel Holländer, zuviel Betrieb.»

«Ich denke, Sie sind nicht gern allein?»

«Sie sind smart, mein Fräulein! Wie eine Amerikanerin.»

«Meine Mutter war Amerikanerin.»

Adrienne biß sich auf die Lippen. Warum hatte sie dem Fremden das gesagt?

«Und der Herr Papa?» Mr. Myers sah sie lauernd an.

«Holländer», sagte sie kurz.

«Vielleicht ... Mijnheer van Doren, der Juwelier aus Amsterdam?»

Adrienne fuhr zusammen. «Wie kommen Sie darauf?»

«Außerordentlich einfach! Ich las Ihren Namen in der Ankunftsliste der ‹Batavischen Nachrichten›. – Hahaha!»

Was war daran so komisch?

«Ich handele auch mit Juwelen», erklärte Mr. Myers. «Hier! Gefällt Ihnen das?» – Er zog ein kostbares Halsband aus der Hosentasche. Es war eine mit Rubinen und Brillanten besetzte Goldkette.

«Es ist wunderschön.» Adrienne atmete auf. Wenn jemand etwas verkaufen wollte, dann war er nicht verrückt. Der Fremde war wohl ein wenig exzentrisch – wie viele alte Europäer in Insel-Indien.

«Es gehört Ihnen, Fräulein!» Mr. Myers war aufgesprungen. «Bitte, nehmen Sie es!»

«Das kann ich niemals bezahlen.»

«Bezahlen?» schrie Mr. Myers und sah die verdutzte Adrienne mit einem wilden Blick an. «Ich schenke es Ihnen! Ich meine, legen Sie es um den kleinen weißen Hals!»

Schon stand er hinter ihr, und sie fühlte seine Krallenhände. *«Hilfe»*, schrie sie, *«Hilfe!»* So schrie ein Kind in einem Orkan.

Mr. Myers prallte buchstäblich zurück. Große Tränen traten in seine farblosen, versteinten Augen. Er sank vernichtet auf seinen Stuhl.

«Sie haben Angst vor mir», keuchte er und bedeckte seine Augen mit der zitternden Hand. «Sie ekeln sich vor mir? Sie... Sie verachten mein... Halsband?»

Er sank im Sessel zusammen und schluchzte. Adrienne war erstarrt. Ihr Herz klopfte so wild, daß sie meinte, Mr. Myers müßte es hören. Zum erstenmal im Leben hatte sie, die anderen Menschen so gerne Streiche spielte, Angst. Ihre Knie zitterten; kalter Schweiß trat auf ihre Stirn. Ihre Kehle war so trocken, als ob Mr. Myers ihr Sand in den Hals geschüttet hätte. Als er sich bewegte, traten Adriennes Augäpfel ein wenig hervor. Sie sah aus wie ein Steinbild, das plötzlich zu kurzem Leben erwacht. Ein weißes Kleid, ein weißes Gesicht, ein weißer Hals...

«Bleiben Sie sitzen», schrie sie. Sie glaubte jedenfalls zu schreien, aber es war nur ein Wimmern.

Er stand mit dem Halsband in der Hand. Er hatte es Anna Szabó entwendet, nachdem er sie erschossen hatte. Es gehörte Adrienne – seiner schönen, kühlen Tochter, die sich vor ihm ekelte. Aber sie würde schon lernen, mit ihm zu leben. Er mußte sich zusammennehmen. Er legte den Schmuck auf den Tisch.

«Es hat Zeit, kleines Fräulein», sagte er mit erzwungener Ruhe. «Wir werden noch viel voneinander sehen.»

Es mußte ein Albtraum sein. Endlich fiel Adrienne ein, daß Cornelis van Veen heute bei Gouverneur Polder eingeladen war. Ein rettender Gedanke!

«Mijnheer van Veen ist in Buitenzorg. Ich kann Sie mit dem Wagen hinbringen lassen.» Sie griff nach der Glocke, um dem Chauffeur zu läuten. Doch Mr. Myers geborener Meesters schlug ihr blitzschnell die Glocke aus der Hand. Das gab's nicht. Entweder kam seine Tochter mit ihm mit, oder er machte sie kalt, wie er Anna Szabó kaltgemacht hatte. Er hatte Jahr für Jahr gewartet; immer wieder Spione bezahlt; immer wieder das Gras nachgemessen, ob es auch genügend gewachsen war...

Adrienne sollte es wunderbar haben. Heute abend noch würden sie nach Singapore reisen: Vater und Tochter in einem Boot! So gehörte es sich, und genau so wollte Meesters es haben. Aber seine Tochter war noch klein und dumm, und der Abend war jung. Als ob er nicht gewußt hätte, daß der Heilige bei Gouverneur Polder war! Meesters wußte alles. Dem Unglücklichen wachsen die Ohren und der Verstand... Wenn

Adrienne fügsam war, dann hatte sie im Handumdrehen Rubinen um den Hals statt eines Halsbandes aus blauen Würgemalen. Aber nein – er liebte sie ja; er wollte ihr nur endlich ... *Was* wollte er? Dumme Frage! Er wollte ihr endlich ein Heim geben. Klein aber mein. Von Singapore aus ging's heim nach Utrecht. Mutter, Vater, Bruder, Schwester hab ich auf der Welt nicht mehr ... Das große Familienhaus gehörte nun Pieter Meesters. Da wollte er in Würde seine Tage beschließen. Adrienne sollte für ihn tanzen – nur für ihn! Die übrigen Kautschuk-Meesters waren tot. Geschah ihnen recht! Adrienne und er lebten und liebten sich ... Ach, wie herrlich, ach, wie schön ist ein solches Wiedersehn! –

Meesters erwachte aus seinen Phantasien und verschlang seine Tochter mit den Augen. «Bitte, setzen Sie sich, mein Fräulein! Sie trinken ja nichts.»

Adrienne setzte sich, steif wie eine Marionette.

«Soll ich für Sie tanzen?» – Vielleicht war er verrückt oder so betrunken, daß sie ins Dienerviertel tanzen konnte, ohne daß er es merkte? Er sah trotz seiner großen Gestalt gebrechlich aus. Er hatte einen schleppenden Gang; seine Hände zitterten. Ja – sie mußte ihn überlisten!

«Soll ich für Sie tanzen?»

«Später, mein Kind!» Er blickte wieder listig und gequält. Die Sache lief nicht so, wie er es sich jahrelang ausgemalt hatte. Was hatte er verkehrt gemacht?

«Sind Sie schon lange in Java, kleines Fräulein?»

«Ich war kurze Zeit in Mittel-Java bei Jonkheer Polder.»

Als ob er das nicht wüßte!

«Haben Sie dort Rosensyrup mit Eis getrunken?»

Er *war* verrückt – da gab es keinen Zweifel mehr.

«Gefiel es Ihnen auf der Plantage?» – Er sprach abwesend wie in der Narkose. Nur seine Augen waren gräßlich lebendig. Er spielte mit dem Halsband.

Hatte es ihr auf der Plantage gefallen? Man hatte sie ihrem Untergang entgegengejagt ... Ihr war plötzlich, als ob sie diesen Mr. Myers schon irgendwo gesehen hätte. Hatte er nicht neulich über die Gartenmauer geblickt? Am Kanal gestanden? Auf die Vorderveranda gestarrt? Das bildete sie sich wohl alles nur ein. Er würde diese Veranda nicht freiwillig verlassen. Ein dunkler Instinkt sagte es ihr.

Sie sagte dem entsetzlichen Burschen, daß es ihr in Mittel-Java nicht gefallen hätte. Man sprach dort nur von Zucker oder von Zinn, Kautschuk, Kaffee, Tee ... Und immer über die Familien hier draußen: Bloemendaals, Van Veens, Swanenburghs, De Witts ...

«Vielleicht auch Meesters?» fragte Mr. Myers. «Die Kautschuk-Meesters in Sumatra? Stinkreiche, arrogante Saubande.»

Adrienne hatte den Namen niemals gehört.

«Stammen aus Utrecht», sagte Mr. Myers ganz friedlich. «Kannte einen von ihnen hier draußen. Alles Kautschuk ... Vielleicht sprach man doch einmal von Pieter Meesters?»

«Vielleicht.» Adrienne fühlte eine lähmende Müdigkeit. Sie stand vorsichtig auf. Mr. Myers erhob sich ebenfalls.

«Noch ein bißchen spazierengehen, Fräulein?»

Das war nicht übel – draußen auf der Straße würde sie ihm einfach fortlaufen!

«Habe meinen Wagen draußen. Kommen Sie!»

Er packte ihre Hand mit seinem Krallengriff und steckte mit der anderen Hand das Armband in die Tasche.

Es war ein lebensgefährlicher Traum!

«Nein», wollte Adrienne schreien. Sie war zart und klein, und dieser weißhaarige Mädchenhändler – das mußte er sein! – hatte plötzlich Riesenkräfte.

«Bitte nicht schreien», flehte er verzweifelt. «Sonst muß ich Ihnen wehtun.»

Er schleppte sie durch die große Halle auf die vordere Veranda.

«Mein Wagen steht etwas entfernt. Haben Sie keine Angst! Es ist alles in Ordnung. – In köstlicher Ordnung!»

So etwas gab es doch nicht im wirklichen Leben, dachte Adrienne. Das gab's im Albtraum oder im Ballett. Da raubt man Mädchen; da tanzte man vom sicheren Heim geradewegs in den Garten des Todes.

Das Haus der Van Veens lag einsam auf einem Hügel. Diesen Hügel ging Adrienne Schritt für Schritt am Arm des Mädchenhändlers hinunter. Ein Auto fuhr auf der Straße an ihnen vorbei. Jemand winkte und rief ... Dr. Dekker und seine junge Frau fuhren nach Hause. Adrienne wollte den Mund öffnen – der Doktor würde sie retten! «Nicht doch», sagte Mr. Myers vorwurfsvoll. Er konnte nicht betrunken sein; er beobachtete sie scharf aus schmalen, verzweifelten Augen. Gab es das, daß eine Tochter ihren Vater nicht liebte? Meesters hatte viel über die Stimme des Blutes gehört. Wo war diese berühmte Stimme, he? Einerlei, es gab Töchter, die man zu ihrem Glück zwingen mußte. Er konnte alles ertragen, nur keinen Eigensinn! Ihr Eigensinn hatte Anna Szabó das Leben gekostet; und Adriennes Mutter, die Amerikanerin, war auch ziemlich störrisch gewesen. Adrienne hatte nur störrische Frauenzimmer um sich gehabt. Das wurde nun anders. Ach wie herrlich, ach ... wie ... schön ...

Es ging alles so blitzschnell, daß Adrienne es gar nicht begriff. Sie gingen auf einer Art Feldweg ... war es am Rande eines Kampongs? Dort mußte der Wagen des Mädchenhändlers wohl warten. Plötzlich rannte der Tod im Sarong auf Adrienne und Mr. Myers zu, die wie versteinert am Feldweg stehenblieben. Ein Malaie, von einer schreienden Menge verfolgt, raste aus einem Kampong und stach mit Schaum vor dem Mund auf alle ein, die seinen Weg kreuzten. Da standen Mr. Myers und Adrienne! Der Amokläufer mußte sie gesehen haben. Er raste auf sie zu.

Mr. Myers war bedeutend länger in den Tropen gewesen als die junge Adrienne. Der rasende Malaie war erst ein winziger Punkt, und dann plötzlich ein großer Dämon mit einem blitzenden Kris in der Hand. «Schnell», schrie Mr. Myers, «ins Gebüsch!» Aber Adrienne konnte sich nicht bewegen. Mr. Myers wußte, was er zu tun hatte. Kein dreckiger Dämon durfte seiner Tochter Adrienne auch nur ein Haar krümmen! Er warf sich dem Amokläufer in den Weg. Der Dolch blitzte und landete dicht bei Mr. Myers heftigem, verwirrtem Herzen. Ein anderes Messer traf den Malaien. Ein Javaner aus dem Kampong hatte ihn töten können, weil Mr. Myers ihn in seinem rasenden Lauf aufgehalten hatte.

II

«Er hat Ihnen das Leben gerettet, Adrienne», sagte Dr. Dekker später. Auch Cornelis war zurückgekommen und ging still ins Nebenzimmer zu dem sterbenden Mr. Myers. Ja, es war Pieter M. von den Kautschuk-Meesters! – Cornelis hatte ihn sofort erkannt. Meesters hatte nur Fleischwunden; aber sein Herz würde die Nacht nicht durchhalten.

Und da war plötzlich der weißhaarige Pater Servaes Duiveland, der beste Freund von Cornelis van Veen und ein Stammgast in dem großen, säulengeschmückten Haus auf dem Hügel. Auch er erkannte Pieter Meesters sofort, obwohl er ihn Jahre nicht gesehen hatte und Meesters jetzt eine Elendshülle und ein wandelndes krankes Gewissen war. Wie er da lag und den alten Priester verwirrt betrachtete, während er mühsam seligmachende Formeln des Bekennens und der Trauer aus seinem Herzen hervorkramte, da wußte Pieter Meesters mit der Hellsicht des Sterbenden, daß er, der alles in seinem Leben verkehrt machte, nun endlich etwas richtig gemacht hatte. Der Kern des Irrtums, der in seiner Seele gewachsen war, zersprang so heftig, daß Meesters nach Luft schnappte. Was war sein Leben gewesen? Eine kurze Raserei und danach endloses Leiden im Staub und Schatten der Sünde. Er sah sein Leben plötzlich durch ein Fernrohr – das stille, fromme Utrecht in Herbstnebeln, die glanzvolle Welt der Kautschuk-Meesters in Sumatra, seine eigenen Stationen der Erniedrigung in Singapore, Batavia, Amsterdam; seine ruhelose Flucht durch fremde Inselreiche, und endlich die letzte Station in Batavia. Nun erschien ihm alles klein und bedeutungslos. Nicht klein an Umfang, sondern im Geist. Und die Zeit stand ganz still; aber sie öffnete sich trotzdem wie ein Tor, das Meesters ins Licht entlassen würde. Denn Pater Duiveland – klein, gebeugt und mit einem stillen, starken Gesicht – stand wie eine Schildwache bei dem verlorenen Schaf aus der großen Kolonialherde und paßte auf, daß das Tor der Erlösung Meesters nicht vor der Nase zuschnappte. Auf Pater Duiveland konnte man sich verlassen; das hatte selbst Meesters immer gewußt, auch wenn er sich Mühe gegeben hatte, es zu vergessen. Und wenn Pater Duiveland einem so miserablen Burschen wie Meesters versicherte, daß seine Sünden ihm vergeben wären – dann war es eben so und damit basta! Auf seine stille und energische Weise hatte Pater Duiveland es dem heftigen, stupiden

Pieter M. klargemacht, daß Gottes Barmherzigkeit ein ganzes Ende weiter reichte als der kleine Vorrat der Kolonie ... Hatte Meesters nicht vor Jahren auf einem japanischen Opiumkahn schon geahnt, daß *nur* Gott im Himmel so einem Lausekerl wie ihm vergeben könnte? *Yes, Sir* – er hatte sich damals so was Ähnliches in seinem dumpfen Hirnkasten zusammengereimt. So war es, und so blieb es – auch wenn alle Polizisten und Besserwisser der Niederlande es nicht glauben würden! Du lieber Himmel, wie hatte Meesters für diesen dämlichen Mord an Anna Szabó Blut geschwitzt – jahrein und jahraus, im Wachen und Schlafen, zu Wasser und zu Lande! Und er war traurig, daß ihm so was aus lauter Heftigkeit, Unverstand und Liebe zu Adrienne passiert war! Verflucht noch mal – oh, pardon! Selbst auf dem Sterbebett konnte er sich nicht benehmen; nur himmlische Geduld konnte ihm alles nachsehen ... Einen Moment erhellte das triumphierende Verstehen der Armen im Geiste das Gesicht des wilden Meesters. Er lag still und piekfein in dem Bett mit den zarten Moskitoschleiern; auch seine Wunden waren mit feinem Mull verbunden; genau wie seine selige Mutter im alten Utrecht ihm die blutenden Knie gewaschen und verbunden hatte, wenn er zu wild herumgetobt war ... Ungebärdig war er immer gewesen, aber seine Mutter hatte ihm trotzdem über den Kopf gestrichen. Mütter kamen wohl gleich hinterm lieben Gott. – Dann kam 'ne ganze Weile nichts, und dann kamen Töchter. Selbst solche Töchter wie Adrienne, die aus Eis und Gleichgültigkeit gemacht waren. Das hatte Meesters ihr angesehen ... sofort, beim ersten angstvollen Blick! Aber sie lebte. Er hatte sie retten dürfen – Gott hatte es ihm in Seiner unendlichen Güte gestattet. Meesters blickte tränenblind und wild im Zimmer umher, und Pater Duiveland nickte Cornelis van Veen durch die Tür zu.

Dann war Adrienne an seinem Lager, und er sagte nichts. Nicht das kleinste Sterbenswort, das sie beleidigen oder ängstigen oder anekeln könnte! Meesters verstand sich nicht auf junge Mädchen – woher auch? Töchter waren wohl ein großes Rätsel; er war zu müde, um es zu lösen. Er mußte nun Abschied von Adrienne nehmen; das konnte er auch mit Blicken tun. Aber sein Blick mußte irgendeine Bresche in die kühle Selbstverliebtheit des Mädchens schlagen, denn Adrienne vergaß den Blick niemals. Niemand hatte sie jemals so angeschaut! Meesters' Blick kam aus der Tiefe seiner Seele – einer erlöschende Flamme der Sehnsucht und Sorge.

«Mach's gut ... Meisje ...» flüsterte er mit Anstrengung.

Adrienne beugte sich zu ihm hinab und strich ihm scheu das wirre weiße Haar aus der Stirn. Warum war er so heftig und unheimlich gewesen? Warum wohl? Meesters war jahrelang durch die Wüsten der Vergangenheit gezogen, und seine Wanderschaft hatte ihn immer tiefer ins Labyrinth der Wunschträume geführt. Krank an Geist und Seele war er Adrienne entgegengetreten, denn er hatte an Gottentfremdung gelitten, bis die Welt und Adrienne nur noch Schatten der Wirklichkeit waren. Er sprach nicht mehr die Sprache dieser Welt und kannte ihre Gesetze nicht mehr, als er endlich einer fremden jungen Dame gegenüberstand und in pathologischer Getriebenheit das Unerreichbare erreichen wollte – eine gemeinsame Zukunft.

Er machte Adrienne keinen Vorwurf. Sie wußte nichts von ihrem Vater. War auch besser so. Wer konnte die Verachtung einer Tochter ertragen? Meesters jedenfalls hätte es nicht geschafft. Adrienne wußte nur, daß Anne van Swanenburgh ihre Mutter war und daß Anna van Doren sie sofort nach der Geburt adoptiert hatte. Um ihren Vater war ein Geheimnis. Sie sollte es erfahren, wenn sie mündig wurde. Niemand hatte jemals den Namen «Meesters» vor ihr erwähnt. –

Nur Pater Duiveland wußte etwas von Meesters' Todsünde, die er fünf Minuten vor zwölf gesühnt hatte. Die anderen erfuhren nur, daß Pieter M. von den Toten auferstanden und anschließend einem Mord zum Opfer gefallen war, weil er Adriennes Leben retten wollte. Guter Meesters, braver Meesters! Hatte zwar immer wie ein Walfisch gesoffen und war jahrelang ein Schandfleck der Kolonie gewesen, aber er war eben doch einer von den Kautschuk-Meesters – ein Lamm im Wolfspelz! In diesem Moment machte die sensationelle Neuigkeit bereits die Runde in Batavia.

Adrienne ging wie eine Schlafwandlerin vom Sterbebett ins Nebenzimmer zurück.

«Was wollte er?» fragte sie schläfrig. «Wird er sterben?»

Cornelis van Veen blickte sie grüblerisch an und nickte. In Meesters' Fall brachte der Tod ihm das ewige Leben – aber das wollte er der jungen Adrienne erklären, wenn die Zeit gekommen war. In vier Jahren würde sie einundzwanzig sein. Doch im Sommer des Jahres 1942 konnte Cornelis van Veen der jungen Adrienne nichts erklären, denn da war blutiges Gras über die Kolonialwelt gewachsen. Ein japanischer Oberst bewohnte das säulengeschmückte Haus der Van Veens, und Cornelis van Veen logierte in den Hütten der Finsternis. –

III

Mit dem Leben und Sterben von Pieter Meesters ging das private Abenteuer in Niederländisch-Indien zu Ende. Fliegende Holländer gab es nur noch in den Luftschiffen der K.L.M. (*Koninklijke Luchtvaart Maatschappij*). Reistafeln wurden weiter verspeist; aber den Gesprächen fehlte die Würze. Dirk van Veen war verheiratet; Jan David Bloemendaal hatte bei der Geburt seines Enkels Jan David seinen Frieden mit dem Sohn gemacht. Dr. Jo van Swanenburgh hatte längst vergessen, daß es ein Meer ohne Salz in Sumatra gab, und Pieter Meesters war nach einem wilden Leben auf dem Kolonialfriedhof bei Batavia gelandet. –

Aus allen Richtungen von Niederländisch-Indien strömten sie zu diesem Begräbnis herbei. Nicht wegen der Person des Toten, sondern weil man ein Mitglied der Kautschuk-Dynastie zur letzten Ruhe geleiten mußte. Die hohen und kleinen Beamten, die Pflanzer und Ärzte, die Kaufleute, Wissenschaftler, Offiziere und ihre Frauen und Kinder, die zum Teil gar nicht mehr wußten, wer Pieter Meesters gewesen war, füllten jedes Hotel, jedes Privathaus, die Kirche und den Friedhof von Batavia.

Der alte Herr Tsui war mit Tochter, Sohn und Rosie Wu gekommen. Er wußte, wer Meesters gewesen war, behielt es aber diskret für sich ... Auch einige Fürsten und Regenten von Java und Sumatra waren erschienen. Ihre dunklen, schönen Gesichter mit den glänzenden malaiischen Augen drückten äußerste Gleichgültigkeit aus. Aber die Kautschuk-Könige von Sumatra waren eine Macht, und in Insel-Indien bezeugte man der Macht seine verachtungsvolle Hochachtung. Die Meesters selber bestanden nur noch aus einem alten tauben Onkel von Pieter und drei ziemlich unsympathischen Neffen und ihren Frauen, die den ganzen «Klimbim» überflüssig fanden und gelangweilt eine Reihe unbekannter Pflanzer und Beamten begrüßten. Auch die Jungen und Jüngsten konnten sich nicht von der Konvention befreien; sie waren die kommenden Herrscher aus einer Klasse von Herrschern und streiften Jan Polders Vater, der so behaglich aussah und so furchterregend sein konnte, mit scheuen Blicken. Mit Exzellenz war nicht gut Kirschen essen, besonders in diesem Jahr, in dem die Leber ihm zu schaffen machte. Laurens David Polder geriet gelegentlich wegen Kleinigkeiten in Wut. «Er ist nicht mehr, was er war», sagten die Leute, die ihn lange nicht gesehen hatten. Irgendwie war nichts bei diesem Begräbnis so, wie es gewesen war.

Exzellenz Polder wandelte nach der Beerdigung allein zwischen den Grabsteinen herum und las die bedeutenden Namen, die er alle kannte. Da lagen sie – der Admiral der Polders, der aus purer Neugierde das Kolonialreich im siebzehnten Jahrhundert für die berüchtigte *Oostindische Maatschappij* gesichert hatte. Das heißt: Nur der Stein mit der Inschrift war da; der Admiral selbst lag in Leyden ...

Da ruhten die Herren der Handelsgesellschaft, die seinerzeit noch ohne Frauen und Töchter hier gelandet waren und ihre Dienerinnen und Betthasen einfach «Pietje» oder «Grietje» riefen. Da war der Gedenkstein für den Gouverneur van Veen, dessen sterbliche Reste nach Den Haag überführt worden waren. Auch der Name *Coen* war reichlich vertreten; Jan Pieter Coen hatte Batavia gegründet. Namen, Namen: Van Gelderen, Bloemendaal, Meesters – die Alten waren in Batavia gewesen; die nächsten Generationen hatten Wirtschaftszentren in Sumatra aufgebaut. – Staub, Staub, weitere Namen! Hierarchien von Regierungsbeamten hatten hier ihre verwitterten Gedenktafeln. Wie Exzellenz Polder hatten sie als Sinkehs begonnen und waren in Leyden und Utrecht für ihre schwierige Aufgabe ausgebildet worden. Vom kleinen «Kontrolleur» in den Außenbezirken hatten sie dann mit Takt und zähem Fleiß ihren Weg gemacht. Manche – wie Cornelis van Veen – bis hinauf zum Präsidenten des «Volksrates»; andere wurden Residenten, Gouverneure, ja, General-Gouverneur mit Verantwortung gegenüber dem Kolonialministerium und der Krone ... Und landen taten sie schließlich alle wieder in Batavia oder in den Städten und Kleinstädten Hollands, dachte Exzellenz Polder. Aber man hatte etwas geschafft und geleistet, auch wenn die Leute zu Hause es nicht immer richtig einschätzten... Nun, die Elite der Verwaltungsbeamten – deren Auslese weitgehend von Exzellenz und Cornelis van Veen getroffen wurde – konnte sich sehen lassen. Großartige Burschen aus gutem, solidem Stall mit einem ererbten sechsten Sinn für Empfindliche und Andersgläubige...

Sie hatten manchmal Gebiete von der Größe einer niederländischen Provinz zu betreuen und schafften es ohne Krach mit der Bevölkerung. Sie gaben sich mit der Achtung der Inselvölker zufrieden, da sie ihre Zuneigung nicht erringen konnten. Umgeben von Tausenden malaiischer, javanischer, maduranischer Zuschauer waren diese Beamten und Militärs ihren Weg gegangen und waren durch Nüchternheit und Gottvertrauen mit dem Klima, den Widerständen, dem Heimweh und der goldenen Lockung der Tropenliebe fertig geworden. Immer nahmen sie die schwarzen Schafe der Kolonie wieder auf; trotz Klatsch und Tratsch und Schadenfreude und Selbstgerechtigkeit! Meesters – Gott hab ihn selig! – hatte ein piekfeines Begräbnis bekommen.

Laurens Polder wanderte auf dem Friedhof umher. Er konnte sich an den Gedenktafeln nicht sattsehen. Welche Bilanz! Wie viele Wissenschaftler, Soziologen, Tropenmediziner und Statistiker hatten die alten Kolonialfamilien geliefert! Hier waren ihre Gedenksteine: De Witt, Geertgen, Van Swanenburgh, Boek, Verdoorn, De Voss, Polder, Van Veen, Bloemendaal, Dekker... es war zu heiß, um diese Ehrenliste zu Ende zu lesen!

Aber – was auch immer geplant und geleistet worden war – und sehr oft zum Wohle der eingeborenen Bevölkerung –, die Fürsten, die Intellektuellen, die Landarbeiter und Tänzerinnen des Inselreiches fanden trotz Wasserversorgung, Ernährungs-Hygiene, Landbauberatung, Volkslektüre und Gesundheitsdienst, daß die fremden Herrscher kein *aturan* hatten – keine Sitte im Leib! Die Fremden hatten einen blinden Verstand, denn sie betrachteten die steinernen Mahnmale und die Moral des Hinduismus, Buddhismus und des Islam als ästhetische oder philosophische Kuriositäten... Aber es waren lebendige Mächte! Exzellenz Polder kannte die öffentliche Meinung über die Ausländer; sie war ihm oft genug von lächelnden Fürsten mit dem Reis serviert worden... Und Laurens Polder hatte es stets als ärgerlich empfunden, daß er keine «Sitte im Leib» haben sollte. Denn er verstand sich wie kein Zweiter auf gewaltloses Regieren und auf das Friedenstiften zwischen den javanischen Fürsten, die ihre Sultanate selbständig regierten. Allerdings ohne eigene Streitkräfte und unter der «väterlichen» Aufsicht der Holländer...

Exzellenz war in der Tat viel konzilianter und weitherziger als manche eingeborenen «Regenten», die trotz ihres strahlenden Lächelns und ihrer fürstlichen Gastfreundschaft den Holländern die Gründung der Kolonien und die Härten und Auswüchse der Anfangszeit niemals verziehen. Die grausame Politik der «Ostindischen Kompagnie» – Zwangsarbeit für die Bauern und rücksichtslose Profitmacherei der «Herrennation» – war von den Regenten und Intellektuellen niemals vergessen worden. Aber dafür durfte Exzellenz sich heutzutage getrost mit allen möglichen Sorgen und Problemen herumschlagen. Die eingeborenen Regenten der Fürstenlande überließen sie ihm und seinen Beamten mit Wonne. Beispielsweise durfte Laurens Polder sich den Kopf über das brennende Problem der Übervölkerung Javas zerbrechen, das Seuchen und Unterernährung begünstigte und mit dem Brachliegen wertvollen Bodens auf anderen Inseln einherging. Die Kritiker des Kolonialsystems kümmerte das nicht. Es war zweifellos ein Pluspunkt für die Kolonialpolitik, daß Exzellenz Polder die geschlossene Übersiedlung ganzer javanischer, sundanesischer und maduranischer Dorfgemeinschaften als freie Bauern in Siedlungsbezirke von Sumatra, die der javanischen Landschaft glichen, durchgesetzt hatte. Gewiß, es war erst ein Anfang bei dem Millionenüberschuß in Java! Aber während er auf dem Friedhof der Kolonie umherwanderte, sah Laurens Polder im Geist blühende Landstriche statt nutzlosen Dschungels ... Im Jahr 1942 etwa würde man von einer echten Kolonialtat reden dürfen ... Ob er es noch erleben würde?

Jan Polder kam mit seiner Braut auf seinen Vater zu.

«Wo bleibst du nur, Papa?» fragte er mit sanftem Vorwurf. «Wir müssen zur Reistafel bei Cornelis! Du hast doch sicher auch furchtbaren Hunger?»

«*Nein*», sagte Exzellenz zum Entsetzen seines Thronfolgers. «Ich fahre nach Buitenzorg zurück.» Seine scharfen blaugrauen Augen blickten von Jan und Jacoba weg in ein fernes Patrizierhaus in Leyden, wo seine Mutter das Andenken des Admirals hütete. Wie still, wie herrlich still! ...

«Ist dir nicht wohl, Papa?» fragte Jan besorgt.

«Warum?» fragte Exzellenz Polder scharf. Er lächelte plötzlich sein altes joviales Lächeln und nickte seiner künftigen Schwiegertochter zu:

«Sei nicht so erschrocken, Meisje! Ich werde heute abend mit deiner verdammten Diät beginnen!»

In Wahrheit begann Exzellenz Laurens Polder mit dem Nachdenken, als er allein in seinem Arbeitszimmer saß. Hatte er die besten Jahre seines Lebens hinter sich? Er hatte einen Teil Kolonialgeschichte gemacht. Das war Tradition bei den Polders. Die Vergangenheit war ihm stets als ein Bestandteil der Zukunft erschienen; aber heute abend waren ihm Zweifel gekommen. Er hatte in letzter Zeit zu viele Symptome des veränderten Klimas im niederländischen Kolonialreich beobachtet. Die Inselvölker wurden in ihrer höflichen, zweideutigen Art immer rebellischer. Man konnte nur wenige offene Regierungsfeinde fassen, wie etwa den Rechtsanwalt Amir, der zu Cornelis van Veens Kummer nun in Neu-Guinea im Arbeitslager Brandreden halten konnte ... Hätte man besser daran getan, dem Rechtsanwalt Amir Zucker zu geben und ihn in der

Verwaltung zu beschäftigen? Zucker hatten die Polders ja genug, dachte der Gouverneur trocken... Er zündete sich eine Zigarre an und schloß die Augen. War nicht Leben und Sterben in den Kolonien ein simples Vordergrunderlebnis geblieben? Vielleicht fragte jeder sechzigjährige Mann sich nach dem Profit für Geist und Seele? Oder machte die Leber ihn so skeptisch?... Warum zum Kuckuck erschien ihm plötzlich die glorreiche Gegenwart wie ein zerbrechlicher Kahn, der an den Klippen der Zukunft zerschellen konnte? Wegen der paar islamischen Radaumacher? Lächerlich! Selbstverwaltung der Eingeborenen? *Das* Chaos wollte Laurens Polder nicht gern erleben... Er zuckte die mächtigen Achseln und klingelte seinem Privatsekretär. Der blutjunge Holländer – mit allen bedeutenden Familien der Kolonien versippt und befreundet – erschien in der Tür. Er fand alles bezaubernd in Java – bis auf Exzellenz Polder! Er hatte Angst vor dem Gouverneur, obwohl er freundlich zu ihm war. Man wußte trotzdem nie, woran man mit Exzellenz war! Laurens Polders Scherze klangen wie Ernst, und sein Ernst konnte ebensogut ein Scherz sein.

Genauso unbehaglich fühlte sich der junge Paul Verdoorn in Jan Polders Gesellschaft. Es war ein offenes Geheimnis, daß Jan später den Gouverneursposten übernehmen würde. Er war schon jetzt ein wichtiger Mann, aber der junge Paul Verdoorn haßte seine ironische Art... Daheim waren die Leute ganz anders.

«Bringen Sie mir bitte die Akte 258», sagte Exzellenz. Sie enthielt Material über den Rechtsanwalt Amir und Notizen über die Bestrebungen der islamischen Führer im Kolonialreich. Die Leute sollten in ihren Moscheen beten und sich nicht in Exzellenz Polders Politik einmischen! Die Verbindung von Nationalismus und Religion war außergewöhnlich unverdaulich. Lauter Fanatiker, Schwätzer und gute Hasser, die keinen Schimmer von Wirtschaft und Verwaltung hatten! Was wußten die Intellektuellen des Islam von den Problemen, die sich auf dem Schreibtisch des Gouverneurs häuften? Beispielsweise war der amerikanische Einfluß auf industriellem Gebiet für die Holländer hier draußen ein Warnungssignal. John van Veen war nicht umsonst von Washington immer wieder nach Java und Sumatra geflogen... Übrigens waren die Bodenschätze der Inseln noch lange nicht erforscht und verwertet. Es fehlte immer noch an eingeborenen technischen Hilfskräften. Laurens Polder dachte mit Stolz an die technischen Hochschulen in Batavia, die er mitbegründet hatte. Doch sein Stolz erhielt einen Stoß, wenn er bedachte, daß die islamischen Radaumacher durch holländische Gulden in diesen Hochschulen ihr Training erhielten, das oft noch in Holland auf Hochglanz poliert wurde. Welche Ironie! –

«Einen Augenblick», sagte Exzellenz Polder, als sein Sekretär mit einer Verbeugung verschwinden wollte. «Wie gefällt es Ihnen in Java, mein lieber Verdoorn?»

«Wunderbar, Exzellenz! Danke verbindlichst! Wenn ich an Utrecht denke... alles so klein und eng.»

«Hm ... Meesters war auch aus Ihrer Vaterstadt.»

Der junge Verdoorn hatte den alten Knaben nicht gekannt, aber seine Großmutter hatte Meesters' Großmutter öfters zur «Koffietafel» besucht.

«Sehr peinlich ... dieses Ende», sagte der junge Mann. Er dachte ungeduldig an seine Njai, die ihn erwartete: große, schwarze Kugelaugen, bestickte weiße Jacke, leuchtender Sarong, schweigsame Demut und eine Figur! Da konnten die jungen Damen in Utrecht nicht mit. «*Suikerdoos*» (Zuckerdose) hatte der junge Herr Verdoorn seine Freundin genannt; so rund war sie ...

«Sagten Sie etwas?» fragte der Gouverneur, der nicht hingehört hatte. Das passierte ihm zuweilen. Nicht weil sein Gedächtnis nachließ, sondern weil er an wichtigere Dinge zu denken hatte. Es machte ihm keinen Spaß mehr hier draußen ... Aber man war nicht zum Spaß in den Kolonien, auch wenn der junge Verdoorn es zu glauben schien.

«Ich sagte nur – scheußliche Sache mit Mijnheer Meesters», murmelte der junge Mann. «Die Eingeborenen sind doch sonst so liebenswürdig und ...» Verdoorn stockte. «Ich meine, Exzellenz, sie wagen sich normalerweise doch gar nicht an uns heran», fuhr er scheu und hochmütig fort.

Der Gouverneur betrachtete den jungen Narren aus Utrecht sozusagen von allen Seiten. Netter Sinkeh! Groß, blond, sauber gewaschen und gekämmt. Und so wohlerzogen, so begeistert und einfältig wie der selige Meesters einmal gewesen war. Exzellenz erinnerte sich noch an die große Reistafel, welche die Kautschuk-Meesters zu Pieters Empfang im *Hôtel des Indes* gegeben hatten. Verdammt! Warum behielten die Mütter und Bräute ihre Kerls nicht zu Haus? Warum schlossen sie die Jungens nicht ein, wenn sie ins Paradies auskneifen wollten?

«Ich kann's einfach nicht verstehen», meinte der junge Mann unbehaglich. «Hatte Mijnheer Meesters diesen finsteren Wilden beleidigt?»

«Zerbrechen Sie sich nicht den Kopf, mein Sohn», erwiderte Exzellenz Polder freundlich. «Die Herren kannten sich nicht ... Es war ein landesüblicher Mord.»

In dieser Nacht beschloß Gouverneur Polder, auf einem Kahn der K.P.M. nach Haus zu fahren. Er mußte sich endlich seine Inneneinrichtung von Vincent van Swanenburgh in Amsterdam überprüfen lassen. Seine Leber quälte ihn; daher sah er wohl in letzter Zeit so viele Schatten im Paradies.

Zwei Monate später schrieb Paul Verdoorn die Einladungen für Laurens Polders private Reistafel aus.

Bei dieser letzten Reistafel des Gouverneurs knapp vor dem Zweiten Weltkrieg gab es einen Zwischenfall, der die gelassenen Niederländer weit mehr erregte als das «Malheur» des armen Meesters.

Dirk van Veen erschien in Begleitung seiner jungen Frau bei der pompösen Abschiedsfeier des Gouverneuers und verdarb mit seinen Kassandrareden den Gästen den berühmten holländischen Appetit. Und Lady

Frances – gewiß, sie war wildfremd in einem Kreis, wo jeder jeden seit Jahrhunderten kannte! Aber ihr Talent, eine unbehagliche Stimmung zu schaffen, war, milde gesagt, erstaunlich. Und dann plötzlich ... Schwamm drüber!

Immerhin hatten die Dirk van Veens es fertiggebracht, daß Meesters' Ermordung niemanden mehr aufregte. Frances van Veen – nicht hübsch aber riesig apart, meine Liebe! – war viel aufregender. Sie war – wie der Gouverneur sich ausdrückte – «ein Kapitel für sich».

ACHTES KAPITEL

Die letzte Reistafel

I

«Ich habe Papa gewarnt», sagte Antje Polder zu Sophie Dekker und trank die dritte Tasse Kaffee, «aber er hörte nicht auf mich. Wozu lud er Dirk van Veen ein? Wir sind jahrelang glänzend ohne ihn ausgekommen. Ich kann Ihnen nur sagen, liebe Sophie, ich beneide Sie, daß Sie diese Reistafel nicht mitmachen mußten! Papa hat sich bestimmt grün und blau geärgert. Übrigens – diese Lady Frances – ich hab mir eine englische Lady anders vorgestellt! Hochnäsig ist sie wie sechs Herzoginnen in einem Stück, aber ...

– Sie essen wieder nichts, Sophie! Ich weiß nicht, wohin es mit der Kolonie kommt! Papa ißt nichts; Jan hält Jacobas lächerliche Diät, weil er bei der Hochzeit in Washington dünn wie ein Hering sein will. Männer sind irrsinnig eitel! Darum sagen sie, *wir* wären es ... Und mein Mann schnuppert stets am Essen. Wir haben dauernd Krach. Quentin sagt, ich überfüttere das Baby; aber ein kleines Kind muß rund wie eine Zuckerdose sein. Das weiß jeder vernünftige Mensch außer meinem Mann. Denken Sie nur, mein armer, kleiner Sohn hat solche Angst vor seinem Vater, daß er auch nichts essen mag, wenn Quentin zu Haus ist! Aber das wollte ich gar nicht erzählen. Übrigens – was sagt denn Dr. Dekker über Dirks Frau? Dirk brachte sie doch nach dem Fest in die Privatklinik. Ist sie krank, launenhaft oder bekloppt?»

«Ich habe keine Ahnung. Mein Mann erzählt nichts aus der Praxis.»

«Seien Sie mir nicht böse, Kleine, aber Geheimnisse zwischen Eheleuten sind albern! Mein Mann sagt mir *alles;* sonst könnte er auch etwas erleben! Gewiß, Quentin ist Geologe, und was ist von altem Geröll schon groß zu erzählen? Aber trotzdem: ich dulde keine Heimlichkeiten.

Was ich wahnsinnig amüsant fand: Dirk van Veen und unsere Dr. Jo haben kein Wort miteinander gesprochen! Ich meine, während des Essens; nachher saßen die Damen in Papas ‹Kleinem Salon›. Die Männer reden doch nur Politik! Also: Lady Frances – da ist das Ende von weg! Tolle Person – aber sehr apart. Erst einundzwanzig Jahre! Da kann die gute Jo van Swanenburgh nicht mehr mit. Die hat nun gut und gern ihre dreißig Jahre auf dem Buckel, jedenfalls ist sie *viel* älter als ich. – Geht Ihnen das auch so, daß Ihre Gedanken immer abschweifen? Quentin sagt, das kommt vom vielen Essen. Das ist purer Unsinn; das Gehirn braucht Nahrung! Als ich das sagte, lachte er. Ich wurde sehr scharf. – Ach was ... wir sind schon ein ziemlich altes Ehepaar, und ich erwarte nicht, daß er stundenlang vor mir auf den Knien rutscht. Aber er ist manchmal sehr unfreundlich. Ihr Mann auch? Warten Sie, bis Ihr Baby da ist! Danach ist alles anders in der Ehe. – Lady Frances sagte, sie möchte keine Kinder haben, wenigstens nicht von Dirk ... Es sollte wohl ein Witz sein; aber ich war empört. Man scherzt nicht über ernste Dinge. Die Ehe ist doch wahrhaftig kein Spaß!

Ist es zu glauben? Ihr Mann hat Ihnen nichts von dem Skandal erzählt, den Dirk bei Tisch erregt hat? Wovon unterhalten Sie sich eigentlich beim Essen, liebe Sophie? Dirks Frau ist wahnsinnig verwöhnt und ausgesprochen frivol. In dieser Beziehung paßt sie zu ihrem Ehemann. Er war immer ein Zyniker! Aber das Unerhörte ist, daß mein Mann – er ist doch eine Säule der Kolonie! – dem frechen Kerl halb beigestimmt hat! Ich habe zur Strafe drei Tage mit Quentin kein Wort geredet – außer dem Notwendigsten natürlich. Und wissen Sie, was er heute sagte? Diese drei Tage wären eine wahre Erholung für ihn gewesen ... Mir sind die Tränen gekommen; niemand war jemals so unfreundlich zu mir. Jan ist süß zu mir, auch Papa nennt mich heut noch *Broodje*. Er hat mich übrigens neulich gefragt, ob ich mit meinem Mann glücklich sei. Ich habe natürlich ein bißchen geschwindelt. Ich will Papa nicht aufregen ... Wie lieb war Quentin, als mir während der Flitterwochen in Bali von dem Spanferkel so kreuzübel wurde! Jetzt wird er bei jeder Gelegenheit wütend, wenn ich unpäßlich bin. Manchmal überlege ich mir, ob Quentin ... Schwamm drüber! Ehefrauen müssen die Dinge nehmen, wie sie kommen. Jan hat jetzt nur noch Augen für seine Jacoba. Nein, mein Fall ist sie nicht! Ich finde sie irgendwie so edelmütig, daß man sich ganz blöd vorkommt. Die wird genau wie ihr Vater! Mit Senator van Veen ist auch nichts anzufangen. Dagegen sind Dirk und Frances eine wahre Erholung.

Komisch, es sind heut weniger Bananenpfannkuchen als sonst! Sie essen nicht mehr, Sophie? Sehr verkehrt! Sie müssen etwas zuzusetzen haben, wenn die Zeiten schlecht werden sollten. Wie ich darauf komme? Fragen Sie Dirk van Veen! Was dieser Herr bei Papas Abschieds-Reistafel an düsteren Prophezeiungen verzapft hat! Nein – Papa hat nichts dazu gesagt. Er kann einem Gast ja nicht den Mund verbieten, obwohl er sich so etwas als Gouverneur nicht gefallen zu lassen brauchte. – Denken Sie, er nahm Dirk, Cornelis und meinen Mann auf eine halbe Stunde in sein Arbeitszimmer, und da redeten sie, als ob sie dafür bezahlt würden. Ich hörte auch Quentin ganz deutlich. Zu Haus ist er ein Trappist. – Was Dirk gesagt hat? Ich verstehe ja nichts von Politik; aber für meinen Begriff war es Landesverrat! Vor Quentin darf ich das nicht sagen. Er ist komisch in diesen Sachen. Eigentlich nicht nur in *diesen* Sachen ...

Aber ich muß schnell erzählen; bald kommt er! Quentin haßt es, daß ich mich mit meinen Freundinnen unterhalte. Was soll ich denn tun, wo er den ganzen Abend liest oder Radio hört? *Ihr* Mann unterhält sich mit Ihnen? Keine Sorge, Kleine, das ändert sich! Man hat sich schließlich auch alles gesagt, wenn man einige Jahre verheiratet ist.

Ich werde niemals über Dirk van Veens Verrat an der Kolonie hinwegkommen. Meine Liebe, wie würden *Sie* das nennen? Dirk sagte, wir schliefen hier alle. Es würde Krieg in Europa geben, und wir brauchten hier draußen viel mehr Kreuzer, Unterseeboote und Zerstörer. Wie gefällt Ihnen das? Krieg ist ein nettes Thema beim Essen! Mir blieb ein Hühnerknochen in der Kehle stecken. Ich hustete wie verrückt. Papa blickte ganz besorgt, weil ich ziemlich zart bin. Quentin war natürlich wütend. Er kann Geräusche nicht leiden ... Soll ich mich nicht verschlukken, wenn Dirk die Kolonie beschimpft? Was er noch sagte? Er hätte Informationen, daß ein gewisser Herr Hitler einen kleinen Weltkrieg plane, und in dem Fall würde Holland sofort besetzt werden. Haben Sie Worte? Was geht uns hier draußen der Unsinn in Europa an? Aber das war noch nichts. Dirk van Veen kam dann auf die Kolonialhilfe zu sprechen und bat Papa – diese Unverschämtheit! –, während seines Heimaturlaubs dafür zu sorgen, daß man sich zu Hause mit der Kolonialhilfe etwas beeile. Die Kolonien wären im Kriegsfall schutzlos, sagte er in das allgemeine Hallo hinein. Er brüllte zum Schluß wie ein Tiger, und seine Augen funkelten genauso. Ich weiß nicht mehr, was er sonst noch alles prophezeit hat. Über Japan, glaube ich! Daß *unsere* Kolonien ein netter Tummelplatz für die Japse sein werden, falls wir nicht aufrüsten, solange es noch Zeit ist. Nun – Oberst Oudenbosch fuhr ihm tüchtig über den Mund, aber die Stimmung war futsch. Der Oberst sagte ganz richtig, die Journalisten sollten sich nicht in Sachen mischen, die sie nicht verstehen. Dirk sollte Sonnenuntergänge schildern und vielleicht noch Wirtschaftsberichte verfassen. – Aber von Militärfragen sollten die Herren Journalisten die Finger lassen.

Dirk zuckte die Achseln und pfiff mit seiner tonlosen Stimme irgend etwas aus der Oper «Götterdämmerung»; aber so falsch, daß niemand den Wink verstand. Nur ich kapierte sofort. – Ich kenne nämlich die Götterdämmerung, und ich kenne Dirk ...

Isabella van Veen kann sich freuen, daß sie noch in Bali ist. Ihre Freundin dort bekam ihr Baby und wollte Isabella nicht fortlassen. So hat sie den reizenden Vetter Dirk nun doch nicht mehr kennengelernt. Ja ... sie fährt zusammen mit Papa in einigen Wochen. Wenn sie wiederkommen, dann haben wir schon September 1939. Wie die Zeit vergeht! – Schrecklich!

Lady Frances? Merkwürdiges Exemplar!... Erst saß sie im kleinen Salon blasiert wie eine alte Lebedame da. Ich wußte gar nicht, was ich mit ihr reden sollte. Dr. Jo war natürlich drinnen bei Papa! Er hat ja einen Narren an ihr gefressen und ging Arm in Arm mit ihr in sein Arbeitszimmer. Ja... Jo sah ganz hübsch aus. Manche finden sie immer noch bildschön; hab ich übrigens nie gefunden! Sie wird früh Falten kriegen; kein Fett unter der Haut! – Mit Dirk sprach sie keinen Ton. Kann man verstehen, er hat sie ja mit Glanz sitzenlassen! Mit Lady Frances sprach sie nur das Notwendigste. Aber die störte das anscheinend nicht! Sie saß sozusagen auf ihrem Podest und hörte nicht zu: Dabei erzählte ich ihr von dem armen Meesters! War ein feiner Mann – alles was recht ist. – Man wird nicht klug aus Dirks Frau. Sie hat manchmal einen verschleierten Blick und überhaupt keinen Ausdruck. Zu komisch! Wie ein leerer Laden... Aber wenn sie lacht, ist sie entzückend. Wie ein Schulkind mit Zöpfen. Und beim Genever wachte unsere Frances auf! Junge, Junge! Die kann was vertragen! Sie wurde richtig gemütlich; für ihre Verhältnisse, meine ich. – Da machte sie dann die Bemerkung über das Kinderkriegen! Und dann – als es wirklich nett wurde und die gute Frances ungeniert über Dirk loslegte – da kam er angerast! Er sah zum Fürchten aus, sage ich Ihnen! Und brutal war er mit seiner jungen, zarten Frau. Ich übertreibe nicht! Er packte Frances am Arm und murmelte:

‹Du hast genug. Hoppla! – Wir gehen.›

‹Nein, mein Engel›, sagte Lady Frances, ‹ich bleibe! – Ich fühle mich wunderbar. Ich liebe sie alle!›

Ich sprach absichtlich laut mit der Klatschtante Martina van Gelderen, die große Augen machte und die Ohren spitzte. Dirk sagte: ‹Soll ich dich hier vor versammeltem Publikum verprügeln?› Ich würde mich zu Tode fürchten vor dem Kerl! Frances schien auch Angst zu haben. Sie sah sich um, als ob sie uns alle noch niemals gesehen hätte. Ihr Gesicht verlor jeden Ausdruck. ‹Ich lach mich schief›, sagte sie und dann zu Dirk: ‹Bestie!› Nicht sehr liebenswürdig, aber recht hatte sie! Dirk ging schnell mit ihr raus. Dann hörten wir einen schrillen Jammerlaut – grauenhaft! Martina und ich rannten raus, aber da war Frances schon mit Dirk und Jo Swanenburgh im Auto. Die Gäste waren im Aufbruch, obwohl es noch nicht spät war. Das Kriegsgeschwätz hatte alle verstimmt. Ich fragte Papa, ob die kleine Frances krank geworden wäre und wer da gewimmert hätte.

‹Der Kater vom Koch›, sagte Papa. Dann meinte er, die vielen fremden Menschen wären wohl zuviel für diesen Spatz von einer jungen Frau gewesen – gegessen hätte sie so gut wie nichts.

Dirk scheint sie auf den Inseln herumzujagen. Was ist hier schon groß zu sehen, liebe Sophie? Bali wächst einem zum Halse heraus, und nach Sumatra brächten mich keine zehn Pferde. Zuviel Urwald! Aber Dirk van Veen hat niemals Rücksichten gekannt und jagt die Kleine im Kreise herum. Schließlich sind wir zarte Geschöpfe... glauben Sie mir, meine

Liebe, das Gewicht hat nicht das geringste damit zu tun! – Wo war ich stehengeblieben?

Also Papa war allein auf der Veranda, nachdem die Gäste fort waren, und sah sich ‹seinen› Vulkan an. Er sagt immer, der Salak und er wären alte Freunde. Papa sagt komische Sachen ... Quentin und ich gingen zu ihm hinaus. Der Fluß rauschte, und die Reisfelder und Kokoshaine lagen im Dunkel. Buitenzorg ist schön; aber nachts macht es mich traurig. Papa strich mir über den Kopf. Mir war schwindlig; entweder vom Whisky, oder weil ich ganz allein sein werde, wenn Papa abgereist ist.»

«Möchten Sie sich nicht hinlegen, Antje? Sie müssen doch müde sein!» Die gute Sophie Dekker bemühte sich, die dicken Tränen zu übersehen, die über Antje Polders rosiges Mondgesicht liefen.

«Bleiben Sie bitte noch etwas», sagte Antje und schneuzte sich vernehmlich. «Habe wieder meinen Schnupfen – scheußliches Klima hier draußen! Mein Mann würde es natürlich auf meinen Appetit schieben. Neulich nannte er mich eine Tonne! Wie finden Sie das?»

«Oh», sagte Sophie Dekker verlegen, «das sind so Männerscherze!»

«Lieb von Ihnen, Sophie! Wer's glaubt, wird selig ... Da kommt Quentin angefahren! Viel früher als sonst. Schade! Ich wollte Ihnen noch etwas erzählen.»

«Das nächste Mal», tröstete Sophie Dekker, die eigentlich nichts für Klatsch übrig hatte. Sie war glücklich und teilte die Interessen ihres Mannes. Sie half ihm dreimal die Woche in der privaten Klinik; sie war ausgebildete Pflegerin.

«Der Chauffeur hupt, daß einem das Trommelfell platzt», beklagte sich Antje. «Ich werde einen Chinesen engagieren. Papa hat nur chinesische Diener. Krach machen sie auch – und was für welchen! –, aber sie verstehen wenigstens was vom Kochen und von Motoren.

Was wollte ich noch sagen? Ich habe Dinge über Dirk van Veens Ehe gehört – toll, auch wenn nur die Hälfte davon wahr ist! Martina van Gelderen ist natürlich eine Klatschbase; aber selbst Papa sagt, Lady Frances wäre ein Kapitel für sich. – Ganz unter uns, Sophie: ich wäre nicht überrascht, wenn wir eines Tages etwas Furchtbares über Dirk und Frances hören würden ... Alle Van Veens sind gewalttätig; selbst der Heilige, er zeigt's nur nicht. Wie Dirk seine zerbrechliche junge Frau am Arm packte! Das sollte mein Mann sich einmal erlauben! Der rührt mich allerdings alle Jubeljahre einmal an ... Ist mir immer noch lieber als rohes Benehmen! Ich bin überzeugt, daß Dirks Frau heut noch blaue Flecke am Arm hat. Wer weiß, was da noch eines Tages passiert! Niemals hätte so ein zartes Geschöpf diesen Menschenfresser heiraten dürfen! Die Chinesen sagen immer, man solle an die Quelle denken, wenn man Wasser trinkt ...

Was wollte ich noch sagen? Richtig! Ich schwöre Ihnen, meine Liebe: die junge Frances hat so gewimmert, *nicht* der Kater vom Koch!»

II

Dirk van Veen lag in diesem Augenblick auf seiner Veranda im Hotel Bellevue in Buitenzorg und betrachtete die Kokoshaine und den Vulkan Salak in der Ferne. Frances hatte sich nach langem Zureden schlafen gelegt. Dr. Dekker in Batavia hatte Dirk geraten, ihr eine Woche Erholung zu gönnen, ehe er sie nach Sumatra nahm.

Dirk sah einem Äffchen zu, das im Garten auf einer Stange eine Banane verzehrte. Wie vergnügt so ein Geschöpf war! Dirk ging ins Zimmer zurück und betrachtete die schlafende Frances. Sie bewegte sich unruhig hin und her; ihre mageren Hände waren verkrampft. Im Schlaf wurden die Angst und Verlassenheit sichtbar, die sie im Wachen mit Arroganz und Kälte überdeckte. Er kam sich indiskret vor und trat auf die Veranda... Der Vulkan hatte sich hinter Wolken zurückgezogen. Plötzlich tauchte er wie eine Vision wieder auf – ein Symbol der Ruhelosigkeit. Auch Frances zog sich gern hinter Wolken zurück und tauchte dann plötzlich wie eine Vision auf, die nichts Gutes verhieß. Dirk hatte niemals eine junge Frau getroffen, die so virtuos eine Stimmung zerstören konnte.

Er ging leise in die Hotelhalle und blickte auf die Terrasse hinaus. Die weißgekleideten Boys mit den farbigen Kopftüchern und nackten Füßen servierten die ersten Reistafeln. Er hatte noch nicht gegessen; er wollte mit Jo van Swanenburgh dinieren. Sie war auch eine Woche zur Erholung in Buitenzorg.

Jo saß in einem nachtblauen indischen Kleid auf der Terrasse. Ihre Saphire glänzten in der Abendsonne. Sie nickte gleichgültig, als Dirk sich vor ihr verbeugte. «Darf ich dich zum Dinner einladen?» fragte er konventionell.

«Wo ist denn deine Frau?» Jo hatte noch genug von Laurens Polders Festvergnügen. Frances hatte Dirk im Auto eine Szene gemacht, und sie hatten ihr in der Klinik eine Beruhigungsspritze geben müssen.

«Frances befolgt ausnahmsweise den Rat ihres weisen Gemahls und hat sich schlafen gelegt.» Dirks Blick hatte sich wie der Vulkan Salak verschleiert.

«Ich habe mir meine Gedanken über ihren Zusammenbruch gemacht», sagte die Ärztin vorsichtig. «Ich nehme an, es interessiert dich?»

«Nicht im geringsten. Du siehst heute abend fabelhaft reizend und fabelhaft abweisend aus.»

«Vielen Dank!»

«Frances hat ihre guten Punkte», sagte der Mijnheer entschuldigend. «Sie ist zum Beispiel eine poesievolle Lügnerin.»

«Dann kann sie ja Romane schreiben.»

«Dazu ist sie zu faul! – Komm endlich essen!»

Sie saßen an einem kleinen Tisch und betrachteten die Mondsichel, die leuchtender war als in Europa. Jo blickte Dirk von der Seite an: seine mächtigen Schultern waren weniger straff als früher; zwischen den Augen war eine tiefe Falte. ‹In zehn Jahren hat er Tränensäcke und eine Glatze›, dachte sie. Leider änderte diese befriedigende Vision nichts an der Tatsache, daß Dirk van Veen im Augenblick der am besten aussehende und auffallendste Mann auf der Terrasse war. Er bewegte sich geschmeidig, und vorläufig war sein blondes Haar noch dicht und glänzend. Jo trank stumm ihren Cocktail.

«Ich glaube, dies wird für längere Zeit unsere letzte kleine Reistafel sein», bemerkte der Mijnheer düster. «Frances kann mich zwar nicht leiden; aber mit anderen Damen soll ich auch nicht zusammen sein ...»

«Du übertreibst wohl! Frances wird schon irgend etwas an dir finden, wenn sie dich geheiratet hat.»

«Du hast mich stets durch eine rosa Sonnenbrille betrachtet, Liebling!» Er sagte es so wehmütig und sah sie so ironisch an, daß Jo in Lachen ausbrach. «Clown!» sagte sie etwas zu zärtlich. Dann warf sie den Kopf mit dem schimmernden Haar zurück. «Ach, Dirk, es ist schon nicht mehr wahr mit uns!»

«Es war niemals wahr. Das ist der Witz an der Sache.»

«Du mußt immer deinen kleinen Spaß haben, nicht wahr?»

Sie aßen zerstreut und tranken Whisky mit wenig Soda. Sie waren wieder zusammen und meilenweit voneinander entfernt.

«Wie alt bist du jetzt eigentlich?» fragte Jo aus ihren Gedanken heraus.

«Sechsunddreißig Jahre für die Behörden; aber in Wahrheit bin ich hundertsechsunddreißig! Wer auf Frances aufzupassen hat, wird täglich sieben Jahre älter.»

«Du hast sie dir ausgesucht!»

«Wollen wir nicht zur Abwechslung von dir sprechen? Wer ist jetzt mein Ersatzmann?»

«Du darfst dreimal raten!»

«So heftig interessiert es mich nun wieder nicht.» Dirk van Veen verstand zuviel von Frauen, um nicht zu wissen, daß dieses entzückende Mädchen allein lebte. Er kannte die Anzeichen: die Mappe mit Notizen, die Jo für ihr einsames Abendessen mitgenommen hatte; das nachlässige Make-up; der verräterische scharfe Zug um die Lippen und ihr rechthaberischer Ton. ‹In zehn Jahren ist sie eine Berufshyäne, wenn das so weitergeht›, dachte er und wunderte sich flüchtig, wie traurig der Gedanke ihn machte.

«Du hast dich verändert», sagte er nachdenklich. «Du träumst mir zu wenig, Mädchen!»

«Ich bin nun bald dreißig. Ich sehe endlich die Dinge, wie sie sind.» Sie trank hastig ihren Whisky und fuhr sich mit der langen, schönen Hand über die Stirn. «Mein Beruf füllt mich vollständig aus», schloß sie nachdrücklicher, als die Gelegenheit es erforderte.

«Das habe ich schon mal irgendwo gehört», sagte der Mijnheer. «Leider ist es zu schön, um wahr zu sein ... Du lieber Himmel, *mir* brauchst du nichts vorzumachen! Achtundzwanzig Jahre, ein Bild von einem Mädchen und Cholera-Impfungen der Inbegriff der Seligkeit!»

Sie errötete unter seinem Blick wie ein Sinkeh.

«Wenn es weder Hollywood-Filme noch Tropennächte gäbe, würden sich die meisten Leute hier draußen niemals verlieben», sagte sie trotzig. «Sie meinen, sie seien es sich schuldig, wenn sie diesen verlogenen Zirkus oder den Mond sehen.»

«Das ist alles Kaugummi mit Zitronenzusatz», sagte der Mijnheer. «Macht nichts! Deine Augen beschämen immer noch die Sterne.»

Er griff nach ihrer Hand und küßte die Innenfläche. In diesem Augenblick trat eine zierliche junge Dame mit dunklem Haar aus dem Hotel. Sie hatte eine solche Ähnlichkeit mit Frances, daß Dirk van Veen zusammenzuckte. Noch eine Eifersuchtsszene in dieser Woche, und er würde ihr das Genick umdrehen. Er setzte sich abrupt in den Korbsessel zurück.

«Ich dachte auch, es wäre deine Frau», sagte Jo mit ironischem Lächeln. «Auf mich braucht sie nicht eifersüchtig zu sein. Das kannst du ihr mit einem Gruß von mir bestellen. Ich habe andere Fische zu braten...»

«Sei milde, Mathilde! Frances beginnt gerade zu leben. Es ist eine ganz neue Erfahrung für sie. Sie haßt mich manchmal, aber...»

«Ich bin nicht neugierig!»

«Aber Frances ist so besitzhungrig, daß sie keiner anderen Dame meinen Anblick gönnt.»

«Weiß sie, daß du einen Sohn hast?»

«Natürlich», sagte Dirk van Veen unfreundlich. «Meinst du, ich hätte gewartet, bis Antje Polder ihr Hendrik auf einem Silbertablett serviert? Hör auf mit dem Verhör!»

«Ich kann ja gehen.» Jo stand zitternd vor Empörung auf, aber ein eiserner Griff um ihr Handgelenk hielt sie fest. «Verzeih», sagte der Mijnheer. «Ich behandele euch alle schlecht! Scheußliche Angewohnheit!» Er sah Jo grüblerisch an; sein breites vorgeschobenes Kinn – Symbol seiner Rücksichtslosigkeit – schien einem anderen Mann zu gehören als der gequälte Blick. Jo sah ihn kopfschüttelnd an. Wer hatte eigentlich den Frauen zuerst das Märchen vom «Manne aus einem Guß» aufgebunden?

Dirk griff in seine Rocktasche. «Etwas für dich!» sagte er ungewohnt verlegen und öffnete ein abgeschabtes Samtetui, das in Goldlettern die Firma «Van Doren, Amsterdam» zeigte. Jo erblickte eine makellose rosa Perlenkette mit einem altmodischen Schloß aus Diamanten. «Von meiner Mutter», murmelte Dirk hastig. Fürchtete er, daß Jo denken würde, er hätte den Schmuck mit dem Gelde seiner Frau gekauft? «Aber, Dirk», stammelte Jo. Sie sah sehr blaß aus und wollte ihm den Schmuck zurückgeben.

«Nicht doch», sagte er tonlos, «tu mir das nicht an!»

Sie legte das Etui stumm in die Mappe mit den medizinischen Zeitschriften und aß ihren Eiscreme sehr vorsichtig, weil das Schlucken ihr weh tat...

«Nimm mich nicht so ernst», sagte Dirk van Veen. «Ich bin's nicht wert.»

Frances war durch ihre Abwesenheit gespenstisch anwesend.

«Sie schickt gelegentlich ihre Gedanken auf Reisen», erklärte Dirk beim Mokka. «Das tun wir alle. Frances bleibt nur länger weg.»

«Trinkt sie zuviel?» fragte Jo zögernd. «Das sollte sie nicht bei ihrer nervösen Erregbarkeit.»

«Sie trinkt nicht, sie säuft. Mach dir keine Gedanken, Jo! Das Balg ist irrsinnig verwöhnt, und dann das Klima! Frances lebte in Malaya als Fürstentochter auf einem Zinnthron. Ihre Mutter ist eine unzufriedene Tote ... daran leidet sie.»

«Ich verstehe nicht ...»

«Die Malaien behaupten, daß unzufriedene Tote den Lebenden keine Ruhe lassen. Frances hat mit zwölf Jahren durch die Schuld ihrer Dienerin einen Geisterschreck bekommen. Sie war gerade hier bei ihrem Vater zu Besuch.»

«Ging sie in England zur Schule?»

«Natürlich, wo sonst? Sie ist sehr intelligent, nur lausig gleichgültig.»

«Willst du nicht lieber im Westen mit ihr leben? Euer altes Haus in Den Haag steht seit Jahren leer.»

«Isabella van Veen wird jetzt darin wohnen. Cornelis will endgültig übersiedeln. Aber es geht erst, wenn Exzellenz Polder wieder zurück ist.»

«Hast du Isabella noch kennengelernt? Sie ist ein Muster an Güte.»

«Musterfrauen fallen mir auf die Nerven», sagte Dirk schroff.

«Du kannst mit Frances ja auch anderswo leben! Onkel John lädt uns alle beständig nach den USA ein.»

«Ich bleibe hier draußen. Und Frances würde sich niemals mehr im Westen wohl fühlen. Keine Diener, keine Männer, die ihr beim Tanz den Kopf verdrehen – sind alle zu fleißig im Westen! Keine Abwechslung durch Mondfeste und Sonnenstiche. Frances ist eine Tropenpflanze. Liebt die Gegend – wie wir alle.» Er trank sein Glas Whisky in einem Zug aus. «Hältst du sie eigentlich für etwas verrückt?» fragte er lauernd.

«Sei nicht absurd, Dirk! Ihre Nerven brauchen Kräftigung. Aber es hat keinen Sinn, darüber zu sprechen, da du sie hierlassen willst.»

«Sie ist ja noch ein Kind. Eben einundzwanzig geworden! Noch neugierig auf die Liebe», sagte Dirk van Veen ruhig. «Sie trinkt durchaus nicht dauernd. Nur wenn sie die Geisterwand zwischen sich und der Welt niederreißen möchte.»

«Ist das nicht eine zu phantasievolle Diagnose?»

«Es ist die Wahrheit, aber die seht ihr Ärzte fast niemals. Frances ist als Fischjungfrau geboren und lebt plötzlich mit einem Menschenmann. Undine in Insulinde! Ziemlich anstrengend für mich ...»

«Willst du dich an meiner Schulter ausweinen?»

«Vielen Dank für das Angebot! Ich werde bei Gelegenheit darauf zurückkommen.»

Jo lachte. «Kannst du niemals ernst sein?»

«Dazu ist das Leben zu ernst! Ich bin übrigens angenehm berührt, daß *du* nicht an meiner Schulter weinen willst! Ich kann eure Tränen nicht leiden –»

«Du kannst etwas ganz anderes nicht leiden: Die ständige Gesellschaft einer liebenden Frau! Du willst eine Flamme ohne Rauch.»

«Soll ich dir etwas anvertrauen, Jo?»

«Es wird doch nicht wahr sein. Gib mir lieber eine Zigarette!»

Er sprang geschmeidig auf und beugte sich mit dem brennenden Streichholz zu ihr nieder, so daß sie direkt in seine Augen blickte. In welcher Wüste lebte sie!

«Jo», flüsterte Dirk van Veen, «süße, bezaubernde ...»

In diesem Augenblick kam Frances van Veen – überzart, heftig geschminkt und großäugig wie ein Nachtvogel – aus der Hotelhalle auf die Terrasse zugeschritten. Dirk sagte heiser: «Entschuldige bitte», und ging seiner Frau entgegen.

Frances ging so vorsichtig, als ob sie Glas unter den Füßen hätte. Sie trug ein schwarzes Spitzenkleid, das am Hals mit einer Kette aus Smaragden abschloß. Ihre nackten Schultern wirkten wie die Schultern eines Kindes, das sich nicht fertig angezogen hat. Sie war unter der Schminke sehr bleich und hatte tiefe Schatten unter den Augen. In ihrem dunklen lockigen Haar steckte ein smaragdbesetzter Zierkamm. Obwohl sie so klein war, konnte niemand sie übersehen. Sie dagegen übersah jeden. Ihre matte Haut, die fein gebogene Nase, die starre Haltung, das steile, ovale Gesicht und das eckige Kinn gaben ihr einen psychopathischen Reiz. Sie war stilisiert wie die Orchideen in den malaiischen Dschungeln. Ihre Mundwinkel waren heruntergezogen, als ob sie alles, was die Welt ihr zu bieten hatte, maßlos verachtete.

«Störe ich?» Sie setzte sich vorsichtig hin und betrachtete den Korbsessel so mißtrauisch, als sei er eine verzauberte Schlange. Frances van Veen hatte gerade ihren Abend, an dem die Umgebung sich in Reptilien und Gewürm verwandelte.

Sie rauchte hastig, warf aber die Zigarette nach drei Zügen angeekelt fort. Ihr Talent, eine unbehagliche Stimmung zu schaffen, entfaltete sich mit Glanz. «Störe ich *sehr*?» fragte sie.

«Im Gegenteil», sagte Dirk, «du hast uns gerade noch gefehlt, kleiner Liebling!»

Frances lachte so klirrend, als ob Glaskugeln in ihrer Kehle zersprängen. Ihre rechte Hand preßte die Knöchel ihrer Linken mit einem krachenden Geräusch.

«Du bist so lustig, Liebling», sagte Frances zu Dirk. Über ihren Pupillen lag wieder die hauchdünne Haut, die Jo damals auf dem Foto bemerkt hatte.

«Verlieben Sie sich nur nicht in ihn, Jo!» Frances sah die Ärztin höhnisch und dabei flehend an. «Er ist ein Ungeheuer. Brutal wie ein ...» Da sie keinen Vergleich finden konnte, knackte sie wieder mit den Knöcheln.

Der Mijnheer war aufgesprungen und packte Frances unsanft am Arm. «Du kannst mir meine Biographie oben im Zimmer weiter erzählen! Sei ein braves Mädchen und komme mit!»

«Geh allein», sagte die junge Dame in dem kostbaren Stilkleid, «verschwinde, Liebling! Ich will mich mit Jo unterhalten.»

«Dazu gehören aber zwei!»

«Setze dich doch, Dirk», sagte Jo unbehaglich. «Wir sind ein nettes, irrsinniges Trio.»

«Wunderbar!» Lady Frances knackte mit den Knöcheln Beifall. Dann leerte sie Dirks volles Whiskyglas in einem Zug. Es war ein erstaunlicher Anblick. Sie wollte nach der Whiskyflasche greifen, doch der Mijnheer riß sie ihr blitzschnell aus der Hand. Diese Hand mit den auffallend biegsamen Fingern hatte sofort Jos Aufmerksamkeit erregt; sie verriet einen Mangel an Lebenskraft und übergroße Empfindlichkeit.

«Du trinkst keinen Tropfen mehr, Frances!» Die Zornesader an Dirks Stirn schwoll an.

«Er will zeigen, daß er der Herr im Häuschen ist», erklärte Frances und lächelte dünn. «Laß mich los, mein Engel! Sonst führe ich den Schlangentrick vor!» Die junge Dame mußte im Hotelzimmer schon allerhand konsumiert haben, denn plötzlich war sie äußerst animiert und lächelte strahlend.

«Sie tragen ein tolles Kleid, meine Liebe», bemerkte sie und musterte Jo ungeniert. «Nachtblau! Macht Sie etwas blaß, aber steht Ihnen zum Verlieben! – Was meinst du, Dirk?»

«Hmm ... ein Fetzen sieht aus wie der andere. Der Unterschied liegt nur im Preis. Je weniger Stoff, desto höher die Rechnung.»

«Er lügt», sagte Frances zu Jo. «Er ist einer der erfolgreichsten Lügner der Welt. Er findet Sie hinreißend, Jo! Er ist bis zum Irrsinn verliebt in Sie! Verschreiben Sie ihm doch eine Medizin dagegen!»

«Muß es sofort sein?» fragte Jo van Swanenburgh.

Dirk lachte laut.

«Was ist so komisch?» fragte Frances. «Er ist total entartet, Jo! Sie dürfen ihn nicht beachten.» Frances wischte sich den Schweiß von der Stirn. «Hat er sich tatsächlich mit Ihnen unterhalten?»

«Natürlich! Wir haben zusammen Reistafel gegessen.»

«Sie müßten eine Verdienstmedaille bekommen! Mit mir redet Dirk fast niemals. Er ist so schweigsam wie ein Bandwurm.»

«Wie ein Fisch», verbesserte der Mijnheer. «Vergreif dich nicht immer in den Metaphern, Zwerg!»

Lady Frances ignorierte den Einwurf. «Sind Sie *sehr* böse, Doktorin, daß ich in Ihr Idyll gestolpert bin? Soll ich lieber fortgehen?»

«Aber ich bitte Sie!» Jo lachte gezwungen. «Ich wollte mich sowieso verabschieden. Ich fahre morgen sehr früh nach Batavia zurück.»

«Setze dich doch, Jo», sagte der Mijnheer. «Wir sind so ein nettes, irrsinniges Trio.»

«Warum gehen die Leute immer weg, wenn ich komme?» fragte Frances van Veen und sah hochmütig in die Luft. «Ich wollte mich gerade bei Ihnen erkundigen, liebe Jo, wer eigentlich Dirks große Leidenschaft in Sumatra war? Die Leute in Batavia reden immer noch davon. Wahnsinnig komisch, nicht? Dirks Ehemalige kann ja kein Frühlingsküken mehr sein. Es ist doch Jahrhunderte her.»

«Sie dürfen auf den Klatsch nichts geben! Die Leute hier kennen sich zu gut und sehen sich zu oft.»

«Klatsch amüsiert mich», sagte Frances arrogant. «Ich finde die dicke Antje Polder einfach unbezahlbar. Ich kann mir nur niemals vorstellen, wie ein nettes Mädchen sich ausgerechnet in Dirk verlieben konnte. Er ist *so* entartet! Ich meine ... Bitte, Dirk, grinse nicht so niederträchtig! Fege lieber die Würmer vom Tisch!»

«Da haben wir's», sagte der Mijnheer achselzuckend.

«Hast du nicht gehört, Dirk? Kannst du mir *nie* einen Gefallen tun? Es sind nur vierunddreißig Würmer ohne die Kinder und Greise! Ich habe sie gezählt, während du die liebe Jo angehimmelt hast.»

«Wo ist die Medizinfrau?» fragte Frances. «Warum ist sie fortgegangen?»

«Vielleicht stecken ihr deine Würmer im Hals!» Dirk lächelte verzerrt.

«Bist du böse, Liebling? Angewidert?»

«Im Gegenteil! Ich bin entzückt von deiner Unterhaltungsgabe!»

«Gefiel diese Bohnenstange dir tatsächlich in grauer Vorzeit? Ich meine, findest du sie immer noch ...» Ein Schluckauf hinderte Frances an weiteren Nachforschungen.

«Im Augenblick wachsen mir alle Weiber zum Halse heraus», erklärte der Mijnheer mit schöner Offenheit. Er gähnte. «Wenn du jetzt nicht ins Hotel kommst, werfe ich dich in den Fluß!»

«Bitte wirf mich in den Fluß! Es wäre eine Abwechslung.»

Er hatte sie endlich in ihrem Zimmer. Sie wankte vor Müdigkeit. Ihre Augen blickten ins Leere. Die Pupillen waren leicht nach oben gedreht, wodurch die Augen übergroß wirkten.

«Ich bin munter wie ein Nashorn! Sei doch nicht so langweilig, Dirk!» Sie lief zu ihm und stellte sich auf die Zehenspitzen. «Weißt du, was mir eben klargeworden ist?»

«Nein», sagte der Mijnheer resigniert.

«Man müßte die Männer irrsinnig lieben, um sie überhaupt zu ertragen.»

«*De l'Amour ...*» sagte Dirk van Veen. «Stendhal war ein Waisenknabe gegen Frances Burnett.»

«Sei nicht intellektuell, Liebling! Du bist doch kein Friseur! Nun – bekomme ich keinen Gutenachtkuß?» Sie murmelte: «*Pada pikiran saya, orang itu penipu* (malaiisch: Ich bin der Meinung, daß dieser Mann ein Betrüger ist).»

Dirk van Veen war dunkelrot geworden. Er trat auf sie zu und schüttelte sie brutal: «Jetzt langt's mir! Noch ein Wort und ...»

«Laß mich sofort los! Mörder! Sadist!» Er ließ sie so rasch los, daß sie auf die Bambusmatte fiel. Ihr Kamm und die Kette hatten sich gelöst: es regnete Smaragde ...

«Ich gehe zu Papa zurück», sagte sie zitternd. «Du willst mich umbringen! Das ... ahne ich ... schon lange.»

«Wenn dein Vater dich zurücknimmt, hast du mehr Glück als Verstand», sagte Dirk van Veen kalt. «Er hat jetzt endlich seine Ruhe und braucht deine Würmer nicht zu zählen.»

Mitten in der Nacht stand eine verlorene kleine Gestalt an Dirks Bett. «Verzeih mir!» flüsterte Frances. «Ich weiß nicht, was über mich kam, als ich dich mit ... dieser Person ...»

Er zog ihr seinen Morgenmantel an, da sie zitterte. Sie verschwand darin. Mein Gott, wie jung und unglücklich sie war! Plötzlich schämte er sich. Es war nicht schön, wenn ein Tiger hinter einem Zwerghirsch herjagte ...

«Vergiß es», murmelte er. «Ich bin ein alter Grobian.» Er nahm sie wie eine Federwolke auf seine mächtigen Arme und trug sie in ihr Bett zurück. Dann blickte er nachdenklich auf sie hinunter, setzte sich auf den Bettrand und schloß das Moskitonetz.

«Verabscheust du mich?» fragte sie leise.

«Du bist ein nettes Kind, wenn du keinen Whisky in der Nähe hast! Begreif es endlich, Zwerg: Du bist zu klein und zart für die Laster der Erwachsenen!»

«War ich sehr eklig zu der Medizinfrau?»

«Es langte für bescheidene Ansprüche.»

«Ich hatte Angst, mein Kopf würde abfallen, als du mich geschüttelt hast!»

«Er sitzt noch ziemlich fest.»

«Ist das auch wirklich wahr?»

«Es ist fast alles wahr, was ich dir erzähle. Zum Beispiel welkten sämtliche Blumen im Garten, als du so böse Dinge gesagt hast! – Übrigens, wir haben doch deinen Ersatzkopf für gesellige Gelegenheiten im Suitcase, Zwerg! Warum hast du ihn gestern abend nicht aufgesetzt? So ein netter, vernünftiger kleiner Kopf!»

Sie kicherte wie ein Schulmädchen und sah genauso aus. «Was du für Sachen sagst, Liebling!» Sie streichelte seine große Hand.

Was erwartete er von diesem verwöhnten, verwirrten Kind? Als ob es einfach war, auf die richtige Weise zu lieben! Die Dummheiten kannte jeder; die Weisheit der Liebe hat kaum jemand herausgefunden ... Während er Frances betrachtete, kam Dirk van Veen sich zum erstenmal alt und müde vor. Mit Jo in Singapore war er jung und eifrig gewesen! Er war fünfzehn Jahre älter als Frances. Er hatte wohl die Geduld nicht mehr.

«Gib mir endlich einen Kuß, Dirk!»

«Böses Flaschenkind.» – Er küßte sie nachlässig und raffiniert. «Liebst du mich wieder von Herzen, mit Schmerzen?» fragte er spielerisch.

«Ich hasse dich!» Frances legte verzweifelt ihren dunklen, zierlichen Kopf an seine Brust. «Du willst dich nicht lieben lassen!»

Er blickte sie erstaunt an.

«*Lain kali* (malaiisch: das nächste Mal)», murmelte er und ging hinaus.

III

Jo betrachtete durch ihr Moskitonetz die Berge und den fahlen Himmel. Es dämmerte in Buitenzorg. Sie hatte schlecht geschlafen, und es lagen anstrengende Tage in der Poliklinik vor ihr. Der Vulkan hatte sich hinter Morgennebeln verborgen; trotzdem wußte man in jedem Augenblick, daß er da war. ‹Der Salak ist wie Gouverneur Polder›, dachte Jo ... In vier Tagen würden sie alle ihn zum Schiff bringen.

Jo wünschte, sie hätte Dirk van Veen nicht wiedergesehen. Sie konnte weder die Vergangenheit beschwören noch die Zukunft nach ihren Wünschen gestalten. Sie liebte Dirk und konnte ihn nicht haben. Es war ganz einfach und wurde nur durch das Gefühl kompliziert.

Eine zweite Reistafel wollte Jo mit den Dirk van Veens nicht essen. Frances war eine negative Kraft. Außerdem war die Ehefrau immer die Schlaue. Schon allein weil sie sich ungeniert bemerkbar machen konnte. Dagegen konnte man gerechterweise nichts einwenden ...

Jo trat auf ihre Veranda und betrachtete den Vulkan hinter Schleiern. Die Javaner halten die Vulkane für den Bezirk der Toten und Abgeschiedenen. Auf ihrem Gipfel baden sich die Seelen in den reinigenden Feuern des Kraters ...

Über den Hotelrasen lief ein Hirsch – klein, zierlich, mit blanken, starren Augen. Die Hügel und Kokoswälder lagen silbern in der Dämmerung; der Salak trat in diesem Augenblick gebieterisch aus dem Dunst. Sein gezackter Gipfel stieß ein Loch in den Tropenhimmel. Hellgrüner Bambus zitterte im Wind. Buitenzorg war eine Idylle auf unruhigem Boden ...

Jos Bedarf an Idyllen war für die nächsten Jahre gedeckt. Sie freute sich auf die Arbeit, wie ein Kranker sich auf das normale Leben freut.

Dirk van Veen lief im Bademantel durch den Garten. Als er Jo auf der Veranda erblickte, hob er den Arm zum Gruß und ließ ihn wieder sinken. Er stand wie eine Steinfigur da: der erste *orang belanda* (Fremdling) in einem berauschenden und gleichgültigen Garten Eden. Jo trat in ihr Zimmer zurück und fuhr sich heftig mit dem Kamm durch das Haar. An ihrer linken Schläfe schimmerten einige graue Haare! Mit achtundzwanzig Jahren war sie nicht darauf gefaßt gewesen. Sie zupfte sie sorgfältig aus. Ob Dirk die Silberfäden bemerkt hatte? Der Morgen leuchtete trotzdem. – Und ihren Patienten war es wohl gleich.

Diesmal hatte Jo von ihrer Jugend Abschied genommen. Jeder machte wohl im Leben die Dummheiten, die Charakter und Temperament von ihm verlangten. Jo hatte sich so verändert, daß sie sich selbst manchmal neu kennenlernen mußte. Die Liebe war ihr entglitten, aber die reiche Wirklichkeit hatte sich ihr angeboten. Jedem entglitten kostbare Dinge. Dirk hatte seine Freiheit verloren. Frances würde ihn nicht mehr loslassen. Aber Frances war noch nie in Sumatra gewesen und ahnte nicht, daß die Wälder, die Gebirge, die stumme Weite von Sumatra ihre Nebenbuhler waren. Die Jagdgründe, die Schlangen, die Papageien am Rand der Wälder, die weißen Reisvögel, die Geister des Dschungels, die tausendäugige Nacht – sie hatten diesen Orang Belanda gefangengenommen und würden ihn nicht loslassen. Auch der Tiger wartete, dem Dirk manchmal in den Rimbu (Urwald) nachschlich – genauso verstohlen, so einsam, so langsam im Zorn und so unerwartet tödlich ... Sumatra war Dirks wahre Welt. Er brauchte weder Jo noch Frances. Jo hatte es damals in Sumatra gespürt. Dirk liebte das Spiel mit dem Tiger und die wilden Abenteuer der Tropenwelt. Alle Frauen verloren in der Liebe früher oder später den Mut und die Lust am Abenteuer. Für sie war die Liebe ein Phänomen der Seßhaftigkeit ... In Dirks Augen flackerte der Blick des Tigers, der die holländischen Stilleben am Rand des Urwalds verachtete ...

Jo legte die Perlen an – Dirks erstes und letztes Geschenk – und schloß den Kragen ihres chinesischen Schlafmantels.

Dirk stand immer noch einsam und riesig zwischen gelben Blumen und Palmen, als Jo zu ihm trat. Er sah sie schwermütig an. Sie war viel für ihn gewesen – Blume, Mond, Musik der Zikaden und eine zarte Last ...

«Warum hast du mich damals laufenlassen, Mädchen? Ich wäre immer wieder zu dir zurückgekommen!»

Wahrscheinlich war es sogar wahr; aber es hatte keine Beziehung mehr zur Wirklichkeit.

«Hielten die bürgerlichen Tugenden dich damals zurück?» fragte er mürrisch. «Beleidigter Stolz und der ganze Rest?»

Jo glaubte nicht recht zu hören. Dirk hatte sich aus heiterem Himmel mit Frances verlobt, und sie selbst hatte als verkaufte Braut in Batavia gesessen. Sie wollte heftig werden, aber Dirk verschloß ihr mit seiner Hand den Mund.

«Ihr Frauenzimmer habt doch mehr Verstand als wir Hornochsen! Oder redet ihr uns das ein?»

«Natürlich ...» erwiderte Jo erstickt.

«Natürlich ja oder natürlich nein?»

«Lebe wohl, Dirk!»

«Fahre heim, Mädchen», sagte er nüchtern. «Es wird Krieg geben.»

«Fängst du schon wieder an?»

«Ich wüßte dich gern bei Onkel John in Washington, falls die Japse eines Tages den Inseln einen Dauerbesuch abstatten.»

«Und was würde aus dir werden, Dirk?»

Der Mijnheer lachte freudlos. «Es ist ein Vorteil, wenn es einem völlig egal ist.»

«Ich mache mir Sorgen um dich! Willst du nicht lieber...»

«Du wirst deinen Zug versäumen! Also: das wäre es!» – Er küßte die Innenfläche ihrer linken Hand und schien absorbiert. «Es muß ein wahres Vergnügen sein, sich von solchen Händen die Inneneinrichtung reparieren zu lassen. Du hast musikalische Fingerspitzen, Doktorin! Euer Vincent ist wohl jetzt ziemlich berühmt?»

«Ja – ziemlich.»

«Du kannst mich jederzeit über den ‹Holland-Club› in Medan erreichen, falls du Rat oder Hilfe brauchst! Hörst du überhaupt zu?»

«Ja.»

«Noch eins», sagte er hastig und sah Jo nicht an. «Denke freundlich von Frances und mir! Versprichst du mir das, Sinkeh?»

Er hatte sie niemals wieder so genannt. Nicht einmal am Toba-Meer, als Goldstaub vom Mond gerieselt war...

IV

Gouverneur Polders Abreise von Batavia verlief programmgemäß mit Girlanden, Militärmusik, Zwischenfällen und einer ungeheuren Schar von Abschiednehmern und Zuschauern. Antje Polder wurde ohnmächtig; Isabella van Veen konnte plötzlich ihren Mann nicht finden – drei Minuten vor Abfahrt des Dampfers –, und Jan Polder fiel beinahe ins Wasser, als er einer malaiischen Mutter ihren Babysohn ins Zwischendeck nachreichte, da sie mit Körben, Bündeln, *gulings* (Kissenrollen) und dem Rest ihres Nachwuchses bepackt war. Jan erhielt zum Dank vom ältesten Onkel der Familie einen zierlichen Käfig mit einer Glückstaube, die er seinem Vater auf die Fahrt nach Europa mitgab. Der Gouverneur lächelte – sie waren in der malaiischen Luft alle mehr oder minder «Indisch-Männer» geworden. –

Unbeschreiblicher Lärm und hektische Geschäftigkeit erfüllten den Hafen von Tandjung Priok. Laurens Polder stand wie ein Fels in der Brandung und strich seiner fassungslos schluchzenden Tochter über den Kopf. «Aber *Broodje*», sagte er bekümmert. «Es ist doch kein Abschied für immer.» Die scharfen, strengen Augen in seinem vollen Genießergesicht mit der Denkfalte auf der hohen Stirn suchten seinen Schwiegersohn. Quentin stand mit Cornelis van Veen, der seine Frau Isabella suchte. Cornelis van Veen schickte Isabella ungern nach Europa: die Polizeistaaten eines Hitler und Mussolini waren zwar durch Welten von Holland getrennt, aber geographisch war Nazideutschland ein Nachbar.

«Ich richte das Haus für dich ein», sagte Isabella. «Du hättest mitkommen sollen.» Dann wandte sie sich gütig der jungen Adrienne zu, die von Singapore nach London reisen sollte. Sie wollte niemals wieder nach Asien zurückkehren. Sie schenkte Jan Polder keinen Blick und bedauerte, daß er nicht ins Wasser gefallen war.

Laurens Polder blickte um sich, als ob er das Schauspiel der Abfahrt zum ersten- oder letztenmal betrachtete. Sprachengewirr erfüllte die Luft – holländisch, englisch, javanisch, chinesisch, indisch und «Bazar-Malaiisch». Eine dicke Ungarin schwatzte laut und heiser, und der Papagei auf ihrer Schulter wiederholte ihr Bazar-Malaiisch. Diese heftig bemalte, ziemlich verwüstete Dame hatte ein zweifelhaftes Hotel so glänzend bewirtschaftet, daß sie sich nun in ihrem Heimatdorf zu ehrlicher Bürgerlichkeit niederlassen konnte. Wie oft hatte sie durch die Nebelschwaden der Trunkenheit jenes kleine ungarische Dorf erblickt, das sie vor fünfunddreißig Jahren mit einem kindischen Traum in den Augen und einem Rosenkranz im Pappkoffer verlassen hatte! Sie reiste zweiter Klasse, war gut Freund mit Malaien, Chinesen und Javanern und tröstete bereits die Kulifamilien im Zwischendeck, die unter Kontrakt nach Sumatra ins Ungewisse fuhren.

Exzellenz Polder betrachtete diese Familien: sie waren ein Teil seiner Agrarpolitik ... Weit über tausend Kontraktkulis hockten im Zwischendeck; ihre Frauen in den bunten Sarongs lächelten geduldig, die Kinder brüllten, und die Männer rauchten stumm und blickten zu Boden. Niemals zuvor hatte Laurens Polder dem Abschied der Kontraktkulis einen Gedanken geschenkt – ihm war nicht wohl bei dem Anblick. Er wandte sich brüsk seinem Schwiegersohn zu: «Paß mir auf Antje auf, Junge!» sagte er freundlich; aber eine leise Drohung schwang in seiner Stimme.

‹Alter Autokrat›, dachte Quentin Bloemendaal und versprach sein Bestes zu tun. (Es war ein wahres Glück, daß Antje erst ohnmächtig wurde, als das Schiff schon meilenweit entfernt war und der Gouverneur nicht einmal durch sein Fernglas Kenntnis von dem Malheur nehmen konnte.) Aber im Augenblick hielt sie ihren Vater noch fest am Arm und flehte ihn unvernünftig an, sie mitzunehmen ... Sie hatte ihren Mann und das Baby vergessen, das auf dem Arm seiner *Babu* (malaiisch: Kinderfrau) dem Großvater vergnügt mit einer winzigen fetten Polderhand zuwinkte.

Der Gouverneur blickte «seine große Familie» noch einmal an: brave Jungens! Gute Beamte, Militärs, Exporteure und Pflanzer. Der junge Paul Verdoorn, sein Sekretär, rannte mit hochrotem Kopf herum und raste mit Volldampf in einen steinreichen portugiesischen Bankier, den Exzellenz kannte.

Viele Pflanzer kamen an Deck und begrüßten Exzellenz Polder respektvoll und unlustig. Zwei Burschen von entfernten Hügelstationen stürzten in die Bar; sie trugen billige, japanische Anzüge und funkelnden Schmuck. Sie hatten sich einen gewissen Ruf dadurch erworben, daß ein Krokodil sich geweigert hatte, sie zu verspeisen. ‹Kein Wunder›, dachte der Gouverneur. Die fahlweiße Haut ihrer Gesichter erinnerte ihn an verfaulte chinesische Vogelnester.

«Tag, mein Lieber», sagte Laurens Polder zu Herrn Vulkanforscher van Bergh. Der Mann trank heftige Mischungen und führte danach sanfte, gefährliche Reden... Van Bergh war hervorragend in seinem Fach, und Exzellenz würde nicht umhin können, gelegentlich mit ihm einen Genever zu kippen. Er war in Gesellschaft seiner malaiischen «Frau», einer bildschönen, doch sonderbar verwelkten jungen Frau im Brokat-Sarong und schneeweißer Jacke. Sie hatte ihr lackschwarzes Haar kunstvoll frisiert und lächelte mit bläulichen Lippen ins Leere. Die Malaiinnen sind zarte Wesen, die zusammenschrumpfen, wenn sie unglücklich sind. Diese junge Frau lächelte ihren brutalen Tuan wie eine Mondsüchtige an. Natürlich blieb sie in Java zurück. Wozu sollte sie sich einem Zusammentreffen mit einer robusten, ärgerlichen Holländerin in Rotterdam aussetzen? Exzellenz Polder blickte diskret zur Seite, als Van Bergh mit seinen lärmenden Abschiedszeremonien begann.

Dann war es plötzlich soweit. Die Besucher mußten vom Schiff und die letzten Reisenden vom Pier. Die Offiziere in den weißen Uniformen und den mit dem goldenen Wappen der Niederlande geschmückten Mützen bildeten Spalier für Exzellenz Polder, die Kapelle spielte niederländische Weisen, und Antje wurde schneeweiß unter ihrem rosa Puder.

Laurens Polder stand unbeweglich an der Reling und überblickte zum letztenmal dieses glänzende Vorkriegspanorama. Die Tuans und ihre Frauen waren als erste von Bord gegangen; die Javaner und Malaien huschten gesenkten Blicks mit entschuldigendem Tanzschritt vom Deck... Chinesische Kulis luden singend und schwatzend die letzten Kisten kostbarer Fracht, die Hollands Reichtum noch vermehren würden. Malaiische Fischer spannten ihre Netze, um die nächste große Reistafel der Tuans mit den Leckerbissen der Java-See zu versorgen. Die uniformierte Kapelle spielte die Nationalhymne, die Laurens Polder als Sinkeh in Rotterdam als letzten Gruß der Heimat gehört hatte. Vor vierzig Jahren war er in die «Größere Heimat» herausgekommen...

Plötzlich erschien am dämmernden Himmel ein orangefarbener Fleck, der sich wie eine Blutlache ausbreitete und die paradiesische Insel in ein fernöstliches Fegefeuer verwandelte.

Laurens David Polder stand hoch aufgerichtet in der Abendsonne – knapp mittelgroß, stämmig, unantastbar würdevoll und trotz seiner körperlichen Beschwerden von bezwingender Energie. Jahrzehntelang war er an geistiger und körperlicher Ausdauer seiner Umgebung überlegen gewesen. Träger und Diener einer sterbenden Ideologie, hatte er gerecht regiert und war auch von seinen Antagonisten in allen Lagern respektiert worden. Mit niederländischer Ruhe und Zähigkeit hatte er Programme entworfen und durchgeführt und sogar aus gelegentlichen Niederlagen Kraft geschöpft. Er hatte niemals das hierarchische Prinzip über das moralische gestellt und sich nicht hinter seinem Rang versteckt. Zweimal war sein Essen vergiftet worden; einmal hatte jemand auf ihn geschossen. Dank seiner Feinschmecker-Zunge hatte er den ersten vergifteten Bissen ausgespuckt, und der Schuß war daneben gegangen. Laurens Polder hatte auch am Hinterkopf Augen und außerdem einen sechsten Sinn für die Gefahr. Zwei Bilder hatte er stets in seiner Seele getragen: Holland und die Inselwelt, und beiden hatte seine Loyalität gegolten. Eine moderne Musterkolonie hatte ihm schon als Sinkeh vorgeschwebt; er hatte sie mit aufbauen dürfen. – Als Realpolitiker hatte er niemals – wie etwa Cornelis van Veen – die Frage nach der Berechtigung holländischer Machtausübung und ihrer Zeitbedingtheit gestellt; er besaß die Macht und gebrauchte sie maßvoll und intelligent. Er stand hoch aufgerichtet in der Abendsonne – herrschender Diener und dienender Herr. –

So sahen Jan und Antje Polder ihren Vater zum letztenmal – einen Mann und ein Symbol. In wenigen Minuten dem Auge verloren, aber für immer im Herzen bewahrt...

Gouverneur Polder starb einige Monate nach seiner Heimkehr in den Armen seiner zweiundachtzigjährigen Mutter in dem alten Patrizierheim in Leyden. Selbst der berühmte Vincent van Swanenburgh hatte ihn nicht mehr retten können; sein vernachlässigtes Leberleiden war zu weit vorgeschritten.

Laurens David Polder widerfuhr die Gnade, zusammen mit seiner Epoche zu sterben. Als Freund und Beispiel war er ein unersetzlicher Verlust für die Kolonie; als Politiker und Repräsentant seiner Regierung hatte er genau im richtigen Augenblick seine letzte Reistafel gegeben. Fast gleichzeitig mit ihm ging das noch ziemlich intakte Wertsystem des Kolonialregimes zu Grunde, das trotz aller Härten des Zentralismus und psychologischer Fehler gewaltige Leistungen in der Planung und Administration hervorgebracht hatte. So waren durch Laurens Polders unermüdliche Unterstützung die wissenschaftlichen Nebeninstitute des weltberühmten «Botanischen Gartens» von Buitenzorg zum Zentrum holländischer Kolonialwissenschaft geworden, wo Biologen, Bakteriologen und andere Tropenforscher aus aller Welt studierten und arbeiteten. Auch um das Zeitungswesen hatte der Gouverneur sich gekümmert; er hatte international informierte Journalisten und Inselkenner wie Dirk van Veen zur Mitarbeit am «Orient» und den «Aktuellen Weltnachrichten» aufgefordert. Diese illustrierten Wochenschriften in holländischer Sprache hatten in den fernsten Inseln des Archipels ihr Stammpublikum. Cornelis van Veen – gelernter Jurist und «Tuan Bruderliebe» der malaiischen Inselvölker – war auf Laurens Polders Anregung hin Präsident des Volksrats geworden; sowohl die Krone wie die asiatischen Mitglieder dieser Körperschaft hatten die Wahl gebilligt. Denn dieser von edler Bescheidenheit erfüllte Nachfahre von Aristokraten war der einzige wahre Demokrat in der Verwaltung; seine Wahl aber war der autokratischen Exzellenz zu danken...

Auch Laurens Polder hatte als junger Mann in Leyden Rechtswissenschaft studiert; sein Steckenpferd war die Erhaltung eines modus vivendi zwischen Gouvernementsrecht und *Adatrecht* (traditionelles javanisches Recht). Der Lösung dieses Problems hatte er seine knappe Freizeit geopfert. Er hatte fruchtbare Kontakte mit vielen Juristen der Kolonie und mit den einheimischen Fürsten gehabt. In seiner Amtszeit hatte soziale und persönliche Hochachtung zwischen Regierung und den javanischen Fürsten den Verkehr bestimmt. Daß damit keine kulturelle Akzeptierung verbunden war, das hatten die Fürsten und Exzellenz Polder gewußt und hatten sich jahrelang über diesen Abgrund hinweg zugelächelt... Nach Laurens Polders Zeit gerieten die Holländer in eine Lage, die er für unmöglich gehalten hätte: sie wurden die ewig Angeklagten...

Doch die gütige Vorsehung richtete es so ein, daß Laurens David Polder nicht mehr mitansehen mußte, wie sich ein Jahr nach seinem Tod die Welt verwandelte; wie seine Heimat von Hitlertruppen besetzt und Rotterdam zerstört wurde. Er brauchte nicht mehr zu erleben, wie sich drei Jahre nach seinem Hinscheiden die niederländische Sonne im Archipel verdunkelte, wie der Mond über seinem geliebten Java sein Licht verlor und die Sterne vom Himmel fielen.

Am 11. Januar 1942 begannen die Operationen der Kaiserlich Japanischen Streitkräfte in Niederländisch-Indien. Am 28. Februar siegten die Japaner über die alliierte Seemacht vor Java, und einige Monate später brach der heroische und hoffnungslose Widerstand der Kolonialholländer gegen die glänzend ausgerüstete Kriegsmacht Nippons endgültig zusammen.

Exzellenz Polders Residenz in Buitenzorg wurde nun von hohen japanischen Militärs bewohnt, die sich den Kopf darüber zerbrachen, was der Spruch aus dem Polderschen Familienwappen bedeutete, der immer noch über dem Schreibtisch des Gouverneurs hing: *Aequam memento rebus in arduis servare mentem*. Ein japanischer General suchte vergeblich in seinem holländischen Wörterbuch nach der Geheimsprache des Horaz... Zur gleichen Stunde wanderten 98000 holländische Kriegsgefangene – darunter Frauen, Kinder, *indische Jongens* (Eurasier) und die Nachkommen der ruhmreichsten Kolonialfamilien im Archipel – zu Wasser und zu Lande in die

Hütten der Finsternis.

DRITTES BUCH

Die Hütten der Finsternis

«Pulvis et umbra sumus.»
Horaz: Oden

PROLOG

Als die Sterne vom Himmel fielen

Dr. Willem van Swanenburgh
an den Unbekannten Zivilisten der Zukunft

Chungkai (Siam) 1943, Kriegsgefangenen-Lager
der Kaiserlich Japanischen Armee

Lieber Mitmensch im Jahr 2000!

Vielleicht gibt es im Jahr 2000 keine Privatmenschen mehr, sondern nur noch Gefangene irgendeines Kollektivs, und mein Brief aus einem Gefangenenlager im japanisch besetzten Siam wird Dich niemals erreichen. Vielleicht wirfst Du ihn gelangweilt oder angeekelt in die Ecke. Denn einmal ist dieser Brief auf Klosettpapier gekritzelt – ich tauschte es bei einem Chinesen vom Markt von Chungkai gegen die goldene Uhr von Großvater Swanenburgh aus Amsterdam ein –, und dann hast Du natürlich im Jahr 2000 andere Sorgen als die Nachrichten über Leben und Sterben niederländischer Kriegsgefangener nach 1942! Ich weiß das alles, geehrter Mitmensch! Es liegt zentnerschwerer Staub auf allem, was die große Menschenfamilie in der Vergangenheit an Freuden und Leiden erlebt hat! Du wirst noch weniger Geduld mit mir haben, als ich – ein blutjunger Kolonialarzt aus Amsterdam – mit meinen javanischen und chinesischen Patienten in Batavia hatte. Diese Herrschaften sagen Dir aus Höflichkeit nicht, wo es ihnen wehtut. Und sie sind so stoisch im Leiden, daß es Dich abwechselnd irritiert und zur Bewunderung zwingt! Wir sind nicht so höflich und stoisch, wir Europäer hinter Stacheldraht! – Und wir Holländer sind trotz Gefangenschaft, Nummernsystem und demütigenden Leiden des Körpers und der Seele immer noch kein Teil eines Kollektivs; wir sind – god verdomme! *– immer noch Individualisten! Wir erinnern uns beim Kartoffelschälen und beim Bau der Totenbahn zwischen Siam und Burma, daß wir Rembrandt und Van Gogh haben; daß wir Musik machen und daß Gott auch fernerhin jedes einzelne Haar auf unsern verlausten Häuptern zählt – ob es Nippons Befehlshabern gefällt oder nicht. Du solltest mal hören, Unbekannter, wie unser Lukas de Witt in Baracke IV auf einem historischen Klimperkasten Bach spielt: «Lämmer mögen ruhig weiden ...» Kommandant Toshiro aus Tokio ist ein großer Musikliebhaber, und so hat Lukas sein Klavier trotz mangelhafter Leistungen im Straßenbau. Er hat außerdem Hautausschlag, Tropenfieber und ein zerfetztes Lendentuch. Mehr haben wir alle nicht an, und Chinin gibt's auch zu wenig. Aber*

Lukas sitzt und spielt, als sei er noch der Millionenerbe der K.P.M. in Java, der seine Kulis auf der Teeplantage tun und machen ließ, was sie wollten ... Aber das interessiert Dich wohl nicht? Vielleicht glaubst Du, daß dies ein Wisch in einer unbekannten Sprache ist? Vielleicht sind im Jahr 2000 Eroberungskriege asiatischer Nationen aus der Mode gekommen – obwohl ich darauf tippe, daß die Chinesen dann Asien und einige Provinzen des Westens beherrschen. Oder Ihr habt bis dahin so abschreckende Mittel zur Vernichtung der Menschheit erfunden, daß alle Angst haben anzufangen? In beiden Fällen würdest Du nicht wissen, was «Kriegsgefangene» sind. Vielleicht interessiert es Dich als Kuriosität? Genau so wie der Begriff Kolonie? Darauf wird so viel Staub und Schlagwort-Asche liegen, daß Du erst im Lexikon nachsehen mußt, was das Wort Mitte des zwanzigsten Jahrhunderts bedeutete! Sieh lieber gleich unter «Kolonialmacht» nach; in der Rubrik: «Illusionen» oder: «Krisensymptom des westlichen Imperialismus» oder: «Wirtschaftsmythos»! Oder – wir Swanenburghs sind nun einmal unverbesserliche Optimisten – oder Ihr habt im Jahr 2000 endlich eingesehen, daß Kriege ein schlechtes Geschäft sind. Daß Gefangene die Siegermächte viel kosten, trotz kunstvoller Aushungerung und hoher Sterblichkeit durch Klima, schlechte Behandlung, Mangel an Medizinen und menschenunwürdige Aborte – es wimmelt in unserer Krankenbaracke von Dysenterie-Fällen! Oder Ihr habt doch noch gelernt, in Frieden miteinander auszukommen? Ihr müßtet es nach unseren Erfahrungen endlich in den Gehirnkasten gekriegt haben, wenn nicht geradezu ins Herz, falls Ihr noch eins mitbekommt bei der Geburt! Ihr müßtet doch endlich Eure Talente und Euren Erfindungsreichtum auf das Studium der Friedensbedingungen konzentrieren! – Ich meine nicht jene zwischen Regierungen ausgehandelten Bedingungen, die nur Pausen zwischen zwei Weltkriegen schaffen. Ich rede von dem klassischen Studium der Menschenrechte, das wir machtberauschten Mitteleuropäer leider vernachlässigt haben, obgleich wir die Menschenrechte entdeckten ... Während ich hier im Schatten einer Kokospalme sitze (Jan Polder hat sie gepflanzt, genau wie die Mangobäume und die Papayas; nicht aus Naturliebe, sondern aus kulinarischem Interesse!) – während ich hier sitze und mich kratze, weil die Nachtflöhe noch an mir hängen, meine ich beinahe, daß Ihr im Jahr 2000 vielleicht doch schlauer als wir geworden seid! Daß Ihr trotz unzähliger neuer Maschinen, trotz Kollektivbegeisterung und der Reize Eurer unfehlbaren demokratisch-totalitären Staaten doch noch Euren eigenen Geist und Euer privates Herz haben werdet und Würde, Freiheit und irgendein kleines Glück ersehnt! Selbst wir hier wissen noch, wie diese Dinge sind und wie sie schmecken. Darum bitte ich Dich, unbekannter Zivilmensch der Zukunft, lies meinen Bericht, wo immer Du auch sein wirst, welcher Partei Du angehörst, welche Hautfarbe und Religion Du auch hast, und ob Du frei oder gefangen bist! –

Ich weiß, daß die Schicksale eine Gruppe von Kolonialholländern aus dem zweiten Weltkrieg Euch im Jahr 2000 nicht erschüttern können; es war eine kleine Tragödie im Rahmen des westlichen Weltuntergangs. Holland ist ja auch nur ein kleines Land ... Aber Rosie Wu, meine chinesische Freundin und Dolmetscherin in Batavia, sagte einmal, einige Regentropfen seien genau so naß wie ein Wolkenbruch. Und so sind vielleicht auch unsere Leiden in den Gefangenenlagern zwischen Siam und Burma die Leiden der ganzen Menschheit. –

Warum gerade ich, ein blutjunger Anfänger in den Kolonien, diesen Bericht schreibe? Einmal schreiben alle Leute, die sich langweilen, mit Begeisterung Berichte für die uninteressierte Nachwelt. Und außerdem beobachtete ich besonders genau, wie die Sterne vom Himmel fielen, weil ich mich noch nicht an den Glanz und die Macht gewöhnt hatte. Mag sein, daß mir die Sterne am javanischen Himmel besonders leuchtend und der Sturz in die Hütten der Finsternis besonders plötzlich vorkamen. Vielleicht wird gerade das Dich zum Weiterlesen zwingen? Schon in unserer Zeit erschütterten uns nur Dramen voller Heftigkeit und Überraschungen. Schon wir wollten weder der Stimme der Vernunft noch den Gesängen der Engel lauschen. Und welche Richtlinien fürs innere Leben werdet Ihr im Jahr 2000 haben? Wird es nur noch Marschmusik, materialistische Philosophie, Angst, und Liebe aus der Retorte geben? –

Habe Nachsicht mit meinem Bericht! Falls Du Dich als Historiker für westliche Kolonien im Fernen Osten interessieren solltest, hätten Dir Jonkheer Jan Polder, Dr. Quentin Bloemendaal oder Mijnheer Cornelis van Veen, ganz zu schweigen von seinem Vetter Dirk, tieferen Einblick in die Schattenspiele der Macht geben können. Denn es war ein prächtiges wayang kulit*; so nennen die Javaner ihre uralten Schattenspiele, die aber bereits zu unserer Zeit vor Hollywoodfilmen gelegentlich in den Hintergrund traten. Die Herren Polder und der ganz Rest waren Säulen der Kolonie, und sie könnten Dir wirklich etwas erzählen vom Glanz und Ende unseres Inselreiches. Aber vielleicht sind Säulen zu standhaft – bis auf Dirk van Veen natürlich. Leider kam er nach Burma; während wir hier alle von Singapore aus nach den Ländern des Lächelns verladen wurden ... Da bin ich schon mitten im Thema. Wir waren eine gespenstische Karawane, wie wir so von Camp zu Camp und von Baracke zu Baracke zogen, immer mit japanischen Leithammeln; niemals allein. Aber die Geschenke der Einsamkeit wirst Du gar nicht kennen in Deinem Kollektiv-Büro-Wohnheim! Macht nichts, mein Freund, es gibt sie trotzdem.*

Wir sind uns einig: es wird in Deiner Gegenwart keine Kolonien mehr geben, und das ist wahrscheinlich besser für Osten und Westen. Aber vielleicht gibt es im Jahr 2000 noch irgendwelche Hütten der Finsternis zwischen Asien, Amerika und unserm schäbigen alten Europa. Bestimmt sogar! Denn der Kampf um die Macht oder um die Freiheit oder um das Recht auf Achtung und Liebe – was verdammt noch mal jedermann von jeder Hautfarbe und Abstammung hat! –, der Kampf um Macht und die feineren Artikel ist uralt und entsetzlich modern. Und darum werdet auch Ihr ihn kämpfen in allen möglichen Lagern und unter neuen Sternen ...

Und wenn diese nagelneuen Sterne eines Tages von Eurem Himmel fallen – tja ... dann wirst Du Dich irgendwo hinter Stacheldraht hinsetzen und einen Bericht für jemanden im Jahr 3000 schreiben, der nichts – nichts, sage ich Dir! – davon wissen will. Oder Du wirst gegen die Mauer menschlicher Gleichgültigkeit schon nach zehn Jahren anrennen oder nach knapp fünf Jahren, wie es uns nach dem Zweiten Weltkrieg erging ... Auch Du wirst denken, daß niemals zuvor in unserer komischen Welt jemandem so furchtbare Dinge passiert seien wie Dir und Deiner Familie, oder Deiner Gruppe, Deiner Nation, Deiner schönen und zerbrechlichen Welt! – Du mußt sogar so denken, damit Du noch etwas Stolz bewahrst in dem Inferno der Gefangenschaft mit dem Hunger, den ekelhaften Krankheiten, den Angstneurosen, dem globalen Elend und dem ganzen Rest! – Wie willst Du sonst noch mit Dir selbst verkehren, Du Häufchen Dreck und Jammer? Auch wirst Du denken, keine Hütte zwischen Osten und Westen – und etwas Afrika dazwischen – sei so finster und todesgünstig wie Dein Gefangenenlager und das Deiner Kameraden. Zucke nicht die Achseln, Du wirst es denken! Du wirst es als eine Schmach ansehen, daß Kulturmenschen – das wollt Ihr im Jahr 2000 doch auch sicher wieder sein! –, daß also Menschen mit Grips, Benimm und Bankkonto plötzlich wie Tiere eingesperrt leben müssen und vor der Bambuspeitsche oder einem Bajonett oder einem Todespaket aus der Luft zittern. Wie eingeengt wird Dein berühmter Weitblick plötzlich sein, und wie wirst Du Dich unter glühenden Sonnen oder kalten Monden erniedrigen, um dem Hunger und der Strafe zu entgehen! Du wirst jedes Gefühl für Proportion verlieren, wenn Du nicht den Blick zum Himmel richtest! Der Himmel ist immer noch da ... eine sehr eigenartige Erfahrung!

Genug geschwatzt! Jetzt führe ich Dich in unsere Hütten der Finsternis im japanisch besetzten Siam. Es riecht nicht nach Parfüm bei uns, und unsere Kranken sind Breughel-Figuren, die komischerweise in sauberen niederländischen Wohnstuben zur Welt kamen. Aber da ist unser Lukas de Witt – das musikalische Skelett –, und er hat seinen Bach und seinen Beethoven noch nicht vergessen. Und wir haben Jan Polder mit seinem Humor und seinen Kochkünsten. Wir haben Cornelis van Veen mit seinen Trost-Lektionen und seinem grundsoliden Gebet! Fast hätte ich unsern Quentin Bloemendaal aus Leyden vergessen! Dieser Regierungsgeologe außer Diensten, den wir alle für hochnäsig und langweilig hielten, ist ein holländischer Christophorus, der mit mürrischer Großmut und mit Pferdekräften unsere Blinden und Lahmen auf seinem Rükken über Flüsse und Dschungelwege von Lager zu Lager schleppt. –

Ich, Willem van Swanenburgh, Sinkeh und gedankenloser Asienschwärmer, kann bezeugen, daß die Liebe zu Mensch und Gott in den Hütten der Finsternis wächst und gedeiht.

Unbekannter Gewinner oder Verlierer der Zukunft! Ich schildere Dir unsere Hütten nicht wegen der Finsternis, sondern wegen des Lichtes!

ERSTES KAPITEL

Gespenstische Karawane

Dr. Willem van Swanenburgh berichtet:

Gefangenenlager Chungkai, Siam 1942–1943

I

Die Bekanntschaft mit sich selbst ist eine der eigenartigsten Erfahrungen. Wir Swanenburghs bildeten uns immer ein, uns seien Eigentum und Besitz völlig gleichgültig. Papa war so; Vincent und Jo sind so, und auch ich hielt mich für eine Lilie auf dem Felde, für die Gott und die Patienten mit Begeisterung sorgten. Wenn wir kein Geld hatten, pumpten wir; wenn reiche, blind ergebene Patienten bezahlten, verjuxten wir unser Geld überall dort, wo es amüsant und teuer ist. Wir hatten ja immer unser riesiges unordentliches Familienhaus in Amsterdam, und Jo und ich hatten entzückende Behelfsheime in Java. Als die Japaner sich wie ein Heuschreckenschwarm auf unsere Häuser stürzten, waren wir zu betäubt, um an unser Eigentum zu denken. Sie nahmen von uns, unserer Dienerschaft und unseren Besitztümern Besitz und transportierten unsere Frauen und Kinder nach Lager in Mittel-Java. Ich sehe immer noch Antje Polders rundes, schreckerstarrtes Gesicht, und wie sie und der kleine Jan David sich an Bloemendaal anklammerten, der doch nun einmal nicht mitkonnte. Antje war im dritten Monat... armes Dickerchen! Hoffentlich ist unsere Jo in dasselbe Lager gekommen. Sie hat doch dem kleinen Jan David in die Welt verholfen! Antje hatte die lächerlichsten Gegenstände in das kleine Köfferchen gepackt, das jede Frau mitnehmen durfte. Ich war gerade mit Dr. Dekker bei Bloemendaals zur Reistafel gewesen und sah noch, wie Quentin grimmig und geduldig Nachtwäsche, Medizinen und Vitamintabletten für Antje und den Kleinen einpackte und Jan Davids Spielzeug bis auf seinen Teddybären auf die Veranda warf. Ich kann's nicht vergessen, wie Bloemendaal seiner fassungslosen Frau Lebewohl sagte und den Kleinen hochhob und ihn dann mit abgewandtem Gesicht der guten Sophie Dekker zuschob... Sophie stand schon marschbereit mit ihrer winzigen Tochter da; sie weinte nicht und sagte, wir würden uns alle wiedersehen. Unser Dr. Dekker war schon wieder in der Klinik und packte Haufen von Medikamenten und Verbandstoffen zusammen. Dort traf ich auch noch Jo an; sie packte ebenfalls. Wir überlegten alle drei, wie wir das Zeug mitbekommen sollten – es blieb bei einem Suitcase pro Nase und etwas Verbandzeug und

Schlafdecken. Wir verließen uns auf das Internationale Rote Kreuz, und gegen Ende des Krieges lieferten uns die Japaner auch tatsächlich Chinin und andere Delikatessen aus ...

An unser Eigentum dachten wir überhaupt nicht. Wie sollten wir auch? Als ich endlich in meinem schönen Haus ankam, gaben schon japanische Soldaten mit hohen, schrillen Stimmen unverständliche Befehle. Erstarrt und hilflos, wie ich war, leistete ich keinen Widerstand. Ich hatte immer noch das Geschrei von Antjes Sohn im Ohr. Der kleine Wicht jammerte schrill und gekränkt nach seiner javanischen Kinderfrau. Sie hatte sich versteckt – arme Babu! –

Mein Köfferchen war längst gepackt. Zwischen Hemden, Wäsche und Medizinen lag meine kleine verblaßte Miniatur des «Paradiesgärtleins» – eine himmlische Idylle aus dem fünfzehnten Jahrhundert in kornblumenblau, tulpenrot und weiß. Das Bildchen hatte in meinem Kinderzimmer in Amsterdam an der Wand gehangen. Ich habe es längst an einen chinesischen Kunstkenner auf dem Markt in Chungkai gegen Früchte und Verbandstoffe eingetauscht. –

In dem Wirrwarr des Abtransports spürte ich nicht, wie sehr ich an meinem Haus und Garten hing und wie tief die Wurzeln des Eigentums bei uns allen reichen. Wir alle haben eine fetischhafte Lust am Behalten, die uns erst quält, wenn wir alles verlieren. Unsere javanischen Villen und Bungalows glichen Skeletten, doch ein Rest unseres Lebens schien in ihnen zu geistern. Das letzte, was ich vor dem Abmarsch sah, war meine schwarze chinesische Vase in der Halle und einen Keramikteller mit Tropenfrüchten auf meiner Veranda. Die Tochter meines Wäschers – eine fünfzehnjährige Malaiin – hatte ihr lackschwarzes Haar trotz des Weltuntergangs mit Melattiblüten geschmückt. Sie schluchzte sanft und sinnlos, während sie auf Befehl ihres Vaters Blütengirlanden zum Empfang der neuen Tuans aus Japan flocht. In meinem Speisezimmer rüsteten sich mein Boy Nummer Eins und der Fußboden-Kuli zu einem Mah-Jonggspiel; sie hatten mir eine flüchtige Abschiedsverbeugung gemacht. Jetzt wird mein Speisezimmer eine Ansammlung von Spucknäpfen aus Delfter Porzellan enthalten. Nie habe ich meine Delfter Vasen und Schalen so intensiv betrachtet wie in Chungkai, wo sie mir auf ewig verloren gegangen sind ... Mein weißer indischer Teppich wird schon lange mit Zigarettenasche und Melonenkernen bedeckt sein. Was geht's mich noch an? Schon vor dem endgültigen Einmarsch der Japaner hatte mein Haus und mein Eigentum keine rechte Wirklichkeit mehr. Wir lebten bereits in einem fragwürdigen Garten Eden und sahen die Schlange hinter jedem Baum und Strauch. Das fing nach dem Fall von Singapore an. Heut kümmert mich mein Besitz kaum mehr. Wir haben in diesem Krieg mehr verloren als Delfter Spucknäpfe. –

In Surabaya musterten uns die versammelten Hafenkulis melancholisch und neugierig, wobei sie – soweit sie Chinesen waren – schnell und scharf überlegten, wie sie den höchsten Profit aus unserer Erniedrigung ziehen könnten.Erschöpft von der Denkarbeit verbeugten sie sich beflissen vor japanischen Soldatenkäppis und Tropenhelmen. In Java, in Java – da sagten nicht nur die Tanzmädchen «Ja».

Ein toter Pier und brandige Luft. Ich glaube, kein Ort auf der Welt kann einem das Besiegtsein so endgültig klar machen wie ein tropischer Hafen. Das Leben stockte. Die roten und grünen Leuchtbojen flimmerten höhnisch. Selbst die Luft roch nach Niederlage und legte sich uns schwer und feucht auf die Brust.

Die liebliche Insel lag in einem tiefen, sinnlichen Schlummer; nicht einmal die Vulkane rührten sich zum Abschiedsgruß für die gefallenen Gebieter. Die Gleichgültigkeit der Natur verletzte mich; dann wurde ich stumpf. Ich kam mir vor wie ein gefangenes Kaninchen, das zu dumm zum Trauern ist. Jan Polder hat mir später gestanden, daß es ihm genau so ging ... Ich weiß heute noch nicht, warum ich die ganze Zeit an Exzellenz Polders Abreise denken mußte. Jene sorglose, glanzvolle Szene stand mit quälender Schärfe vor meinem inneren Augen. Nun standen wir wie Sardinen zusammengepreßt auf einem schäbigen Frachter, und unser Kolonial-Bilderbuch trieb im Brackwasser. Noch jetzt blättere ich im Wachtraum in dem alten Bilderbuch: Sultane und Prinzessinnen, Reistafeln, Sarongs als Sofakissen; verärgerte mohammedanische Studenten, die in Holland das Meckern lernten ... Herrn Tsuis Laternenfeste; Plantagen, Spielplätze für hektische und gelangweilte Holländerinnen, grüne Schimmelpilze auf Lackschuhen; Kautschuk, Kaffee, Tabak, Indigo, Zuckerrohr, Reis und Bilanzen. Gouverneure, Residenten, Ratgeber, Kontrolleure, Offiziere, Ärzte, Gelehrte, Spione, Hindumasken, Islamrätsel – und Paraden. Malaiische Spieler, die den Tuans ihre jungen Töchter verkauften. Hotels am Meer, in den Bergen; Macht und Gehorsam; dicke Kontobücher und eine Kokosschale mit Abfallreis ... Rosie Wus süßes, naseweises Gesicht – das letzte, was ich sah! Sie stand in Surabaya zwischen Kulis und Japanern und lächelte Tränen. «Miss Rosie ist sehr nervös», sagte sie im letzten Augenblick in der Klinik. Ich küßte sie plötzlich; sie nahm vor Erstaunen ihre Intelligenzbrille ab. Ich wollte Rosie Wu doch heiraten, aber sie wußte es noch nicht. Jetzt würde mir der alte Herr Tsui was husten, ich meine, nach dem Krieg, falls dieser Krieg jemals zu Ende geht! Seine «Tochter aus Zuneigung» und ein holländischer Hungerleider! Husten würde er mir was, und recht hätte er! –

Ist es nicht merkwürdig, daß mir von der paradiesischen Schönheit unserer «größeren Heimat» nur meine kleine Rosie Wu im Gedächtnis geblieben ist? Eine Chinesin und genau so heimatlos in Java, wie wir es geworden sind. Herr Tsui hat sie wahrscheinlich jetzt verheiratet. Sie wird ihrem chinesischen Mann gelassen und kompetent drei Söhne und als Zugabe eine süße kleine Rosie-Tochter schenken. Sie kann beim besten Willen nicht auf mich warten. Sie wußte von nichts, und ich Esel dachte, es hätte alles Zeit. Aber Rosie ist eine Realistin und weiß, daß die Zeit schneller läuft als der Krüppel Willem van Swanenburgh, der in Amsterdam der flinkste Tänzer war.

Ich bin unterdessen ein Krüppel geworden – tja. – –

II

Für uns Gefangene war das japanisch besetzte Singapore nur ein riesiger, trostloser Warteraum. Wir wußten, daß wir nicht lange in dieser Stadt des toten Löwen bleiben würden. Niemand wußte, wohin die Japaner uns verladen wollten. Vielleicht wußten sie es selbst noch nicht. –

Heute, nach ein und einem halben Jahr Transport-Rummel und Gefangenschaft, weiß ich wenigstens, daß ich niemals soviel pedantisches Chaos für möglich gehalten hätte, wie die Aufgehende Sonne es uns stündlich, täglich und jährlich serviert! Die neuen Gebieter des Größeren Ostasiens regieren und arrangieren so unelastisch und kompromißlos, daß sie selbst Gutwillige gegen sich aufbringen. Ich hätte Exzellenz Polder sehen mögen, wenn er erlebt hätte, wie Marschbefehle oder Arbeitsverteilungen gegeben, widerrufen und wieder erteilt wurden! Aber Laurens Polder verwaltete schließlich nur einen Teil von Insel-Indien, und dann kannte *er* seine Pappenheimer! Die Japaner kennen niemanden, weder uns Menschen des Westens noch die Inselvölker oder die Übersee-Chinesen! So leben wir in einer Atmosphäre von Gewalt, Ärgernissen und unnützen Schwierigkeiten, die unbekannte Kobolde in allen Winkeln des Orients für die Kaiserliche Japanische Armee fabrizieren... Nun, schadhafte Lokomotiven, überschwemmte Baracken – wer verlegt schon ein eingerichtetes Gefangenenlager mit Küche, Hospital und leidlichen Baracken während der Regenzeit? –, alles das ist kein Spaß! Und stumme holländische und englische Offiziere, grinsende Chinesen, störrische *indische Jongens* und Diebstähle von Lebensmitteln und Arzneien der Kaiserlichen Armee heben die Launen unserer Befehlshaber auch nicht. Was auch immer heutzutage an der Totenbahn zwischen Siam und Burma passiert – wir Gefangenen haben es auszubaden. Wenn Cornelis van Veen, Bloemendaal oder Jan Polder nicht gelegentlich mit dem Kommandanten oder Sergeanten unserer Lager gut holländisch – allerdings auf japanisch und pidgin-englisch – reden würden, wir wären wohl schon alle erschossen. Vor Bloemendaals grimmigem Blick haben sie Angst, so komisch es klingt. Quentin Bloemendaal kriegt sogar Chinin und frische Gemüse für meine Kranken, während ich nur Ohrfeigen, Gelächter oder Schlimmeres beziehe... Jan Polder muß von Exzellenz die Gabe geerbt haben, gewisse Herrschaften um den kleinen Finger zu wickeln. Und Cornelis van Veen? Ich weiß nicht warum, aber kein Japaner hat ihn jemals geprügelt oder ausgelacht. Nicht weil er so riesig ist – Bloemendaal und ich sind nur einen halben Kopf kleiner – aber vor unserm «Heiligen» weichen sie zurück oder sind – *God verdomme* – wenigstens höflich gegen ihn. Ich glaube, Cornelis van Veen ist ihnen unheimlich, obwohl er die mildeste Seele der Welt ist.

Ich mochte Cornelis nicht besonders in Java; er irritierte mich und forderte sogar meinen Spott heraus. Er wirkte wie ein Schattenmensch neben dem glänzenden Dirk van Veen. Nun sehe ich täglich, daß unser Spottname für Cornelis zufällig ins Schwarze traf. Ich beneide den «Heiligen» glühend um seine Ruhe, seinen Seelenfrieden; um seinen unaufdringlichen und großartigen Glauben. «Kopf hoch, Willem», sagte er mir gestern, «wo es kein Kreuz gibt, da gibt's auch keine Krone!» – Jedem anderen hätte ich ins Gesicht gelacht oder ihn gebeten, die geehrte Schnauze zu halten. – Und dann beugte sich Cornelis van Veen von seiner riesigen Höhe zu dem kleinen Markus Silberberg hinab, der aus Amsterdam noch rechtzeitg mit einem falschen Paß nach Surabaya floh, knapp bevor die Nazis unsere jüdischen Mitbürger in unserem eigenen Land einsperrten und verschleppten. Markus hatte ein Speisehaus im Hafen eröffnet, und Cornelis schickte uns alle hin, wenn wir in Surabaya zu tun hatten. Silberberg war Professor der Philosophie, und in seinem Restaurant ging's drunter und drüber. Aber Cornelis lobte seinen Betrieb stets über den grünen Klee, und Jan Polder brachte dem kleinen Gelehrten schließlich das Kochen bei. Wie hätte er sonst gegen die chinesische Konkurrenz bestehen sollen? Der Professor hat ein berühmtes Buch über Spinoza geschrieben – mir viel zu hoch, aber Cornelis hat's natürlich von Seite eins bis Seite vierhundertfünfzig gelesen. Und nun hat er seinem geliebten Markus vorgeschlagen, uns Vorträge über Philosophie zu halten, damit wir Esel auf andere Gedanken kommen. Der kleine Herr – nur Haut und Knochen, Nase und tiefe traurige Augen – wurde ganz rot vor Begeisterung. «Wer will das denn hören?» fragte er scheu. «Jeder», sagte Cornelis, und das war wie's Amen in der Kirche. Quentin Bloemendaal und Polder treiben bereits die Zuhörer zusammen – morgen beginnt's. Vielleicht ist's wirklich besser, als zu schimpfen, über Vergangenes zu grübeln oder vor der Zukunft zu zittern. Wohin werden die Japaner uns bringen?

Ein einziger Zwischenfall aus Singapore wird in die Geschichte eingehen. Er war tragisch und komisch wie alles, was Kriegsgefangenen in Asien passiert.

Quentin Bloemendaal und Jan Polder machten einen Fluchtversuch. Wir erfuhren erst später davon – viel später.

«Mir paßt der Betrieb nicht», sagte Jan Polder eines Abends. Er schob angeekelt seinen Wasserreis mit etwas gehacktem Gras beiseite und blickte seinen Schwager Quentin Bloemendaal an. Der Jonkheer hatte in diesem Augenblick eine lächerliche Ähnlichkeit mit seinem Vater, und auch dessen Ton hatte er am Leibe. Wir sahen die beiden noch spät am Abend wispern, aber ich ging zu meinen Kranken. Wir hatten bereits Malaria und Gallenkoliken im Programm.

Die beiden wollten nach Johore fliehen, zusammen mit zwei tollkühnen britischen Pflanzern, die Polder bereits gut kannte. Jan schuf auch hier Kontakte; er hat noch nichts von seiner Sicherheit und Gewandtheit eingebüßt. Der Plan war natürlich verrückt.

Einer der britischen Pflanzer – mit Verbindungen zu Indern und Malaien – hatte einen seiner früheren Plantagen-Aufseher, der sich in Singapore herumtrieb, überredet, sie alle vier über die Landenge zu rudern. Tja ... der andere Pflanzer wollte im letzten Augenblick nicht mit, dachte wohl an seine Frau und die Kinder, falls er erwischt und erschossen werden würde. So blieben nur Bloemendaal, der nicht weiß, was Angst ist, Jan Polder, dem der Betrieb nicht mehr paßte, und der andere Engländer, ein Bursche so lang wie die Geschichte der Kolonie Singapore und so leichtsinnig, wie meine Schwester Jo es in ihrem Frühling war ... Aber dieser Kunde bekam am Vorabend der Flucht ein Dschungelfieber, und so mußten Bloemendaal und Polder den Malaien mit seinem Boot allein an einer geschützten Stelle am Kai treffen. Der junge Kerl wartete tatsächlich mit seinem Wackelboot und etwas Proviant. Die Japaner veranstalteten wieder einmal eine Siegesfeier mit viel Alkohol, den sie nicht besonders gut vertragen. Niemand vermißte Bloemendaal und Polder; sie hatten es also nach dem Abendreis geschafft. «Hoffentlich ist der Kerl kein Verräter», soll Jan zu seinem Schwager gesagt haben, als sie den jungen Mann, der sich zur Feier des Abends ein grellrotes Kopftuch umgebunden hatte, warten sehen. Bloemendaal soll so grimmig gelacht haben, daß der junge Malaie ihn verstört anstarrte. Quentin und Jan waren dunkel geschminkt und trugen eingeschmuggelte Sarongs. Eine Seefahrt, die ist lustig, eine Seefahrt, die ist schön! –

Die beiden kletterten also in das schmale Boot und gondelten los. Sie wollten die Nacht im Dschungel verbringen und dann versuchen, auf Waldwegen weiterzukommen, da sie alle offenen Straßen und Eisenbahnwege meiden mußten.

Das Ende vom Lied war, daß der lächelnde Malaie das Lächeln aufgab, nachdem er einige Meilen gerudert hatte. Und wenn ein Malaie nicht mehr lächelt, dann ist's schlimm. Das Lächeln ist nun mal ein Teil seiner Garderobe – wie der Sarong, der Kris und die Heidelbeerlippen. Der Bursche hatte keineswegs die Absicht, den grimmigen Bloemendaal und den dicken Jan Polder zu erstechen und zu berauben; aber er hatte plötzlich Angst bekommen, da betrunkene japanische Patrouillen am Ufer lärmten und sangen. Sie scherten sich den Kuckuck um die drei Sarongs im Kahn, aber der Malaie – Allah sei's geklagt ! – war in einen Zustand geraten, den Jan Polder von den Plantagen her genau kannte. Er ist so gefährlich wie die Amok-Laune, aber leiser. Und unheilbar, solange er dauert ... Der arme Teufel war durch den Gesang der Japse von *«latah»* gepackt worden, und da ist dann nichts mehr zu wollen. Latah ist nicht einfach vor Angst in die Hosen machen. Latah ist eine reguläre Angstneurose; ein plötzlicher Schock, und so heftig, als ob ein Vulkan Überstunden macht. Der Wille ist total gelähmt; nicht mal zum Weglaufen reicht der Mumm. Jan Polder schilderte es mir genau. Der junge Malaie verdrehte die Augen, bis man nur noch das Weiße sah, und wollte die Ruder über Bord werfen. Er begann zu winseln und irgendeinen Dämon um «Befehle» anzuflehen. Es konnten auch Japaner sein, die ihm gerade in diesem Augenblick befahlen, ihre Gefangenen nicht weiter in die Freiheit zu rudern! Kurz und gut – Jan Polder nahm schweigend die Ruder und steuerte heimwärts. Woher sollten sie die

Wasser- und Waldwege kennen, die nach Johore führten? Sie würden verhungern oder verdursten oder angeschossen werden. Der Malaie lag stöhnend und willenlos im Kahn und flehte immer noch unbekannte Autoritäten um «Befehle» an. Seine Stimme schien einem Kind zu gehören; als ob seine Männlichkeit ihn zusammen mit seinem Verstand verlassen hätte. Die beiden Ausreißer starrten den armen Kerl an. Polder sagte schließlich, *latah* wäre eben höhere Gewalt, und Bloemendaal sagte nichts. Als der Malaie aus seinem Trance erwachte, murmelte er, daß er sofort ans Ufer schwimmen müsse. Ohne die Tuans! Er zeigte mit einer schlanken zitternden Hand auf eine Pfahlhütte. Dort läge seine todkranke Großtante. «Eine anfällige Familie», bemerkte Jan Polder und ließ den Jungen abschwimmen. Der Malaie blickte geduldig vor sich hin, wollte kein Geld, nahm aber den Proviant für die liebe Großtante ins Kopftuch und hüpfte ans Ufer. Die beiden Tuans im Sarong paddelten schweigend an eine verborgene Stelle des Ufers, von wo sie sich unbemerkt – wenn sie Glück hatten – ins Lager zurückschleichen konnten. Sie hatten Glück: die Wachen waren stinkbesoffen. Am nächsten Morgen beim Appell brüllte Bloemendaal so laut, er sei immer noch da, daß der Sergeant – ein zierlicher Bücherwurm mit doppelten Brillengläsern – buchstäblich zusammenfuhr und etwas murmelte, was wohl ein japanischer Fluch in Mezzosopran war. Gräßlich – diese Holland-Barbaren! –

So endete die Flucht nach Johore. Am nächsten Nachmittag dozierte unser Professor Markus S. über «Die Grenzen der Erfahrung». Bloemendaal und Polder nickten zu jedem Satz wie zwei chinesische Pagoden. Sie hätten uns auch einiges über dies Thema erzählen können.

III

Gerade als wir anfingen, uns für Silberbergs «Grenzen der Erfahrung» zu interessieren – der Professor sprach so glänzend wie Cicero, oder wie der Kerl hieß, und er führte uns gratis und franko in die stabile Welt der Gedanken –, gerade da wurde es Essig mit unserer Bildung. Man brauchte als Gefangener nur was Vernünftiges anzufangen, schon kamen die Japaner dazwischen.

Wir wurden eines Morgens in Güterwagen gestopft, denn wir sollten in Siam, das nun «Thailand» hieß, Bahnlinien und Brücken für die Japaner bauen. In gewisser Weise begrüßten wir es. Man konnte nicht dauernd Bildung schlucken, weil das Essen täglich schlechter wurde, und Abwechslung gab's auch keine. Meine einzige Abwechslung war Rosie Wu, aber je mehr ich an sie dachte, desto elender wurde mir zumute. Sie war wohl gerade jetzt verlobt. Was für Spaß hatten wir zusammen gehabt! Ich brachte ihr alle westlichen Tänze bei, und sie brachte mir auch Verschiedenes bei. Was die muntere Rosie zusammenfragen konnte! Ich muß noch jetzt lachen. Wieviel Einwohner Amsterdam hätte, und ob ich sie alle kenne! Ob ich manchmal bei der Königin eingeladen war, und wieviel Platten es zur Reistafel gegeben hätte? Ob ich auch eine Drehorgel gehabt hätte wie jeder in Amsterdam? Ich fragte Rosie, wozu sie das alles wissen wolle, da sie doch gar nicht nach Holland reisen möchte. Aus reiner chinesischer Lust an der Anhäufung von Wissen wollte sie es erfahren ... Dazu tranken wir grünen Tee, und ich nannte sie *amandel-koek* (Mandelkuchen), weil ihre Augen wie glänzende Mandeln in ihrem Gesichtchen saßen. Aber «Mandelkuchen» wollte weiteres Wissen sammeln und sagte, «Miß Rosie wäre sehr intellektuell!» Aber tanzen ging sie doch jeden Abend mit «Doktor Willem»! Ganz süß geschminkt war sie, und die Brille mit dem Fensterglas hatte Urlaub. Ich Schafskopf wußte damals nicht, wie passend der Name «Mandelkuchen» für Rosie war: bittere Herrlichkeit unter der Süße ... Meine Schwester Jo, für die Rosie auch anfangs Dolmetscher gespielt hatte, wußte nichts von ... von dieser Sache! Ich hätte Rosie fragen können, ob sie mich ein bißchen gern hätte. Fragen kostet ja nichts. Aber wenn ich grade entschlossen war, fragte Mandelkuchen, wie viele Matjesheringe ich in meinem Leben gegessen hätte. Für sie war der Monat Mai in Amsterdam der Monat der frischen Heringe. Das hatte sie wohl von Dr. Dekker erfahren, der genauso über unsern Mai denkt. –

Im Güterwagen nach Siam kam mir Rosie wie ein ausgedachtes Mädchen vor. Die Abwesenden haben es schwer bei uns Swanenburghs. Aber sie war immer noch da – ein zierlicher hartnäckiger Schatten.

Wir wußten nichts über Siam. Mein Freund Lukas de Witt, der gern in Reisebeschreibungen herumschnüffelt, behauptete, daß es in Siam hauptsächlich weiße Elefanten, blauäugige Katzen für den Export, Zwillinge, besonders höfliche Diebe, Reisfelder, Prinzen, Schlangen im Badezimmer und die schönsten Buddhatempel in Südostasien gäbe. Das klang nett – ich meine, für Touristen ohne japanische Reisebegleiter! Cornelis van Veen ergänzte die Information dahin, daß die Stadt Bangkok das «Venedig des Ostens» wäre. Ein Freund seines Großvaters – sagte der Mijnheer gähnend – sei einmal bei einem Prinzen in Bangkok zu Gast gewesen und zur allgemeinen Begeisterung in einen Kanal gefallen, der sich vor dem Palast dahinschlängelte. Die Brücke über diesem träumerischen *klong* war offenbar für zierliche Siamesen, die Limonade als Getränk bevorzugen, erdacht worden. Wir lachten. Quentin Bloemendaal sagte, wir lägen alle schon jetzt im Kanal, und die Paläste warteten bereits auf uns. Jan Polder hatte gerade seinen politischen Tag. Er sagte, daß Siam zwar von Japan militärisch besetzt wäre, aber trotzdem ein Herz und eine Seele mit der Kaiserlichen Armee ... Die Siamesen wären eben ganz schlaue Schlauberger, meinte Jan und trudelte mürrisch in seine Schlafecke. Der Arme nahm Platz für drei Personen ein. Paul Verdoorn sagte die ganze Zeit kein Wort. Er stand neben dem japanischen Sergeanten und machte sich niedlich. Verdoorn, der in Java gern Exzellenz Polder in Taschenformat spielte, hat sich am meisten von uns verändert. Er benimmt sich manchmal kriecherisch; will aber wohl nur von den Japsen eine Extraportion Wasserreis rausschinden. Armer Esel!

Hatte sich übrigens an Rosie Wu rangemacht, wenn niemand zusah. Aber Rosie war *meine* Dolmetscherin; da hätte Verdoorn viel früher aufstehen müssen! Er ist übrigens der einzige aus unserm Kreis, der niemals zu Professor Silberbergs Vorträgen erschien. Und wenn er noch ein einziges Mal über das Holländisch von Markus lacht, dann schlage ich Verdoorn persönlich die bildschöne Fresse zusammen. Markus Silberberg hatte in Holland eine neue Heimat gefunden, nachdem ihn die Nazis 1933 aus seiner Universität in Marburg gejagt hatten. Das war nicht zum Lachen – das war – *God verdomme* – zum Weinen! Verdoorn soll nicht so angeben! Er spricht heute noch gemeines Javanisch, obwohl er nun schon allerhand Jährchen draußen ist. Er kann sich getrost 'ne Scheibe von unserm Spinoza II. abschneiden!

Unsere erste Station in Siam war Bampong. Ich erinnere mich deshalb daran, weil Cornelis van Veen sich gleich nach der Ankunft mit Ruhr ins Hospital legte. Es war eine mit Attappalmen gedeckte, glühend heiße und sanft stinkende Hütte. Viele kranke Gefangenen blickten uns apathisch entgegen. Wachsbleich und benommen wankte Van Veen zu einer Bambuspritsche. Dekker und ich stützten ihn, und Silberberg trug ihm traurig seinen Koffer und die Schlafdecke nach. Der leidende Riese erschien uns wie ein Symbol eines künftigen gemeinsamen Mißgeschicks. Cornelis war doch eine unserer Säulen. «Leg dich daneben, Junge», sagte Bloemendaal grimmig, «bist ja grün um die Nase! Das will ein Arzt sein.» Ich riß mich zusammen. Eine unerklärliche Schwermut hatte mich gepackt. Ich atmete mühsam in dieser von faulen Dünsten geschwängerten Baracke. Gefangene dürfen nicht krank sein... Glücklicherweise gab's zuviel zu tun zum Grübeln. Janssen – von den Kaffee-Janssens aus Sumatra – machte auch irgendwelche Zicken. Er war bei uns, weil er zufällig in Batavia gewesen war, sonst wäre er wohl mit Dirk van Veen, Van Gelderen, und dem ganzen Verein an der anderen Ecke der Bahnlinie in Burma. Janssen stöhnte, sagte aber kein Wort. Das war schlimm. Wenn die Janssens sich nicht beklagen, dann sind sie wirklich krank. Wir teilten Nachtwachen ein. Bloemendaal und Markus blieben bei Van Veen. Der kleine Professor wollte nichts von Schlafen wissen, obwohl er wie ein Gespenst aussah. Er hockte an Cornelis' Pritsche und streichelte verstohlen die Hand des Bewußtlosen.

Bampong ist ein friedlicher hinterindischer Winkel, der uns keinen Frieden gab. In meiner Erinnerung sieht der Platz aus wie eine Postkarte, die Reklame für den romantischen Osten macht. Und wie auf einer Postkarte fehlte diesem leuchtendgrünen Stadtdorf in West-Siam die Tiefendimension. Alles war nur zum Ansehen da. Oder konnten wir Jungen etwa auf die Fruchtbäume klettern? Wir durften nicht einmal in die grünsilbernen Reisfelder wandern, auf denen nackte braune Bübchen auf nachdenklichen Wasserbüffeln ritten. Nie würden wir die Pfahlhäuser betreten, deren geschnitzte Dachsparren hinter wehenden Palmen verschwanden. Schlanke Mädchen in brokatnen Pasins und Phanungs saßen unter Bananenstauden und Brotfruchtbäumen; sie sahen alle aus, als ob sie herrlich tanzen könnten und niemals eine Frage nach Holland stellen würden. Dazu waren sie viel zu gleichgültig! Wie gerne wären wir – wie in Batavia – in die engen, halbdunklen Chinesenläden gegangen! Wie gern hätte ich wieder den unvergeßlichen Dunst von bratendem Speck, Pfeffer, Schweiß, Entengestank, chinesischer Lebensfreude und menschlicher Wärme geschnuppert! Wir marschierten vorüber. Auch die berühmten Tempel mit den schlangenartigen Dachspitzen, den schneeweißen Mauern, den farbigen *prangs* (Türme) und den goldenen, lächelnden Buddhabildern waren nur zum Ansehen da. Genau wie die Mönche in den wallenden gelben Gewändern, die stumm zwischen uralten Bäumen wandelten und der Karawane von zerlumpten Ausländern keinen Blick schenkten. Die Tropenbäume mit den Scharlachblüten, die vor unsern Baracken wuchsen, waren einer höhnischen Phantasie entsprungen. Ihre Schönheit tat uns weh. Diese brennenden Blüten zwischen tiefgrünem Laub erinnerten mich zu sehr an unsere Inseln. Javas Schönheit war so extravagant und leuchtend, daß ich manchmal einen leisen Ekel vor dem Überfluß Asiens verspürt hatte ... Was hätte wohl unser bebrillter Aufpasser gesagt, wenn wir aus dem Lager gelaufen wären, um diese Blüten zu pflücken?

Manchmal durften wir einkaufen. – Ich ging öfters mit Lukas zum Markt und manchmal in eine chinesische Apotheke, und wenn wir nette Wachen hatten, tranken sie etwas oder schliefen. Dann betrachteten Lukas und ich gebannt die gewundenen Wege, die zu Siams immergrünen Wäldern führen. Waren es die Wälder der Freiheit? Oder nur metallgrüne Irrgärten, in denen man von einem Bilderbuchtier gefressen wurde? –

Lukas und ich standen mit unseren Säcken am Quare-Noi-Fluß. Fruchtboote, Dschunken, Motorschiffe ... Wenn wir nun einfach auf ein Schiff springen würden? Dazu mußte man nur vorher die beiden Wachtposten erschlagen. So einfach war das! – Eine Fähre, beladen mit Siamesen, Kohlen, roten Tongefäßen und gefüllten Eßkörben, zog langsam an uns vorbei. «Sieh mal ... geröstete Fische», sagte Lukas. «Und Bananenkuchen», sagte ich. Friedlich zog die Fähre weiter. Ein nettes Plakat! Siam war eine farbenfreudige, isolierte Asiatenwelt, die uns lächelnd aufgenommen hatte und uns lächelnd sterben sehen würde. Ich tadelte die Siamesen nicht – hatten wir uns auf unsern Inseln um die Javaner und Malaien in ihren Booten gekümmert? Die schlanken, tätowierten, siamesischen Schiffer – sanfte Augen, harte Muskeln, keine besonderen Kennzeichen – steuerten ihre Boote in irgendein Reisdorf. Die jungen Kerls glitten spielerisch am Bootsrand entlang, wie Tänzer eines Balletts, das meine Halbschwester Adrienne begeistert hätte. Adrienne war die Schlaueste von uns: sie verschwand aus Ostindien, solange es noch Zeit war. Sie hatte es leicht. Sie hing an niemandem ...

Als die Bootsleute uns mit schneeweißen Zähnen anlächelten, wunderte ich mich im stillen, daß es im Jahr 1943 noch lächelnde Menschen gab. Wie einfältig ich damals war! Als ob die Leiden irgendeiner machtlosen Gruppe jemals die behagliche Mitwelt erschüttern oder gar zum Handeln anregen würden! Ein paar Zeitungsnotizen, ein empörter Aufschrei im Rundfunk, ein Kopfschütteln darüber, was es alles in dieser Welt gibt, und man geht zur Tagesordnung über! Die meisten von uns sind nur Zuschauer, die die mörderischen Schauspiele unserer Zeit mit Seelenruhe betrachten. Dabei sind es Schauspiele, die den Steinen auf den Straßen einen Aufschrei entlocken könnten! Wir sind dabei nicht völlig gefühllos – wir leiden nur an Phantasieschwund...

«Ich habe schrecklichen Hunger», sagte Lukas de Witt, der als Junge niemals essen wollte. «Was können wir noch verkaufen?» fragte ich.

Plötzlich erleuchtete die Abendsonne die stille Reislandschaft von Bampong. Unsere Wachen kamen angelaufen und schimpften, wo wir abgeblieben wären, anstatt uns zu erklären, wo sie versackt waren. Lukas und ich schulterten unsere Säcke und schlichen vor den Wachen wie alte Männer, die tote Gewichte auf den Schultern tragen. Der jüngere Sergeant hieb uns spielerisch mit seiner Bambuspeitsche auf die Schultern. «Hopp, hopp!» kicherte er.

Cornelis van Veen lag mit geschlossenen Augen: Dr. Dekker hatte ihm eine Spritze gegeben. – Damals hatten wir noch Injektionen zur Verfügung. – Bloemendaal und der kleine Professor saßen bei Cornelis und flüsterten miteinander. Gastronom Markus S. hatte angebrannten Reisbrei gekocht, und beide hatten Van Veens Wäsche gewaschen, während Lukas und ich am Fluß gestanden und uns bemitleidet hatten.

Nun saßen Quentin und Markus stumm wie die Fische im Hospital, und ich meldete mich bei meinem Chef Dr. Dekker zum Nachtdienst.

Und da geschah es. Dr. Dekker operierte, und ich assistierte ihm, als wir das Geschrei vor Krankenbaracke IV hörten. Wir konnten nicht weg. Aber wir sahen noch, wie Bloemendaal den ehemaligen Privatsekretär von Exzellenz Polder so verprügelte, daß Verdoorn sich kaum mehr rührte und Jan Polder schließlich unsern Geologen zurückriß. Verdoorn, der schon seit Tagen vor sich hinbrütete und mit schriller Stimme sprach, hatte Markus Silberberg einen «deutschen Dreckjuden» genannt, obwohl der Professor längst die holländische Staatsbürgerschaft besaß und unsere Leiden brüderlich mit uns teilte. Quentin Bloemendaal war hinter seiner kühlen Strenge immer ein heftiger Bursche gewesen, und nun war ihm die Geduld gerissen. Markus war schneeweiß geworden und schweigend vom Krankenbett seines Freundes Van Veen ins Kochhaus gegangen, wo Jan Polder, der gerade ein Omelett ohne Eier zauberte, ihm Scherze erzählte, um ihn über den Schock hinwegzubringen. Man hörte nur Jans Lachen und Silberbergs angestrengtes Husten...

Bloemendaal hatte mittlerweile den jungen Verdoorn, der heftig am Kopf blutete, wie einen Mehlsack in unsere «Klinik» geworfen und mir barsch gesagt, ich könne das Schwein verbinden, falls ich nichts Besseres zu tun hätte. Bloemendaal, in Java das Muster eines korrekten Beamten, sah grauenhaft aus. Seine Augen waren leer und dennoch unheimlich wild. Seine sehnigen Hände waren zu Fäusten geballt, und er war heiser wie einer, der zuviel getrunken hat. «Das war nur der Anfang», sagte er abwesend und strich sich das wirre blonde Haar aus der Stirn. «Das nächste Mal schlag ich ihn tot.»

«Ruhe, Ruhe», sagte Dr. Dekker. «Was hat der dumme Junge verbrochen?» Als wir es hörten, sagte Dekker kein Wort mehr. Aber er blickte Verdoorn, der bewußtlos vor ihm lag, mit Erstaunen und Widerwillen an. Dann verband er ihn kunstgerecht und gab Bloemendaal einen Genever aus unserer letzten Pulle. «Vergiß es, Quentin! Verdoorn wird sich bei Markus entschuldigen.»

Doch dazu kam es nicht mehr. «Das war nur der Anfang», hatte Bloemendaal gemurmelt, und genau so war's. Am nächsten Tag war Verdoorn wieder auf und schwatzte mit seinem Seelenfreund Janssen von den Kaffee-Janssens aus Sumatra. Verdoorns Stirn war voll roter entzündeter Hitzepickel, und er lachte noch schriller als gewöhnlich. Professor Silberberg blieb bei Jan Polder im Küchenhaus, um keine Entschuldigung entgegennehmen zu müssen. Er machte sich den ganzen Tag unsichtbar. Er wusch nur wieder Van Veens Wäsche. Polder hatte einen Karpfen im Quare-Noi-Fluß gefangen, und gedämpfter Jubel herrschte im Kochhaus. Mittags würgte Markus S. dem guten Jan zuliebe ein Stückchen herunter. Er hatte eine graue Gesichtsfarbe, und Dr. Dekker wollte ihn gerade untersuchen, als plötzlich Panik ausbrach und Polder geschwind den Karpfen versteckte. Ein japanischer Oberst war zur Inspektion aus Bangkok gekommen, und wir sollten in zehn Minuten sauber gewaschen, in anständigem Zeug, zur Parade antreten, um dem Obersten zu zeigen, wie glücklich wir alle unter Nippons Oberaufsicht waren.

Nach der Parade ließ Oberst Yamada einige Gefangene zu sich in die Offiziersbaracke kommen, um Einzelheiten zu erfahren. Das taten die Oberbonzen manchmal. Sie wollten nicht nur wissen, wer glücklich war, sondern auch, wer vielleicht etwas gegen die «Aufgehende Sonne» hätte. Oberst Yamada war als großer Ausfrager bekannt. Er hatte einen riesigen kahlen Schädel, kleine gefährliche Augen und lächelte wie verrückt, während die Gefangenen ihn wie hypnotisierte Kaninchen anstarrten. Manchmal lachte er unerwartet – ein tiefes Gelächter, das ganz bescheiden im Bauch anfing und dann plötzlich wie ein ausbrechender Vulkan aus ihm herausstürzte. Besonders wenn er zornig war, lachte der Oberst so. Und ausgerechnet diesem Goldjungen vertraute Paul Verdoorn etwas an, das uns Jan Polder in einer Regennacht erzählt hatte. Verdoorn hätte es wohl nicht weitererzählt, wenn der Rachedurst ihn nicht um den Verstand gebracht hätte. Er fand nämlich, daß er jetzt Gelegenheit hatte, Quentin Bloemendaal zu vernichten. Kurz und gut: Oberst Yamada erfuhr von Verdoorn, daß Bloemendaal «unzuverlässig» wäre und tatsächlich einen Fluchtversuch unternommen hätte. Jawohl, Herr Oberst, in Singapore! Von wem Verdoorn das wüßte? Daran konnte er sich jetzt nicht mehr erinnern... Da begann Oberst Yamada so zu lachen, daß die Sergeanten und seine eigenen Offiziere zusammenfuhren und nur Verdoorn nicht merkte, daß das Gelächter des Obersten Sturm anzeigte. Yamada war komisch. Er konnte ruhig zusehen, wie Gefangene wie die Fliegen starben; er fragte die Gefangenen nach allen möglichen Dingen aus und zog seine eigenen Schlüsse. Polder hatte sich einmal bei ihm über die Rationen beklagt, und das siebente Weltwunder war geschehen: Oberst Yamada hatte unsere Reisration verdoppeln lassen und einmal die Woche Fisch spendiert! Wenn er nicht gerade lachte, hörte er sich tatsächlich alles an, was wir an dem Lokal auszusetzen hatten. Er hatte in Amerika studiert und kannte die Menschen des Westens. Er war der Beste von allen. Aber er hatte eine Eigenheit: Er konnte Denunzianten nicht leiden. Er konnte sie nicht ausstehen. Er fand sie ehrlos. Sein starrer japanischer Ehrenkodex ließ keine Entschuldigung für Männer gelten, denen die Gefangenschaft körperlich und seelisch so schlecht bekam wie Paul Verdoorn. Der Sturz war zu plötzlich und unsere Hütten zu finster für einen Sinkeh, den Exzellenz Polder milde und leicht ironisch in Form gebracht hatte ...

Das Ende vom Lied war, daß Oberst Yamada nach den Wachtposten brüllte und den ohnmächtigen Verdoorn in die «Hundehütte» schaffen ließ. Dies war das Armesünderloch, aus dem wenige Kameraden lebend herauskamen. Sie standen gebückt in einer finsteren, feuchten Hütte und holten sich bestenfalls einen Schaden am Rückenmark. – Wir haben einen Kameraden, der nur auf allen vieren kriechen kann, obwohl wir dauernd mit ihm geturnt haben. – In dieser Hütte sollte Verdoorn bis auf weiteres bleiben. Im letzten Augenblick, als ihn die Wachen gerade hineinstießen, sah er unglücklicherweise unseren Kameraden De Vries auf allen vieren in seine Baracke kriechen. Das versetzte ihm einen solchen Schock, daß er wie am Spieß aufschrie und sich mit Händen und Füßen gegen die Wachen wehrte. Ein Hieb über den Kopf, und Verdoorn war in der Hütte. Des Nachts hörten wir ihn heulen und wimmern und mit den Händen gegen die verrottete Holzwand schlagen. Wir konnten nichts machen: die Hütte war von Wachtposten umstellt, die kindisch über das Geheul lachten. Es hatte nichts Menschliches an sich. Es lief uns kalt den Rücken herunter. Wenn der arme Teufel dort doch sterben mußte, dachten wir, sollte er es lieber gleich tun, bevor wir alle wahnsinnig würden. Aber Verdoorn starb nicht. Er blieb drei Wochen in der Hütte, und als sie ihn herausschleiften, war er blind. Und wie sah er aus – der große, elegante Paul Verdoorn, mit allem verwandt und verschwägert, was gut und teuer in den Kolonien gewesen war! Auch Dr. Dekker sagte zunächst: «Immer mit der Ruhe. Er muß sich wieder ans Licht gewöhnen.» Aber er gewöhnte sich nicht. Nach einer Woche sah er immer noch nichts. Schwache Augen hatte er stets gehabt; aber schließlich hatte er doch alles sehen können, was an einem hübschen Mädchen zu sehen war! – Dr. Dekker tippte auf Schreckblindheit, und wir alle hofften. Verdoorn schien die Sprache verloren zu haben. Dekker schüttelte ihn sanft. Cornelis van Veen redete ihm zu. Endlich wimmerte er: «Bloemendaal soll mich totschlagen!» und das war eine nette Suppe für Quentin Bloemendaal! Und wie nun alles so trostlos war, daß selbst Jan Polder keinen Scherz machte, da kam Markus Silberberg in den Winkel, in den wir Paul Verdoorn gebettet hatten. Denn er stand nicht auf, obwohl er nicht gelähmt war. Der arme Teufel drehte den Kopf weg, wenn wir ihm Essen brachten, und weinte mit dem Kopf zur Wand gedreht. Der «Heilige» saß stumm bei ihm, als Silberberg lautlos eintrat. Cornelis wollte abwinken, damit Verdoorn sich nicht aufregte. Aber Silberberg bat ihn vor die Tür. «Überlassen Sie ihn mir», sagte er fest. «Ich hatte eine blinde Schwester. Ähnlicher Fall. Wurde von der Gestapo verhört. Danach war es aus.»

«Und jetzt?» fragte Cornelis hoffnungsvoll. «Martha hat gelernt, auch ohne Augen zu sehen», sagte der Professor sanft. «Man muß es Verdoorn eben beibringen.» – Er blickte in die Ecke hinüber und murmelte: «Es ist ihm immer zu gut gegangen, dem armen Jüngelchen! Es ist schlecht, mein Freund, wenn es einem Mann zu gut geht.»

Cornelis van Veen drückte seinem kleinen Freund die Hand. «Gott segne Sie, Markus», flüsterte er.

Niemand von uns weiß, was Markus Silberberg in seinem komischen Holländisch dem armen Verdoorn erzählte. Wir ließen sie stundenlang allein, und selbst die Wachen brachten Bananen für Paul. Einige waren sehr ordentliche Reisbauern. Und dann tat der junge Verdoorn ihnen wohl doch leid.

Gegen Abend sahen wir etwas, was keiner von uns vergessen wird. Ein sehr hochgewachsener und ein sehr kleiner Mann gingen Schritt für Schritt zu Silberbergs Baracke. Verdoorn stützte sich dabei auf den kleinen, zarten Gelehrten, der mit jedem Schritt vor Liebe und Erbarmen größer und kraftvoller wurde. Markus S. hatte die Macht der Geräuschlosen ...

Jan Polder stürzte aus dem Kochhaus, aber Markus legte den Finger auf den Mund und sagte munter: «Paul würde jetzt gern etwas essen! Was habt ihr denn Schönes?» Der Jonkheer brachte persönlich gebratene Bananen, die er mit Sojamehl zu Pfannkuchen verzaubert hatte. *«Het smaakt heerlijk!»* Das sagte er immer; auch wenn's gehackte Moskitos mit Regenwassersauce gab ... Wann immer wir Polder aus dem Kochhaus auftauchen sahen, brüllten wir im Chor: «Es schmeckt herrlich!»

Paul Verdoorn aß seine erste Mahlzeit mit Hilfe seines Freundes Markus. Einige Tage danach saßen wir alle beim Abendreis um die beiden herum – auch Bloemendaal, der einen alten Ring verkauft hatte, um vitaminhaltige Dinge für Verdoorn einzuhandeln. Allerdings unter der Bedingung, daß Verdoorn nichts davon erfuhr. – Sehen konnte der arme Teufel sowieso nicht, was er aß, aber sein seltsamer Schutzengel wachte Tag für Tag darüber, daß Paul allmählich den Reis mit dem Löffel essen lernte, ohne alles zu verschütten, und daß er sich an unsern Gesprächen beteiligte. Als er das erste Mal über Jan Polders Scherze lachte, blickten wir uns alle an. Nur der kleine Professor blickte den jungen

Verdoorn an. In Markus Silberbergs dunklen traurigen Augen war ein Licht, das die Hütten der Finsternis mit strahlendem Glanz erfüllte.

IV

Als Lukas und ich eines Abends von daheim schwatzten, sagte Bloemendaal verhältnismäßig freundlich: «Haltet endlich den Mund! Legt euch schlafen! Ihr werdet eure Kräfte noch brauchen, ihr Grünschnäbel!»

Wir starrten ihn an.

«Übermorgen geht's weiter», verkündete Bloemendaal gleichmütig. «Packt morgen euren Krimskrams zusammen, Jungens! Und – Lukas, vergiß nicht wieder die Hälfte!»

Lukas begann zu zittern. Er machte das sehr ulkig. Nur seine Lippen zitterten, seine Augen waren unbeweglich. Ich hatte ein elendes Gefühl in der Magengrube. Mir graute einfach vor dem Wechsel, obgleich wir es nicht zum Totlachen in Bampong gehabt hatten: Steine schleppen, mein Lazarettdienst und gelegentlich einkaufen gehen, wenn Jan Polder uns den Spaß überließ. Bloemendaal warf uns einen scharfen Blick zu. «Freut ihr euch nicht? Ihr beiden habt euch hier doch immer beklagt!»

«Wohin geht es jetzt?» fragte ich mühsam. Selbst die elenden Baracken waren in diesen Wochen schon eine Art Heim geworden.

«Immer geradeaus», sagte Bloemendaal trocken. «Richtung Burma.»

Lukas – unser feiner zarter Lukas, den ich schon als Jungen vor der Schule und Adrienne beschützt hatte – sah mich entsetzt an. Also die Japaner schleppten uns nun in den Dschungel, in jene sinnlos wuchernden metallgrünen Wälder, die nach Tod und Panthern rochen. Wir sollten von Siam nach Burma Bahnwege durch Felsgestein legen: Lukas mit seinen Pianistenhänden ... Wir würden Wege aushauen, Brücken bauen und dahinsinken wie die kranken, ergebenen Elefanten der Teakholz-Magnaten.

«Halt die Luft an, Willem», sagte Bloemendaal ungewöhnlich freundlich. Er mußte unsere Gedanken gelesen haben. «Es ist vielleicht kein Kaffeeklatsch mit Musikbegleitung wie bei euch in Amsterdam. Aber, soviel ich weiß, ist noch niemand vom Steinekloppen gestorben.»

Er lachte tatsächlich! Plötzlich wußte ich, was Antje Polder an ihrem Mann auszusetzen hatte. Quentin Bloemendaal hatte solche Bärenkräfte und war so zäh, daß er für schwächere Charaktere kein Verständnis hatte. Oder schien es mir nur so? Wer kannte Quentin?

«Ich will bei Cornelis und Markus bleiben», sagte Lukas.

«Vorträge hören, he? Nimm dich zusammen, Junge! Sollen die Japse über dich lachen?» Bloemendaal klopfte Lukas auf die Schulter, daß der Arme zusammenknickte. Dann drehte er sich brüsk um, weil Lukas wie ein sterbender Schwan an der Bretterwand lehnte und verzweifelt schluchzte. Er war ein verwöhnter kleiner Junge. Und ich war auch nur ein kindischer Bursche, wie Bloemendaal mir immer versicherte.

«Lukas», sagte ich hilflos, «nimm's doch nicht so ...»

Wenige Minuten später kam der alte Pater Rauendaal zu uns. Bloemendaal hoffte wohl, daß er Lukas zur Räson bringen würde. Es war eine Art Nervenzusammenbruch. Mit Medikamenten war da wenig zu machen. Lukas hatte sich bis jetzt tapfer gehalten. Nachdem man ihn gewaltsam von seinem Flügel in Java weggerissen hatte, war ihm alles ziemlich gleichgültig gewesen ...

Nach fünfzehn Minuten verließ der alte Franziskaner unsere Hütte. Sein weißes Haar wehte im Nachtwind. Er blickte mich mahnend an. Seine Augen, die in vierzigjähriger Missionsarbeit auf den Inseln so viele Freuden und Leiden gesehen hatten, waren blaue Flammen – durch hohes Alter und das Wissen um menschliche Schwäche gedämpft.

«Es ist in Ordnung, Doktor», flüsterte er. «Lukas hat sich erinnert.» Meint er, daß Lukas im ersten Schreck vergessen hatte, daß Gott mit uns in den Dschungel kam? –

Dann war der zarte alte Franziskaner wie ein Luftgeist zu unserer Cholerabaracke enteilt. Der Tod ging bereits in diesem ersten Lager um. Pater Rauendaal half allen Jungens beim Sterben. –

Wir wurden erstmal nach Khanburi verladen. Dort gab es ein geräumiges Hospital und Arbeitsgelegenheit für Genesende. Nach seiner Genesung würden Van Veen und Paul Verdoorn, falls er wieder sehen würde, Bahnlinien mitbauen. Bloemendaal bemerkte am letzten Abend in Khanburi, Hausfrauen und Kriegsgefangene wären niemals um Arbeit verlegen. Paul Verdoorn schälte mit Hilfe von Professor Silberberg die süßen Kartoffeln, die Jan Polder einem Chinesen für eine Fotografie des Admirals «abgekauft» hatte. Das Bild hatte einen schmalen Goldrahmen; Herr Ching würde es bestimmt in seiner Ahnengalerie verwenden, meinte Jan grinsend. Der Seeheld der Polders war lange nicht so wichtig in Khanburi wie süße Kartoffeln ...

Bloemendaal gab Lukas am Abend vorm Abmarsch in den Dschungel sein letztes Brom, wobei er ihn «Dummkopf» und «Musikant» nannte. Diesmal hatte er recht. Der liebe Lukas, auf den man wie auf einen Säugling aufpassen muß, war am Nachmittag in der glühenden Sonne ohne Kopfbedeckung herumgelaufen und hatte ein Lied komponiert. Er sah bläulich aus und hatte nicht gemerkt, daß er einem Sonnenstich nahe war. Bloemendaal hatte es mit einem halben Auge gesehen: ihm entging nichts. Auch das mußte Antje mißfallen haben ... Übrigens erzählte Jan Polder mir, daß Bloemendaal eigentlich meine Schwester Jo heiraten wollte. «Was heißt *eigentlich*? Unser Geologe weiß doch, was er will», sagte ich. «Vielleicht wußte eure schöne Jo es nicht», meinte Jan augenzwinkernd. Das ist vor meiner Zeit in Java gewesen – tausend Jahre her!

Eine Stunde vorm Abmarsch versuchte Bloemendaal, dem kranken Cornelis van Veen seine goldene Uhr aufzudrängen. Der Heilige solle sich, Verdoorn und Silberberg, welcher seinem Aussehen nach der nächste Typhusfall werden würde, anständig verpflegen. Die Chinesen auf dem Markt waren so versessen auf Uhren und Füllfedern wie unsere

Japse. Doch es gab auch viele chinesische Menschenfreunde, die uns den ganzen Krieg hindurch großmütig mit allerhand Sachen «auf Pump» versorgten.

Der kranke Cornelis van Veen mit den meerblauen, in tiefen Höhlen liegenden Augen sah erschreckend bleich aus. Dr. van Campen blieb in Khanburi zurück: er war älter als ich und hatte in Surabaya praktiziert. Als Cornelis sanft und vernünftig Bloemendaals kostbare Gabe zurückwies mit der Begründung, Quentin würde im Dschungel zusätzliche Nahrung noch nötiger brauchen, begann unser Geologe so gräßlich zu fluchen, daß ein japanischer Unteroffizier ihn sofort erschießen wollte. Er dachte, dieser grimmige Gefangene beschimpfe die Kaiserliche Japanische Armee. Bloemendaal erklärte dem Unteroffizier in einem Japanisch eigener Erfindung, worum es ging. Der intelligente Bursche schien ihn zu verstehen, denn er brach in schrilles Gelächter aus. Er amüsierte sich so über den baumlangen Holländer, daß er Lukas und mich mittelkräftig ohrfeigte und Bloemendaal scherzhaft gegen das Schienbein trat. Dann verschwand er kichernd in seiner Kantine und erschien später bei Cornelis van Veen mit drei Büchsen kondensierten Rahms – was die Burschen alles hatten! – und einem Kasten englischer Biskuits. Van Veen dankte ihm mit franziskanischem Lächeln, da Unteroffizier Nishima keine Bezahlung haben wollte. Er zeigte mit dem Daumen auf Cornelis: «Guter Gefangener! Wird bald tot sein – mausetot!» Dabei lachte er, um seine Gemütsbewegung zu verbergen. Dann sagte Nishima uns allen Lebewohl und gab mir noch einen scherzhaften Nasenstüber. Er reckte kichernd seine kleine gedrungene Gestalt, um meine Nase zu erreichen. Ich hätte ihm am liebsten einen Stuhl geholt. – Dieser Unteroffizier aus Kobe war die seltsamste Erscheinung in den Hütten der Finsternis. Er hat einige Kameraden totgeprügelt und einen Offizier aus dem britischen Lager buchstäblich verhungern lassen. Derselbe Mann rettete später Cornelis van Veen das Leben, indem er blitzschnell eine Kobra tötete, die sich an den Heiligen aus Den Haag herangeschlängelt hatte. Auch mir erwies er, nachdem ... mir das Malheur passiert war und ich nach Khanburi zurückgeschickt wurde, die zarteste Rücksicht. Ich sehe immer noch seinen sanften traurigen Blick auf mir ruhen. Was tat er alles, um mir mein Los zu erleichtern! Werden wir jemals die widerstreitenden Mächte in einer einzigen Menschenseele begreifen?

Wir versammelten uns zum letzten Appell in Khanburi. Zielloses Durcheinander. Schrille Befehle. Wachen und Gefangene rennen einander zwischen die Beine. Flüche. Stöße mit japanischen Gewehrkolben. Lukas hat seine Schlafdecke vergessen, und Bloemendaal holt sie fluchend trotz japanischen Protestes. Er kriegt einen Schlag mit dem Kolben und tut, als ob es ein Moskitostich wäre. Das gefällt dem Sergeanten. Er verspricht Bloemendaal den Himmel auf Erden – eine Zigarette, wenn's niemand sieht.

Mit einem Kloß in der Kehle nickte ich Cornelis van Veen zu. Er und sein Vetter Dirk waren für mich in der Kindheit Idealgestalten gewesen.

Große Abenteurer! Sie tauchten alle paar Jahre in Papas Sprechzimmer in Amsterdam auf, und Dirk erzählte mir dann tolle Geschichten aus den Dschungeln.

Cornelis van Veen gab mir im letzten Augenblick eine kleine Silbermedaille mit dem Bild der Gottesmutter. Mir wurde komisch zumute, obwohl ich nichts von dem römischen Zeug halte ... «Gott schütze dich, Willem», flüsterte der Heilige und sah mich besorgt an. Dann drückte er Bloemendaal zum letztenmal die Hand: «Paß auf Willem und Lukas auf, Quentin! Unsere Sinkehs sind noch zu weich.»

Bloemendaal nickte. Man konnte ihm die Begeisterung über den Auftrag am Gesicht ablesen. Er bückte sich tief zu Cornelis' Pritsche hinab und flüsterte mit ihm. Ein antiker Ring blieb statt der goldenen Uhr in der weißen, mit blauen Adern durchzogenen Hand seines Freundes.

«Mach's gut, Cornelis», sagte Bloemendaal erstickt und rannte hinaus.

Immer noch liefen Kameraden in Van Veens Baracke, um Abschied von ihm zu nehmen. Wir konnten uns einfach nicht vorstellen, wie wir ohne ihn auskommen sollten. Etwas ging von ihm aus, das uns allen half. Vielleicht war es seelische Energie? Ein Strom von Menschenliebe ohne Ansehen der Person? Ein Esel wie ich war ihm tatsächlich genauso wichtig wie ein großer Gelehrter wie Markus oder wie Paulus de Witt. Paulus war grade in Europa auf Urlaub gewesen, als der Krieg ausbrach. Linda ist mit den Zwillingen im Gefangenenlager in Java verschollen. Aber ich denke, sie wird es schaffen. Sie sieht zwar wie ein Pferd aus, aber ich fand Linda Derrington immer großartig. Ich verbrachte meistens meine Ferien bei den De Witts in Buitenzorg. Linda war eine herrlich nachlässige Hausfrau, die nicht viel zur Bequemlichkeit ihrer Gäste beitrug, sie aber schrecklich gern hatte ... Das gefiel mir.

Markus Silberberg winkte uns liebevoll aus der Fieberbaracke zu. Er war nur noch Haut und Knochen, weil er seine Rationen für Verdoorn aufgespart hatte. Jetzt hatte die Malaria den kleinen Schutzengel gepackt. Das letzte, was ich vorm Abmarsch sah, war die lange gebeugte Gestalt des jungen Verdoorn vor der Malariabaracke. Er stand reglos einige Meter von der Baracke entfernt, da er nicht zu Markus und den anderen hineindurfte, und hatte den feinen, hochmütigen Kopf lauschend vorgestreckt. Er versuchte, alle Leute, die an der Baracke vorbeigingen, festzuhalten, um zu hören, wie es Markus ginge. Ein japanischer Sergeant, der Verdoorns Blindheit vergessen hatte, ohrfeigte ihn prompt, warf ihn in den Dreck und wollte ihn anschließend zur Arbeit schicken. Verdoorn stand mühsam auf und starrte blicklos in die Richtung der Fieberhütte. Ich wandte mich ab. – – –

Wir fuhren los. Aber Jan Polder, der noch auf seinen Viehwagen wartete, rannte zu Verdoorn und sprach mit ihm. Verdoorn winkte uns mit einem leuchtenden Seidentuch, das bessere Tage gesehen hatte. Pater Rauendaal trug in diesem Augenblick das Sterbesakrament in die Baracke, wo Van Veen lag. Mir war schwindlig. Mein Chef, Dr. Dekker, sagte: «Immer mit der Ruhe, Willem!» – Wenn Anthony Dekker einen Burschen ansieht, wird ihm bereits besser. Er ist das Salz der Erde und die Ruhe selbst. Man darf nur niemals mit ihm von seiner jungen Frau Sophie und dem winzigen Meisje sprechen, die im Frauenlager in Java sind. Dann spielt Dr. Dekker taubstumm.

Kalksteinhügel im violetten Dämmerlicht. Bloemendaal gibt mir einen aufmunternden Stoß, daß ich beinahe das Gleichgewicht verliere. Alter Grobian! Er ist doch höchstens dreiundvierzig Jahre und sieht aus wie – egal, wie er aussieht! Lukas summt irgendwas von Johann Sebastian Bach. Bloemendaal sagt: «Klingt nicht übel! Was ist das?»

So begann unser Auszug in die tödlichen Wälder.

Mir kam's so vor, als hätten wir die «Grenzen der Erfahrung» noch lange nicht erreicht.

V

Von nun an rannten wir wie Preisläufer, für die es keine Preise gibt. Falls wir nicht gerade Viehwagen fuhren. Teils im Luxuszug, teils zu Fuß, wurden wir von Lager zu Lager gejagt. Von Chungkai nach Wun Lun; von dort nordwärts nach Wun Jen und nach Wan Po. Dann weiter nach Norden... Immer neue Dschungeldörfer, deren Namen ich weder aussprechen noch schreiben kann. Neue Karawanen von Kranken, die immer dann ein Lager räumten, wenn wir es beziehen sollten. Wenn sie Glück hatten, würden sie bis nach Khanburi kommen. Die meisten erlebten aber ein friedliches Ende in Khanburi nicht mehr. – Aufgeweichte Schlammböden in der Regenzeit, Fieberluft, neue metallgrüne, drohende Dschungel. Gespenstische Mondnächte, in denen Erinnerungsneurosen blühten; eine Sonne, die uns zu Zunder verbrannte... Und die Lager, die wir immer gerade dann räumen mußten, wenn wir den größten Mist ausgemistet, etwas Sauberkeit eingeführt und einen Gemüsegarten angelegt hatten. –

Zwischen 1943 und 1944 fragte ich mich oft, ob die grauhäutigen, zerlumpten, mühselig stolpernden Gespenster tatsächlich einmal elegante Offiziere, liebenswürdige Plantagenbesitzer, Industriekönige, vornehme Verwaltungsbeamte und begeisterte Sinkehs aus den Niederlanden gewesen waren. Oder Manager von Weltfirmen, Kunstsammler, Abenteurer und Mädchenjäger mit guten Manieren und mehr oder weniger glückliche Ehemänner und Familienväter... Das konnten *wir* doch nicht gewesen sein? Wie zitterte ich beim Anblick eines Gewehrkolbens oder einer Bambuspeitsche! Jetzt endlich verstand ich jenen jungen Malaien, der in Singapore aus Angst vor den Japsen nicht nach Johore rudern wollte... Manchmal wurde mir die Kehle trocken wie Bohnenstroh, meine Haare sträubten sich, und meine Augäpfel traten vor Angst heraus. Lukas hat mir mal geschildert, wie ich dann aussah. Er bekam immer Angst vor meiner Angst und versuchte mich aufzuheitern, bis ich ihn verprügelte. Wie gemein wurden wir mit der Zeit; wir haßten uns und wußten dabei, daß wir uns immer noch verdammt gern hatten – es sah nur nicht mehr so aus.

Die Nachtmärsche waren das Schlimmste. In dem grünlichen Mondlicht glichen wir müden Dämonen, die nicht einmal den Witz aufbrachten, einen Dschungelspuk aufs Parkett zu legen. Nur Jonkheer Jan Polder sah immer noch beinahe rosig und verhältnismäßig wohlgenährt aus. Wie ein zähes, unzufriedenes holländisches Baby. Und dann plötzlich wie sein Vater, wenn ihm «der Betrieb nicht paßte».

Die feuchte Glut, die Feuerfliegen, der stachlige Bambus, das Lalanggras – der siamesische Dschungel nahm kein Ende. Das verdammte messerscharfe Lalanggras! Nach Tarsao liefen die meisten von uns ohne Schuhe. Auf diesem Marsch bekam ich Blasen und niederträchtige Geschwüre an den Füßen. Die Dinger brannten wie Höllenfeuer; die Haut ging in Fetzen ab. Und doch mußte ich weiterrennen – ein baumlanger wimmernder Esel! Oder hatte ich mich auf den Weg nach Golgatha verirrt, dem wir Swanenburghs immer geschickt ausgewichen waren? Ich konnte nicht drüber nachdenken. Ich hatte nur viehische Angst vor der Bambuspeitsche, die mir den Rücken in Striemen aufriß, die dann – Schwamm drüber! – Einer unserer Wachtmeister war ein anständiger Kerl, der zwar die Peitsche schwang, aber aufpaßte, daß sie nicht die offenen Stellen auf meinem Rücken traf... Ich mußte mitlaufen in der Karawane – da konnte kein Japs was dran ändern! Er hatte diesen Krieg nicht gemacht, und ich auch nicht. Wahrscheinlich hatte mein Wachtmeister vorm Kriege in seinem Dorf Reis gepflanzt und höchstens mal die geehrte Frau Gemahlin liebend verdroschen... Ich war während eines Urlaubs mit Lukas in Japan gewesen: zauberhaftes Land... außerhalb von Tokio! Viele Ahornbäume, braune Hütten an einem Bilderbuchfluß, Wolken über einem heiligen Berg, Reisfelder und Stille. Wahrscheinlich darf man mit dem Wachtmeister auch nicht von seinem Dorf reden! –

Auf dem Nachtmarsch nach Tarsao wünschte ich, ich könnte mich einfach hinlegen und einschlafen. Vor allem niemals wieder aufwachen! Das ist nicht heldenhaft gedacht. Aber gibt es Helden mit entzündeten Füßen?

Der Mond war ein Stück Alkmaar-Käse, grün von Gewürm. Der Reisbauer peitschte ganz sachte, um mich zu erinnern, daß Gefangene nur sterben können, wenn sie es ungewöhnlich schlau anfangen. Einmal fragte ich Jan Polder, ob wir zusammen fliehen wollten? Es war ihm und Bloemendaal doch damals nichts passiert... Er fragte nur trocken: «Wohin denn, Kleiner?» Natürlich hatte er recht. Zu dieser Zeit waren die Japaner in Ostasien wie jener Reisende, der das ganze Hotel aufkaufte, als man ihm kein Zimmer geben wollte...

Sind diese blutenden Klumpen noch meine Füße? Plötzlich schrie ich laut auf. Schäme mich verdammt. Wimmere irgendwas: «Vincent!» oder «Jo!» Vielleicht auch «Papa!» – Wozu sind wir eine Arztfamilie? Sollen mir doch helfen! Wo ist Dr. Dekker? Unerreichbar. Irgendwo in der

Karawane. Wohl bei den paar Tragbahren, die wir noch haben. Als Bloemendaal mich hört, ist er sofort an meiner Seite. Schimpft und flucht: «Schreibaby!» und betrachtet mich scharf. Stützt mich geschickt – der olle Bloemendaal! Wo sein alter Herr wohl ist? Ob er die berühmte karierte Reisemütze nach Burma mitgenommen hat? Die Mütze hat bestimmt einen japanischen Liebhaber gefunden... Ich schreie noch lauter. Bloemendaal packt fester zu und durchbohrt mich mit seinen blaßglühenden Augen. «Halb so schlimm», beruhigt er. «Halt noch etwas durch, Junge!» – «Danke sehr», sage ich höflich, wie in einem Tanzlokal in Amsterdam. Mit Bloemendaals Arm um meine Schulter stolpere ich weiter.

Die Lianen streckten ihre gierigen Arme aus, als ob sie uns erdrosseln möchten. Täten sie's doch! Dann brauchten sich die Japaner nicht die Hände an uns schmutzig zu machen... Ich stolperte gegen einen Riesenbaum mit silbrigen Blüten. Paulus de Witt könnte sofort den Baum klassifizieren; zu seinem Glück ist er ein Abwesender. Wie seine Schwester Isabella in Den Haag.

Komisch, daß von den De Witts nur der Säugling Lukas in der Karawane mitmacht! Modell eines Kriegsgefangenen, wie er nicht sein soll. Lukas liegt grade auf der letzten Tragbahre, die Jan Polder und Vulkanforscher Geertgen schleppen. Lukas hat die Augen geschlossen. Singen tut er auch nicht mehr. In Khanburi sang er noch irgendwas von Bach – «Treues Herz...» oder so ähnlich.

Ich stolpere weiter an Bloemendaals Arm. Die andern rennen. Wir bleiben weit zurück, aber der Reisbauer mit der Peitsche hat nichts dagegen. Bloemendaal hat's ihm erklärt. Der Bursche erklärt den Japsen auch das Unerklärliche. Dabei beklagte Antje sich immer, daß er nie den Mund aufmacht... Unsere Jo war eine Idiotin, diesen Burschen laufen zu lassen! Ich hätte ihn sofort geheiratet – hier im Dschungel, meine ich. –

Der Dschungel wächst ins Ungeheure. Ein anderer Baum versperrt mir den Weg. Stachlige Früchte hat er; groß wie Menschenköpfe. Gräßlich! – Rosie Wu würde diese Ausgeburten verabscheuen. Sie ist so klar und verständig und so adrett in ihren Blumenkleidern. Darf nicht an Rosie denken. Bloemendaal sagt immer, ein Kriegsgefangener mit einem guten Gedächtnis sei glatt verloren... Das Parfum von den Menschenkopf-Früchten betäubt mich. Möchte mich übergeben. Aber Bloemendaal erlaubt es nicht. Gibt mir einen Stoß, der nicht von schlechten Eltern ist. Brutaler Kerl! – Ich sage Bloemendaal, ich könne nun nicht weiter mitmachen, und ich meine es. Er glaubt es endlich – Gott sei gelobt! Lebt wohl – ihr Lieben!

Bloemendaal stoppt den Zug und bespricht die Sache mit Polder und Geertgens. Beide sind dagegen, daß ich die letzte Tragbahre mit meinem Freund Lukas teile. Warum müssen wir so lange Beine haben? Ich flehe Quentin B. an, mich in Frieden sterben zu lassen. Aber er lacht grimmig und reibt seine Hände. Dann hebt er mich langen Lulatsch schweigend auf seine Schultern. Als ob ich ein Schuljunge wäre, der auf Onkels

Rücken einen Ritt um die gute Stube macht. Während des Rests dieser Dschungelwanderung bleibe ich in dieser Stellung. Meine Arme umschlingen zärtlich Bloemendaals knochigen Hals, während meine glühenden, geschwollenen Füße herabhängen – zwei verwesende Gegenstände, die zu keinem menschlichen Körper gehören. Einmal frage ich Bloemendaal, ob er nicht Dr. Dekker holen könnte. Aber unser Geologe erwidert, Ärzte wären nie zur Stelle, wenn man sie brauche. Das müßte ich doch selber wissen, fügt er munter hinzu. Er könnte mir Geschichten aus Surabaya von diesem Idioten Van Campen erzählen – der bilde sich ebenfalls ein, ein Arzt zu sein! Der einzige gute Doktor, den er kenne, sei mein Fräulein Schwester. Und Vincent natürlich ... Aber unser berühmter Vincent wäre ja auch nicht zur Stelle, meint Bloemendaal scharfsinnig ...

Ist dies der romantische Dschungel, den wir in verschollenen Zeiten zum Spaßvergnügen bereisten? Mutter Natur ist ohne Interesse, wenn man Füße aus glühendem Blei hat. Ein Lärm ist im Dschungel! Eine Bar in Singapore ist ein Tempel des Schweigens dagegen! Das Urwaldkonzert macht mich wahnsinnig. Warum brüllen die Affen so lüstern? Und das Grillenkonzert, wenn die Dämmerung den Wald und die Karawane in Purpurschleier hüllt! Diese Grillen sollte man einzeln totschlagen. Sie summen in meinem Gehirn. –

Einmal sehe ich hinter geschlossenen Augen das Amsterdam meiner Kindheit. Wo ich mich immer am Hafen rumtrieb – die Docks, das Wasser, Regen, Wind, die Lagerhäuser, der Duft vom Orient. Wie oft kaufte ich in einer Seitengasse einem Händler chinesische Dattelpflaumen ab – nur weil sie von «draußen» kamen. Die Früchte und Dirk van Veen haben mich in die Inseln getrieben. Einmal kam Dirk aus Peking – riesig, lustig und mit seltsamen Geschenken beladen. Was er mir alles erzählte! Papa hatte noch zu tun, und ich wollte Dirk van Veen auch etwas bieten und erzählte ihm, wie das Skelett in Papas Arbeitsraum hieße und daß wir uns heimlich miteinander unterhielten. Dann kam Papa. Dirk klopfte mir leicht mit der Elfenbeinkrücke seines Stocks auf die Schulter und sagte lachend: «Euer Willem ist ein richtiger Swanenburgh! Verrückt wie ein Hutmacher!» Er hob mich hoch – ich war schon sieben Jahre und schämte mich – und fragte: «Wann kommst du nach Sumatra, he? Wann schießen wir zusammen einen Tiger?» Und dann schob er mich weg. Er hatte ganz plötzlich genug von mir. «Verdufte, mein Sohn», murmelte er. Plötzlich hatte ich Angst vor ihm. Er war so riesig und hatte so seltsame Augen, und seine Laune wechselte wie das Wetter in Amsterdam. So hat er Jo wohl auch weggeschoben.

Den Tiger in Sumatra werde ich wohl nun nicht mehr schießen.

Wenn meine Füße es auf diesem Marsch zu arg trieben, dachte ich an unsere Tulpenfelder daheim. Lukas hat mir den Trick verraten. Ruhe und Kühle weht dann einen Augenblick in den siamesischen Dschungel. Ob Bloemendaal auch an daheim denkt? An seine Mutter im Rollstuhl oder an die ulkige verhungerte Cousine? Man kann nichts aus seinen grimmigen Zügen lesen. Aber er ist ein glänzender Gepäckträger. Ich klebe wie ein Koffer mit Übergewicht an seinem Rücken. Danken darf ich ihm auch nicht. Das hat Quentin B. nicht gern.

Kommen wir niemals nach Tarsao? Dort ist wenigstens ein Hospital, und Bloemendaal kann verschnaufen. Ich sterbe immer noch nicht, und er schleppt mich weiter. In Tarsao endet die Bahnlinie erst einmal. Dann soll's weitergehen! Nach Takanum und dann immer höher bis zum Drei-Pagoden-Paß, wo wahrscheinlich Dirk van Veen steht und irgendeinem Japs mit seinem Stock (mit Elfenbeinkrücke) zeigt, was eine Harke ist... Blödsinnige Vision! Wahrscheinlich prügeln die Japse Dirk auch; ich kann mir nur nicht vorstellen, daß er stillhält...

In Tarsao legten Dr. Dekker und Bloemendaal mich auf einen Holztisch, der nach Blut, Urin und Pfeffergemüse roch: der neue Operationssaal! In Batavia beklagte ich mich immer über die viele Arbeit in der Poliklinik. «Ich möchte auch mal Patient spielen», murrte ich, wenn mir der Schweiß von der Denkerstirn tropfte. Dieser Wunsch ist mir in Tarsao von allen gottverlassenen Nestern Südostasiens erfüllt worden.

Ich reiße durch einen schwarzen Nebel die Augen auf und sehe unsern Dr. Dekker. Es ist soweit. Der Chef würde auch operieren, wenn einer aus einem Schaukelpferd liegt. – Papa hätte seine Freude an Dr. Dekker gehabt. Jo und Vincent auch. Nur ich nicht! Denn wir haben keine Betäubungsmittel. «Das werden wir bald haben», sagt der Chef und untersucht meine Füße eine Ewigkeit. Im Gegensatz zu Bloemendaal flucht er niemals. Immer noch der feine Oberarzt aus Rotterdam! Polder und Bloemendaal beugen sich über mich. Was wollen die denn hier? Sollen mich mit dem Chef allein lassen! Er weiß, daß ich noch mal mit Rosie tanzen gehn will und wird mich schon zurechtschneiden. Meine Geschwüre stinken wie die Pest.

«Jan... Quentin... haltet ihn jetzt fest!» sagt Dr. Dekker. Ich höre ihn aus weiter Ferne. Ist er auch so müde? «Geht weg», schreie ich; aber keiner hört es. Die Säulen der Kolonie halten mich mit eisernen Armen. *«Lämmer mögen ruhig weiden...»* spielt Lukas. Ich wirble durch violette Wolken. Nun ist's schwarz und eiskalt. Kalte Träume sind scheußlich. Eine Stimme aus der Kindheit: «Wir wollen aber doch das Licht von der Finsternis scheiden und über das Dunkel lächeln.» Als die Stimme das sagte, brannten Kerzen auf dem Altar. Werde ich noch mal konfirmiert? Vincent und Papa nicken mir zu... Wir... wollen aber... das... Licht... Warum ist es plötzlich stockfinster? Ich bin ein Schatten unter Schatten. Ich bin wohl eben gestorben...

Nach Stunden komme ich an die Oberfläche. Dr. Dekker wischt sich seine großen Hände an einem Lappen ab, gibt mir einen forschenden Blick und brummt, ich sei ein tapferer Kerl. Gehört sich auch so für seinen Assistenzarzt! Bloemendaal empfiehlt einen verdammt langen Schlaf, und Jonkheer Polder sagt gar nichts. Sein Mondgesicht sieht so kummervoll aus, daß ich am liebsten lachen würde, wenn ich könnte. Er fragt, was ich essen will. «Nie wieder essen», flüstere ich. Jan ist entsetzt und bespricht sich mit Dr. Dekker. «Er muß doch jetzt futtern!»

«Klar», sagt Dr. Dekker. Und dabei bleibt's. Mein Kopf ist mit Staub und Sägespänen gefüllt, und meine Augen fallen zu.

Gegen Mitternacht erwache ich. Bloemendaal rast zu meiner Pritsche. Was soll das Getue? Der Chef hat endlich die Geschwüre operiert, und bald bin ich kreuzfidel. Man hält schließlich was aus mit sechsundzwanzig Jahren. Ich werde noch mit Rosie Wu rumhopsen, daß es nur so knallt. Der Gedanke erheitert mich trotz der Wundschmerzen so sehr, daß ich mich mühsam aufrichte und mir endlich fachmännisch meine Operation ansehen will.

Bloemendaal brüllt nach Dr. Dekker.

Er ist wie der Wind da und murmelt: «Immer mit der Ruhe, Willem!»

Meine beiden Füße und mein rechtes Bein sind weg.

VI

Tarsao muß der einzige Ort auf der Welt sein, der Quentin Bloemendaal in aufgekratzter Stimmung gesehen hat. Nicht nur gelegentlich – sondern immerfort. Er kramt Witze und Anekdoten aus seinem nüchternen Gehirnkasten, und ich gebe mir zehn Tage lang Mühe zu lachen.

«Ich mach nicht mehr mit», sage ich einmal.

«Verdammter Quatsch», sagt Bloemendaal, der sich als meine Privatpflegerin in Tarsao etabliert hat. Nachts will ich mich auf die Seite drehen. Geht aber nicht. Beiße die Zähne zusammen, damit Quentin B. mich nicht heulen sieht. Dr. Dekker ist bei drei Kameraden, die sich Flußfieber geholt haben. Auch die Cholera-Baracke in Tarsao ist gut besucht. Gestern haben wir wieder zwanzig Mann begraben. –

Bloemendaal hilft mir auf die rechte Seite zu kommen. Doch ich möchte wieder auf dem Rücken liegen. «Tut mir leid», sage ich mühsam. Kloß in der Kehle. «Hoppla!» Bloemendaal flucht nicht, schimpft nicht und legt mich vorsichtig auf den Rücken. Dann gibt er mir ein großes Taschentuch aus feinstem Leinen. Sicher noch aus dem Leydener Wäscheschrank seiner Mutter oder von Großmutter van Doorn aus Delft.

«Das kannst du selbst brauchen.» Ich will ihm das Tuch zurückgeben. «Hab noch mehr davon», lügt er. Ich schnüffele dankbar und heule in das herrliche Tuch. Sauber ist's und duftet nach Lavendel. Bloemendaal klopft mir den Rücken und sagt befriedigt: «Na also, alter Schafskopf! Immer raus damit!»

Nachher bringt Jan Polder Reis, der nicht angebrannt ist – die Polders sind Kochgenies –, und Bloemendaal und ich reden ganz friedlich über Tulpen.

Gegen Morgen war mir, als ob eine baumlange, hagere Gestalt sich über mich beugte. Wollte Quentin Bloemendaal wissen, ob ich wieder auf der Seite liegen wollte.

Als ich im Morgengrauen aufwachte, lagen ein Zettel und ein Päckchen in meiner Schlafdecke. Bloemendaal hatte die ganzen zehn Tage schon gewußt, daß die Karawane in Richtung Burma weiterziehen würde. Er hatte nur einen Gruß auf den Zettel gekritzelt: «Auf Wiedersehen nach dem Krieg! Q. B.» In dem Päckchen lag seine goldene Uhr, die Cornelis van Veen damals zurückgewiesen hatte. Ich konnte nicht hinter ihm herlaufen, um sie ihm wiederzugeben...

Nach einigen Wochen waren genügend Krüppel und Kranke in Tarsao, daß es sich lohnte, uns in Güterwagen nach Khanburi zurückzuschicken. Wir konnten dort im Kochhaus helfen, Gemüse pflanzen, die Toten begraben und unsere Lumpen waschen und flicken.

Als ich in Khanburi zu unsern alten Baracken getragen wurde, stand Cornelis van Veen vorm Eingang. Er schien wieder gesund zu sein und sollte in drei Tagen abmarschieren. Markus Silberberg war auch nicht weit weg: auf unserm Tropenfriedhof mit den Kreuzen aus Bambusrohr.

Van Veen nahm mich langen Kerl wie ein kleines Kind auf seine mächtigen Arme und trug mich in seine Baracke.

«Still, Willem», flüsterte er tonlos. «Wir werden es schon schaffen.»

VII

Ich lernte den vorsintflutlichen Rollstuhl gebrauchen, den die Kameraden mir beim Chinesen kauften. Es hämmerte an der Totenbahn. So nannten wir die Eisenbahnstrecke zwischen Siam und Burma, die von britischen und niederländischen Gefangenen gebaut wurde. Die Zeit kroch dahin, und unsere Leute starben wie die Fliegen. Am besten hielten sich unsere *indischen Jongens* – die Männer mit einem holländischen Vater und einer asiatischen Mutter. Ihr Teil indisches Blut, ihre dunklere Haut und eine Umgebung, die sie an unser Insel-Indien erinnerte, ließen sie Schwerarbeit und Krankheit in diesem Klima leichter ertragen. Viele von ihnen hatten Holland niemals gesehen. Einer erinnerte mich an Hendrik van Veen, Dirks Sohn. War er immer noch in Leyden? Er hatte Ingenieur werden wollen. Ob die alte Cornelia Polder noch lebte? Wir waren von allen durch Welten getrennt. Kaum einer von uns glaubte, daß wir jemals unsere Heimat wiedersehen würden. Oder unsere Inseln, wo nun die Japaner schon seit Jahren regierten. Machten sie es besser oder schlechter als wir? –

Cornelis van Veen war nicht mehr in Khanburi. Ob er noch am Leben war? Er hatte noch krank ausgesehen, als unsere Befehlshaber ihn für marschbereit erklärten. Auf jeden Fall stand er unerschüttert auf den Trümmern unserer Welt, und so würde er sie auch verlassen, wenn es so sein sollte. Er trug den Schlüssel des Seelenfriedens im Gepäck: Geduld!

Ich beschäftigte mich, soweit ich konnte, mit Dr. van Campen im Lazarett von Khanburi. Ich hatte reichlich Gelegenheit, mein Steckenpferd in der Praxis zu studieren: Gehirn-Malaria! Die Patienten wurden bewußtlos, und manche phantasierten und tobten. Wir hatten in Batavia Chinin gegeben. Nun experimentierte ich und machte eigene Lösungen. Papa hätte sich endlich an mir gefreut. Die Patienten brüllten, wenn wir spritzten; aber manche erholten sich. Paul Verdoorn holte sich auch noch Gehirn-Malaria, und wir gaben ihn auf. Aber nach unseren Spritzen erholte er sich. Eines Tages – drei Wochen nach der Krankheit – konnte er wieder sehen. Dies war «das Wunder von Khanburi». Auf Pauls Schrei hin stürzte ich auf meinen Krücken zu ihm und fiel natürlich hin. Er hob mich auf. Er hatte einen langen Kerl undeutlich liegen sehen. «Bist du's, Swanenburgh?» fragte er ungläubig. «Ich sah dich!» Er lebte in einer Schattenwelt, die täglich mehr Farbe bekam. Verdoorn war völlig verwandelt: bescheiden, gefällig, mit allem zufrieden. – Sein erster Gang nach der langen Nacht war zum Grab von Professor Silberberg. Er pflückte Tropenblumen – mit Erlaubnis von Unteroffizier Nishima – und schmückte das Bambuskreuz. Markus Silberberg war um die ganze Welt gereist, um Paul Verdoorn aus Utrecht sehen zu lehren. So komisch ist das Leben! Paul hatte Markus testamentarisch sein kleines Landhaus in Holland vermacht, weil er selbst nicht mehr ans Leben geglaubt hatte. Er wollte versuchen, nach dem Krieg die blinde Schwester des Professors ausfindig zu machen – falls sie noch lebte! Sie sollte dann in Pauls Landhaus wohnen; holländischen Blumenduft einatmen, die Stille genießen, Freundschaft fühlen ... Paul war vorm Abmarsch und stotterte vor Verlegenheit. Seine schmale Nase war durch seine Leiden dünn und spitz geworden – ein Zeichen von großer körperlicher und seelischer Erschöpfung. Aber die eiserne Konstitution der Verdoorns – sein Großvater war neunzig Jahre geworden – hatte gesiegt.

Ich drückte ihm die Hand. «Mach's gut, Paul! Und hier ist eine kleine Pulle von dem Serum! Ja, und grüß Cornelis und Jan Polder, und Bloemendaal! Vielleicht trefft ihr euch zwischen Tarsao und einem anderen Sanatorium?»

«Soll ich was bestellen von dir?»

«Nur Grüße. Und alles Gute natürlich.»

«Leb wohl, Willem! Und ... und Dank für die Behandlung.»

«Schon gut.»

«Auf Wiedersehen nach dem Krieg!»

Das war die Formel, die das Leben in der Karawane geprägt hatte.

Er war gegangen. Der letzte aus dem alten Java-Kreis. Ich war nun allein zwischen Kameraden aus allen Teilen von Großbritannien und Holland. Entweder starben die Kameraden den englischen Ärzten, Van Campen und mir unter der Hand, oder sie wurden als humpelnde Holländer wieder auf Wanderschaft geschickt. – Einen fliegenden Holländer gab's nicht mehr.

Ich lebte zwischen Vergangenheit und Zukunft. Meine Füße und das abgesäbelte Bein schmerzten im Monsun, daß ich hätte brüllen können. Aber ich brüllte nicht. Andern ging's noch schlechter, und ich konnte ihnen wenigstens helfen. Endlich wurde ich ein richtiger Arzt! Nicht so brillant wie unser Vincent; nicht so magnetisch in der Wirkung wie meine Schwester Jo, aber doch ein Medizinmann, mit dem Papa nicht ganz unzufrieden gewesen wäre. Einer, dem jetzt die Patienten wichtiger waren als alles andere. «Du hast doch das Zeug zum Arzt, Kleiner!» hatte Vincent oft genug in Amsterdam gebrummt. «Wenn du nur nicht so leichtsinnig wärst!» Lieber Vincent! Er war Jo und mir immer ein jugendlicher Vater gewesen. Papa war damals unerreichbar – er gehörte ganz Amsterdam und der Welt. Ob Vincent sich über mein Serum freuen wird – nach dem Krieg? Meine Notizen darüber werden ihn schon irgendwie erreichen.

Eins ist großartig an Arztfamilien: Vincent und Jo werden mich weder entsetzt anstaunen noch bemitleiden. Vincent wird mir künstliche Glieder machen lassen, und Jo wird mit mir spazierengehen und üben, ob ich will oder nicht. Das Mädchen hat es von Papa. Man tut, was sie will, und wird begeisterter, nein, ehrgeiziger Patient. – Ich nahm meine Geschwister immer für selbstverständlich. Jedes hübsche Mädchen war wichtiger. Das wird anders werden – falls ich hier rauskomme! Nur Rosie Wu darf mich so nicht sehen – darin bin ich komisch.

Manchmal legte ich irgendwas Blühendes auf Markus Silberbergs Grab. Er war trotz des Weltuntergangs in Deutschland glücklich gewesen. Er hatte sich die Hochachtung, nein, die Liebe eines Gegners errungen. Daß Verdoorn ein Esel war, darauf kam's wohl nicht an. Markus Silberberg hatte diese oberflächliche Seele bis in ihre Tiefen erschüttert – die schwierigste Arbeit auf der Welt. Kann nur durch Liebe geschafft werden. Ich glaube heute, es ist ziemlich einfach, «die Menschheit» zu lieben – speziell auf dem Papier, auf dem Rednerpodium oder bei internationalen Konferenzen von Menschenfreunden. Aber einen einzigen Kerl zu lieben oder ein Frauenzimmer – mit allen ihren Begrenzungen, Schwächen und eintönigen irritierenden Angewohnheiten – das ist verdammt schwer. Vielleicht hatte Markus es geschafft, weil er die «Grenzen der Erfahrung» ignoriert oder übersprungen hatte. Er war viel mehr gewesen als nur ein Philosoph. Nur Cornelis van Veen hatte es sofort erkannt – schon damals, als der Professor ihm in Surabaya ein angebranntes Omelett servierte ...

In Bloemendaals goldener Uhr war etwas eingraviert: *Leyden; 1760.* Ich wollte die Uhr aufbewahren. Wenn ich sie dem Besitzer nach dem Krieg nicht wiedergeben konnte, dann sollte Antje sie für Bloemendaals Sohn Jan David aufbewahren. Antje würde das Lagerleben überleben, davon war ich überzeugt. Die Polders hatten das Talent, sich überall häuslich einzurichten. Wie es wohl unserm Frauenvolk im Lager ging?

«Mach dir keine Sorgen um die Meisjes», hatte Jan Polder einmal zu mir gesagt.

«Wie werden sie die Strapazen aushalten?» fragte ich. «Frauen sind zu zart. Schon in den besten Zeiten in Batavia hatten sie immerzu was anderes.»

«Du bist jung», sagte Jan Polder, der grade eben vierzig war. «Du kennst die Frauen nicht, Willem! Wenn alles in Butter ist, haben sie tausend Krankheiten. Aber wenn's drauf ankommt, dann halten sie mehr aus als der stärkste Mann.»

«Du willst mich wohl für dumm verkaufen? Schließlich bin ich Arzt. Ich habe genug Fälle von Fieber, Blutarmut, Nerven und dem ganzen Rest in den Tropen gesehen. Alle halten diese Strapazen bestimmt nicht aus.»

«Natürlich nicht alle», sagte Jan Polder milde. «Aber die meisten.»

ZWEITES KAPITEL

«Lieber Herr, wer trocknet meine Tränen?»

«Lieber Herr, wer trocknet meine Tränen?»
Altchinesische Frauenfrage

I

«Wenn Sie wirklich Ihren Reis nicht essen wollen, dann werde ich mich erbarmen», sagte Antje Polder zu Sophie Dekker. «Das Essen hier im Lager ist ein Skandal!»

«Es ist doch alles einerlei! Wir werden hier nie mehr herauskommen!»

«Unsinn! Was Sie wieder für ein Gesicht machen! Ihre Tochter ist gesund und Sie auch beinahe!»

«Ich kann die Trennung von meinem Mann nicht ertragen.»

«Sind Sie Sophie Dekker aus Rotterdam oder eine chinesische Hofdame? Sehen Sie mich nicht so an! Schließlich sind wir doch Frauen in mittleren Jahren und keine Nachtigallen!»

«Haben Sie keine Sehnsucht nach Quentin?»

Antje Polder machte ein Gesicht, als ob sie Zahnschmerzen hätte.

«Seien Sie nicht so überspannt, Sophie! – Sie essen zu wenig! Papa sagte immer, man könne alles besser ertragen, wenn man eine solide Grundlage legt. Na ja, hier im Lager kann man das nicht! Aber ich lese beim Essen mein altes Kochbuch, und dann schmeckt's mir herrlich.»

«Denken Sie jemals an etwas anderes, Antje?»

«Sehr witzig!» sagte Antje Polder. «Als ob ich nicht meine Sorgen mit den Kindern hätte! Jan David verträgt ja alles – er ist ein richtiger Polder – aber Cornelia! Armes Würmchen – im Lager geboren! Meine

Nelleke hat eben keine solide Grundlage. Großartig, wie die Schwestern sich um die Kinder kümmern! Mutter Angélique ist ein Goldstück. Komisch, ich hatte nie viel übrig für Nonnen und so weiter. Aber ich muß schon sagen, die Schwestern bringen Tempo ins Lager. Der Kindergarten, den sie in dieser Höhle aufgezogen haben – prima! Finden Sie nicht auch?»

«Ich bin sehr dankbar», schluchzte Sophie Dekker.

«Deswegen brauchen Sie doch keine Tränenbäche zu vergießen! Seit Ihrer Malaria ist nichts mehr mit Ihnen anzufangen, Sophie!»

«Sie wissen eben nicht, wie mir zumute ist.»

«Ist das Ihr Ernst? Ich bin ganz kaputt von meinem Rheumatismus aus der letzten Regenzeit. Alles triefte hier, als ob man dauernd in der Badewanne säße. Wissen Sie noch?»

Sophie Dekker schauerte zusammen. Sie sah zum Erbarmen aus.

«Schluß der Vorstellung», sagte Antje energisch. «Sie legen sich jetzt hin.»

«Ich muß die Latrinen säubern. Sonst schimpfen die Wachen.»

«Laß sie schimpfen, meine Süße! *Ich* werde das heute übernehmen.»

«Tausend Dank. Sie sind so gut, Antje!»

«Ich hole Dr. Jo! Vielleicht kann sie Sie doch noch in der Krankenbaracke unterbringen. Die arme Martina van Gelderen wird wohl nicht mehr lange mitmachen. Dann würde eine Pritsche für Sie frei!»

«Meinetwegen soll Martina nicht sterben.»

«Nur nicht hysterisch werden, Fräulein! Jo sagte gestern, es wäre ernst.»

«Martina ist zu beneiden, daß sie bald ihre Ruhe hat.»

«Im Grab liegen wir noch lange genug. Sie werden anders darüber denken, wenn Sie nach dem Krieg wieder die erste Reistafel essen.»

«Bitte, hören Sie auf, vom Essen zu sprechen, Antje! Mir wird schlecht bei dem Gedanken.»

«Glückliche Person! – Was ist denn *da* los? Du lieber Himmel, unsere Frances macht wieder Theater. Das paßt großartig. In einer Stunde kommt Oberst Okura zur Inspektion. Das Geschrei von Frances ist nicht auszuhalten. Gott sei Dank – Jo und Linda schleppen sie ab. Mir kam sie immer komisch vor. Wie Dirk nur so eine aufgeregte Person heiraten konnte! Geld ist doch nicht alles.»

«Das finde ich auch.»

«Hier im Lager allerdings ist's wichtig. Ich bin froh, daß mein Mann mir noch so viel im Gepäck versteckt hat. Quentin denkt an alles. Sagte der Babu, sie solle überall Geld und Schmuck einnähen. Auch in den Teddybären von Jan David. Mein Gott, wenn ich an den Abschied denke. Quentin war fassungslos! Ich mußte ihn trösten.»

Sophie Dekker hatte die Augen geschlossen. Sie erinnerte sich genau, wie Antje sich fassungslos an Bloemendaal geklammert hatte. Aber gegen die Polders kam niemand an.

«Ein Jammer um Jo Swanenburgh», bemerkte Antje. «Ich sage ja immer: die dünnen Frauen werden Skelette, wenn etwas an sie herantritt. Ist doch besser, wenn man 'ne Kleinigkeit zuzusetzen hat! Jo ist großartig, aber sie hat ihre ganze Schönheit eingebüßt. Das heißt, ich fand sie niemals schön, aber Quentin war ja in seiner Jugend für Mädchen, durch die der Wind durchpusten kann ... Wie fesch Jo noch aussah, als sie in Sumatra die Mondschein-Affäre mit Dirk van Veen hatte! – Schlafen Sie eigentlich, Sophie?»

«Ich bin schrecklich müde.»

Dr. Jo van Swanenburgh kam eilig in die Baracke.

«Antje», sagte sie heiser, «komm mit!»

«Was ist los? Sieh dir gleich mal die Sophie an! Kriegt sie wieder Malaria?»

«Nachher! Nimm bitte Sophies Tochter zu den Schwestern! Ich werde Sophie dann untersuchen. Aber komm jetzt mit! Martina ...»

Antje Polder verzog ihr glattes Kindergesicht.

«Das ist doch nicht möglich.» Antje hatte zwar nüchtern erwogen, daß Quentins Tante nicht mehr lange aushalten würde; aber nun gab es ihr einen Stoß. Piet van Gelderen war Bahnarbeiter zwischen Burma und Siam; und die elegante, lebenslustige Martina, die niemals nach dem engen Holland zurückgewollt hatte ...

«Komm, Betje!» Antje Polder nahm Sophies überzartes großäugiges Töchterchen an die Hand.

«Betje will bei Mammie bleiben.»

«Wir gehen zu Mutter Angélique. Die magst du doch, mein Spätzchen!»

«Mammie! Mammie!»

Antje nahm das weinende Kind auf den Arm. «Mammie muß jetzt schlafen. Nachher kannst du wieder zu ihr. Sei brav, Betje!»

«Legt Tante Jo meine Mammie auch dahin?» Das Kind zeigte mit dem mageren Ärmchen in die Richtung des Lagerfriedhofs. Betje war aufgeweckt und hatte beobachtet, daß manchmal Frauen und Kinder aus Tante Jos Baracke fortgetragen wurden.

«Mutter Angélique will euch Geschichten erzählen. Ist das nicht schön?»

«Au fein!» Betje Dekker klatschte in die Händchen. «Ich mag Geschichten.»

«Ich nicht», dachte Antje Polder und ging in die Sterbebaracke.

II

Martina van Gelderen hatte nicht glauben wollen, daß ihr Herz nach dem Typhus den Anstrengungen des Lagerlebens nicht mehr gewachsen war. Sie war achtundvierzig Jahre alt und energisch. Der Anblick ihrer gelähmten Schwester Judith Bloemendaal hatte Martinas Vitalität zu Hochleistungen angespornt! Nur nicht stillsitzen! Immer im Wirbel bleiben – das war Leben! Und nun lag Martina van Gelderen – «das schönste Kind aus Delft» – in einer Sterbebaracke in Mittel-Java und konnte ihrem Mann in Burma und ihrer Tochter Julia in Amsterdam nicht einmal Lebewohl sagen. Eigentlich dachte Martina gar nicht so viel an Julia. Was hatte sie mit dieser Tochter erlebt! Als ganz junges Ding war sie mit Pieter Meesters verlobt gewesen, dann Krankenschwester geworden, und schließlich hatte sie einen weltberühmten Chirurgen geheiratet, für den Martina wenig übrig hatte. Auch Vincent van Swanenburgh hatte sich kaum für seine Schwiegermutter interessiert: sie war zu gesund.

Martina atmete mühsam. Jo hatte alles getan, was unter diesen Umständen getan werden konnte. Aber Martina hätte ein Sauerstoffzelt gebraucht.

Eigentlich brauchte Martina gar nichts mehr. Sie lag jetzt still auf ihrer Pritsche und blickte nach Delft... Sie wanderte täglich ein paar Stunden in der Stadt ihrer Kindheit umher. Martina und ihre Schwester Judith hatten sich nicht viel um die Berühmtheiten der alten Stadt gekümmert; weder um den Nationalhelden Wilhelm von Oranien, dessen Sarkophag in der «Neuen Kirche» stand, noch um Hugo Grotius, den Juristen, Gelehrten und Staatsmann, dessen These von der «Freiheit der Meere» den holländischen Handel nach Ostindien schützen sollte. Martina und Judith hatten immer nur gedacht, es gäbe nichts Schöneres, als in einer uralten Stadt jung zu sein. Vielleicht hatten sie recht gehabt. Die Grachten warfen ihr Spiegelbild zurück und die Linden dufteten, wenn die Schwestern Zukunftspläne schmiedeten. Martina liebte die alte Stadt und wollte sie niemals verlassen. Sie wollte als junge Frau in einem jener stillen vornehmen Häuser leben, wo sie ihre Kindheit verbracht hatte. Sie würde gut kochen, Kinder haben, Gäste empfangen – und von schönen und einfachen Dingen umgeben sein. Blumen vor den Fenstern, und ein Ofen aus Delfter Kacheln. Aber gerade diese blauen Kacheln und Krüge hatten in der jungen Martina das Fernweh erweckt. Viele zeigten Motive aus der Kolonialwelt. Als Piet van Gelderen – ein junger unternehmungslustiger Urlauber aus der Erdöl-Dynastie in Sumatra – seinen Besuch in Delft machte, waren die Kacheln hinter der Wirklichkeit verblaßt... Nie wieder hatte Martina van Gelderen sie in späteren Jahren in ihrem Vaterhaus oder bei Judith im «Delfter Zimmer» in Leyden betrachtet. Sie waren blaß, kühl, unwirklich... Aber jetzt – in der Totenbaracke in Mittel-Java – waren die Delfter Kacheln wieder lebendig. Und Martina wandelte lächelnd unter den hohen Bäumen am Wasser, betrachtete die verzierten Giebel der alten Häuser und die kunstvollen Haustüren, aus denen junge Mädchen leichtherzig hinausgeschlüpft waren, um unter glühenden Sonnen zu leben. Martina verstand nicht, wie sie sich von soviel Schönheit und Stille hatte trennen können. Manchmal war sie jetzt mit ihren Fayencen in einer fernen und doch nahen Existenz. Alles lebte so wunderbar: die weißen Tauben in ihren zierlichen Käfigen, die alten Männer mit den langen Pfeifen, eine Dame mit einem Perlenhalsband! Wie die Farben der Fayencen flimmerten und schimmerten! Vermeer van Delft mußte sie gemischt haben. Wer war die «Dame» mit den Perlen? Es war Martina selbst, und das Perlenhalsband hatte Piet van Gelderen ihr zur Hochzeit geschenkt. Wie kühl und rein waren diese Perlen! Martina hatte sie in ihren Bettsack eingenäht. Julia sollte sie bekommen... Wo war Julia? In Amsterdam? Oder noch in Sumatra?

Julia hatte es nicht leicht gehabt, dachte Martina verschwommen und verließ die Welt der Fayencen. Sie hatte ihr kleines Mädchen mit dem glanzlosen braunen Haar niemals verstanden, wenn sie auch ihr Glück gewollt hatte. Krankenschwester spielen, wenn der Vater ein Ölmagnat war – was für eine Idee! Deswegen kam Julia jetzt auch nicht, um ihrer Mutter Lebewohl zu sagen. Sie war ihr immer noch böse wegen der glanzvollen Reistafeln, die sie nach der Entlobung mit Meesters für sie gegeben hatte. Man mußte doch einen netten Mann für die blasse Julia angeln!

«Julia...» stöhnte Martina.

Ihre mageren Arme fuhren in der Luft herum. Aber da war die liebe Jo, die Martina immer beruhigte. Sie verstand sofort, daß Martina den schmutzigen Beutel mit Piets Perlenhalsband für Julia haben wollte. Da stand ja ihre Tochter! Aber wieso war sie so blond und dick?...

«Julia...» keuchte Martina, «hier... ist...»

«Aber ich...» Antje Polder verstummte verwirrt, als Jo ihr den Beutel gab.

«Vergrabe ihn... sofort!» flüsterte Jo. «Sie erkennt dich nicht mehr. Sie hält dich für ihre Tochter!... Geh zu ihr heran, Antje... schnell! Sie will dich küssen!»

Zehn Minuten später kam Martina noch einmal in diese Welt zurück. Sie öffnete die Augen und winkte Jo zu sich heran. Ihre Stimme hatte fast keinen Klang mehr.

«Wenn du heimkommst... nach dem Krieg... suche... meinen Piet!»

Dr. Jo van Swanenburgh wischte der Sterbenden den Schweiß ab. «Ich tue alles, was du willst.»

Martina van Gelderen nickte mit geschlossenen Augen. «Grüß mir die Tulpenfelder und... Delft! Warum... blieben wir nicht... daheim?»

«Sprich nicht soviel, Martina!»

«Blau waren die Fayencen... Ein himmlisches... Blau...»

Im Türrahmen erschien Mutter Maria von den Sieben Schmerzen. Sie betete mit Schwester Therese für alle Sterbenden im Lager.

«Sie ist friedlich eingeschlafen», flüsterte Jo.

Die alte Nonne nickte.

«Sie wollte so gern noch einmal nach Delft. Ist es nicht traurig?»

Die Mutter Oberin betrachtete die Ärztin aus übernächtigen ruhigen Augen. Dr. van Swanenburgh sah zum Umfallen aus. Aber der HERR wußte, daß man sie hier brauchte.

«Kennen Sie Delft?» fragte Jo, um ihre Fassung wiederzugewinnen.

«Sie müssen nicht traurig sein, mein Kind», erwiderte die alte Nonne sanft. «Delft ist sicher eine wunderschöne Stadt. Aber Mevrouw van Gelderen wird sie nicht mehr vermissen.»

Jo blickte vor sich hin.

«Sie ist in ihrer größeren Heimat ...» sagte die alte Nonne fest. Sie erhob sich. Ihre weiten Röcke rauschten sachte wie die Linden an den Grachten von Delft.

«Kommen Sie, Dr. Jo! Schwester Therese wird bei der Toten wachen. Sie müssen ruhen.»

«Ich muß zu Sophie Dekker in die Baracke. Ich fürchte, eine Malaria-Attacke ist wieder im Anzug.»

«Später.» Die Oberin sprach in dem Ton, den sie im Frieden schwierigen Novizen gegenüber angewandt hatte. Sie ging mit der Ärztin zu ihrer eigenen Baracke. «Sorgt für Dr. Jo», sagte sie zu zwei jungen Schwestern. «Wenn sie geschlafen hat, gebt ihr Tee und etwas zu essen.»

«Wir haben gebacken, Frau Oberin.»

Niemand im Lager wußte, wovon die Schwestern backen konnten, aber sie taten es ...

«Oberst Okura ist eingetroffen, Frau Oberin! Er möchte Sie sprechen.»

«Das trifft sich gut», sagte Mutter Maria von den Sieben Schmerzen trocken. «Ich möchte ihn nämlich *auch* sprechen. Wir brauchen eine Wandtafel und Kreiden für die Kinder.»

III

Oberst Okura war für einen Japaner ziemlich unverblümt in seinen Äußerungen. Man konnte mit gewissen Vorbehalten sagen, daß Oberst Okura aus Tokio im Notfall einen Spaten schlichtweg einen Spaten nannte. Seine knapp mittelgroße, untersetzte Gestalt strotzte vor Energie; wenn er wütend war, sträubten sich seine dicken borstigen Haare. Da er in den Tropen kurz geschoren ging, sträubten sich seine Haarstoppeln. Er fühlte es, wenn die Wut über diese schwierigen Ausländerinnen ihn zu packen drohte ... Was sie alles von einem geplagten Offizier verlangten! Man hatte ihm leider die Aufsicht über dieses Lager übertragen. Niemals im Leben hatte Oberst Okura eine Aufgabe tiefer verabscheut, aber er bewältigte sie trotzdem. Es lag nicht an ihm, eine Aufgabe schlecht zu erledigen. Übrigens wußte er nicht, daß die Oberin in diesem Lager Japanisch verstand.

Was diese Frau alles von ihm verlangte! Wozu brauchten die Sprößlinge der westlichen Imperialisten Schiefertafeln und Kreiden? Sie waren Gefangene der K.J.-Armee und konnten sich freuen, daß Oberst

Okura ihnen gelegentlich Biskuits zuwarf. Er hatte Kinder ziemlich gern.

Aber dies ging zu weit. Selbst in Tokio fehlte es den Kindern an allem möglichen; der heilige Krieg verschlang alles.

«Diese Kinder sind gefangen, Herr Oberst», sagte die alte Nonne sanft. «Wir müssen sie beschäftigen.»

«Sie können Latrinen säubern und Steine tragen.» Oberst Okuras Haarstoppeln begannen sich zu sträuben. Er hatte Respekt vor dem Gewand der Kirche, aber deswegen konnte man nicht alle Bitten erfüllen. Konnte man etwa seinen Hintern durchs Fenster an einem Feuer im unteren Stockwerk wärmen? Oberst Okura hatte diese Frage in sich hineingebrummt, was hieß, daß er sich laut und deutlich geäußert hatte. Die Oberin hatte nicht mit der Wimper gezuckt...

«Wie alt sind diese Kinder?» fragte der Oberst und begann laut zu lachen. Diskussionen über das Alter belustigten ihn. Aber die Oberin erhielt zum Schluß doch wieder, was sie wollte. Oberst Okura blieb verdutzt über soviel Schlangenschläue zurück und wollte nun seine Wut über seine Gutmütigkeit loswerden.

«Gefangene Bloemendaal», schrie er seinen Adjutanten an. «Sofort herkommen!»

Antje war noch sehr rot im Gesicht und zitterte vor Erregung über Martina van Gelderens Tod. Sie verbeugte sich knapp, da sie außer Atem war. Oberst Okura hatte Antje zu seinem Lagerliebling erkoren. Sie wimmerte nicht und sah großartig auf Pressebildern aus, die seiner Regierung zeigen sollten, wie glücklich die Gefangenen durch Oberst Okura waren. Aber über Antjes Verbeugung war er sehr böse. Er gab ihr eine mittlere Ohrfeige und stellte sich mit seinem breiten Rücken gegen die Tür.

«Wie geht es hier?» fragte er barsch. Das letzte Mal hatte er Verschiedenes beobachtet, was ihm nicht gefallen hatte. Da war diese Engländerin...

«Schreit die Engländerin noch? Dann wird sie abtransportiert werden.»

«Linda de Witt schreit niemals, Herr Oberst!»

«Ich meine nicht das Pferd», sagte Oberst Okura mit gewohnter Anmut. Natürlich meinte er nicht Linda, sondern die kleine Puppe, die irgendwie einer Japanerin aus einer edlen Familie ähnelte. Wie hieß sie noch?

«Ich meine die Van Veen-Person! Wie alt ist sie?»

«Ich glaube fünfundzwanzig Jahre, Herr Oberst.»

«Wenn sie noch einmal schreit und sich anmaßend gegen unsere Offiziere aufführt, wird sie erschossen.» Nicht einmal die Erwähnung von Frances' Alter hatte Oberst Okura zu einem Lachanfall veranlaßt. «Sie führt unverschämte Reden. Wer sich die Lippen wegschwatzt, erkältet sich die Zunge. Bestellen Sie ihr das! Verstanden?»

«Jawohl, Herr Oberst.»

«Sie werden der Gefangenen Van Veen die beklagenswerte Nachricht vorsichtig beibringen. Ich will nicht, daß alle Damen hier verrückt werden.» Oberst Okura sah Antje starr an. «Frank van Veen –» er konnte ‹Frances› nicht aussprechen – «wird die Nachricht mit Fassung und Anstand entgegennehmen. Ich befehle es.»

«Welche Nachricht, Herr Oberst?»

Oberst Okura schlug mit der Hand auf den wurmstichigen Tisch. «Dumm, dumm – wie eine gekochte Kastanie.»

Antje starrte ihn an. Hatte sie nicht zugehört? Oder hatte Oberst Okura sich so eingehend mit Frank van Veens Manieren beschäftigt, daß er vergessen hatte, die Nachricht zu übermitteln?

Auch Oberst Okura starrte die Gefangene Bloemendaal an. Wurde sie auch verrückt wie Frank van Veen? Sie hatte sich bis jetzt lobenswert aufgeführt. «Warum weinen Sie?» fragte er brüsk. Er konnte Frauen nicht weinen sehen. Tränen zogen einem Mann den Saft aus den Muskeln. Tränen waren Gift im heißen Reiswein ...

«Die Tante meines Mannes ist vorhin gestorben», murmelte Antje.

«Wie hieß sie?»

«Van Gelderen.»

«Wie alt?»

«Achtundvierzig Jahre.»

«Alt genug», sagte Oberst Okura ungerührt. Er erinnerte sich an die Van Gelderen-Person. Nicht unterwürfig genug ... Erdöl in Sumatra! Sumatra ... da fiel ihm ein, daß ...

«Ehemann von Frank van Veen tot! Auf unehrenhafter Flucht erschossen. Habe zufällig Nachricht erhalten. Sorgen Sie dafür, daß Frank van Veen ihre vorwitzige Zunge hütet.»

Antje blieb mit offenem Mund vor dem Oberst stehen, der sich nun behaglich eine Zigarette anzündete, nachdem er die Tränennachricht übermittelt hatte. Dirk van Veen tot? Das war – das war doch nicht möglich! Einen Augenblick sah Antje den Abenteurer der Kolonie vor sich: riesig, spöttisch, faszinierend – zum Kampf mit Mädchen und Drachen gerüstet ...

«Ist es vielleicht Cornelis van Veen?» fragte Antje scheu. «Sein Vetter, Herr Oberst! Sie sehen sich sehr ähnlich.»

Oberst Okura blätterte gefällig in seinem Notizbuch. Es war nicht üblich, eine solche Nachricht zu vermitteln. Aber es erschien ihm angebracht, da Frank van Veen ohne Schamgefühl nach ihrem ehrlosen Mann gewimmert hatte und einmal auszureißen versuchte, um ihn zu «suchen». Keine weibliche Zurückhaltung! Kein Fünkchen Bescheidenheit war in Frank van Veen. Jetzt würde endlich Ruhe sein. «*Dirk* van Veen, Ehemann von Frank», sagte Oberst Okura kurz. «Verstanden?»

«Jawohl und ergebensten Dank, Herr Oberst.»

«Weiter glücklich im Lager, Bloemendaal?»

Oberst Okuras Haarwurzeln waren soweit besänftigt, daß er Tee kommen ließ. Außerdem Früchte und Biskuits. Den Rest durfte die Bloemendaal-Person für ihre beiden Kinder mitnehmen.

«Sehr glücklich, Herr Oberst. Vielen Dank!» Antje überlegte. Der Oberst war in guter Laune. «Nur das Essen, Herr Oberst...»

«Was ist mit Essen? Nicht köstlich, nicht schmackhaft, he?»

«Sehr köstlich, sehr schmackhaft», erwiderte Antje ernsthaft. Sie fand das Englisch von Oberst Okura urkomisch. Aber zu wenig Reis war kein Spaß.

«Was ist mit Essen?»

«Entschuldigen Sie vielmals, Herr Oberst! Man muß den Reis mit dem Fernrohr in der Schüssel suchen!»

Fernrohr? Hatte er richtig gehört? Oberst Okura sprang auf. Er hatte nicht das geringste Verständnis für die Ironie der Polders...

«Wo haben Sie Fernrohr versteckt?» brüllte er und schüttelte Gefangene Bloemendaal brutal am Arm.

«Ich habe kein Fernrohr», sagte Antje erschrocken. «Ein Scherz, Herr Oberst!»

Oberst Okura raste. Gefangene Bloemendaal, die von ihm verwöhnt und mit Tee gelabt worden war, beobachtete alliierte Flieger durch ihr Fernrohr, während Oberst Okura Biskuits und Früchte für ihre imperialistische Nachkommenschaft bereithielt. Das hatte er davon! Man hatte ihn in Tokio ernsthaft vor den weißen Kröten gewarnt. Die Baracke von der Gefangenen Bloemendaal mußte sofort von oben bis unten durchsucht werden. Der Boden mußte aufgegraben werden, bis man das Fernrohr fand. Danach: Erschießung von «Bloemendaal, Antje» und keine Erfrischungen für irgend jemanden, bis zum glorreichen Kriegsende!

Antje wurde vor den entsetzten Augen ihrer Mitgefangenen in die «Hütte zur Verbesserung des Charakters» gestoßen. Dort hatte man Einzelhaft mit Hungerkur verbunden. Auf diese Weise erfuhr Frances van Veen nicht sofort von dem Tod ihres Mannes. Als Antje wieder in ihre Baracke zurückkehrte, war Frances nicht in der Lage, Mitteilungen entgegenzunehmen.

Die Baracke, wo «Bloemendaal» ihr Fernrohr versteckt hatte, war von oben bis unten von Oberst Okuras Untergebenen durchsucht worden. Sergeant Kageki fand tief in der Erde vergraben einen schmutzigen Lederbeutel. Er stürzte sich wie ein Hai auf die Beute. Das Fernrohr! Der Sergeant lachte vor Glück. Das Fernrohr bedeutete: Beförderung für Sergeant Kageki, ehrenwerte Erwähnung seines Diensteifers, Heimaturlaub in sein Fischerdorf. Er steckte den Beutel in seine Hosentasche und begab sich als vorsichtiger Mann erst einmal in die Latrinen. Erst in der schützenden Dunkelheit öffnete er den Beutel. Nur er konnte den tausendfachen Glanz eines Perlenhalsbandes erkennen. Es würde Reis und Kleidung für die geehrten Großeltern, seine Frau und seine drei Söhne in Nachkriegs-Nippon garantieren. Man hungerte bereits vor dem Sieg... Sergeant Kageki vergrub Martina van Gelderens Perlen an einer anderen Stelle außerhalb des Lagers. Er hatte seine Pflicht getan. Oberst Okura hatte ein Fernrohr verlangt. Sergeant Kageki hatte bedauerlicherweise kein Fernrohr gefunden. Gefangene Bloemendaal hatte einen

Scherz gemacht und war gebührend bestraft worden. Sergeant Kageki hatte seine Pflicht getan, und Buddha hatte ihn belohnt.

IV

«Ich lege dich auf eine Woche ins Lazarett, Antje», sagte Dr. van Swanenburgh energisch. «Du brauchst Erholung nach der Einzelhaft.»

«Ich fühle mich tadellos.»

Jo hatte Antje untersucht. Ihr Herz raste. Sie war hochrot vor Erregung und schnappte nach Luft.

«Wie geht's Sophie Dekker?»

«Besser. Sie hat sich zusammen mit Linda und den Schwestern um deine Kinder gekümmert, Antje!»

«Ist Nelleke in Ordnung?»

«Sie hat etwas Fieber», sagte Jo zögernd. «Nichts Schlimmes. Schlaf jetzt!»

«Komisch! Ich bin wirklich todmüde. Möchte am liebsten gar nicht wieder aufwachen.»

«Was möchtest du heute abend essen? Schwester Marie hat schon zweimal gefragt.»

«Nichts, danke sehr.»

Dr. Jo sah Antje scharf an. Das war eine schöne Bescherung! Wenn die Polders nicht essen wollten, dann gaben sie das Rennen auf.

Antje hielt Jo am Ärmel fest. «Wirst du es Frances sagen – mit Dirk?»

«Ich werde es ihr sagen, wenn sie kräftiger ist. Mach dir keine Sorgen. Sieh zu, daß du wieder unser Spaßvogel wirst!»

«Eure dicke Tonne meinst du wohl?» Antje konnte nur im Flüsterton sprechen.

«Das ist dasselbe, Antje! Dein Anblick stimmt uns heiter!»

«Lügnerin! Wenn du Scherze machst, dann weißt du ja, was Oberst ...»

«Still. Jetzt wird geruht!»

«Ist es nicht schrecklich ... Mit Dirk van Veen?»

«Ja», sagte Dr. Jo van Swanenburgh. Sie ging in ihr Büro. Das Bambusdach leckte. An den Lattenwänden krochen Insekten. Sie griff nach der Krankengeschichte von Frances van Veen, geborener Lady Burnett. «Angeborene nervöse Konstitution.» – Jo hatte alles notiert. Den pathologischen Redefluß, die Erinnerungstrübungen, das Schreien nach Alkohol und Dirk ... Dann plötzlich die Starre, die nur ihre Landsmännin Linda Derrington gelegentlich durchbrechen konnte. Linda war wundervoll. Sie war Jos größte Hilfe im Hospital und mit den Kindern. Manchmal aufgebracht über Kleinigkeiten, aber eisern und beharrlich in großen Dingen. Eines Nachts war Linda zu Jo gekommen. Mager und bleich, wie sie jetzt war, sah sie einem Pferd ähnlicher denn je.

«Frances», sagte sie atemlos. «Sie tobt.»

«Um Himmels willen, Linda! Hast du sie etwa allein gelassen?»

«Die Oberin und Schwester Marie halten sie.»

Dr. Jo van Swanenburgh las die ganze Krankengeschichte durch. Bis sie zur letzten Notiz kam, die sie vor sechs Tagen eingetragen hatte.

FRANCES VAN VEEN – FÜNFUNDZWANZIG JAHRE.
Gehirnentzündung. Störungen im vegetativen Nervensystem. Muskelzuckungen. Maskenhafte Starre. Atembeschwerden. Bedrohlicher Zustand.
Gestorben am 28. Juni 1944. Kriegsgefangenenlager, Mittel-Java.

Jo klappte das dicke Heft zu. Sie war erschöpft von den Leiden der anderen. Erschöpft vom Monsunregen, von den brennenden Sonnen, vom Elend der Kranken und der Angst der Gesunden. Jos Haut war rauh wie ihre Stimme geworden und ihre Gestalt knochig. Ihre Augen hatten durch die Nachtwachen den Glanz verloren. Und doch war sie jung genug, um Dirk und Frances van Veen zu betrauern...

Sie blickte auf ihre Uhr und konnte die Ziffern nicht erkennen. «Ich weine tatsächlich», dachte sie unwillig und wischte sich heftig mit dem Ellbogen die Tränen vom Gesicht. So hatte sie es als Schulmädchen gemacht... Dirk hatte ihr einmal einen kleinen Band mit chinesischen Gedichten geschenkt. Darin hatten verlassene Hofdamen und Kaiserinnen sich unaufhörlich ausgeweint. «Lieber Herr, wer trocknet meine Tränen?» Schon jene Damen hatten keine Antwort erhalten...

Jo räusperte sich und ging zu den Kindern. Antjes Töchterchen Cornelia fieberte immer noch. «Hier ist Fruchtsaft für dich, Nelleke», sagte Jo sanft. Die Kleine machte im Bett eine japanische Verbeugung, die sie den größeren Kindern abgesehen hatte, die manchmal «Japaner» spielten. Wie winzig und zerbrechlich war Quentin Bloemendaals Tochter, die er nie gesehen hatte! Jo hatte dieses Kind hier im Lager von seiner Geburtsstunde an betreut und wollte es nicht an den Tod hergeben. Der Anblick dieser überzarten Enkeltochter hätte Exzellenz Polder einen Schrecken eingejagt... Jo streichelte das silberblonde Köpfchen. Das Kind wimmerte mit dem hohen geduldigen Stimmchen der Lagerkinder. «Mammie», murmelte es und streckte die Streichholzärmchen nach Jo aus. Jo nahm Nelleke hoch und drückte sie an sich. Sie fieberte immer noch. Man mußte alles versuchen. Sie selbst würde das Kind heute Nacht zusammen mit Linda de Witt betreuen. Antje war zu erregt und fieberte nun auch. Wie sollte das alles enden? Nur Jan David Bloemendaal, das Urbild eines Polder-Kindes, war gesund und munter.

«Ob dieser Krieg jemals zu Ende geht?» fragte sich Jo. Aus der Hütten-Kapelle kam Gesang. Jo ging langsam näher. Die Stimmen der Nonnen stiegen klar und süß empor über diesem tropischen Gefangenenlager, wo Krankheit und Tod an allen Ecken lauerten. Aber die Bräute Christi sangen von der Nützlichkeit des Leidens und vom langen Leben der Hoffnung.

«Allmächtiger Gott, wir bitten Dich,
Gib Frieden unserem Leben!»

Jo lauschte und wurde ruhig. Gewiß, das Lagerleben war grimmig und nicht selten herzzerreißend, und doch barg es Schätze der Hoffnung. Hier lebten sie alle in den Hütten der Finsternis und waren trotzdem in Reichweite der grünen Weiden und ruhigen Wasser. Man mußte diese mystische Idylle fest im Auge behalten – das war alles. Jo spürte die Kraft des Christentums in dieser fremden Welt. – Der Gesang, der aus der windschiefen Kapelle in den Nachthimmel stieg, erweckte in ihr nicht etwa eine vage oder sentimentale Illusion. Die Hymnen und Gebete verkündeten in maßvollem Jubel die zeitlose Wahrheit des Glaubens.

Jo hob den Kopf und sah die großen Sterne über dem Lager der Frauen.

Plötzlich stand die Oberin neben ihr. «Sie sollten schlafen, Dr. Jo», sagte sie mit mütterlicher Besorgnis. «Sie dürfen Ihre kostbare Kraft nicht über Gebühr beanspruchen. Welch ein Segen sind Sie in diesem Lager, mein Kind!»

«Ich bin ganz dumm», sagte Jo so brüsk wie in ihren Sinkeh-Tagen. «Ich dachte vorhin, dieser Krieg wird niemals ein Ende nehmen.»

«Sie sind jung und ein wenig ungeduldig», meinte Mutter Maria von den Sieben Schmerzen nachsichtig. «Meine Novizen machen manchmal denselben Fehler. Ich sage ihnen dann immer, daß die längste Wartezeit nur eine kurze Stunde ist, wenn wir sie an der Ewigkeit messen.»

«Sie sind wunderbar, Frau Oberin.»

«Aber nein, mein Kind! – Ich brauchte ein ganzes Leben, um diese Wahrheit zu erkennen und nicht einfach nachzuplappern ... Übrigens – weswegen ich Sie nochmals zu stören wagte – unsere Schwestern haben Ihnen ein kleines Geburtstagsgeschenk gearbeitet. Es ist ein bescheidener Dank für das, was Sie täglich für uns alle hier tun!»

Sie drückte Jo ein Päckchen in die Hand und verneigte sich leicht und mit großer Würde.

«Gott segne Sie, Dr. Jo», murmelte sie. «Möge Ihnen das neue Lebensjahr Freude und Frieden bringen!»

Sie verschwand – eine vom Alter und unablässiger Arbeit gebeugte und doch ungebrochene Gestalt im geflickten Ordenskleid.

Jo betrachtete ihr Geschenk im Licht der tropischen Sterne. Es war ein Stück feines weißes Leinen, mit Klöppelspitze liebevoll und korrekt umsäumt. War es ein Rest einer Altardecke? Das Leinen war vergilbt und duftete nach Blumen und Weihrauch. Auf dieses Tuch hatten die Schwestern in leuchtendem Blau und in holländischer Sprache den Anfang eines Gebets von John Henry Newman gestickt:

«Führ, gütiges Licht, mich aus der Nacht heraus!
Führe mich recht!
Die Nacht ist schwarz und ich bin weit von Haus –
Führe mich recht!»

Dr. Jo van Swanenburgh legte das Tuch sorgfältig in die Leinenhülle zurück. Sie trug ihren Namen und die Jahreszahl 1944. Soviel zusätzliche Arbeit hatten die Schwestern sich gemacht, nachdem Antje Polder ihnen Jos Geburtstag verraten hatte! Soviel Liebe, soviel Dankbarkeit für das bißchen Hilfe, das Jo in diesem Lager geben konnte! In den letzten Jahren vor dem Krieg hatte sie ihren Geburtstag ignoriert oder allein außerhalb von Batavia verbracht; hier war sie von Freunden jedes Alters und jeder Art umgeben. Hier – in diesen Baracken – empfing sie von allen Seiten eine Liebe, die ihr Herz erfrischte und ihr Kraft gab. Wie oft fühlte sie sich beschämt von soviel Vertrauen und Dankbarkeit! Das ganze Unglück der Menschen kam vielleicht von ihrer Vergeßlichkeit. So vergaß Jo manchmal, daß sie den schönsten Beruf auf der Welt hatte. Zum erstenmal seit Jahren freute sie sich auf ihren Geburtstag...

Linda de Witt wollte eine Party für sie geben, und alle würden ihr Glück wünschen. Sie waren eine echte Familie geworden. Sie halfen sich gegenseitig, fielen sich auf die Nerven und hielten zusammen. Aber würden sie miteinander verbunden bleiben, wenn dieser Krieg einmal zu Ende war? Wenn die Frauen wieder ihre Männer haben würden, die Kinder ihre Väter, die Bräute ihre künftigen Lebensgefährten? – Nun, Jo würde irgendwo ihre Patienten haben!

Welche Männer waren im Jahr 1944 überhaupt noch am Leben? Jo wußte vom Tod Dirk van Veens, obwohl sie immer noch nicht daran glauben konnte. Es kamen soviel Irrtümer und Verwechslungen von Menschen und Namen vor. Aber Dirk war nicht zu verwechseln.

Und welche Männer waren noch geistig und körperlich fähig, dem künftigen Frieden mit seinen Freuden, Leiden und neuen Problemen ins Auge zu sehen? *Wen* würde man wiedersehen und *wo* und *wie*? – Jo van Swanenburgh wußte es nicht in ihrem Lager in Java. Und das war auch ein Geburtstagsgeschenk.

DRITTES KAPITEL

Lobgesang

I

Am 14. Juni 1945, drei Monate vor dem Untergang der Aufgehenden Sonne, gab Kriegsgefangener Lukas de Witt ein Klavierkonzert im Lager Takanum in Thailand. Unter den Zuhörern waren der japanische Kommandant und Musikliebhaber Hatsumi Juro und der Unteroffizier Nishima, der einige Monate vorher mit einem Transport nach Takanum gekommen war und die Nachricht vom Tode Cornelis van Veens mitgebracht hatte. Unteroffizier Nishima wußte nicht, wo und wann er gestorben war.

Die kriegsgefangenen Briten in Takanum nahmen ebenfalls an dem Konzert teil, und von der alten Garde aus Java waren Quentin Bloemendaal, Jan Polder und Paul Verdoorn zur Stelle. Lukas de Witt war der Günstling des Kommandanten Hatsumi und genoß wegen seines Klavierspiels viele Vorteile. Selbstverständlich ahnten weder der Kommandant noch Nishima-san, der ebenfalls bei Musik in Verzückung geriet, was für ein Ungeheuer der Gefangene De Witt in Wirklichkeit war. Ein Ungeheuer an Undankbarkeit und Ehrlosigkeit! Lukas, der so verträumt wirkte, hatte einen geheimen Rundfunksender im Lager angelegt und unterrichtete seine Kameraden über den Fortschritt der Alliierten.

Es war ein schönes Konzert. Kommandant Hatsumi zog die ganze Zeit seine Brauen in furchterregender Weise zusammen – ein Zeichen entzückter Versenkung in die geehrte Notenkunst von Beethoven-san und Bach-san ... Vor lauter Entzücken atmete der Kommandant noch heftig, nachdem die Gefangenen sich wieder in ihre Baracken begeben hatten. Lukas brachte einen Korb voll Lebensmittel mit in die Kantine. Jan Polder – unmusikalisch und hungrig wie immer – lobte die Wirkungen der Musik und verteilte mit mathematischer Genauigkeit Biskuits und Früchte. Lukas war mittlerweile schon in seiner Baracke. Er war erschöpft vom Spielen und begierig auf die letzten Radionachrichten. Der Krieg konnte nicht mehr lange dauern. Lukas war mit seinen Gedanken noch so intensiv bei dem Konzert, daß er sämtliche Vorsichtsmaßregeln außer acht ließ. Es dämmerte, und man stellte sich zum Abendreis an. In der japanischen Kantine leuchtete ein Öllicht auf – dort aßen sie ebenfalls. Für gewöhnlich stellte Lukas sein Radio erst an, wenn alles im Lager zur Ruhe gegangen war. Heute sah er sich nicht einmal um und lag lang ausgestreckt mit dem Ohr an dem kleinen Apparat. Der Kommandant war abgefahren.

Während Kriegsgefangener De Witt mit dem Rücken zum Zelteingang dalag und lauschte, wann der Tag der Befreiung in diesem Winkel der Erde dämmern würde, näherte sich eine kleine stämmige Gestalt: Unteroffizier Nishima! – Dieser Aufpasser mit einer dankbaren Seele und brutalen Händen trug zwei Körbe mit Enteneiern für Lukas. So wunderbar gut hatte das Klavierspiel seiner miserablen Seele getan. Er hatte eine mausfarbene, gehorsamsfreudige Seele, die eigentlich nur die Pflicht kannte. Aber heute nachmittag war Nishimas Seele in die Heimat geflogen zu seiner jungen Frau und den beiden Kindern. Er hatte seiner Frau zur Hochzeit einen aus Zitronenholz geschnitzten Kamm geschenkt. Nichts Besonderes, aber gerade richtig für die kleine bescheidene Madame Nishima, die in einer Fabrik in Kobe arbeitete und noch niemals etwas so Schönes gesehen hatte. Sie durfte den Kamm ganz allein für sich benutzen. Nishima schenkte gern, wenn er dankbar war, und prügelte gern, wenn die Wut ihn packte. Seine Dankbarkeit war zart wie Schaum auf dem Wasser; sein Zorn war ein Feuer, das alles verbrennen konnte

– die Gefangenen, den Kamm aus Zitronenholz und Unteroffizier Nishima selber ...

Er schlich freudig erregt in das Zelt, um den Musikmacher Lukas de Witt zu überraschen. Er wollte die kostbaren Eier heimlich hinstellen; Lukas sollte gar nicht wissen, daß Nishima sie aus seiner Kantine mit Schlauheit und Vorsicht entwendet hatte. War der Musikmacher krank? Unteroffizier Nishima stellte die Eier behutsam in den geflochtenen Körben auf den Boden und deckte ein Blätterdach aus Palmfasern darüber. Das entsprach dem Anstand und war vorsichtig ... Dann machte er sich einen kleinen Scherz, weil er so dankbar und musiksatt war. Nishima liebte Scherze; sie kamen als Trost für «Einsamkeit in der Fremde» sofort hinter der geehrten Musik. Er zog also den langen Lukas de Witt an seinen nackten Füßen unter fröhlichem Geschrei in die Ecke, wo die zierlich verhüllten Eier auf den Musikmacher warteten. Lukas stieß einen Schrei aus, der aber nicht fröhlich klang. Und dann sah der pflichtgetreue Unteroffizier Nishima, was hier gespielt wurde. Nicht Beethoven-san, nicht Bach-san – sondern Verrat! Nicht nur hinterlistiger, sondern todbringender Verrat. Wenn jemand etwas von dem Radio erfuhr, würde Nishima wegen Nachlässigkeit zusammen mit diesem musikalischen Skelett erschossen werden. Nishima-san war ein langsamer junger Mann, aber in der Gefahr dachte er schnell und scharf. Er stieß einen heulenden Tierlaut aus, drängte den erstarrten Gefangenen bis in die Ecke des Zelts und vernichtete das diabolische Sprechgerät. Er trampelte darauf herum, warf dem Gefangenen die Eier der Dankbarkeit ins Gesicht und tat die Überreste des Radios in den Korb, den er kunstgerecht zudeckte. Dann erst wandte er sich dem Missetäter zu. Er sagte nichts, sondern schleuderte ihn zu Boden und ohrfeigte ihn so brutal, daß Lukas de Witt ohnmächtig wurde. Als er leblos dalag, gab ihm Musikliebhaber Nishima noch einen Stoß in die Brust, verrenkte ihm die ehrlosen Hände und lief mit dem Körbchen am Arm aus der Baracke. Sein Zorn war verraucht; nicht aber seine wilde Trauer darüber, daß er seine Frau, die Kinder und den Zitronenkamm nie wiedersehen würde. De Witt würde wimmern, schwatzen, alles würde herauskommen, und Nishima hätte dann seine geehrte Familie für alle Zeiten entehrt. Gefangener De Witt hatte ihn auf ungewöhnliche Art und Weise gefangengenommen. Aber er, Nishima-san, konnte wenigstens seine Ehre retten. Die Ehre war ein Brokat, der in einem Stück bleiben mußte; es gab nicht zwei Fetzen Brokat oder zwei Fetzen Ehre. Das hatte Nishima in der Armee gelernt; es war ihm durch den runden Schädel direkt ins Gedächtnis gefahren.

Niemand im Lager – weder die Kameraden noch die ehrlosen Gefangenen – fanden jemals heraus, warum Nishima-san aus Kobe in der Nacht nach dem Konzert Selbstmord begangen hatte.

Die Toten schweigen – und der Gefangene Lukas de Witt? Er lag bewußtlos in der Krankenbaracke, und Dr. Dekker hatte seine Handgelenke fest verbunden, da sie keinen Gips hatten.

Ein Mann mit Gehirnerschütterung – oder was immer Lukas de Witt davongetragen hatte – konnte nicht reden. Die Restbestände des Radiosenders hatte Unteroffizier Nishima begraben, bevor er sich zu seinen Vorfahren begab.

II

Lukas de Witt öffnete zaghaft die Augen. Gott sei Dank – er war erst einmal in Sicherheit bei Dr. Dekker! Er erinnerte sich nebelhaft an die Vorgänge im Zelt, aber er war müde, und seine Hände schmerzten.

«Wie geht es dir?» fragte Dr. Dekker besorgt. Der Sinkeh hatte keinen Blutstropfen im Gesicht und starrte ihn aus übergroßen Augen an. Er antwortete nicht, sondern schob nur den Kopf hin und her.

«Hast du Kopfschmerzen, Lukas?»

Keine Antwort.

«Wo tut es weh?»

Dr. Dekker drückte zart an den Ohren, fuhr die Schädeldecke entlang und setzte sich dann zu Lukas auf die Pritsche.

«Wo tut es noch weh?» fragte er geduldig. Wie der Junge ihn anstarrte! Es ging ihm doch schon viel besser. Er hatte das erste Mal richtig gegessen; die Hände waren glücklicherweise nicht gebrochen, und er hatte sogar heiser um einen Fruchtsaft gebeten.

«Nishima», flüsterte Lukas.

Dr. Dekker beugte sich über ihn und strich ihm über das glänzende dunkle Haar. «Was ist mit ihm?» fragte er. Wieder sah Lukas de Witt den «Medizinmann» an. Es war ein flackernder, hilfloser Blick voller Lebensangst und dabei abwesend. Was war geschehen?

«Nishima ist nicht mehr in diesem Lager», erklärte Dr. Dekker langsam und sehr laut. Lukas beugte sich vor und schien mühsam zu lauschen. Er bewegte die verbundenen Hände; dann sagte er still: «Haben Sie etwas gesagt, Doktor Dekker?»

So fand Dr. Dekker heraus, daß Lukas nichts mehr verstand. Nicht etwa, weil sein Gehirn verletzt war. Das feine Uhrwerk seiner Ohren war gestört. Die Ohrfeigen des Unteroffiziers Nishima hatten ganze Arbeit geleistet.

Lukas de Witt war taub.

Und Dr. Dekker mußte es ihm auf irgendeine Weise beibringen. Er holte sich Quentin Bloemendaal zur Hilfe. Der war hart. Der hatte den richtigen Ton mit den Jungens.

«Bitte, Quentin», sagte Dr. Dekker. Er bat sehr selten.

«Schon gut», brummte Bloemendaal und sah noch grimmiger aus als gewöhnlich. «Ich nehme mir den Jungen vor.»

Dr. Dekker fiel ein Stein vom Herzen. Er wollte Bloemendaal danken; aber der näherte sich bereits mit Riesenschritten der Baracke, in der Lukas mit geschlossenen Augen dalag.

III

Lukas de Witt war immer ein stiller junger Mann gewesen, der sich nur seinem Kindheitsfreund Willem van Swanenburgh anvertraut hatte. Er war scheu, verletzlich und hatte in der Welt der Musik gelebt. Er zog sich nun vollkommen aus dem Kreis seiner Freunde, die sein Elend erleichtern wollten, zurück. Trotzdem war er niemals allein. Nach der Arbeit saß er unter einer Kokospalme, die Jan Polder gepflanzt hatte. Bald war es «Lukas' Palme»: niemand setzte sich darunter, höchstens daneben. – Bloemendaal und Polder ließen nicht locker. Abwechselnd leisteten sie Lukas de Witt Gesellschaft.

Sie fragten schriftlich nach seinen Wünschen. Lukas hatte keine.

«Er geht uns hier zugrunde», sagte Jan Polder kopfschüttelnd.

«Unsinn!» Bloemendaal war unwirsch. «Er braucht mehr Zeit als andere. Er brauchte immer viel Zeit.»

«Schade, daß Cornelis van Veen nicht mehr lebt», meinte Paul Verdoorn, der Lukas ebenfalls unerwünschte Gesellschaft leistete.

«Halte den Mund», sagte Bloemendaal. Niemals würde er den Tod dieses Freundes verwinden, aber die Lebenden verlangten ihr Recht. In der Freiheit und noch mehr in der Gefangenschaft ... Schwieriger Fall, der Bursche Lukas! War zu höflich, zu abwesend. *God verdomme* – es mußte doch etwas geben, was Lukas aus der Lethargie reißen konnte? Bloemendaal zerbrach sich den Kopf. Nicht einmal lesen tat der Bursche! Wenn sein Freund Willem van Swanenburgh wenigstens hier gewesen wäre! Bloemendaal wußte, daß er selber eine Respektsperson für den Sinkeh war ... Verdammt! Der leichtsinnige Willem, der beste Tänzer von Amsterdam, fand im Augenblick im Lager Khanburi heraus, wie man ohne Füße herumhüpfen konnte. Aber er hatte Beschäftigung, er war Arzt. – Lukas ... Dr. Quentin Bloemendaal dachte nicht weiter. Er selber hatte sich aus Musik niemals viel gemacht. Zuviel Geräusch, auch wenn's noch so großartig klang! –

Lukas de Witt hatte aber doch eine Beschäftigung nach der Lagerarbeit. Er saß reglos unter seiner Kokospalme und lauschte einer unhörbaren Musik. Sein phänomenales Tongedächtnis half ihm dabei. Konzerte in Amsterdam im weltberühmten «Konzertgebäude»; ein Hausorchester bei Freunden, wo Lukas entweder Klavier oder Flöte gespielt hatte; Bruchstücke aus den Werken von Bach, Beethoven, Mozart ... Er saß mit geschlossenen Augen im Abendrot, den Kopf mit dem schön gewölbten Musikerschädel hoch erhoben. Sein feines, sensitives Gesicht war ganz ruhig. «Laßt ihn zufrieden, Jungens», warnte Bloemendaal in solchen Augenblicken mit einer Einsicht, die ihm aus dem Mit-Leiden erwuchs.

Aber Lukas sagte immer noch kein Wort außer «Vielen Dank» oder «Ich brauche nichts!»

Eines Abends – einige Wochen vor dem Ende des Krieges – hatte Lukas de Witt ein sonderbares Erlebnis. Er saß wieder still unter seiner

Palme. Das Abendrot hüllte das Lager in einen brennenden Schleier. Plötzlich fühlte er, wie er versteinerte. Gleichzeitig ergriff ihn eine ungeheure Müdigkeit. Er hatte das Gefühl, daß er riesenhaft, schwer und unbeweglich wurde, und daß seine Seele wie aus Glas gesponnen in der Luft schwebte. Er war nicht mehr im Lager – sondern in einer mythischen Welt von Steinkolossen; und er war einer von ihnen! Er wollte nicht unter diesen Monumenten leben: steinern, taub, ohne die lebende, leidende Seele, die Gott ihm gegeben hatte. Und dabei sah er sich deutlich als gefühllose Steinfigur in einer javanischen Vulkanlandschaft. Er wollte schreien, aber er war wie die anderen Skulpturen in ein Relief gebannt. Stumm wie die Frauenleiber, Schlingpflanzen, Tiere, Ungeheuer und die steinernen Buddhas des *Borobudur.* Vor dem Krieg hatten Willem und Lukas diesen riesigen buddhistischen Tempel besucht, und Lukas hatte ein Grauen empfunden. Er fühlte sich nicht wohl unter Steinfiguren. Es fröstelte ihn. Er hatte nichts gesagt, war geduldig mit Willem in die Höhe gestiegen und hatte die Buddhastatuen, die das unbewegliche Antlitz den Vulkanen zuwandten, angestarrt. «Wenn sie wenigstens singen würden», hatte er endlich gemurmelt. Glücklicherweise hatte Willem es nicht gehört. Er hätte ihn liebevoll ausgelacht. Aber von jenem Erlebnis her hatte Lukas de Witt eine stumme, panische Angst vor Versteinerung. Er brauchte Musik, Wärme, eine Sphäre, in der die Seele Gott preisen und besingen konnte. Er war einer der wenigen Ausländer gewesen, dem vor dem Borobudur gegraut hatte.

«Hilfe!» schrie er mit letzter Kraft. «Hilfe!»

Nach dieser Vision wurde er nicht redseliger, aber er fühlte Gefahren für seine Seele. Er mußte der Versteinerung entfliehen. Er nahm sich wieder seine Bücher vor – die Schriften von Thomas a Kempis und Sankt Johannes vom Kreuz. Er las eifrig wie ein Entdecker von leeren Gefäßen, die Gott mit seinem Segen füllt. Thomas a Kempis hatte im fünfzehnten Jahrhundert in Lukas' Heimat gelebt. Lukas und seine Schwester Isabella hatten gemeinsam das Kloster Agnetenberg bei Zwolle besucht, wo die «Brüder vom Gemeinsamen Leben» gebetet und gelehrt hatten. Das war lange her. Damals war Lukas gesund und fröhlich gewesen. Aber er hatte auch jetzt noch Zeit und Gelegenheit, die große Verzweiflung abzuschütteln. Wenigstens war er kein Stein mehr. Seine Seele schwebte nicht mehr in der Luft, sondern näherte sich tastend der Heimat aller Seelen. –

Lukas de Witt saß mit geschlossenen Augen und lauschte nach innen. Er merkte nicht, daß ein Regenguß ihn bis auf die Haut durchnäßte.

«Bist du verrückt, Junge?» schimpfte Bloemendaal und rieb ihn persönlich mit seinem letzten guten Sporthemd trocken. Dann reichte er ihm mit gewohnter Hartnäckigkeit einen Zettel. «Möchtest du etwas? Kann ich dir etwas besorgen?»

Zum erstenmal gab Lukas de Witt eine Antwort. Nichts regte sich in Quentin Bloemendaals Gesicht. Er nickte und kam nach wenigen Minuten mit einer Bambusflöte zurück. Lukas hatte sie nach dem Unglück in die Latrinen geworfen, und Dr. Quentin Bloemendaal – von Natur aus wählerisch in seinen Gewohnheiten – hatte diese Flöte eigenhändig aus dem Unrat gegraben.

Lukas spielte nicht auf der Flöte. Er war auch kein Beethoven-san, der, schon der Taubheit verfallen, Hymnen an die Freude komponierte. Aber Lukas saß täglich unter seiner Palme, lauschte dem unhörbaren Chor, und seine lange schlanke Hand hielt die Flöte fest umschlossen. Er nahm wieder Anteil am Lagerleben, und eines Abends ging er in die Baracke der Invaliden und spielte ihnen zögernd ein Volkslied aus der Heimat vor.

Quentin Bloemendaal lauschte von weitem. «Wo hat er die Flöte her?» fragte Paul Verdoorn. «Er hat sie doch damals fortgeworfen.»

«Wann gibt's was zu futtern?» fragte Bloemendaal.

«In zehn Minuten», sagte Jonkheer van Polder. «Ich habe ein neues Gemüse erfunden. Siamesisches Unkraut nach Holländer-Art.»

«Es schmeckt herrlich», sagte Paul Verdoorn.

«Gibt's hier niemanden, der Lukas das Lippenlesen beibringen könnte?» fragte Jan Polder.

«Er versäumt nicht viel, wenn er das Geschwätz hier nicht hört», erwiderte Bloemendaal liebenswürdig. «Er hat im Augenblick Unterhaltung; wahrscheinlich bessere!»

Dr. Quentin Bloemendaal hatte niemals die Schriften christlicher Mystiker studiert und hatte auch nicht die Absicht, es in Zukunft zu tun. Aber wenn Thomas a Kempis und der heilige Johann vom Kreuz dem «Kleinen» den Kopf zurechtsetzten, dann sollte es Mijnheer Bloemendaal aus Leyden recht sein.

IV

Das Kriegsende traf die Gefangenen der Japaner so unvorbereitet wie der Beginn. Niemand konnte glauben, daß Japan am 15. August 1945 bedingungslos kapituliert hatte. Diese Männer und Frauen lebten zwischen einem verlorenen Gestern und dem unbekannten Morgen. Sie hatten wenig Mittel, um ihre jahrelange Isolierung zu sprengen. Wer konnte von einem Tag auf den andern mit der unbekannten Gegenwart etwas anfangen? Sie alle mußten sich erst an die Freiheit gewöhnen, genau wie früher an die Gefangenschaft und an die unsagbaren Leiden, die sie durchgestanden hatten.

Dennoch herrschte unbeschreiblicher Jubel neben unbeschreiblichem Chaos in jedem Lager zwischen Siam, Burma und Java. Die Männer, die ihre Toten längst nicht mehr zählen konnten, die ihre Familien jahrelang in Not und Gefahr gewußt hatten, konnten die Nachricht kaum fassen. Als englische und holländische Offiziere die Siegesnachricht – zugleich mit einer Mahnung zur Ruhe und Disziplin – in die Lager an der «Totenbahn» brachten, lief alles wild durcheinander; junge und alte Männer umarmten einander und schluckten die Tränen herunter.

Im holländischen Sektor des Lagers Takanum herrschte nach dem ersten Freudenrausch eine Minute vollständige Stille. Die Kameraden sammelten sich in einem großen Kreis. Sie strömten aus allen Baracken, von der Feld- und Straßenarbeit, aus der Kantine und dem Kochhaus. Diejenigen, welche nicht laufen konnten, und die Sterbenden, welche die Heimat nicht mehr erreichen würden, wurden unter Dr. Dekkers Aufsicht hinausgetragen. Wo Tragbahren fehlten – und sie fehlten an jeder Ecke – trugen die Gesunden die Kranken auf ihren Schultern ins Freie. So standen und lagen sie unter dem tropischen Augusthimmel – bärtige, ausgemergelte Gestalten, in Fetzen gekleidet; viele verstümmelt, die meisten mit Geschwüren bedeckt – und senkten die hellen Holländeraugen zu Boden. Sie standen Arm in Arm mit den *Indischen Jongens*, die ihre asiatischen Mütter und Frauen zurückgelassen und mit dem Volk ihres Vaters alle Leiden geteilt hatten.

Dann zerbrach die Stille. Aus rauhen Kehlen erscholl das uralte «Niederländische Dankgebet»:

Wir treten zum Beten
vor Gott den Gerechten ...

Quentin Bloemendaal stieß verstohlen seinen Schwager Jan Polder an.

«Hör doch», flüsterte er. «Lukas singt!»

VIERTES BUCH

Die Gefangenen des Friedens

«Die meisten Tragödien in der Geschichte stammen von veralteten Landkarten, die in der Gedankenwelt der Menschen weiter bestehen.»
Tibor Mende

Koloniale Gedächtnistafel

«Wenn ein Blatt sich bewegt, kann auch der Ast erzittern.»
Chinesisches Sprichwort

1596 *Landung einer aus vier Schiffen bestehenden niederländischen Handelsflotte an der Nordküste Javas.*

1602 *Gründung der «Vereinigten Niederländisch-Ostindischen Compagnie» – einer der größten und kapitalkräftigsten Handelsgesellschaften der Kolonialgeschichte.*

1619 *Gründung von Batavia durch Jan Pieterszoon Coen.*

1743 *Van Imhofs umstrittene Politik der weiteren Gebietserwerbung im ganzen nordjavanischen Küstengebiet und in den Reichen nördlich von Borneo. Generalresidenten beaufsichtigen die Regierung der einheimischen Fürsten. Wachsender Einfluß des Islam.*

1755 *Zerlegung von Java in fünf Kleinstaaten. Weitere koloniale Ausdehnung. Wichtigste Außenbesitzung: Sumatra.*

1780 *Beständige Aufstände in den Außenbesitzungen. England besetzt den Südwestteil von Sumatra. Zusammenbruch der Ostindischen Handelsgesellschaft im Jahre 1795 infolge der englischen Blockade der Java-Küste.*

1811 *Sir Stamford Raffles übernimmt für fünf Jahre die Herrschaft über das holländische Inselreich.*

1825 *Rückerstattung des Kolonialreiches an die Holländer.*

1832 *Einführung des «Kultursystems» unter General van den Bosch, das eine schwere Notlage der malaiischen und besonders der javanischen Bauern heraufbeschwört: Zwangsanpflanzung neuer Gewächse und Ablieferung zu niedrigsten Preisen.*

1870 *Grundlegende Reformen der Kolonialwirtschaft. Freie Wirtschaft auch für den Bauern. Die Gewinne werden zum Teil von der Kolonialregierung zur Förderung der Volkswirtschaft und zur sanitären und kulturellen Entwicklung Niederländisch-Indiens verwandt. Das Agrargesetz sichert der eingeborenen Bevölkerung ihren Grund und Boden; doch bleibt die Arbeitsleistung der Farmer weiterhin unterbezahlt.*

1901 *Durchführung weiterer Reformen der Kolonialverwaltung und Wirtschaft seitens der holländischen Regierung.*

1908 «Boedi Oetomo» *(Das schöne Streben) ist auf hinduistisch-javanischer Grundlage die erste Eingeborenen-Organisa-*

tion, die nach nationaler Freiheit strebt. Sie hat bereits Tausende von Mitgliedern in Java und Madura.

1912 Serakat Islam. *Bedeutende Bewegung auf mohammedanischer Grundlage. Sie fördert kommerzielle und politische Interessen der eingeborenen Bevölkerung von Niederländisch-Indien.*

1917 Serakat Islam *hält den zweiten Kongreß ab. Es wird «Unabhängigkeit» auch vom ausländischen Kapitalismus verlangt.*

1919 *Gründung des* Indo-Europeesch Verbond, *der Vereinigung der Mischlinge, die mit der Kolonialregierung zusammenarbeitet.*

1920 *Beginn einer großen Zuwanderung von Japanern nach Niederländisch-Indien.*

1924 *Hadji Agus Salim vertritt* Serakat Islam *im Volksrat.*

1927–1930 *Dr. Ahmed Sukarno entwickelt seine 1927 gegründete eigene Partei, die PNI (Nationale Partei von Indonesien). 1929: Sukarno wird von der Kolonialregierung zu vier Jahren Gefängnis verurteilt.*

1930 *Schutzmaßnahmen der Kolonialregierung gegen die japanische Einfuhr zu Dumping-Preisen. Japans Wirtschaftspolitik wird in Niederländisch-Indien als eine Bedrohung der «Politik der Offenen Tür» betrachtet.*

1932 *Aus Holland heimgekehrte indonesische Studenten beleben die Nationale Partei von Indonesien. Dr. Mohammed Hatta und Sutan Sjahrir verbreiten weiter den Schlachtruf der Partei:* Merdeka! *(Freiheit).*

1934 *Der begnadigte Dr. Sukarno, Dr. Hatta und Sutan Sjahrir werden von der Kolonialregierung für acht Jahre auf entfernte Inseln verbannt.*

1942 *Die Japaner «befreien» die Völker Insel-Indiens von der Kolonialmacht; erst in Sumatra und dann in Java.*

1943 *Übernahme der Kolonialverwaltung durch Japan. Sukarno wird von den Japanern während des Krieges zurückgeholt und wird Präsident einer Vertretung für Indonesien. Er arbeitet, trotz japanischer Überwachung und scheinbarer Mitarbeit, insgeheim für die Freiheit des Landes.*

1945 *15. August: Kapitulation Japans.*
17. August: Ausrufung der «Indonesischen Republik» durch Dr. Ahmed Sukarno.

1945–1949 *Kämpfe und Verhandlungen zwischen der ehemaligen Kolonialregierung und der Indonesischen Republik.*

27.12.1949 *Proklamation der Souveränität der* Republik der Vereinigten Staaten von Indonesien *(Republik Indonesia Serikat). Umbenennung der alten Hauptstadt Batavia in Djakarta.*

Das holländische Gastspiel zwischen Vulkanen hatte 353 Jahre gedauert.

ERSTES KAPITEL

Chronique scandaleuse

«Ich habe Papa immer gesagt, man solle die Eingeborenen nicht so verwöhnen», sagte Antje Polder zu Sophie Dekker. «Sie vertragen es nicht. Jetzt haben wir 1947, und auf den Inseln geht alles drunter und drüber. Hier zu Haus ist zwar auch nicht alles, wie ich's mir im Lager vorgestellt hatte – aber ich setze niemals wieder einen Fuß nach Batavia.»

«Nach Djakarta, wollen Sie wohl sagen?» versetzte Sophie Dekker trocken.

«Niemals wieder gehe ich nach Batavia!» Antje verschluckte sich an ihrer Fruchttorte. «Probieren Sie mal diese kleinen Kuchen, Sophie! Das heißt, was mein Herr Sohn davon übrig gelassen hat. Jan David ißt nicht, er frißt! Möchte wissen, von wem er das hat! Quentin schnuppert nur am Essen; genau wie seine kostbare Tochter! Nelleke macht mir immer noch Sorgen. Ist eben ein Lagerkind. Dünn wie eine Spindel und schreit nachts... Was wollte ich noch sagen? Komisch, mein Gedächtnis ist immer noch ein Sieb! Richtig! – Es ist doch ein Skandal, daß diese Eingeborenen alle unsere Vorschläge abweisen! Die sind eben durch die japanische Besetzung damals total verlottert. Größenwahnsinnig geworden in ihrem Selbstbedienungsladen! Wenn ich bedenke, wie Prinz Tukimin und dieser Amir nett und bescheiden bei Großmamas Gartenfest hier in Alsmeer waren! Besonders der niederträchtige Amir, der hier für unser Geld studierte!»

«Hatte nicht Cornelis van Veen...»

«Das ist doch ganz gleich! Alles unsere Gulden! Und jetzt haben sie unsere Plantagen und Fabriken übernommen und tun so, als ob *sie* den Betrieb aufgebaut hätten! Und Herr Amir hält Brandreden. Er saß mit meinem Bruder Jan und meinem Mann schon mal an *einem* Konferenztisch! Stellen Sie sich das vor! Dieser Kromo (Reisbauer) – dieser Analphabet!»

«Sind Sie nicht ungerecht, Antje? Ich kann mir vorstellen, wie Sie fühlen! So verbunden wie Ihre Familie mit der Tradition auf den Inseln ist! Aber Dr. Amir Kusomo ist wirklich kein Analphabet! Er ist schließlich Jurist und soll auch ein brillanter Redner sein.»

«Reden ist ja auch leichter, als Ordnung im Lande halten!» Antje Polder holte mühsam Luft. Sie hatte enorm zugenommen, und ihr Herz machte manchmal komische Sprünge... «Wir Holländer machen eben den Mund nicht auf, das ist unser Unglück! – Mein Mann ist jetzt wieder gelernter Trappist! Ich würde den Brüdern in Batavia – oder wo sie sich mit den Amerikanern oder Engländern treffen – ich würde unsern

«Indonesiern» schon etwas erzählen! Darauf können Sie sich verlassen! Ich verstehe nicht viel von Politik, aber soviel versteh ich doch: die ganze Asien-Politik nach dem Krieg ist ein einziger Skandal! Unser Militär hockte nach der Befreiung in Bangkok herum – war ja am nächsten von der Totenbahn! – Und die Engländer landeten statt unserer Jungens in Java! Papa hätte das niemals erlaubt! Was hatten die Engländer in unseren Kolonien zu suchen? Können Sie mir das sagen?»

«Du lieber Himmel, regen Sie sich doch nicht über die alten Geschichten auf, Antje! Schließlich bereiteten die britischen Truppen die Rückkehr unserer Truppen und unserer Regierung vor.»

«Das ist ihnen hervorragend gelungen! Die Briten hätten den Eingeborenen sofort alle Waffen abnehmen müssen, welche die Japse ihnen so liebevoll hinterlassen hatten. Die Japaner haben natürlich die Hauptschuld an allem. Die haben unsere ordentlichen Eingeborenen mit ihrem Schlagwort ‹Asien den Asiaten› total verrückt gemacht. Wie viele von unseren eigenen Leuten, die im Krieg im Gefängnis waren, sind in diesen zwei Jahren hinterrücks erschossen worden! Ich bin sehr dagegen, daß Quentin und Jan nächstens hinfahren. Aber es handelt sich andrerseits um unsere Ansprüche! Meinen Sie, wir schenken denen den Bloemdaalschen Tabak und den Polderschen Zucker? Es ist zwar alles ruiniert – damit fingen die Japaner schon an –, aber Jan und Quentin werden nicht lockerlassen. Mein Schwiegervater ist nicht mehr imstande einzugreifen.»

«Wie geht es dem alten Herrn Bloemendaal?»

«‹Das ist ein Kapitel für sich›, wie Papa immer sagte. Die Gefangenschaft hat ihm offenbar noch besser gefallen als sein Eheglück in Leyden ... Sie kennen doch meine Schwiegermutter?»

«Ich habe sie niemals getroffen.»

«Da haben Sie aber Glück gehabt! Mich macht sie krank, und Nelleke schreit vor Angst, wenn Judith Bloemendaal in ihrem Rollstuhl angesaust kommt. – Tja, mein Schwiegervater ist zu bedauern! Was der mit seiner karierten Reisemütze für ein Leben in Sumatra führte! Pieter van Gelderen geht übrigens wieder zu seinem Erdöl zurück. Er kann's immer noch nicht fassen, daß Martina gestorben ist. Sie führten eine Ausnahme-Ehe. Wenn Piet auch ein Auge für seine Njais oder die Tänzerinnen hatte, es ging ihm nichts über Martina. *Er* sagt auch kein Wort mehr ... Er wird sich zu Tode ärgern in Sumatra! Die Republik Indonesien wird ihm in alles reinreden, und dabei verstehen diese Volksredner soviel von Erdöl wie mein Kater Erasmus. – Von Wirtschaft hat doch keiner da drüben die leiseste Ahnung! Papa würde sich im Grabe umdrehen, wenn er den Zustand sähe! Ich verstehe nichts von Wirtschaft – da ist unser Jan zuständig –, aber schließlich lese ich Zeitungen, meine Liebe! Um einen Augenblick von unseren Familieninteressen zu sprechen: unser Jan wurde doch immer der ‹Kleine Napoleon der Zuckerwirtschaft› genannt! Jetzt ist's Essig mit der Zuckerwirtschaft! Die Produktion war noch 1940 auf der Höhe! Was aber an Fabriken nicht während der japanischen Besetzung zerstört wurde, das haben die Herren Freiheitskämpfer nach dem Krieg ruiniert. Jan sagt, um Djokjakarta herum seien alle Mühlen zerstört, und die Dorfbewohner gebrauchten die Baureste für neue Hütten. Und jetzt möchten sie holländisches Kapital zum Aufbau! Ist das nicht die Höhe der Ahnungslosigkeit? Jan wird unsere Gesellschaften woanders aufbauen. Vielleicht in Äthiopien, aber darüber darf ich nicht reden! Soll doch die indonesische Staatsbank die Zuckerwirtschaft finanzieren! Die Java-Bank von den Van Veens haben sie ja abgemeldet.»

«Ich glaube, mit Ihrem Standpunkt kommt man nicht weiter», sagte Sophie Dekker langsam. «Ich meine – man sollte versuchen, etwas Verständnis aufzubringen! *Bitte*, Antje, lassen Sie mich ausreden! Es gibt bald keine Kolonien mehr in der Welt! Daß auch die Javaner unabhängig sein wollen, das hat eben die politische Entwicklung nach diesem Krieg mit sich gebracht.»

«Sie nehmen tatsächlich Partei für diese Banditen?»

«Erstens sind's nicht alles Banditen und dann ...»

Die junge Frau stockte, als sie das hochrote Gesicht von Antje Polder sah, die man nicht aufregen durfte. Aber einmal wollte sie es doch sagen. Vielleicht half sie Antje? «Wir wissen doch jetzt, wie man sich nach Freiheit sehnt», sagte sie schüchtern. «Vielleicht fühlten die Indonesier sich immer als Gefangene der Kolonialregierung.»

«Für den Unterschied möchte ich seiltanzen! Die guten Leute wurden von ihren eigenen Fürsten viel mehr schikaniert als von Papa! Und was *wir* bei den Japsen erlebten – nicht mal zu essen gaben sie uns. Und keine Medikamente! Wenn ich an die Poliklinik Ihres Mannes in Batavia zurückdenke: alles sozusagen umsonst und liebevolle Behandlung zugesichert! Da fällt mir ein: Jo van Swanenburgh geht nach Amerika. Ihr Onkel John van Veen in Washington hat sie eingeladen. Zu traurig mit Jacoba!»

«Was ist denn mit Jans Frau?»

«Das wissen Sie nicht? Tja, jeder hat eben seine Verluste! Jackie war Krankenschwester während des Krieges – sie besuchte ihre Eltern grade, wie die Sache in Pearl Harbour startete. Sie hat sich etwas an der Lunge geholt. Jacoba starb noch im Krieg. Es war entsetzlich für Jan, der sich im Lager die ganze Zeit aufs Wiedersehen gefreut hatte. Sein kleiner Sohn ist augenblicklich bei den Großeltern in Washington. Gott sei Dank nahm Jackie den Kleinen vorm Krieg mit nach den USA, damit ihre Eltern ihn kennenlernten. Er heißt natürlich Laurens; nach Papa.»

«Man merkt Jan gar nichts von seinem Kummer an.»

«Glücklicherweise hat sein Appetit nicht gelitten. Und er hat ja enorme Pläne. Da ist irgendein politisches Testament von Papa. Ich habe von Politik die Nase voll. Sie hätten gar nicht davon anfangen sollen, Sophie! – Wie gefällt Ihnen Alsmeer?»

«Bezaubernd! Wie lieb von Ihnen, daß Sie Betje und mich eingeladen haben!»

«Es war hier bezaubernd, als Großmama noch lebte. Papas Tod vor dem Krieg muß ihr den Rest gegeben haben. Sie starb bald darauf. Was Großmama wohl zu dem heutigen Zustand gesagt hätte? – Was wollte ich noch sagen? Richtig: Jo Swanenburgh wird fahnenflüchtig. Oder habe ich das schon erzählt?»

«Dr. Jo war wundervoll im Lager! Ich werde es nie vergessen.»

«Ich auch nicht. Aber das ist ja nun vorbei. – Ich glaube, Jo fühlte sich hier überflüssig. Ich meine, wir haben ja nun wieder alle unsere Männer und Kinder, und eine einzelne Frau wird so selten eingeladen, wenn Ehepaare zusammenkommen. Ist eigentlich ungerecht. Jo hat meine Nelleke im Lager buchstäblich gerettet. Nicht *einmal*, jeden Tag von neuem! Quentin bedankt sich immer wieder bei ihr. Ich lud Jo neulich nach Alsmeer ein, aber sie kam nicht. Warum heiratet sie nicht? Schade, daß Dirk van Veen tot ist! Tja, unser ehemaliger Kreis ist klein geworden. In Java sah man sich dauernd auf Parties. Hier muffeln wir alle in unserm kleinen Häuschen herum. Manchmal komme ich mir wie gefangen vor! – Dr. Jo sieht übrigens wieder ganz hübsch aus. Sie müßte nur zwanzig Pfund zunehmen. Ich würde sie ihr mit Wonne abgeben! – Sagen Sie mal, wann kommt Ihr Kleines an?»

«In vier Monaten.» Sophie Dekker war rot geworden wie ein junges Mädchen.

Antje betrachtete sie nachdenklich. Mit achtundzwanzig Jahren schien eben alles noch rosig …

«Ja, ja», sagte Antje. «Als Mutter jung war und die große Liebe kam, ging sie mit Vater Hand in Hand übern Damm … Wenn man noch mal so jung sein könnte!»

«Sie sind auch kein Methusalem!»

«Ich fühle mich wie hundertfünfunddreißig», erklärte die fünfunddreißigjährige Antje. «Weiß selbst nicht, warum. Mir macht nichts mehr richtig Spaß. Nur Essen … Aber Quentin gönnt mir nicht mal meine Pfannkuchen zum Täßchen Kaffee. Jetzt vor der Konferenz in Java ist er Gott sei Dank so beschäftigt, daß er nichts merkt. Übrigens – wenn er wirklich alle Jubeljahre zu Hause ist, dann ist er in Gedanken auch wo anders. Das ist so, wenn Ehepaare älter werden.»

Sophie sah ihre Freundin verstohlen an. Das hochrote Gesicht, das erhöhten Blutdruck anzeigte; die Reizbarkeit, die Rechthaberei, die sich immer mehr bei ihr ausbildete. Antje hatte ihren Mann und zwei Kinder und war rastlos und unzufrieden. Sie war eben ihrer Heimat durch jahrelangen Aufenthalt auf den Inseln entfremdet. Dort war sie Mittelpunkt des gesellschaftlichen Lebens gewesen; hier sah man sich selten, selbst wenn man sich sehen wollte. Man konnte nicht beständig von Rotterdam nach Leyden oder Alsmeer fahren. Sophie konnte es nicht. Sie hatte keine Bedienung, mußte für die kleine Betje und den Haushalt sorgen und abends für den Mann frisch sein. Nie im Leben war sie glücklicher gewesen als im Nachkriegs-Holland. Sie fand Erfüllung im Familienleben. Vielleicht hatte Antje zu viel Glanz in ihrer Jugend erlebt und war außerdem zu schwerfällig für diese schwierige Nachkriegszeit. Jede Frau war eben allein, die sich mit ihrem Mann nicht verstand. Dabei tat Quentin Bloemendaal alles, was er konnte; aber er gab wohl Antje nicht, was sie brauchte. Warum in aller Welt hatte er sie geheiratet? Er haßte Klatsch und Tratsch, machte sich nichts aus Essen und Geselligkeit und hungerte nach geistigem Austausch. Das dicke, verzogene Kind an seiner Seite erweckte wohl nur noch sein Mitleid.

Sophie Dekker ahnte nicht, wie haarscharf ihre Vermutungen zutrafen. Aber Sophie war eine loyale Seele und vergaß nicht, wie großartig Antje im Gefangenenlager zu ihr und der kleinen Betje gewesen war! Und wie hatte sie bei Sophies und Betjes Ankunft gestern nachmittag gestrahlt und die Kleine mit Geschenken überhäuft! Aber Antje ließ sich äußerlich gehen. In einigen Jahren würde sie unförmig sein.

«Ich sagte Quentin neulich, daß es nicht auf die Figur ankommt, nach alledem was wir durchgemacht haben», bemerkte Antje. «Aber er zuckte nur die Achseln. Wenn er mit Jo Swanenburgh in Amsterdam Kaffee trinkt, redet er wahrscheinlich wie ein Buch. Diese alleinstehenden Frauen sind eine Pest! Eine Bedrohung für jede glückliche Ehe!»

Antje war dunkelrot geworden. Ihre fleischigen, aber immer noch zierlichen Kinderhände fuhren nervös in ihrem schönen blonden Haar herum, das an den Schläfen bereits ergraute. Der zarte Silberschein machte sie keinen Tag älter.

Plötzlich klang Klirren und Geschrei aus dem Speisezimmer herüber. Antje sprang erstaunlich behende auf.

«Entschuldigen Sie, das ist Jan David! Er macht Lärm für zehn Jungens. *Bitte*, bleiben Sie sitzen, Sophie! Der Junge ist ein Nagel zu meinem Sarge.»

Nach ihrer Rückkehr setzte sie sich pustend nieder.

«Er ist so wild», stöhnte sie. «Jetzt hat er Großmamas Sèvres-Schale heruntergeworfen. Quentin wollte sie wegschließen; aber ich sehe gern alte Familienstücke um mich. Quentin muß den Bengel verprügeln, sobald er aus Amsterdam zurückkommt. Ich habe Jan David auch gesagt: ‹Warte nur, bis Papa kommt! Da wirst du etwas erleben!› Hören Sie, wie er brüllt? Halten Sie sich die Ohren zu, Sophie! Man kann wahnsinnig werden! Wenn ich nur unsere *babu* (Kinderfrau) aus Batavia hier hätte! Jan David war schon als Baby so ungebärdig, aber die Babu wurde mit ihm fertig. Hat niemals geschimpft mit ihm, aber er gehorchte ihr aufs Wort. Und dabei war sie nur eine Eingeborene ohne jede pädagogische Schulung. Zu merkwürdig! Aber wenn ich von unserer Babu anfange, wird Quentin böse. Und wie sie mich massiert und gepflegt hat! Ich war doch immer zart, und Papa war stets besorgt um mich. Er hat unserer Babu immer Geschenke gemacht, damit sie gut auf mich und das Kind aufpaßt. An Papa darf ich gar nicht denken ... Was macht unsere Babu wohl jetzt? Wahrscheinlich schreit sie *merdeka*, hat eine Intelligenzbrille auf der Nase und fährt in unserm Auto umher.»

Sophie lachte zu Antjes sichtlicher Befriedigung.

«Erzählen Sie mir auch mal was, Sophie! Wie war's bei Paul Verdoorns Hochzeit in Utrecht? Quentin sagte ‹sehr nett›, und damit hatte sich's.»

«Paul war einfach selig.»

«Ich bin nicht hingefahren, weil ich diese Heirat für einen Skandal halte. Jahrelang war er mit Mien Barneveldt herumgeradelt – sehr feine Familie, allererste Garnitur! Und nach dem Krieg wollten sie heiraten. Er nannte sie immer ‹Zuckerdose›, wissen Sie noch?»

«Das war wohl, als er bei Ihrem Vater Sekretär war?»

«Mien war *viel* dicker als ich – ich meine, als ich jung war. Aber sie paßte genau zu den Verdoorns. Sie waren verlobt, als Paul ins Gefangenenlager mußte. Und dann kommt er endlich aus Siam zurück und heiratet diese Ruth, von der kein Mensch weiß, aus was für Kreisen in Deutschland sie stammt. Alles nur, weil Paul Verdoorn im Lager einen Narren an diesem Professor Silberberg oder Silberstein gefressen und ihm wohl vor seinem Tod versprochen hatte, seine blinde Schwester in Amsterdam zu suchen. Schön und gut. Gegen den Flüchtlings-Professor war nichts einzuwenden; Quentin ist auch ganz begeistert von ihm. Aber deswegen gibt man doch seine Braut nicht auf! Die blinde Schwester war sowieso gestorben. Und dann forschte Paul Verdoorn so lange nach den Angehörigen seines Freundes, bis er endlich die Tochter der blinden Dame in Amsterdam aufgegabelt hat. Unerhört!»

«Ruth ist ein entzückendes Mädchen, Antje! Macht ihren Doktor der Philosophie.»

«Da paßt sie ja großartig zu den Verdoorns! In *der* Familie hat noch niemand jemals ein Buch gelesen – außer dem Adreßbuch. – Und die arme Mien Barneveldt – nun auch kein Küken mehr – guckt in den Mond. Das haben wir Frauen von unserer blöden Treue!»

«Die Sache liegt etwas anders! Mien wollte Paul schon lange nicht mehr heiraten. Sie waren Jahre getrennt, und sie hatte eine große Freundschaft mit einem bekannten Maler. Sie mochte es nur Paul Verdoorn nicht sagen, als er endlich heimkam. Nach allem, was er im Lager durchgemacht hatte! Das Komische war nur, daß Paul schon seine Ruth gefunden hatte und Mien auch nichts sagen mochte. Schließlich hat er sich mit meinem Mann ausgesprochen, und ich sprach dann mit Mien. Sie war sehr glücklich!»

«Sie war immer hinterlistig. Hätte ich trotzdem niemals von Mien geglaubt!»

«Es war doch schrecklich komisch, Antje! Die beiden jungen Paare tranken dann einen Abend eine Menge Genever, und Mien und ihr Maler waren auch bei der Hochzeit von Paul und Ruth!»

«Manche Leute haben wirklich Glück. *Ich* habe jahrelang auf Quentin gewartet – er war immer zu beschäftigt zum Heiraten –, aber ein anderer kam gar nicht für mich in Frage. Ich muß schon eine blöde Gans gewesen sein. Mien ist schlauer.»

«Schade, daß Sie nicht zur Hochzeit gekommen sind! Übrigens sind

Mien und Ruth dicke Freundinnen geworden. Und die Verdoorns sind begeistert von Ruth. Sie ist so bescheiden und so glücklich mit ihrer neuen Familie. Sie hat doch keine Angehörigen mehr ...»

«Uns geht's auch nicht viel anders. Ich habe nur noch meinen Bruder, und der ist niemals in Alsmeer. Er wollte hier mit Jacoba und dem kleinen Laurens leben ... Ich wollte das Kind mit übernehmen; aber Jan sagte, es wäre viel zu anstrengend für mich. Ist auch wahr. Jan David macht mich tot. Und Nelleke ist eine Heulsuse. Komische Kinder habe ich! – Wissen Sie eigentlich, daß Adrienne van Doren, die Halbschwester von Jo Swanenburgh, in London große Erfolge als Tänzerin hat? Ich fand sie damals in Java sehr unsympathisch. Sie lief unserm Jan nach und wollte ihn und die arme Jackie auseinanderbringen. Aber sie ist eine ganz berühmte Ballettratte. Was man so alles erlebt! Wissen Sie übrigens das Neueste von Willem Swanenburgh? Jo hat's Quentin auf einer ihrer Teesitzungen in Amsterdam erzählt. Der Willem hat geheiratet.»

«Das freut mich wirklich! Wir bekamen einen Schock in Bangkok, als der arme Junge im Rollstuhl ins ‹Hotel Europa› gefahren kam.»

«Nur seine Schwester bekam keinen Schock. Jo schien ihn überhaupt nicht zu bedauern. Ich fand es skandalös. – Was wollte ich noch sagen? Erinnern Sie sich noch an die kleine Dolmetscherin Rosie Wu in der Poliklinik?»

«Natürlich. Die ‹Tochter aus Zuneigung› vom alten Herrn Tsui.»

«Mit der Zuneigung ist's wohl aus», sagte Antje trocken. «Also Willem Swanenburgh hat diese kleine Chinesin geheiratet. Alle waren dagegen, besonders der alte Herr Tsui – war ja ein großer Freund unserer Familie. Er wollte natürlich einen netten reichen Chinesen für Rosie, aber sie hat sich den ganzen Krieg hindurch geweigert. Ich kenne den chinesischen Eigensinn. Und was ist die Folge dieser Heirat? Willem ist mit seiner Frau in Singapore. Sie hat zwar immer tausend Fragen über Holland gestellt, wollte aber im Fernen Osten bleiben. Und Willem tut natürlich, was Rosie sagt. Außer meinem Mann tun alle Ehemänner, was ihre Frauen sagen ... Tja, der Krieg hat uns alle auf dem Gewissen! Stellen Sie sich vor: Lukas de Witt ist Benediktinermönch geworden. Haben Sie Worte?»

«Er wird seine Gründe gehabt haben.»

«Ich finde es ziemlich egoistisch von ihm, aber Isabella soll glücklich über seinen Entschluß sein. – Lukas ist doch der letzte De Witt! Paulus ist leider als Widerstandskämpfer zum Schluß hier umgekommen. Wer hätte das von dem stillen Professor aus Buitenzorg gedacht? Seine Frau bekam die Nachricht nach dem Krieg, während wir alle in Bangkok auf die Heimfahrt warteten. Können Sie sich noch an Linda Derrington erinnern? Ihre Fassung war bewundernswert, oder sie hat kein Gefühl. Das weiß man nie bei den Engländerinnen. Die Hochzeit von Linda und Paulus de Witt war jedenfalls fabelhaft.»

«Ist Linda hier in Holland?»

«Sie lebt bei ihrem Vater in London, war aber bei Isabella van Veen mit den beiden Kindern zu Besuch. Bei Isabella fällt mir ein – wissen Sie das Neueste?»

Antje Polder hatte sich plötzlich belebt. Ihre blauen Kinderaugen funkelten wie in ihren besten Tagen im alten Batavia.

«Haben Sie nichts über Cornelis van Veen gehört?»

«Der ist doch tot! Ein unersetzlicher Verlust für uns alle.»

«*Er lebt!* Was sagen Sie nun? Ich weiß es seit drei Tagen.»

Sophie Dekker war aufgesprungen. «Ich kann's nicht glauben.»

«Ich wollte es auch nicht glauben. Es ist eine mysteriöse Geschichte. Der ‹Heilige› starb doch – fern von allen seinen Freunden – in einem der vielen Gefangenenlager zwischen Siam und Burma. Die Männer wurden beständig hin und her geschoben, sagt Quentin. Ein japanischer Unteroffizier brachte die Nachricht von seinem Tod mit nach Takanum. Aber er muß Dirk gemeint haben, der zwischen Siam und Burma in einem Camp gestorben ist. Es sind verschiedene solche Irrtümer vorgekommen. Und die beiden Van Veens sahen sich sprechend ähnlich, solange sie den Mund hielten. Erinnern Sie sich noch an Dirk, Sophie? Sie waren damals ein Sinkeh in der Kolonie!»

«Ich habe ihn niemals getroffen. Die Leute erzählten nur tolle Geschichten von ihm. Seine Frau war etwas seltsam im Lager, nicht?»

«Frances war ganz entzückend. Ich habe sie immer in Schutz genommen, wenn Ihr über sie geklatscht habt! – Was wollte ich noch sagen? Cornelis van Veen kommt morgen nach Holland. Ein englischer Freund von Quentin sprach ihn auf der Fahrt von Singapore nach London. Cornelis hatte eine Zeitlang sein Gedächtnis verloren. Jetzt soll er es beinahe wiederhaben. Wenigstens hat er an seine Frau geschrieben.»

«Isabella muß selig sein!»

Antje starrte Sophie Dekker an. «Ist bei Ihnen eine Schraube los?»

«Aber Antje! Es war eine wundervolle Ehe. Und Isabella hat den ganzen Krieg allein in Den Haag leben müssen.»

«Jaja», sagte Antje ungeduldig. «Aber Isabella – und glücklich sein? Da muß ich laut lachen!»

«Ich verstehe nicht...»

«Sie sind eine süße Person, Sophie, aber Sie haben immer auf dem Mond gelebt. Isabella hat sich doch gerade *verlobt!*»

«???»

«Warum nicht? Sie war zwei Jahre Witwe. Sie ist doch noch nicht alt. Viel jünger als Cornelis! Der Verlobte ist, glaube ich, Amerikaner und – ist ja ganz gleich! Morgen kommt der Tote in Holland an. In Ihrem Rotterdam, wo es nur glückliche Ehepaare gibt! – *Das* wird ein Skandal, wie er noch nicht dagewesen ist.»

«Entsetzlich!»

«Nicht wahr?» sagte Antje Polder befriedigt. «Bei uns bricht alles zusammen! Was hat Ihnen das letzte Stück Apfeltorte getan? – Das Tollste an der Sache ist, daß Cornelis van Veen...» sie stockte. «Ich habe den Brief von dem Engländer heimlich gelesen. Das bleibt unter uns», flüsterte sie eilig. «Der Mann kannte Cornelis seit Jahren von seinen Besuchen bei John van Veen in Singapore. Er sagt, daß er ...»

«Ist ihm etwas passiert? Außer dem Gedächtnisverlust? Soll mein Mann nach Den Haag fahren?»

«Auf keinen Fall», sagte Antje Polder schnell. «Der ‹Heilige› soll unheimlich verändert sein. Hat nach Kriegsende bei Eingeborenen gelebt. Es gibt heute noch Europäer in Ostasien, die niemals zu ihren Familien zurückgekehrt sind. Auch Australier und Amerikaner. Stand in englischen Zeitungen ...»

«Inwiefern ist Cornelis van Veen verändert? Bitte, Antje, reden Sie schon!»

«In Siam ist etwas mit ihm passiert. Vielleicht irgendein Gift ... Aber ich will mir nicht den Mund verbrennen! Die ganze Sache ist noch nicht geklärt. Er ist eben unheimlich verändert. Vielleicht war er immer so und hat den Heiligen nur gespielt?»

«Ausgeschlossen! Fragen Sie Quentin und meinen Mann, was Cornelis van Veen für alle Gefangenen getan hat. Allein durch seine Gegenwart ...»

«Ich höre etwas», sagte Antje. «Das muß Quentin sein! Er ist wohl früher aus Amsterdam zurückgekommen – schade! Sagen Sie bloß nicht, daß ich Cornelis van Veen erwähnte. Sonst gibt's *hier* Skandal.»

«Ich bin ganz durcheinander! Und Isabella verlobt! Was wird Cornelis dazu sagen?»

«Morgen kommt er an», sagte Antje Polder und aß das letzte Stück Kuchen auf.

ZWEITES KAPITEL

Ein Toter kehrt heim

I

Als Cornelis van Veen das Strandhotel betrat, wo Isabella und er viele glückliche Wochen verlebt hatten, stand sie versteinert in der Mitte der leeren Halle. Es war Nachsaison in Scheveningen. Darum hatte Isabella diesen Treffpunkt vorgeschlagen. Sie war sehr blaß; ihre kornblumenblauen Augen schimmerten trübe, und ihr kleines, schüchternes Doppelkinn bebte. Nach einer Weile sagte sie, was alle Ehefrauen zu ihrem totgeglaubten Ehemann sagen:

«Bist du es wirklich?»

Er nickte. Dabei bekam sein blasses, aufgedunsenes Gesicht einen Ausdruck versteckter Bosheit, als wolle er sagen: «Peinlich ... nicht wahr?»

Nie im Leben hatte Isabella einen solchen Ausdruck im Gesicht ihres

Mannes gesehen. Eine Gänsehaut überlief sie... Dies war ein anderer Cornelis! Hier kam etwas an die Oberfläche, was niemand in ihm vermutet hatte, vielleicht sogar er selbst nicht... Isabellas ausgestreckte Hände sanken herab. Cornelis van Veen nickte wieder. Er hatte noch kein Wort geäußert. Er stand da – riesig und geheimnisvoll gebrochen.

«Komm in unser Zimmer», murmelte Isabella. Er folgte ihr hüstelnd. Ein vertrauter Laut – auch in Java hatte er so gehüstelt. Ein Signal der Beruhigung in einem Albtraum!

Cornelis van Veen trat ans Fenster des großen Wohn-Schlafzimmers. Draußen wütete der wildeste Sturm, den Scheveningen seit Jahren erlebt hatte. Die See keuchte; rasender Schaum sprang empor, und dunkle Wellen krachten mit mörderischer Wut gegen ein Fischerboot. Es war, als habe die Ankunft des Toten die freundliche See in ein feindliches Element verwandelt. Auch Cornelis van Veen schien feindselige Verwirrung und einen Hauch von Verwüstung auszustrahlen. Was in aller Welt war mit dem «Heiligen» in seinem siamesischen Versteck geschehen?

Isabella betrachtete den weiten Strand. Sie mußte etwas sagen – die Stille wurde unheimlich. Sie mußte Cornelis erklären, wie es zu ihrer Verlobung mit Oliver Hill gekommen war. Er hatte sofort nach dem Krieg die Niederlande besucht. Die Zeitungen hatten über seine amerikanische Großzügigkeit, sein düsteres Gesicht und seine fröhlichen Reden berichtet. Er hatte holländische Verwandte gesucht und sie nicht gefunden: der «Untergrund» hatte sie geschluckt. Statt dessen hatte er Isabella van Veen gefunden. Er war immer wieder aus den Vereinigten Staaten zu Besuch gekommen; zuletzt im Auftrag von Senator John van Veen, der sich in Washington schwere Sorgen um das Schicksal seiner Neffen Cornelis und Dirk gemacht hatte. Oliver Hill war lange auf den Philippinen in Regierungsaufträgen tätig gewesen und war nach dem Krieg Mitarbeiter und Berater des *Foreign Policy Research Institute* der Universität von Pennsylvania. Sein Arbeitsgebiet waren die mannigfachen Nachkriegsprobleme des Fernen Ostens. Vor zwei Monaten hatte Isabella sich nach langem Zögern mit Hill verlobt. Sie hielt sich für eine Witwe. Nein, sie konnte mit diesem stummen Riesen nicht darüber sprechen, noch nicht!...

Isabella fühlte, wie ihre Kehle sich zusammenschnürte. «Möchtest du etwas essen?»

Cornelis van Veen verneinte stumm. Er hatte sich auf «seinen» großen geblümten Sessel gesetzt und senkte den Kopf mit dem graublonden Haar. Er war noch hellblond gewesen, als Isabella vor dem Krieg in Java Abschied von ihm genommen hatte. Sie fühlte tiefes Mitleid, aber sie konnte sich ihrem Mann nicht nähern. Er saß mit gesenktem Kopf da; auf seiner hohen gewölbten Stirn bildeten sich Schweißtropfen. Er war von einer Isolierschicht umgeben. War es die Gedächtnisstörung? Aber die hatte er angeblich überwunden! War er in der freiwilligen Verbannung in einem dunklen Feuer umgeschmolzen worden? Aber

Cornelis van Veen war ein gläubiger Christ gewesen, der die Kardinaltugenden nicht gepredigt, sondern sie der Kolonie unauffällig vorgelebt hatte ...

Isabella blickte wieder durch das Fenster auf den weiten Strand. Die Esplanade war menschenleer. Isabella würde niemanden zur Hilfe rufen können, und wer hätte ihr auch helfen können? Der Strand war ebenfalls von den Menschen verlassen. Isabella hatte niemals etwas Einsameres und Groteskeres gesehen als die leeren Strandstühle mit den munteren gestreiften Bezügen – Strohsärge, die jemand für ein Fest im Schattenreich dekoriert hatte. – Ein großer, ziemlich beleibter Herr erschien in der nassen Wüste; er schlenderte den Strand entlang und winkte Isabella mit einem rotkarierten Taschentuch zu. Sie fuhr zurück. Der Fremde erinnerte sie an Cornelis van Veen in seinen jungen Tagen, als er mit Würde und Neigung um die blutjunge Isabella de Witt geworben hatte. Wie hatte die Luft über der Haarlemer Heide geflimmert! –

Isabella riß sich zusammen und schritt auf Cornelis zu. Dabei fragte sie sich, was ihn äußerlich so erschreckend verändert habe. Plötzlich wußte sie es. Cornelis hatte ein Glasauge, dessen Phosphorglanz die Umgebung vergiftete. Isabella zuckte zurück. Das künstliche Auge wirkte lebendiger als das natürliche. Dieses war von einem toten Blau und zu müde oder zu angewidert, um irgend etwas auszustrahlen. Da Cornelis stets liebevoll gewesen war, erschreckte seine neue boshafte Kälte seine verwirrte Frau.

Dann sah Isabella, daß Cornelis einen unbeweglichen rechten Arm hatte, der wie ein Stück Holz herunterhing. Und was war mit seiner rechten Hand geschehen? Sie war wohl verstümmelt: ein Handschuh aus feinem Schwedenleder verhüllte sie. Alle van Veens hatten eine Vorliebe für Schwedenleder. Isabella erinnerte sich an diese unwichtige Einzelheit. Sie hatte Dirk van Veen niemals kennengelernt; aber in dem Familienhaus in Den Haag lag jahrelang ein Päckchen Handschuhe mit der Aufschrift: «Für Dirk. Von seinem Großvater.»

Impulsiv ergriff Isabella Cornelis' behandschuhte Rechte und drückte einen scheuen Kuß auf das Leder. Sie hatte aus liebendem Instinkt gehandelt; doch als Cornelis vor ihrer Berührung zurückwich, richtete sie sich mit großer Würde auf.

«Wie geht es dem glücklichen Bräutigam?» fragte Cornelis. Die tonlose Stimme war das einzige, was sich nicht verändert hatte. Und vielleicht wirkte gerade das so gespenstisch auf Isabella, daß sie einen leisen Schrei ausstieß. Cornelis betrachtete sie aufmerksam. Dann hustete er wieder und fragte milde: «Bin ich zur Hochzeit eingeladen?»

Wer in aller Welt hatte ihm von der Verlobung erzählt? Isabella hatte kein Wort darüber geschrieben. Also daher die Kälte, die Abwehr; diese tragische Ironie! Hatte sie ein Leben lang in der Seele dieses fünfundvierzigjährigen Mannes vergraben gelegen?

Draußen auf dem Korridor lief das Dienstmädchen Truitje auf klappernden Holzpantoffeln herum. Als Cornelis van Veen sich zu seiner riesigen Höhe aufrichtete und langsam auf die zitternde Isabella zuschritt, überlegte sie einen Augenblick, ob sie das junge Ding zur Hilfe rufen sollte. Doch sie verwarf den Gedanken augenblicklich. Cornelis war krank, wenn nicht geistesgestört. Sie mußte dies allein auskämpfen.

«Cornelis», sagte Isabella mit ihrer warmen, tiefen Stimme und wich so vorsichtig wie möglich zurück. «Wir müssen nun sehr vernünftig sein! Wie konnte ich ahnen ...?»

Mijnheer van Veen stieß ein gespenstisches Gelächter aus. Sein riesiger Körper bebte von der Erschütterung. Die Tränensäcke unter seinen Augen zitterten.

«Wie konntest du es wissen? Du warst immer etwas langsam, meine arme Isabella! Um so erstaunlicher, wie schnell du dir einen neuen Ehemann besorgt hast!»

Cornelis war niemals ein Spötter gewesen. Isabella fragte sich sekundenlang, ob dieser Mensch überhaupt ihr totgeglaubter Mann wäre. Dann sagte sie sich mit ihrer nüchternen Vernunft, dies sei nicht die Stunde für erlösende Wunschträume ... Sie bewahrte perfekte Haltung. Nur ihre kornblumenblauen Augen verdunkelten sich.

Cornelis hatte sich der Wand zugedreht. Seine mächtigen Schultern zuckten. «Nie hätte ich geglaubt ...» murmelte er mit erstickter Stimme. «Nicht von dir! Aber ich bin nicht der einzige, der so etwas erleben muß!» Er strich sich mit der gesunden Hand zitternd über die hohe Stirn. «Warum habe ich mich nur erinnert?» stieß er hervor, als beklage er ein tolles und bedauerliches Experiment ... Er riß zornig eine feine alte Tonpfeife von einem Tischchen und warf sie in tausend Stücke. Dann setzte er sich still in den großen Korbsessel und senkte wieder den Kopf.

Mevrouw van Veen sammelte die Scherben vom Boden und beugte dabei ihren großen schwerfälligen Körper wie eine Bäuerin, die Korn sammelt. Ihre sparsame Natur empörte sich. Aber Cornelis war wohl kränker, als sie geahnt hatte.

«Nicht doch», murmelte sie, als wolle sie ein ungebärdiges Kind beschwichtigen. «Höre, Cornelis», sagte sie dann mit einem plötzlichen Entschluß, «wir werden uns morgen über alles aussprechen! Du bist jetzt völlig erschöpft. Ruhig, mein Lieber! Mr. ... Mr. Hill wird abreisen.»

«Ich möchte ihm vorher meine Meinung sagen!»

«Aber ...»

«Als ich zu mir kam, da dachte ich nur an ... woran dachte ich noch? An dich! An unser ... Heim. Ich sah das alte Haus, wo ich aufgewachsen bin. Mit Großvater ... und Dirk ... Und mit meinen Blumen und Vögeln. Aber ich gehe wieder fort ... Bin überflüssig hier.»

Nach dieser Redeleistung sank Cornelis im Sessel zusammen. «Überflüssig!» Er nickte dreimal mit dem Kopf. Seine Tränensäcke zitterten. Sein mattes blaues Auge hatte sich in tiefem Lebensüberdruß geschlossen. Was mußte er durchgemacht haben! – In jener grünen Wildnis ...

Allein mit fremden Siamesen; ohne zu wissen, wer er war. Abgetrennt von allen Kameraden durch einen jener gespenstischen Zufälle, wie sie in diesem Krieg vorgekommen waren.

«Ich schlage vor, daß wir beide gleich nach Den Haag fahren», sagte Isabella voller Erbarmen. «Ich werde sofort mit Frau Claas telefonieren.»

«Wer ist das?»

«Unsere alte Haushälterin. Sie hat mir im Krieg treu zur Seite gestanden», sagte Isabella ruhig.

«Ja ... natürlich. Ich danke dir!» sagte Cornelis van Veen demütig. Er blickte sich gehetzt um.

«Ich bin ein Invalide, der viel Ruhe braucht», sagte er hastig. «Ich will niemanden sehen. Niemanden, hörst du?»

«Aber doch Dr. Dekker oder Vincent van Swanenburgh? Unsere alten Freunde! Sie werden dich gesund pflegen.»

Er sprang heftig auf. «Nein», schrie er, «nur nicht diese Quacksalber! Ich bin gesund, aber jemand will mich vergiften. Alle wollen mich vergiften.» Seine Stimme verlor sich in undeutliches Flüstern. Dabei blickte er seine entsetzte Frau von der Seite an, als habe er sie nie zuvor gesehen.

«Wie du willst!»

«Je schneller ich mich in meinen Bau vergrabe, desto besser für uns alle», sagte Cornelis van Veen ruhiger. «Erschrick nicht vor mir, Isabella! Ich bin es vielleicht gar nicht. Der ... der *Andere* spricht! Ich ... muß es alles wiederholen! Sonst ...» Er wischte sich die Schweißtropfen von der Stirn.

«Schon gut, mein Lieber!» Cornelis hatte einen schweren Schock; aber Isabella hatte nicht das Gefühl, als sei er nicht bei Verstand. Er beobachtete sie unausgesetzt ... Wie jemand, der sein Opfer sicher hat, dachte sie plötzlich. Der kalte Schweiß brach ihr aus. Ob sie doch Professor van Swanenburgh heimlich nach Den Haag bestellen sollte? Zum mindesten konnte er eine Pflegerin schicken.

«Meinst du, daß wir noch heute abend fahren können, Cornelis?»

«Mich mußt du entschuldigen! Ich komme erst Freitag morgen nach Haus.»

«Aber – du kannst doch in deinem Zustand nicht allein bleiben!»

«Ich bleibe drei Tage bei Hauptmann de Voss.»

Isabella hatte niemals von ihm gehört.

«Traf ihn im letzten Lager ... vor Kriegsende. Sehr guter Bursche. Hat mir auch das Glasauge besorgt. Ein Tierauge. Es gab keine blauen Augen in Siam.»

Isabella blickte ihn an. Fremd war er, ganz fremd.

«Ich habe es de Voss versprochen ... Wohnt nicht weit von hier. Kleine Strandvilla. Sehr freundlich von ihm! Er würde enttäuscht sein, wenn ich heute abführe.»

«Du ... du bist schon länger hier in Scheveningen?»

«Eine knappe Woche», sagte Mijnheer van Veen, als ob es das Natürlichste auf der Welt wäre. Also hatte er sie schon einige Tage heimlich beobachtet... Was hatten sie mit ihm angestellt? Isabella fröstelte. Dennoch war sie erleichtert. Zum erstenmal hatte Cornelis ein wenig von seinem früheren Zartsinn gezeigt. Er wollte seinen Freund nicht umsonst warten lassen. Und Isabella gewann dadurch zwei Nächte und einen ganzen Tag, um mit sich ins reine zu kommen. Von Oliver Hill hatte sie in Amsterdam Abschied genommen, sowie sie die Nachricht von Cornelis erhalten hatte.

Isabella blickte ihn stumm an. Er hatte von seinem früheren edlen Selbst nur seinen riesigen Körper, seine tonlose Stimme und seine Anfälle von Schweigsamkeit zurückbehalten. Er hatte in einer anderen Welt gelebt und war plötzlich ungerüstet und mit einem schadhaften Gedächtnis ins Nachkriegs-Holland hineingestürzt – zwei Jahre nach Friedensschluß! Was seiner Seele zugestoßen war, das wußte wohl nur Gott allein.

«Es tut mir leid, daß du noch ein paar Tage ohne mich leben mußt», sagte der Fremdling. Ein leichtes Rot war in seine blassen, schlaffen Wangen gestiegen.

«Isabella», flüsterte er, «unser Eheleben wird nicht mehr sein, was es war. Ich... ich bin fertig... damit. Verstehst du mich?» Plötzlich war Leben in seinem gesunden Auge. Ein dumpfes Flehen, Scham, Elend... Isabella bedauerte diesen Schatten des einstigen Cornelis van Veen aus tiefster Seele.

«Mein Lieber», sagte sie zart, «du mußt dich nicht quälen! Ich... ich verstehe vollkommen. Du wirst zu Haus gesund werden. Du bekommst dein altes Junggesellenzimmer, damit du vollständige Ruhe hast.»

«Ich danke dir. Du bist... gut zu mir.»

«Es wird alles in Ordnung kommen», sagte Isabella tapfer. Sie schluckte an ihren Tränen, aber sie durfte nicht weinen. Weder um ihn und schon gar nicht um sich. Sie hatte nie Kinder gehabt. Cornelis war nun ihr Kind geworden...

«Cocktail wird ganz wild vor Freude sein», bemerkte sie in der Hoffnung, Cornelis aufzuheitern.

Er sah sie so leer an, als habe er zwei Glasaugen.

«Erinnerst du dich nicht an unser Hündchen Cocktail?» Eine eisige Angst schnürte ihr die Kehle zusammen. «Du fragtest doch in deinen letzten Briefen vor dem Krieg noch nach ihm.»

«Jaja», murmelte Cornelis. Sein stumpfes blaues Auge prüfte den dunklen Horizont. Dann hustete er und sagte langsam: «So wird sich doch wenigstens ein Hund über meine Heimkehr freuen.»

«Cornelis!» Isabella stieß einen Schrei aus.

Doch Mijnheer van Veen hatte den Raum verlassen.

II

Isabella van Veen hatte sich selten einer schleichenden Gefahr so nahe gefühlt wie nach der Heimkehr ihres totgeglaubten Mannes. Doch sie gab sich schweigend Unrecht. Es gab Fälle von Wesensänderungen. Auch hatte sie zu lange in Java gelebt, um nichts von den Giften und «Zaubermitteln» zu wissen, welche die Medizinmänner der Naturvölker – manchmal in bester Absicht – verabreichen. Cornelis selbst hatte ihr früher von Fällen berichtet, in denen die Dämonengläubigkeit der Malaien bei ihren eigenen Leuten und auch bei Menschen des Westens eine unerklärliche Veränderung herbeiführte. Sie erinnerte sich an einen jungen holländischen Pflanzer, dem seine eifersüchtige Wirtschafterin die pulverisierten Blätter des Ketchubum-Strauches in den Tee getan hatte. Ein unnachweisbares Gift, das zuerst ins Gehirn steigt und zum Schluß den Menschen zerstört. War Cornelis vielleicht einem siamesischen Kollegen des *dukun* (javanischer Zauberer) in die Hände geraten, als er sich krank und schwach im Dschungel verborgen hielt? Es gab *elmoes* (okkulte Kräfte) in Java und dem ganzen Inselreich. Sie konnten einen Mann unverletzbar machen oder ihn mit Wahnsinn schlagen. Das war einem Regierungsbeamten in Vorkriegs-Java passiert. Die Ärzte des Westens hatten die Achseln gezuckt, als der junge Holländer nur noch in einem Inseldialekt gesprochen und behauptet hatte, ein Tiger zu sein. Er hatte magische Formeln gemurmelt und die Menschen seiner Umgebung auf Schleichwegen angegriffen ... Es war entsetzlich gewesen. Exzellenz Polder hatte kurzen Prozeß gemacht. Der Kranke war gefesselt an Bord gebracht und, von zwei Ärzten begleitet, in seine Heimat Groningen geschafft worden. Kurz nach der Ankunft war er im Hospital gestorben; als «Folgetiger», der kein Wort Holländisch mehr sprach ... Isabella fröstelte, während sie durch Den Haag in das alte Familienhaus fuhr. Diese saubere und hochmütige Regierungsstadt trug immer noch Spuren des Krieges. Doch Isabella bemerkte die Zeichen der Zerstörung und der Restauration nicht. Sie dachte an ihr eigenes zerstörtes Heim. Ihr fiel das Werk über den Dämonenglauben ein, das Dirk van Veens Vater in Bali begonnen und Dirk, den sie niemals getroffen hatte, in Sumatra beendet hatte. Wenn er noch am Leben wäre! Dirk hätte ihr sicher Cornelis' Zustand erklären können; als wahrscheinlich einziger Fachmann zwischen Holland und den Inseln. Isabella erkannte nun die Gefahr, in der Cornelis und sie schwebten. Die Wesensspaltung äußerte sich, wenn die Geheimgifte Asiens ihr Zerstörungswerk begannen, allmählich oder nur periodisch. Sie dachte an den früheren Cornelis, und ihr Herz krampfte sich zusammen. Einmal, als junges Mädchen, hatte sich Isabella einer tödlichen Gefahr nahe gefühlt. In einer Herbstnacht hatte sie ihren Weg in der Haarlemer Heide verloren. Die Bäume und Sträucher nahmen im Mondlicht die Umrisse von Wegelagerern an, die darauf lauerten, Isabella den Hals zu brechen. Dämonen waren damals aus der Erde geschlüpft, um die Geigen des Weltalls zu zertrümmern und die Tulpenfelder mit Mehltau zu bestreuen. Graues Schweigen hatte die vertraute Landschaft bedeckt – eine todessüchtige Stille ohne Gesang.

Eine ähnliche Stille empfing Isabella, als sie ihr leeres dunkles Haus betrat. Aus dem Garten kam ihr jemand nachgelaufen – ein großer Mann mit gewölbter Stirn und schwerfälligen Bewegungen. Er schlich mehr als er ging und rief ihr etwas zu. Isabella hatte den irrsinnigen Impuls, ihm die Tür vor der Nase zuzuschlagen.

Sie wollte schreien: «Geh fort, Cornelis!»

Sie brachte aber keinen Ton hervor. Also *das* war sein Plan gewesen! Er war ihr vorangefahren, um sie in dem leeren Haus umzubringen. Frau Claas und das Hausmädchen schliefen im Dachgeschoß und konnten nichts hören.

Sie stand in dem offenen Portal und starrte den Eindringling an. Der Riese nahm eine Taschenlaterne aus seinem Rock und leuchtete sich selbst ins Gesicht.

«Habe ich Sie erschreckt, Mevrouw? Es tut mir so leid! Ich komme im Auftrag von Hauptmann de Voss aus Scheveningen.»

Isabella bat den Fremden in die Halle. Sie zitterte so heftig, daß der Fremde den Lichtschalter für sie anknipsen mußte. Er hatte die Statur der Van Veens, sah aber im Licht völlig anders aus. Isabella stieß einen Seufzer aus – wie ein Kind, das der mörderischen Dunkelheit noch einmal entkommen ist.

«Kann ich etwas für Sie tun, Mijnheer?» fragte sie schwach und suchte nach einer Karaffe und Gläsern. Der Herbstwind fegte durch die offene Tür in die Halle mit den Porträts der Van Veens; darunter das Bild des Ahnherrn, der die Java-Bank in Batavia mitbegründet hatte. Ein riesiger korpulenter Herr in einem altmodischen Rock mit feinem Spitzenjabot und mit demselben Kopf wie alle Männer dieser Kolonialfamilie ... Er sah milde und doch energisch aus und erinnerte Isabella immer an John van Veen, den Onkel ihres Mannes in Washington.

Der Fremde antwortete nicht gleich auf Isabellas Frage. Schließlich sagte er ruhig: «Ich bin beauftragt, etwas für *Sie* zu tun, Mevrouw!»

«Ist ... ist meinem Mann etwas zugestoßen?» Isabella mußte sich an einer Stuhllehne festhalten. «Er ist krank, Mijnheer!»

«Gefährlich krank!»

Der Fremde reichte Isabella eine Karte. «Ich bin vollkommen diskret, Mevrouw! Hauptmann de Voss suchte vorgestern unsere Agentur auf und meinte ...» Er stockte.

«Was meinte Hauptmann de Voss?»

«Daß Mijnheer van Veen vielleicht nicht immer für seine Handlungen verantwortlich gemacht werden könne», erklärte Privatdetektiv Kes Potter vorsichtig. «Er ist einmal, hm, sehr heftig geworden, Hauptmann de Voss schlägt vor, ich solle ihn diskret überwachen ... Das heißt: solange er in diesem Zustand ist ...»

«In welchem Zustand?»

Mijnheer Potter wich Isabellas Blick aus. «Man weiß es nicht ... Ein Arzt kam als Freund getarnt zu Hauptmann de Voss. Die ganze Sache ist ihm ein Rätsel. Mijnheer van Veen ist durchaus bei Verstand und trotzdem ... Ich würde hier als Gärtner fungieren», fügte der Detektiv hastig hinzu. «Unsere Preise ...»

«Ich danke Ihnen, Mijnheer», sagte Isabella van Veen ruhig. «Es ist sehr freundlich von Hauptmann de Voss! Ich werde mich persönlich bei ihm bedanken. Aber – ich kenne meinen Mann besser als alle Detektive. Verzeihen Sie bitte! – Mein Mann wird hier langsam gesund werden ... In der vertrauten Umgebung – allein mit mir und den wenigen treuen Hausgenossen, die er seit Jahrzehnten kennt.»

«Wie Sie meinen, Mevrouw», sagte der Detektiv höflich. «Hoffentlich tun Sie das Richtige.» Er verbeugte sich und war gegangen.

Isabella stand hoch aufgerichtet in der Halle. Hatte sie das Richtige getan?

Wie leer war das alte Haus! In jedem Winkel hockten Erinnerungen an die glücklichen Urlaubszeiten, die Cornelis und Isabella hier verbracht hatten. Sie stieg benommen in den ersten Stock und betrat das Kabinett. Es enthielt die unvergleichliche Kameensammlung, die Generationen der Van Veens angelegt und vervollständigt hatten.

Isabella ließ sich todmüde in den alten Ledersessel fallen, in dem Cornelis' und Dirks Großvater in alten Zeiten gesessen und sich mit John van Veen über Gott und das Kolonialsystem unterhalten hatten ... Isabella grübelte ... Warum hatte Cornelis sich nach Kriegsende vor allen Kameraden versteckt? War er schon im letzten Lager von der merkwürdigen Krankheit befallen worden?

Isabella fühlte, daß Cornelis aus irgendeinem Grunde seine düsteren Geheimnisse vor ihr hütete. Vor ihr, die alles für ihn tun wollte! Sie verbot sich mit aller Willenskraft, an ihre zerbrochene Zukunft mit Oliver Hill zu denken. Wie konnte Cornelis sie als Feindin betrachten? Ob die Heimkehr der Gefangenen nicht noch mehr Herzeleid nach Europa gebracht hatte als ihr Verschwinden in die Hütten der Finsternis? – Ehemalige Kriegsgefangene waren keine Tauben mit dem Ölzweig im Gepäck. Die ganze westliche Nachkriegswelt wußte von Dramen, die sich hinter den Fenstern behaglicher Wohnhäuser abspielten. Oder inmitten der Ruinen; zwischen dem gleichgültigen Tag und der unheimlichen Nacht.

Isabella hörte ein Geräusch und fuhr zusammen. Sie, die nie Nerven gekannt hatte! Nicht einmal die Firmenkarte des Detektivbüros hatte sie behalten – wie töricht! Doch sie nahm sich sogleich zusammen und öffnete die Tür: Das Hündchen Cocktail wollte zu ihr herein.

Sie streichelte das Tierchen, das mit Freudengeheul an ihr hochsprang. Cornelis hatte gefragt, wer Cocktail wäre ... Wieder schluckte sie eine kleine Verzweiflungswelle herunter: nur kein Selbstmitleid! Isabella hatte von Kind auf in der Zone des Glaubens gelebt und seelische Disziplin geübt. Sie verzichtete auch jetzt auf Tränen und die Pillen der Illusion, obwohl beide ihr Erleichterung gebracht hätten. Sie mußte den Tatsachen ins Gesicht sehen. Einsicht, Nachsicht und Energie hatten Wunder an kranken Männern vollbracht, deren Nervensystem durch die Quälereien der Japaner zerrüttet worden war. Isabella öffnete ihre schläfrigen blauen Augen – Trauer war darin und Ergebung in ihr ungewöhnliches Geschick. Brauchte der Verstümmelte nicht ihre ganze Liebe? Er wußte es nur nicht; er hatte den geheimnisvollen Bann noch nicht abschütteln können. Seine Eitelkeit war durch die Kunde von ihrer Verlobung schwer verletzt. Steckte diese Eitelkeit nicht auch in dem edelsten Mann? Isabella grübelte ... Irgendein Instinkt sagte ihr, daß Cornelis trotz des Nervenschocks nicht wahnsinnig war. *Was* stimmte nicht mit ihm? Sie mußte Geduld haben; man erhielt nur Antworten, wenn man nichts fragte. Sie war ruhiger geworden. Alles hier wartete auf den Hausherrn: die Teerosen, mit denen er sich in glücklichen Zeiten unterhalten hatte; die Kameen im Kabinett und das Hündchen Cocktail! Langsam würde der holländische Tag Cornelis' Groll dämpfen; seine unschuldig-schuldige Frau würde ihm wieder eine sanfte Vertraute werden. Isabella brauchte nur James Oliver Hill zu vergessen und ...

Sie starrte die Kamee aus Blutstein ein. Es war eine mittelalterliche Darstellung Johannes des Täufers. Ein bekanntes Sammlerstück. – «Wir sollten milde gegen Diebe sein», hatte Cornelis einmal gesagt. «Ich wüßte nicht, was ich täte, um diesen Stein zu besitzen!» Ein Funken Fanatismus brannte sekundenlang in seinen Augen. Dann hatte er reuig gelächelt und falsch und begeistert eine Melodie aus einer alten italienischen Oper gepfiffen. Die junge Isabella hatte ihren Verlobten angestarrt und gedacht, daß sie Cornelis van Veen eigentlich nicht sehr genau kannte ... Zwei Monate später hatte er seine junge Frau nach Java genommen. Damals begann die Kolonie, ihn den «Heiligen» zu nennen. Jetzt – Jahrzehnte später – mußte Isabella an das fanatische Leuchten in seinen Augen zurückdenken. Und auch daran, daß – wenn die Polders recht hatten – der fünfzehnjährige Cornelis in diesem Haus seinen Vetter Dirk beinahe erwürgt hatte. Und warum? Weil Dirk eine lahme Taube quälte, die Cornelis im Garten gepflegt hatte.

Wieder wurde Isabella von düsteren Vorahnungen erfaßt, als sie das lange, asketische Antlitz Johannes des Täufers betrachtete. Hatte sie ihren Mann wirklich nicht gekannt? War er ein Heuchler gewesen, der jahrelang unter der frommen Maske im geheimen mit grausamen Taten geliebäugelt und fanatische Besitzgier verborgen hatte? «Nein», sagte sie laut. Cornelis war krank und vergiftet. Er war verbittert dem Grab entstiegen. Hatte sie ein Verbrechen des Herzens begangen, als sie sich mit Oliver Hill verlobte? Armer Cornelis! Bekamen die Toten immer kalte Duschen, wenn sie es wagten, ohne Voranmeldung in ihr rechtmäßiges Heim zurückzukehren? Isabella stöhnte leise. Hatte nicht auch Lazarus sein Grab überraschend verlassen? Waren auch Maria und Martha zurückgewichen, als sie allein dem gespenstischen Urlauber gegenüberstanden? Niemand kannte die Stationen vom Grab in den Alltag. Was wußten die Lebenden von den Deserteuren des Todes? Isabella fand sich in diesem Augenblick beleidigend vergeßlich und kindisch ängstlich. Sie hatte sich von einem Glasauge, einem geisterhaften Gelächter, einem machtlosen Arm erschrecken lassen. Und dennoch: Hauptmann de Voss, der die letzte Dschungelhölle mit Cornelis geteilt hatte, war doch sicherlich kein Angsthase! Warum hatte er einen Detektiv geschickt? Es war die äußerste Beleidigung für Cornelis van Veen ...

Warum aber war er so verändert? «Warum ... o Gott?» flüsterte die junge Frau in dem dunklen Kabinett. Dieser Stoßseufzer aus tiefer Seelennot mußte den Himmel erreicht haben, denn Isabella wurde zum erstenmal ruhig. Sie fühlte Gottes unermeßliches Erbarmen. Die Luft im Kabinett wurde leicht und vom Duft des Vertrauens erfüllt. Isabella betete ohne Anstrengung und ohne egoistische Wünsche, bis ihre verwirrte Seele sich zufriedengab. Endlich stellte sie keine Fragen mehr. So würde sie endlich eine Antwort erhalten ...

Sie erhob sich mit steifen Knien. Mit Cocktail im Arm stieg sie in die Kellerküche, kochte sich einen starken Kaffee und bereitete eine Menge Sandwiches, die sie mit gesundem Appetit verzehrte. Als sie in der Speisekammer acht kleine Teekuchen entdeckte, wollte sie sie ebenfalls essen. Sie würde bis zu ihrer Sterbestunde wissen, daß es acht Biskuits gewesen waren. Sie kam nicht mehr dazu, sie zu essen, denn in dieser Minute schrillte das Telefon. Der Laut ging ihr durch Mark und Bein. Das Telefon war im zweiten Stock in Isabellas Schlafzimmer. Sie versuchte zu rennen, doch ihre Knie versagten. Als sie endlich, um Atem ringend, ihr Zimmer betrat, sah sie ihre alte treue Haushälterin im Schlafrock am Telefon stehen.

«Sie sind zurück, Mevrouw?» stotterte Frau Claas entgeistert.

«Ich erkläre Ihnen alles morgen», sagte Isabella atemlos. «Wer hat angerufen?»

Die alte Frau ließ die Hände sinken. Es war eine Geste völliger Hilflosigkeit.

«Ein Ferngespräch aus London, Mevrouw! Dringend!»

«*Wer* um Himmels willen?»

«Ein Ausländer. Er hängte sofort ab, als er hörte, Sie seien noch nicht zu Hause.»

«Ließ er nichts ausrichten? Oder wo kann ich ihn erreichen?»

«Er wollte nichts sagen. Er wird vielleicht wieder anrufen. Ist Ihnen nicht gut, Mevrouw? Möchten Sie heiße Milch haben? Ich werde sofort ...»

«Gehen Sie wieder schlafen, meine Liebe», sagte Isabella sanft.

«Habe ich etwas verkehrt gemacht?» fragte die alte Frau ängstlich. Mevrouw van Veen war totenblaß und zitterte.

«Aber nein. Sie wußten ja nicht, daß ich gekommen war. Ich wollte eigentlich erst morgen ...»

Isabella brach ab. Eine tödliche Müdigkeit hatte sie gepackt. Die alte

Frau Claas hatte keine Schuld. Sie, Isabella, hatte alles verkehrt gemacht. Nur Gott allein konnte ihr noch helfen.

War es ihr Glück oder ihr Verhängnis, daß sie das Ferngespräch aus London versäumt hatte? Sie hatte das Gefühl, der «Ausländer» würde nicht wieder anrufen. Sie wußte es sogar bestimmt. Aber sie wußte nicht, warum sie es wußte... Sie dachte nicht darüber nach, denn sie fühlte immer noch die Ruhe nach dem Gebet.

In diesem Augenblick klingelte das Telefon wieder. Diesmal war es Hauptmann de Voss, der sich wegen der späten Stunde entschuldigte. Cornelis wollte doch schon morgen nach Den Haag kommen. Er sehnte sich nach Hause. Er würde gegen zehn Uhr vormittags eintreffen.

«Ich danke Ihnen, Herr Hauptmann», sagte Isabella zitternd. «Nein – es ist nicht zu spät! Ich freue mich.»

«Cornelis bringt einen Gast mit, gnädige Frau», sagte Hauptmann de Voss zögernd. «Bitte, erstaunen Sie nicht! Es ist eine Dame!»

«Eine... Dame? Aber...»

«Er wird Ihnen alles erklären, Mevrouw», schloß Hauptmann de Voss hastig. «Guten Abend! Ich bitte nochmals wegen der späten Stunde um Verzeihung!»

Er hatte aufgehängt, bevor Isabella van Veen noch eine Frage stellen konnte.

III

Zehn Uhr morgens. Noch eine Viertelstunde der Erwartung. Mit dem Hündchen Cocktail im Arm ging Isabella van Veen mit schweren, stetigen Schritten auf die Terrasse mit dem Blick auf den herrlichen Garten. Eine Zeitlang betrachtete sie sinnend die Teerosen, denen der Hausherr in glücklicheren Zeiten seine seltsamen Ansprachen gehalten hatte. Isabella stand still auf der Terrasse – eine besonnene Amazone in einem alten tulpenroten Kleid – und wartete auf den Urlauber aus dem Totenland.

Cornelis van Veen kam in glänzender Laune auf Isabella zugeschritten. Er summte fröhlich und falsch ein Opernbruchstück, köpfte mit seinem Stock eine königliche Teerose am Weg und plauderte mit der sehr jungen Dame an seiner Seite. Selbst sein Glasauge, das Isabella neulich so erschreckt hatte, strahlte Frohsinn aus. «Merkwürdig...» dachte Isabella. Etwas in ihr war beim Anblick der bildschönen jungen Begleiterin zu Stein gefroren. Sie kam sich nach dieser Nacht wie die Bewohnerin einer alten müden Welt vor. Die Welt war außerdem leer. Nicht einmal die riesige Gestalt ihres Mannes konnte sie füllen... In diesem Augenblick bedauerte sie wieder, daß sie den mysteriösen Telefonanruf aus London versäumt hatte. Ein Instinkt sagte ihr, daß er lebenswichtig gewesen war.

«Dies ist Matari», erklärte Cornelis van Veen. «Ihr Vater war ein holländischer Offizier, der in der ‹Schlacht von Java› ums Leben kam –

Adrian Weert! Ihre Mutter wurde von den Extremisten nach dem Krieg in Java ermordet. Fräulein Weert braucht unsern Schutz.»

Isabella betrachtete stumm die schutzbedürftige Schönheit aus Java. Die junge Dame verbeugte sich anmutig, doch ihr Gesicht zeigte Widerwillen gegen diesen Ausflug. Sie war eine rein javanische Erscheinung; nur ihr Nachname war holländisch. Isabella kannte den Typ. Eins der schönen, unzufriedenen, durch politische Erdbeben umhergeschleuderten Mädchen, wie sie nach dem Krieg in Scharen den Fernen Osten und das eng gewordene Holland überfluteten.

«Könnten wir die Kleine als Haushälterin engagieren?» fragte Mijnheer van Veen. «Sie ist sehr intelligent, und ich hätte wenigstens ein Gesicht um mich, das ich kenne.» Er suchte mit der linken Hand unbeholfen nach einem Taschentuch und wischte sich die Stirn. «Sie hat mich aufopfernd gepflegt», stieß er hervor. «Wir sind ihr verpflichtet.»

Dagegen war nichts einzuwenden. Nur daß Isabella trotzdem einiges dagegen einzuwenden hatte ...

«Guten Morgen, Fräulein Weert», sagte sie kalt. Sie zog den Vorschlag ihres Mannes nicht einen Augenblick in Betracht. Hatte er die alte Frau Claas vergessen? Wenn er krank war, würden sie und Isabella ihn pflegen. Isabellas Kornblumenaugen musterten die neue Haushälterin, die aussah, als hätte sie noch niemals eine Pfanne oder einen Besen in der feingliedrigen Tänzerinnenhand gehabt.

«Guten Morgen, Mevrouw!» Matari, die von ihrem verstorbenen Vater aus bestimmten Gründen *Gekke Betje* (Tolle Betty) genannt worden war, verbeugte sich feierlich. Sie hatte die typische Grazie der jungen Inselbewohnerinnen. Im Nachkriegs-Holland hatte die tolle Betty allerdings wenig zu suchen, und schon gar nichts im Hause Van Veen. Auch war Cornelis niemals auf die Gesellschaft dieser kleinen Damen versessen gewesen. Daß seine «Krankheit» diese Form annehmen könne, wäre Isabella nicht einmal im Traum eingefallen.

Matari hatte einen geschmeidigen Körper mit zerbrechlicher Taille und schlanken Gliedern und schien sich ihrer sieghaften Schönheit bewußt zu sein. Sie hatte ein ovales Gesicht mit aristokratischen Zügen, schwarzen Augen und einem schmollenden, scharlachrot geschminkten Mund. Ihr schwarzes, glänzendes Haar war straff von allen Seiten in die Höhe gekämmt und in einen Knoten zusammengefaßt, der wie ein Krönchen auf der Mitte des schmalen, edel geformten Kopfes saß. Die tolle Betty trug ein makellos geschnittenes Kostüm aus weißer indischer Seide. Ihr Nacken verschwand unter einer Kollektion billiger, blitzender Halsketten. Sie trug für zehn Finger zu viele Ringe.

«Schmuck um zehn Uhr morgens ...» dachte Mevrouw van Veen.

Das junge Geschöpf war vielleicht achtzehn Jahre alt. Die schlanken, goldbraunen Hände mit den gierigen Fingern und den blutrot gefärbten spitzen Nägeln hielten eine kostbare Tasche aus Krokodilleder. Fast alle Holländerinnen hatten Taschen dieser Art nach dem Krieg aus Bangkok nach Hause gebracht. Als Isabella die Tasche anstarrte, wußte sie blitzartig, daß Cornelis die Dame nach dem Krieg in Bangkok aufgelesen haben mußte.

Cocktail hatte das Fräulein beschnüffelt und griff es plötzlich mit wildem Kläffen an. Seinem heimgekehrten Herrn, der ihn einstmals halb verhungert in den Straßen Amsterdams aufgelesen hatte, schenkte er keine Beachtung. Aber Cornelis schien nicht gekränkt zu sein; er betrachtete das Hündchen fremd und leicht erheitert. In diesem Augenblick biß Cocktail ein Loch in Matari Weerts Kostüm. Sie schrie leise und durchdringend auf. Ihr glattes Gesichtchen, das keine Denk- oder Schmerzfalte zeigte, verzerrte sich sekundenlang in unbändiger Wut. Dann wurde es wieder so leer, als ob ein Schwamm jede Empfindung ausgelöscht hätte.

«Diese Seide war sehr teuer», sagte Matari Weert mit musikalischer Stimme. «Mein Kostüm war eine Sensation in Bangkok! Alle Mädchen beneideten mich. Es freute mich. Ihr Hund ist lästig, Mevrouw!»

Cornelis van Veen, der früher jedes Lebewesen beschützt hatte, hob seinen gesunden Arm und schleuderte seinen Stock mit machtvollem Schwung nach dem lästigen Cocktail, der winselnd zu Isabella hinkte. Sie bettete das wimmernde Etwas schweigend und grimmig in ihren Armen.

«So ein Köter!» sagte Mijnheer van Veen heiser. Es klang, als habe er den guten alten Cocktail zum erstenmal im Leben getroffen. «Ich werde ihm Manieren beibringen. Er hat zu lange ohne seinen Herrn gelebt.»

Isabella bat Fräulein Weert und ihren Mann an den Frühstückstisch auf der großen Terrasse. Wenn auch ein wenig verspätet, entschuldigte sie sich für Cocktails Benehmen; für gewöhnlich sei der kleine Kerl das freundlichste Geschöpf auf der Welt. Da Fräulein Matari diese Information in steinernem Schweigen entgegennahm, versicherte Isabella eilig, Frau Claas werde das Kostüm reparieren.

«Wer ist das?» fragte die tolle Betty mit der unersättlichen Neugierde der Inselkinder.

«Unsere alte Haushälterin. Sie ist seit über fünfunddreißig Jahren bei uns.» Isabella sah ihren Mann forschend an. Nein – Frau Claas war wirklich kein «neues Gesicht».

Isabella van Veen saß ruhig am Frühstückstisch und beherrschte die Situation. Fräulein Weert hatte sich mit unnachahmlicher Grazie in einem Korbsessel ausgebreitet. Ihre glänzenden Augen schossen wie Pfeile umher. Cornelis' Glasauge glitzerte in der Sonne. Er betrachtete die Szene mit Mißfallen, genauer gesagt, er betrachtete Isabella mit Mißfallen! Er wollte sich aber nicht die Laune von seiner schweigsamen Frau verderben lassen. Er war der einzige, der sich mühte, eine Art Unterhaltung anzuregen. Der Schweiß stand ihm vor Anstrengung auf der Stirn. Kein Van Veen – mit Ausnahme des verstorbenen Dirk – hatte jemals mehr geredet, als unbedingt nötig war. Aber für Cornelis schien die Stille etwas Fatales und Unheimliches zu haben. Sprach er vielleicht, um sein Geheimnis besser zu hüten? Wenn der alte Cornelis heroische Willenskraft in der Verfolgung der Tugend aufgebracht hatte – der neue Cornelis würde trotz seiner Krankheit seine neuen Ziele verfolgen. Seine Pläne standen fest. Er lächelte düster. Eigentlich war die Situation mit den beiden Steinbildern komisch, genau wie sein Geheimnis! – Er erzählte den stummen Damen, auf welche Weise er sein Auge verloren hatte und wie sein rechter Arm verstümmelt wurde. Ein Mitgefangener war von einem Wachtposten so gefoltert worden, daß Cornelis – selbst krank und am Ende seiner Kraft – den Japaner verprügelt hatte. Danach brach das Strafgericht über ihn herein. Aber er hatte sich mit letzten Kräften losreißen können, war durch die Kantine der Japaner ins Freie gerast und hatte sich tot gestellt, als die Kugeln hinter ihm herpfiffen. Dann hatte er sich wochenlang versteckt, war von Eingeborenen verpflegt und immer wieder in den Dschungel zurückgeschickt worden. Schließlich hatte er sich in einer ihm fremden Gegend einer Arbeitskolonne gefangener Engländer angeschlossen, die ihn sofort auf eine Bahre gelegt und ihm später den Paß eines toten Kameraden gegeben hatten. Die Kolonne war auf dem Marsch in ein Lager beim Dreipagodenpaß; und die neuen Wachen und Offiziere der japanischen Armee kannten keinen der Kriegsgefangenen. So war er völlig von seinen Landsleuten getrennt worden.

Isabella hatte atemlos gelauscht. «Und nach dem Krieg ... warum um Himmels willen hast du dich nicht zu unseren Jungen geschlagen?»

«Ich wußte nicht, wer ich war und wo ich war.» Cornelis' Gesicht verzog sich in so bitterem Schmerz, daß Isabella ihm alles vergab. Du lieber Himmel, was hatte er durchgemacht! In ein Dschungeldorf verschleppt; irgendwie vergiftet und unfähig, seine Identität herauszufinden. Nein, er lebte damals nicht in der Ebene! Es war irgendwo in den siamesischen Gebirgen gewesen. Die Leute hatten Hügelreis gepflanzt.

Isabella hätte gern erfahren, wie Fräulein Weert in das Bild paßte, aber sie hatte noch ein Leben lang Zeit, danach zu fragen. Cornelis war in seinem Sessel zusammengesunken und starrte vor sich hin. Zum Glück kam das Essen: warme Platten, Toast und Aufschnitt, dazu Kaffee, Milch und Käse. Obwohl Cornelis von Haus aus Linkshänder war, hantierte er vor Erregung so hilflos mit seinem Besteck, daß Isabella es ihm aus der zitternden Hand nahm und alles in kleine Stücke schnitt.

«So wird es besser gehen», sagte sie liebevoll. Beide hatten im Augenblick Fräulein Weert vergessen.

«Ich danke dir», flüsterte Cornelis mit einer Demut, die Isabella ins Herz schnitt. Was immer er sich auch gedacht hatte, als er dieses junge Ding hierherbrachte, er hatte es offenbar gut gemeint und wollte dem heimatlosen Mädchen helfen. Isabella schalt sich schweigend aus. Ihr Mann stand zweifellos unter den Nachwirkungen abnormer Erlebnisse ... Hatte dieses junge Mädchen ihm ins Leben zurückgeholfen, als er endlich in Bangkok sein Gedächtnis wiedererlangte? Isabella wollte ehrlich versuchen, alles zu verstehen.

Fräulein Weert stocherte lustlos im Essen herum. Sie vermißte ihren Reis und die Beilagen.

«Wie gefällt Ihnen Holland?» fragte Isabella. Sie lächelte schwach bei dem Gedanken, mit welcher Fassung und Liebenswürdigkeit ihre verstorbene Tante Beatrice de Witt die merkwürdigsten Besucher aus Niederländisch-Indien willkommen geheißen hatte. Tante Beatrice hatte nicht einmal die Augenbrauen hochgezogen, wenn ihr blitzsauberes Haus in eine Menagerie verwandelt wurde. Denn die Gäste hatten alles mögliche mitgebracht: Glückstauben, Äffchen, allerhand tropisches Getier und Gewächs.

Nach einer Pause sagte Fräulein Weert: «Es ist früh am Morgen.»

«Ist dies nicht die schönste Stunde des Tages?» fragte Isabella freundlich. «Die Luft ist so frisch und rein.»

«Ich hasse frühes Aufstehen», erwiderte Fräulein Weert sehr entschieden. «Am Vormittag laufen mir alle Gedanken davon. Das ist lästig.»

«Was wollen Sie in Holland anfangen?» fragte Isabella geduldig. Die junge Dame sah unvorstellbar gelangweilt aus. Jede Spur von Leben war aus ihrem bildschönen Gesicht verschwunden. Cornelis saß wieder mit gesenktem Kopf da. Glücklicherweise wurde in diesem Augenblick die rettende Reisplatte aufgetragen. Es war im Augenblick Isabellas letzter Reis: ein Geschenk von Jan Polder und Quentin Bloemendaal... Wenn Cornelis doch nur bereit wäre, seine alten Freunde zu sehen!

Fräulein Weert blickte ihre Gastgeberin dankbar an. «Sie sind sehr gütig, Mevrouw», sagte sie in sorgfältigem Schulbuch-Holländisch. Dann stürzte sie sich mit verblüffender Energie auf den Reis, den Fisch und die kleinen scharfen Beilagen. Sie aß mit der feierlichen Langsamkeit der Asiaten und schien im Augenblick in seligen Gefilden zu weilen. Sie sah kindlich, glücklich und sehr reizend aus.

Mit dem Essen schienen Fräulein Weerts Gedanken zurückzukommen, denn sie äußerte: «Ich hoffe, bald nach Java zurückzukönnen. Aber es wird noch gekämpft, Revolutionen sind sehr lästig.»

Isabella nickte. Sie war plötzlich todmüde. Wie konnte sie dieses Mädchen verabschieden, ohne es auf Lebenszeit in eine erbitterte Feindin aller Niederländer zu verwandeln?

«Sie wollen wirklich nach Java zurück?» fragte Isabella. «Da könnten wir Ihnen sicher helfen. Nicht wahr, Cornelis?»

«Sie bleibt hier bei uns.»

«Meine Leber ist schwarz vor Kummer», bemerkte Fräulein Weert, «jeder Mensch ist hier in Eile. Niemand liebt die Blumen...»

Was sollte man darauf erwidern? Wenn Holland nicht ein Land der Blumenfreunde war, welches war es dann? – Die Kleine brauchte sich doch nur im Garten umzusehen! Aber man konnte eine vorgefaßte Meinung nicht einmal durch Magie aus einem javanischen Köpfchen vertreiben.

«Ich hätte bei einer siamesischen Familie bleiben können. Sie hatten niemals Eile und lächelten immer. So gehört es sich.» Fräulein Weert blickte niemanden an. «Es war eine sehr freundliche Familie! Sie wußten alles über Orchideen. Mein Herz tanzt, wenn ich Orchideen ansehe.»

«Aber warum blieben Sie dann nicht dort, Fräulein Weert?»

«Mijnheer van Veen erlaubte es nicht. Er überredete mich, hierherzukommen.» Fräulein Weert blickte ihren Gastgeber so vorwurfsvoll an, daß es beinahe komisch war. Isabella sah ihren Mann an. Dies bedurfte nun wohl doch einer Erklärung.

«Natürlich riet ich ihr mitzukommen», sagte Cornelis van Veen müde. «Das arme Ding hat keine Seele mehr auf der Welt. Von Orchideen kann sie nicht leben, da sie sie nicht züchten will. Das macht Arbeit.»

«Entschuldigen Sie gütigst, Mijnheer!» unterbrach Fräulein Weert mit einer höflichen, kleinen Verbeugung. «Ich wollte in Thailand bleiben und Orchideen ...»

«Es war ihr entgangen, daß die siamesischen Gastgeber ihrer javanischen Gäste müde wurden», sagte Cornelis van Veen. «Ich selber war immer zu hilfsbereit. Das ist mein Unglück.»

«Bitte, Mevrouw», sagte das junge Mädchen scheu, «ich komme aus einer ehrenhaften Familie. Der Mijnheer hat mir in Siam nicht gesagt, daß er verheiratet ist.»

«Ich hatte es vergessen», erklärte Cornelis van Veen. «Ich wollte ...»

In diesem Augenblick stöhnte er so furchtbar auf, daß beide Frauen aufsprangen. Seine gesunde linke Hand machte rasende Bewegungen, als ob sie etwas in der Luft suchte, was ihm hartnäckig entwischte. Die flatternde Hand erinnerte Isabella an die unheimlichen Fledermäuse, welche die Javaner ‹fliegende Fische› nennen. Ein Arzt mußte her, ob Cornelis wollte oder nicht.

«Isabella, hilf mir nach oben! Ich ... kann nicht ... mehr.» Cornelis schrie auf und fiel dann in den Sessel zurück. Sein Auge war schreckhaft geweitet. Isabella klingelte. «Holt sofort einen Arzt», sagte sie hastig zu dem Zimmermädchen. «Der Herr ist krank ...»

«Er ist nicht krank», sagte Fräulein Matari Weert ungerührt. «Er hat nur seine ‹Pillen des langen Lebens› verloren.»

Cornelis van Veen starrte seine Frau hilflos an. Seine Pupille war verengt. Nun wußte Isabella alles. Ihr Mann war in den Hütten der Finsternis ein Opiumesser geworden. Er hatte sein Elend wohl einmal vergessen wollen. Einmal ... dann noch einmal ... dann ... Er trug nicht mehr den ererbten Siegelring von Großvater van Veen. Er hatte wohl damit die Pillen des langen Lebens bezahlt. Wie hatte Isabella in Scheveningen so blind sein können? Cornelis' Gesichtsfarbe war wie grauer Gips, und er atmete rasselnd. Er sah sich angstvoll um. Deswegen hatte er dieses junge Geschöpf mitgeschleppt! Er konnte nicht mehr allein sein, wenn er einen Anfall bekam. Matari erschreckte das nicht. Matari verstand. Sie war mit Dämonen, welche die Menschen plagen, von Kind auf vertraut ...

Isabella hatte während ihrer Inseljahre viele Opiumsüchtige gesehen: ihren chinesischen Koch, Sängerinnen in Nachtlokalen in Batavia, Regierungsbeamte, bei denen die Fassade immer mehr abbröckelte und die sich wie der unglückliche Cornelis vor ihren Freunden versteckten. Diese Landsleute hatten immer nach Hause gewollt und hatten immer irgendeine Krankheit bekommen, wenn ein Heimkehrerschiff im Hafen von Batavia lag. Die Energie war dahin. Sie schluckten immer wieder den modrigen bitter-süßen Mohn des Vergessens. Und dann ihre Qualen! Dr. Dekker hatte oft davon berichtet. Die Wahngesichte: süß und schmeichlerisch am Anfang, später mit Schrecksekunden durchsetzt und endlich schauriger Angsttraum und Flucht in einen dunklen Winkel – abseits von der Welt der Lebenden und Liebenden.

Mit Hilfe der alten Frau Claas, die sich immer noch nicht von der Rückkehr des totgeglaubten Herrn erholt hatte, brachte Isabella den Stöhnenden in sein Ankleidezimmer, wo er mit geschlossenen Augen und verzerrten Zügen auf die Couch sank. «Ich werde später mit unserm Dr. Dekker in Rotterdam telefonieren», sagte Isabella mühsam. «Bitte, bestellen Sie den hiesigen Arzt ab! Dr. Dekker hat uns jahrelang in Batavia behandelt.»

Die alte Wirtschafterin nickte und verschwand.

Isabella betrachtete ihren Mann in tränenlosem Schmerz. Er war vor Erschöpfung in einen unruhigen Schlummer gesunken. Der Handschuh aus Schwedenleder hatte sich gelöst. Zwei bläuliche verstümmelte Finger kamen zum Vorschein. Isabella zog den Handschuh sorgsam über die bewegungslose Hand und flüsterte: «Cornelis!» Sie strich ihm das blondgraue Haar aus der hohen edlen Stirn. Wie würde er erwachen?

Isabella gab der verlegenen jungen Javanerin freundlich und taktvoll den Abschied. Sie gab ihr einen Empfehlungsbrief an einen Bühnenleiter in Amsterdam, der vielleicht einer klassischen Tänzerin aus Java eine Chance geben würde. Man interessierte sich im Augenblick für die Künste aus dem verlorenen Paradies ... Mit entwaffnender Güte brachte Isabella das junge Mädchen dazu, einen kostbaren indischen Seidenstoff zum Ersatz für das ruinierte Kostüm anzunehmen. Er war Cornelis' letztes Geschenk vor dem Krieg gewesen; John van Veen aus Washington hatte ihn auf einer Indien-Europa-Tour nach Den Haag gebracht. Guter Onkel John, dachte Isabella sehnsüchtig. Wenn er hier wäre! Er hätte sicherlich Rat gewußt. Er kannte und liebte Cornelis seit seiner Knabenzeit. Und – John van Veen besaß unantastbare Autorität. Isabella wußte nicht mehr, wie sie Cornelis behandeln sollte.

Sie seufzte und schrieb für Matari Weert einen Scheck aus. Die Kleine mußte leben, bis sie eine Passage in den Fernen Osten erwischte. In Amsterdam, der Stadt der Diamantenkenner, konnte man nicht vom Verkauf drittklassiger Schmuckstücke existieren.

Matari empfing alle Gaben mit kindlicher Dankbarkeit. Sie war erstaunt. Die Mevrouw war wie der vergrabene Riesenfisch der Legende, der Reis und Kleider spendete. Genau wie Mijnheer van Veen, wenn er genug rote Pillen vom Chinesen eingehandelt hatte ... Aber da war doch ein Unterschied. Schließlich war Matari doch die Geliebte des männlichen Riesenfisches! Sie selbst hätte ihrem Koch befohlen, die Trostdame ihres Mannes bei der Reistafel zu vergiften. Obwohl Matari ziemlich indolent war – in der Liebe verstand sie keinen Spaß. Rivalinnen brachte man mit Hilfe eines Zaubers oder eines Pflanzengiftes um die Ecke. Aber – war Mevrouw van Veen überhaupt ihre Rivalin? Obwohl sie nun zum Abschied neben ihr auf der weißen Terrasse des Herrenhauses stand – riesenhaft, ziemlich erschreckend, aber dennoch unendlich wohlwollend – schien Isabella van Veen einen anderen Planeten zu bewohnen, wo Leute anders liebten und litten ...

Schweigend blickte die elfenhaft zarte Euro-Asiatin in Isabellas stilles Gesicht. Dann musterte sie noch einmal verstohlen ihre Gestalt. Wie konnte eine so reiche und vornehme Dame so ein verblaßtes unmodernes Kleid tragen? Und nur einen einzigen Ring! Matari konnte das Leben ohne Schmuckstücke nicht ertragen. Sie berührte zärtlich ihre zahllosen Halsbänder und Armreifen. Plötzlich trat melancholisches Mitgefühl in ihre Augen. Natürlich – Mevrouw wurde alt! Mindestens achtunddreißig Jahre! Wozu sollte sie sich für einen gleichgültigen Ehemann schmücken? Matari war fest entschlossen, Selbstmord zu begehen, sobald sich Fältchen in ihrem Gesicht oder Schnee auf ihrem Kopf zeigen würden. Männer waren nicht sehr nett, aber die Liebe war nett. Sehr nett sogar, wenn auch zeitweilig lästig ... Matari verabscheute Schwierigkeiten. Sie wollte nur fort aus diesem Haus, wo das Unglück seine Krokodilseier gelegt hatte.

Mataris volle, aber feingeschnittene Lippen zitterten leicht; wie bei einem Kind, das sich im Dschungel verirrt hat. Sie wollte der gütigen, alten Dame mit der unmöglichen Taille und den wunderschönen Augen gern einige poetische und tröstliche Höflichkeiten sagen; doch javanische Zurückhaltung und der unbegreifliche Ausdruck in jenen milden blauen Augen verboten es ihr. Obwohl Matari erst achtzehn Jahre war, besaß sie eine gute Portion Vorsicht. Denn Vorsicht war der goldene Lotos der Heimatlosen, der allzu Schönen oder Klugen. – Das wußten die Problemkinder zweier Rassen, die zwischen Javas Reisfeldern und Palästen und den kühlen sauberen Städten Hollands umherirrten. Es war sicherlich besser, wenn Matari verschwieg, wie ungern Mijnheer Cornelis sich auch nur stundenweise von ihr trennte. Und welche rasende Wut sie selbst erfüllt hatte, als der Riesenfisch ihr schließlich verraten hatte, daß er verheiratet war. Er hatte ihr trotz des einen Auges blitzschnell den kleinen javanischen Dolch aus der Hand geschlagen, aber dann hatte es doch noch eine Szene gegeben, die Hauptmann de Voss, ihren Gastgeber, veranlaßte, Matari ein anderes Logis zu empfehlen. Mijnheer van Veen war ein Vulkan an Heftigkeit, wenn er auch anfangs so ruhig und milde getan hatte, daß Matari sich in Bangkok bei ihm geborgen fühlte. Er war ein Tiger, der den Täuberich spielte. Er würde der armen Mevrouw eines Nachts den Hals umdrehen ... Matari wollte sofort abfahren. Trotzdem liebte sie den Riesenfisch – sie hatte aber zuviel Angst vor ihm. Das Opium war schuld. Aber als sie die Pillen des langen Lebens eines Abends versteckt hatte, da hatte der rasende Mijnheer sie so geprügelt, daß Hauptmann de Voss das zitternde Mädchen abends ins Hotel brachte. Am nächsten Morgen war Cornelis im Hotel erschienen, sanft wie die Morgenröte über dem Lotosteich. Tränen waren aus seinem trüben blauen Auge geflossen. Er war ein lieber guter Herr, wenn er keine Anfälle hatte. – Und nun war er lieb und demütig zu seiner Frau, die nicht ahnte, wie er war, wenn der Dämon ihn packte. Warum hatte die Mevrouw den Detektiv, den Hauptmann de Voss zu ihrem Schutze bestellt hatte, weggeschickt? Matari hatte das Gespräch der Herren an der Tür belauscht. Mijnheer Cornelis war ausnahmsweise allein spazieren gegangen. Sollte Matari der Mevrouw vielleicht doch sagen, daß sie den Aufpassermenschen mit den scharfen Vogelaugen zurückrufen sollte? Nein – das war viel Mühe und Last. Und wie sollte sie vor diesen milden Augen die trübe Geschichte aus der Kehle bekommen? Vorsicht war der weisere Weg. Vorsicht und Schweigen ... Matari hatte es selbst so schwer in Holland; viel schwerer als Mevrouw van Veen, die viele Freunde und Ratgeber besaß, ein großes Haus, ein Bankkonto und das Ansehen einer Riesenpalme. Sicher hatte Mijnheer Cornelis einen großen Respekt vor seiner Frau, während er vor ihr, Matari, gar keinen hatte. Oh, sie hatte eine schwarze Leber in Holland bekommen! Niemals feierte man hier die wunderbaren *selamatans* (Feste) ihrer Heimat; niemand stellte zierliche Gästepavillons für die Festtage in die Gärten. Keine Gamelan-Musik, keine Schattenspiele auf beleuchteter Wand, keine Heiterkeit! Steif waren die Holländer mit ihren Gästen aus der neuen Republik Indonesien; steif und ungeduldig. Matari fühlte sich beständig auf geheime Weise verletzt oder mißachtet. Ein tiefer, unausgesprochener Groll vernichtete langsam ihre kindliche Heiterkeit. Sie war eben ein Halbblut – kein *totok* (reinblütiger Holländer) wie ihre Gastgeber! Ihr Elend hatte schon in Bangkok begonnen, wo Mijnheer Cornelis sie aufgelesen hatte – eine zarte zerknitterte Blüte aus dem zerstörten Garten Javas! Mataris Vater war ein toter Held; ihre Mutter wurde von den Extremisten ermordet, weil sie mit einem Holländer gelebt hatte. Mataris zwei Schwestern und der kleine Bruder waren seit Kriegsende spurlos verschwunden. Mevrouw Antje Bloemendaal, die alle fürstlichen Familien in Java gekannt hatte, nahm nach dem Kriege das junge verwaiste Ding kurzerhand mit aufs Schiff. In Bangkok hatte Mevrouw Antje aber Major Bloemendaal wiedergefunden, und Matari hatte viele Tage stumm und einsam unter den vielen glücklichen Ehepaaren und ihren Kindern gesessen. Schließlich war sie in die Tanzhallen gegangen und hatte sich zahlende Tuans gesucht... Niemals hatte die Tochter von Gouverneur Polder hinterher noch nach Matari gefragt! Matari hatte es nicht übelgenommen. Mevrouw Antje hatte genug mit dem Ehemann, ihren Kindern und den andern Totoks zu tun. Dann waren sie alle aus Bangkok in die Heimat gefahren – Mataris Heimat war aber Java! Damals wollte sie niemals wieder einen Extremisten sehen! Doch jetzt waren die Extremisten in Java ihr vertrauter als die Holländer in Holland. Sie konnte schließlich auch in den alten Nachtklub nach Bangkok zurücktanzen. Matari seufzte sanft. Nichts war so lästig, wie ein Flüchtling in Holland zu sein! Die Totoks lächelten ziemlich ungläubig, wenn Matari ihnen von dem Palast erzählte, den sie mit ihrer Mutter und ihren fürstlichen Verwandten bewohnt hatte. Sie hatten viele ergebene Diener gehabt, auch eine weise alte Babu; außerdem ein amerikanisches Auto und Orchideen-Gärten von phantastischer Schönheit. Als Matari ein kleines Kind gewesen war, hatten Gouverneur Polder und Fräulein Antje ihre Mutter gelegentlich im Palast in Djokjakarta besucht. Auch der Jonkheer war gekommen und hatte mit dem schönen Kind Matari seine Kurzweil getrieben... Aber der Jonkheer war jetzt bitterböse mit Java und trieb mit niemandem Kurzweil.

In Holland hatte Matari es sich schnell abgewöhnt, den Totoks, die niemals aus ihren Sofaecken herausgekommen waren, von ihren Schmetterlingen, den farbigen Fischen und den Lotosteichen zu erzählen. Sie fürchtete sich vor dem nachsichtigen Lächeln der Hausfrauen und der ernsten Ehemänner! Sie haßte die höfliche Langeweile, die blitzsauberen Stuben und die gönnerhaften Mienen ihrer Gastgeber! Man tat selbstverständlich seine Pflicht; diese Halbjavaner hatten es stets mit Holland und der Krone gehalten! Sonst wären sie ja in Indonesien geblieben, und ihre männlichen Verwandten wären große Krokodile in der neuen Hierarchie... Matari wußte auch genau, daß sie den guten gastfreundlichen Totoks in Holland nichts vorzuwerfen hatte. Sie hatten die Nase voll von den Märchen der Vaterlandslosen! Seit mehr als zwei Jahrzehnten wimmelte die Welt von politischen Flüchtlingen aller möglichen Länder, die daheim samt und sonders Prinzen und Millionäre gewesen waren, wenn man ihren Reden an fremden Kaffeetischen glauben wollte...

Während Matari diese Gedanken geheimhielt und Isabellas Fragen höflich beantwortete, wußte sie endlich, was sie tun würde. Sie würde nach Batavia zurückgehen, wo wenig Leute sie kannten, und schnell, schnell eine Republikanerin werden! Sie sah wie eine Javanerin aus. Zum erstenmal in ihrer helldunklen Existenz war es ein großer Vorteil... Prinzessin Matari hatte niemals einen holländischen Vater gehabt – nie! Da lachten ja sämtliche Krokodile! Der Familienname ihrer Mutter hatte einen guten Klang: Prinz Tukimin, der als Student in Alsmeer die Blumen bewundert hatte, war ein Verwandter ihrer Mutter. Er machte augenblicklich die javanischen Aristokraten mit der neuen Republik bekannt und war ein großes Ausstellungsstück. – Matari hatte es in den Zeitungen gelesen.

Sie wollte niemals wieder mit Holländern zusammenkommen, schon gar nicht mit Mijnheer van Veen! Höchstens mit Mevrouw, die so gut zu ihr gewesen war und so unbeweglich dastand wie ein «weiblicher Reisberg» bei einem Erntefest.

Matari machte eine letzte feierliche Verbeugung. Sie hätte gern der Mevrouw ihr formelles Bedauern darüber ausgedrückt, daß sie ein überzähliger Gast in ihrem Haus gewesen war. Aber sie schwieg. Sie schritt langsam und anmutig auf Isabella van Veen zu und entnahm ihrer Krokodilleder-Tasche eine siamesische Puderdose. Auf schwarzem Metallgrund tanzten zwei glitzernde Figurinen mit phantastischem Kopfputz ein mythisches Hindu-Ballett. Obwohl Matari in dieser Welt heruntergekommen war, hatte sie noch nicht vergessen, wie man sich einer großen Dame gegenüber benimmt.

Mit einer Abschiedsverbeugung voll Anmut und Würde legte Matari Weert ihre Gabe der gütigen Holländerin zu Füßen. So hatten auch ihre prinzlichen Vorfahren freundlichen, blauäugigen Eroberern aus dem Tulpenland fürstliche Geschenke zu Füßen gelegt.

IV

Cornelis van Veen verlor niemals mehr ein Wort über Matari Weert. Er mußte sie vergessen haben.

Meistens brütete er schweigend vor sich hin. Wenn er nach Amsterdam fuhr, tat er es heimlich. Isabella stand Ängste aus; aber er war so unpersönlich, daß auch ihre Ängste unpersönlich waren. Einmal hatte er zu Haus einen Wutanfall bekommen; aber Isabella war gerade bei Swanenburghs zur Kaffeetafel und blieb über das Wochenende in Amsterdam. Die alte Frau Claas wollte später nicht darüber sprechen. Angeblich wußte sie nicht, was den Zorn des Herrn erregt hatte. Er hatte ganz friedlich im Kabinett seine Kameen betrachtet, und dann plötzlich ... Isabella fragte nicht weiter. Sie ahnte dumpf, daß Unheil nahte; aber sie hätte nicht sagen können, aus welcher Richtung es kommen und ob es Cornelis oder sie treffen würde. Der Fremde aus London hatte nicht wieder angerufen.

Die lastende Stille wurde jäh zerrissen, als Cornelis van Veen einen Monat nach Mataris Verschwinden erklärte, er werde die berühmte Kameensammlung der Familie verkaufen. Er hätte bereits in Amsterdam mit Händlern gesprochen. Das war also der Zweck seiner heimlichen Ausflüge gewesen! Isabella war starr. Die Kameen gehörten zu Cornelis und seinen Vorfahren. Sie gehörten ins «Kabinett», genau wie die mittelalterlichen Darstellungen der «Stationen des Kreuzes», die der Knabe Cornelis mit seinem Großvater schweigend betrachtet hatte. Beim Anblick der alten Tafeln war in dem Knaben, den sein Vetter Dirk spöttisch «Klosterbruder» nannte, der brennende Wunsch entstanden, in der Nachfolge Christi zu leben und zu wirken. – War auch diese Erinnerung gestorben?

Cornelis van Veen beantwortete Isabellas erschreckte Vorhaltungen mit keinem Wort. Sie saßen beim Kaffee auf der Terrasse. Isabella wollte in einer Stunde gute Freunde in Amsterdam besuchen.

«Aber Cornelis», sagte sie sanft, «die Kameen gehören doch zu uns! Ich meine ...»

Sie stockte und wurde gegen ihre Gewohnheit rot. Cornelis betrachtete sie mit einem merkwürdigen Ausdruck, während er sonst geflissentlich an ihr vorbeisah. Seine Nasenflügel bebten; sein Blick war starr und doch unheimlich lebendig. Er sah aus wie ... wie ein Tiger, der sich zum Sprung rüstet.

«Sieh mich nicht so an! Was willst du?»

«Meine Kameen – sonst nichts! Dein Yankee soll sie nicht nach meinem Tod verkaufen, um ein feines Leben mit dir zu führen!»

«Oliver Hill ist abgereist. Du weißt, daß alles zwischen uns aus ist.»

«Er ist in Amsterdam. In Lebensgröße! Wartet wenigstens, bis ich tot bin! Ihr alle wartet nur darauf! Ich selber auch ... Aber meine Kameen bekommt dein Amerikaner nicht! – *Niemals!*»

Cornelis van Veen keuchte vor Erregung. Er stand auf und schritt auf seine Frau zu. Sein Glasauge funkelte drohend. Oder bildete Isabella sich das ein? Sie hatte schon gestern nacht gedacht, daß Cornelis mit seinem Auge einen Teil seiner früheren Einsicht verloren habe und durch sein Glasauge beständig in eine dämonische Finsternis starre – in ein unsichtbares Chaos, von keinem Funken Nächstenliebe erhellt. Isabella schalt sich stets aus, wenn sie solche Dinge dachte. Es paßte nicht zu ihr. Sie war klar und gradlinig – eine Freundin der Realität, eine Verbündete des Tageslichts ...

Cornelis van Veen streckte seine gesunde Hand mit morbider Gier nach Isabellas Hals aus. «Ich darf nicht schreien», dachte sie in rasender Angst. «Er *ist* wahnsinnig.»

In diesem Augenblick trat Frau Claas auf die Terrasse – ein hausbackener Rettungsengel! «Verzeihung», sagte sie, «Mevrouw Julia van Swanenburgh aus Amsterdam ist am Telefon.»

Cornelis ließ den Arm sinken und lachte tonlos. «Störe ich, Herr?» fragte Frau Claas. Doch der Herr ging wortlos zu seinen abgeblühten Teerosen in den Garten hinaus.

«Bitte, schnell, Mevrouw», flüsterte Frau Claas. «Der Fremde aus London ist wieder am Apparat, es ist dringend! Ich passe vor Ihrem Schlafzimmer auf, daß niemand Sie stört!»

«Meine liebe Isabella», sagte eine tonlose Stimme, «endlich erreiche ich dich! Wie geht's zu Hause?»

«Cornelis ist sehr krank. Ich ... ich weiß nicht, was ...»

«Sei ganz ruhig, Kind! Komme sofort nach Amsterdam. Ich *muß* dich sprechen! Habe dich zweimal aus London verfehlt. Wo ist der arme Bursche?»

«Im Garten.»

«Kann er dich hören?»

«Frau Claas paßt draußen auf», flüsterte Isabella gehetzt. «Oh ... der Arme ist ...» Sie schluchzte ins Telefon. Sie war fertig nach der letzten Szene.

«Ich sprach mit seinen Kameraden in Siam und London», sagte die vertraute Stimme. «Er wird eine Entziehungskur machen müssen. Du kannst nicht länger mit ihm zusammenleben!»

«Ist sein Zustand hoffnungslos?» Isabella versagte die Stimme. Dann sagte sie mühsam: «Ich werde ihn niemals dazu bringen, sein Heim zu verlassen.»

«*Ich* werde ihn dazu bringen. Ich kenne ihn länger als du.»

«Ich kann ihn nicht ausliefern. Heut war es schlimm. Aber die ganze Woche war er ruhig – beinahe wie früher.»

«Es ist nicht nur die Krankheit! Ich werde dir alles erklären. Höre genau zu, Isabella! Laß Frau Claas nicht aus deiner Nähe, bis du im Wagen bist! Hinter dem Gartentor wartet Mijnheer Potter, der Detektiv. Du hast ihn leider neulich fortgeschickt. Er wird dich zu Swanenburghs nach Amsterdam bringen. Du bleibst vorerst bei Julia und Vincent. Ich habe alles arrangiert.»

«Aber ... Was ist mit Cornelis?» Isabella konnte vor Erregung kaum sprechen.

«Ich werde dir alles in Amsterdam erklären», sagte Senator John van Veen aus Washington.

In diesem Augenblick hustete Frau Claas vor der Tür. Isabella legte den Hörer auf und öffnete zitternd die Tür. Cornelis kam langsam die Treppe herauf.

«Entschuldige», sagte er außerordentlich sanft. «Meine Nerven sind wieder mit mir durchgegangen. Es wird nicht mehr vorkommen.» Er hüstelte seinen alten Java-Husten. «Was wollte Julia?»

«Sie wollte wissen, wie es dir geht.»

«Das kann ich ihr selbst sagen! Ich werde dich nach Amsterdam begleiten.»

Isabella starrte ihn an. Er sah grau aus. Schweißtropfen standen auf seiner Stirn. Sie sagte mit eiserner Selbstbeherrschung:

«Das wäre nett, Cornelis! Aber – hattest du nicht den Kunsthändler wegen der Kameen für morgen bestellt?»

«Wieder vergessen! Ich muß leider hierbleiben. Wenn er will, kann er die Sammlung gleich mitnehmen. Du hast doch nichts dagegen?»

Er blickte sie an. Sein Glasauge funkelte. Wieder fühlte Isabella ein unerklärliches Grauen vor ihrem eigenen Mann.

«Natürlich habe ich nichts dagegen», stammelte sie.

«Ich brauche Geld, viel Geld», murmelte Cornelis van Veen geheimnisvoll. «Sobald ich es habe, wirst du von mir erlöst sein!»

Er wandte sich dem Fenster zu. Seine Schultern zuckten. Ein Laut entrang sich seiner Kehle, den er mit aller Macht zu unterdrücken suchte.

«Cornelis!» schrie Isabella. Nein ... sie konnte ihn nicht ausliefern! Ihr Instinkt und ihre Loyalität hatten ihr das Richtige geraten. Sie lief zu ihm und wollte trotz der Entfremdung seinen Kopf an ihre Brust betten – wie sie es früher getan hatte, wenn Cornelis erschöpft und an dem Leid der Menschen leidend zu ihr flüchtete ... Er trug damals so viele Kreuze.

Dann sah sie, weshalb die mächtigen Schultern ihres Mannes zuckten.

Cornelis van Veen lachte ...

V

Den ganzen Sonnabendmorgen hielt Mijnheer van Veen sich im Kabinett auf und nahm mit seinem einen Auge Abschied von den Kameen. Sie stellten einen unermeßlichen Wert dar; der Kunsthändler wollte eventuell die ganze Sammlung an ein Museum in London oder in die Vereinigten Staaten verkaufen. Ein Privatmann konnte sich niemals einen solchen Ankauf leisten. Schon allein «Johannes der Täufer» hatte einen fabulösen Wert.

Um halb vier ging Cornelis in den Garten, um auf Mijnheer Bergh aus Amsterdam zu warten. Er war froh, daß Isabella nicht daheim war. Er könnte die Trauer und den stummen Vorwurf in den stillen blauen Augen nicht länger ertragen. Er und die Kameen mußten fort ... weit fort!

Im Garten lief ihm der Hund Cocktail scheu aus dem Weg. Irgendwie löste das einen seiner Wutanfälle aus. Heftig waren alle Van Veens von Natur, aber Cornelis hatte sich früher fest in der Hand gehabt. Man hatte ihn den «Heiligen» genannt! Früher ... vor diesem Krieg! Der neue Cornelis fühlte in diesem Augenblick einen sinnlosen Haß gegen seinen edlen Schatten ...

«Komm her», befahl Cornelis dem Hündchen Cocktail. Mit zwei Sätzen war er bei dem kleinen Missetäter, der sich jaulend und zitternd in den Teerosenbüschen zu verstecken suchte. Cornelis van Veen hob den Stock mit der Elfenbeinkrücke und begann auf das Tier einzuschlagen. Er stand breitbeinig auf dem Rasen und folterte die hilflose Kreatur. «Ich werde ... dich ... lehren ...» murmelte er.

In diesem Augenblick fuhr ein Auto an der Vorderfront vor, aber Mijnheer van Veen hörte es nicht. Cocktail lag hingestreckt auf dem Rasen. Er wand sich im Todeskampf. Seine treuen Augen flehten um Erbarmen. Er hob seinen schmalen Mischlingskopf und bewegte die entfärbte Zunge.

Ein Hüne mit silberweißem Haar lief auf den Tierquäler zu und riß ihm den Stock aus der Hand. Er nahm das winselnde, sterbende Tier in die Arme und gab es seinem Chauffeur, der hinter ihm hergekommen war. «Schießt ihn tot und begrabt ihn», murmelte er. Dann wandte er sich Cornelis zu.

«*Das* also treibst du jetzt», sagte John van Veen drohend.

Cornelis starrte seinen Onkel an. Der Himmel hatte sich verdunkelt. Cornelis' graues Gesicht zuckte und verzerrte sich. Er sah sekundenlang wie ein Dämon aus. Sein lebendes Auge weitete sich vor Entsetzen beim Anblick seines Onkels aus Washington.

«Kommst du aus Siam?» stieß er hervor. «Dann weißt du alles?»

Und als der alte Mann mit dem milden Blick und der großen Autorität nickte, verfiel Cornelis van Veen vor seinen Augen. Seine Züge erstarrten. Nur sein Glasauge bewahrte sein künstliches Leben ...

Gespenster rasten über den Kiesweg, fliehende Füße ... groteske Riesenfüße ... Sie liefen immer schneller ... Nur Cornelis war angewachsen und konnte John van Veen nicht entfliehen.

«Ich bin augenblicklich nicht ganz auf der Höhe», stammelte er. «Meine ... Fähigkeiten haben gelitten. Der arme Cornelis bemerkte es als erster – hol ihn der Teufel! *Was* habe ich eben gesagt?»

«Komm», sagte John van Veen mit steinerner Ruhe. «Du bist krank. Du weißt nicht, was du sprichst.»

«Ihr wollt mich entmündigen lassen! Das wird dir nicht gelingen! Gemeiner alter Intrigant!» schrie der Kranke. «Alle seid ihr hinter mir her! Alle wollt ihr meine ... Kameen.» Seine Worte überstürzten sich. «Die Schlimmste ist Isabella! Sie will mich vergiften! Ich esse nichts mehr ... Ich will sie nie wieder sehen.»

«Du wirst sie nie wieder sehen!»

«Was? Wie? – Was hast du vor?»

Cornelis van Veen verfiel in Raserei und stürzte sich auf seinen Onkel. Doch er vermochte nichts gegen den kraftvollen alten Mann und seinen eisernen Griff. Von der Terrasse liefen Professor Vincent van Swanenburgh und ein Krankenwärter in den Garten. Frau Claas eilte mit einem Köfferchen hinterher.

«Der arme Herr», schluchzte die treue alte Frau. «Er ist meistens ganz ruhig, Herr Senator!»

John van Veen legte seine große, von blauen Adern durchzogene Hand auf die Schulter der Weinenden, während Professor van Swanenburgh dem Kranken eine Betäubungsspritze gab. «Weinen Sie nicht, Frau Claas», sagte der Senator. «Es ist besser so. Ich werde Ihnen später alles erklären.»

«Ich habe den Herrn Großvater noch gepflegt. Ich war damals noch ein junges, dummes Meisje», flüsterte die alte Frau und schluchzte wieder. «Ich habe Herrn Cornelis und Herrn Dirk hier aufwachsen sehen! So feine stattliche junge Herren! Und Mevrouw ist in Amsterdam! Was wird sie nur sagen?» Frau Claas ging auf zitternden Beinen zur Tragbahre, die gerade in den Krankenwagen geschafft werden sollte. Scheu strich sie mit ihrer verarbeiteten Hand über das graublonde Haar und die hohe edle Stirn des Bewußtlosen.

«Herr Cornelis», flüsterte sie. «Wenn unser alter Herr das erlebt hätte! ‹Claasje›, hätte er gesagt, ‹du hast auf den jungen Herrn nicht genug aufgepaßt!›»

Senator van Veen stützte die alte Frau, die umzufallen drohte. Tränen liefen unaufhaltsam über ihr rundes treuherziges Gesicht.

«Es wird alles wieder gut werden», murmelte John van Veen. Er stockte und warf einen Blick über den Garten mit den Teerosen. Sie standen abgeblüht wie Isabellas Hoffnungen.

Dann sagte John in seinem langsamen Holländisch: «Glauben Sie mir, Frau Claas, niemand hat sich etwas vorzuwerfen! Sie am wenigsten!»

«Ich danke Ihnen, Herr! Möchten Sie etwas essen? Wir haben noch ...»

Sie wollte sagen, daß das Hausmädchen unter ihrer Aufsicht Kuchen für Herrn Cornelis und den Kunsthändler gebacken hatte, aber sie brachte keinen Ton heraus. John van Veen sagte liebevoll: «Sie legen sich jetzt hin und versuchen zu schlafen. Ich esse auswärts. Ich bleibe eine Woche hier. Sie werden noch genug Gelegenheit haben, mich zu verwöhnen.»

Er betrachtete sinnend die Bäume, die der «Alte Herr» gepflanzt hatte, als der junge John van Veen zum erstenmal bei den «holländischen Vettern» zu Besuch gewesen war. Die Bäume standen. Und die Teerosen würden nächstes Jahr wieder blühen ...

«Die Toten sollen die Toten begraben», dachte John van Veen.

Ein Wagen fuhr vorne durchs Portal. Es konnte nicht der Kunsthändler sein. Er war von Vincent van Swanenburgh abbestellt worden, nachdem man Cornelis van Veen in Amsterdam beobachtet hatte. Wer stieg pustend und hochrot aus? Antje Polder! Die Neugierde hatte sie nicht länger ruhen lassen. Sie mußte Cornelis van Veen besuchen, obwohl der Arzt ihr wegen ihres Herzens strenge Ruhe verordnet hatte.

«Die hat uns noch gefehlt», dachte John van Veen resigniert.

Antje war sehr erstaunt, den «Amerikaner» hier vorzufinden. In letzter Zeit geschah so viel ohne ihre Mitwirkung in der «Kolonie», daß sie dauernd leicht verärgert war.

«Cornelis ist nicht hier», sagte Senator van Veen nach der Begrüßung. Was für eine kleine Tonne war Exzellenz Polders *Broodje* aus Java geworden! Antje war schwer enttäuscht. Isabella war auch nicht hier. Das riesige Herrenhaus machte einen ausgestorbenen Eindruck. Nicht einmal Frau Claas zeigte sich, um Mevrouw Bloemendaal mit speziellen Leckerbissen zu füttern. Antje war immer ihr Liebling gewesen. Was war hier nur los? Antje fühlte eine ungewohnte Scheu. Da stand der Schwiegervater ihres Bruders Jan: weißhaarig, riesig, in Sinnen verloren. Nicht einmal einen Stuhl hatte er ihr angeboten. Und dabei war John van Veen für seine Höflichkeit bekannt. Hier war etwas passiert.

«Ist Cornelis krank?»

«Nein», sagte Senator van Veen. «Cornelis ist tot.»

Antje schnappte nach Luft.

«Wann ist er gestorben?» fragte sie schwach. «Das ist ja schrecklich! Warum hat Isabella ... Wo ist sie eigentlich?» Ihre Fragen überstürzten sich.

John van Veen drückte die langjährige Freundin seiner Familie sanft in einen Korbstuhl. «Cornelis starb Anfang 1945 im Kriegsgefangenenlager in Siam», erklärte er. «Isabella hatte vor zwei Jahren die Nachricht bekommen. Sie entsprach der Wahrheit.»

«Ich ... verstehe nicht.»

«Niemand kann in unseren Tagen aus den Gräbern aufsteigen und in Den Haag spazieren gehen! Die Heimkehr der Toten spielt sich anderswo ab.»

Antje starrte den Senator an. Er hatte ganz ruhig gesprochen. Eine Ahnung stieg in ihr auf ... eine entsetzliche, absurde Idee. Sie stand auf ihrem erregten, hochroten Gesicht geschrieben und in ihren aufgerissenen Kinderaugen. Ihre schwatzlustigen Lippen bebten.

John van Veen nickte. Er konnte «Gedanken essen», wie die Malaien. «Solche Sachen kommen nach großen Kriegen vor, ob wir es glauben wollen oder nicht, meine Kleine! Bedenke, daß Isabella ihn niemals getroffen hatte! Er war ein seltener Gast in Java.»

«So ist es also wirklich ...?»

«*Dirk van Veen!* Es ist wohl sein letztes Auftreten in Holland.»

«Ist er abgereist?»

«Dazu ist er zu krank. Er ist augenblicklich in der Swanenburgh-Klinik in Amsterdam. Vielleicht erholt er sich. Er hat eine robuste Natur.»

«Und du hast ihn entlarvt, Onkel John?» Sie nannten ihn noch alle «Onkel» wie in ihren Kindertagen, als John van Veen elegant, würdevoll und unternehmungslustig mit Geschenken beladen in Holland aufgetaucht war.

«Entlarvt?» fragte er und verbiß sich ein Lächeln. Wie romantisch dicke Menschen waren! In ihrem behaglichen Fett rumorten abenteuerdurstige Seelen.

«Früher oder später hätte es doch ein Ende genommen.» John van Veen sah Antje Polder nicht an. Seine Augen hatten sich verschleiert. «Einen Mann wie Cornelis kann man auch bei äußerer Ähnlichkeit nicht *spielen*», sagte er nach einer Pause. «Man muß Cornelis *sein*.»

«Das muß Dirk vergessen haben», flüsterte Antje.

«Er hat es nie gewußt. Das ist zeitlebens Dirks Tragödie gewesen. Er hielt immer das Leiden für einen Unfug und das Mit-Leiden für Dummheit. – Armer Kerl!»

John van Veen dachte an Dirks glänzende Gaben, an seine Macht über Frauen, an seinen Mangel an Herz und an seinen jetzigen Jammer. – Er hustete und betrachtete stumm die großen dunklen Bäume. Der Park lag im Schein der sinkenden Sonne. Er war durch den Krieg vernachlässigt. Und heutzutage fehlten die beiden Gärtner. Aber wie weit, wie friedlich, wie unzerstörbar war ein holländischer Garten! Überall zwischen den Bäumen und Kieswegen leuchteten die letzten Herbstblumen. Der Abendwind bewegte sanft die hohen Baumkronen. Die Erde war hier fruchtbarer und ruhiger als anderswo. Es gab hier weder Insel-Indiens heftige Sonnen noch den lockenden Mond. Hier war solide Schönheit. Bald würden die Sterne aufgehen. Sie waren blankgeputzt wie die holländischen Stuben.

Ein Vogel wiegte sich in der Abendluft. Das alte Haus stand schweigend da mit seinen festen Mauern, seinen spiegelblanken Fenstern und seinen geheimen Erinnerungen an die beiden Kolonialwaisen Cornelis und Dirk, die hier bei ihrem Großvater aufgewachsen waren. Oben im ersten Stock lag das «Kabinett» in einem Rembrandtschen Helldunkel.

Die Kameen schimmerten in den dunklen Wandschränken. Die «Stationen des Kreuzes», die der junge Cornelis betrachtet hatte, sprachen von mystischem Leid, das gleichzeitig mystischer Jubel ist... John van Veen erhob sich schwerfällig aus dem Korbstuhl. Er überlegte, wie man Dirk helfen könnte. Wie sinnlos waren die meisten Verbrechen! Cornelis van Veen hatte seinem Vetter Dirk die Kameensammlung vererbt, für den Fall, daß Dirk einmal in Not geraten sollte. Dirk hätte sich und allen anderen diese tragische Komödie ersparen können... Sie hatte Isabella beinahe das Herz gebrochen. Aber Dirk hatte niemals an die Großmut und Güte seines Vetters geglaubt. Er hatte auch niemals geglaubt, daß Liebe schärfer sieht als Haß. Oder daß sie die Leiden anderer genau so gern wie ihre Freuden teilt...

Der alte Mann seufzte. Wieder hatte er Antje vergessen, die stumm und artig auf ihrem Stuhl hockte. Vor John van Veen wurden alle Frauen wieder zu kleinen Mädchen.

«Wir wollen essen gehen, Antje», sagte er sanft.

«Vielen Dank, Onkel John! Ich habe keinen Appetit.»

«Der kommt beim Essen», sagte der Senator fest. Es fiel beiden nicht auf, wie komisch es war, daß man einem Mitglied der Familie Polder zu einer Mahlzeit zureden mußte.

Er legte seinen Arm schützend um Antjes kleine schwerfällige Gestalt. Sie schritten schweigsam durch den Garten.

Am Portal blickte John noch einmal zurück. Es war ihm, als eile der Schatten des edlen Cornelis van Veen an den alten Bäumen vorbei ins Kabinett.

Der Tote war in sein rechtmäßiges Reich zurückgekehrt.

DRITTES KAPITEL

Zu verkaufen: Ein Posten Erinnerungen!

I

«Er ist fort», sagte Professor Vincent van Swanenburgh zu John van Veen. Der Senator war gekommen, um Abschied von Holland zu nehmen. «Wer?» fragte er, obwohl er die Antwort wußte.

«Dirk van Veen. Ich kann ihm nicht nachjagen.»

«Ist er wieder gesund? Ich meine, kann man ihn auf die Menschheit loslassen?»

«Er ist nicht mehr krank», sagte der berühmte Arzt vorsichtig. «Dirk ist nun einmal ein ruheloser Abenteurer. Seine Entziehungskur war erfolgreich. Er sprach die ganze letzte Woche schon vom Fernen Osten.»

«Hat er mit dir über seine pekuniäre Lage gesprochen?»

«Mehr als einmal. Er stand nach Frances' Tod ziemlich mittellos da. Nun ist er durch den Verkauf der Kameensammlung ein sehr vermögender Mann.»

«Das wird er nicht lange bleiben, wie ich ihn kenne.»

«Immerhin – er hat sogar seine Rechnung bei dem Psychiater und mir bezahlt.» Vincent lächelte. «Weißt du, der Bursche ist tatsächlich faszinierend, wenn er in Form ist. Und den Streich mit Isabella hatte er für einen Opiumesser erstaunlich gut ausgeklügelt. Die Kameen und dann ... Isabella ist ja immer noch reich durch die Aktien der K. P. M. Wenn du nicht gewesen wärest, Onkel John ...»

«Wenn *er* nicht wäre, wie er ist! Es wäre nie gut gegangen. Es hätte nur länger gedauert.» John van Veen sah seinen Freund nicht an. «Es war die falsche Rolle für Dirk», sagte er leise. «Heilige verstehen zwar die Schelme; aber die Schelme verstehen nicht das Geringste von den Heiligen ... Und das Opium hatte Dirk enorm mitgenommen. Drei Arten von Leuten müssen eine eiserne Gesundheit haben: Filmstars, Weltreisende und Verbrecher.»

«Er ist merkwürdig. Einmal fand ich Dirk in Betrachtung versunken. Er studierte das Foto seiner verstorbenen Frau. Er steckte das Bildchen sofort in die Tasche und sagte: ‹Erbinnen müssen am Leben bleiben, sonst kann man sie sich nicht leisten!› – Frances hatte nur eine fabulöse Mitgift und einen ebensolchen monatlichen Zuschuß. Beides hatte Dirk vor dem Krieg mit Eleganz durchgebracht.»

«Ich weiß», sagte der Senator. «Ich traf Lord Burnett in England bei den Derringtons, meinen alten Freunden aus Singapore. Linda de Witt und ihre beiden Söhne waren gerade zu Besuch. Linda ist sehr tapfer. Sir Robert hat seine ‹Tochter› wieder. Jane Derrington ist eine typische Großmutter geworden. Sie war immer sehr streng mit Linda, aber die Bengels tanzen ihr auf der Nase herum.» John van Veen lächelte. «Der Lauf der Welt», sagte er milde.

«Wie hast du nur in Siam herausbekommen, daß Dirk lebte und nicht Cornelis?»

«Ich habe es nicht herausbekommen, mein Junge! Die Nachricht lief mir nach. Mr. Tsui in Batavia sagte immer: ‹Wer etwas erfahren will, soll still auf einem Fleck sitzen.›»

«Wie geht's den Tsuis im neuen Indonesien?»

«Das ist ein Kapitel für sich, wie Laurens Polder immer sagte. Dein Bruder Willem ist wenigstens glücklich mit Rosie Wu. Prächtiges kleines Mädchen!»

«Sie hat ihm mit ihrer lieblichen Gelassenheit die Lebensfreude wiedergegeben», sagte Vincent warm. «Wir waren alle entzückt von ihr, als sie mit Willem bei uns in Amsterdam war. Tja – es ist ein harter Bissen für unsern Kleinen: künstliche Glieder und Krücken.»

John van Veen dachte an seine Tochter Jacoba, und sein Herz krampfte sich zusammen. Wie glücklich war Jackie die kurze Zeit mit Jan Polder gewesen! Was für einen prachtvollen kleinen Burschen hatte sie zur Welt gebracht! Er zwang seine Gedanken in eine andere Richtung.

«Ich traf im Nachkriegs-Bangkok Kameraden von Cornelis», sagte er ruhig. «Zuverlässige holländische Ex-Gefangene, die mir Cornelis' Tod im Lager Khanburi schilderten. Augenzeugen, mein Lieber! An den Einzelheiten erkannte ich, daß es sich nur um Cornelis handeln konnte. Er starb im Frieden mit der Welt und der Ewigkeit.»

Der alte Mann schwieg. Man mußte sich in die Ratschlüsse Gottes fügen.

«Weiß unsere Jo eigentlich, daß Dirk lebt?»

«Ich habe es meiner Frau geschrieben. Mildred wird es Jo sagen, wenn sie von ihrer Vortragstour durch die Staaten nach Washington zurückkommt.»

«Ich glaube nicht, daß Jo heute noch etwas an dem Burschen finden würde.»

«Das kann man nie wissen», sagte John van Veen. «Du weißt, Vincent, wie sehr mir deine Schwester ans Herz gewachsen ist. Jo hat die Dummheit ihres Lebens begangen, als sie Quentin Bloemendaal ausschlug.»

«Das fanden wir damals alle. Aber . . .»

«Ein großartiger Bursche – dieser Dr. Bloemendaal! Ich habe Hymnen über seine Haltung während der Gefangenschaft gehört. Und ihr Holländer neigt doch nicht zum Überschwang.»

«Nicht ausgesprochen», sagte Professor van Swanenburgh. «Aber das ist nun Staub und Asche. Ich meine, Jos Dummheit! Wir verkaufen hier nach dem Krieg unsere Erinnerungen! Besonders unsere Tuans von den Inseln müssen das tun. Sie müssen auf engem Boden neu anfangen.»

«Nicht jeder kann das Vergangene so abschütteln wie Dirk. Ich glaube fast, er hat Jo völlig vergessen. Da fällt mir ein: hast du Dirk in den ersten Wochen im Delirium beobachtet?»

«Ganz genau! Ich möchte dich um etwas bitten, Onkel John! Du bist doch – ich meine, du hast doch Einfluß auf unsere Jo! Sie verehrt dich und respektiert dein Urteil.»

«Du kannst ruhig sagen, was du auf dem Herzen hast», sagte John van Veen milde. «Wir sind doch keine Chinesen und können uns die Arabesken sparen. Was ist's?»

«Im Delirium spricht ein Mann sozusagen von der Leber weg. Selbst ein so brillant doppelzüngiger Bursche wie Dirk! Tja, ich wollte dich bitten, Onkel John, unserer Jo jeden Gedanken an Dirk auszureden. Falls sie überhaupt noch an den Burschen denkt! Aber sie ist dazu imstande, und wenn auch nur aus Starrsinn . . .»

«Sprach Dirk im Delirium von einer anderen Frau?»

«Er wimmerte und winselte nach ihr. Es war ziemlich schauerlich. Wir waren in den ersten Wochen der Entziehungskur! Ich hatte noch einen Kollegen – einen Psychiater – zugezogen. Dirk tobte, weil er kein Opium bekam. Zwei Wärter waren Tag und Nacht zur Stelle. Er hat immer noch Bärenkräfte. Um so mehr, als sein rechter Arm nach elektrischer Behandlung wieder funktioniert.»

«Ihr Ärzte tut immer zuviel des Guten», sagte John van Veen trocken.

«Er rief nach einer Matari! Hast du jemals in Sumatra oder Java den Namen im Zusammenhang mit Dirk gehört?»

«Ich habe so viele Namen im Zusammenhang mit Dirk gehört, vor allem von seinem Schwiegervater, daß ich nicht mehr durchfinde. Ist es eine Javanerin? Will er etwa noch einmal javanisch heiraten?»

«Dirks Freund, Hauptmann de Voss, schickte mir zwei Briefe an dieses Fräulein Matari, die Dirk hier aus dem Hospital herausgeschmuggelt hatte. Sie heißt Weert. Das ist ein holländischer Name.»

«Weert», sagte John van Veen sinnend. «Natürlich... das war ein höherer Offizier! Nicht Admiral, aber etwas ziemlich Feines in eurer Marine! Kam in der Verteidigungsschlacht vor Java ums Leben. Ist diese Tochter noch in Holland?»

«Sie ist längst abgereist. Hauptmann de Voss, der sehr vernünftig zu sein scheint, besuchte mich privat. Die junge Dame hat den Hauptmann angefleht, dem Tuan van Veen niemals ihre Adresse zu verraten. Sie hat schreckliche Angst vor ihm. Er wurde ein paarmal gewalttätig gegen die Kleine. Er scheint jetzt tatsächlich eifersüchtig zu sein. Aber das war wohl noch ein Krankheitssymptom.»

«Wie alt ist dieses Mädchen?»

«Siebzehn oder achtzehn, wie damals seine Frau Aminah. Ist es nicht grotesk?»

«Fast alle Männer begehen immer wieder die gleichen Dummheiten, wenn sie ihnen in der Jugend gefielen! Wir sind ja konservativer und vielleicht auch bequemer als die kleinen Mädchen.»

«Aber Dirk liebte doch immer die Abwechslung!»

«Er blieb aber immer bei seinem Typ: dunkle, zierliche Frauen. Wenn sie andere Namen und andere Tricks hatten, bildete Dirk sich ein, er habe etwas Neues ergattert. Ich kenne ihn seit seiner Jugend. Er ist den Asiatinnen verfallen.»

«Wie paßte aber meine Schwester Jo ins Bild?»

«Die Ausnahme von der Regel! Der romantische Unglücksfall! Jo war schön. Sie ist auch jetzt wieder ein Bild von einer jungen Frau. – Du lieber Himmel, sie ist ganze sechsunddreißig Jahre alt! Mildred will sie natürlich verheiraten.»

«Damit wird Tante Mildred wenig Glück haben», sagte Vincent van Swanenburgh trocken. «Jo ist meine Allerbeste – immer gewesen! Aber das Frauenzimmer ist enorm starrsinnig!»

«Ich kenne sie.» Senator van Veen stand auf. «Mein lieber Vincent, alles Gute für dich und Julia! Ein prächtiges Mädchen! – Und vielen Dank für eure Gastfreundschaft! Holland bleibt Holland.»

«Wir waren so glücklich, dich endlich wiederzusehen! Und noch als Lebensretter dazu!»

«Ich habe Isabella in die Schweiz geschickt.» John van Veen war es gewohnt, alles für «die Mädchen» im Umkreis zu arrangieren. «Heute oder morgen wird Oliver Hill bei ihr in Lugano eintreffen.»

«Fein», sagte Vincent. «Übrigens – möchtest du Antje Bloemendaal nicht noch einmal sehen?»

Er hatte so dringlich gesprochen, daß John aufhorchte.

«Sie ist in Rotterdam in Dr. Dekkers Privatklinik», sagte der Professor rasch. «Ich war vorige Woche dort, um zu sehen, ob ich eine Herzoperation wagen kann.»

«Das klingt schlimm», meinte John van Veen. Es *war* schlimm, wenn die jungen Frauen krank waren und ein alter Mann gesund ... «Wirst du sie operieren, oder kannst du warten, bis Bloemendaal aus Java zurück ist?»

«Es hat keinen Sinn mehr», sagte der Zauberer am Operationstisch leise. «Krankhaftes Fettherz. Seit Jahrzehnten das alte Lied, wie Kollege Dekker mir sagt. Zuviel Essen, zuviel Kaffee und Genever – und zuviel Erinnerungen. Es ist ein Skandal!» rief Vincent van Swanenburgh leidenschaftlich. «Eine junge Frau von fünfunddreißig Jahren will nur in der Vergangenheit leben!»

«Das fiel mir auch auf, als ich Antje in Den Haag zum Abendessen ausführte. Sie hatte übrigens keinen Appetit, aß aber für drei ... Sie sah dabei irgendwie verfallen aus. Ja ... es fiel mir auf.»

«Hundertmal hat Kollege Dekker ihrem Mann und auch Antje selber gesagt, daß ihr übermäßiges Körpergewicht ihr Herz zu sehr beansprucht. Ihre Kurzatmigkeit, ihre Beklemmungen werden immer schlimmer. Du lieber Himmel, die Frau hat den besten Mann auf der Welt und zwei entzückende Kinder! Warum ißt sie soviel, wenn es ihr schadet? Antje ist doch nicht dumm!»

«Sie ist nicht gerade glücklich.»

«Unerhört!» sagte Professor van Swanenburgh. «Es geht Antje besser als Millionen anderen in dieser Zeit. Sie hat Alsmeer, sie haben das Stadthaus an nette solide Leute vermietet ...»

John van Veen schwieg. Antje hatte in Den Haag den ganzen Abend von Java gesprochen. Vincent mußte Johns Gedanken erraten haben, denn er sagte erbittert:

«Jede Palme vom Gouverneurspalast ist eine Reliquie! Und jedes Spanferkel in Bali auch! – Jede Reistafel, die ihr Vater in Djokjakarta oder Buitenzorg gab, ist geheiligt.»

«Sie liebte ihren Vater über alles», sagte John van Veen. «Sei nicht so hart, Vincent! Oder tu nicht so!»

In der Tat hatte der Professor die kranke Antje sehr gern und war deshalb so ärgerlich. Er blickte John van Veen nicht an.

«Besuche sie bitte», sagte er rauh. «Sie wird sich freuen.»

II

«Ich habe das Zusammensein mit Onkel John sehr genossen.» Antje kämpfte um Luft. «Er erinnert mich manchmal an Papa. Nur war Papa strenger.»

«Sprich nicht soviel», sagte Sophie Dekker ängstlich. Mit Antje war Laurens Polder nicht streng gewesen: er hatte sie sinnlos verwöhnt! Aber Sophie hütete ihre Zunge. Wußte Antje eigentlich, daß ihr Zustand ziemlich hoffnungslos war? Heute hatte Dr. Dekker ein Telegramm an ihren Schwiegervater nach Leyden geschickt... Quentin Bloemendaal war mit dem Flugzeug auf dem Weg nach Haus. Sophie hatte sich die Augen gebadet, damit Antje nicht merkte, daß sie geweint hatte. Sie waren sich zu guter Letzt sehr nahegekommen. Obwohl sie so verschieden waren, hatte Antje viele Jahre zu Sophies Leben gehört. Von dem Augenblick an, da Sophie als blutjunge Frau nach Java gekommen war, hatte Antje sie bemuttert und überall eingeführt. Dann Antje im Gefangenenlager: immer fröhlich und voll aufopfernder Fürsorge für Sophie und die kleine Betje. Und nun sollte Antje sterben! Nachdem sie alle Schrecken der Gefangenschaft überstanden hatte. Was sie nicht überwinden konnte, das war wohl der Ausverkauf der Erinnerungen im Nachkriegs-Holland. Sie sah nicht ein, daß veraltete Landkarten in den Papierkorb gehören. Sonst erzeugen sie Haßkomplexe. Antje Polder lebte immer noch im Vorkriegs-Java; unter glühenden Sonnen und dem lockenden Mond...

«Ich weiß noch, wie Papa die erste Reistafel für mich gab», flüsterte sie. «Jo war damals auch zum erstenmal in Java – bis zum Wahnsinn in Dirk van Veen verknallt.»

Sie hustete, und Sophie schüttelte ihr die Kissen zurecht. «Liebes, du sollst nicht soviel sprechen! Sonst kannst du nicht gesund werden.»

«Ich werde sowieso nicht mehr gesund, Sophie! Ich fühle es. Hier drinnen!»

Antje lag in einem hochgeschlossenen Nachthemd mit hellblauer Schleife in ihren Kissen; ihr Gesicht war jung und süß bis auf die ungesunde Farbe. Wenn man ihren unförmigen Körper nicht sah, war sie beinahe *Broodje.*

«Wenn mir etwas daran läge, würde ich gesund werden!»

«Aber Antje! Wie kannst du so etwas sagen!»

«Nicht wahr?» Antje war beinahe wieder die maliziöse und behagliche Antje von früher. «Wie kann ich nur? – Weißt du, man soll sich als Frau nichts vormachen. Das ist noch schlimmer, als seine Erinnerungen zu pflegen, was mir hier alle so übelnehmen. Es hat ja auch nicht jeder meine Erinnerungen. Die verkaufe ich nicht.»

«Was du für Sachen sagst! Verkaufen!»

«Vincent nennt das so... Die Swanenburghs haben immer so verrückte Ausdrücke!»...

Antje lachte und hustete. Sophie klopfte ihr den Rücken. «So, nun ruhst du erst einmal.»

«Geh nicht fort, Sophie, ich ruhe noch lange genug.» Ein Schatten von Schwermut huschte über das runde, glatte Gesicht. «Was wollte ich noch sagen? Mein Gedächtnis war nach der Gefangenschaft nie mehr wie früher. Nur an die Zeiten mit Papa erinnere ich mich genau. Man könnte denken, ich sei uralt. Dann soll man sich doch ans erste Paradies erinnern können. Schöner als in Java kann's bei Adam und Eva auch nicht gewesen sein ... Nur andere Früchte und eine einzige Schlange.»

Sophie lachte mühsam. Wenn Antje schwatzte, schien alles nur halb so schlimm. Sie saß von Kissen gestützt im Bett und nahm einen Brief vom Nachttisch. «Von Jan! – Willst du ihn lesen? Ist es nicht zu merkwürdig? Jan hat irgendwo – ich glaube in Penang – unsere Schweizerin wiedergetroffen. Elisabeth Wehrli, die damals bei Großmama in Leyden die komische Adrienne erziehen sollte.»

Sophie hatte nie von dem «Liseli» gehört. Das alles war lange vor ihrer Zeit gewesen, als andere Leute jung waren. Aber sie sagte schnell, daß sie sich genau erinnere.

«Das Liseli ist Witwe. War 'ne nette Person. Ich glaube, es wäre großartig, wenn Jan sie heiratete. Dann könnte er den kleinen Laurens bei sich haben. Was soll der Junge dauernd bei Jacobas Eltern in Washington?»

Antje verheiratete ihren Bruder jede Woche mit jemand anderem. «Ich werde ihm schreiben, er soll sich's überlegen», sagte sie. «Auf mich hört er zwar nicht – niemand hört heutzutage auf mich –, aber es wird vielleicht hängen bleiben! Jan kann doch nicht mit dreiundvierzig Jahren versauern. Ich war gleich dagegen, daß er Jacoba van Veen heiratete: viel zu jung für ihn und keine Vitalität! Aber natürlich immer noch besser als Adrienne van Doren, die ihm bis Java nachlief. Die hätte ihm statt Frühstück ein Ballett vorgetanzt.»

Antje konnte doch nicht so krank sein, dachte Sophie Dekker. Vielleicht sahen die Ärzte zu schwarz?

«Das Leben ist komisch.» – Antjes mollige Hände zuckten. «Jan hatte in der Liebe mehr Glück als ich. Er war doch auch immer dick. Das heißt, *einen* glühenden Verehrer habe ich in meiner Jugend auch gehabt.» Sie kicherte. «Prinz Tukimin. Dem fielen damals beinah die Augen aus dem Kopf, als er mich in Djokjakarta zum erstenmal sah. Papa gab ein großes Fest ... Heute würde der Prinz wohl einen Schreck bekommen, wenn er mich sähe!»

«Du siehst süß aus, Antje! Das weißt du genau! Rede doch nicht immer so.»

«Das Gesicht geht», sagte Antje gedehnt. «*Ich* rede gar nicht so; Quentin tut's. ‹Dicke Tonne›, sagt er oder, wenn er guter Laune ist: ‹Dickerchen›. Er hat nie gewußt, wie ...»

Antje stockte. Plötzlich liefen ihr zwei Tränen übers Gesicht und landeten auf der blauen Seidenschleife an ihrem Hemd. «Sieh mal, Sophie», sagte sie leise, «mir liegt nichts mehr am Leben. John van Veen sagt, es wäre Sünde, so was zu sagen oder auch nur zu denken. Aber es ist die Wahrheit!»

Sophie Dekker verbarg ihren Schreck. Sie streichelte Antjes Hand.

«Es ist nun einmal so», sagte Antje ruhig. «Ich überlege mir so manches, wenn ich hier bei euch liege und du mich pflegst! Still – du *bist* eine süße Person! Hab ich immer gesagt, wenn die Leute dich hausbakken fanden! – Ja, Sophie, du kannst das nicht verstehen! – Ich meine, wenn die Lust am Leben so langsam wegpetert ... Dein Mann findet dich entzückend. Bist du auch, wenn du dein Braunkariertes nicht anziehst! Deine Betje vergöttert dich, und bald kommt dein Stammhalter an! Aber die Hauptsache ist doch, daß dein Mann dich so reizend findet.»

«Quentin denkt nur an dich und die Kinder», sagte Sophie beinahe streng.

«Quentin tut wirklich, was er kann. Ich habe nur heute nacht über alles nachgedacht... Auch über meine Jugend und meine Ehe. Was soll man sonst tun, wenn man nicht schläft und das Herz nicht so will.»

«Möchtest du etwas essen, Antje? Oder Limonade?»

«Vielen Dank, Süße! Eure Diätkost kommt immer noch zu früh! Einen Genever hätte ich gern! Nein, nein, Frau Zuchthausdirektor, ich will dir keinen Kummer machen! Habe auch genug Gläschen in meinem Leben getrunken... Ich wollte sagen, Sophie: *so* komisch ist es gar nicht, daß ich so an meinen Erinnerungen hänge! Papa und ich in Djokjakarta: es war herrlich! – Neulich fand ich in Alsmeer alte Briefe, die Papa an Großmama schrieb. Papa schrieb wunderbar interessante Briefe. Jan will sie veröffentlichen. Aber dies war ein privater Brief. Papa berichtete über ein Fest im Residentenpalais: ‹Broodje war eine Augenweide. Ganz in hellblau. Prinz Tukimin und die anderen konnten sich nicht sattsehen an unserm Meisje! Antje ist mein Sonnenschein. Hoffentlich vermißt ihr sie nicht allzusehr? So schnell gebe ich sie nicht her.›»

Antje schwieg und hatte die Augen voller Tränen. «Das war's, Sophie! Papa *freute* sich an mir! Das hat später niemals mehr jemand getan. Deshalb lebte ich damals gern», sagte sie still. Dann legte sie sich in die Kissen zurück und schloß die Augen. Sie war plötzlich müde.

«Du darfst dich nicht aufregen.» Die junge Sophie Dekker beugte sich besorgt über die Kranke. «Alles wird anders aussehen, wenn du wieder gesund bist.»

Antje öffnete die Augen und sah ihre Freundin beinahe mitleidig an. ‹Wenn du wieder gesund bist...›

«Wenn du so was sagst, Sophie», flüsterte Antje Polder, «dann darfst du nicht dabei weinen!»

Drei Tage später schloß sie für immer die Augen. Sie hatte viel erlebt und zu allem ihre Bemerkungen gemacht. Nur eins hatte sie für sich behalten: die wachsende Erkenntnis, daß Quentin Bloemendaal niemals aufgehört hatte, Jo van Swanenburgh zu lieben. Und je strenger er in dieser Hinsicht gegen sich gewesen war, desto tiefer hatte Antje es gefühlt. Es war niemals etwas zwischen Quentin und Jo «vorgekommen», das hatte Antje mit ihrem gesunden Instinkt gespürt. Und doch hatte Jo ihr alles fortgenommen. Solche Sachen kamen täglich vor. Man wundert sich nur, wenn sie einem selber passieren. – Antje hatte immer halb scherzhaft, halb entrüstet über ihren Mann gesprochen, und gerade darum hatte niemand ihren Kummer geahnt. Nur sie allein war sich über ihre mißglückte Ehe ganz klar. Die Polders machten sich nichts vor.

Mit Antjes Tod wurde ein alter Wohnsitz ein Stück Vergangenheit. Alsmeer, der Blumengarten der ehemaligen Kolonisten und das stumme Entzücken junger Indonesier, Chinesen und *indischer Jongens*, wurde verkauft. Jonkheer Jan Polder trennte sich ohne Zögern von dem Familienbesitz. Er und seine zukünftige Schweizer Frau Elisabeth, geborene Wehrli, wollten sich dort nicht mit den Polderschen Erinnerungen zur Ruhe setzen. Jan lebte in der Gegenwart. Er hatte Reisepläne. Seine Hochzeit fand ein Jahr nach Antjes Tod in aller Stille statt. Nur Quentin Bloemendaal und die treuen Dekkers aus Rotterdam nahmen daran teil. Bloemendaal war noch ernster geworden. Machte er sich Vorwürfe? Antjes Tod hatte ihn tief getroffen. Die beiden Kinder waren bei den Großeltern Bloemendaal in Leyden, die ihren jahrelangen erbitterten Ehezwist begraben hatten und sich jetzt freundschaftlich über die Erziehung der Enkelkinder zankten ... Auch Quentin Bloemendaal wollte nicht in Holland bleiben. Nicht nur weil die Heimat eng geworden war ohne den Kometenschweif der Kolonien – sie alle waren dem alten leidenden Europa entfremdet. So ging es Jo van Swanenburgh. So empfand ihr Bruder, der junge Dr. Willem in Singapore. So dachten viele ehemalige Tuans. Jan Polder, das Liseli und Bloemendaal beugten in dem alten Stadthaus der Polders die Köpfe über die veränderte Landkarte Asiens und spielten, was die Swanenburghs «Globus-Lotto» nannten.

Auch Dr. Jo van Swanenburgh in den USA spielte im Jahr 1950 Globus-Lotto. Sie flog mit ihrem Onkel John van Veen nach Indonesien. Jo war Mitglied einer Malaria-Kommission der *United Nations*. Senator van Veen begleitete als Wirtschaftsexperte und Ratgeber in fernöstlichen Problemen eine Fachgruppe des *Foreign Research Institute* der Universität von Pennsylvania. Diese Gruppe studierte die Lebensbedingungen in ehemaligen Kolonialländern des Orients. John van Veen plante eine Schrift über die problematische Wirtschaftslage der Republik Indonesien. Er hoffte nach gründlichem Studium der Verhältnisse und nach Gesprächen mit den neuen Regierungschefs Vorschläge zu machen, wie der Westen sich positiv am Aufbau Indonesiens beteiligen könne. Man durfte nicht mit Vorurteilen an diese schwierige Aufgabe herangehen und nicht bei jeder Maßnahme an den rotchinesischen Drachen denken. Dies hielt John für wichtig. Andrerseits konnten die befreiten

Völker des Ostens nach der soeben überwundenen Kolonialherrschaft des Westens und Japans noch nicht übersehen, daß ihr Liebäugeln mit Peking Gefahren barg. Sie konnten eines Tages wieder Kolonien werden – dieses Mal unter rotchinesischer Herrschaft. Jeder weitsichtige Politiker des Westens hatte in den fünf Jahren nach dem Zweiten Weltkrieg erkannt, daß ein Programm der Verständigung mit den mißtrauischen und von Schwierigkeiten bedrängten Vertretern der neuen Regierungen in Asien mehr enthalten mußte als Finanzhilfe und Lieferung von Medizinen. Wenn «Westliche Demokratie» im neuen Asien nicht mit Imperialismus und kapitalistischen Bestrebungen gleichgesetzt werden sollte, dann mußte der Westen uneigennützig soziale Reformen fördern und seine Wirtschaftshilfe sorgfältiger als bisher planen. Der Westen durfte Rebellenkriege und Beamtenkorruption – zwei ehrwürdige Institutionen in Asien, die sich auch im neuen Indonesien hinter den Kulissen behaupteten – nicht als ausschließliche Sorge der neuen Regierungen betrachten. Der Westen mußte diese Sorge teilen. Passivität war das Verkehrte, dachte John van Veen. Wenn man den Kampf zwischen neuer Freiheit und den Lockungen des chinesischen Kommunismus nicht positiv beeinflussen konnte, dann war jede Wirtschaftshilfe des Westens eine sinnlose Ausgabe; ein Gabenstrom, der durch einen durchlöcherten Eimer in die lehmigen Kanäle der asiatischen Machtzentren floß ... *Wie* der Westen diesen Einfluß gewinnen könnte, das eben hoffte der alte Asienkenner John van Veen herauszufinden. Er wußte, daß keine Kommission heutzutage Patentlösungen nach Hause bringen konnte, dazu war die Entwicklung der neuen Staaten zugleich zu schnell und zu langsam. – Aber daß der Westen sich unablässig um neue Konzepte bemühen mußte, bevor Peking eine unerbittliche, globale Kolonialmacht wurde, das wußte John van Veen auch. Er saß grübelnd im Flugzeug mit seiner Nichte Jo, die die Inseln zum erstenmal seit Kriegsende besuchte.

«Ein reichlich unterentwickeltes Gebiet in medizinischer Hinsicht», sagte Malariaforscher Dr. George Baker kurz vor der Landung zu seiner Kollegin Dr. van Swanenburgh. «Viel zu wenig Ärzte für dieses ausgebreitete Inselreich! Zu wenig Hospitäler und nicht genug Medizinen. Ich habe die letzten Berichte studiert. Die meisten Ärzte sind außerdem nur in Djakarta und Bandung. Stellen Sie sich das vor, Kollegin!»

«Ich stelle es mir vor. Ich kenne den Laden ganz gut, müssen Sie wissen! Die neuen Leute können nicht zaubern. Ich bin seinerzeit von Batavia aus – pardon, Djakarta! – viel in Java herumgereist. Man hatte stets ein Gefühl der Ohnmacht gegenüber dieser riesigen unhygienischen Idylle.»

«Ein Glück, daß wir Sie an Bord haben», meinte der amerikanische Forscher. «Ich meine überhaupt und so ...»

Jo streifte den vier Jahre jüngeren Kollegen mit einem Seitenblick. Dr. Baker entwickelte sich mit Windeseile zu einem Trabanten.

«Ein Freund von mir ist kürzlich von Indonesien in die USA zurückgekehrt», bemerkte Dr. Baker. «Er war sehr böse.»

«Warum denn? Hatte er seinen Optimismus in der Garderobe abgegeben?»

George Baker lachte. «Sie dürfen nicht alle Mythen über Amerika glauben! Optimistisch sind bei uns nur noch die Rentenempfänger und die Witwen... Mein Freund war erstaunt, wie wenig Sympathie man uns in Indonesien entgegenbringt. Schließlich lassen wir eine hübsche Menge Dollars in dieses Land ohne Wirtschaftsboden fließen.»

«Niemand liebt seine Wohltäter, George! Würden Sie gern milde Gaben und väterliche Ermahnungen von Asien empfangen?»

«Das kann man wohl kaum vergleichen», sagte Dr. Baker steif. «Mir braucht kein Inselbewohner Blumenketten um den Nacken zu hängen! Aber wenn wir Ärzte einfach helfen wollen, dann wollen wir nicht Tag und Nacht nationale Propaganda serviert bekommen! Mein Freund sagt, die Patienten reden *nur* von Politik.»

«Bis auf die, die von einer leeren Reisschüssel reden», sagte Jo trokken.

«Indonesien hat's natürlich schwer. Die Leute müssen beständig von mythischen Hindu-Muslim-Bezirken in die technische Neuzeit springen. Es fehlt die systematische Entwicklung und Erziehung zu eigenem Denken.»

«Wir konnten sie nicht alle in Holland studieren lassen», erwiderte Jo müde. «Vielleicht schickten wir zu wenig Jungens nach Leyden oder Rotterdam. Aber die wenigen, die bei uns selbständig denken und politisch argumentieren lernten, die haben ja ganz erfolgreich ihre Republik auf die Beine gestellt. Die Methoden haben sie vom Westen gelernt, und dann...» Jo stockte. «In Asien haben immer Wenige für die Vielen gedacht», fuhr sie ruhig fort. «Die Millionen von Reisbauern haben nur ihren eigenen Berufsehrgeiz: genug Nahrung für die Familie, den Kampong, das Dorf und keine Belästigung durch die Behörden! Wenn Sukarno, Hatta oder der Dorfzauberer für sie denken und sie ihre traditionellen *selamatans* (Feste) feiern können, dann ist den Farmern in Indonesien jede Regierung recht. Das Denken um seiner selbst willen betreiben in Asien eigentlich nur die Chinesen; aber gehorchen tun sie Mao Tse-tung und Genossen genau so strikt oder noch strikter.»

«Ich finde den Haß gegen alles Holländische unvernünftig», sagte George Baker. «Ich war beeindruckt, als Sie mir neulich von Exzellenz Polder und Cornelis van Veen erzählten! Und schließlich sind die positiven Leistungen der Kolonialmacht...»

«Ich bin gegen Kolonien, George!» Jo gähnte. «Und vor allem gegen Diskussionen darüber! Ich hab meinen Posten Erinnerungen preiswert verkauft, als ich vor einigen Jahren Amsterdam verließ.»

«Warum gingen Sie nach den USA?»

«Meine Mutter war Amerikanerin. Ich wollte ihr Land kennenlernen und eine Zeitlang nichts von verlorenen Paradiesen hören.»

«Ist es Ihnen gelungen, Jo?»

«Keine Spur. Es gibt doch Postverbindung. Wissen Sie, George, ich war immer ziemlich blöd.»

«Ich protestiere leidenschaftlich.»

«Ich hab mir vorgestellt, in den USA würde ich endlich Leute ohne Schuldkomplexe treffen! Bei uns daheim ist schlechtes Gewissen wegen der Kolonien große Mode. Ausgenommen sind natürlich die Leute, die wegen der veränderten Landkarte beleidigt sind. Aber bei euch gibt's auch nur schlechtes Gewissen in Asienfragen! Scheußlich langweilig sind wir alle geworden.»

«So ist es eben, wenn Nationen daran kranken, daß sie den unterentwickelten Ländern entweder zuwenig oder zuviel geben.»

«Wir können uns ja dann mit unserem schlechten Gewissen zusammensetzen!»

«Das möchte ich schon die ganze Zeit, schöne Kollegin! – Wo kann man eigentlich in diesem Djakarta tanzen?»

«Keine Ahnung. – Die Indonesier tanzen natürlich. Teils für prominente Besucher, teils unter sich. Aber wir haben in dem Club keine Eintrittskarten mehr.»

«Ich werde schon ein Lokal finden. Aber ich geh nur hin, wenn Sie mitmachen!»

«Mit mir kann man Wasserbüffel stehlen gehen.»

«Etwas mehr Enthusiasmus, bitte!» George Baker sagte es scherzend, aber er spürte wieder die Kältewelle, die von der bildschönen achtunddreißigjährigen Ärztin ausging. «Wieviele Jahre haben Sie in Java gelebt? Oder war es Sumatra?»

«Sie sind ein großer Frager, George! Ich denke niemals mehr daran.»

Jo schloß die Augen. Gelebt hatte sie nur ein paar Wochen in Sumatra – mit Dirk van Veen.

«Bildschöne Frau, aber irgendwo schwer angeknackst», sagte Dr. George Baker abends im Hotel zu seinem Freund und Kollegen Webster.

«Heiß ist's hier. Ich bin so lang; da dauert das Schweißwischen doppelt so lange.»

«Die Sonne ist eine Strafe in diesem Teil der Welt. Wie die schöne Jo das jahrelang in Java ausgehalten hat, dazu noch in Gefangenschaft, und trotzdem der blendende Teint ...»

«Wahrscheinlich half ihr irgendein langer Holländer, die Sonne zu ertragen.» Webster gähnte. Er blickte seinen Freund aus zusammengekniffenen scharfen grauen Augen an. «Laß die Swanenburgh-Dame sausen, George! Du bist bis jetzt mit den kühlen Blondinen immer reingefallen. Sie lohnen die Anschaffungskosten nicht ...»

«Aber ich mache schrecklich gern schlechte Erfahrungen», sagte Dr. Baker.

III

John van Veen saß mit Jo auf seiner großen, mit Bambusjalousien abgeschirmten Veranda und trank Whisky. Auch er war zum erstenmal seit dem Krieg im *Hôtel des Indes* in Djakarta. Das Hotel stand da: gewaltig in den Ausmaßen und reich an Erinnerungen – der Friedhof einer größenwahnsinnigen Epoche. Allerdings war es ein übervölkerter Friedhof. Djakarta wimmelte von Besuchern aus allen Teilen der Welt. Dieses Hotel war in der bösen alten Zeit eine Institution gewesen. Nun war es ein Hotel irgendwo in Asien ... nicht allzu sauber, nicht allzu entgegenkommend und ohne Glanz.

«Gute Nacht», sagte Jo abrupt. «Wann fährst du nach Djokjakarta, Onkel John?»

«Morgen! Prinz Tukimin erwartet mich.»

«Wir fahren erst in zehn Tagen. Schade, sonst hätte ich dich begleitet.»

«Du hast doch einen jüngeren und netteren Begleiter, Mädchen.»

«Einen Heiratsantrag hat George bestimmt im Gepäck.»

«Gefällt er dir nicht? Der Altersunterschied ist wirklich gering.»

«Ich finde George reizend. Und ein sehr begabter Mann ist er auch! Aber ...» Es entstand eine Pause. – «Er hat einen Anspruch auf unverbrauchte Gefühle», sagte Jo rauh. «Ich lasse ihn nicht reinschlittern; dazu ist er zu fein.»

«Kannst du dir nicht abgewöhnen, für einen Mann mitzudenken? Wir haben das nicht gern, Kind!»

«Ich auch nicht! Ich muß mir das im Lager angewöhnt haben, wo ich für alle denken mußte. Warum in aller Welt sollte ich heiraten, Onkel John?»

«Aus dem Grund, aus dem die meisten Frauen heiraten. Ein eigenes Heim, Kinder; einen Mann, mit dem man seine Freuden und Leiden teilt. Du bist dafür geschaffen, Mädchen.»

«Ich *war* vielleicht einmal dafür geschaffen», sagte Jo hart. «Aber nun leide ich an Gefühlssklerose. Da bleibt man am besten solo.» Sie gab ihrem Onkel einen Kuß auf die Stirn und ging hinaus – hoch aufgerichtet, auffallend schön und unerträglich einsam ...

John van Veen seufzte. Vielleicht war er zu alt, um diese junge Frau zu verstehen? Um alle einsamen jungen Frauen nach dem Krieg zu verstehen? Sie mißtrauten dem Glück – das war es!

Er vertiefte sich in seine Notizen. Morgen würde er Djokjakarta wiedersehen. Djokjakarta – das verschollene Imperium von Exzellenz Polder und die Wiege der indonesischen Freiheit ...

John van Veen fuhr im Jahr 1950 dorthin. Das war einige Jahre nach den beiden «Polizei-Aktionen», durch die Holland zwar nicht die Macht zurückerobert, aber unauslöschlichen Haß gesät hatte. Es war ein Jahr nach der feierlichen Eröffnung der ersten indonesischen Universität, *gadjah mada,* deren Aufbau im Kraton des Sultans in den ersten Tagen der Revolution begann. 1950 war außerdem das Jahr, in dem Englisch statt Holländisch die zweite Lehrsprache in den Schulen wurde, die zunächst einmal eine auf dem Malaiischen fußende Allgemeinsprache schaffen und lehren mußten. Und schließlich war es einige zwanzig Jahre nach dem Holland-Erlebnis des Prinzen Tukimin, der als Student scheu und respektvoll die Blumen in Alsmeer bewundert hatte. – John van Veen hätte gern vor seinem Besuch eine Ahnung gehabt, wieviel neue Freiheit und wieviel alte Höflichkeit dieser Verwandte des Sultans von Djokjakarta heutzutage seinen Besuchern aus dem Westen servierte. Es gab keine Anhaltspunkte mehr. Das Zeremoniell von Jahrhunderten wurde langsam zu einem Posten Erinnerungen, den der Ferne Osten den Geistern der Vergangenheit verkaufte ... Der westliche Besucher mußte sich beständig auf Überraschungen gefaßt machen.

Aber die Überraschung, die Prinz Tukimin für den Senator aus Washington bereithielt, überstieg alles, was ein Mitglied der Familie van Veen für möglich gehalten hätte.

VIERTES KAPITEL

Das Dilemma der Freiheit

Lange Zeit nach seinem Besuch beim Prinzen Tukimin wurde John van Veen sich darüber klar, daß trotz der erlesenen Höflichkeit des Prinzen von Anfang an eine unbehagliche Atmosphäre geherrscht hatte. Vielleicht lag es daran, daß alles im Kraton sich so verändert hatte und nur John der gleiche geblieben war – ein alter Amerikaner mit scharfer Beobachtungsgabe und voll guten Willens. Vielleicht erzeugten gerade seine innere Sicherheit und milde Ironie die Spannungen. John van Veen liebte die chinesische Mitte der Dinge, und das gab es im Indonesien von 1950 nicht. Sein Besuch war von Anfang bis Ende ein Drama – und John lehnte Dramen ab. Die Art und Weise, wie der Prinz seine kleinen Überraschungen arrangiert hatte, zeugte von dem Bühnensinn eines uralten Theatervolkes, das sich Jahrhunderte lang am Schattenspiel der Wirklichkeit ergötzt hatte ... Aber John van Veen wollte vor allem einen Eindruck von dem Geist der neuen Republik bekommen, und in dieser Hinsicht konnte er sich nicht beklagen. Er verließ den Prinzen Tukimin weiser und trauriger ...

Schon rein äußerlich betrat John eine veränderte Welt. Der Prinz hatte gleich nach der Revolution zwei Vorhöfe seines Palastes der geplanten Universität zur Verfügung gestellt. Es waren sieben Fakultäten im Aufbau, und indonesische Studenten aus allen Teilen des Inselreichs mußten Lehrräume haben. Ihr brennender Wissensdurst trieb sie von Reisfeldern, aus Palästen und Kampong-Hütten in die Universität. Rechtswissenschaft und Kunst – vor allem die Pflege des Tanzdramas

– hatten Wohnrecht in Hallen, die früher Staatsempfängen von feierlicher Schönheit gedient hatten. Junge Indonesier starrten den riesigen weißhaarigen Mann aus dem Westen an und gingen eifrig diskutierend und grußlos vorbei. Was wollte ein Holländer bei Seiner Hoheit?

Prinz Tukimin hatte sich sehr verändert. Er sah so streng und asketisch aus, daß John den liebenswürdigen Studenten von Alsmeer kaum wiedererkannte. Die Beschäftigung mit der Politik hatte die letzte Weichheit aus den runden Wangen, der Hindustirn und den zarten, vollen Lippen herausgehämmert. Der Prinz verbeugte sich mit steifer Anmut und legte von Anfang an ein gläsernes Meer zwischen seinen Besucher und sich. Wer sich auf diesem Wasser dem Partner zu eifrig näherte, der würde in Glassplittern ertrinken. – Zu allem gab es Orangensaft – das Nationalgetränk dieser mohammedanischen Nation! Whiskytrinker van Veen konnte Orangensaft nicht ausstehen. Dies war nun nicht die Schuld des Moslem-Prinzen mit der Hindu-Vergangenheit. Vielleicht ging der Senator so deprimiert aus den Hallen der Neuen Freiheit, weil Orangensaft in diesem lähmenden Klima ihn melancholisch machte. Der Saft war obendrein nicht eisgekühlt. Prinz Tukimin genoß jeden Schluck mit dem Entzücken eines Mannes, der sich einen Orangenrausch antrinkt. Im übrigen freute er sich, John van Veen wiederzusehen; er hatte auf einer Studienreise durch die USA angenehme Tage in Washington verbracht. Das war lange vor dem Zweiten Weltkrieg gewesen. Wenn der Senator auch einen penetrant holländischen Namen hatte – er kam immerhin aus einem Land, das in den Zukunftsspekulationen der neuen Republik eine Rolle spielte. Gegen Dollarhilfe war niemand in Indonesien allergisch ...

Senator van Veen äußerte sich anerkennend über die Lehrhallen im Palast des Prinzen.

«Ein bescheidener Anfang», erwiderte der Prinz, der im Ministerium für Volkserziehung tätig war. Er lächelte zum erstenmal. «Wir hoffen, in zehn Jahren keine Analphabeten mehr zu haben. Das heißt, wenn man uns ungestört aufbauen läßt.»

John van Veen trank schweigend den Rest des süßlichen Fruchtsaftes, der ihn noch durstiger machte.

«Im Krieg störten uns die Japaner.» Prinz Tukimin hüstelte. «Unsere wenigen ‹Colleges› mußten japanisch lehren; und schließlich wurde alles geschlossen, bis auf zwei medizinische Fakultäten in Djakarta und Surabaya. Die Japaner hatten auch manchmal Zahnschmerzen, und es gab nicht genug japanische Ärzte.»

John van Veen lächelte, aber Prinz Tukimin lächelte nicht zurück. Er stand jetzt am äußersten Ufer des gläsernen Meeres ...

«Erinnern Sie sich der Polizei-Aktionen der Holländer, Mr. van Veen? Die im Aufbau begriffene Universität mußte sich in die Berge zurückziehen», sagte der Prinz, ohne die Stimme zu heben. «Die Schule für Zahnheilkunde mußte vor drei Jahren nach Malang fliehen. Holländische Truppen zwangen sie dazu – in unserem eigenen Land.»

John van Veen schwieg. Er verurteilte die «Polizei-Aktionen» der ehemaligen Kolonialmacht genauso wie Prinz Tukimin; aber jedes Wort war müßig. Das Antlitz des Prinzen war zu einer Maske des Hasses erstarrt.

«Vor zwei Jahren kamen sie wieder», sagte er so eintönig wie ein *dalang* (Erzähler), der blutrünstige Kämpfe in einem Schattenspiel erläutert. «Holländische Truppen besetzten Djokjakarta, die Wiege der Freiheit! – Unsere Studenten kämpften als Guerillas in den Dörfern und in den Bergen. Es war wieder vorbei mit dem Lernen.»

«Aber Sie haben trotz allem die Universität geschaffen – Hoheit!»

John van Veen wischte sich den Schweiß von der gewölbten Stirn. «Das ist doch ein Grund zur Genugtuung!»

In diesem Augenblick betrat ein Beamter die Empfangshalle des Prinzen. Er schien ihn erwartet zu haben, denn sein Gesicht belebte sich.

«Ein alter Bekannter von Ihnen, Mr. van Veen», sagte er in seinem tadellosen Englisch. «Dr. Amir Kusomo! Er studierte in Holland. Sie trafen ihn in Alsmeer.»

In diesem Augenblick wurde John van Veen klar, daß auf den Inseln wirklich eine neue Welt entstanden war. Amir, der Reisbauer, war nun geehrter Gast des Prinzen Tukimin, der den Kastengeist mit der Muttermilch eingesogen hatte. Dies alles hätte ihn als überzeugten Demokraten sehr erfreut, wenn nicht eine negative Unterströmung – der Haß gegen den Westen – die Atmosphäre vergiftet hätte. Was war da zu tun? Die jungen Republikaner Asiens durften sich nicht damit begnügen, die schwer errungene Freiheit nur in ihrer neuen Verfassung verankert zu sehen. Sie durften sich auch nicht mit dem naiven Traum begnügen, mit einem Sprung das erreichen zu können, wozu der Westen Jahrhunderte gebraucht hatte. Sie mußten noch in den Fesseln der Tagespolitik zu einer wirklichen Freiheit des Geistes gelangen. Solange der Haß den Blick trübte, war die neue Freiheit Asiens nur die Keimzelle für ein neues Dilemma.

Während Dr. Amir wie auf einem Rednerpodium dem amerikanischen Gast die bereits errungenen Siege der Republik Indonesiens aufzählte, wurde es John klar, daß auch der Westen – und besonders die USA als Vermittler – in Asien neue Wege einschlagen mußte, wenn man in den folgenden Jahrzehnten irgendwelchen Einfluß zurückgewinnen wollte. Während die neuen Staaten ihre Haßgefühle und Minderwertigkeitskomplexe überwinden mußten – eine schwierige Aufgabe angesichts von «Polizei-Aktionen»! – mußte der Westen eine uralte asiatische Tugend üben: *Geduld!* Dies war wichtiger als Dollarhilfe, dringender als ein ganzer Marshall-Hilfsplan für die unterentwickelten Länder des Orients. Gerade Amerika – einst ein junger, vorwärtsstürmender Gigant auf dem Weg zur Freiheit und Demokratie – mußte Geduld lernen. Keine einfache Aufgabe für ein Land, das in der Schnelligkeit eine Tugend sah!

John ließ seinen milden und ernsten Blick auf dem Staatsbeamten

Amir ruhen. ‹Er dürstet nach Anerkennung›, dachte er. ‹Alle diese neugebackenen Republikaner dürsten danach! Sie sind jung, unsicher, leidenschaftlich und entsetzlich mißtrauisch!› Konnte John sie tadeln? Würde er seinen Landsleuten auf der anderen Seite der Welt das Programm der Geduld plausibel machen können, wo sie ein Programm der Aktivität erwarteten? Es war einfach, an den grünen Tischen des fernen Westens gute Ratschläge für eine neue Asienpolitik zu geben; Patentlösungen schossen dort aus dem Boden wie Pilze im Regenwald. Aber die Patentlösungen wirkten dilettantisch, wenn man dem Prinzen Tukimin und dem Staatsbeamten Dr. Amir in der «Wiege der Freiheit» gegenüberstand. «Wenn es wenigstens geeistes Bier bei den streitbaren Muslims geben würde!» dachte John van Veen.

Dr. Amir Kusomo schnappte nach Luft. Seine Rede war ein reißender Strom, der jeden Versuch eines Dialogs wegschwemmte. Er hatte jahrelang in Gesellschaft der Kolonialherren schweigen müssen. Nun gab John van Veen seine Antworten in der Schweigeform. War dies die gültige Form westöstlicher Dialoge in der Zukunft? Dr. Amir war immer noch der Sohn eines *kromo* – gedrungen, mit breiter Nase und glühenden runden Augen –, der absolute Gegensatz zu dem steinernen Aristokraten! Beide trugen javanische Tracht: der Prinz einen kostbar gemusterten *kain batik* (Rock) aus dunkelbraunem Tuch, dazu eine Jakke mit Diamantknöpfen und auf dem Kopf die schwarze Samtkappe der Freiheit. Dr. Amir trug einen einfachen Kain-Batik in stumpfem Blau, eine gestreifte Jacke und auf dem Kopf die schwarze Kappe der Freiheit. Er hatte das Talent, seine Umgebung durch einen jähen Stimmungsumschwung zu verwirren. Selbst seine Hände waren Instrumente der Demagogie. Zuweilen aber klemmte Dr. Amir den Daumen fest an den Zeigefinger – ein Symptom innerer Unsicherheit und verborgener Angstgefühle, die er durch doppelte Aggressivität kompensierte. Er sprach über alles im neuen Staat – nur nicht über die Wirtschaftslage. Senator van Veen befand sich zum Privatvergnügen im Kraton; wirtschaftliche Probleme sollten in den nächsten Tagen mit indonesischen Fachleuten diskutiert werden. Die Frage war, ob die USA trotz der geringen Verdienstmöglichkeiten und der alles erfassenden Staatskontrolle Investitionen in der Republik machen würden. Die *Bank Negara*, die frühere Java-Bank, die ein Van Veen mitbegründet hatte, verfolgte eine Politik der Autarkie, die für den Westen wenig Verlockendes hatte. Binnen Jahresfrist sollte die Java-Bank völlig nationalisiert werden. Der Kummer war, daß man im Jahr 1950 noch nicht ohne holländische Angestellte auskam! Man wollte daher gern mit den USA ein Abkommen schließen, das jungen Indonesiern ermöglichte, Banktechnik in den Staaten zu lernen. Das einzige, was der Prinz in bezug auf das Bankwesen mitteilte, war die Neuigkeit, daß die frühere «Koloniale Bank» jetzt in «Kulturbank» umgetauft worden war.

Der Prinz, Dr. Amir und der Gast aus Washington plauderten um das zentrale Thema der Wirtschaftsnot herum. Sie alle wußten, daß die neue Republik die wirtschaftliche Entwicklung stabilisieren mußte und es ohne ausländische Hilfe nicht konnte. Doch die Beanspruchung von Auslandshilfe kollidierte mit dem Bestreben, einzig die Unternehmungen der Indonesier zu fördern und den fremden Einfluß auszuschalten. Wie konnte man von einem Finanzexperten wie John van Veen erwarten, daß er zu Hause eine Politik erhöhter Verpflichtungen empfahl, wenn die Häupter der Republik Indonesien keinen Zweifel über ihre Absicht ließen, so bald wie möglich ausländische Unternehmungen durch einheimische zu ersetzen? Aber wie sollten die Indonesier andererseits an die Sympathien der USA für die ökonomisch bedrohte Republik glauben, wenn man ihnen ausreichende Hilfe verweigerte? Tausende von westlichen Journalisten bewunderten mit Recht das Drama dieser hart erkämpften Freiheit; die Herren waren eigentlich noch berauschter als Prinz Tukimin und Dr. Amir, da sie innerhalb und außerhalb von Indonesien das Merdeka-Wunder mit Whisky statt mit Orangensaft begossen ... Aber Journalisten bekamen die schöne Fassade der Freiheit und nicht ihr Dilemma zu sehen. Auch waren die wenigsten Bankfachleute ...

Der Prinz trank unermüdlich Orangensaft. Seine ererbte Sicherheit war durch nichts zu erschüttern. Nicht einmal die Tatsache, daß er zusammen mit anderen führenden Aristokraten des Landes im ersten Wirrwarr nach dem Krieg die Holländer unterstützt hatte, beeinträchtigte seine kühle und verbindliche Ruhe. Wer hoch springen will, muß sich zuzeiten tief bücken – das hatte der Koran den Prinzen gelehrt. Genau das hatte er mit ererbter Grazie in der Übergangsperiode getan. Es war ihm vollkommen gleichgültig, was John van Veen und Dr. Amir über seinen Stellungswechsel dachten. Von seinem Besucher trennte ihn das gläserne Meer; mit Amir verband ihn das neue berauschende Nationalgefühl eines Volkes, das seit Jahrhunderten nur die Loyalität gegen die Familie, die Kaste und die Religion gekannt hatte. Mit der Lust und der genialen Geduld des Fernen Ostens hatten Millionen von Indonesiern sich auf den Gedanken der Unabhängigkeit konzentriert. Freiheit war die Wunschperle der fernöstlichen Mystik; tief auf dem Grund des gläsernen Meeres! Doch die Ausländer sahen die Perle nicht; sie konzentrierten sich zu heftig auf die Aktion ... Der westliche Intellekt – so dachte Prinz Tukimin, während er John van Veen unermüdlich Orangensaft anbieten ließ – war der Diener östlicher Mystik. Der Prinz hatte in Amerika alle technischen Spielzeuge bewundert, aber die Verarmung an Symbolen so schweigend beklagt wie John van Veen diesen unfruchtbaren westöstlichen Dialog.

Dr. Amir hatte einen Blick mit dem Prinzen gewechselt und stand auf. Auch John wollte sich empfehlen, aber der Prinz hielt ihn liebenswürdig zurück. Er hatte noch eine Überraschung für ihn.

«Schenken Sie mir bitte noch einen Augenblick Ihrer kostbaren Zeit, Mr. van Veen! Ich möchte Sie gern mit einem Mitarbeiter der kulturellen Abteilung bekannt machen. Er repräsentiert sehr glücklich das neue Indonesien. Er ist ein Sohn unserer jungen Revolution; ein ganz junger Mann!»

«Mit Vergnügen, Hoheit! – Ich finde es ermutigend, daß jetzt in Asien junge Leute das Schicksal der Nation formen.»

Das war Johns ehrliche Ansicht. Im Westen regierten zur Zeit lauter alternde und alte Männer. Daß die Jugend gerade in Asien zu Wort kam, wo die kritiklose Verehrung der alten Leute – ob sie nun im Dorfkonzil oder auf einem Herrscherthron saßen – den Fortschritt gehemmt hatte, machte tiefen Eindruck auf den Senator, der selbst ein alter Mann war.

In diesem Augenblick betrat der Repräsentant des neuen Indonesiens die Empfangshalle. Prinz Tukimin konnte mit der Wirkung seiner Überraschung zufrieden sein. John van Veen wurde totenblaß und starrte den jungen Mann sprachlos an.

«Dr. Mohammed Prawira», stellte der Prinz vor. «Er hat in Holland studiert und ist eine der größten Hoffnungen für unser Kulturleben. Er leitet die Theaterabteilung, schreibt realistische Stücke und fährt damit auf die Dörfer. Bedenken Sie, was das bedeutet, Mr. van Veen! Die Leute kannten bis dahin nur das Schattenspiel oder die Marionetten. Beides wird natürlich nicht vernachlässigt; das Wayang ist ein unentbehrlicher Bestandteil unserer Kultur.»

Der Prinz blickte Mr. van Veen aus Washington starr ins Gesicht. Er gewahrte den düsteren Ausdruck in den blauen Augen.

Dr. Mohammed Prawira verbeugte sich. Seine athletische Gestalt paßte nicht in die javanische Tracht, die für zierliche Männer geschaffen ist. Sein dunkelblauer *kain batik* wollte nicht gefällig sitzen; die schwarze Samtkappe der Freiheit war zu klein für seinen Kopf mit dem dunkel getönten Haar, das an den Schläfen einen rötlichen Schein hatte. Er hatte die schönen traurigen javanischen Augen gesenkt. Als er sich von seiner Verbeugung aufrichtete, überzeugte sich John van Veen nochmals davon, daß die Hoffnung der Kulturabteilung seine eigene riesige Größe hatte.

«Es ist mir eine besondere Ehre, Ihnen etwas vom Kulturwillen unseres Landes zeigen zu dürfen, Sir», sagte Dr. Prawira mit einer Stimme, die John van Veen immer und überall erkannt hätte: sie war völlig tonlos. Der junge Beamte wollte eine Mappe mit Fotografien öffnen, doch sie fiel ihm aus den schlanken braunen Händen, als John van Veen auf ihn zutrat. Der riesige weißhaarige Amerikaner war immer noch bleich; die mächtige Stirn war mit Schweißperlen bedeckt. Seine Kinnpartie war so gespannt, daß Prinz Tukimin ein Zähneknirschen hörte. Es war pure Illusion: diese Reaktion war John van Veen fremd. Aber die Anspannung in seinem blassen, vollen Gesicht war ein gefährliches Zeichen.

«Hendrik!» stieß er hervor. «Bist du wahnsinnig geworden?»

Dirk van Veens und Aminahs Sohn, der seine Kindheit unter der Aufsicht der alten Bèot in einem Kampong von Batavia verbracht hatte, wich unwillkürlich zurück. Aber er faßte sich sofort wieder. Er haßte alle Van Veens, eigentlich alle Holländer, obwohl er jahrelang in Leyden und Alsmeer Cornelia Polders Gastfreundschaft genossen und von ihrem zartfühlenden, nüchternen Rat profitiert hatte. Aber nun verleugnete er nicht nur seine holländische Abstammung; er hatte auch den Familiennamen seines Vaters in den kolonialen Abfalleimer geworfen ...

«Schämst du dich nicht?» John hatte den Prinzen vergessen und packte den jungen Athleten im javanischen Rock heftig an den Schultern, die mächtig und unbeholfen in der gestreiften Jacke steckten.

Dr. Mohammed Prawira schüttelte geschickt und keineswegs unfreundlich die weiße, von dicken blauen Adern durchzogene Hand von seiner Schulter und sagte höflich:

«Es tut mir leid, Sir! Sie müssen mich mit jemandem verwechseln.»

«Hendrik! Höre mich an!»

Dr. Prawira schien diese Absicht nicht zu hegen. Er las sorgfältig einige Lichtbilder vom Boden auf, die ihm vor Schreck aus der Mappe gefallen waren, und verschwand mit einer Verbeugung.

John stürzte schwer atmend den Rest des Orangensafts herunter und verspürte Übelkeit und leisen Schwindel. Sein Gesicht war jetzt hochrot; aber in seinen Augen, die für gewöhnlich milde und nachdenklich blickten, war ein kaltes Licht. Niemals hatte jemand gewagt, ihn so zum Narren zu halten. Selbst Dirks tolle Streiche hatten stets vor John van Veens unantastbarer Autorität haltgemacht.

«Ich bitte um Aufklärung, Hoheit», sagte er heiser. «Dieser junge Mann ist mein Großneffe, ob er es Ihnen mitgeteilt hat oder nicht.»

«Ich bin über meine Mitarbeiter vollkommen im Bilde, Mr. van Veen!» Prinz Tukimin antwortete strikt in javanischer Tradition; ein einfaches ‹ja› oder ‹nein› hätte ihm Magenbeschwerden verursacht. – War es *doch* eine Verwechslung?

«Ist unser Familienname heutzutage so miserabel, daß Hendrik ihn nicht zu gebrauchen wagt?» – John van Veen war zu stolz, um in dieser Situation einen Javaner daran zu erinnern, daß seine Landsleute in Batavia und Umgebung Cornelis van Veen den «Tuan Bruderliebe» genannt hatten ... Vor der japanischen Invasion waren Javaner aller Kreise zu Cornelis gekommen und hatten ihm unter eigener Lebensgefahr ein Versteck in ihren Palästen und Hütten angeboten. Das wußte nicht einmal John ... Prinz Tukimin allerdings hatte es gewußt und vergessen.

«Ich bin untröstlich, Mr. van Veen, daß Sie die Angelegenheit so betrachten», sagte Prinz Tukimin. Es war ein stolzer Augenblick gewesen, als der junge Hendrik van Veen sich vor seinem Großonkel zu Asien bekannt hatte. Das asiatische Jahrhundert hatte eben begonnen, und Prinz Tukimin erwartete nicht, daß John van Veen es einsah ... Er betrachtete stumm den alten Mann, der sich mühsam zur Beherrschung zwang, und plötzlich fiel die starre Maske vom Gesicht dieses javanischen Aristokraten. Er hatte John van Veen immer verehrt. Dr. Mohammed Prawira hatte ihn ausdrücklich gebeten, seinen Großonkel mit ihm zusammenzubringen. Prinz Tukimin hatte gezögert, aber zum Schluß eingewilligt... Er versuchte nicht, einen Besucher aus dem Westen um Verständnis für die seltsame Situation zu bitten; er erklärte einfach, warum Hendrik van Veen sich für die Republik Indonesien entschieden habe.

«Der junge Mann fühlt sich zum erstenmal in seinem Leben voll und ganz *akzeptiert*», sagte Prinz Tukimin beinahe sanft. «Sie können vielleicht nicht ganz erfassen, Mr. van Veen, was das für einen Indo-Europäer bedeutet.»

Wenn John van Veen in diesem Augenblick den Prinzen angeblickt hätte, anstatt den polierten Marmorfußboden und die geschnitzten Holzsäulen der Empfangshalle zu studieren, dann wäre ihm aufgegangen, daß kein Dilemma, das die neue Freiheit mit sich gebracht hatte, den Merdeka-Rausch töten konnte. Denn aus den dunklen Augen des Prinzen sprach die melancholische Erkenntnis, daß kein Javaner jemals im Westen wirklich ungezwungen akzeptiert worden war; daß selbst die Nachkommen alter javanischer Fürstengeschlechter auf den Universitäten und in den Salons des Westens sozusagen als asiatische Luxusausgaben betrachtet wurden... Kein Opfer war zu groß gewesen und würde in Zukunft zu groß sein, wenn es galt, die neue Freiheit Asiens gegen die westliche Kritik und die wirtschaftliche Überlegenheit des Westens zu verteidigen.

«Wir schätzen uns glücklich, einen so begabten jungen Mann mit hohen Idealen auf unserer Seite zu wissen», erklärte Prinz Tukimin mit Nachdruck. «Dr. Mohammed Prawira ist ein wahrer Anhänger der Freiheit.»

«Für meine Nation und mich selbst beginnt die Freiheit mit einem Bekenntnis zu dem, was man ist, Hoheit, und nicht mit einer Verleugnung.» John van Veen stand abrupt auf. Er wollte sich verabschieden, doch eine Handbewegung des Prinzen hielt ihn zurück.

«Das kann ich verstehen, Mr. van Veen! *Sie* wußten immer, wer Sie sind und wohin Sie gehören! Das hat Sie und das amerikanische Volk stark gemacht! Ihr Großneffe hat es nie gewußt. Die Republik hat ihm und Tausenden seiner Schicksalsgenossen ein Dach über dem Kopf gegeben, das den bösen Wind abhält. Üben Sie Nachsicht, Sir! Er hat es schwer genug – auch ohne einen westlichen Namen.»

Der Prinz hatte mit Wärme gesprochen. John van Veen nickte. Aber so schnell gab er sich nicht geschlagen. Hendrik konnte seinen Weg auch ohne Verleugnung seiner Herkunft finden, wenn – wenn die Van Veens ihm halfen!

«Ich werde versuchen, den Vater meines... dieses jungen Mannes zu benachrichtigen», sagte John starrsinnig.

«Mijnheer Dirk van Veen hat sich niemals um seinen Sohn gekümmert.» Prinz Tukimin legte wieder das gläserne Meer zwischen seinen Besucher und die Republik Indonesien. «Ich glaube kaum, daß er die Entscheidungen seines Sohnes beeinflussen kann. Im übrigen wäre ich Ihnen dankbar, Sir, wenn Sie auf Mijnheer Dirk einwirken würden.»

«Ich verstehe nicht, Hoheit!»

«Dr. Prawira ist mit *Raden* (Titel für Angehörige der Fürstenfamilien) *Matari* verlobt. Die junge Dame leitet eine klassische Tanzschule in Djokjakarta.»

John van Veen schwieg.

«Mijnheer Dirk zeigt ein lästiges Interesse für Raden Matari. Sie fühlt sich – ich bitte um Vergebung! – dadurch vor ihren Landsleuten kompromittiert. Ich darf doch offen mit einem alten und verehrten Freunde sprechen? Holländer erwecken trübe Erinnerungen in unserer Jugend. Das mag sich mit der Zeit ändern, aber ...»

«Mir ist Dirks Aufenthaltsort nicht bekannt, Hoheit! Aber ich werde mich in unser aller Interesse bemühen.»

«Mijnheer Dirk van Veen wohnt seit drei Monaten hier bei einem Freund», sagte Prinz Tukimin, ohne mit der Wimper zu zucken. «Er macht Studien für sein neues Werk über die Tanzkunst Asiens. Wir schätzen sein Interesse. Er ist ja ein Kenner auf diesem Gebiet. Aber – Raden Matari hat sich bei mir beklagt.»

John van Veen verbeugte sich stumm, und der Prinz erwiderte die Verbeugung mit exquisiter Höflichkeit. Mr. van Veen hatte viel Ärger mit seiner Familie. Die Menschen des Westens betrachteten leider Familienmitglieder als Individuen und nicht als unbedeutenden Teil einer Gemeinschaft... Die Gedanken des Prinzen schweiften zu Dr. Mohammed Prawira zurück. Zuweilen zeigte er sich noch vom Individualismus des Westens infiziert... Das Mißtrauen gegen Gruppenglück lag verborgen in seiner Natur. Aber wenn Dr. Prawira auch nur ein Ohr besaß, Allah würde ihm trotzdem zwei Ohrringe schenken...

«Es war mir eine Ehre und ein Vergnügen, Mr. van Veen», murmelte der Prinz. «Sie werden uns immer in Djokjakarta willkommen sein!»

John van Veen fuhr todmüde und dabei hellwach durch die Straßen der Silberwaren- und Batikläden ins Hotel Garuda zurück. Er hatte für Mildred einkaufen wollen; aber er war zu erschöpft. Radios plärrten aus einem chinesischen Eiscreme-Palast; der durchdringende Geruch von javanischen Zigaretten, Durian-Früchten und gebratenen Nudeln machte ihn krank. Oder war es der Geruch des Kokosnußöls, der alle Düfte besiegte?

In Johns schmerzendem Kopf dröhnte ein Name: Matari! Jetzt wußte er, wo und wann er diesen Namen gehört hatte. In Vincent van Swanenburghs Klinik in Amsterdam! Dort hatte Dirk van Veen im Opium-Delirium nach diesem Mädchen gewimmert: nach Matari Weert, der Tochter eines holländischen Offiziers und einer Javanerin!

John van Veen trank ruhig seinen Whisky-Soda auf der Hotel-Veranda. Er wußte, was er in dieser Angelegenheit tun würde. *Nichts!* Dies war ein Fall, der lediglich Dirk van Veen, Dr. Mohammed Prawira und Raden Matari anging – drei sonderbare Figuren im Tanzdrama der Freiheit.

Wayang Kulit: Schattenspiel der Leidenschaft

I

Als Jo van Swanenburgh mit ihrer Ärztegruppe in Djokjakarta ankam, war John van Veen abgereist. Für Jo war Djokjakarta unlösbar mit Exzellenz Polders Residentschaft verbunden; aber im Jahr 1950 waren die Polders Schattenwesen vor einer unbeleuchteten Leinwand. Kein *dalang* trug die Polder-Saga einem staunenden Publikum vor.

Jo war am dritten Abend nach ihrer Ankunft mit anderen Malaria-Forschern von einem javanischen Kulturbeamten zu den klassischen Schattenspielen in sein Privathaus eingeladen, aber sie kam zu spät. Sie kam immer noch überall zu spät. Sie zog sich sorgfältig im Hotel an; aber wie in ihrer Jugendzeit in Singapore war immer irgend etwas nicht in Ordnung. Eine Halskette war im letzten Moment gerissen, eine Blume halb verwelkt; da war ein Fleck, oder das Make-up war zu flüchtig ... Jo gehörte zu den Frauen, die sich nicht für andere Frauen, sondern für Männer anzogen. Und Männer stört nichts, wenn sie eine schöne Frau sehen. Jo war mit achtunddreißig Jahren auf dem Höhepunkt ihrer Schönheit und auf dem Nullpunkt ihrer Erwartungen.

Schließlich fuhr sie in einer *betjak* (Rikscha mit Hintersitz für den Fahrer) zu der Vorortsvilla ihres Gastgebers. Sie kam an dem säulengeschmückten Palast von Exzellenz Polder vorbei. Jetzt bewohnte der Präsident der «Republik Indonesia» das vertraute Palais. Jo hatte ein Auto abgelehnt; sie wollte langsamer durch die Vergangenheit rollen. Sie saß hoch aufgerichtet in dem Gefährt – eine auffallende Erscheinung in nachtblauem Chiffon und Silberschmuck. An ihren Silbersandalen war ein Absatz schiefgetreten, und ihr Haarschmuck hatte einige Strähnen nicht mitgefaßt. Sie hingen wie verlorene Goldfäden um ihre Stirn und gaben ihr einen leichtsinnigen und intimen Reiz.

Die Hauptstraße Malioboro war noch sehr belebt. Fahrräder, Betjaks und Autos rasten um die Wette zu irgendwelchen Schattenspielen. Nur die holländischen Dachgiebel zwischen den grell erleuchteten Häusern und niedrigen Hütten erinnerten noch an die Kolonialzeit. Jo zog die Blicke auf sich. Es gab nicht viele Menschen des Westens in Djokjakarta. Die meisten waren in Djakarta oder Surabaya oder Bandung. Die Menschenmenge in ihren Batik-Sarongs, bunten Jacken und chinesischen Seidenkleidern war ein großes Farbenspiel. Jo schloß die Augen. Die Schattenspiele würden bis tief in die Nacht dauern. Sie hatte George Baker versprochen zu kommen. – Doch als sie eintraf, war Dr. Baker nicht da: er hatte ein tropisches Fieber bekommen und war ins Hotel zurückgefahren. Jo war enttäuscht.

Der Garten lag dunkel und geheimnisvoll im frühen Mondlicht. Jo wäre am liebsten draußen geblieben. Eine elektrische Spannung war in ihr – Nerven! Sie war sicherlich von den Besichtigungen und Diskussionen überanstrengt. «Ich werde alt», dachte sie und strich die verirrten Goldsträhnen aus der hohen, glatten Stirn. Sie tönte ihre Haare schon etwas nach. Wann würde sie grau sein? Es war eigentlich ganz egal; aber Jo hatte etwas gegen graue Haare. Staub von jungen Träumen ...

Das Gamelan-Orchester spielte eine eintönig-aufreizende Melodie, als Jo leise eintrat. Fast alle Gäste waren schon versammelt. Die Frauen trugen durchweg kostbare Sarongs, seidene Schultertücher und geblümte Jacken. Jo hatte lange keine Gamelan-Musik gehört. Sanfter Tumult und klagende Erinnerung! – Das Schattenspiel hatte längst begonnen. Die eintönige Stimme des *dalang* erzählte Teile einer uralten hindujavanischen Heldensage, in der ständig gekämpft wurde; meistens um den Erwerb mythischer Königreiche, aber gelegentlich kämpfte man auch um eine weibliche Filigranfigur. – Diese Schau-Spiele hatte es lange vor Javas Eroberung durch den Islam gegeben und noch länger vor Javas Eroberung durch die Javaner. Dieses kunstreiche und künstliche Universum hatte alles in Java überdauert. Würde die stilisierte Dämonie und die feierliche Grazie der Figurinen in einem von Rotchina kolonisierten Java weiterleben?

Plötzlich war Jo zum Sterben übel. Kam es von dem schweren Duft des Weihrauchs, der noch im Raum hing? Der Dalang hatte ihn vor Beginn des Schattenspiels entzündet. Jo schlich in den Garten. Jemand folgte ihr; aber sie merkte es nicht. Draußen wehte der Nachtwind. Es duftete nach Blumen, Schweigen und zeitlosem Paradies.

Jo schritt schwindlig zu einer Bank vor einem Lotosteich. Sie stöhnte leise, versuchte sich zu setzen, stand aber sofort wieder auf, denn ihr wurde schwarz vor den Augen. Hatte sie sich am Essen im Hotel vergiftet? Schließlich fiel sie halb ohnmächtig einem hochgewachsenen Gast im eleganten hellen Tropenanzug rücklings in die Arme.

«Nanu», sagte der Herr auf holländisch, «was machst du für Sachen?» Jo öffnete die Augen. War dies auch ein Schattenspiel? Der Herr vom Heimatplaneten hielt sie in den Armen und trug sie in ein Auto. Er sprach javanisch mit dem schläfrigen Fahrer. Dann rieb er Jos Schläfen mit einer scharfen Essenz ein, die er einer Tasche im Wagen entnahm. «Tief atmen!» murmelte der Mijnheer. «Wozu tragt ihr diese blödsinnigen Büstenhalter?»

Er löste geschickt Jos Kleid und das Objekt seines Mißfallens. Dann reichte er ihr das Fläschchen. «Reib dir die Herzgegend ein. Du siehst grün aus!» Sie rührte sich kaum und atmete schwer.

«Richtig Luft holen», rief der Mijnheer böse, «wozu hast du Medizin studiert? Komm raus aus der Kiste!»

Er half ihr aus dem Auto und hielt sie mit eisernem Griff an beiden Armen fest, während sie endlich anfing, methodisch zu atmen. Das Haar hing ihr wirr in die Stirn wie bei einem Kind, das zu schnell gelaufen ist; ihre Beine zitterten. Sie versuchte ihr Kleid über die nackte Brust zu ziehen.

«Laß nur», sagte der Riese im hellen Anzug, «ich habe so was schon einmal gesehen!»

«Was... was machst du hier?» fragte sie immer noch halb betäubt von der Ohnmacht und bedeckte sich mit ihrem seidenen Schal.

«Ich bin der Holländer, der auszog, das Gruseln zu lernen», sagte Dirk van Veen.

II

Früh um fünf Uhr erwachte Dr. George Baker aus unruhigem Schlaf, weil ein Auto vorm Hotel Garuda hielt. Er fühlte sich unbehaglich und trat auf den Balkon, um Luft zu schöpfen. Die Welt lag still im Frühlicht. George dachte an Jo. In den letzten Tagen war sie viel herzlicher zu ihm geworden. George liebte sie und hoffte auf günstigen Wind.

Der Hotelgarten war in der wunderbaren Morgenkühle wie ein Geizhals, der seine Schätze am Mittag versteckt. George war plötzlich im Frieden mit sich und der Tropenwelt. Schlaf, Wünsche und der Tod waren geschlossene Lotosblumen. Jo und er würden zusammen glücklich sein.

Dann sah er sie. Sie stand mit einem hochgewachsenen Mann unter einer Riesenpalme. Irgend etwas in der Haltung des Mannes verriet George, daß das Mädchen die Nacht mit ihm verbracht hatte. Er hatte seine Arme um Jo geschlungen – mächtige Arme, in denen die große schlanke Frau beinahe verschwand. George Baker mußte an einen Zentaur denken, der eine Nymphe auf seinen Schultern ins Hotel Garuda zurückgetragen hatte.

Der Mann hob den Kopf mit dem silberblonden Haar. George sah durch sein Fernglas die hohe gewölbte Stirn, die feine Nase, den sinnlichen und dabei bitteren Mund. Und dann die Augen – eines starr wie aus Glas und das andere meerblau, mit einer schillernden Iris wie bei einem Tiger. Ein bemerkenswertes und irgendwie grausames Gesicht, das man überall wiedererkennen würde. Generationen mußten dazu beigetragen haben, diesen makellosen Knochenbau unter dem leise sackenden Fleisch zu produzieren. Jahrhunderte der Lust und der Askese, dachte George. – Dann verließ der Unbekannte den Garten. Alles war schnell und eindringlich wie ein Schattenspiel vor sich gegangen.

Jo van Swanenburgh stand mit geschlossenen Augen. Sie hatte den Kopf mit dem herrlichen blonden Haar in den Nacken geworfen. George betrachtete sie intensiv, gequält und mit einem Anflug von Grauen. Dies war nicht die kühle, kompetente Kollegin. Eine Bacchantin grüßte schweigend die Morgenröte. Jo trug einen schimmernden Panzer gegen den Staub des Alltags. Eine Flamme von Wunder und Furcht hüllte sie ein. Sie stand unberührbar im Bannkreis ihrer Liebesnacht. Der Abglanz einer wilden Ekstase lag auf diesem verwandelten Antlitz. Jo schien versunken und dabei unheimlich konzentriert: eine zum Leben erwachte Figurine aus einem Schattenspiel der Leidenschaft. – Jetzt hatte sie die Augen geöffnet. Sie blickte ins Unsichtbare; wie eine Blinde, die ein inneres Panorama der Seligkeit betrachtet. Doch plötzlich reckte sie die Arme und stieß einen Urlaut aus: halb Jubel, halb Klage. Sie stand in ihrem nachtblauen Abendkleid mit dem Silberschmuck in der Morgenröte, triumphierend, gelöst und schön bis zur Unerträglichkeit ... Dann blickte sie um sich wie jemand, der aus einem süßen und dämonischen Traum erwacht und schwankend und waffenlos in den Alltag zurücktaumelt.

George Baker ging in sein Zimmer zurück. Jeder Schritt kostete ihn eine Anstrengung, denn er ging den ganzen Weg von der Hoffnung bis zur Enttäuschung. Er betrat seinen Duschraum und goß mit der kleinen Schale lauwarmes Wasser aus der Wassertonne über sich – immer wieder, als müsse er den Goldstaub der Träume von sich abwaschen. So konnte und wollte er nicht leben! Er war jung, gesund, voller Pläne und hatte eine glänzende Zukunft vor sich. Wenn er sich das immer wieder sagte, würde er es am Ende glauben ... Er gurgelte einige Male: in seiner Kehle war stachliges Gras, wie es auf kahlen Dünen wächst.

Kollege Webster klopfte an und betrat das Zimmer. Er pfiff ihr privates Begrüßungssignal, und George kam im Badetuch herein. Dr. Websters scharfe hellgraue Augen examinierten seinen viel jüngeren Freund. George sah vom Fieber etwas hohläugig aus, aber sonst wie neu.

«Du hast's bald geschafft», brummte Dr. Webster. «Meinst du, daß du in einer Woche unsere Abschiedsfeier mitmachen kannst?»

«Ehrensache!» Dr. Baker sprach heiser.

«Hast du Disteln gegessen? Laß mich mal in den Hals reinsehen!»

George war zu müde, um sich zu wehren. Außerdem konnte man dem Kollegen Webster nicht entrinnen, wenn er «mal reinsehen» wollte.

«Bis jetzt ist nichts Besonderes zu sehen.» Dr. Webster war enttäuscht wie jeder Forscher, der nur das Gewohnte entdeckt. «Leg dich wieder hin! Der kalte Schweiß gefällt mir nicht.»

«Mir geht's ausgezeichnet, Jim!»

«Das sieht ein Blinder mit Sonnenbrille», sagte Dr. Webster freundlich. «Warte, ich gebe dir lieber eine Spritze!»

«Nicht nötig!»

«Zum Abschiedsfest soll jeder Kollege eine Dame mitbringen», bemerkte Dr. Webster. Es klang, als handele es sich um gegrillte Hühner für ein Picknick. «Möglichst hübsch natürlich! Darf gern 'ne Puppe aus dieser Gegend sein.»

George Baker schwieg.

«Du hast's gut», brummte sein Freund. «Du hast dich rechtzeitig mit deiner eisgekühlten Blondine eingedeckt! Ich muß mir erst etwas anlachen.»

«Ja, ich habe es gut.»

«Die Dame Swanenburgh ist wirklich verdammt dekorativ. Aber reichlich launenhaft. Sie stiehlt dir peu à peu deinen Frohsinn, mein Sohn! Lange sehe ich mir das nicht mehr an.»

«Ich hätte gern einen Whisky, Jim!»

«Übrigens – gestern beim Lunch sah ich mir deine Jo genau an. Aus rein wissenschaftlichem Interesse natürlich!»

«Natürlich!»

«In dem strafenden Sonnenlicht ist die gute Jo doch sanft verblüht. Ich hoffe, du nimmst es mir nicht übel? Dir gefallen meine Mädchen ja auch nicht.»

«Immer noch die gesündeste Basis für eine Männerfreundschaft!»

Dr. Webster lachte. «Sieh dich nach etwas anderem um, mein Sohn! – Die Dame Jo ist zu rechthaberisch. Manchmal ist sie übrigens direkt altjüngferlich. Hab ich recht?»

«Schon möglich», sagte Dr. George Baker.

III

Jo und Dirk verbrachten jeden Abend in dem abgelegenen Bungalow seines Freundes. Jo hoffte, daß die Eintracht auch in der Ehe weiterbestehen würde. Dirk war schwierig, aber er liebte sie so, wie sie geliebt werden wollte.

Endlich hatte Dirk nach seiner Frau gefragt, und Jo berichtete stokkend, wie Frances im Gefangenenlager gestorben war. Dirks Gesicht war unbewegt; aber Jo spürte, daß ihn irgend etwas bedrückte. War es die Erinnerung an diese blutjunge Frau, der er immer fremd geblieben war? Oder machte er sich Sorgen um seinen einzigen Sohn, der nach den Kriegsjahren in Holland hier ein neues Leben begonnen hatte? Ausgeschlossen war es nicht. Dirk war siebenundvierzig Jahre; es war das Alter, in dem Männer die Gesellschaft eines Sohnes häufig der Gesellschaft einer Frau vorziehen. Jo erwähnte Hendrik van Veen nie, denn Dirk haßte es, wenn man auf seine verwickelten Privatverhältnisse anspielte. Er hatte Jo nie Genaueres über sein Auftreten im Nachkriegs-Holland erzählt. Eine Auster war mit Dirk verglichen eine mitteilsame Kreatur.

«Mädchen», murmelte Dirk und warf die angerauchte Zigarette auf den Steinfußboden, «ich bin ein Gauner! Ich habe dir deine besten Jahre gestohlen.»

«Unsinn! Ich habe dir von Zeit zu Zeit ein Geschenk gemacht.»

«Deine Geschenke waren zu gut und zu teuer für mich.»

«Dann war es meine eigene Dummheit. Ich weiß schließlich seit Jahren, daß du ein vergeßliches Ungeheuer bist.»

«Dann ist ja alles in Ordnung.» Er zündete sich eine neue Zigarette an.

Jo trank stumm ihren Cocktail aus und fühlte kalten Wind auf ihren Lippen. Sie verlor jede Schlacht mit Dirk, weil er die kleinen Asiatinnen im Hintergrund hatte. Er war mit dem holden Zufall verbündet, und der Zufall ist immer der Erzfeind einer liebenden Frau. Ein koketter Blick aus dunklen schrägen Augen, der Duft einer Melattiblume in glänzendem Haar, hochhackige bemalte Pantöffelchen und das süße unverbindliche Lächeln des Ostens – mit dieser permanenten Gefahr würde Jo sich in der Ehe abfinden müssen. Und Dirk würde ungerührt in die Landschaft blicken. Jo konnte nichts machen. Sie hatte sich ihre Liebe nicht ausgesucht.

Drinnen im Eßzimmer deckte der Diener den Tisch. Die Abendsonne brannte flüchtig und schmerzend wie Dirks Zärtlichkeit ... Er saß unbeweglich in seinem Korbsessel auf der Veranda und summte: «Wenn du mal in Hawaii bist, und wenn es grade Mai ist, und wenn du grade frei bist, dann komm ...»

Plötzlich sprang er auf und hieb mit der Faust auf den Tisch, daß die Gläser tanzten. «Verdammt! Ich werde dich nicht heiraten, Jo! Ein alter Hund lernt keine neuen Tricks. – Verstehst du mich?»

«Du brauchst nicht so zu brüllen», sagte Dr. Jo van Swanenburgh. «Ich bin nicht schwerhörig.»

Was hatte sie von Dirk erwartet? Eine Wandlung des Herzens? Dazu hätte er erst einmal ein Herz haben müssen. Genaugenommen: ein Herz für Jo ... Das Kartenhaus ihrer Träume stürzte so krachend zusammen, daß sie fürchtete, Dirk könnte den Lärm hören. Das durfte nicht sein! Wie einfach war Dirks Methode mit Frauen! Er umarmte sie und ließ sie stehen; er verwöhnte sie und vergaß sie ohne Vorankündigung; er war sehr nah und dann wieder sehr fern. Dadurch konzentrierte er die Aufmerksamkeit der Frau auf sich und isolierte sie von einer Wirklichkeit, die ihr solidere Erfüllungen bieten konnte. Jo hatte die lange Verzauberung mit einer Verkapselung und Erstarrung der Intelligenz bezahlt! ‹Ein hypnotisiertes Kaninchen benimmt sich genau so schlau›, dachte sie bitter. – Sie räusperte sich.

«Ich habe gar nicht die Absicht, dich zu heiraten.»

«Es kam mir aber in den letzten Tagen so vor, Liebling! Ich bitte um Verzeihung.» Er blickte Jo nicht an. «Wahrscheinlich bin ich ein Narr», sagte er mürrisch. «Aber die Ehe und ich passen nicht zusammen. Frances war unglücklich ...»

Jo sagte kein Wort.

«Hm ... Du bist wahrscheinlich eine ideale Ehefrau! Aber wenn ich mir vorstelle, du könntest mich eines Tages bemuttern oder an die Kette legen wollen ...»

Jo lachte. «Deine Angst vor der Ehe ist erschütternd.»

Dirk sah sie grüblerisch an, als ob er dem Frieden nicht traute. Natürlich hatte Jo ihn heiraten wollen. Das hatte sie sich doch schon in zarter Jugend in den bildschönen Kopf gesetzt! Er sollte eines Tages eben doch wie ein fetter Kater zufrieden hinter einem holländischen Ofen schnurren ... Alle Frauen wollten das. Vorher gaben sie keine Ruhe, und nachher tranken sie mit netteren Männern Kaffee ...

«Ich bin eine eingefleischte Junggesellin, Dirk! Ich liebe meine Freiheit und meine Bequemlichkeit.»

«Du liebst die Liebe, meine Süße.»

«Ich habe aber noch einen kleinen Nebenberuf. Er läßt mir wenig Zeit, einem Ehemann auf die Nerven zu fallen.»

«Sei nicht so böse mit mir! Es ist mir selbst verdammt peinlich.»

«Man könnte meinen, du hättest mir soeben die Unschuld geraubt! Sei nicht absurd, Dirk!» Jo drückte ihre Zigarette aus: «Wollen wir essen? Ich habe tollen Hunger.»

«Ich auch.» Dirk van Veen atmete auf. Jo war eine seltene Frau: zur rechten Zeit leidenschaftlich und zur rechten Zeit nüchtern. Er küßte sie dankbar. «Du bist bezaubernd, Mädchen! Du klebst tatsächlich nicht wie die anderen Frauen! Du hast eben mehr im Kopf als nur einen Idioten von Mann.»

«Man tut, was man kann.»

«Wir müssen uns bald wiedersehen! Ich bleibe mindestens ein Jahr in Paris. Wie wär's mit einem Rendezvous auf dem Montparnasse? Ich verspreche, daß ich dir nicht zu nahe treten werde. Außer wenn du es befiehlst!»

Jo errötete unter seinem Blick. Unverschämter Patron! Dann sagte sie ruhig: «Es wäre sehr nett. Aber ich kann nicht so über meine Zeit verfügen. Ich werde wahrscheinlich mit einem anderen Team der *United Nations* irgendwo arbeiten.»

«Alles für Asiens unterentwickelte Paradiese?»

«So ungefähr», sagte Jo kurz. «Aber erst mache ich langen Urlaub in Amsterdam. Ich muß Amerika verdauen.»

«Das habe ich noch vor mir!»

«Willst du doch nach den USA fahren? Du wolltest doch nach Paris!»

«Die Welt ist keine Einbahnstraße, meine Teure! Wenn mir Paris zu bezaubernd wird, erhole ich mich bei Onkel John in Washington.»

Das Gespräch hatte einen Unterton von Gereiztheit, und beide fühlten es. Vermutlich war Jo tief enttäuscht, dachte Dirk. Wenn sie nur nicht so selbständig, so fragelustig und so sensitiv wäre! Die kleinen Mädchen aus Palast und Kampong liebten ihn glücklicherweise nicht und wollten außerdem niemals Dirks Gedanken erforschen ... Das war Jos schlimmster Fehler.

«Wirst du mich vermissen?» fragte er.

«Ich werde versuchen, die Trennung zu überleben.»

«Dieses Mal darf sie keine sieben Jahre dauern! Höchstens sieben Monate. Man wird nicht jünger.»

«Vielen Dank! Du bist irrsinnig galant heute abend!»

«Merkwürdig, wie wir immer wieder aufeinander stoßen», sagte der Mijnheer. «In den blödsinnigsten Gegenden tauchst du plötzlich auf und fliegst wieder davon wie ...»

«Wie eine launische Sternschnuppe. So nanntest du es früher! Wie vielen Damen hast du das eigentlich ins Ohr geflüstert?»

«Wie reizend ich mich früher ausdrückte», sagte Journalist van Veen bewundernd. «Ich könnte mich selbst beneiden! Heutzutage wiederhole ich mich wie der Dalang im Schattenspiel. Du verlierst nichts an mir, Liebling.»

«Dann bin ich beruhigt.»

Der Boy bat zum Essen.

«Kennst du das neueste Rezept für die Indonesische Reistafel?» fragte Dirk, während er Jos Sessel zurechtrückte.

«Keine Ahnung!»

«Man stehle einen Sack Reis und ...»

Er lachte tonlos.

«Sehr witzig!» sagte Dr. Jo van Swanenburgh.

IV

Als sie den Mokka auf der Veranda tranken, fuhr eine lustig bemalte Betjak heran. Jo saß im Halbdunkel. Sie hatte ihre Kopfschmerzen bekommen, und Dirk hatte alle Lichter bis auf eine chinesische Ampel gelöscht. Ob alle Rücksichtslosen in kleinen Dingen so fürsorglich waren? Jo betrachtete ihn verstohlen. Endlich hatte sie es kapiert: Dirk van Veen brauchte keine Frau, sondern einen Spiegel, der sein Bild reflektierte... Plötzlich dachte sie an Quentin Bloemendaal. Er war mit einer wissenschaftlichen Gruppe der *United Nations* in Singapore. In ihrem Hotelzimmer lag ein ungeöffneter Brief von ihm. In diesem Augenblick hielt die Rikscha vor dem Bungalow.

Dirk riß Jo unsanft aus ihrem Rotangsessel. «Schnell! Lauf in den Garten! Er darf dich auf keinen Fall bei mir sehen.»

Der Besucher verhandelte mit dem Fahrer wegen des Preises. Er war groß und trug einen westlichen Anzug. Er stand mit dem Rücken zur Veranda. «Ich kann doch mit dieser Betjak in mein Hotel fahren», sagte Jo müde. Sie war noch betäubt von dem Schlag, den Dirk ihr zwischen Cocktails und Reistafel versetzt hatte. Dirk war hart und dabei biegsam wie tausendjähriger Bambus. Niemals hatte er um eine Frau gelitten. Jo schloß sekundenlang die Augen. War es nicht das Normale und Richtige, daß sie mit ihren achtunddreißig Jahren die Früchte des Lebens begehrte? Aber sie war und blieb das Mädchen mit dem leeren Korb.

Dirk schreckte sie aus ihrem Sinnen auf. Er packte sie an den Schultern. «Du mußt verschwinden! *Bitte!*» Plötzlich verspürte Jo unerklärliche Furcht. Dirk van Veens Geheimnisse jagten wie Raubvögel kreischend durch den Abendhimmel. Zu spät wußte sie, daß sie ihn niemals gekannt hatte. Der Liebhaber war nur ein einziger Aspekt dieser dunkel schillernden Persönlichkeit. Wahrscheinlich ein unwichtiger Aspekt...

«Verzeih mir», flüsterte Dirk gehetzt und küßte Jos Haar. «Geh endlich!» – Er stieß sie in den überdachten Gang, der zum Kochhaus führte. Es war stockfinster bei den Büschen und Hecken, und auch in dem Gang war das Öllicht ausgegangen. «Ich erkläre dir alles nachher», flüsterte Dirk. «Hinter dem Kochhaus führt ein schmaler Weg auf die Straße. Dort wartet eine Betjak. Sie wartet immer dort. Fahre *sofort* ins Hotel zurück. Versprich mir das!»

Er war zurückgelaufen. Jo tastete sich durch den dunklen Gang zum Kochhaus. Wo war der Weg? Finsternis umgab sie wie ein Mantel. Der Regen hatte den Boden aufgeweicht. Die Hecken waren tödliche Pfeile. Zwischen den Büschen feierten die Geister von Java ein *selamatan*. Die Geister suchten sich stets dunkle und einsame Plätze. Etwas raschelte in den Büschen. Jo zuckte zusammen ...

Sie kämpfte mit aller Willenskraft gegen ihre Nerven an. Ahnte sie, daß ein gespenstisches Schattenspiel in der Villa mit dem roten holländischen Dach beginnen würde?

In diesem Augenblick betrat der Besucher die Veranda.

SECHSTES KAPITEL

Indischer Junge mit Flammenschwert

I

«Wo ist sie?» fragte der Besucher.

Dirk van Veen zuckte die Achseln. Er war jetzt vollkommen ruhig und betrachtete den Gast mit gelangweiltem Mitleid. Der junge Mann war von motorischer Nervosität befallen. Nichts an ihm war in Ruhe; weder seine langen schlanken Hände noch seine Augen, noch sein Geist. Er atmete heftig und schluckte Luft. Obwohl dieser hassenswerte *tuan besar* heute nichts mehr zu sagen hatte, vielmehr der unwillkommene Gast par excellence in Indonesien war – seine Riesengestalt, sein arrogantes Lächeln, seine niederländische Gelassenheit demütigten den Besucher bis zum Luftschlucken, das ihn schon als Kind im Kampong von Batavia in Gegenwart des «Alten Krokodils» befallen hatte.

«Sie ist hier! Sie lief nach hinten in den Garten.»

Der Besucher wollte fortstürzen, doch ein eiserner Griff hielt ihn zurück.

«Loslassen», keuchte der junge Mann. «Ich will zu Matari!» Sein Magen drehte sich um. Seine Leidenschaft war stärker als das «Tier Angst», das in seinem athletischen Körper und der gespaltenen Seele hockte und nicht selten seinen Verstand überwältigte.

«Ich bringe euch beide um», murmelte Hendrik van Veen unter

dem eisernen Griff. Dirk ließ den Arm seines Sohnes so brutal los, daß er taumelte.

«Mach dich nicht lächerlich, Hendrik», sagte er kalt. «Deine Braut ist nicht bei mir. Setze dich und benimm dich zur Abwechslung wie ein zivilisierter Europäer.»

Dr. Mohammed Prawira – geborener Hendrik van Veen – wurde grau im Gesicht. Seine dunklen Augen zogen sich zu Schlitzen zusammen. «Nimm dich in acht!» murmelte er.

«Du mußt dich in acht nehmen! Sonst holst du dir im Paradies der Freiheit eine nette kleine Kreislaufneurose.»

«Dein Spott wird das Instrument deines Untergangs!» Hendrik freute sich trotz seiner Erregung an der gelungen Formulierung. Er war nicht umsonst der Sohn eines Journalisten ... «Die Zeiten haben sich geändert», schrie er in plötzlicher Wut. «Die Wohlgesinnten wissen es.»

«Ist dies eine Szene aus deinem neuen Propagandastück für die Dörfer?» erkundigte sich Dirk interessiert. «Nicht übel, aber verfehlt in einer Privatunterhaltung, mein Sohn! Man soll das Theater im Theater lassen. Hast du das in den vielen Jahren in Holland nicht gelernt?»

Er drückte seinen Sohn in einen Korbsessel und schenkte ihm einen Whisky-Soda ein. «Erfrische dich erst einmal! Da du nun einmal hier bist, möchte ich auch mit dir reden!»

Hendrik sah seinen Vater an. Dirk lächelte nicht mehr. Ein Schatten von Sorge oder Unruhe lag auf dem blassen vollen Gesicht mit dem bitteren Mund und dem wachsamen Auge.

Hendrik schob den Alkohol mit gläubigem Ekel fort.

«Ich trinke das Zeug nicht!»

«Danke!» ergänzte sein Vater. «Da du durchaus ein Javaner sein willst, kannst du dir getrost die Höflichkeit deiner Landsleute angewöhnen! Deswegen kannst du so republikanisch sein, wie du lustig bist!» Er goß Hendrik das Nationalgetränk Orangensaft ein, das er durstig herunterstürzte.

«Was zum Kuckuck hast du mit dem *Dar ul Islam* zu schaffen?» fragte Dirk ärgerlich. «Gefällt dir dieser Verein so gut, weil er alle Holländer umbringen möchte?»

Hendrik starrte ihn an. Seine Sicherheit hatte ihn verlassen. «Wie ... wie kommst du darauf?» stotterte er. Wieso wußte sein Vater über diesen «Staat des Islam» Bescheid? Und wieviel wußte er?

«Eine Bande von Räubern und Fanatikern», sagte Dirk van Veen verächtlich und stürzte einen Whisky ohne Soda herunter. Der Dar ul Islam hatte vor zwei Jahren die Ideale eines mohammedanischen Musterstaates proklamiert und war dann eine Terror-Organisation geworden, von der sich die *Masdshumi*, die gemäßigte islamische Partei, distanzierte. Heute bekämpfte der Dar ul Islam die neue Republik, die Masdshumi-Partei, die Holländer, die Chinesen, die sozial Zufriedenen, kurzum alles in Indonesien, was Maß, Ordnung und demokratische Vernunft vertrat. Überfälle auf Eisenbahnzüge, Plantagen und Dorfgemeinschaften, Brandstiftungen, Entführungen wichtiger Persönlichkeiten und Angriffe gegen das Privateigentum durch den «DAR» (Abkürzung von Dar ul Islam) wurden in den Tageszeitungen öfter erwähnt als die Auslegung islamischer Mystik und Ethik. Viele Westjavaner waren vor den Banden des Dar ul Islam nach Mittel-Java geflüchtet. Und in dieser Gesellschaft befand sich ein prominenter Javaner, mit dem Hendrik van Veen angeblich friedlich Kulturpolitik unter der Schirmherrschaft des Prinzen Tukimin betrieb.

Als Dirk es seinem Sohn auf den Kopf zusagte, erwiderte Hendrik ohne Überzeugung: «Das ist eine Lüge! Aber du glaubst alles über mich, wenn es nur etwas Schlechtes ist.»

«Meinst du?» Dirk van Veen betrachtete seinen Sohn, den «indischen Jungen», wie man ihn im Westen nannte ... Dirk konnte verstehen, daß die Indo-Europäer nicht selten das Flammenschwert gegen Holland schwangen, aber Hendriks Fall lag komplizierter. Und Dirk war zu vorsichtig, um die Katze aus dem Sack zu lassen. Sein Sohn war in Gefahr ...

«Ich will dich nur warnen.» Dirk betrachtete den jungen Mann mit dem zuckenden Gesicht aufmerksam. Was für ein schöner Mensch war Hendrik! Groß, geschmeidig, mit der hohen gewölbten Familienstirn, der feinen Nase und – sein bestes javanisches Erbe – Augen von tiefer Ausdruckskraft. Hendrik hatte empfindsame sanft geschwungene Lippen, aber ein schwaches Kinn. Seine innere Zerrissenheit hatte tiefe Linien in sein junges Gesicht gegraben. Seine krankhafte Empfindlichkeit und das javanische Gedächtnis für persönliche Kränkungen gaben dem zärtlichen Knabenmund einen verkrampften Zug. Hendrik preßte die Lippen entweder aufeinander, oder er zeigte in der Wut die Zähne und das Zahnfleisch wie ein Amokläufer im Anfangsstadium der Raserei.

«Ich pfeife auf deine Warnungen! Ich stehe im Schutz der Regierung», sagte Hendrik heftig. «Was geht dich überhaupt der Dar ul Islam an? Kümmere dich um holländische Angelegenheiten!»

Dirk van Veen lachte.

«Wenn ich deinen Rat brauche, werde ich dich darum bitten! Woher ich deine Beziehungen zum Dar kenne? Ich bin Journalist. Ich höre herum ...»

Er hörte in der Tat herum. Außerdem hatte er Raden Matari als Auskunftei engagiert ... Sie arbeitete prompt; sie war sehr gut mit Dr. Amir bekannt, der wiederum über den Dar ul Islam genau informiert war. Ein Netz zog sich über Matari, Dr. Amir und Prinz Tukimin zu Hendrik van Veen, einem Ahnungslosen im javanischen Kostüm. Dirk hätte Indonesien längst den Rücken gekehrt, wenn er sich nicht endlich für diesen Sohn verantwortlich gefühlt hätte. Das Material für sein wirtschaftspolitisches Buch über Indonesien war bereits in Paris. Seine Studien über das Tanzdrama waren der Vorhang, hinter dem Dirk van Veen als ungebetener Gast die Intrigen in der Republik Indonesien verfolgte. Die Republik war neu, die asiatische Kunst der Intrige war uralt. Hendrik war zu naiv. Dirk hatte ihm einen Vorschlag machen wollen. Er wollte Hendrik nach Paris mitnehmen und ihm eine Welt zeigen, in der Hendrik keine Anstrengungen und Verkleidungen brauchte, um akzeptiert zu werden. Dirk wußte, daß er seinen Sohn nicht verpflanzen konnte. Aber er wollte ihm endlich etwas zeigen, was Hendrik nie kennengelernt hatte: ein Stück glanzvoll-schäbiges, geistreich-heiteres Europa, gleich weit von Holland und Indonesien entfernt... War es zu spät für den ersten selbstlosen Plan, den Dirk van Veen jemals für diesen Sohn zwischen zwei Welten gefaßt hatte?

Hendrik stand auf. «Ich hole Matari», sagte er drohend. Er sah, wie sein Vater zusammenzuckte. Dirk hatte immer noch nicht das Rollen der Betjak gehört, die Jo van Swanenburgh ins Hotel zurückbringen sollte. Er mußte Hendrik unbedingt loswerden.

«Sei nicht albern, Hendrik!»

«Sie ist hier!» Wenn Hendrik schrie, überschlug sich seine Stimme.

«Du weißt, warum Matari mich gelegentlich aufsucht!» Am liebsten hätte Dirk den Burschen verprügelt, aber dazu war es zwanzig Jahre zu spät. Heute konnte er an Hendriks Mischung von Angriffslust und Minderwertigkeitskomplexen nichts mehr ändern. Hendrik war von Natur aus liebenswürdig und von gewinnender Bescheidenheit; aber er konnte weder die geringste Kritik noch ein Durchkreuzen seiner Schmetterlingspläne vertragen. Natürlich hatte Matari ihm erzählt, daß sie Dirk bei seinen Studien über javanische Tänze half und dafür honoriert wurde. Aber Hendrik war von tiefem Mißtrauen beseelt. Sein Vater hatte stets schönen Mädchen nachgestellt. Hendrik hatte über dieses Thema in Holland und im ehemaligen Kolonialreich haarsträubende Geschichten gehört. Mochte dieser Dämon-Vater auch noch so gescheit sein, Allah durchschaute ihn! «Mein Vater ist doch jetzt ein alter Mann», dachte Hendrik. Schon siebenundvierzig Jahre! Spätestens mit dreißig war die Jugend eines Mannes vorbei; das wußte jeder in Java. Hendrik betrachtete seinen Vater mit hilflosem Haß, denn Dirks Zunge war schnell und giftig. Selbst Hendriks geschmeidiger Körper wurde in Dirks Gegenwart steif und unbeholfen. Der spöttische, selbstsichere Vater verkörperte noch heute für ihn alle Schrecken seiner konfliktreichen Kindheit. Dirk blieb der *tuan besar* (Herr und Gebieter), vor dem Hendriks Mutter Aminah und er bei Dirks seltenen Besuchen in zitterndem Respekt versunken waren. Dirk hatte dem kleinen Sohn barsch befohlen, ihn nicht kniend zu begrüßen, während er es bei Aminah und der alten Bèot nicht beanstandet hatte... Hendrik und die Frauen waren immer froh gewesen, wenn der Herr Vater wieder nach Sumatra oder Paris verduftet war. Dann hatten sie ein Fest gefeiert, ein einfaches poetisches *selamatan* mit gutem Essen, Blumen und Gesängen. Der Tuan verschwand niemals, ohne eine Geldspende zu hinterlassen. Jeder bessere Dämon wollte sein schwarzes Herz vergolden. Und jetzt, im Zeitalter der Freiheit, haßte Hendrik seinen Vater mit einem neuen, kritischen Haß. Dirk van Veen verkörperte für ihn schon durch seine Erscheinung die ehemalige Kolonialmacht, die Indonesien erniedrigt hatte. Er war weiter der Tuan Besar, ob man ihn nun bediente oder beschimpfte. Hendrik sah seinen Vater als lebenden Anachronismus in Djokjakarta herumstolzieren – ein Schattenbild der Vaterfigur, die die «unmündigen Eingeborenen» Jahrhunderte lang beherrscht hatte. Die Vaterfigur war liebenswürdig, wenn es ihr paßte, und brutal, wenn ungünstiger Wind wehte; ein typisches Produkt westlicher Überzivilisation! So jedenfalls hatte Hendrik es in den Textbüchern der Revolution gelesen und vom Präsidenten Sukarno vernommen. Ja, Tuan van Veen hatte alle hassenswerten Merkmale westlicher Dekadenz: Zynismus, Liebe zum Luxus, Blasiertheit und die Abneigung gegen Gruppenglück und «gegenseitige Hilfeleistung» – die traditionelle Basis javanischer Moral. Und dennoch, selbst ein junger Fanatiker wie Hendrik ahnte dumpf, daß Textbücher und Volksreden einen Mann wie seinen Vater nicht ganz erklären konnten. Er fühlte, daß Dirk sich jeder Definition entzog, und daß sein Sinn für Maßhalten einem geistigen Erbe entsprang, das *nicht* dekadent sondern ein Triumph der Individualität und ein Produkt der christlichen Moral war. Mochte Dirk van Veen auch zeitlebens sein christliches Erbe ignoriert haben – es lebte in ihm und speiste geheimnisvoll Geist und Seele. Niemals würde Hendrik mühelos zu diesen Kraftquellen zurückgelangen! Er litt unter einem Konflikt, den gerade das «Neue Asien» den Kindern zweier Rassen und Kulturen beschert hatte. Wie sollte Hendrik Gelassenheit und Sicherheit erwerben, wenn er jetzt verdammen mußte, was er zwanzig Jahre seines Lebens angebetet, und nun anbetete, was er im Kampong verachtet hatte? Jahrelang wollte er ein hundertprozentiger Holländer sein – genau wie andere *«Indische Jongens»*. Seit 1945 wollte er ein hundertprozentiger Javaner sein. Es war zuviel verlangt! «Bei zwei Ammen wächst das Kind ohne Kraft auf», hatte die weise alte Bèot gemurmelt, wenn Hendrik abwechselnd heftig und verschüchtert war. Und Dirk van Veen hatte einmal Jo anvertraut, Hendrik habe leider nur zwei Dinge von ihm geerbt: die Lust an Verkleidungen und das Talent, das Gegenteil von allem zu erreichen, was er sich vorgenommen hatte. Hendrik haßte seinen Vater um so heftiger, je mehr dieser sich um seine Wertschätzung bewarb. Zuneigung erwartete Dirk nicht.

«Ich würde mir eine andere Braut suchen, mein Junge», sagte Dirk. «Die Fürstin Matari ist zu gerissen für dich! Sie ist etwas für Kenner!»

In diesem Augenblick fuhr die junge Dame in einer Betjak in den Garten. Hendrik erstarrte. Seine Hand griff in die Tasche seines westlichen Anzugs. «Entweder wird er jetzt einen Revolver oder ein Taschentuch hervorziehen», dachte Dirk van Veen resigniert. – Er konnte seinen Vorschlag mit Paris nicht vorbringen. Dr. Mohammed Prawira würde sich eher mit einem heiligen Kris den Hals abschneiden, als mit dem «alten Krokodil» in eine Brutstätte des westlichen Imperialismus fahren ...

Dirk konnte nur noch versuchen, seinen Sohn vor einigen seiner republikanischen Landsleute zu beschützen. Er dachte an den Prinzen Tukimin. Solange Hendrik im Erziehungsministerium bei ihm arbeitete, war er wohl einigermaßen sicher. Aber – wieweit war Prinz Tukimin vor dem *Dar ul Islam* sicher?

II

Raden Matari stieg zierlich aus der bemalten Betjak und schritt gemessen die Stufen zur Veranda hinauf. Sie glich in nichts mehr der eleganten, aber unsicheren Indo-Europäerin, die Dirk van Veen nach dem Krieg zu Isabella in Den Haag gebracht hatte. Raden Matari hatte jede Erinnerung an ihren Vater, den Marineoffizier Adrian Weert, ausradiert und spielte nun mit weiblichem Anpassungstalent erfolgreich die Angehörige einer javanischen Fürstenfamilie. Sie hatte sich auf ihre javanischen Kindheitserinnerungen besonnen. Es gab für sie nur noch das Leben mit ihrer Mutter im Palast des Sultans, den klassischen Tanz, der die Bewegungen der vornehmen Javanerin inspiriert; die traditionellen Feste im Kraton, heilige Dolche, fürstliche Figurinen des Schattenspiels und doppelseitige Intrigen. Da sie lange nicht so intelligent wie Hendrik van Veen war, aber Schlauheit und praktischen Sinn besaß, war ihre Umwandlung in eine Tochter der Revolution beinahe vollkommen.

Auch äußerlich war Raden Matari eine Javanerin vom Scheitel bis zum Pantöffelchen. Sie trug einen dunkelbraunen Kain-batik aus der mütterlichen Mottenkiste, eine reizende geblümte Jacke, ein duftiges Schultertuch – und keine Spur von Schminke. Da man den Lippenstift als Produkt des verderbten Westens ablehnte, hatte Matari ihre vollen Lippen diskret mit patriotischem Pflanzensaft gefärbt. Matari war staatlich besoldete Tanzlehrerin und Kulturverbreiterin. Niemand hätte vermutet, daß diese bezaubernde javanische Aristokratin einen holländischen Vater hatte – sonst hätte Raden Matari sich durch private Schnüffelei für einen lästigen Holländer kein Taschengeld verdienen können. Sie brauchte nämlich viel Geld: sie spielte gern Glücksspiele in ihren Freistunden. Im übrigen fand sie Mijnheer Dirk lästig; aber nicht nur ihn, sondern auch seinen Sohn, mit dem sie sich in der ersten Unsicherheit nach ihrer Heimkehr verlobt hatte. Schließlich war Dr. Mohammed Prawira mütterlicherseits ein Kampong-Javaner; mit der Erinnerung an ihre aristokratische Herkunft war in Raden Matari auch das uralte hinduistische Gefühl für Kaste erwacht. Wer konnte sie tadeln? Während viele Indo-Europäer ein trostloses Dasein im Nachkriegs-Holland führten, sich ohne oder in schlecht bezahlten Stellungen mit den Leiden der Heimatlosigkeit und den Schwierigkeiten des Klimas herumschlugen, hatten Raden Matari und Dr. Prawira den Sprung in die Republik gewagt. Wer besser sprang, kam eher ans Ziel! Matari überlegte schon seit einigen Monaten, wie sie Dr. Mohammed Prawira mit Anstand loswerden könne. Er war jähzornig und liebte sie bedauerlicherweise mit Leidenschaft und Treue. Es war wirklich lästig für Raden Matari, deren Verwandte mütterlicherseits ehrenvolle Posten als Palastwachen des Sultans bekleideten. Sie waren Hüter der zauberkräftigen Dolche, der fürstlichen Gamelan-Instrumente und der heiligen Halle, in der die Wahrzeichen des Sultanats beim Schein der ewig brennenden Lampe bewahrt wurden. Aus dieser erlauchten Sphäre stieg Raden Matari mißmutig, aber trotzdem strahlend lächelnd zu dem Mijnheern und seinem lästigen Nachkommen herab.

«Was willst du hier?» schrie Hendrik und packte ohne Zeremonie die zarte, ringgeschmückte Hand seiner Braut. Sie machte sich mit sanftem Abscheu los und warf ihm einen tückischen Blick zu.

«Ich habe deinem Vater eine Botschaft zu übermitteln. Eine persönliche Botschaft! Es ist sehr lästig, daß du hier bist.»

Dirk van Veen unterdrückte ein Lächeln.

«Was gibt's?» fragte er barsch. Dirk hatte seit dem unseligen Intermezzo in Holland keine romantischen Beziehungen mehr zu Raden Matari. Töchter der Revolution langweilten ihn zu Tränen, ob sie nun im Westen oder im Fernen Osten zu Haus waren. Dirk stand heute in rein geschäftlichen Beziehungen zu Raden Matari.

Die junge Dame machte im Augenblick ein Gesicht wie ein Steinbild in Mittel-Java, das um keinen Preis lebendig wirken darf. «Ich bringe schlimme Nachrichten, Mijnheer! *Sehr* schlimme Nachrichten. Es tut mir leid, daß Ihr Sohn ...»

«Sprich endlich!» Hendrik war blaß geworden. Doch Matari besaß die javanische Vorliebe für Zeitbomben.

«Darf ich höflichst um eine Erfrischung bitten, Mijnheer? Ich bin so erschöpft von der Aufregung, daß meine Gedanken davonlaufen.»

«Das wäre ein ewiger Jammer!» Dirk goß Matari Orangensaft ein. Sie trank Schluck für Schluck und blickte sich diskret um. Dirk witterte dunkle, unheimliche Absichten. Matari wollte aus irgendeinem Grund Zeit gewinnen.

«Erklären Sie sich bitte!» sagte Dirk van Veen kühl. «Wenn Ihre Nachrichten meinen Sohn betreffen, dann ist seine Anwesenheit hocherwünscht.»

Der Mijnheer hatte leise wie immer gesprochen; aber ein nervöser Schauer lief Raden Matari den Rücken herunter. Ob er Opium geraucht hatte? Sie beobachtete ihn verstohlen. Nein, der Mijnheer war so nüchtern wie Matari bei den Zärtlichkeiten seines Sohnes ... Sie überlegte. Man sollte siebenmal den Stoff für einen Sterbe-Sarong nachmessen, bevor man ihn abschnitt. Wo blieb nur die Polizei?

«Der Dar ul Islam ist augenblicklich sehr tätig», sagte sie zögernd.

«Das ist mir bekannt.» Dirks Stimme hatte einen drohenden Unterton. Er bezahlte diese Schlange nicht für Nachrichten, die so wenig Überraschendes enthielten wie ein Wayang Kulit.

«Ich lausche ...» sagte der Mijnheer steinern. Sein Sohn hatte zu zittern begonnen. Hendrik war grauweiß im Gesicht und starrte seine liebliche Braut an, als sähe er sie zum erstenmal. Das war gewissermaßen der Fall.

Aber jeder Narr hat seine eigenen Späße und jeder Javaner sein eigenes Tempo.

«Ich habe die schlimme Nachricht mit großer Mühe gefischt, Mijnheer!» sagte Matari. «Dies ist keine prahlerische Rede, sondern ...»

Dirk van Veen sprang auf. Kein Zweifel, sie *wollte* Zeit gewinnen! Er kannte die Javanerinnen bedeutend besser als Dr. Prawira vom Erziehungsministerium. «Raus mit der Sprache!» Er trat einen Schritt näher. Mataris feines Ohr hörte Geräusche ... Sie war gerettet. Gleich würden *sie* da sein und dann ... Wem das Ufer gehört, dem gehören auch die Fische! Das wußte man im Palast und im Kampong, auf holländisch, auf javanisch und im Esperanto-Dialekt der Verschwörer.

«Auf Prinz Tukimin ist vom Dar ul Islam ein Attentat verübt worden», sagte sie laut und deutlich in ihrem kultivierten Holländisch. «Ihr Sohn hat es verübt. Er wird verhaftet werden.»

Hendrik van Veen stieß einen Schrei aus, der seinem Vater bis ins Herz drang. Hendrik wollte wie ein gehetztes Tier davonstürzen, doch Dirk hielt ihn zurück. *Latah* hatte den riesigen jungen Mann gepackt. Er knickte zusammen und wimmerte: «Es ist eine Lüge ... eine ... Lü ...» Seine Stimme versagte. «Der Prinz», schluchzte er, «mein Wohltäter, mein Vormund ...» Er blickte benommen um sich.

Sein Angstdelirium beraubte ihn seines Erinnerungsvermögens. Von einer Minute zur anderen war er der Realität entfremdet: «Wann – habe ich ... es getan? Dar ul Islam ... weit weg ... Ich diene ...» Er wimmerte noch einmal: «Ich diene!» und sah sich mit irren Augen um. Jeder von *latah* Befallene verspürte den pathologischen Drang Befehle entgegenzunehmen ... Hendrik bückte sich, als hoffe er, klein zu werden, winzig klein. Ein Kind, das gehorchen möchte. Seine Stimme klang dünn wie die eines Knaben vor dem Stimmbruch.

«Beruhige dich, Junge», sagte Dirk van Veen liebevoller, als er jemals mit Hendrik gesprochen hatte. Sobald er das malaiische Übel erkannte, war er so betroffen, daß er noch ruhiger wurde. «Es wird dir nichts geschehen», sagte er laut und blickte Hendrik fest in die flackernden Augen. Er konnte gerade noch verhindern, daß sein Sohn, der auf den Knien zu ihm rutschte, ihm die Hände küßte. Das Polizeiauto näherte sich. Dirk hörte Geräusche von der Straße und überlegte blitzschnell. Nur er allein konnte seinen halb bewußtlosen Sohn aus der Todesfalle retten. Es war keine Sekunde mehr zu verlieren. Er ergriff den Revolver, den er in einer von Tropenfrüchten bedeckten Silberschale versteckt hielt. Er hatte das Ding in diesen unruhigen Zeiten stets in Reichweite.

Raden Matari wich zurück. Ihre Augen weiteten sich in maßlosem Erstaunen. «Töten Sie ihn nicht, Mijnheer», schrie sie. «Ich werde Bung Karno (‹Bruder Karno›: Präsident Sukarno) um Gnade für Ihren Sohn bitten!»

Dirk van Veen lachte wie in den wilden, spaßigen Zeiten, als er noch mit jungen Damen Tiger und Maus gespielt hatte. Gelernt bleibt gelernt.

«Bitten Sie lieber für sich selbst um Gnade, Fürstin! Sie haben nicht mehr viel Zeit!»

«Nicht schießen!» Matari zitterte wie Bambus im Wind. Der Strom des Irrtums schwoll an und drohte sie zu verschlingen. Da stand der Mijnheer wie eine Statue. Nur sein Glasauge funkelte. Matari war von Todesangst erfüllt. Der Mijnheer war groß und gewaltig; sie war ein Senfkorn, das er zertreten würde.

«Ein furchtbarer Irrtum!» wimmerte sie.

«Ja», sagte der Mijnheer beinahe freundlich, «du hast dich geirrt! Bei mir mußt du früher aufstehen, Mädchen! Ich habe *dich* überwachen lassen. Dein Liebhaber hat das Attentat auf den Prinzen verübt. Ihr beide wollt es meinem Sohn in die Schuhe schieben! Pfui Teufel!»

«Sie... sind wahnsinnig!» Matari wich zur Treppe zurück.

«Dein Liebhaber, Dr. Amir», sagte Dirk van Veen. «Wir Idioten haben ihm in Holland das Tuten und Blasen beigebracht.» Er lachte bitter. «Amir Kusomo – zu Hause in Alsmeer und im lokalen Dar ul Islam! Da lachen sämtliche Hühner!»

Das Polizeiauto hielt vor dem Grundstück. Dirk van Veen wandte sich zu seinem Sohn, der einen dumpfen Schrei ausgestoßen hatte. Er wollte Hendrik sagen, daß er nichts zu fürchten hätte. Raden Matari würde sofort der Polizei übergeben werden... zu spät! Sein Glasauge sah die Gefahr nicht. Matari schoß, und Dirk van Veen stürzte zu Boden. Sein Blut rann über die Fliesen – ein Strom von Blut.

In der nächsten Sekunde knallte ein zweiter Schuß. Hendrik van Veen hatte blitzschnell den geladenen Revolver seines Vaters ergriffen. Er sah plötzlich in jeder Beziehung klar. Er schoß Raden Matari mitten in ihr falsches Herz. Der *Indische Junge* hatte zwar sein Flammenschwert zur Verteidigung seines Vaters etwas zu spät geschwungen, aber er hatte eine Tat der Liebe vollbracht. Er war frei...

Hendrik war ruhig, als zwei Polizisten ihn kunstgerecht fesselten und ins Auto stießen. Raden Matari war tot: sie hatte die Arznei geschluckt!

Hendrik wäre auch ohne Gewalt mit den Polizisten mitgegangen. Es gab immer das Leben, und es gab immer den Tod. Er würde reinen Herzens, wenn auch mit blutigen Händen, die Schwelle zur Ewigkeit überschreiten. Hendrik van Veen freute sich auf den großen Frieden. Er hatte den Prinzen Tukimin, seinen Lehrer und Gönner, nicht einmal mit der Spitze eines Kris berührt. Dafür hatte er eine Verräterin der neuen Freiheit zur Strecke gebracht. Und er hatte seinen «Blutsvater», Mijnheer van Veen, gerächt, wenn es ihm auch vielleicht nur Jesus Christus glauben würde... In Seinem Namen war Hendrik van Veen, Sohn von Dirk und Aminah und Enkelsohn von Bèot, vor fünfundzwanzig Jahren in einem Kampong in Batavia getauft worden. Jetzt saß er mit geschlossenen Augen im Auto und betete die Gebete seiner Kindheit. Gottes Arm reichte bis in die Dschungel und über die sieben Weltmeere.

Der Abend war über Hendrik und seinen Vater hereingebrochen. Aber es wurde immer wieder Morgen. Und man sagt in Java, der Morgen sei weiser als der Abend...

III

Jo van Swanenburgh hatte diese Viertelstunde des Grauens hilflos im Garten verbracht. Sie hatte Betjaks vorfahren hören und wußte, daß sie in ihrem Versteck bleiben mußte. Dann hörte sie Schüsse und wollte zum Haupthaus laufen. Doch in diesem Augenblick riß ein Arm sie zurück. Eine sehnige Hand vor ihren Lippen erstickte ihren Schrei. Sie sah im grellen Schein einer Blendlaterne Dirk stürzen, hörte noch einen Schuß, und dann war es stockdunkel um sie. Sie fand sich in einer Betjak. Dirks Fahrer fuhr sie. Er hatte sich wegen eines Glücksspiels verspätet, aber seinen Auftrag noch ausgeführt und die fremde Frau mit sanfter Gewalt in die Betjak geschleppt.

Jo kam wieder zu sich. Sie saß schwankend in dem Gefährt und redete auf den Fahrer ein, der nicht zu hören schien. Kein Javaner verstand Holländisch, Englisch oder Javanisch, wenn er nicht wollte... Jo lehnte sich zitternd zurück. Es mußte alles ein furchtbarer Traum sein. Die Dunkelheit, Dirks tödliche Geheimnisse, die Schüsse... Das gab's nur im Film oder im Albtraum. Ein tiefes unpersönliches Mitleid mit Dirk ergriff sie, wie sie durch die sanfte javanische Nacht fuhr. War sie selbst ein Luftgeist oder soeben gestorben? Ein *dukun* (javanisch: Zauberer) mußte mit Dirk und ihr zu Abend gegessen haben, ein Dämon aus dem berühmten Buch über den Geisterglauben, das sein Vater begonnen und Dirk beendet hatte. Jo mußte plötzlich niesen: in ihren Augen, in ihrer Nase, in ihrem Gehirn war der Staub der betäubenden Daturablüten. Jo sah sich erwachend um. Die Betjak hielt vor ihrem Hotel. Aber... das war doch nicht möglich! Ein großer, schlanker Mann erhob sich aus einem Korbsessel auf der Terrasse und eilte auf sie zu. Jo sah in ein strenges, ruhiges Gesicht – ein heimatliches Gesicht mit den Wahrzeichen der Vernunft und Hilfsbereitschaft. Der Mann betrachtete sie stumm und sagte schließlich:

«Hast du meinen Brief nicht bekommen? Ich bin schon seit zwei Stunden hier. Wie siehst du aus? Bist du krank?»

«Den Brief?» stotterte sie.

«Komm», sagte der Holländer und nahm sie wie ein Kind bei der Hand. «Du mußt dich ausruhen! Ist etwas passiert?»

«Dirk van Veen ist tot», flüsterte sie.

«Aber nein», sagte Dr. Quentin Bloemendaal. «Hast du Fieber?» Er legte schützend seinen Arm um sie. «Ich bringe dich in dein Zimmer und hole einen deiner Kollegen. Dr. Webster heißt er, glaub ich. Famoser Bursche! Wir haben einige Drinks gekippt, während ich auf dich wartete!»

Welchen Dialekt sprach Quentin Bloemendaal? Die Sprache der Wirklichkeit? – Jo strich sich die blonden Haarsträhnen aus der Stirn.

«Er ist tot», sagte sie klagend und legte ihren Kopf an die Schulter ihres Jugendfreundes. So klammern sich Schiffbrüchige müde und egoistisch an einen Felsen. «Er wurde erschossen ... ich sah es.» Große Tränen rannen über Jos blasses Gesicht.

Ein Auto hielt vor dem Hotel. Ein sehr großer Mann mit einem Verband am rechten Arm stieg aus. Jo öffnete den Mund zu einem Schrei, aber kein Ton kam hervor.

«Du?» brachte sie mühsam heraus.

«In Lebensgröße», sagte Dirk van Veen. «Ich habe telefoniert. Hat Quentin es dir nicht ausgerichtet?»

«Du wurdest doch erschossen! Ich hab es gesehn.»

«Hast du schon mal so etwas von Starrsinn erlebt, Quentin?» fragte der Mijnheer milde. «Unsere Jo traut ihren eigenen Augen nicht. So war sie von jeher!»

Jo stand immer noch auf Bloemendaals Arm gestützt da.

«Ich bekam nur einen Streifschuß ab. Ich warf mich nämlich zu Boden, ehe das Mädchen feuerte. Sie merkte es nicht. Ein alter Dschungeltrick, der die dämlicheren Raubtiere täuscht.»

«Dirk! Um Himmels willen, wer hat auf dich geschossen?»

«Komm jetzt, Jo», sagte Dr. Bloemendaal unfreundlich. «Du fällst uns hier um!» – Die Stimme der Vernunft, die alle Swanenburghs zum Spott reizte! Doch im Augenblick klang sie Jo wie Musik in den Ohren.

«Es hätte dich wohl beinahe erwischt?» fragte Bloemendaal anerkennend.

«Es hat nicht viel gefehlt. Aber ich habe ein Rezept gegen Mord aus dem Hinterhalt.» Der Mijnheer lächelte verzerrt. Dann sagte er trokken: «Wenn ein Holländer in Indonesien am Leben bleiben möchte, dann stellt er sich am besten tot!»

Eine Woche nach diesem Ereignis wurde Hendrik van Veen aus dem Haus seines Vaters entführt und ermordet. Er war nicht der einzige, der der Rache des Dar ul Islam zum Opfer fiel. Die Anhänger des verhafteten Dr. Amir Kusomo wollten sich aber nicht nur rächen; sie hatten Angst. Sie dachten, Dr. Mohammed Prawira wüßte zuviel – obwohl er kaum etwas wußte. Nach Raden Matari krähte kein Hahn. Eine Randfigur, die Pech gehabt hatte ... ein unbrauchbares Werkzeug ihres Meisters Amir! Den Fischen gehörte das Wasser, den Vögeln die Luft und dem Dar ul Islam die Zukunft. Dr. Amir Kusomo, der Sohn ehrlicher Reisbauern, war an seinem fanatischen Ehrgeiz gescheitert. Dirk van Veen hatte ihn und Matari seit Wochen durch seinen Koch beobachten lassen. Der Koch arbeitete zwar ungern für den Tuan, hatte aber eine schwindsüchtige Frau und drei Kinder und verspielte regelmäßig sein Gehalt. Er war ein intelligenter Bursche und arbeitete prompt. Hendrik war nur wenige Male mit Leuten des lokalen *Dar* zusammen gewesen; doch das war genug, um ihn mit dem Mord am Prinzen Tukimin zu belasten. Der Prinz war Dr. Amir, der den Olymp der neuen Hierarchie erklimmen wollte, ein Hindernis und ein Ärgernis. Der Prinz war eher Nationalist als Kämpfer für die Welt-Islam-Bewegung, die eines Tages Osten und Westen beherrschen wollte. Warum hatte der Prinz «halbe Holländer» wie Hendrik van Veen beschäftigt? Amir hatte sich in seiner Jugend in Alsmeer durch Tuan Dirk so gedemütigt gefühlt, daß er alle haßte, die mit dieser Familie zusammenhingen. Mit Ausnahme von «Tuan Bruderliebe», der im japanischen Krieg umgekommen war. Aber Amir besaß das schlechte Gedächtnis des erfolgreichen Revolutionärs: Cornelis van Veen war für ihn ein Schatten ohne Substanz geworden. So war Dr. Amir Kusomo, ein Freiheitskämpfer mit einem brillanten Verstand und einem glühenden Herzen, allmählich durch seine Machtgier korrumpiert worden: ein Gefangener in den Schlingen der Freiheit! – Er besaß weder die Disziplin noch die kultivierte Sicherheit des Prinzen Tukimin, der sich ebenfalls der Sache der Freiheit verschrieben hatte. Genau wie der junge arglose Hendrik van Veen, der nun durch erschreckte Terroristen den Tod gefunden hatte...

Dirk van Veen stand kurz vor der Abreise nach Paris, als unbekannte Männer Hendriks Leiche in den Garten warfen. Dort fand er sie, als er von entnervenden Verhandlungen heimkam. Die Bürokratie blühte in der Wiege der Freiheit genau wie im Kolonialreich; es ging nur alles langsamer.

Dirk hatte einen Augenblick angewurzelt dagestanden; dann hatte er seinen toten Sohn auf seinen Armen ins Haus getragen. Hendrik und er hatten in einer einzigen Woche die Intimität von Jahren erreicht. Sie waren durch eine Katastrophe zusammengewachsen – der letzte Abenteurer des Archipels und sein *Indischer Junge*, der ihn so tapfer verteidigt hatte; ein heldischer Angsthase und ängstlicher Held! Nun ruhte Hendrik von seinem Zwielicht-Dasein aus.

Die Erschütterung stand Dirk van Veen noch auf dem Gesicht geschrieben, als er von Jo Abschied nahm: Er wollte Hendriks sterbliche Reste nach Den Haag überführen und im Familiengrab zur Ruhe betten. Dort gab es nur noch einen einzigen leeren Platz – seinen eigenen.

Dirk war sehr blaß. Sein Mund war bitterer denn je. Jo blickte ihn gedankenvoll an. Es war nur eine Woche vergangen, und doch trennte sie jetzt ein Abgrund von dem Mann, den sie jahrelang geliebt hatte. Nicht nur war ihre Leidenschaft nach der letzten Enttäuschung ausgebrannt, Dirks Tragödie isolierte ihn. Er tat nichts, um die Isolierung zu durchbrechen. Er hätte genausogut auf einem anderen Planeten sein können.

Jo betrachtete Dirk zum erstenmal kritisch und nüchtern: ein nicht mehr junger, bitter blickender Mann, der wahrscheinlich zum erstenmal im Leben tief litt! Aber Dirks Leiden brachten ihn Jo keinen Schritt näher, sondern schufen eine vollkommene und erschreckende Distanz zwischen ihm und dieser schönen lebendigen Frau, die ihn so vergeblich geliebt hatte. Jetzt spürte Jo Dirks Bedürfnis nach Distanz wie eine Kältewelle. Sie fühlte seine tiefe irrationale Feindseligkeit gegen die Geschenke liebender Frauen, die tödliche Melancholie des Don Juan, der sich bei den Spielen der Liebe nach mystischer Reinheit sehnt... Dachte Dirk an seinen Sohn, während er stumm vor Jo im Hotelgarten stand? Sein Blick war abwesend. War Dirk immer noch erstaunt, daß man die Ahnungslosen nicht retten kann? Hendrik van Veen – was war er für die Zuschauer der Weltgeschichte? Eine tragikomische Übergangserscheinung im Schmelztiegel der Revolution... Indonesien schritt über ihn und den allgemeinen Freiheitsrausch hinweg in die nächste Periode, die die Konsolidierung des Ideals bringen mußte. Sie verlangte starke und ungeteilte Persönlichkeiten. Hendrik van Veen war vielleicht einer der letzten *Indischen Jongens,* die zwischen dem alten Holland und dem Neuen Asien hin- und hergerissen wurden. Auch seine Konflikte waren die Konflikte der Übergangsperiode, die nur Überlebende und Besiegte kennt. Vielleicht war es besser, daß Hendrik das Neue Asien nur im ersten Rauschzustand kennengelernt hatte. Wie lange hätte er seinen Platz behaupten können – nun, da Prinz Tukimin ihn nicht mehr schützen konnte? Hendrik war trotz seiner heroischen Bemühung, ein Javaner in Java zu sein, mit einem Teil seines Geistes und Blutes im christlichen Westen verankert gewesen.

«Dirk», sagte Jo scheu, «es tut mir so...» Sie stockte, als sie Dirks Gesicht sah. Sie konnte nicht sagen, wie weh es ihr tat, daß Hendrik in der Blüte seiner Jahre auf diese Weise umgekommen war. Jo sah plötzlich den eifrigen kleinen Jungen vor sich, den sie zur Erziehung zu Cornelia Polder nach Leyden gebracht hatte. Der kleine Junge hatte damals einen einzigen Wunsch gehabt: er wollte ein echter Holländer werden! Aber man konnte nichts werden; man mußte es sein... Jos Kehle schnürte sich zusammen, als Dirk seine lange feine Hand abwehrend ausstreckte. Es war die Geste des Mannes, der nur seine Freuden mit einer Frau teilen will... Seine riesige Gestalt und das starre Gesicht strömten kalte Schwermut aus.

«Weine um die Lebenden», murmelte Dirk van Veen und entfernte sich mit jedem Wort weiter aus Jo van Swanenburghs Existenz. «Die Toten bleiben jung.»

SIEBENTES KAPITEL

Chinesisches Requiem

Rosie van Swanenburgh, geb. Wu, an Dr. Jo van Swanenburgh (Amsterdam)

Hongkong, Januar 1952

Liebe Schwägerin Jo!

Nun ist es schon zwei Jahre her, daß wir uns in Singapore sahen! Willem und Tochter Anne spielen zusammen auf der Veranda, und daher kann ich liebevollen Brief an Dich schreiben! Baby Anne sieht Dir ähnlich, nur schwarzes Haar und dick und rund wie Baby sein muß. Du hattest damals in Singapore trauriges Herz, ältere Schwester! Erlebnisse in Java sind gar nicht gut – für keinen von uns! Die Jahre drehen sich wie großes Riesenrad, und neue Traurigkeit fliegt von Djakarta, was altes liebes Batavia war, zu uns. Ich habe Willem immer gut zugeredet wie störrischem Pferd, wenn er Krücken nicht brauchen will und hinfällt. Er ist sehr tapferer Mann und Nummer Eins in meinem Herzen. Und nun muß er seine dumme Frau trösten, weil Tränen gar nicht aufhören. Baby Anne kräht, und dickes Händchen streichelt mein Gesicht. Willem redet wie alter chinesischer Geschichtenerzähler, damit ich lache. Aber Herz ist weiter verwundet. Trauer findet darin Behausung.

Du sagst immer, ich kann mir lange Vorrede nicht abgewöhnen, und lachst! Lange Vorrede sitzt tief in meinem Kopf und will auf die Zunge. Das war schon so bei meinem Blutsvater – rühmlichst bekanntem Hotelbesitzer in Hongkong! Alter Herr Tsui hatte ihm Hotel gekauft, als er mich adoptierte.

Nun bin ich bei Altem Herrn angekommen. Er hat nur noch mich, und dabei bin ich nur Tochter aus Zuneigung; nicht Sohn, nicht Blutstochter! Bin nur ungehorsame Rosie, die nicht chinesischen Millionär-Ehemann wollte, den Alter Herr Tsui ihr im Krieg ausgewählt hatte. Ich mußte immer an Dr. Willem denken, war schon Freund Nummer Eins, wenn auch kein Geld. Alter Herr Tsui war damals wütend wie Drache; aber er mag Willem jetzt gern.

Alter Herr kam vor halbem Jahr zu uns nach Hongkong, wo Willem Malaria-Station leitet. Willems Serum hochgeehrt bei Doktoren und Patienten. Alter Herr sah schrecklich aus; war dünn wie leere Reishülse; Schulter hoch wie Berg und Augen matt und fiebrig. Lächelte uns an und spielte mit Baby Anne, Enkeltochter aus Zuneigung! Sagte lange nicht, warum er plötzlich nach Hongkong gekommen war. Alter Herr Tsui ist kluger ruhiger Herr und hütet seine Zunge. Ist auch reicher mächtiger Herr von vielen Konzernen, und ich weiß aus früher Kindheit, daß niemand Alten Herrn nach etwas fragen darf, was er nicht durchs Gitter seiner Zähne läßt. – Am fünften Abend nach plötzlicher Ankunft mache ich Peking-Ente, das muntert Herrn Vater immer auf, und er vergißt dann Kummer in Indonesien. Ißt dreimal Peking-Ente und Lichi-Früchte und brummt, daß es schlechtere Köche als Rosie gäbe und auch schlechtere Ente ... Das ist höchstes Lob, und wir alle sind glücklich, und ich singe alle Lieblingslieder von Altem Herrn: Lied vom Leuchtkäfer in Herbstnacht und von Junger Weberin und alles. Je trauriger Lied ist, desto netter ist es für Alten Herrn! Willem bringt heißen Wein, und wir lachen. Und dann erzählt Alter Herr, was in Djakarta geschehen ist. Sein Haus ist in Brand gesetzt von Revolutionären, die chinesische Mitbürger hassen! Dabei hat Alter Herr immer Reisschale von Javanern und Malaien gefüllt, Geschenke gemacht, als ob Gold im Kanal am Haus liegt – das weißt Du ja selbst! Du warst oft genug in Batavia bei Altem Herrn, und er hat Geld für Deine Patienten gegeben, die ihn nichts angingen. Nun ist Alter Herr Tsui plötzlich in Batavia Volksfeind Nummer Eins, Blutsauger, Reis-Hamster und vieler böser Unsinn. Entschuldige schlechtes Holländisch, liebe Schwester! Bin sehr nervös, mit schwarzer Leber, und Tränen stehlen Restbestand von Grammatik aus dummem Kopf.

Haus in Batavia futsch und ausgebrannt. Tochter von Altem Herrn dabei ermordet. Alter Herr kam aus Singapore von großer Besprechung mit chinesischer Handelskammer und Zinnkönig Nummer Eins und hat kein Haus, keinen Koch, keine Tochter! Koch weggelaufen – hat auch nur einen Kopf, oder nicht?

Alter Herr spricht niemals über einzigen Sohn – das weißt Du ja! Weißt Du noch, wie «Einziger Sohn» vorm Krieg nicht zum Laternenfest kam und Alter Herr ihm große Kunstlaterne mit Bildern von Enkelsöhnen und Goldstücken schenken wollte? Einziger Sohn ist Kommunist geworden. Ging vor halbem Jahr weg aus Djakarta und ist in Kanton. Alter Herr gibt viel Geld für neue Regierung, damit Einziger Sohn volle Reisschüssel hat, und man kann nie wissen! Wir sind alle ziemlich stolz auf neues mächtiges chinesisches Vaterland; aber leben tut man besser in Singapore und Hongkong. Alter Herr Tsui mag nicht, daß junge Grünschnäbel aus Volksrepublik ihm eigene werte Gedanken vorkauen. Er ist rühmlichst bekannter Weltkaufmann zwischen Batavia und USA; kein Politik-Schwätzer und keine Schnüffelnase, sagt er. Er will lieber weniges ganz verstehen – wie internationales Bankgeschäft und Industriewissenschaft – als vielerlei halb. Und man muß wenig reden und langsam handeln, sagt Alter Herr. Er ist sehr milde gegen Brandstifter und Glückszerstörer in Java. Sagt mir immer wieder, daß Dachziegel immer den Zuschauern auf werten Kopf fallen, wenn neues Haus in Asien gebaut wird! – Willem ist wütend über das, was großer geehrter Familie Tsui in neuem Djakarta passiert ist. Aber Alter Herr hat viele javanische Freunde dort und baut neues Familienhaus trotz Tochter-und-Sohn-Verlust und Hindernissen im Geschäft. Nun sollen Indonesier das ganze große Geschäft machen, aber müssen erst ler-

nen, hart arbeiten, Geld sparen und weniger tanzen und Feste feiern, sagt Alter Herr milde. Jeden Tag gibt es neue indonesische Firmen mit allen Vergünstigungen und Freiheit von Steuer! Alter Herr Tsui gehört zu kleiner Minderheit, ist aber großer Arbeiter und Sparer. Familie Tsui seit Jahrhunderten in Java. Batavia ist «Kleine Heimat», und China ist großes Vaterland. Darum hat Alter Herr neue Mao Tse-Tungs-Regierung um Schutz gebeten. Volksrepublik ist ja seit zwei Jahren großer Protektor von Auslandschinesen! Alter Herr hätte nie rote Gesandtschaft in Djakarta bemüht; für ihn war Java gute freundliche Heimat. Hat soviel getan für Schulen! Hat auch Geld mit wenig Prozenten verliehen, wenn Familie hungernde Söhne hatte. Alter Herr sagt, Chinesen in Java sind geflochtene Körbe, in denen Bevölkerung fette Fische gefangen hat. Nun haben sie viele Fische, und die alten Körbe werfen sie fort.

Liebe Schwägerin Jo, ich habe nur winziges weibliches Gehirn. Kann Politik nicht verstehen wie Alter Herr und Ehemann Willem. Aber ich meine: Freiheit sollte für alle sein und immer dieselbe Größe haben! Nicht ganz kleines Stückchen Freiheit für den einen und fetten Riesenfisch für den anderen. Aber ist wohl alles nutzlose Gedankenfrucht.

Muß weiter erzählen. Habe Baby Anne eben zu trinken gegeben. Liegt fett und rosig in Eurer alten Amsterdam-Wiege, wo Ehemann Willem als Baby lag. Baby Anne weiß noch nichts von Zorn und Trauern. Sonne scheint hell, auch nachts.

Neulich sitzen wir friedlich auf großer Veranda und sehen abendliche Lichter von Hongkong. Wir wohnen hoch auf dem Berg: Lichterketten lauter freundliche kleine Gedanken. – Alter Herr sagt Willem, wie er mein Geld und Tsui-Erbe angelegt hat. Sicher in westlichen Banken. Auch Gold und Grundbesitz, damit Baby Anne und künftiger ‹Enkelsohn aus Zuneigung› immer ein Dach über dem Kopf haben. Alter Herr baut hier chinesisches Waisenhaus, da so viele Kinder ohne Eltern sind. Kamen aus Kanton und Peking, wo Freiheit den geehrten Eltern wie Strick um den Hals saß. Alter Herr Tsui hat große glänzende Seele. Hohe Schulter unwichtig!

Willem stellt Radio an. Kanton! Alter Herr muß täglich wissen, wie Einziger Sohn dort lebt und ob es vorwärts oder rückwärts mit ihm und Regierung geht. Baby Anne sitzt auf meinem Schoß in nagelneuem Amsterdam-Kleidchen von guter Schwägerin Julia und Schwager-Professor Vincent. Ich singe leise für Baby Anne, um Männergespräch nicht zu stören. Singe holländisches Wiegenlied. Willem sieht mich an. Seine Augen sind glänzend hell, so freut er sich über Hollandlied für Tochter Anne... Schönster bester Ehemann auf der ganzen Welt – Krücken unwichtig!

Muß nun von großem Kummer schreiben! Einziger Sohn Tsui hat sich über Radio Kanton von geehrtem Vater losgesagt. Vater sei verblendeter Kapitalist. Sohn sei für neues Leben in Volksrepublik. Schämt sich seines Vaters, sagt Sohn. Kennt Alten Herrn nicht mehr. Tugendlose Parteirede. Sohn Tsui hat sein Herz in Volksrepublik verloren.

Alter Herr Tsui lauscht. Sitzt gebückt wie müder Nachtvogel. Ganz still. Willem sagt nichts. Ich schlucke großen Kummerkloß herunter. Kleine Tochter kräht lustig. Alter Herr erhebt sich und streicht Baby Anne über dummen kleinen glücklichen Kopf.

Gestern ist Alter Herr Tsui sanft eingeschlafen. Wacht im «Himmel der guten Söhne» wieder auf! Tochter Tsui tot. Einziger Sohn tot. Darum schreibt ‹Tochter aus Zuneigung› Brief und Gedenktafel. Es gibt nichts weiter zu sagen. Wandle in Gesundheit!

Rosie.

ACHTES KAPITEL

Man ist nur dreimal jung!

I

Dr. Jo van Swanenburgh verlebte ihren vierzigsten Geburtstag in Amsterdam. Es war ein schöner Tag im Mai, und sie ging nicht in die Klinik. Ihr Programm stand fest. Sie wollte mit ihrem Fahrrad in den Vondelpark fahren und zwischen Teichen und Spielwiesen ihre Post in der Maisonne lesen. Ja, sie mußte natürlich von einem der vielen Heringskarren einen *Hollandse nieuwe* kaufen und zünftig im Stehen verzehren, den frischen Hering geschickt am Schwanz gepackt und den Geruch von Meer und salziger Frische in der Nase! Wie oft hatten sie sich alle in Java nach dem frischen Maihering gesehnt – bedeutend öfter als nach dem Reichsmuseum oder nach dem eleganten Betrieb auf der Kalverstraat... Später wollte Jo Tee und viel Kuchen in ihrem Stammcafé bestellen, das typische Junggesellinnen-Mahl, vor dem es jedem Mann schaudert. – Dann noch Blumen auf dem Markt einkaufen – und abschließend ein Besuch in den Antiquitätenläden der Nieuwe Spiegelstraat. Man mußte nur jede Stunde geschickt ausfüllen, und schon hatte man die Einsamkeit überlistet! Jo hatte allmählich die besseren Tricks alleinstehender Frauen gelernt und sah ihrer Geburtstagsfeier mit Fassung entgegen.

Als sie schließlich auf dem Rasen im Vondelpark saß, die dicke Mappe mit Büchern und ihrer Post neben sich, fühlte sie sich plötzlich trotz aller Vorsichtsmaßnahmen deprimiert. Waren es die vierzig Jahre? Oder war es der Anblick der jungen Mütter mit ihren jauchzenden Sprößlingen? Die Liebespaare? Nein, es mußten die zahlreichen Frauen in mittleren Jahren sein, die allein ihre Zeitungen lasen. Vielleicht war es einfach der Mai in Amsterdam! Der zärtliche Monat, der trotzdem Zurückhaltung bewahrte – ein blaßblauer Himmel, stille Bäume und Gewässer und eine milde Sonne... Plötzlich wußte Jo, warum sie ein

Gefühl der Leere hatte: Quentin Bloemendaal hatte nichts von sich hören lassen! Er war augenblicklich auf Urlaub in Leyden bei seinen Eltern und den Kindern. Jan David war nun ein großer kräftiger Bursche, der allen Polders zwischen Holland und den Inseln aufs Haar glich. Die kleine Cornelia war zart und verträumt. Jos «Lagerkind»! Sie allein hatte Nelleke in der japanischen Gefangenschaft am Leben erhalten! Nicht einmal die Kinder hatten diesmal an die heißgeliebte Tante Jo geschrieben! Sonst hatte Nelleke immer eine kleine Malerei geschickt – sie war hochbegabt. Und Jan David hatte etwas Hübsches und Praktisches gebastelt. Jo liebte Quentin Bloemendaals Kinder; es traf sie tief, daß diese guten Freunde sie auch allmählich vergaßen. Aber sie sagte sich, daß sie eben zu selten in Holland wäre. Sie hatte schon wieder Reisepläne. Jo öffnete den Brief ihres amerikanischen Kollegen und Freundes George Baker. Er war augenblicklich mit seiner jungen Frau – einer Ärztin – mit einer Mission der W. H. O. *(World Health Organization)* in Indien, einem klassischen Malarialand! Jo betrachtete das Foto der jungen Mrs. Baker. Sie war mindestens fünfzehn Jahre jünger als sie. George drängte Jo, nach Indien zu kommen. Vielleicht würde sie hingondeln. Sie hatte verschiedene Angebote der *United Nations*-Zentrale. Es fehlte überall in Asien an geschulten Helfern für das große Gesundheitswerk der *United Nations Organization*, die 1945 in San Francisco als friedliches Kampfmittel gegen Hunger, Krankheit, das Elend und die moderne Sklaverei in der Welt gegründet worden war.

Jo ließ Dr. George Bakers Brief sinken. In Indien würde sie vielleicht durch die Mitarbeit an gemeinsamen Aufgaben wieder die alte Jo werden! Sie war einsam in ihrer Vaterstadt. Asien hatte sie mit Haut und Haar geschluckt!

Jan Polder und seine Schweizer Frau schrieben aus Surinam – der letzten holländischen Kolonie neben dem Zankapfel Neu-Guinea. Der gute Jan! Niemals vergaß er Jos Geburtstag! Trotz seiner weltweiten Interessen, die sich jetzt auch auf die Zuckerindustrie in Cuba erstreckten. – Jo betrachtete sein Foto: der «Kleine Napoleon» der javanischen Zuckerindustrie sah seinem Vater nun sprechend ähnlich. Jan war dabei, Südamerika mit Polderscher Kompetenz und Urteilskraft zu erobern... Man baute Zuckerrohr («Wo Jan ist, da ist auch Zucker», schrieb seine Frau!), Kaffee, Bananen – die gleiche Mischung wie früher!

Für Ärzte und Geologen wäre viel Platz, schrieb Jan. Das innere Bergland wäre ein reiches Forschungsgebiet. – Jo ließ den Brief ärgerlich fallen. Dachten die Polders, daß sie Tag und Nacht mit Herrn Regierungsgeologen Bloemendaal zusammensteckte? Nicht einmal an ihren Geburtstag hatte Quentin gedacht! Verdenken konnte sie es ihm nicht! Wann immer sie ihn in Asien getroffen hatte, kam sie gerade aus Dirk van Veens Armen... Bloemendaal hatte sich vor zwei Jahren in Djokjakarta großartig benommen. Er war das Salz der Erde. Und er hatte

Jo einmal geliebt. Viel Freude hatte er nicht davon gehabt! Wahrscheinlich wollte Bloemendaal jetzt heiraten; seine Mutter hatte es Jo vor einem halben Jahr zugeflüstert. Warum nicht? Er war achtundvierzig Jahre alt, von eiserner Gesundheit und hatte junge Kinder. Die Großeltern in Leyden verzogen Jan David und Nelleke um die Wette. Und ewig leben würden sie auch nicht. Jo versuchte sich Quentins zukünftige Frau vorzustellen. Sie würde sicherlich nicht so dick wie Antje und nicht so treulos wie Jo sein! – Verdammt! Was ging sie Bloemendaals Frau an?

Sie fuhr in ihr Stammcafé am Leidseplein und setzte sich auf die besonnte Terrasse. Ringsherum saß Amsterdamer Jugend: Jungens in Hemden und farbenfreudigen Pullovern und Mädchen mit Pferdeschwänzen, die mit Haarschleifen hochgebunden waren. Sie trugen alle die gleichen Sporthemden, Pullover und knallbunten Halstücher. Sie lachten und schwatzten miteinander, als würden sie dafür bezahlt. Es waren Studenten und Kunstjünger, wie Amsterdam sie in jeder Generation haufenweise produziert. Skizzenbücher wurden herumgereicht und ihr Inhalt ungeniert kritisiert. Jemand pfiff seine neueste Komposition, und ein ganz junges, hellblondes Ding schrieb versunken etwas in ein Kollegheft – wahrscheinlich Verse! – Wie schrecklich jung und vergnügt waren sie alle! Jo war überzeugt, daß die Verse todtraurig waren ... sonst würden sie weder der Dichterin noch den Zuhörern Spaß machen. Ein Junge fiel ihr besonders auf. Er hatte einen athletischen Körperbau und goldrotes Haar. Solches Haar hatte der junge Hendrik van Veen gehabt, als Jo ihn zum erstenmal in der Poliklinik in Begleitung von Mutter und Großmutter sah. Jo hatte nach der Tragödie in Djokjakarta nie wieder etwas von Hendriks Vater gehört. Dirks Buch *Indonesien – Gestern und Übermorgen* war ein internationaler Erfolg und wurde überall eifrig diskutiert. Dirk hatte sein Werk seinem Sohn gewidmet. Jo nahm es aus ihrer Ledermappe und betrachtete das Bild des Verfassers. «Er sieht tatsächlich fabelhaft aus», dachte Jo mit einem seltsam unpersönlichen Wohlwollen. Dirks Gesicht hatte seine machtvolle Faszination für sie verloren. Aber niemand war an Dirks Stelle getreten. Sie war vierzig Jahre geworden. Die Leute sagen, dies wäre ein Abschnitt im Leben. «Blödsinn», sagte Jo laut. Wann hatte sie je darauf gehört, was «die Leute» sagten? Sie sagten ja auch, daß der Beruf eine Frau völlig ausfüllen könne. Der Beruf war ein wichtiger Teil des Lebens; aber er schloß ein Privatleben nicht aus. Warum heirateten die Leute sonst in ihrer Freizeit? Niemand liebte auf die Dauer das ständige Alleinsein. Die Sonntage und Festtage waren ein wahres Kreuz. Jo war zu ehrlich, um sich etwas vorzumachen. Ihr Geburtstag, den sie sich so freundlich vorgestellt hatte, drohte abscheulich zu werden. Der Anblick der Jugend auf der Caféterrasse machte sie melancholisch. Sie stand abrupt auf und sah den jungen Mann mit Hendriks Haar erst, als er direkt vor ihr stand. «Bitte nicht fortgehen!» bat er. «Ich zeichne Sie gerade!» Aus der Nähe gesehen, hatte der künftige Rembrandt keinerlei

Ähnlichkeit mit Hendrik van Veen. Dieser junge Mann war ohne Nebengedanken vergnügt, selbstsicher, mit hellen begeisterten Augen und einem offenen Lächeln. Er war ganz reizend.

«Zeigen Sie mal Ihr Meisterwerk», sagte Jo lächelnd. Sie blickte mit Kenneraugen die Skizze an: abstrakte Kunst! Jos Gesicht war ein leeres Fünfeck, und es gab noch Ellipsen, Schlangendessins und einen in der Luft schwebenden Tisch mit Jos Teetasse. «Sehr ähnlich», sagte sie und entschuldigte sich, daß sie nicht weiter Modell sitzen konnte... Sie sah den enttäuschten Blick des Jungen. Nach diesem Intermezzo kam sie sich wie hundertundvierzig vor.

Sie fuhr schnurstracks in ihre moderne Junggesellinnenbude im Westen der Stadt. Sie teilte die lichte Neubauwohnung mit einer Kollegin, die gerade verreist war. Die hellroten Ziegel, die gute Handwerksarbeit an Türen und Dächern, die kleinen Gärten – alles war sauber, anheimelnd und raumsparend. Jemand, der Javas weite Gärten und geräumige Häuser kannte, konnte in diesen Triumphhallen westlicher Ökonomie still und leise ersticken. Man durfte niemals den Fernen Osten gesehen haben, wenn man sich hier glücklich fühlen sollte, dachte Jo.

Sie stieg müde die saubere enge Treppe zu ihrer Wohnung hinauf. Warum bewunderten ihre Bekannten sie eigentlich immer wegen ihrer Vitalität? Sie sollten sie jetzt einmal sehen! «Du liebst eben das Leben», hatte Dirk van Veen einmal zu ihr gesagt. «Du umarmst noch das Mißgeschick!» – Das war vielleicht einmal der Fall gewesen – vor hundert Jahren unter dem lockenden Mond.

Heftiges Klingeln schreckte Jo nach einigen Stunden aus dem Schlaf. Sie war so müde gewesen, daß sie sich nicht einmal Blumen gekauft hatte. Vincent und Julia waren verreist; sonst hätten sie dafür gesorgt. Es war jetzt spät am Nachmittag. Jo war unfrisiert und ohne Make-up. Sie trug einen uralten verblichenen Morgenmantel mit einem Riß im Ärmel und einer reichen Auswahl von Flecken. Sie wollte das Ding immer schnell durchwaschen und flicken, und dann kam Wichtigeres dazwischen. Es klingelte Sturm. Wer konnte es sein? Wahrscheinlich Freunde ihrer verreisten Kollegin. Jo dachte gar nicht daran, zu öffnen! Nur diesen Festtag verschlafen und dann wieder vor Vitalität platzen! Da das Klingeln nicht aufhörte, öffnete sie schließlich in ziemlicher Wut.

«Bist du taub geworden?» Jo sah nur einen riesigen Blumenstrauß und lange Beine.

«Du?» stammelte sie und griff nach ihrem Haar. Hoffnungslose Angelegenheit! Ihr Haar war stumpf, und ihre Nase glänzte.

«Möchtest du hereinkommen?» sagte sie schwach.

«Wenn ich darf?» Der Besucher legte ihr die Tulpenpracht in die Arme. «Du hast doch heute Geburtstag, Mädchen!»

«Ich sehe grauenhaft aus.»

«Vielleicht solltest du dich kämmen? Und dein schönstes Kleid bitte ich mir aus! Wir wollen feiern!»

Viel später fiel es Jo van Swanenburgh ein, daß Dr. Quentin Bloemendaal nicht einen Augenblick angenommen hatte, daß sie zu ihrem Geburtstag eingeladen sein könnte. Er wußte, daß sie der vergessene Regenschirm aus Java war...

II

Es wurde eine reizende Geburtstagsfeier. Der sparsame Dr. Bloemendaal gab Geld wie Wasser aus der Amstel aus. Er hatte das Essen in den *Vijf Vliegen* (Fünf Fliegen) bestellt; dort war man wegen der vielen Touristen ziemlich ungestört. Beim Mokka rückte Bloemendaal die Geburtstagsgeschenke heraus: wieder ein Bildchen und einen sorgfältig bemalten Zettelkasten «für die Praxis» von den Kindern und einen alten Schmuck von ihm. Eine wundervolle Arbeit war diese Halskette aus der Stadt der Diamantenschleifer.

«Aber, Quentin! Bist du wahnsinnig?»

Er legte ihr die Kette um. «Alle zwanzig Jahre lasse ich schon einmal etwas für dich springen! Du wirst immer schöner!»

«Ich bin heute eine Matrone geworden.»

Er lachte laut. Er lachte so selten, daß Jo beinahe erschrak. Er sah sie prüfend an. Niemand würde ihr vierzig Jahre geben mit diesen strahlenden Augen, dem schwarzen Kleid, das ihre Haut und ihr Haar zum Schimmern brachte, und mit der Vitalität, die sie immer wieder nach jedem Absturz hochschnellen ließ. Vor zwei Jahren – in Djokjakarta –, da hatte sie wie vierzig oder sechzig ausgesehen, als sie ins Hotel Garuda gestürzt kam...

Schweigen war plötzlich zwischen ihnen. Jo blickte ihn von der Seite an. Er sah wieder streng aus. Vertraut, aber distanziert. Ob er auch daran dachte, daß sie jedesmal von Dirk van Veen kam, wenn sie bei ihm Schutz suchte?

«Hältst du mich eigentlich für eine Hure?» fragte sie abrupt.

«Wie bitte?»

Der vornehme Dr. Bloemendaal aus Leyden mußte aber trotz seiner hochgezogenen Augenbrauen verstanden haben, denn plötzlich lachte er laut auf.

«Was ist so komisch?» fragte Jo ärgerlich.

«*Du* bist komisch! Solche D... Ddd... Damen sind ganz anders, mein Kind.»

«Ich bin nicht dein Kind.»

«Leider nicht! Ich hätte dich solange übers Knie gelegt, bis dir deine Flausen vergangen wären.»

Sie errötete. Flausen nannte er ihre Glanzleistungen der Unbeständigkeit! Das war ziemlich milde ausgedrückt.

«Hör mal», sagte Bloemendaal nachdenklich, «du mußt doch allerhand leichte Mädchen in der Praxis gesehen haben! Erstaunlich, wie wenig du sie kennst.»

«So gut wie du kenne ich sie natürlich nicht!»

Er überhörte den Einwurf. «Solche Damen wissen im Umgang mit Männern ziemlich genau, wo ihr Vorteil liegt. *Du* hast das nie gewußt!»

«Die Stimme der Vernunft», sagte Dr. Jo van Swanenburgh und lachte freudlos. Sie war tatsächlich jahrelang ein hypnotisiertes Kaninchen gewesen. «Ich liebe Dirk nicht mehr. Ist es nicht wunderbar?» hatte sie vor ihrer Abreise aus Djokjakarta mit naiver Rücksichtslosigkeit gefragt. Bloemendaal hatte nichts darauf geantwortet. Das war vor zwei Jahren gewesen. – Er hatte ihr weiter seine Freundschaft geschenkt, aber keinen Versuch gemacht, die Freundschaft in eine engere Bindung umzuwandeln. Sie war für ihn ein hoffnungsloser Fall – konnte Jo es ihm verdenken? Wenn Dirk gewinkt hatte, war Fräulein Jo ihm prompt in die Arme gesunken. Dirk hatte die trostlose Mechanik der Verführung mit Phantasie bekränzt ... «Zu albern», dachte Jo und meinte ausnahmsweise sich selbst. Sie hatte jetzt nur noch Wohlwollen für Dirk. Don Juan blieb der gleiche; aber eine Frau änderte sich ...

«Hast du Dirks Buch schon gelesen?» fragte Bloemendaal – also hatte er auch an ihn gedacht! – «Eine ausgezeichnete Arbeit.» Bloemendaal hatte offensichtlich keine Lust, das Thema «Jo» weiter zu verfolgen. Sofort schaltete sie um. Sie war kein junges dummes Ding mehr. Sie versteifte sich nicht darauf, ihren Partner mit weiblichem Seelenleben zu langweilen, wenn er nichts davon hören wollte ...

«Dirks Buch ist eine harte Nuß für die Unbelehrbaren», erwiderte sie. Du lieber Himmel, die Unbelehrbaren saßen überall – an den grünen Tischen der westlichen Welt, in den elektrisch gekühlten Hotelhallen und Mondscheingärten des Fernen Ostens. Diese Leute waren empört, daß die Landkarte sich verändert hatte; vielleicht weil sie alle noch mit tausend feinen Fäden an die ehemaligen Kolonien gebunden waren. Viele hatten das großzügige Leben und ihr Bankkonto geliebt; aber mindestens so viele hatten im Laufe der Jahre Land und Leute ehrlich ins Herz geschlossen.

Dirks Buch über Indonesien fand Bloemendaals aufrichtige Anerkennung. Es enthielt eine maßvolle Warnung an den Westen, die unabhängigen Länder des Fernen Ostens keiner chinesisch-japanischen Kolonisierung zu überlassen. Den Widerstand der ehemaligen Gebieter zu unterstützen, kostete genausoviel oder mehr als Zusammenarbeit mit dem Neuen Asien.

«Was können wir tun?» fragte Jo. «Sie wollen uns nicht haben.»

«*Noch* nicht und niemals wieder unter den alten Bedingungen. Das hat Dirk van Veen großartig klargemacht. Wie nennt er es noch? ‹Das Wagnis der Freiheit›! Wir sollten dem Neuen Asien beistehen, damit seine Völker nicht die Gefangenen ihrer eigenen Freiheit werden. Genau das ist das Problem!»

«Aber wir können nichts tun. Sie hassen uns.»

«Auf uns kommt es nicht an, Jo! Auch nicht auf den Haß einer Übergangsgeneration! Wir müssen weiter denken – viel weiter! Sonst wird

Chinas Grenze immer stärker nach Westen vorrücken, und das Abendland wird zum Schluß von einem Viertel der Menschheit abgeschnitten sein.»

«Es ist schrecklich schwer, nur auf besseres Wetter zu warten und Verständnis aufzubringen!»

«Wer spricht von Warten? Wir leisten ganz einfach unsere Arbeit für Asien. Und das versteht jeder.»

Bloemendaal predigte nicht; er leistete unermüdliche Arbeit. Er war ein aktives Mitglied der Unesco *(Educational, Scientific and Cultural Organization of the United Nations)* und hatte in mehreren «unterentwickelten» Ländern Asiens am «Technischen Hilfsprogramm» mitgearbeitet. – Schon im alten Java war er eine Autorität in seinem Fach gewesen; nun trainierte er eingeborene Lehrer, leitete Forschungsexpeditionen für junge asiatische Geologen, sorgte für Lehrmittel und, wie früher im Institut in Bandung, für moderne Karten und Filmmaterial. Im ganzen Fernen Osten waren die Bodenschätze zum großen Teil noch unerforscht. Bloemendaal arbeitete sich halb zu Tode, sah aber nicht danach aus.

«Ich habe mich darüber gefreut, wie maßvoll Dirk van Veen Indonesien und das Neue Asien beurteilt», bemerkte er nach einer Pause. «Er war doch der Zyniker des Archipels.»

«Hendrik hat dieses Buch mitgeschrieben ...» sagte Jo still.

III

Sie war plötzlich sehr müde. Sie hätte am liebsten ihren Kopf auf die verläßliche Schulter ihres Freundes gelegt. Er war bei aller Strenge so gut zu ihr! Er feierte ihren Geburtstag mit ihr. Wahrscheinlich fühlte er sich immer noch für sie verantwortlich, wie für alle Schwächeren ... Auch für Antje hatte er sicherlich so gefühlt. Er hatte mit Jo niemals über seine Ehe gesprochen.

Sie schob ihm ihr Glas hin, und er schenkte ihr Genever nach. «Hoffentlich bist du nicht müde?» fragte er besorgt.

«Durchaus nicht.» Sie haßte ihre falsche Munterkeit. «Was hast du noch vor?»

«Nur noch eine kleine Überraschung! Ich möchte dich mit meiner zukünftigen Frau bekannt machen.»

Sie starrte ihn an. «Das ist sehr vernünftig», sagte sie tonlos. «Deine Kinder brauchen schließlich eine Mutter!»

«Und ich brauche eine Frau», sagte Dr. Quentin Bloemendaal nicht allzu freundlich. «Wollen wir gehen?»

Sie fuhren in eine Taverne in der Nähe des Hafens. Bloemendaal hatte leicht den Arm um ihre Schultern gelegt und blickte Jo prüfend an. Sie war sehr blaß im Mondlicht und wunderschön. Aber ungewöhnlich still.

Die in einer engen Seitenstraße gelegene Taverne war fast leer. Es gab einen Likör, der das Aroma großer Früchte in sich hatte. Dann tranken sie in der dunklen getäfelten Nische Curaçao aus Delfter Porzellankrügen. Sie sprachen leise miteinander, als sei es das letzte Mal, daß sie so nahe und vertraut zusammen saßen. Wahrscheinlich war es so. Jo hatte ihre Erfahrungen mit den Ehefrauen ihrer Freunde gemacht. Das Elixier aus dem Delfter Krug schuf eine losgelöste Stimmung. Jo mußte aufpassen; sonst würde sie losheulen wie in ihren wilden Sinkehtagen. Sie betrachtete verstohlen den «Christophorus der Kriegsgefangenen». Trotz chronischer Überarbeitung wirkte Bloemendaal stark und ruhig: ein lebendes Beispiel für die Kraft im Ertragen. Er hatte Jos jungen Bruder Willem auf seinen Schultern durch die siamesischen Dschungel geschleppt; er hatte Lukas de Witt und unzählige andere Sinkehs vor der Verzweiflung bewahrt. Allen hatte er sein tiefes und gelassenes Mitgefühl geschenkt. Plötzlich wurde Jo klar, daß sie niemals jemanden so beneidet hatte wie die künftige Ehefrau dieses Mannes. Er war etwas Seltenes: ein Fels mit einem lebendigen Herzen! Auch er blickte sie an. War in diesen grauen, scharfen Augen etwa ein Funken Mitleid mit ihr? Nur das nicht!

Jo lachte mit ihrer tiefen Stimme. Bloemendaal sah sie erstaunt an. Sie waren jetzt die letzten Gäste in der Taverne. Wie auf einer Insel saßen sie in dem holzgetäfelten Raum eng zusammen und tranken duftige Kraft und kräftigen Duft aus den alten Krügen. «Worüber lachst du?» fragte er.

«Du warst immer so böse über meine Unpünktlichkeit! ‹Verdammte Schlamperei›, sagtest du stets! Und was macht deine Zukünftige? Sie läßt dich länger warten, als du jemals auf mich warten mußtest!»

«Das stimmt nicht.»

«Das sagst du so in der ersten Verliebtheit! Also, wo bleibt die Dame?»

«Sie sitzt neben mir», sagte Dr. Quentin Bloemendaal. Er riß Jo zu sich herum. Seine Hände lagen wie eiserne Klammern auf ihren Schultern. «In Sumatra habe ich dir einen Heiratsantrag gemacht», sagte er heiser. «Es hat sich nichts am Text geändert.»

«Du bist verrückt geworden», schrie Jo. «So lasse ich dich nicht hereinfallen!» Tränen liefen über ihr schönes Gesicht. Er wischte sie ihr mit seinem riesigen Taschentuch ab und sagte nachsichtig: «Schnupf dich aus, mein Kind.»

Eine Pause entstand. Schließlich sagte Jo mürrisch: «Wegen meines treuen Herzens wirst du mich doch wohl nicht heiraten wollen?»

«Tu dir nicht so weh», sagte er ruhig. Nie würde er ihr verraten, daß er sie nur heiraten konnte, weil Dirk van Veen in jener Nacht *nicht* umgekommen war. Sonst hätte Jo sich nicht frei entscheiden können. Bloemendaal fühlte instinktiv, daß sie endlich frei von einer Besessenheit war, die ihm Jahre kostbarer Gemeinsamkeit gestohlen hatte.

Jo blickte ihn stumm an. In seinen strengen Augen war das Licht der schöpferischen Treue, die kein Starrsinn, kein Phantasiemangel und keine stumpfe Gewohnheit ist. Diese Treue war ein Urstoff der Liebe, der sich wunderbar erneuerte.

«Du willst nicht?» fragte er heiser. Sah er erschrocken aus, oder bildete Jo es sich ein?

«Es geht immer schief, mein Lieber, wenn ich Hals über Kopf einen Entschluß fasse!»

«Hier irrt die Dame», sagte Dr. Quentin Blomendaal. «Dieses Mal habe *ich* mich entschlossen!»

Sie wanderten Arm in Arm die Grachten entlang, blickten auf die dunklen, spiegelnden Wasser und schwiegen miteinander. Sie ließen im Augenblick die Fragen der Zukunft ruhen. Bloemendaal sagte, daß er in drei Monaten mit einem Unesco-Team nach Laos gehen würde, in das Herz des Landes, wo die Lao-Völker zwischen uralten Bergen und Legenden hausten.

«Dort gibt es eine Menge Malaria», fügte er hinzu.

«Hast du dich danach erkundigt?» fragte sie.

«Natürlich! Während der Gefangenschaft», sagte Quentin Bloemendaal. Ja – Chinesen gab es dort auch in Hülle und Fülle. Jo war doch nie ganz glücklich, wenn sie nicht ein chinesisches Baby im Arm hielt. Bloemendaal wußte es. «Tüchtiges Mädchen!» Er drückte ihren Arm. Sie würden noch einmal unter schwankenden Laternen leben. Sie würden helfen, lehren und lernen und seltsame Feste feiern, die von den Jahreszeiten und uralten Traditionen bestimmt wurden. Später mußten sie den Kindern in Leyden ein Heim schaffen.

«Nelleke ist auch ein bißchen *mein* Kind», flüsterte Jo, und Bloemendaal strich stumm über ihr Haar. Dann schwiegen sie. Sie sahen eine erfüllte Zukunft vor sich, die von der alten Vertrautheit zwischen ihnen erwärmt sein würde.

«Die Nacht duftet», flüsterte Jo. Nirgends auf der Welt gab es einen solchen Mai... Plötzlich hatte Jo einen Anfall von Melancholie. War es Trauer um versäumtes Glück?

«Eigentlich müßtest du mich hassen!» murmelte sie und rückte sehr vorsichtig von ihm ab. Bloemendaal bemerkte es – und antwortete nicht. Wie jung sie war! Wie unberührt von echter Liebe! Sie war dem Regenbogen und dem Lockruf des Kuckucks nachgejagt; und so war ihre Leidenschaft für Dirk van Veen ohne Substanz geblieben. Ihre Liebe hatte sich leergelaufen, wie der Regenbogen verblaßt und der Kuckuck verstummt... Bloemendaal konnte Jo nicht hassen; er konnte sie nur lieben. Sie war und blieb alles, was er sich jemals ersehnt hatte. Ihr Schwung, ihre Vitalität, ihre elegante Anmut entzückten wie damals sein Auge, seinen Geist, sein strenges und wortkarges Herz. Sie brauchte nur bei ihm zu sein, und er fühlte sich maßvoll beschwingt. – Aber jetzt stand sie getrennt von ihm über die Brücke gebeugt, und zwischen ihnen war die Nacht und die Vergangenheit. – Und Schweigen. Es schien

Jo, als vergrößere sich dieser Abstand von Sekunde zu Sekunde. Hatte sie Quentin Bloemendaal in zwölfter Stunde für immer verloren? Warum mußte sie ihn an Schmerzen und Demütigungen erinnern, die er resolut ins Meer der Vergessenheit versenkt hatte? Sie verstand es nicht mit Männern – mit keinem! Jo sah sein Gesicht, ohne ihn anzublicken: es war verhängt wie die Grachten im Nebel. Vielleicht lauerte hinter dieser hohen gefurchten Stirn ein dunkler Zorn? Warum machte er nicht die paar Schritte über den neuen Abgrund und nahm sie in die Arme? Jo fühlte, wie ihre Stirn sich mit kaltem Schweiß bedeckte. Ihr Herz hämmerte so laut, daß sie fürchtete, er könnte es hören. Bloemendaal stand in tiefem Schweigen und starrte ins Wasser. Die Bäume warfen kalte Schatten, und der Turm der Zuiderkerk glänzte im gleichgültigen Mondlicht. Die Welt stand vollkommen still. Das Wasser war ein erstarrter Tränenstrom; es flüsterte nicht länger mit dem Mond. Jo atmete kaum. Sie durfte keinen Schritt tun, um den Abstand zwischen ihnen zu verringern. Sie blieb zum Monolog verurteilt, zu schattenhaften Erinnerungsorgien und sorgfältig geplanten Sonntagsprogrammen. Sie seufzte – eine bittere Reise stand ihr bevor.

Endlich rührte er sich.

«Komm her», sagte er rauh.

Sie lief in seine Arme und legte ihren Kopf an seine Brust. Sie war schrecklich müde... Er streichelte ihre Schultern, strich ihr das wirre Haar aus der Stirn und murmelte: «Nicht doch!» Denn er fühlte, wie sie zitterte. Er bog sanft ihren Kopf zurück und las im Mondlicht noch einmal in ihrem Gesicht. Dann preßte er sie an sich und küßte sie mit unerwarteter Leidenschaft. Die Welt stand nicht mehr still. Die Wasser flüsterten mit dem Monde. Durch die Nacht tönte ein unsichtbares Glokkenspiel und flog mit den Wolken davon.

Jo entschlüpfte der eisernen Umarmung und rang nach Atem.

«Grobian», sagte sie zärtlich.

«Entschuldige», sagte Dr. Bloemendaal, «man ist nur dreimal jung!»